Best Time

白马时光

绯闻恋人

（上）

ETERNAL LOVE

昭乱——著

百花洲文艺出版社

「和他们一样，三千字检讨，明天交给我。」
「大小姐，这学校里没人管我的。」
「是吗？那现在有人管了。」

Jan Feb Mar Apr May Jun Jul Aug Sep Oct Nov Dec

1. HE杂志拍摄
2. 熟悉情侣人设剧本
3. 去公司签合约
4. 看电影剧本
5. 录综艺

她要来了！

你可以的！

不要让狡猾的
肾上腺素扰乱了你的灵魂

姿势拿捏住！

稳如老

应该……
够帅吧

人生的真理，藏 清净之中！

守株待兔！

平平淡淡
才是真

有志者事竟成

目录

Jan Feb Mar Apr May Jun Jul Aug Sep Oct Nov Dec

目录

目录

第一章

放浪不羁谢二狗

“身体朝后躺。”

“裙子还能再往上一点儿吗？”

“好。”

秦郁绝点头，没半点儿迟疑，动作干脆地将裙尾撩至腿根压住。她整个人窝进绵软的红沙发里，白皙且曲线弧度恰到好处的双腿交叠，骨肉匀停。摄影师满意地点了下头，重新坐回镜头前：“我数三下，给我个眼神。”

秦郁绝闻声转头，抬起眼睫，眼尾眉梢都带着些毫不掩饰的妖。

一眼望去，全是惊艳。

她手上还握着一个苹果，靠近唇侧，欲咬未咬，更加令人遐想。即使不做多余的表情，也带上了些浑然天成的性感和妩媚。

咔嚓。

摄影师合作过诸多一线女星，秦郁绝却难得地让他眼前一亮。

无论是镜头表现力还是表情管理的水平都出人意料地优秀，即便是不加任何后期的原片，也依旧出彩。

“行了，布景组再去整理一下现场。”

一轮拍摄下来，摄影师喊了暂停，他喊来秦郁绝，称赞道：“你的镜头感很好，这种风格很适合你。你现在才刚出道，不要太急，以后会有很多机会的。”

HE 是主打男性向的杂志，在时尚圈地位不低。

封面拍摄大多是邀请一些当红或热度十足的女星，风格以性感为主。不过以秦郁绝目前的名气，顶多只能拿到个内页刊载的位置。

秦郁绝笑着道谢。对方这番话说得情真意切，也是对自己极高的期许。只是她猜，挺长一段时间，恐怕很难有机会了。

“行了，继续拍摄吧。”

摄影师拍了下手，正准备继续回到摄像机前时，却突然被几声重重的叩门声打断。

众人停下动作，转头望向声音来源。杂志编辑不知什么时候站在了门口，她扫了眼拍摄现场，目光在秦郁绝身上定下，接着高声道：“抱歉，各位辛苦了，今天的拍摄就到这里吧。”

“啊？可是拍摄进程才到一半啊。”

“对啊，后面还有一套造型……”

秦郁绝抿唇，似乎猜到了什么。

果然，下一秒——

“不用了。”

杂志编辑望向秦郁绝的眼眸，然后抬起下颌，语气冰冷，一字一句地说：“抱歉，秦小姐。

“我们临时决定，这期杂志不再用你了。”

“怎么突然换人啊？”

“你没听说吗？前段时间周家小少爷生日会，秦郁绝八成是想去自荐枕席，结果触了霉头，直接被那位小少爷推进了泳池里。出了这么丢人的事，杂志社怎么可能会用她？”

一门之隔的地方，秦郁绝边等着来签解约合同的经纪人贺怀情，边优哉游哉地喝着秘书倒上的咖啡。

顺带听听有关自己的八卦传闻。

隔壁的议论声里时不时夹着几声哄笑，全是讽刺。

“也是，秦郁绝看上去就像这样的人。今天摄影师还夸她适合这种风格，原来是卖身陪睡的风格啊？”

这句话听上去就有些尖锐了。

秦郁绝挑了下眉，放下手中的咖啡杯，慢条斯理地起身走到隔门前，抬起手轻轻地敲了下，语气温吞含笑：“不好意思，最后那句话有点儿不太礼貌哦！”

“……”

门的另一端顿时没了声。

但她却跟没事人一样，慢悠悠地补充了句：“没事，我就提醒一下，你们继续。”

门那头在长时间的安静后，传来了局促的脚步声和关门声。

看上去是落荒而逃了。

秦郁绝觉得没意思，转身刚坐回沙发，自家经纪人就推门进来了。

“从三层楼高的地方往下跳，你也是够狠的。”

贺怀情靠着门，冷声赞她：“我刚从外地出差回来就来解决你这档子破事，秦郁绝，你真是我带过的最‘省心’的艺人。”

秦郁绝非常坦然地接受了夸奖：“多谢褒奖。”

“谢个屁。”贺怀情咬着牙，厉声斥她，“你觉得底下是游泳池就摔不死人吗？如果不是周围有人会心肺复苏，我可能就成为公司里第一个给自己手下艺人出殡的经纪人了。”

“往好处想想，至少我没有把自己折腾上热搜。”秦郁绝不徐不疾，“这样看的话，是不是很幸运？”

“谁敢让你上热搜？”

贺怀情轻嗤一声：“说你被人下药送上床潜规则，宁死不屈直接从窗户跳下来然后摔进泳池里差点儿溺水死掉？狗仔要是敢写，那位被你甩了面子的周先生肯定得剥了他们的皮。”

秦郁绝笑：“说的也是。”

三天前，她被人算计。

喝下了一杯加料的酒，然后被送上了那位周少爷的床。

秦郁绝醒来的时候发现自己身处陌生卧室，浴室里亮着的暖灯使她隐隐约约可以看见那个模糊但健壮的男性人影，还有紧锁着的房门。

药物和酒精混合，颅内那股火越烧越旺，仿佛随时都可以吞噬最后一点儿零星的理智。

在这种情形下，看上去好像已经别无选择。

但秦郁绝却比任何人想象中的更为决绝。

她直接干脆利落地当着那位周先生的面，坐上窗沿，眉眼含笑道：“周先生，麻烦帮我打个120吧。”

然后，翻身而下——

三楼高的位置，身下是四米深的游泳池。

孤注一掷，赌自己死不成。

看来，结果还算不错。

“跳楼，你怎么就这么敢啊！”贺怀情恨恨道，话说到一半却跟没了脾气似的语气一松，无奈地叹了口气，“知道那天是谁算计你的吗？”

秦郁绝喝了口咖啡，皱了下眉。

太苦。

听见贺怀情的问话，她抬了下眼睫，想了想，然后如实回答：“不知道。”

“不知道？”

“对。”秦郁绝笑着耸肩，“我这几天想了想，发现盼着我栽跟头的人有挺多，数不过来。”

她没说谎。从和公司签约的那天开始，即使还没崭露头角，她就已经成了无数人的眼中刺。

因为秦郁绝的姐姐曾经是圈内最年轻的影后，风靡一时。

但红颜薄命，姐姐在二十一岁生日那天割腕自杀。

十年过去，那个名字也逐渐被人忘记。

但谁都害怕秦郁绝借着星二代的风头一跃而起。

昨天晚上早有狗仔被买通，提前在别墅门口蹲守，就等第二天早上秦郁绝过完夜出来拍下照片。

明摆着是想借桃色新闻将她彻底地打入谷底。

但谁知道她会如此果决，竟然直接拿命作赌。

贺怀情心情复杂地抬头看着面前的秦郁绝——非常漂亮的一张脸，充满攻击性的长相，媚而不妖。

这种得天独厚的容貌与来历，几乎是所有大小花的眼中钉。

在娱乐圈里摸爬滚打成长起来的女明星们，当然懂得要把这一类危险人物趁早扼杀在摇篮里。

“有个坏消息。”贺怀情犹豫了一会儿，还是开了口。

秦郁绝挑眉，接话：“我被封杀了？”

贺怀情没说话。

秦郁绝笑了声，心里了然，揶揄了句：“真是惊喜。”

意料之中的事情。

就这几天的工夫，本来就为数不多的几个小品牌跟通了气似的撤下代言，原本谈好的电视剧今天一早通知角色被人顶替。

不用去琢磨，就知道这些都出自昨天被拂了面子的那位周先生的手笔。让这些资本家丢人，他们怎么可能会轻易让她好过？

更何况，秦郁绝不过是个十八线的小明星，堵死她的出路，无非就一句话的事。

贺怀情停顿许久，又说："不过倒是还有个半好不坏的消息。"

半好不坏?

挺独特的形容词，这让秦郁绝多问了句："什么消息？"

"还剩下一个恋爱综艺，还没有解约，只不过——"

"不过？"

"我查过了，这个综艺的投资方，是景逸科技。而景逸科技的总裁，和那位周先生平时私交不少，是比他更放浪形骸的一位贵公子。"

贺怀情将手中的综艺相关资料递过去，顺带分析道："所以别太乐观，八成是想整你。"

但秦郁绝却突地笑了，她伸手接过资料，随口揶揄道："特地请我上综艺整我？我倒是挺有面子。"

贺怀情被她气笑："你还贫。不过我建议你最近还是别出风头，等这段时间……"

"接。"秦郁绝抬起眼睫，收敛了笑意，朗声道，"为什么不接？既然人家这么有诚意，我当然却之不恭。"

贺怀情闻言，看她许久。在对上秦郁绝那双安静平和但却异常温柔坚定的双眸时，她所有的话都卡在了喉中，最终点头。

"行，我去确定下来。"

"对了，"秦郁绝似乎突然想起什么，随口问了句，"贺姐，你刚才说的那位投资人，叫什么名字来着？"

贺怀情答："谢厌迟。"

谢厌迟?

秦郁绝手上的动作稍顿，她拧起眉，若有所思："这个名字有些耳熟。"

"潼城里的大人物了，耳熟正常，"贺怀情没太意外，只是说到这儿不忘提醒了句，“与他相比，得罪周先生都还算小事。谢厌迟是你得小心着，无论如何都不要招惹的人。”

“怎么说？”秦郁绝问。

“别看他一副玩世不恭的放浪形骸模样，但没一个人把他当花花公子看。”

贺怀情抬眼，一字一顿地补充道：“这种端着笑面的人，才是吃人不吐骨头的狮子。”

不过既然要参加恋爱综艺，首先肯定得有男朋友。但秦郁绝琢磨了下，这么多年来，自己不仅没谈过恋爱，甚至连个暧昧对象都没有。

贺怀情觉得这事好解决：“没事，找个还没正式出道以及没什么背景的人来扮演你男朋友就行。签个合同的事，而且也好拿捏，不会出什么幺蛾子。现在圈内挺多通过恋爱节目走红的基本都有合约关系。

“可以拿钱，也可以得到名声和人气，想抓住这种机遇的人不会少。”

对此秦郁绝没什么意见。

虽然没谈过恋爱，但是再怎么说她也是从电影学院以最优成绩毕业的，稍微演一下热恋中的小情侣也没什么问题。

在等待自己这位“男朋友”敲定的过程中，秦郁绝顺带还接到了贺怀情发来的情侣人设剧本。

标题为：美艳御姐 VS 阳光小奶狗！高贵成熟与阳光清新人设！撩拨观众对干净少年最单纯的向往！

“……”

这剧本一定是贺怀情写的。

一周后，秦郁绝接到通知，来公司见自己的这位小奶狗男友。

据贺怀情这么多天的说法，自己的这位小男友是被公司星探发现，在诸多接洽后成功拉到自己手下的一位预备艺人。

据说是非常有潜力，帅到心梗的那种。

其实秦郁绝对这位假男友倒没什么期待，毕竟在娱乐圈待久了，什么样的颜值没见过。

更何况小奶狗这款人设并不是她的喜好。

秦郁绝来到贺怀情办公室的时候，比约定好的时间提前了五分钟。

她礼节性地敲了下门，见没人应答，以为贺怀情不在，于是按下门把手准备进去等。

门推开一条缝，隐约看见个挺拔的身形。

下一秒，她撞进一双棕色的浅瞳。抬起眼睫，对上一张棱角分明的脸。

男人随意地靠着办公桌，嘴里叼着根烟，见她看过来，喉结缓慢地滑动了下，伸手将烟取下夹在指间，一溜白烟顺着滚了出来。

秦郁绝稍怔。

安静的气氛中突地响起一声笑。

低沉的声线，尾音带着些磁感，挠得人耳窝酥酥麻麻发痒。

男人眼尾微微上挑，语气带着几分慵懒和散漫：“不进来？”

他一双狐狸眼里噙着笑，虽没说什么，但玩世不恭和放浪形骸却全都刻进了骨子里。

贺怀情有句话说得没错。

的确是那种，帅到心梗的长相。

只不过——

秦郁绝皱起眉，认认真真地打量了下面前的男人。

什么小奶狗！

这分明是藏獒！

第二章

惨被碰瓷秦郁绝

秦郁绝摘下墨镜，敛目看他。男人说话的时候语气轻飘飘的，没半点儿刻意，但骨子里却带着几分狂劲儿，一看就是个不大好对付的人。

不过不知道为什么，在见到这个人时，秦郁绝心里有种没来由的熟悉感。但按道理来说，两人应该没有见过。

所以，或许是自己记岔了吧。

不做多想，秦郁绝直接进入主题："综艺的事情，你应该都了解？"

"综艺？"男人稍顿，然后轻飘飘地点了下头，"应该是了解吧。"

"那就行。"

秦郁绝也不废话，直截了当地从包里抽出前几天贺怀情交给她签字的合同递到了男人面前："综艺结束之后就分手，没意见的话就签吧。"

男人稍顿，低头看了眼，没立刻接。许久之后他才挑了下眉，接着掐灭指尖的烟，慢条斯理地捏起那份合同，仔细地翻看了下，然后目光停留在了末尾的报价上，眼睛微眯："二十万元？"

的确不算高的报价。但是对于雇用一个没有任何资源和名气的新人来说已经足够合适，因为重要的是有能够在银幕上曝光的机会，更何况综艺投资方也会支付一笔不小的酬劳。

秦郁绝眉梢微皱，说："对价格有问题想要商议的话，可以和贺姐谈，也可以拒绝。"

"怎么会？"

男人兀自笑了声，转身拿起放在办公桌上的钢笔，搁在指尖熟练地转了一圈，然后干脆利落地签下了自己的名字。接着反手将合同重新递到秦郁绝面前，抬眼笑眯眯地看向她，说：“当然，不议价。”

动作一气呵成，不带半点儿迟疑。

秦郁绝有点儿诧异这份干脆，她稍愣了下，没立刻动。

“不接着？”他语气带着几分玩味，像是在逗弄一只猫。

秦郁绝回过神，抬手拿过合同，刚准备说些什么。

而就在这时，身后的门被人推开，贺怀情领着个面容清秀俊朗、全是少年感的大男生走了进来：“小秦，这就是我给你选的——”

但她一句话还没说完就突然止住，声音骤然变了个调：“谢……谢二少？抱歉，我不知道您现在就来了。”

谢二少？

秦郁绝错愕，随即拿起合同，低头看了眼那龙飞凤舞的签名——

三个大字。

“谢厌迟。”干脆利落的字体，带着些飞扬跋扈的气息。

光是看，都能看出几分放浪不羁般的嚣张。

“……”秦郁绝沉默了。好像摊上事了。谢厌迟却好似兴致不错，他微微俯身，低头靠近她的额，然后递出手，声音压得很低，却隐约含着几分笑：“秦小姐，我们合作愉快？”

……秦郁绝觉得也不是很愉快。她深吸一口气，开口致歉：“抱歉，刚才是我没有问仔细，多有冒昧。不然，合同作废？”

“那可不行啊。”

谢厌迟直起身，懒洋洋地靠回桌子，抬起眼睫，眸中噙着笑意，语气带着些痞气：“大小姐，二十万元就买下我，哪有占了便宜还退货的呢？”

秦郁绝望着面前这位传闻中的祖宗：眼形狭长，双眼皮褶皱极深，眼皮很薄，看人时眸色中宛若泛着细碎的光，虽是笑意不减，但却带着股莫名的危险感。

怎么看，都不像个善茬儿。

贺怀情这下也反应过来不对劲儿，她走上前，低头一瞄合同，望见那无比清晰的三个大字时，十分明显地倒吸了一口冷气。

秦郁绝：……出大问题了。

“居然把合同递给了谢二少？你知道那是什么人吗？”

贺怀情抱着水杯，在休息室踱步了几圈，咬着牙道：“让人家当你的假男友？你怎么就这么能呢？”

秦郁绝试图解释：“我不是以为……”

“以为什么以为？”贺怀情浑身上下奓开毛，“你看他浑身上下有哪根毛像我和你说的小奶狗？”

秦郁绝镇定辩解：“……我以为你要搞反差人设。”

贺怀情：“……”最终，这场激烈的争论还是由一声叹息结束：“我早就说了，这综艺留着你不解约，明摆着就是想给你下套。”

秦郁绝撕开糖包倒进刚泡好的咖啡里，语气听上去没有太大的起伏：“既然他要演，那就让他演。无非是换个戏搭子而已，对我来说没区别。”

话虽这么说，但谁都知道谢厌迟作为投资方，节目怎么剪辑不过是他一句话的事。最坏的可能，无非是将秦郁绝刻意塑造成一个拜金倒贴的心机女形象。而谢厌迟可以借机更好地达到宣传自家广告的效果，等到节目录完合约解除自然分手，便可立刻甩得干干净净。

“我马上会再和谢少谈谈。”贺怀情喝了杯凉白开，情绪也差不多稳定了些，她叹了口气，宽慰了句，“兴许只是个玩笑，还有余地。”

秦郁绝目送贺怀情离开后，低头喝了口咖啡，指尖轻轻摩挲着杯壁。

不知道为什么，在面对谢厌迟的时候，特别是看见那行带着些恣意的签名时，自己总有股无比清晰的熟悉感。

就好像，两人很久之前曾经见过一样。

秦郁绝想了许久，却还是没有任何头绪。

她捏了捏眉骨，自嘲似的笑了声，将手中的杯子放下。

算了。想不起来就想不起来吧。

反正也不是什么合适扯上关系的人。

大概半个小时之后，贺怀情与谢厌迟的谈话结束。

从办公室出来回到休息室的时候，贺怀情的脸色看上去不太好，她抿着唇，攥着一份崭新的合同，一言不发地按在了秦郁绝面前。

“签吧，新合同。”

秦郁绝抬眉，倒是有几分诧异：“他同意合同作废？没为难你？”

“天真。”

贺怀情抱着胳膊，垮着一张脸，听见这话，干巴巴地扯了下唇角：“你看我这副表情，像是没为难我的样子吗？”

“……”秦郁绝沉默了一下，她转头拿起放在桌前的合同仔细翻看。

大体和自己之前看到的那份没什么区别。

除了——报酬那一栏。

从二十万元变成了三十万元。

这回甚至连公章都已经盖好，鲜红的印泥还沾了些在背面的白纸上。

秦郁绝深吸一口气，语气里有些不可置信：“所以你谈了半个小时，居然还给谢厌迟涨了十万元的报酬？”

贺怀情脸色更难看了。

兴许是觉得这是自己第一次在谈判的过程中一分钱好处没赚到反而赔了十万元的黑历史，贺怀情气得在休息室连骂了十分钟的谢厌迟。

“果然，传闻说得一点儿没错！真的是个吃人不吐骨头、浑身铜臭的臭屁资本家！”骂完之后，她心里也总算爽快了些。

贺怀情伸出手，食指点了点签名处：“签吧。”

“节目组那边怎么说？”秦郁绝拔出笔盖，抬手在甲方的位置落下自己的名字，顺口问了句。

“能怎么说？”贺怀情靠着沙发，将手背搭在额头上，“虽然谢厌迟这通胡闹对你来说的确算不上好事，但是对节目组那边可是极大的话题和流量，人家高兴还来不及。”

秦郁绝明白这些。

“简单来说，你可以不留，但是谢厌迟是他们想尽办法一定要争取留下来的。”贺怀情补充道。

猜得到。秦郁绝笑了笑，盖上笔盖，将一式两份的合同整理好，起身：“行吧，我去让那位谢先生签字。”

自己和谢厌迟不一样，如果违约拒绝参加节目，那大笔的违约金她赔不起。而且如果因为这件事情就担惊受怕，损失掉来之不易的曝光机会，这并不是秦郁绝的风格。

再不容易的日子都这么过来了，怎么可能怕在这件事情上？

既然这位谢二少要玩儿，她就陪他玩儿。

反正这种事情，谁也算不上吃亏。

“我去送吧。”贺怀情作势要起身。

“不用了，我看他把你气得不轻。”

秦郁绝按下她的肩膀，笑着劝道：“我去就行，免得您正在气头上，又被忽悠着涨了五万元的报酬。”

秦郁绝走进办公室的时候，谢厌迟正姿态慵懒地靠在沙发上。

身旁站着的是贺怀情的小秘书，对方正一脸紧张地看着这位少爷，语气也有几分拘谨：“谢先生要喝些什么吗？”

“喝点儿什么？”

谢厌迟摸着下巴琢磨了下，然后问：“有菜单吗？”

什么菜单！我们这是正经的娱乐公司！

小秘书深吸一口气：“没有，不过您想吃什么我们都可以给您准备。”

“算了。”谢厌迟懒得逗她，“咖啡，加糖。”

小秘书松了口气，如释重负。

秦郁绝上前，在他面前坐下：“谢先生。”

谢厌迟闻声抬头，一双桃花眼望向她时，眸底宛若泛着细碎的光。

他将眼一弯，唇角笑意越深：“秦小姐。”

秦郁绝俯身，将合同放在他面前：“这是新合同。”

谢厌迟弯腰捏过那份合同，扫了一眼，然后目光在报价三十万元处稍顿。秦郁绝反应很快：“报酬不会再涨了。”

“是吗？可惜。”谢厌迟虽是这么说着，但语气听上去却没半点儿惋惜，反而含着几分笑意。

他从一旁的笔筒处捞起一支笔，干脆利落地签下自己的名字，接着将合同递回：“这么紧张干什么，我看上去是那么斤斤计较这些钱的人吗？”

“……”您看上去可太像了。

秦郁绝没立刻回答谢厌迟的问题，反而思考了会儿，开口发问：“谢先生，您是对娱乐圈很感兴趣吗？”不然她实在想不通，这么一位大少爷跑来掺和这么档恋爱综艺是为了什么。

谢厌迟像是听见什么笑话一般：“为什么这么问？”

“不然我不太理解谢先生为什么签下这份合同。”

“我对娱乐圈不感兴趣。”

谢厌迟闻言，低头看了眼那几张薄薄的纸，然后饶有兴致地抬手，轻轻弹了下签名的位置。

他将眼稍眯，眸底全是不羁，嗓音低哑带磁，宛若响在秦郁绝耳畔：“签下这个合同，当然是因为——有趣啊。”

行吧。非常适合这种大少爷的一个理由。

秦郁绝不再纠结这个问题，她伸手拿起合同，再次检查了下签名，依旧是和刚才没有区别的字迹。

她眉头稍皱，没忍住，又问出一个问题：“谢先生，可能有些冒昧。”

“嗯？”

“我们之前，是不是见过？”

听见这句话，谢厌迟却没立刻回答。

他眉目稍敛，坐直身体，语气带着些意味深长：“是吗？那你说说，我们在哪儿见过？”秦郁绝想不到答案。

她思考了会儿，只能自认冒昧：“抱歉，应该是我记岔了。”

“记岔了？”谢厌迟重复了一遍这句话，唇角一弯，闷闷地笑了起来。许久后，他站起身，走到秦郁绝面前停步，弯下腰与她视线平齐，缓声道：“秦小姐知不知道，你刚才那句话，是一句非常俗套的示好和搭讪。”

“我——”

“我们只是合约关系哦。”

“我知——”

“但如果你想假戏真做，我也没意见。”

“你想太多——”

“不过得加钱。”

“等等，能不能听——”

“打个折，三千万元吧，我很贵的。”

……秦郁绝放弃解释了。

这男人，怎么就，这么狗！

第三章

你要加钱我就走

从公司离开回到公寓的时候，已经是晚上八点。为了合约这件事，秦郁绝今天一天都没吃什么东西。家里冰箱空荡荡的，只剩下橱柜里放着的一包泡面。在烧水的间隙，助理唐小棠打来一通吃瓜电话。

“郁姐，我听贺姐说，你和那位谢二少成男女朋友了？”她声音一惊一乍地问，“真的假的？贺姐没和我细说，那位大少爷帅不帅啊？”

唐小棠最近做了个割阑尾的手术，请了一周假，这会儿还没复工。

“纠正一下，”秦郁绝吹了吹指甲，按开电水壶开关，字正腔圆道，“是假男女朋友。”

“恋爱合约嘛，我懂！”唐小棠情绪高涨，“你看，这就说明，你对谢二少来说肯定是特别的。他都肯花钱来和你维持这段虚假关系了，肯定是一见钟情，难以自拔！”

说着说着，她又开始犯愁了起来：“不过，会不会有人觉得这样就是谢二少在包养你了啊？”

“你说得对。”秦郁绝点头，“但我提醒你一句——”

“什么？”

秦郁绝微笑，一字一句道：“我是甲方，是我在花钱维持这段虚假关系。换句话说，就算是包养，也是我包养的谢厌迟。”

“……”

“而且，你见过哪家被包养的还给自己涨价的吗？”

“……”

“我见过，谢厌迟就是，而且他居然觉得自己在我这儿值三千万元。”

挂断电话，热水壶里的水也刚好烧开。秦郁绝熟练地撕开泡面包装袋，油包只放了三分之一，倒入热水，盖上盖子。

有几滴滚烫的水溅在了手背上，烫红了一小块儿皮。

她轻皱了下眉，却忍住没出一声，只是迅速打开水龙头把手放在下面冲凉。疼痛感逐渐消去，面也差不多泡好。秦郁绝端着面桶走到客厅，窝在沙发上，打开电视，接着夹了一筷子面送到嘴里。

屏幕上播放的刚好是个地方台的电影频道，那位主持人端着一口格式化的规范腔调，正在介绍着一段影片：“这段影片取自电影《青花案》，当时的秦且离就是靠着这一部电影一举夺下了影后的头衔，也成了国内迄今为止最年轻的影后。只可惜或许是人生如戏，影后秦且离也同电影里的主人公一样，英年早逝。或许，这就是用生命去成就一部——”

啪。秦郁绝抬手按下遥控器，电视屏幕上的画面随之熄灭。

她低头，咬断口中的面，或许是因为油包放得少了，面条也索然无味。

秦郁绝突然想起很久之前，秦且离还在的时候，总是温温柔柔地教训自己：“吃这种快餐身材会走形的，而且你才多大呀，正是长身体的时候。”她说着便会系上围裙，进厨房替自己下一碗排骨面。

这么一想，距离那段时光，已经过去了十多年。

再也没有人叮嘱自己应该好好生活。手机振动，来了条简讯——

薛南音：郁郁，刚才剧组里几个朋友结束了一个综艺节目的录制，正在市中心这边唱歌，你要不要也来？顺便给你介绍几位导演。

秦郁绝看了眼手机屏幕，没多大反应。

薛南音最近靠着部 IP 剧女主角小火了一把，加上公司有意在捧，几个综艺刷下来，也算是在大众面前混了个眼熟。她和薛南音关系并不亲密，甚至还可以说得上陌生。况且在戏里，自己不过客串了个排不上号的小配角，就几场戏，倒不值得被人这么挂念着。

现在突然在这么个当口儿邀请她去组局，多半是鸿门宴。

秦郁绝：谢谢好意，但今天恐怕有些不凑巧。

薛南音：是吗？那真的有些可惜了。今天来的有几位前辈和秦且离前辈接触过，你不是秦且离前辈的妹妹吗？所以他们对你挺感兴趣的，就托我来问问。如果你那边的事情解决完了，还是希望能来一趟。

“秦且离”这三个字在秦郁绝眼中一烫，跟道疤似的刻在那儿。

倒是挺聪明，知道怎么正中人下怀。

她笑了声，屈着食指用关节处敲了敲屏幕，将眼微垂，若有所思。

片刻后，发出一行——

秦郁绝：行，我来。

“她说会来。”薛南音看见秦郁绝的答复，似乎是松了口气，刚才一直因为焦灼而攥紧的手也终于放松开来。

周围的人心领神会地笑了起来：“我说周小少爷，你这么费功夫让人骗个小明星来，是不是真喜欢人家？”

“你说屁呢。”坐在包厢正中间的人跷着二郎腿，听见这话，将唇角一扯，“秦郁绝给我丢了这么大的人，我还真就这么算了？”

说话的人叫周衍。不久前，秦郁绝就是被人算计着送上了他的床。这段时间圈里对她心照不宣的封杀，多半也是经由他的授意。

平日里这些刚出道没多久的小新人，都是排着队让他挑的，遇见秦郁绝这种情况还是头一次。

这件事一出，倒是叫朋友笑话了许久，周衍当然情绪难平。

“谢二少怎么还没到？不让他也看看戏？”

“在路上吧，那祖宗你也敢让他准时？能敷衍着来一趟就是给你面子了。”

一群人聊了些杂七杂八的，玩儿了几局牌，就听见敲门声——

秦郁绝到了。但让人失望的是，她并没有像大家想象中的那样惊慌，反而平静得出奇。秦郁绝安静地站了一会儿，然后唇角一翘，突地笑了声，大大方方地说：“周少爷若是想邀请我，大可不必这么迂回。”

说完，眼神一偏，落在薛南音身上。薛南音故作不知地挪开视线，弯下腰给搂着自己腰的那位男士倒了杯酒，仿佛没看见人一样。

在看见地点定位的时候，秦郁绝就猜到这次聚会上应当不会有什么导演和剧组成员。这地方消费颇高，向来都是这群纨绔玩乐的场所，每套包间都要提前预约。

所以，她早猜到会遇见周衍。但秦郁绝知道自己必须来。从周衍四处散布她卖身上位被拒绝的传言就能看出，他是在逼自己就范。

秦郁绝不可能一直躲着。

在进门前，她打开了手机的录音键放在包里，万一最后真的闹到鱼死网破，还能稍微有喘口气的机会。这么看来自己没猜错。

“既然这样，秦小姐还站着干什么？坐啊。”

周衍的腔调里含着一点儿玩味，写满了别有用心。

位置几乎都被坐满，有个看上去是特地被留下的空位，就在周衍的旁边。旁边传来一阵阵哄笑，听起来暧昧而又带着满满的不怀好意。

秦郁绝扫了眼整个包间，倒是还剩下一处空位，是个稍微靠里的位置，应该足够两个人坐，但是位置上放着些东西，看上去是有人占了。

就在这时，一道声音突地在秦郁绝身后响起。

慵懒磁沉，非常熟悉的腔调。

“喂。”秦郁绝转头，猝不及防地对上了一双招人的桃花眼。

谢厌迟靠着门框，懒洋洋地打了个哈欠，然后抬起眼帘看着她，唇间还挂着吊儿郎当的笑，开口：“借过一下？”

……他怎么在这儿？在片刻的错愕后，秦郁绝很快就反应过来。

也对，这种花花公子之间的组局，他这号人物在这儿再正常不过。

秦郁绝抿了下唇，侧了侧身。

“谢了。”谢厌迟直起身，走进去。

干脆利落，连句多余的话都没有。方才还装得人模狗样的一群人顿时堆出笑脸，连忙拿开空位上的东西：“谢二少，坐这儿。我们等你可久了，您不来，这牌都没兴致玩儿了。”

“行了。”谢厌迟坐下，没骨头似的往后一靠，手搭在膝盖上，轻轻抬了下食指，点了下秦郁绝的方向，看上去像是随口一提，“不让人进来？”

旁边有人嬉皮笑脸地打趣：“对啊，秦小姐怎么还不进来坐？”

周衍靠着沙发，领口扣子敞开几粒，看上去喝了不少酒，眼底全是轻佻。

“秦小姐，我们之前有些误会，不如今天一笔勾销？”他边说着，边轻轻拍了拍自己的大腿处，眼神露骨。

非常明显的暗示。

“一笔勾销？”秦郁绝抿唇，似乎是轻嘲了声。

这个词，还轮不到周衍来说。

哗啦——而就在这时，有道特别突兀的撕包装袋声音响起。

谢厌迟没骨头似的靠在角落那个位置，漫不经心地撕开包蓝莓果干，然后扔了一粒到嘴里。

接着皱了下眉，好像是觉得难吃。

似乎是觉察到秦郁绝的目光，谢厌迟眼皮一掀，同她对视。

恍若有暗波涌动。

“郁郁，你也真是。”

或许是见气氛僵持不下，薛南音读懂旁边人眼色，开口劝道：“人家周少爷愿意和你解决误会呢，你怎么还这么傻站着？”

秦郁绝回神，顺着声音看她一眼，然后轻笑了声：“好。”

她说完挪了下步子，朝座位的方向走去。

周衍坐直身，唇角一翘。然而，在临近周衍的时候，秦郁绝却突地将方向一转，干脆利落地在谢厌迟身旁坐下。

“抱歉。”

秦郁绝转头看着谢厌迟，将眼一弯，用气音说道：“不过看在好歹我们也签过合约的分儿上，借个位置？”

旁边的人倒吸一口冷气。

这秦郁绝，怎么谁的旁边都敢坐？但谢厌迟却还是那副懒散的样子，就好像身旁压根儿没坐个人似的。只是在秦郁绝坐下时，他忽然抬起手搭在了她身后的沙发上，就好像是刻意地在护着什么。

接着，谢厌迟缓慢地抬起眼，朝着周衍的方向看了一眼。

虽然只是不带任何情绪的一眼，却还是让周衍顿时绷紧了后背。

他咬了下牙根，然后赔着笑站起身，似乎是准备迈步走向秦郁绝：“谢二少，让您见笑了，她不太懂事……”

“吃吗？”谢厌迟突地开口打断，他目光微偏，将手中的果干袋递到了秦郁绝面前。周衍顿时一愣，准备迈开的步子硬生生止住。

秦郁绝稍怔，然后低下头从里面拿出一枚蓝莓干，放进口中：“谢谢。”

甜腻味在唇齿间炸开，泛着表层的一点儿咸味蔓延。

味道，的确不怎么好。

“怎么？”

谢厌迟将手中的包装袋往桌上轻轻一扔，抬起胳膊枕着后脑勺，笑了声："从刚才我就奇了怪，坐个位置还有这么大讲究？要不然我起身给您让让？"

"……不，我是怕她不懂事惹谢二少不开心。"

"瞧你这话说的。"谢厌迟低笑了声，将身体稍稍往前倾，懒洋洋地问，"我像是这么事的人吗？"

……您可太像了。

"当然不像。"

话都说成这样了，周衍也看得懂脸色，反身坐下："既然您不介意，就算了。"

谢厌迟唇角一扯，往后一靠，偏过头在秦郁绝耳畔低声道："秦小姐，我记得合同上不是说，我们这关系是从一周后开始生效？现在还没到时候吧？"

秦郁绝："对。"

谢厌迟长眸一眯："所以，今天这得算特殊服务啊。"

"……"

秦郁绝抬眼对上面前那人噙着笑的眼眸，隐隐约约对接下来的话有了预感。

果不其然——

"不过特殊服务也不是不可以。"谢厌迟说到这儿稍稍一顿，然后拖长了尾音，"但是——得加钱。"

秦郁绝微笑："您说加多少呢？"

"加多少呢？"谢厌迟摸着下巴琢磨了会儿，"这次少点儿，就五万元。"

秦郁绝点了点头，作势起身："告辞。"

第四章

今天二狗不是狗

打从一开始秦郁绝就发现，即使谢厌迟坐在这群人中间看上去一副玩世不恭的模样，却也有股和周围格格不入的感觉。

现在她知道原因了。

打个比方，如果说周衍这人是属于“坐我旁边，我包养你，给你五百万元”的标配花花公子。那么谢厌迟就是“坐我旁边，你得给我五万元”的神奇人物。

这么一想，好像也能够理解为什么这群人里只有谢厌迟在这么年轻的年纪，就能够一手创立景逸科技，包揽了各个端口的热门游戏。

全靠奸商本质。

“告辞？这可不成。”

谢厌迟听见这话，眉目稍敛，眼里含笑地看着她，接着一本正经地分析：“喏，人我已经替你拦了，位置也让你坐了，而且——”

说到这儿，抬手指了指桌上那包蓝莓干：“东西你也吃了，所以这怎么还能退货呢？”

秦郁绝沉默：“……”

这绝对是强买强卖。或许是因为谢厌迟太过瞩目，虽然只是简单说了几句话，却还是让人把注意力放在了他们身上。

有人小心翼翼地开口问了句：“秦小姐和谢二少是不是认识？”

“我和她啊……”

谢厌迟没立刻回答，他将手松松地搭在腿上，食指一下下轻点着膝盖，转头看向秦郁绝，唇角一翘，笑着问："秦小姐，我们认识吗？"

……如果回答认识的话，一定又会被骗走五万元块。

想到这儿，秦郁绝微笑道："我的确知道谢先生的名字，但谢先生应该是不认识我的吧。"

谢厌迟轻笑一声，耸了下肩，转头看向问问题的那个人："喏，不认识。"

这句话一说出口，旁人总算松了口气。

他们早答应了陪着周衍去作弄这个小明星，但如果她和谢厌迟这尊活祖宗有什么关系可就麻烦大了。

现在看起来，幸亏没有。不过倒也是，如果两人有渊源，就谢厌迟这脾性，也不会放着周衍封杀她的事情不管。

这么想来，刚才还将心提到嗓子眼儿的一群人也终于安了心。

秦郁绝也安了心。

钱保住了！

酒过三巡，场子也开始进入气氛。

这里的人秦郁绝都不熟，她也无心结交，只当是应酬，有人搭话就四两拨千斤地应付几句。

她当然清楚若是这场子不散，自己这么个小人物还没有无缘无故就贸然离场得罪人的规矩。

一直到周衍使了个明目张胆的眼色。

紧接着，薛南音立刻会意似的拆了副牌，笑着递到她面前："郁郁，别干坐着，会洗牌吗？"

秦郁绝平静地转头，望了眼那副牌，点头："会。"

她伸手接过那副牌，紧接着清脆的纸牌碰撞声响起。

秦郁绝手法漂亮地将牌迅速洗完，然后站起身，干脆利落地分发成三份，整齐地摆在桌子中心。

“这么远，我哪儿拿得着？”周衍笑嘻嘻地说，“秦小姐，发牌得递到人手上啊。”

秦郁绝看他一眼，没说什么，拿起其中一份走到他跟前，伸手递了过去。

有人悄悄看了谢厌迟一眼。

他似乎压根儿不在意这些事，只是从烟盒里抽出一根烟，耷拉着眼皮，将打火机按得啪啪直响。

虽然一句话没说，但却隐隐约约让人能嗅到几分不耐。

但又好似一切如常。

周衍笑着伸手接过，拿牌的时候，还略带暧昧似的轻碰了下秦郁绝的指尖，然后瞳中的兴致更深。

“对了秦小姐，方便替我倒杯酒吗？”他问。

一而再，再而三的要求，秦郁绝甚至懒得敷衍几句。她完全能猜到这位周小少爷到底有哪些花花肠子。

于是当下，她没带半点儿停顿地倒了杯酒，然后递到了周衍的面前，笑了声：“还需要我做什么吗？”

“不需要了。”周衍边笑边伸手假意去接。

但即将碰到酒杯的时候，却略带刻意地装作没控制好力度，抬手就往秦郁绝的胳膊撞去。

然后，撞了个空。

秦郁绝早有预料地将身一侧，反倒是周衍因为惯性，整个人往前一跌，险些没坐稳。

“周小少爷，其实倒也不用这样。”

终于，秦郁绝懒得陪他再这么演下去，她将眼稍眯，反倒是轻轻地笑了：“您想要做什么直接和我说就行了，这么拐弯抹角的，多辛苦。”

周衍手忙脚乱地被人扶着撑起身子，样子看上去有些狼狈，他脸一垮："你什么意思？"

秦郁绝收敛了笑意，垂眼望了望手上那杯酒。

下一秒，她干脆利落地抬起手，将酒杯里的酒顺着自己的肩窝处浇了下去。

酒水顺着她漂亮的锁骨淌下，虽然杯中的水不多，但黑色的一字肩衬衫却也湿了大半，此刻紧紧地绷住，勾勒出好看的身体曲线。

"你看。"

秦郁绝将杯子放下，伸出手重新倒满一杯，然后递到了周衍面前，笑意潋滟："是不是不用那么麻烦？"

刺鼻的酒精味在空气中挥发，让周围的气息都莫名带上了几分旖旎。

这一番动作，让那些原本幸灾乐祸准备看好戏的人全都愣住。但同时也总算明白了为什么这周小少爷会花大时间耗在这么个新人身上。

秦郁绝的确非常引人注意。

寻常人被泼了杯酒的样子是狼狈的，但她偏偏让人提不起半点儿嘲笑，反而格外招人觊觎。

带刺的玫瑰总是最惹人的。

周衍似乎没反应过来，张了张嘴，伸手接过那杯酒，然后才笑了声："秦小姐不必这样，刚才不过是个意外。"

"也是，我猜得到周先生不会计较这些。毕竟您也知道当时那件事只是被有心人利用的误会，您说对吗？"

秦郁绝说这话的时候，眉梢眼尾全是淡淡的笑意，听不出半点儿讽刺。

周衍一哽，没想到她会主动提起，有些骑虎难下，只能故作大度："当然。"

"我就知道周先生是明事理的人。"

秦郁绝笑了声，然后低头看了眼身上湿漉漉的衣衫，唇角一扬："不过不凑巧，我这副样子可能会扫了大家的兴。虽然挺想继续玩儿下去，但现在也只能先一步告辞了。”

话都说到这份儿上，加上现在秦郁绝这浑身上下湿漉漉的样子，的确让人想不出再强留的理由。

周衍干巴巴地扯了下唇角，似乎是觉得心里堵得郁闷，但却也无计可施：“行。”

秦郁绝笑了声：“多谢。”

说完转身离开。

在临走前，她下意识地扫了下谢厌迟的方向。谢厌迟没看自己，好似也不关心刚才发生的那些事，只是懒洋洋地清理着手上的那一摞牌。

似乎是感觉到秦郁绝的视线，他抬起眼睫，朝着她的方向望来。

那双琥珀色的瞳孔在包间灯光的照射下，宛若映着细碎的光。

不知道是不是秦郁绝的错觉，在某一瞬间，她似乎读到了他眼底凌冽的寒意，让人感到刺骨的钝痛。

但仅仅是一瞬间，他好似又恢复如常。

秦郁绝抿了下唇，没说话，转身离开。

其实她刚才的确有许多更有骨气的选择，比如在进门的时候就摔门而出，或者是干脆利落地扇周衍一巴掌。

但有些时候，心高气傲是最不值钱的东西。

特别是在人情世故面前，有许多事情从来都是没有道理的。

虚与委蛇是早就该学会的东西。

秦郁绝倒不会很难受，只是有些感慨和惋惜。

毕竟她曾经也是那副样子，无法无天，无所畏惧。

等人走后，安静的氛围才终于被打破。

有人嬉皮笑脸地用胳膊肘捅了捅周衍的肩窝，拿腔拿调道：“挺有眼光的啊，选了这么只野猫。”

“周小少爷，你这可不行，怎么就让人家溜了呢？”

“这小野猫还挺聪明，泼了自己这杯酒，倒是成功从笼子里蹿了出去。”

周衍倒也不介意，顺嘴开了句玩笑：“看到了吧？是不是挺有意思？”

“那是，难怪周小少爷这么念念不忘。”立刻有人接话，“这秦郁绝和她姐姐长得虽然有些像，但风格却完全不一样，比如说——”

说到这儿，那人意味深长地止住了话，还不忘抬手朝着自己胸前比画了一圈。

大家会意，嘻嘻笑成一团：“老四，你可算了吧。人家周小少爷都还没弄到手，你就在这儿想排队？”

这群人从来都是这副脾性，毫不顾忌地调侃着圈里的新人。毕竟平时这些小明星在他们眼中，从来都是眼巴巴自己往手中跳的。偶尔碰见几个有点儿脾气的，最后还不是都乖乖服了软。

啪。

而就在这时，一道干脆利落的声响，让所有人蓦地噤声。

谢厌迟倚着靠枕，往桌面上扔了张梅花三。

随手的一个动作，却力道十足，带着几分让人后背绷直的凌厉。

他昂了昂下巴，看向周衍，说：“到你了。”

周衍一怔，随即抽出张梅花四打了出去。

下家见状，立刻准备跟张牌，可是连牌都还没抽出来，身旁便传来声无比清晰的轻啧声。

“啧。”

语气里全是躁意和戾气。

谢厌迟耷拉着眼皮，将手中的牌一收，然后反手摔在桌面上。

他抬起手，慢条斯理地松开自己袖口处的扣子，然后悠悠地抬起眼，幽深的目光望向周衍的方向。

周衍觉察出不对，立刻赔笑道："谢二少，您……"

砰！

话还没说完，谢厌迟便腾身而起，动作干脆地揪住周衍的衣领，将他重重地抵在了墙上。

桌上的酒瓶都被这大动静给带得晃了又晃摔落在地上，溅开一地的酒水和玻璃碎片。旁人都没反应过来，心里一惊，下意识往旁边一躲。

"我说周衍……"

谢厌迟语速压得很慢，每个音节都带着些磁沉的尾音，压得人心头一阵发慌。周衍冷汗直冒，手中捏的那一把牌都没来得及放下，此刻紧紧攥在手里，动都不敢动。

谢厌迟笑着俯下身，伸出手从他手中那把牌里抽出一张，然后抬手，轻轻地打在了他的脸上，轻飘飘地问："你这牌，怎么就打得这么烂呢？这样下去我可是会输钱的。"

"……"

周衍傻了。

这是什么道理？

他不就是出了个梅花四吗？

但周衍敢怒不敢言，只得干巴巴地问："谢二少，我不知道哪儿得罪你了……"

"瞧你这话，这不是在侮辱我吗？"谢厌迟轻嗞一声，像是听见什么笑话一般，"我这人欺负人，什么时候还要理由了？"

接着稍顿，语气中那点儿痞气更深："我看上去，像是这么讲道理的人吗？"

四下的人都吓得噤了声，不知道这位祖宗怎么就发了火。

许久后，才有胆子大的小心翼翼地开了口："谢……谢二少，周衍这人性格直，你可千万别和他计较，免得耽误了自己的时间不是？"

谢厌迟低笑一声，想了想，松开手："也是。"

周衍整个人一垮，悬着的心也放了下来。

而那边，谢厌迟慢条斯理地拍了拍自己胳膊上沾到的墙灰，慢悠悠地说道："今天的确不太凑巧，没什么时间。"

周衍闻声，喉头一紧。

谢厌迟整理好衣服，笑着抬起眼，看向周衍，道："一周后吧，一周后再继续计较，那个时候我比较闲。"

"……"

"或者你自己挑个时间也行。"

从包间出来后，谢厌迟边朝着大门的方向走着，边习惯性地从兜里掏出烟盒抽出根烟叼在嘴里，然后摸出打火机点燃。

靠近门口的地方，时不时会来阵风，裹着夜晚湿漉漉的寒意。

谢厌迟抬头，一眼看见了站在门口的秦郁绝。他停住步子，侧身歪靠着拐弯处的那根柱子，眉目稍敛，朝着她的方向望去。

似乎是因为夜晚温度骤降，秦郁绝偏头掩着唇咳嗽了几声，然后清了清嗓子，眉头稍稍皱起。

被酒水泼湿的衣服还没干，迎着风一吹，那股冷意直往骨头里钻。

烟雾缭绕在指尖，那一点儿猩红忽明忽暗，映亮了谢厌迟眸底翻涌的暗流。

一根烟只烧了一点儿，他却就着一旁的垃圾桶将烟按灭，然后重新迈开步子，朝秦郁绝的方向走去。

第五章

六千元的出租车

早知道那杯酒就应该倒得少一些。

这是秦郁绝在走到会所门口时的第一个想法。

四五月的天气总是阴晴不定的，特别是潼市的昼夜温差一向很大，此刻冷风顺着衣领往脖颈里灌，紧贴着肌肤的湿润衬衫跟冰块一般冻得人头皮发麻。打车软件上转了几回圈，最后都变成了无人接单。

就在她准备重新试一次时，突然感到身后有人靠近。

风声渐小，就好像大半都被来人给挡去。

秦郁绝稍怔，还没来得及回头，便有只胳膊越过自己的肩膀，骨节分明的手虚搭在她肩侧，然后在她耳边清脆地打了个响指。

“好巧。”

带着些半开玩笑般的语气，泛着股痞气，但却又不会让人感到半点儿不适。还没转头秦郁绝就知道来人是谁。

她锁上手机，回头一看，果然一眼望见那位大少爷站在自己身后。

谢厌迟就只是这么站着，一句话没说，仍能看出浑身上下泛着的那股散漫劲儿。他随意地将肩上的外套扯下来，朝着秦郁绝的方向一扔。

“披上。”

秦郁绝下意识地一接，低头看了眼手中的外套，没反应过来：“这是？”

“售后服务。”谢厌迟抬了下眉，笑了声，“我又不是黑心买卖，肯定得照顾一下客人情绪啊。”

听上去非常人性化。

如果忽略价格是五万元的话。但是眼下秦郁绝的确需要，所以倒也不多客气，将外套抖开披在了肩上。

“谢先生准备走了？”她随口问了句。

谢厌迟双手插着兜，懒洋洋地点了下头，轻飘飘地说：“拿了手烂牌，再这么下去得输钱。”

非常有他风格的一个原因。

秦郁绝没忍住，偏过头，唇角一弯，扑哧一声笑了出来。

谢厌迟勾了下唇，从衣兜里掏出车钥匙，朝着门口一排车位的方向按了下。一辆黑色的宾利闪烁了几下车灯。

秦郁绝见状，侧身让了让道，似乎是等着他离开。

但等了一会儿，却没等到旁边的人迈开步子。

她疑惑地转过头，却发现谢厌迟正一言不发、无比安静地望着自己。

“谢先生不会……是想送我？”秦郁绝试探着问了句。

谢厌迟将眼一弯，车钥匙圈挂在食指上轻转了几圈：“猜对了。”

“这也算售后服务？”

“当然——”

说到这儿，他稍稍拖长了尾音，然后俯下身靠近她的额，眼底噙着笑：“当然不算，我会这么好心？”

一句非常恬不知耻却又理直气壮的话。

秦郁绝露出个微笑：“五万元？”

谢厌迟闷闷地笑了起来，然后义正词严道：“怎么会，我报价向来合理。”

“比如说？”

“五千元。”

……不知道是不是秦郁绝的错觉。

乍一听居然觉得的确很少。但谁家打车花五千元？顺路出个国吗？

不过好在秦郁绝一开始就没对谢厌迟有半分期待，她微笑着点点头，然后发送出了最真挚的祝福：“一路顺风。”

说完便迈步离开，想走到路口的地方试试看能不能打到车。

“秦小姐。”

而就在这时，谢厌迟突地开了口，他将车钥匙抛了抛又稳稳地接住，接着慢悠悠地分析道：“贺怀情有没有提醒过你，像这种默认的高级会所外面，几乎每天都会有报社的人蹲点的。”

秦郁绝步子一顿。

“你说万一就有人拍下来今晚你打车回去，结果我这个‘男朋友’还一个人开车自己走了，到时候有人怀疑什么，我们这戏岂不是难演？”

谢厌迟说到这儿，凤眸微眯，轻啧一声，似乎是遇到什么棘手的事：“不过到那时我也可以配合你解释一下今天的事，但我一想吧，你说今天又不在合同期限内，解释起来还费功夫。所以我觉着到时候还是得算成另加的钱，毕竟一码归一码——”

“谢先生的车是哪辆来着？”

秦郁绝深吸一口气，开口打断，然后转过身，朝着谢厌迟露出一个无比温柔的笑脸：“请您务必送我回家。”

“成啊。”谢厌迟打住话，看她一眼，笑意更深，“这次六千元。”

秦郁绝：“？”

行，坐地起价。

这绝对是秦郁绝打过的最贵的一次车。

就在刚才谢厌迟递给自己外套的时候，她心中居然还对这位大少爷存了几分感激，觉得他不是传闻中那种人物。

现在秦郁绝想穿越回十分钟前，掐死那个心存感激的自己。

吃人不吐骨头——这位大少爷绝对配得上这个名号。

谢厌迟发动了汽车，随口问了句：“要听什么歌？”

秦郁绝："《血腥爱情故事》。"

谢厌迟："？"

秦郁绝笑着望向他，一字一句道："听一下恋爱相关歌曲，提前进入一下综艺的剧本和角色。"

"行啊。"谢厌迟弯了弯唇，抬起食指划了下屏幕，漫不经心地说，"这剧本听上去挺瘆人的，像这种难度比较高的，肯定不能按照基础价位来算，所以要不然——"

"还是《恋爱循环手册》吧。"秦郁绝飞速打断，"我换首歌进入状态。"

谢厌迟轻笑了声："好。"

就这样，黑色宾利里播放着甜甜的《恋爱循环手册》行驶进了漆黑的夜色中。

画面看上去有股异样的违和感。

秦郁绝脸色阴郁地转头望向车窗外的风景，心情并没有从一夜之间失去了五万六千元的悲痛中走出来。

这种僵硬的气氛最终被一通微信电话打断。

是贺怀情。

"我们这边讨论之后，给你安排换了一个新的综艺剧本和设定，大概明天整理出来发到你的邮箱里。"

贺怀情也不废话，单刀直入："不过这边还需要你提前拍摄录制一些照片、视频，伪造些行程和聊天记录之类的。等到节目播出之后会安排些营销号爆料发出来，能够炒作一下真实度，而且现在观众就喜欢这些节目外的糖。"

圈内这些比较常见的炒作手法秦郁绝都能理解，她点头应了一声，然后侧目看了眼旁边的谢厌迟，收回视线，问："这件事，不和谢厌……谢先生说吗？"

谢厌迟听见了自己的名字，抬了下眉，唇角稍弯，却没转头。

“和他说？让他配合？”

贺怀情音量陡然提高，仿佛直接穿透了听筒：“谁敢让那位大少爷花时间陪着我们造假？他能好好地走完整个流程我就谢天谢地了，退一万步讲，就算人家不拒绝，最后也一定会给你涨价。”

或许是因为音量陡然增大，秦郁绝的耳朵有些发酸，她稍稍挪开点儿听筒，犹豫了一下，正欲开口却又被打断——

“如果他谢厌迟知道这件事之后不借着机会给你涨个几万，我给你直播倒立洗头。”

这句话一说完，许久没有声音。微信电话的音量开得不小，加上贺怀情情绪激动声音也大，话音在小小的空间里更显清晰。

谢厌迟挺平静地将车靠着路边停下，然后转过头笑着望向秦郁绝，浅眸里闪烁着些意味深长的光。

“喂？小秦，你那边怎么了？”贺怀情察觉不对。

而回应她的是一道低哑磁沉的男声，尾音仿佛还带着些懒倦的笑意。

“嘿。”

贺怀情：“……”

非常耳熟的声音，让贺怀情敏锐地觉察到不对。

秦郁绝心里替贺怀情默了会儿哀，然后双手将手机递到了谢厌迟面前，做了个您请的动作。

谢厌迟没接，只是抬手按了下免提，然后慢悠悠地说道：“您刚才那话说的，合同上说好的工作，我怎么可能不配合呢？”

“……谢先生晚上好。”贺怀情心头一梗，情绪难以言喻，只能艰难地问了个好。

“照片我当然会配合拍摄。”谢厌迟说。

贺怀情：“那您需要加多少钱呢？”

“不收钱。”谢厌迟抬了下眉，接着补充道，“我比较想看倒立洗头。”

“……”

即使隔着电话听筒，秦郁绝也能感受到自家经纪人的心死如灰。

她别过脸，有些不忍心看。

贺怀情深深吸了口气，语气诚恳而又带着些绝望：“不行，太麻烦您我们会过意不去的，所以请您务必加钱。”

于是，在无比畅快的对话中，原本二十万元的合约报酬，在短短一天之内已经翻了个倍。挂断电话之后，秦郁绝给贺怀情发了个微信。

秦郁绝：刚才加的四万元不能从我的酬劳里扣。

贺怀情：我还想问你，为什么会和谢厌迟在一起？而且怎么一晚上工夫你也被涨价了五万六千元？

秦郁绝：……一言难尽。

原本一开始贺怀情并没有想到让谢厌迟配合，反正这种节目外营销号爆料的内容并不需要主角亲自露脸，捕风捉影的发一些同款衣饰和模糊的照片，拼凑几张聊天记录，多半都会有人相信。

不过谢厌迟愿意配合，效果当然只会好不会差。

贺怀情这么一想，觉得四万元倒也算不上亏。

贺怀情：既然你们俩在一块儿，今天就顺手拍些照片给我吧，其余的我和组内商量后再定。

发完几条消息后，秦郁绝转过头看向身边这位黑心企业家，开口道：“谢先生，我们需要拍摄几张生活照。”

“哪样的？”谢厌迟抬起食指一下下敲着方向盘。

“就，情侣那样的。”

“成。”谢厌迟转头，“拍吧。”

按开相机，秦郁绝草草拍摄了几张合照就准备发给贺怀情。然而就在这时，一只骨节分明的手按住了她的手机，然后轻轻巧巧地拿了过去。

“我说——”

谢厌迟皱着眉，翻了翻那几张刚拍好的照片，一脸嫌弃：“秦小姐，你是不是没谈过恋爱？你确定要拿这几张照片炒作恋情，而不是炒作分手？”

或许是因为过于拘谨，照片上的两个人像是隔着一条银河，仿佛把“我在摆拍”四个字写在了脸上。

秦郁绝觉得自己被嘲讽了，她深吸一口气：“那您说怎么拍？”

谢厌迟抬头看她一眼，然后唇角一翘，手机一横按开相机，接着抬起手握住秦郁绝的肩，把她一把搂到自己身边。

两人肩膀紧紧相靠，或许是因为太过于猝不及防，秦郁绝还没反应过来，头因为惯性倚在了他的胸口。

“抬头。”谢厌迟说。

秦郁绝下意识抬头，然后就听见“咔嚓”一声。

“喏，拿去。”谢厌迟松开手，将手机往秦郁绝的方向一抛。

秦郁绝接住点开一看，稍稍怔住。

照片上，谢厌迟虽是一副放浪形骸和玩世不恭的样子，但浅眸中的笑意却清朗明晰。而自己略带着些没反应过来时的茫然表情，却显得更加自然。

这么看上去的确非常像一对恋人。

秦郁绝笑了声：“看来谢先生一定有过不少女朋友。”

“没。”谢厌迟摸着下巴想了会儿，然后转头笑眯眯地抬手点了下秦郁绝，“暂时就这一个。”

“……”谁信。

车很快就到了公寓楼下，秦郁绝下车道了句谢，接着走进了单元楼。

片刻后，黑色的宾利也掉头开走。

咔嚓。在不远处的一角，一辆银色的面包车上，闪光灯一闪。

“拍到了？”

“拍到了，我还以为唬人呢，没想到还真能拍到有金主送秦郁绝回来，这都大半夜了。”

狗仔小李打了个哈欠：“拍她多没劲啊，又没什么热度。”

“你懂什么。”说话的人看上去像是他的师傅，边翻着刚才的相片边说，“有热度的是她姐姐，带上她姐的名字，这热搜不就起来了吗？你忘记她姐当年自杀就是因为包养传闻？

“姐姐被包养，妹妹也走后路，仔细想想标题，这可是个能大爆的热搜。”

狗仔小李一听，顿时跟打了鸡血一样，但想了想又泄了气：“不查查那辆宾利是谁的？我看车型挺贵的，万一不好惹……”

“不要紧，我认得出，那是谢二少谢厌迟，他从来不在意这些事的。”师傅挥了挥手，然后对司机喊了句，“我们走吧。”

面包车转了个弯，还没完全掉过头，面前突然灯光一闪——

方才那辆宾利去而复返，硬生生地挥到了面包车面前将它拦住，车灯闪烁，明晃晃刺得人眼疼。

狗仔小李一看，心悬了起来，连忙跟着师傅下了车敲了敲车窗。

“谢二少，您这是……”

话还没说完，车窗缓缓降了下来。

谢厌迟抬起食指，一下下重重地敲着方向盘，没转头看人，只是语气里带着沉沉的戾气：“删了。”

“以前的事我懒得管。”他一字一句，声音低哑，“这个不行。”

第六章

校霸克星谢厌迟

在签下合约的第三天，秦郁绝抽空回了趟柳川市，因为这天是自己母亲的生日。从潼市到柳川市坐高铁大概也就一个多小时。

到家的时候，秦母正在忙前忙后地准备着午餐，听见开门声，头也不回地扬声道：“郁郁回来了啊，快去把桌上的蛋糕分两块给你爸和姐姐。”秦郁绝放下手中的东西，点了下头，走到茶几处切下两块蛋糕装盘，然后放在了柜子上秦且离和父亲的照片前。她安静地看了会儿，然后俯下身，轻轻地说：“爸，姐，我回来了。”无论什么节日，或者是谁的生日，妈总会记着父亲和姐姐那份。就好像，他们还在一样。

“这段时间工作还辛苦吗？”

秦母忙活完，就着围裙擦了擦手上的水，走到秦郁绝身边，上下打量了她几眼，伸手捧住她的脸，语气里带着些心疼：“我看看，都瘦了。”

秦郁绝笑着握住秦母的手背：“哪儿能呢，经纪人还说我最近要减些肥。”

“减什么肥？拍戏不要身体啊！”

秦母没好气地捏了捏秦郁绝的脸，然后抬手轻拍了下她的后背：“去房间里歇着吧，饭做好了我叫你。”

“好。”

秦郁绝笑着，赖在秦母肩窝撒了个娇，然后伸了个懒腰准备回卧室小睡一会儿。途经走廊的时候，发现秦且离房间的房门正开着，似乎是在通风。里面的东西摆放得整整齐齐、一尘不染，就连书桌上的花还是新鲜的，仿佛这个屋子里的人依然还在一样。

母亲曾说："如果连我们这些活着的人都不记着他们，他们恐怕就真的不在了。"所以这么多年，母亲一直留着这些东西，从来没有收拾起来。就好像不想忘记一样。

莫名的，秦郁绝鼻尖有些发酸，她深吸一口气走了进去。

书柜上摆着一本日记，是秦且离生前的日记，内页的纸张已经起了皱，看上去似乎是被人翻看了许多遍。秦郁绝伸手拿下，坐在床上翻开——

2008.7.9

我遇见了一个人，想要拼尽全力朝着他靠近，这是我的私心。X，他的姓氏，我想把他写进日记里。

2008.11.12

他记得我的名字。

2008.12.21

他回应了我的感情，这应该是我经历过的，最温暖的一个冬天。

……

2010.1.16

我告诉自己，这不会是压垮骆驼的最后一根稻草，但我没有想到，那个被我深爱着的人，会用这么肮脏不堪的语言来形容我。

2010.3.11

我骗了郁郁，告诉她我一切都好。但我已经变得如此厌恶自己，厌恶自己这个名字。

2010.4.24

"恶心"，他用这两个字回应我的求救。

2010.4.25

我曾经被许多人簇拥着说着爱，但现在我才知道，原来从来没有人爱我。

2010.4.26

抱歉，抱歉。

啪。一滴泪落在泛黄的纸张上。

秦郁绝垂下眼，揉了揉鼻尖，将日记本合上。

“又在想你姐姐的事了？”身后传来秦母温温柔柔的声音。

秦郁绝偏过头，然后撑出一个笑：“没，随便看看。”

“以前我心里也堵得慌，时间久了也就想通了。”秦母叹了口气，平静地伸出手接过那本日记，然后放在了书架上，“别人不知道，但我们相信她就行。”

2010年，网络还没那么发达，所有的娱乐八卦都被各家知名报刊所笼盖。在秦且离风头正盛的时候，一家知名报刊登出她被包养的八卦信息，并且放上了几张拍摄角度极为刁钻的照片。铺天盖地的通稿指责她的不检，甚至还出现了诸多由PS合成的不雅图片。

那个年代，谣言永远比澄清影响力要大。秦且离那时也不过刚满二十岁，还是个小姑娘的年纪。最终承受不了这样的压力，选择了自杀。

但——秦且离日记中的那个X到底是谁？

为什么这样一个被姐姐深爱着的人，会用“恶心”两个字去回应她最后的求救？那个时候的姐姐，到底该有多么绝望！

给母亲过完生日之后，秦郁绝计划着在柳川市多留一天，然后回潼市继续综艺节目前的筹备。

但在当晚，她收到了一条消息，来自高二时的老班长——

班长：小秦，是这样的，我听人说你这几天回柳川市了，明天不知道你有没有空和我们一起去看望下班主任？他前段时间因为心脏问题做了个手术，还在住院。虽然当年你高二就转走了，但是他老人家一直挺挂念你的。

秦郁绝想了想，虽然自己只在那所学校读了两年，但是对于这位班主任的印象还是很深刻，也存着几分情分。想着反正自己明天下午才走，也不耽误时间，秦郁绝便答应了这个邀请。

翌日，等秦郁绝来到医院和老班长约好的地点时，那块儿已经站了一排的人，其中许多都有些眼熟，可能是之前的同班同学。但因为时间隔了太久，秦郁绝一时之间无法将所有人都对上号。老班长见到她，走过来笑着调侃了句："秦大明星，我们还以为以后见不到你了呢。"

秦郁绝笑了声："我像是这么不给面子的人吗？"周围的人哄笑一声，话一说开，大家也少了拘谨，你一言我一语地怀着旧——

"郁郁，我这段时间还在电视上看见过你，还和我朋友吹牛呢。结果人家都不信我认识一个这么漂亮的女明星，今天必须拍张照炫耀一下。"

"是啊，你肯定能大红的。"

"当年你转走，班上那个暗恋你的体育委员还悄悄和哥们儿哭了鼻子呢，可别告诉他是我说的。"

聊了会儿天，人差不多已经来齐。

但老班长却迟迟没领人进医院，反而还站在路口翘首以盼地等着谁。

秦郁绝问了句："还有人没来吗？"

这话一说出口，周围有几个人立刻嘻嘻笑开："不用猜，肯定是在等那位小少爷，他迟到可太正常了。"

"小少爷？"秦郁绝搜罗了下记忆，没有对得上号的人。

老班长同她解释："不记得很正常，你转走之后他才调到我们班来，还是个转校生，你们可能没打过照面吧。”

“是吗？”秦郁绝点了下头，随口问道，“为什么叫小少爷？”

老班长说到这儿，啧啧叹息了几声，接着道：“当然是因为人家有钱啊，平日里在学校也没人敢管他，长得帅，性格还痞里痞气的，暗恋他的女生倒挺多。”秦郁绝领会了一下，这类角色的确每个高中都必不可少：“就校霸嘛。”

“你猜错了。”老班长笑了声，摇了摇头，“虽然听上去挺混账的，但人家其实是继你之后的学生会副会长，每天搁学校里管纪律，尊敬老师关爱同学，不然我们也不会喊他来啊。”

“是吗？”

“对，然后用武力胁迫那些校霸扫男厕所，参加文艺会演和在篮球场上充当没人愿意当的啦啦队。”

“……”秦郁绝沉默了一下，想象了一下曾经自己高中那些动不动“我废你一条腿”的粗犷猛男当啦啦队的画面，一时之间觉得难以接受。

这人虽然不是校霸，但明显比校霸还恐怖吧？

秦郁绝有些好奇：“所以这位小少爷叫什么？”

“谢厌迟，这名你肯定听过，在潼市那边很有名气的。”老班长说。

秦郁绝点头：“哦，谢厌迟。”

等一下。不太对劲。

谢厌迟？！这边人刚说完话，就听见慢悠悠的男声从身后传来，由远及近，带着几分轻佻的笑意，语气里全是懒倦。

“我说老班长，这块儿医院停车费还挺贵的，喊我来一趟，得给报销啊。”

秦郁绝后背一僵，闭了闭眼，深吸一口气转过头。

然后对上了谢厌迟那双含着笑的桃花眼。

……就离谱！怎么逃到柳川市还得和这黑心商家偶遇！

第七章

曾经我们也无畏

两人的对视被打断。刚才还围在秦郁绝身边向她打听八卦的女同学，见谢厌迟来了，全都挪开了目光，欣喜地凑上前去同他说话。

那群打扮得花枝招展的小姑娘将他围了一圈，语气高昂兴奋地找着话聊天，硬生生把老班长给挤出了圈子。

老班长悻悻地退了回来，虚拍了把胳膊上并不存在的灰，摸着后脑勺儿同秦郁绝尴尬一笑：“这群女生高中时候就这副样子，完全不给我们这些男生一点儿活路。”

秦郁绝淡淡地扫了眼谢厌迟的方向。他看上去倒是颇有耐心，抬手一边揉着自己的脖颈，一边散漫而又随意地勾唇轻笑着，时不时同人搭上几句话。分寸恰到好处，却又惹得那群女生一阵脸红。

非常标准的一个男狐狸精。但秦郁绝不准备给自己招惹麻烦。

她挪开视线，转过身，准备找个离这位黑心商人比较远的位置。

只要保证全程零交流，自己的钱包就能保住。然而刚往前凑了几步，突然感到身后有人靠近。

“嘿。”

还没反应过来，一只胳膊便松松地搭上她的肩膀，紧接着整个人身上一沉。泛着些痞气的嗓音带着些轻佻的笑意，在自己耳畔响起。

“跑什么？”谢厌迟问。

身后不远处传来一阵惊呼声。从那群人的角度看，就好像谢厌迟伸手将秦郁绝直接揽在了怀里一样。

秦郁绝内心一言难尽，她轻拍了一下搭在自己肩上的那条胳膊，递过去一个警示的眼神：“松手。”

谢厌迟摸了下鼻尖，笑着说：“你这演员不称职啊。想想看，我们今天在这帮老同学面前装陌生人，过些天就上综艺当热恋情人，一下就穿帮了不是？”

听上去的确非常有道理。秦郁绝转头，看了眼谢厌迟那意味深长的眼底，咬了咬后槽牙，决定先发制人：“最多一千元。”

就算闭上眼睛，她也能猜到谢厌迟肯定马上会借着“今天还不是合同期限范围内”来给自己涨出天价。不仅如此，他还会用“我已经开始演了怎么还能收回”这个理由来进行强买强卖。

于是她决定，先一步给出报价，将损失降到最低。

“啊？其实我这次没准备收钱来着，前天不都和贺怀情说了，得配合你做节目前准备吗？今天这事肯定也得算进去啊。”

谢厌迟轻笑了声，直起身子拍了拍她的肩膀：“不过我一个大男人，也不能辜负一个小姑娘的好意。”

秦郁绝一哽：“……不，请您务必辜负我的好意。”

谢厌迟打了个哈欠，松开手朝前走去，淡淡地抛下一句话：“一千元也是情分，记账上吧。”

这到底是什么品种的霸道总裁？

眼见着谢厌迟和一批男同学先进了医院，刚才那伙女生中的一个悄悄靠近秦郁绝，小声问：“哎，郁绝，你和谢厌迟也认识啊？”

秦郁绝转头看了眼。这位女同学有些眼熟，刚才听人提起她的名字叫周可昕，应该是以前同班过，但交流并不算多。

秦郁绝想了想，点了下头，随便找了个合适的理由模糊回答：“嗯，工作时候认识的。”

周可昕会意：“我说呢，我记得你转走的时候，谢厌迟才刚转到我们学校没几天。”

“也是。”秦郁绝笑笑，跟着这拨人走进医院，“不过可能之前见过一两次。”

她当然不会把今天的事当成巧合。之前就总觉得谢厌迟眼熟，现在来看，可能是之前在高中的时候因为什么原因见过几面。不过印象不是很深刻，所以应该也没有打过太多的交道。

但出于好奇，秦郁绝还是随口问了句：“谢厌迟为什么是学生会副会长？”

“事情还挺复杂的，他高二刚转来的时候还总和人打架。”周可昕对当年那些八卦记得很清楚，“因为当时和谢厌迟一起转来的还有个双腿截肢的男孩儿，但叫什么我不记得了。”

“然后呢？”秦郁绝问。

“然后你也知道，咱们学校虽然是重点，但是是重点里最次的，塞钱进来的人也多。那群混混儿在你走之后就更加无法无天，总是去欺负那个截肢的同学。”

周可昕顿了下，继续说：“谢厌迟是那人的朋友，知道他被欺负后，堵着那几个混混儿打了几架，一来二去，那些人都怕了。”

听到这儿，秦郁绝皱了下眉：“所以为什么——”

“高二快结束的时候，那个坐在轮椅上的男孩儿自杀了。”

周可昕步子一停，似乎是叹了口气：“事情闹得很大，学校那段时间天天有记者来。那个男孩儿初中的时候是打乒乓球的，曾经还拿过全国第二，是因为一场火灾才落下双腿残疾，估计是心理压力太大承受不了。

“从那以后的两周里，谢厌迟就来过两次学校，但后来，班主任托我给了他一封信。”

“信？”

“是的，虽然我不知道是什么。但从那以后，他好像才终于走出来了，也没再和人打架了。”周可昕语气里有些唏嘘，“最好的朋友自杀，对谢厌迟来说打击一定很大。”

秦郁绝垂眼没有说话，但这一系列的事情串在一起，她总觉得隐隐约约有些熟悉。

双腿截肢……

“哎！你们走快点儿！”老班长在前面喊了句，“来，你们在这份贺卡上挨个签下字，到时候送给老班。”

秦郁绝走到的时候，谢厌迟正在签名。他一只手插在兜里，一只手拿着笔，漫不经心而又随意地在贺卡上签下自己的名字。

动作流畅，一气呵成。脑袋里宛若有根弦被瞬间绷紧，秦郁绝张了张嘴，突然开口喊道：“谢厌迟。”

“嗯？”谢厌迟头也没抬。

“我想起来了。”秦郁绝总算明白了，自己的那股熟悉感从何而来，“我是不是罚你写过检讨？”

谢厌迟手一顿，抬眼，笑了声：“啊，你记性还挺好？”

2010年，春。

四月的天，恰好迎来了寒潮。冷空气混着萧瑟刺骨的寒意冻得人鼻尖发麻，深深吸一口气，便能感到鼻骨处传来酸楚的刺痛。

秦郁绝朝着指尖哈了口气，热流反了上来，鼻尖泛起点儿暖意。

本来这个点她早该放学回家了，但临走前有同学来找了自己一趟，打了个报告。

“后操场有人约架。”

“为什么？”

“因为有高年级学生欺负学校里一个双腿截肢的同学，谢厌迟替人出头，就和那些高年级学生打起来了。”

谢厌迟？很陌生的名字，应该是个转校生。

秦郁绝没太往心里去，只是漫不经心地从抽屉里揪出个记名本，随手披了件校服：“走吧。”

秦郁绝是学生会副会长。那些素来在学校里耀武扬威、恣意妄为的问题学生，多半都会给她几分面子。久而久之，学校里遇到些打架斗殴难以调节的麻烦事，都会有人来找她。

到现场的时候，架差不多已经打完。

这是她头一次看见平日学校里几个知名的刺头被揍得这么惨烈，额角肿得老高，唇边破了点儿皮，却还在强撑着放狠话。

“转校生是吧？老子记住你了。”

“知不知道规矩啊，再敢在我们面前野，迟早有一天我让你和你那个残废朋友一样，坐一辈子轮椅。”

秦郁绝转头看向那个有些陌生的面孔。

少年慵懒地靠着墙根，胳膊搭在膝盖上，抬手用拇指擦了下唇角的伤，轻嗤一声，吐出口血水，眼底里尽是嘲讽。

全然的少年意气，眼梢里都带着些恣意和不羁。

听到最后那句话，少年眸色倏地一沉，戾气好像刻进了骨缝里。

他手掌撑着地面，借力起身，像只野兽般跃到那位出言不逊的刺头面前，掐住那人的脖颈，死死地抵在墙上。

“够了。”秦郁绝开口打断。

她随意地披着件校服，眼底带着些不耐。下一秒，干脆利落地插身在转校生和那群刺头中间，将两边人隔开。

秦郁绝问：“谁先惹事的？”

刺头们顿时伸手一指：“这个刚转校的，莫名其妙就跑到这里来堵我们！”

说着还嘻嘻笑着讨好道：“副会长，我们最近可乖了，好长时间不和人打架，怎么可能给您添堵嘛。”

秦郁绝转头抿唇微笑，但眼底却全是警告和危险：“三千字检讨，每人一份，不要找代写，我认识你们的字迹。”

这几个刺头顿时怨声载道，却都没多话，互相勾肩搭背地走了。但走之前却还是幸灾乐祸地回头：“副会长，这个转校生可太嚣张了，公然破坏学校风气，您可得好好教育教育。”

秦郁绝转身看了眼刚才那个少年。

男生没动，浅色的瞳仁紧盯着她，狭长的眼形，双眼皮褶皱极深，眼尾微微上挑，带着几分似笑非笑般的慵懒和散漫。

“姓名，班级。”将记名本递到他面前，“写下来。”

男生扯了下唇角，眉宇间带着几分痞气，他没伸手去接，开口声音低哑，语气里含着散漫的笑：“大小姐，这学校里没人管我的。”

“是吗？”秦郁绝笑了。

几乎没有任何停顿和思考，她抬眼径直望向男生眼底，语气平静地说：“那现在有人管了。”

风声骤起。

秦郁绝单手按住自己的衣领，但外套衣角却还是被吹得上下翻飞。

两人对望，仿佛在这瞬间，夕阳光线透过斑驳树影，安静地流转。

许久后，男生垂眼，如羽般的长睫落下，将那泛着碎光的瞳仁笼罩在一片阴影之下，接着缓慢地收敛了笑意，伸出手，五指骨节分明。

他靠着墙，懒洋洋地接过笔，就着秦郁绝递出的本子写下三个字——

谢厌迟。干脆利落的字体，带着些飞扬跋扈的气息。

全是放浪形骸的纵情与嚣张。

“和他们一样，三千字检讨，明天交给我。”秦郁绝将本子一合，语气没什么起伏。

宛若听到什么好笑的笑话一样，谢厌迟从嗓子眼儿里发出一声低笑，然后慢条斯理地俯下身，靠近她的脸，话里含着笑："大小姐，不要多管闲事。"

秦郁绝眸光都没晃一下，反而抬起眼直视着他的双眸，更正："三千五百字。"

谢厌迟慢悠悠地说："我挺记仇的。"

"是吗？"

秦郁绝想了想，重新打开记名本，按出圆珠笔笔尖，爽朗地写下三个字，然后撕下那张纸递给谢厌迟："这是我的名字。"

谢厌迟稍顿。

秦郁绝翘起唇角，眼底的笑意柔和但却坦荡，无所顾忌也毫无畏惧："你可以记很久。"

十六岁的秦郁绝，活在无数光芒之下。

不仅家世殷富，姐姐更是当下家喻户晓的明星。

天之骄女，众星捧月。

但高楼往往只在一夜倾覆。

秦郁绝的姐姐，那位最年轻的影后，割腕自杀。

父亲因承受不了打击，心脏病复发住院，性命垂危。

人为财死，鸟为食亡。大伯借此契机，将公司的股份转移。在许多事情面前，亲情是最容易割舍的东西。

母亲散尽家财，偿还姐姐死后需要支付的巨额违约金，四处筹钱替父亲治病。

几天后，秦郁绝转学。

从此，不知天高、不畏地远的青春，最终变成回忆。

第八章

黑暗里的那束光

回忆起这段经历的秦郁绝心情一言难尽，她深吸一口气，然后无比认真地问道："所以你就因为我罚你写了三千字检讨，就记仇到现在？"

"纠正一下。"谢厌迟俯下身，伸出一只手虚抵着她的唇，话里含着笑，"是三千五百字。"

"……"他是真的狗。

在一旁拿着笔准备递给秦郁绝签名的老班长，看着面前这两个人的互动，递笔的手僵在半空中，一时之间不知道自己应不应该打断。

许久后，他才艰难地咳嗽了声："小秦，该你签名了。"

秦郁绝反应过来，迅速后退一步，转身拿起笔，干脆利落地签好名，然后转身朝着另一拨人的方向走去。

看上去势必要把距离保持到底。谢厌迟也没去追，而是慢悠悠地起了身，插着兜笑着看她仓皇离开的背影。

老班长搭上他的肩，挤眉弄眼道："你俩有事啊？"

"好奇？"谢厌迟转头，唇角一勾，然后慢条斯理地说，"想好了啊，从我这儿打听秘密，还挺贵的。"

老班长迅速放下手："算了，我们进去看老班吧。"

班主任的身体已经好了大半，但因为年纪大了，和这群学生聊了会儿天，精力也开始有些支撑不住。

他能记清楚的人不多，但秦郁绝算是印象深刻的一个。

"当年你转走，我还一直挺担心的。"班主任叹了口气，声音也不像十年前那么中气十足，“你是我带过的最让人省心的孩子，现在看到你成了个小明星，心里也总算是放下了。”

秦郁绝没有多说什么，弯起眼笑着顺着老师的话往下说：“对啊，那些事都过去了。”

谢厌迟闻言，依旧懒散地耷拉着眼皮，眼睫都没动一下。

杂七杂八的事情聊了半天后，班长说：“好了，我们让老师休息吧，下次再来看您。”

一群人一边告别一边往外走。而就在这时，躺在床上的班主任突然喊了句：“小迟，你再留一下吧。”

被突然点名，谢厌迟看上去却没太大意外，他平静地点了下头，然后冲着一旁的同学摆了摆手，示意他们先出去。

一会儿后，房间里只剩下他们两个人。

谢厌迟走到老师的病床前，拖开椅子坐下，声音沉沉：“老师。”

“你这个月都来看我第三次了，怎么没和他们说？”班主任笑了声，撑起身子，精神也好了些，“我还没谢谢你，如果不是你替我联系医生，恐怕我这手术也没办法这么快做完。”

谢厌迟笑了声：“没必要说，又不是什么大事。”

“今天我看见小郁了，你有和她打过招呼吗？这应该是你们这么多年后第一次见面吧？”班主任知道谢厌迟的性子，闷声笑了几下，惹来一阵轻咳。

谢厌迟起身给他倒了杯水，然后淡淡道：“打过招呼了。”

“那就好，”班主任接过水，喝了一口，然后叹口气，似乎是在回忆，“你是最让我骄傲的学生，当年能将你拉回来，是我做过的最正确的事。”

说到这儿，老师又缓缓地补充了句：“多亏了她。”

“嗯。”谢厌迟一字一句地说，“我不胜感激。”

从病房里出来后，谢厌迟发现秦郁绝早已离开。

因为她马上还要赶高铁回潼市，所以也就没有和同学多聊。

谢厌迟没和同学一道去聚餐，随便找了个由头推拒之后，开车前往了另一个地方。每次来柳川市都一定会去的地方——永安墓园。

十年前，喻之衍就葬在这儿。

墓碑上的黑白相片，停留在少年最好的年纪。

十六岁。

谢厌迟蹲下身，将刚买的一束鲜花放在墓前，然后沉默地望着相片上那张意气风发的面庞，许久后才沉沉开口：“我快做到了。”

风声渐起，给那低沉的声线添了几分冰冷的温度。

每个音节宛若压在人心口，让人难以喘息。十一年前，潼市发生了一起火灾。由于保姆不规范使用厨房用具所引起的意外失火。

地点是谢厌迟哥哥——谢何臣所住的公寓。那天，喻之衍和谢厌迟相约放学在那套公寓里玩儿新买来的游戏机，却没想到天降横祸。

保姆因为那场意外身亡。

喻之衍则因为火灾失去了两条腿。

谢厌迟被哥哥救出，虽无大碍，但谢何臣却因为这场大火受了重伤，自此去往国外调养。那是所有人人生中的一个转折点，从原本的光明坦途，陡然掉头，直接坠入黑暗。

“如果那天喻之衍不去就好了，也太可惜了吧，我听说他刚拿了全国乒乓球比赛的亚军，以后很大可能是直接入选国家队呢。”

失去双腿，这对一个为了体育梦而活了十六年的少年来说，是不亚于致命的打击。他没办法适应周围人怜惜的眼神以及那些时不时传来的冷嘲热讽。家长担忧喻之衍的状况，于是给他换了一个新的学校，希望他在新环境里忘记过去。

谢厌迟也跟着一起去了。

坐在轮椅上的喻之衍，在其他人眼中原本就是异类，又因为遭逢巨变，性格也突然变得阴郁，更是惹来许多好事人的欺辱。

于是谢厌迟会抡起椅子一个个去找那些人打架，跟个不要命的疯子似的去维护自己朋友的尊严。

但喻之衍还是离开了。

他没能说服自己撑下去，最终还是永远地停留在十六岁。

对于谢厌迟来说，那是最难熬的一段时间。

虽然没有一个人责怪他，但他却永远不能说服自己不去自责。

一落千丈的成绩，加上之前因为打架而频频惹来的事端，也让谢氏对于这个继承人产生了质疑。

所有人都对他失望。

包括自己的父亲。

后来，谢厌迟发现了一件事。

某一天，他鬼使神差地去了趟当年那位身亡保姆的老家，却发现保姆的家人早就盖起了新房。多方打听之后，才知道在保姆因为火灾意外死亡之前，家里好像就莫名有了笔数目不小的钱财。

但没有人知道这笔钱的由来。

谢厌迟如此敏锐，自然能猜到些什么。

于是他给谢何臣打了通电话："当年只是意外吗？"

谢何臣说："除非你有证据证明不是。"

只是一句话，谢厌迟却明白了。

喻之衍不过是卷入这一切肮脏内幕的牺牲品。

从那以后，谢厌迟许久都没去学校，原来还会训斥他几句的父亲，最后也变成了冷冰冰的一句——

"随便他。"

直到有一天，班里的学习委员找上门，送来了这些天老师布置的作业以及一封信。谢厌迟压根儿没把那些东西往心里去，只是随手丢在一旁，然后盘坐在地上继续颓废地打着游戏。

游戏一把接一把地输，他终于不耐烦。转头看了眼那封信，他伸手拿起，有些烦躁地扯开。但让人诧异的是，信中装着的并不是长篇大论的劝解书，而是一封检讨。

由自己亲手写下的检讨。谢厌迟记得，这封检讨是几个月前，一个叫秦郁绝的女生揪着自己写下的。

而检讨的末尾，是用红笔写下的一段文字——

抱歉那天对你的苛刻，我知道你心中的良善和赤诚。但有许多事情，一定有比打架更好的解决方式，善良的人不应该受伤。能为朋友做到这种程度的人，永远不会让人失望。

永远不要用别人的错误惩罚自己。

祝你前程似锦，未来可期。

P.S. 下次在网上抄写检讨的时候，记得把日期改一下。

后来，谢厌迟带着这封信来到学校找到了班主任。

“这些是秦郁绝写下来的，其实她会认真地看每一封别人交上去的检讨，也会去了解每一起打架斗殴事端后面的原因。”

班主任看了检讨上的红字，然后平静地说：“这应该是她很早之前就写好的，但因为家里出事，也没来得及给你。后来我找人整理她抽屉的时候发现了，就一直在我这儿放着。

“其实我也知道你是个很好的孩子，但一直想不到用什么话来劝你，所以才托人把这个带给你。”

班主任说到这儿，抬起头看着谢厌迟的眼睛，认真地说：“秦郁绝是个很聪明的小姑娘，她看人从来没有出错过。”

其实或许那段留在检讨末尾的文字并不是最重要的。

但那的确给了谢厌迟一个理由——放过自己的理由。

他原本就渴望着光，哪怕只是零星一点儿呢。

于是谢厌迟回到了学校。

往后的许多年，他真的有在好好听当年那个小姑娘的话。

秦郁绝回到潼市的时候，天已经完全黑了下来。

今天一整天来回奔波，让她格外疲乏。刚刚放好热水准备舒舒服服泡个澡，却听见放在客厅里的手机犹如催命一般疯狂响起了铃声。

接通电话，只听见那头传来唐小棠土拨鼠似的尖叫——

“啊啊啊啊啊，你上热搜了！”

“？”秦郁绝皱了下眉，“怎么回事？”

“之前 *HE* 不是把你换了下来吗？刚才杂志官博官宣了，顶替你的那个是薛南音。然后就有路人在 *HE* 官博下面问，为什么原来官宣是你，现在突然换人了。”

唐小棠说到这儿深吸一口气，咬着后牙根：“你猜 *HE* 官博回复了什么？”

秦郁绝：“回了什么？”

“他们回复说——比起合适，我们杂志选择艺人更注意艺德呢。”

秦郁绝抬了下眼睫：“……我猜一下，现在是不是立刻有营销号爆料我去敲周衍房门这个假消息了。”

唐小棠一愣：“……对。”

“嗯，很正常，估计是薛南音那边的通稿，再晚点儿就会拿我去对比她冰清玉洁的玉女人设了。”秦郁绝揉了下眉骨，语气轻飘飘的，“她们这是怕换人会给网友留下‘有后台去截胡资源’的印象，在先发制人。”

第九章

不在意人声鼎沸

上热搜并不影响秦郁绝泡澡的心情。

她甚至还撕了片面膜敷在脸上，然后优哉游哉地打开了论坛。

之前她在圈里从来都掀不起风浪，这会儿一看论坛，首页上飘着的帖子居然大半都和自己有关。

有几条还被顶成了热门，距离发帖时间还没到一小时就迅速地翻了几十页。

《这算是年度大瓜了吧？星二代身份的女艺人半夜送自己上富二代的床，结果被人家推下游泳池？》

楼主：缩写 QYJ，吃到瓜的时候我都惊了，脚趾手指蜷成一团替这位姐尴尬。没见过这么想上位的，居然自己找着去求包养？各位自己对比看看这几张图，品品是不是这位姐，溜了溜了。

图片有两张，一张是秦郁绝在宴会上的照片，而另外一张则是救护车来时的照片。楼主还贴心地圈出了衣服、头发等细节来证明是同一个人。

楼下的跟帖清一色地一边倒——

HE 那边发了解约声明，这算是变相实锤了吧？这位姐还真是胆子大，我听人说她得罪的那位周姓小少爷，可是豪门圈里挺有名的人物。

我之前还挺嗑这位的颜，现在想回去戳烂我自己那双嗑颜的眼睛。

哈哈哈哈这就叫作自信且脸大？人家豪门什么样的没见过，还真觉得自己能上位成豪门太太？我这替人尴尬的毛病又犯了。

我开始怜爱薛南音了，之前那个电视剧明明演的是女主角，结果我记得当时好像被秦郁绝一个小配角给通稿艳压？这次HE换人，人家明显是好心来救场，结果还被喷抢资源。幸亏杂志方真性情，粉了粉了，这期必买。

……

秦郁绝粗略地扫了几眼评论，大体内容基本除了嘲讽自己以外，就是变相地替薛南音宣传和塑造人设。

之前在《凤凰台》这部电视剧里，秦郁绝虽然只是一个只有几场戏的配角，但当时还是靠演技和颜值出了一波圈。虽然她只有为数不多的几个出场片段，却成了各大剪辑博主剪视频时的必备素材。

现在看来，薛南音的团队早就对当时那件事有所嫉恨，现在还不忘多踩上一脚。

打开微博，“秦郁绝艺德”这个话题也一跃成了热搜第一，转发的评论内容也大同小异。她出道没多久，资源曝光原本就不足，也没多少死忠粉控评，所以这么看上去舆论方向几乎都往薛南音那边倒。

贺怀情的电话就是在这个时候打进来的：“看到热搜了吗？”

“嗯。”秦郁绝数着时间，揭下来敷在脸上的面膜，“我昨天发你的那份录音，现在用应该不太合适。”

昨天秦郁绝就整理了那天晚上在会所里自己被薛南音以及周衍一行人刁难的录音发给了贺怀情。如果这份录音曝光，一切的确有回旋的余地。但也代表着，她将彻彻底底得罪周衍以及当时在场起哄的所有圈内的纨绔小少爷们。

这样的牺牲太大，而且薛南音团队现在所放出来的东西全都算不上实锤。多半是因为 *HE* 这番急于表态的态度和言论，才诱发了舆论的一边倒。

“的确不太合适，而且其实现在还有更好的解决方式。”贺怀情说到这儿，欲言又止。

秦郁绝淡淡道：“我知道你的意思，如果谢厌迟愿意提前公开合约上的关系，这件事解决起来的确很容易。”

只不过——

“他应该不会同意的。”秦郁绝笑了声，调整了下自己的姿势，头倚着墙壁，慢条斯理地说，“谢厌迟是挺聪明的一个人，他参加综艺节目肯定不仅仅是因为有趣。而是他知道，将自己打造成一个独立的IP，比请任何代言更具有广告效应。”

谢厌迟的长相原本就不逊色于圈内任何一位男星，而且景逸科技占领了游戏业的半壁江山，自然也懂得女性市场对于游戏来说是极其重要的。

综艺由景逸投资，那谢厌迟完全可以保证自己所展现出来的形象绝对正面。而且秦郁绝这么个黑料缠身的女星，节目结束之后想要甩开简直再容易不过。

更何况——他上节目还是秦郁绝自己花的钱！

“而且那些还以我和周衍之间的事没有闹到大众视线中为前提。”秦郁绝心如明镜似的，“现在闹成这副样子，他未必会愿意得罪那一帮子人来帮我，这可比三十万元要亏得多。”

资本家永远都是薄情的。

其实贺怀情心里原本也没多大信心。她在听筒那头沉默了一会儿，然后叹了口气：“公司内现在并没有公开发声明替你澄清的意思，你能明白吗？”

“能。”秦郁绝抬了下眼睫。

公司原本就因为封杀一事并不看好她，所以肯定也不会大动干戈来替她维权，对于这么一个还没掀起热度的艺人来说，雪藏才是最省时省力的解决方式。

贺怀情点头：“所以明天我们还是得找谢厌迟当面谈一谈。除非是到了最后关头，否则先不往录音上面想。”

挂了电话，秦郁绝将手机搁在一旁，整个人往水下一沉。长发如同水妖般浸入水底，往四周散开。

事情会发展到这一步她也不是没有心理准备，只是也会突然想到，当年那个被舞蹈老师说过一句“表现不够好”就能躲在被窝里自责一个晚上的秦且离；那个因为没有带钱给过路向自己乞讨的乞丐，就会难受到耿耿于怀的秦且离。

像她这样一个柔软的人，在看到这些类似的评价时，到底会有多么难过。

翌日，贺怀情一早就坐车来接秦郁绝。

情况很不好，仅仅一夜的工夫，小区门口堵了好些狗仔队，都是想赶着热度来蹭上第一手新闻。

经过一番波折后，贺怀情才总算将人从小区里成功捞了出来。

“我没联系上谢二少，只和他的助理陈先生有所沟通。”

贺怀情一边给司机找着定位一边说：“今天谢二少在市中心美术馆参加景逸科技新游戏的发布会，和助理沟通之后，我们决定现在过去，等会儿发布会中场的时候尽快解决。”

“嗯。”秦郁绝点头。

“我看谢先生对你态度还不算差，等会儿你好好表现——”

贺怀情回头看了眼秦郁绝，然后深吸一口气：“你在干吗？”

秦郁绝举着镜子，正在颇为耐心地叠涂着口红，细心地擦除颜色的渐变，然后轻轻抿开，已经复工的唐小棠正在旁边一脸麻木地给自己身旁这位祖宗当递化妆品的工具。

“师傅开稳些。”秦郁绝接过眼线笔，“我得开始补外眼线了。”

贺怀情险些闭过气去：“你居然还有心情化妆？”

秦郁绝十分流畅地一笔画成了眼线，然后心情颇好地自我欣赏了下，笑了声：“至少得有点儿女明星的追求，就算是上八卦头条也得漂漂亮亮的啊！你想想看，狗仔队才不会给你加滤镜，还不是得靠自己硬扛。”

贺怀情：“……你还挺有道理的。”

说话间，车已经抵达美术馆。

此时发布会已经开了大概两个小时，刚好到了中场时间。

这个环节一般是由提前邀请的明星进行表演，时间大概在半个小时以上，而像谢厌迟这样的主办方则会先行退场准备下半场的发言。

陈助理一早就得到命令，已在美术馆停车场等候。看见秦郁绝和贺怀情之后，他礼数周全地握手致意，然后说：“跟我来吧，谢先生现在应该正在退场。你们来人尽量少点儿，这场发布会有许多娱记也在。”

几人从停车场的电梯进入了主会场的楼层，跟着陈助理准备挑条人少的路线前往后台。

前方人头攒动，秦郁绝抬眼朝人声的方向望去，是谢厌迟。

他刚一从台上退下来，身旁就杂七杂八围了好多记者，话筒直挺挺地往他面前递，询问着游戏发布相关的内容。

谢厌迟看上去倒不烦躁，笑得懒倦而又散漫，但话语间却带着随意与大方：“这可不能说，我就准备了这么点儿词儿。全都说完了，你们叫我下半场聊什么？”

他是个情商很高的人，就这么简简单单几句话，不仅让身旁的记者什么都没问出来，而且气氛也不尴尬。

“有问题请在发布会上提问，请不要拦路，谢谢合作。”

护在身旁的保镖好不容易拥着谢厌迟走进后台，那群记者也悻悻地准备离开。

而就在这时，一道尖锐而又突兀的声音响起——

“那不是秦郁绝吗？”

周围顿时一静。

原来是几个偷摸溜出来准备采访一下谢厌迟的娱记，一转头发现了旁边这支“偷溜小分队”。

虽然秦郁绝墨镜口罩戴得挺严实，但对于这群在娱乐圈内摸爬滚打了几圈的娱记来说还是格外好认。

更何况她旁边的唐小棠和贺怀情并未做太多遮掩，特别是在这个名字还正在热搜上挂着的情况下，这些娱乐记者肯定都提前做好了功课。

就这么一声的工夫，还没等人反应过来，秦郁绝身边陡然就拥上来了一群记者。

因为发布会有明星到场，相关的娱记原本就多。

特别是秦郁绝居然出现在了谢厌迟所在的发布会上，完全搭不上调的两个人更是让这些记者敏锐地嗅到了大八卦的气息。

“请问爆料上的内容确有其事吗？”

“为什么秦小姐会在发布会上？是受人邀请吗？”

“秦小姐，请问您如何看待 *HE* 官博编辑对您的评价？为此您有什么解释吗？”

话筒、相机、嘈杂的人声和刺眼的闪光灯，将原本并不宽敞的道路给堆满，几乎让人寸步难行。

秦郁绝抿唇，没说话。

片刻后她索性摘下墨镜，大大方方地望向镜头，然后突地笑了声：“我反倒有问题想请教你们，论坛上有哪张照片证明了那些空穴来风的传言？”

“秦小姐说是传言，但为什么公司到现在还没有任何回应？”

“那请问您能解释一下落水事件的原因吗？”

“那么为什么 *HE* 会和您解约呢？能再做多一点儿的解释吗？”

其实这些娱乐记者未必是不懂，但他们要做的并不是了解事情的真相，而是写出当下网民想要看见的东西。

“喂。”

而就在这时，突地一道男声在人群外响起。

语气轻飘飘的，却带着些不耐与烦躁，光是听就能听出几分压迫：“麻烦让让。”

人群纷纷转头，才看清去而复返的那人是谁——谢厌迟。

保镖哼哧哼哧地追了过来，刚准备说些什么，却见谢厌迟伸手拨开人群，径直朝着秦郁绝走来。

然后下一秒，伸手握住了她的手腕。

“哎？”

秦郁绝还没反应过来，整个人就被他拉着朝前走去。

谢厌迟薄唇紧抿，浅色的瞳仁中看上去没带半点儿波澜，仿佛自己只是做出了一个再正常无比的动作。

他牵着她，穿过熙熙攘攘的人群。

周围人声鼎沸。

但那一切好像都与他无关。

第十章

八万块钱的公开

围成一圈的娱记似乎没反应过来这突如其来的插曲，他们面面相觑、互相对视一眼后，爆发出鼎沸声。

人群再次蜂拥而上堵住谢厌迟的路，将两人围得密不透风——

“谢先生！方便解释一下你们二位的关系吗？”

“今天秦小姐来这里是来找谢先生的吗？”

“请问谢先生怎么看待论坛上的相关传闻？”

保镖没来得及挤进来，情绪越加高涨的娱记互相拥成一团。

秦郁绝不知道被谁绊了一下，身体往前趔趄了一步险些摔倒，多亏及时借着谢厌迟的力道才撑起身体。数不清的话筒往两人眼前戳着，其中有一支显然是没拿稳，往旁边一歪，直挺挺地朝着秦郁绝的眉骨打去。

谢厌迟用余光敏锐地捕捉到，他眉峰微压，握紧秦郁绝的胳膊将她往自己身后一扯，然后抬手精准地护住她的头部。

砰。干脆利落的一声，话筒重重地打在了谢厌迟的手背处，受到撞击的地方泛起一块红。而他却没事人一般，只是淡淡扫了眼手背，然后低笑一声，俯下身握住那支话筒，望着距离自己最近的那位记者，沉声开口：“我看上去像脾气很好的人吗？”

只是一句话，就让刚才还热烈喧闹的人群顿时消减了声音。

谢厌迟松开话筒直起身，侧目望了一眼旁边的秦郁绝，然后动作自然地将她往自己的方向带了带：“今天不接受和发布会无关的采访。”

保镖也挤了进来，连忙护着谢厌迟往前面走。

然而就在这时，偏偏有胆大的人这么问了句——

“所以谢先生是在回避自己和秦小姐的关系吗？”

谢厌迟的步子一顿，他唇角一扯，似乎是笑了声。接着缓缓转过头，将眼稍眯，眼底虽是噙着些笑，但却带着几分莫名的压迫感：“没有回避。”

“只是你们话太多。”说到这儿他稍稍一顿，声音磁沉，“我怕会吓着我家小姑娘。”

那群娱记显然没料到谢厌迟会是这个答复。

这代表了什么？这代表了这位谢小少爷不仅承认了两人的关系，还把“我罩着她”这四个字写在了明面上。

等到两人走远，方才一直控制着激动情绪的记者们，这才爆发出猛烈的议论声。多数人迅速开始给自己的杂志社打着电话，想要抢到这第一手的新闻爆料。虽然谢小少爷平时的花边新闻不少，但这些记者都心知肚明，多数都是那些女明星借着他不在意这些，自作主张地发布些捕风捉影的八卦进行炒作。

像这么放在明面上护着的，还只有秦郁绝这一位。

唐小棠站在路的另一头，眼巴巴地望着谢厌迟和秦郁绝离开的背影，感动得双眼通红：“没想到谢二少人这么好，居然这么护着秦姐，他和传闻中完全不一样，看来完全是个大好人啊！”

陈助理没说话。

贺怀情：“呵呵。”

“我来算算账。”这是谢厌迟进入后台办公室后说的第一句话。

他慢条斯理地拉出办公椅，然后散漫地往后一靠，随手从一旁的笔记本上撕下一张纸，抽出一支水性笔，搁在指尖熟练地打了个转儿。

然后落笔——

“公开日程提前了三天。

“替你拦了一次娱乐记者。

“结果那群娱乐记者又上来了一次，所以得算两次。

“我想了想，你们这群明星平时公开不是还得找策划部门来起草文案吗？这次的词儿都是我随机应变的，也得另算啊。”

一旁的秦郁绝和贺怀情看上去倒挺淡定，包括陈助理也是一副见惯不惊的模样，甚至连在一边围观的保镖也对自己老板的这个德行没有半点儿意外。只有唐小棠捂着自己的心脏，不可置信地用气音在贺怀情旁边耳语：“他这么斤斤计较的吗？”

贺怀情：“习惯就好。”

谢厌迟朝唐小棠的方向扫了一眼，然后唇角一翘：“我听见了。”

“……”唐小棠沉默。

“对老板的男朋友出言不逊，这得罚款。”

秦郁绝干脆利落地放弃了任何挣扎：“谢先生，您直接报价吧。”

“我想想看——”

谢厌迟转着笔思索了会儿，然后慢悠悠地开口道：“就八万元吧。”

唐小棠声音变了个调：“就？”

“我们没意见。”贺怀情迅速上前接过话，“谢先生，您想要记在合约上还是直接全款，我们这边都没有意见。”

对于她来说，正常解决秦郁绝这件事所要花费的公关费用就远远不止八万元。看得出来，谢厌迟这随口扯的价格还真没有贵到离谱。

所以贺怀情想赶快将合同定下来，免得这位谢二少反应过来价格报低了之后再顺着涨价。谢厌迟掀起眼睫看她一眼，然后轻笑一声，仿佛将贺怀情心里那点儿小九九读得一清二楚。

但他却没说什么，而是随意地将笔往桌上一丢，懒洋洋地撑起下巴打了个哈欠：“我等会儿还有发布会，既然事情解决了，陈助，你送她们出去吧。”陈助理点了下头，彬彬有礼地将一行人带了出去。

但秦郁绝却没立刻跟上。她在走到门口的时候突地停下步子，重新折了回来："谢先生，你是不是还有件事没算进去。"

谢厌迟将眼一抬："什么事？"

秦郁绝抿唇，然后抬起手指了指他手背的位置朝他示意。

方才谢厌迟手背处被话筒砸到的地方，此刻已经留下了一道浅浅的瘀青。谢厌迟侧过手背看了一眼，唇角一翘："你看得还挺仔细。"

"所以——"

"不用。"谢厌迟漫不经心地笑了声，打断了秦郁绝接下来的话。

他撑起身子，然后抬起手用食指轻轻弹了一下她的额头，语气里含着些轻佻："送你的。"

回到车上后，唐小棠还没从刚才的事情里回过神，她热切地拉着秦郁绝的手同她絮叨："我说，我感觉你和谢少爷有戏哎。

"虽然收了你钱，但是在那群记者面前可是实打实地护着你的。你是没站在旁边人的角度去听那些话，如果我是女孩子，我肯定受不住！

"收钱肯定是因为找借口维护男孩子的尊严而已，像这种男人——"

"小棠。"贺怀情系好安全带，冷声打断。

唐小棠瞬间像被关了开关一样，顿时萎了下来，闭上嘴不再吱声。

"郁绝，我希望你明白别在谢厌迟身上多花心思这个道理。"贺怀情没回头，声音听上去却冷了几分，"互相利用的关系，谁先自作多情谁就占了下风。而且谢厌迟不比我之前给你挑的那个新人，你完全没办法拿捏他，反而是他把你拿捏得死死的。而且像这样的男人才是最不能信任的。在记者面前深情的话信口拈来，演得像模像样，但谁知道心里有没有把你当回事。所以人哪，还是要找老实——"

"贺姐。"秦郁绝伸手揉了揉自己的眉骨，平静地说，"我知道这些的。"

贺怀情点头："那就行。"

秦郁绝打开手机，看了下论坛和微博。做媒体的，当然懂得如何让一件事情的流量最大化。所以那些娱乐记者并没有直接发出谢厌迟回应时的那段视频，反而是先在论坛上做了铺垫。

几乎是事情发生没多久后，论坛上就有帖子飘了起来——

《吃到巨瓜！昨天晚上发过有关 Q 姓女艺人帖子的几位楼主，可以收到一手律师函了吧？》

楼主：知情人士表示，昨天被全网扒的那位女艺人早就和一位大佬有关系了，而且是实打实的情侣关系。听说两人关系特别好，是真爱。提前透露个关键词，游戏界的颜值顶流。

楼下跟帖的人迅速找到了定位——

游戏和颜值这两个词，我能想到的大佬只有那位谢先生了……但不可能吧，周某都看不上的人，谢厌迟能看得上就怪了。

我吐了，秦小姐是不会独立行走了吗？非得把自己碰瓷进豪门圈才行？是看人家谢厌迟从来不关心这些绯闻啥的，就放心借着他炒作洗白？我吐了我吐了我吐了。

没锤滚。放过我老公吧！TOP 学校毕业加上人家现在的身价，真不是十八线明星比得起的。再这么造谣也不怕反手被人甩律师函，名字绑在一起别人还嫌脏呢。

……

然而就在帖内回复一边倒，几乎全将这则爆料打成“秦郁绝的洗白手段”时，微博上一条热搜迅速地蹿上了前十。短短半个小时，就已经打上了热门的标签，直奔第一——“谢厌迟秦郁绝”。

第十一章

这真的是爱情啊

点开话题页的第一条内容，是一位知名娱乐圈营销号发出的一则视频，视频内容正是在发布会后台所拍摄下来的完整片段。

有一说一，这俩人是真的吧？我居然还有点儿嗑这对女明星 × 大总裁的 CP，明目张胆的维护真的太甜了。不过说起来，昨天的料和今天的一比……真是假得可以，秦郁绝看上去根本就不需要去敲别人的门吧。

一石激起千层浪。比起昨天晚上论坛里那两张旨意不明的照片来说，这段视频简直就是金刚锤。几乎是视频发出来没多久，就有人发现昨晚翻了几十页的爆料秦郁绝敲门的帖子被楼主申请了删帖。再摸去 *HE* 官博，发现昨天还理直气壮回复网友“比起合适，我们杂志选择艺人更注意艺德呢”的这条评论，不知道什么时候也被偷偷删除。

话题的数据噌噌往上涨，很快就跳到了热搜第一。

我看见昨天那楼主和 *HE* 官博偷偷删帖的样子就直接笑死，真就欺软怕硬看见别人有后台尿了呗？这不是实锤造谣嘛。难怪昨天秦郁绝的公司什么都没回复，看着对家团队气得跳脚的样子太好笑了。

没喷过秦郁绝的赞我。现在网友吃瓜不带脑子，两张什么都没有的照片就实锤了？仔细看看昨天那个造谣帖的截图，说薛南音的团队没有下场我都不相信，一页里面一半都是怜爱薛南音的。她需要怜爱什么？杂志封面难道不是从秦郁绝手上抢过来的吗？

……

一夜之间，网友跟瞬间换了一批人似的，昨晚还在清一色喊着让秦郁绝滚出娱乐圈的那群人瞬间销声匿迹。

当然，也有部分质疑和嘲讽的声音以及薛南音粉丝的控评——

这就开始洗白了？这不是实锤秦郁绝被包养？换个人包养就不算包养了？我就看不起这些有后台的，好好拍戏不行吗，非得想着走捷径。没去敲那位周姓先生的门，可能是因为早就把更大金主的门敲过了吧。

薛南音不知道，勿 cue 我家音音。她在辛苦拍戏也不抱金主大腿，对秦小姐这些复杂的关系一无所知呢，拍封面是好心救场而已。

……

随着薛南音团队的下场，原本只是小部分粉丝的控评与嘲讽被放得越来越大，两个小时过去后，话题讨论被水军给淹了一半。

所以秦郁绝作品没几个，金主倒挺会选？

看不起被包养的，令人作呕，麻烦别踩薛南音了，您不配。

……

唐小棠抱着手机看了一天，边生气边发泄似的咬着薯片：“小郁姐，为什么我们公司还不下场发声明控评啊？”

“贺姐不是回公司了吗？”秦郁绝刚卸完妆，正慢条斯理地拍开脸上的水乳，“公司应该在开会，商讨我有没有价值让他们花大价钱来下场替我控评。”

秦郁绝还在大学的时候就认识贺怀情了。两人三观相投，而且贺怀情作为一个初出茅庐的经纪人，工作能力也确实不差。

所以秦郁绝毕业后也没犹豫，拒绝了许多大公司的橄榄枝，直接签在了她的名下。但本质上，这家公司在娱乐圈内只能算得上中层偏下，手上有知名度的艺人也屈指可数，所以做起决定来更为谨慎。

“为什么啊？”唐小棠是个新人助理，才跟了秦郁绝两个月，对这些不太了解，“谢二少不是都当着那么多人的面发声了吗？怎么公司还不愿意下场？”

秦郁绝笑了声：“‘有金主’这三个字对艺人的伤害是很大的，除非舆论相信我们俩是正常恋爱。但是这种情势下，不太可能。”

唐小棠顿时丧了气，她低下头刷了会儿手机，又没心情看得下去那些铺天盖地的辱骂和污言秽语，想了想问道：“为什么小郁姐你的心态这么好啊，我都替你气得慌。”

听见这话，秦郁绝手上的动作一顿。她垂眼安静了许久后，轻笑了声，语气淡淡的：“我很久以前的确挺在意的。”

“哎？”

“但后来发现——”

秦郁绝说着站起了身，走到唐小棠面前抽出了一片薯片，然后轻轻弹了下她的额头，话里含着笑：“在意他们的话，会让我连零食都吃不下去的。”唐小棠揉了一下自己的额头，似懂非懂地点了下头，然后低下头准备继续看手机上的那些评论。

然而就在这时，又一条热搜冲了上来——“谢厌迟回应”。

不出意外，在发布会正式结束，谢厌迟被护送着来到地下停车场准备驱车返回时，早就提前蹲好点的狗仔一下子拥了上来。

“谢先生有看到微博上的内容吗？麻烦回应一下，您和秦小姐到底是什么关系？”

“请问您和秦小姐对未来有什么计划呢？”

谢厌迟靠着电梯门口打了个哈欠，懒洋洋地等着保安将蜂拥而上的人拨开，给他清出一条路。等两边的狗仔差不多都被拦开，他才直起身，目光偏也没偏一下地朝着车子方向走去。

而就在这时，一道声调高昂的声音陡然响起，问的话题也是直白且尖锐——“所以谢先生是如何看待秦小姐被您包养这一传闻的？”

这一嗓子让谢厌迟的步伐一顿。

他耷拉着眼皮，抬手揉了揉自己的眉骨。片刻后，唇角一扯，低笑了声，然后转身走到提问的那位记者身边，微微倾身靠近话筒：“包养？”

明明是个简单的反问，但仿佛带着些莫名的胁迫，让刚才提问的人一哽，没敢立刻去接话。谢厌迟却笑了：“您这不是侮辱我吗？”

娱记：“？”

谢厌迟：“我像是这么大方的人吗？”

这句话还真把人堵住了。千算万算，谁能算得到谢厌迟作为潼市首富的小儿子，居然会说出这么有驳人物设定的话。

记者扯了下唇角，干巴巴地问：“所以，您是否定包养传闻了？”

谢厌迟眼底依旧带着笑，但眸色却微沉，不怒自威，让人背脊微微发凉。他将眼稍眯，一字一句，声音低沉：“你没看出来，我已经在尽量不发火了吗？”

“如果不是因为她，你觉得我会和你废话？”谢厌迟起身，扫了眼周围的人群，“奉劝各位，以后不要在我面前，用这样的词形容我女朋友。”

啊啊！这是在场所有人心里唯一的感受。

“包养？”

谢厌迟笑了声，拖腔带调：“是她在包养我。”

唐小棠看完微博上放出的全程视频，人已经傻了。这会儿微博评论再也压不住，清一色全是一线吃瓜网友的激情吃柠檬现场。

啊啊啊啊啊啊啊啊啊我酸死了我酸死了我酸死了！

求求了，谢厌迟真的没给我一点儿希望，我幻想成为谢二夫人的希望就这么破灭了。

我嗑了，我真的嗑了，这太甜了。品品那句“如果不是因为她”，求求谢小少爷出一本情话宝典大全吧。

……

有百万粉丝的娱乐博主瞬间抓到了风向，之前还在犹豫着怎么站队的人，看见谢厌迟这态度，顿时心里有了轻重。

薛南音团队给的钱再多，也没人愿意得罪潼市首富儿子的钦定女友。

于是立刻有大头的博主下场：“秦郁绝这是动了谁家的蛋糕？别人落水被送上救护车没拿这个炒作；对于新人来说 *HE* 封面是好资源，丢了之后也一声不吭没拿这个炒作。说她有后台，那 *HE* 为什么还敢换人？还敢有人开造谣帖？明显是圈内都不知道他们俩的关系，秦郁绝可能原本就没想靠谢厌迟，是人家小少爷看见自己女朋友受委屈了才自己跳出来的吧。”

秦郁绝所在的公司也因为这突如其来的变化迅速下了决定，干脆利落地发了声明，然后营销控评一条龙。风向渐渐转了过来，也有许多营销博主开始剪辑秦郁绝早些年扮演的女配角色合集进行安利。

在这风口浪尖之际，*HE* 官博发了一则道歉信息：“由于官博实习工作人员的不当操作和个人行为，发布了不负责任、不符合实际的言论，公司内部已经予以开除。对秦小姐造成的影响格外抱歉，临场换人是因为档期等原因，非常期待和秦小姐的再次合作。”但毫无疑问，官博下面的网友已经完全不吃这套。秦郁绝的粉丝虽然少，但在大势已经朝她靠拢的情况下，粉丝也逐渐冒了头，被顶上前排——

我笑了，什么档期原因？我们粉丝都知道我家郁郁公司不作为，她如果档期满了和你们有冲突，我笑都能笑醒。

不愧是墙头草，这情商就别在时尚圈挤了，什么都是实习工作人员的错。

……

直到*HE*官博发声，风向已经大体转变，虽然还是有一小部分薛南音的粉丝加上持有相反言论的人在上蹿下跳，但是路人的态度却已经很分明了。唐小棠将谢厌迟那段视频反复刷了三遍以后，已经从助理叛变成CP粉粉头：“秦姐！相信我！这是爱！这真的是爱！”

“叮咚。”

微信提示：贺怀情已邀请您加入群聊。秦郁绝看了眼微信，是个三人群，群里有个纯黑头像的陌生人，昵称是一个句号。

贺怀情：小秦，这是谢先生。

下一秒——

谢厌迟发来收款信息：请您尽快向账户×××转账50000元。

秦郁绝：……

贺怀情：……

这是爱？

这是屁。

第十二章

为爱当狗谢厌迟

贺怀情含泪支付了一万元之后悄悄给秦郁绝发了条消息。

贺怀情：这笔钱从你的报酬里扣。

秦郁绝：……

很快，贺怀情就在微信群里发送了一个群文件。标题十分瞩目：恋爱综艺情侣人设剧本定稿——总裁 × 十八线女星。

秦郁绝看见这文件名，手抖了一下，没敢立刻点开。这似曾相识的风格，到底是哪位文案高手写的？而且为什么要把十八线女星打在标题上？她不要面子的吗！但点开文档后，里面的内容更加让人大开眼界。

比如——

谢厌迟：……主要往“宠”以及“深情”两个词方面靠拢，要给观众一种背后默默替人解决问题，出手阔绰，但是不加声张、不求回报，有那种悄然无声的撑腰感。

秦郁绝沉默了，她仔细、反复地阅读了这段话。

“宠”“深情”“默默”“出手阔绰”“不求回报”……

如果不是因为这次的剧本是由公司策划部编写的，秦郁绝可能真的会觉得这是贺怀情在变相地讽刺谢厌迟，特地写出和他性格完全相反的人设来让他尴尬一下。

然而谢厌迟却没有预料中的尴尬，他甚至回复得十分迅速——

谢厌迟：也行，虽然俗了点儿。

谢厌迟：但“出手阔绰”这部分的钱得由你们报销。

贺怀情：……我们再考虑一下。

不愧是他。但贺怀情仔细思索了一下，也觉得这剧本写得太不符合人物设定，万一这位谢小少爷演技不好，反而适得其反。

而且谢厌迟刚刚踩在记者面前发表了“是她包养我”这样惊人的言论，总不能在综艺上自己打自己的脸，又变成一个挥金如土的大总裁吧。

经过一番长时间的纠结后，最终决定这个版本的人设作废，于是关于剧本的事情只能先行跳过。

贺怀情：还有一件事，就是谢先生方不方便在朋友圈里发一个官宣，如果不合适的话就让小郁来发，算是确认您二位的关系。

谢厌迟：可以。

贺怀情松了口气，然后扫了眼群头像，突然发现不对劲——这对“情侣”的头像看上去就完全不搭调，一点儿CP感都没有，如果真的发了朋友圈，光是头像都会显得不搭调。

于是她提了个建议。

贺怀情：要不然你们俩换个情侣头像吧？朋友圈里圈内的媒体人挺多的，这样看上去显得关系更亲密，更方便我们买热搜宣传。

秦郁绝没什么意见，谢厌迟看上去也对头像这回事不太在意，就简单地发了个“我随便”。

然后，兢兢业业的贺怀情开始了自己努力挑选情侣头像的任务。

她千挑万选，找到了两张网络上非常火爆的男女情侣头像，就是两张图合在一起刚好是用手比了个爱心的那种。

谢厌迟：太俗。

于是贺怀情又辛辛苦苦地选了个动漫头像，是最近特别火爆的那种校园漫画风，画面也干净漂亮。

谢厌迟：太二次元。

接着，贺怀情千挑万选，选了个类似于简笔画类的情侣头像，非常简约，画上是一个卡通太阳和一个卡通月亮。

谢厌迟：太朴素。

在连续半个小时的否定之后，贺怀情身心俱惫。

贺怀情：那谢先生想要什么样的头像呢？

谢厌迟：我随便。

贺怀情：……求您说个要求吧。

她已经不想看到“随便”这两个字了。

谢厌迟：好。

谢厌迟：要求也不多。

谢厌迟：简约但是不平凡，要有直击灵魂的感觉。最好在不经意间带着些幽默，却不能太过复杂和花里胡哨，差不多就这样，明白我的意思吗？

贺怀情有些痛苦，她不是很明白。

秦郁绝在屏幕前看了半小时，不耐烦地抬起食指一下下敲着桌子，然后迅速地搜了一张蜡笔小新里的小爱牵着小新家宠物狗小白的情侣头像发了过去。

一张是小爱，一张是拴着狗绳的宠物狗小白。

秦郁绝：实在不行您换小白吧，挺符合您要求的。

这一条消息发出去，把贺怀情吓得心头一梗，她迅速地私聊秦郁绝，带上了一排感叹号。

贺怀情：撤回！！！你怎么能发出这么大逆不道的头像和话呢！！！

然而群聊内，许久没有看到谢厌迟的回复。就在贺怀情心惊胆战，担心这位祖宗被惹生气的时候，突然看见群内的头像刷新了一下。

顶着小白头像的谢厌迟慢悠悠地发了条消息。

谢厌迟：是挺符合的。

……这还真没人想得到。

于是，五分钟后，小爱和小新家的狗一前一后地发送了一则朋友圈。

配图是几天前在车内拍摄的那张照片。

虽然一个字都没多说，却足以掀起好友列表里的轩然大波。

朋友圈里的媒体人早就目不转睛地盯两人动态盯了许久，几乎是消息一发出来的当口儿，便立刻迅速地转载到了网上。

只是这个热搜名字着实让人有些意想不到——“谢厌迟为爱当狗”。

……我今天到底还要吃多少狗粮，但我真的太嗑这对了，吃出一脸幸福的姨母笑，总裁和大明星，我这辈子永远喜欢这样的CP。

两位考虑一下上个恋爱综艺吗？我想看你们三百六十度无死角喂我柠檬，我甚至可以充钱看。

呜呜呜我爱的那个心高气傲的小少爷居然也会为了喜欢的人换小狗头像，我酸了我真的酸了，我已经说腻了。

来看看官宣照片上两个人的神仙颜值！而且按照角度和手势推断，还是谢小少爷拿着手机拍的，感觉秦郁绝小姐姐都没反应过来。主动合照真的是真爱了。

……

采访的热度还没下去，再加上这突如其来的官宣，网上排名前几的话题几乎全被两人的名字包揽了。

这对CP在短短一天的时间里爆火，各种网站上甚至开始就之前谢厌迟所露面的发布会和采访视频与秦郁绝进行剪辑，就连CP粉丝的站子都已经建好。

而就在这个时候，又有一张照片横空出世：“这两人是真的。我前些天参加同学聚会，谢厌迟和秦郁绝曾经是我高中校友。在聚会上我就觉得他们有猫腻，本来是想偷拍自己班上的明星小姐姐，结果没想到谢厌迟意外入镜，大家品品，我觉得他俩早就有事了。”

照片上，是在病房外谢厌迟笑着俯身去听秦郁绝说话的样子。

原本长相带着些戾气和不羁的一个人，在听她说话的时候，眉眼都是收敛了锋芒的温柔。

我晕！之前说包养的打脸吗？人家同学都出来说话了，高中可能就认识，没想到我居然还嗑了个校园恋爱文男女主角！

……高中就认识谢厌迟，秦郁绝出道之后还资源这么少，可能是真的没靠男朋友吧。说别人走捷径真的是太酸了，你情我愿谈恋爱都要管吗？

……

贺怀情看了眼照片，给秦郁绝去了通电话：“我之前听你提过谢厌迟和你是高中校友这回事，他倒是挺聪明的，知道那个时候就刻意拉着你演戏。”

“嗯，他一直是个很聪明的人。”秦郁绝点开那张同学聚会时的照片，放大看了眼。

当时没有留意谢厌迟的表情，直到第三视角拍下来之后她才发现，果真像网友说的那样——如果不是心知肚明这只是一场交易，恐怕自己也会以为他们之间有过真情实意。

这么想想，谢厌迟或许很适合当个演员。

“谢二少，您父亲喊您去一趟书房。”

谢厌迟好不容易回了趟家，陈妈就小心翼翼地走上前，接过他的外套，然后轻声提醒了句。

周围的用人都不约而同地停下手中的事，偷抛过来一个八卦的眼神。

网上那件事闹得沸沸扬扬，他们当然也心存好奇。

谢厌迟松了松自己领口的扣子，漫不经心地轻笑了声，然后点了点头：“行，我知道了。”

书房里，谢父负手而立。

他也没废话，干脆利落道："玩儿玩儿可以，你心里那些想法我也明白。这么多年了，景逸既然是靠你走成这样的，那我也不干涉你怎么发展。"

谢厌迟靠着门边，抬了下眼，说话拖着懒倦的尾音："如果我不是玩儿玩儿呢？"

谢父没立刻说话，沉默许久后他转过头抬眼看着谢厌迟："你是我期望最大的孩子，我从来都不会瞧不起任何一个职业，但是就现在而言，她不适合。"

"您这话说的，"谢厌迟低笑几声，直起身，随意地揉了揉头发，语气轻飘飘的，"开个玩笑，您觉得我看上去像是这么深情的人吗？"

谢父没答话，只是深深地看了他一眼。

谢厌迟转身扬了扬手："您没其他事的话，我就先走了。"

而就在这时，谢父却语意不明地开了口："你哥下个月就要回来了。"

谢厌迟的步子一顿。

他耷拉下眼皮，浅瞳被笼罩在如羽长睫的阴影下，脸上看不出任何情绪，眸光仿佛一片无波无澜的死水。

许久后才听见他轻笑一声："嗯，欢迎。"

第十三章

因为喜欢就不累

对于秦郁绝的封杀也因为这么横空出世的一出戏而被彻底解除。

这会儿，那天在派对上的人也总算弄清楚，为什么谢厌迟会突如其来地发了通那么大的火。

现在知道两人之间还真有关系后，当时所有在场的人心里仿佛都悬着一把剑，纷纷都找关系要秦郁绝的联系方式向她道歉。周衍甚至亲自打了个电话，语气殷勤地向秦郁绝表达自己的歉意，并且拍胸脯表示一定会在微博上替她澄清。

话说得非常好听，和之前那个姿态嚣张的贵公子宛若两人。

秦郁绝也没为难他，礼貌性地说了几句客套的场面话就挂断了电话。

毕竟无论如何，谢厌迟并不是自己的靠山，等综艺节目录制结束、关系解除之后，说不准会有多少眼红或是因此受了憋屈的人落井下石。

比如说，周衍这次虽然点头哈腰地道了歉，背过去还是对着那群狐朋狗友大放厥词——

"她以为她是谁？谢二不过是一时兴起玩儿玩儿而已，还真把自己当回事了？"

"我以为多心高气傲呢，说不准以前早就被人睡过几次。"

"等谢二少腻了，就有她好果子吃了。"

这些话秦郁绝虽然没刻意打听，但总有些能拐着弯传到她耳朵里。

她其实并不在意那些话说得有多难听，只是这些言语时刻提醒着她，她的机会只有现在而已。

必须在最短的时间内，拥有至少不能被这些人轻易抹杀掉的人气。

自从秦郁绝接连几次上了热搜，再加上和谢厌迟的这对 CP 在网上沸沸扬扬的人气，近段时间她的拍戏邀约也一直不断。但基本是些套路剧的配角，都是些片面化的人物形象，演起来既没什么难度也没什么记忆点。

对于现在需要分分秒秒把握机会的秦郁绝来说，这些并不合适。

而就在这时，贺怀情替她争取到了一个试镜："我觉得很适合你，但是去不去试镜取决于你自己，因为这部电影对于你来说，可能会有些敏感。"

"电影？"秦郁绝问，"是什么？"

贺怀情："《青玉案 2》。"

不出所料的，秦郁绝沉默了，没立刻回答。

《青玉案》……十三年前，她的姐姐就是凭借着这部电影一跃成为当年最年轻的影后。那个时候，秦且离才刚刚十八岁。

贺怀情解释道："电影导演还是原来那位容导，编剧也是原来的编剧，所以我相信拍摄出来的水准并不会低。只是如果你真的接下这部电影，可能会引起很多非议和话题。"

的确。

妹妹去接姐姐当年成名作的衍生电影，很有可能被人理解为蹭姐姐的热度，再加上秦且离现在已经不在人世，只要营销号稍加引导，更会有"吃人血馒头"之类的恶意揣测。

只是——

"我想试试。"在安静许久后，秦郁绝开了口。

和任何无关——在现在所有的选择里，这的确是最适合自己的机会。

贺怀情没问为什么："好，我去替你安排，试镜在三天之后，能不能争取到就看你自己了。"

挂断电话后，秦郁绝望着正在播放广告的电视出了会儿神，然后垂眼，鬼使神差地在视频 App 上搜索下“青玉案”三个字。

电影开始播放。

当年的姐姐只有十七岁，眼睛里全是灵动和笑意。

在成为影后之后，她依然会在工作不那么繁忙的间隙，偷着空去接上初中的秦郁绝回家；会拉着她的手，穿过大街小巷，然后偷偷给买她最喜欢吃的小零食；在复工之前也会塞一大包糖果藏进她的书包。

“演戏的确很辛苦啦！”秦且离说话的时候，眼底总是带着温温和和的笑意，“但如果是自己喜欢的事情，就不会觉得辛苦。”

回过神，电影已经播放到尾声。

画面上秦且离饰演的角色，穿着一身大红的戏服，开口问道：“为什么不能喜欢我呢？”

一语成谶。

她拥有过许多鲜花与掌声，但无人爱她。

很快就到了试镜的日子。

现在电影行业发展迅速，多半都是由流量明星担任主角，在支付巨额片酬的同时，电影本身的拍摄和剧情构造的品质反而大大退后。

这部戏也是容导沉寂多年后，在网上放下话，一定会让影迷满意的用心之作。

“秦郁绝，到你了。”

这个名字喊出之后，引发了现场一小部分热议。

“和谢厌迟谈恋爱的那个秦郁绝？”

顶着周围嘈杂的议论声，秦郁绝走进了现场。

这段时间她许久没在人前露面，就算最近网上有关她的事闹得沸沸扬扬，但除了几个记者围堵时拍到的模糊镜头之外，她近期一直没有什么采访和高清图呈现。

直到现在出现在人前，才让周围突地静了一下。大家不禁心想，难怪谢厌迟会为了她做到这种地步——非常有攻击性，让人没办法忘记的长相。即使只是日常的淡妆，在这张脸上也衬得格外精致美艳，只是漫不经心的一个抬眼，也直勾人心魄。她就这么随意地站着，浑身上下都带着股妖气。

有人附在容导耳旁说了声："秦且离的妹妹。"

这句话总算让刚才一直伏案做着批注，对周围议论声漠不关心的容导抬了下头。

然后，他稍稍皱了下眉。

和秦且离那种初恋类的风格不一样，秦郁绝的美带着股浑然天成的侵略感。像这种个人风格非常浓的艺人，在戏路上是十分受限的。

容导很喜欢秦且离，甚至多次放下话，说她是自己合作过的最优秀的艺人。所以带着这种滤镜去看秦郁绝，只觉得怎么看怎么不如她的姐姐，加上最近又听到些八卦和风言风语，感官自然不好。

"宋挽吟送别陈怀那段儿，准备三分钟后就可以开始了。"容导的语气很淡，似乎没抱多少期待。

这段戏其实很经典，是截取自《青玉案》中的一个片段。

宋挽吟作为名伶，被当地一位富商看上。爱人陈怀为了名利仕途同那位富商做了交易，拿了一大笔钱后离开了宋挽吟，去了别的城市发展。

今晚就是陈怀离开的那个晚上。他没有把实情告诉宋挽吟，只说自己要去别的城市打拼。但是宋挽吟早就敏锐地发现了陈怀的计划，却故意佯装不知，陪着爱人演完这一出戏。

这段戏是非常考验演技的。因为从头到尾镜头会一直跟在女主角脸上，但是在陈怀叙述的时间里，女主角是一句台词都没有的，从头到尾都是在听男主角讲话。所以整个画面和要向观众传达的情绪，全需要靠女主角的微表情撑起来。

三分钟到了。

而在说出“开始”的那一刻起，秦郁绝浑身上下的气场仿佛陡然变了。

她收敛了之前那明艳动人的攻击性，眸光也不再凌厉，她一侧头发被挽在耳后，另一侧波浪般的长发搭在胸前。平静地看着并不存在的另一位主角，即使是望着空气，她眼底的温柔仍然清晰可见。

副导拿着词本坐在评委桌后，开始念当时陈怀的词。

“我和父亲商量好，明日就去冬城做茶叶生意，听说那里的梅花开得很好看，等以后我飞黄腾达了，一定将你接过去。”

秦郁绝就这么安安静静地看着他，唇角稍动，似乎是轻轻翘起一个小小的弧度，但却因为心知肚明的背叛，就连这么一个笑容都仿佛背着千斤的力气。她看向男主角的眸子里依旧是带着笑意的，却更像在哭，眸子里缓慢地蓄起了些若隐若现的晶莹，又硬生生忍住。

看上去没有大喜或大悲，但仿佛每一刻表情都在变化。

“你相信我，我一定会回来接你的。等我回来的那天，就不会再辛苦你去演戏挣钱了，相信我，好不好？”

这里是宋挽吟唯一的台词。

只有两个字。

秦郁绝没有太大的动作，也没有刻意吸气，反而是无比流畅地点了点头，只是每一个音节都带着轻颤，语气略微有些哑意，听上去更加让人心尖都在刺痛。

她说：“好啊。”

她知道他在演戏，却愿意配合演这一场戏。

真正的爱是义无反顾，是没有剧烈起伏的表情却让人感到胸口钝痛。

这段戏完成后，周围安静了许久。

然后不知道是谁带头鼓起了掌，接着附和声越来越大。

容导许久没说话。

这是和当年秦且离完全不同的塑造方法，并没有照葫芦画瓢地像其他试镜选手一样模仿前辈的作品。但容导看得出来，这样的演技如果放大在电影屏幕上，是绝对会成为经典的画面。

只有这么一个片段，容导凭借着自己敏锐的嗅觉就可以确定，秦郁绝是自己要找的人。

他开口："就——"

而就在这时，坐在一旁的投资方咳嗽了声，然后开口接过话："秦小姐，您的表现很优秀，先回去等我们的消息吧。"

秦郁绝心下有了定夺，她笑着鞠了下躬，然后离场。

等人走后，刚才安静的现场又重新喧哗起来——

"这演技，我觉得不输当年的秦且离啊。"

"我感觉如果是她来演，这部电影拿奖应该不会难，微表情把控得这么好的演员业内真的很少有。"

投资方看了眼容导，然后开口："容导演，我知道秦郁绝合适，但是光是剧本和您的水准，即使挑一个演技中规中矩的流量女星，拿奖也是概率很大的事。秦郁绝虽然最近有话题，但是能吸引人进电影院吗？不能。

"我们给您投资，您也得让我们收回本吧？留个配角给她也行，女主角并不合适。"

容导脸色一沉："赵先生，您也看得出来，选秦郁绝来演对于整个电影的效果提升是断层级别的，而且她很有可能让这部电影超过——"

"容导演，秦且离拍摄的《青玉案》是永远不会被超越的。"赵先生开口打断，"因为她已经死了。

"死人永远无法被超越，您还不明白这个道理吗？"

第十四章

喊句哥哥就帮你

试镜结果很快就下来了。秦郁绝成功参演《青玉案 2》，但并不是以主角的身份，而是电影里面戏份很重要的女二号。至于女主角，则是给了一位当下人气颇高的小花旦。

虽然每位心怀抱负的导演都想创作出一部不考虑任何外界因素的作品，但至少在现今的娱乐行业，许多事情都要向钱低头。

投资方认为，主角如果选择秦郁绝，能带动的粉丝效应太少太少了。

贺怀情在说这件事的时候，语气颇为无奈：“他们倒是聪明，《青玉案》第二部原本就是打着容导重出江湖、复刻经典的噱头，期待值本就很高。女主角选了这么一位流量，然后再把你安排进剧组，以后再顶着秦且离的名字宣传，简直是人气话题两不误。”

能在这个圈子待这么久的都是聪明人。容导的确有才华和傲骨，但也不至于鲁莽到不管不顾为了秦郁绝得罪原本的投资商。

能给她留下一个这么重要的女配角，或许已是尽了最大的努力。

“我没事，无论是电影还是电视剧，不一定非得要第一番位才能出彩。”秦郁绝翻看了下剧本，情绪倒没有消沉，“虽然是个配角，但人物设定还是挺饱满的。最重要的是——”

说到这儿她稍顿，抬起头看着面前的贺怀情，笑着说道：“无论在什么位置，我都能演好。”

贺怀情笑了：“我就喜欢你这种自信。”

由于封杀的解除，秦郁绝的工作行程一下子就排了上来。加上之前解约的那些广告代言现在也都开始频频示好，还有许多综艺朝她递来了橄榄枝。

日子一天天过去，也到了恋爱综艺开始筹备的时间。

综艺名字在几经筛选后最终定为《恋爱信号》，邀请的几对都是圈内被称为模范代表的情侣，当然也有些话题度颇高的明星。

“明天你就得和谢先生一起去拍摄综艺的宣传海报了，你做好准备。”贺怀情说。

说起谢厌迟，自从发布会那档子事过去之后，两人就再也没有见面了。景逸科技的新游戏刚上市，才短短一周的工夫营业额就破了纪录，并且因为受众广泛，多次掀起了全名热议的话题度。

再加上要在综艺正式开始之前将公司的重要工作都安排好，所以这段时间谢厌迟几乎也是泡在了公司里，持续着高强度的运作。

《恋爱信号》其他几组情侣的海报早早就拍好了，但碍于谢厌迟的时间问题，所以只剩他们俩的还一直在拖着。

而这么多天过去，谢厌迟工作上的业务也终于被安排好，所以最终的拍摄计划定在了明天。

早上六点多秦郁绝就来到了拍摄现场做造型。

因为是娱乐向的恋爱综艺，所以策划组那边定了好几组不同风格的造型，有看上去轻松甜腻的，也有那种正装类风格的。

化妆师上上下下捣鼓了两个小时，第一套造型总算差不多完成。

这套装扮非常贴合秦郁绝的形象——一字肩露肩黑色长裙，配上红棕调港风的妆容，衬得她五官颇有韵味，在镜头下格外出挑。

就在这时，化妆室门口传来阵阵骚动以及压低的议论声。

脚步声响起，光是步调听上去就有些隐约的熟悉感。

秦郁绝闻声转头。

谢厌迟姿态慵懒地靠着门框，穿着一件白衬衫，应该是刚做完造型。

他棱角轮廓都被阴影加深了一道，让原本就分明的线条显得更加凌厉。一双狐狸眼里噙着笑，整个人看上去活脱脱一个玩世不恭的贵公子。

见秦郁绝望来，他唇角一翘，抬起手，食指中指并在眉间的地方，大大方方地朝她打了个招呼，语气里带着些痞气："嘿。"

别的不说，黑心商人这张脸的确非常招桃花。周围有几个年轻的女工作人员，满脸按捺不住的少女心思，偷偷拿手机在暗处拍着照片。

秦郁绝干巴巴地回应了句："……嘿。"

说完便转过头看向化妆镜的方向，看发型师给自己卷头发。

脚步声再次响起，离自己越来越近。

紧接着秦郁绝就感觉椅身一沉，一道阴影笼罩在自己的身上。

谢厌迟双手撑着椅子的扶手，然后笑眯眯地侧过头和发型师说："可以让我和我的女朋友说几句悄悄话吗？"

就这么一句话说出口，就听见周围传来几声小女生兴奋的低声尖叫，低声喊着："是真的是真的！"

……看上去是早就在网上开始嗑他们这对 CP 的粉丝了。

发型师很有不当电灯泡的自觉性，当即点了点头，迅速地拔掉了卷发棒插头，然后朝着门口的方向退去。

"你搞什么鬼？"秦郁绝摸不准这位小少爷的心思。

谢厌迟笑："你怎么就这么带不动啊？"

"我怎么就带不动了？"秦郁绝反问。

"你见过哪对热恋情侣这么相敬如宾的？"谢厌迟声音压得很低，惹得她耳畔一阵酥麻，语气里带着些调侃，"没演过谈恋爱的角色吗，大明星？"

秦郁绝被他说得一哽。

的确，知道两人是合约情侣的人并不多，至少这些工作人员是一心以为他们真的在谈恋爱。如果表现得太生疏，很容易让人怀疑。

许多八卦爆料其实都是从这些工作人员口中弯弯绕绕透露出来的，所以做戏一定要做全。

原本秦郁绝觉得和人假装情侣挺容易的，但是自从对象换成这位黑心商人之后，她感觉难度提高了整整一个阶梯。

比如说，每次看到他都仿佛看到了自己失去的五十二万七千元。

把债主当成恋人，还真的挺难。

但秦郁绝自知理亏：“抱歉，我会调整。”

“那就从称呼开始吧。”谢厌迟依旧是那副吊儿郎当的语气，“正好你经纪人也说了，咱俩上综艺总不能叫对方全名。”

“……”秦郁绝开不了这个口。

仿佛只要在脑袋里过一遍喊对方亲昵的名字，她就觉得羞耻感哽在喉咙里难以咽下。

秦郁绝闭了闭眼，许久后睁开，准备尝试一下：“比如喊您什么呢？”

“我想想——”

谢厌迟摸着下巴琢磨了下，然后抬起食指：“就‘哥哥’吧，我看别人小姑娘都是这么叫。”

秦郁绝：“？”

“对了，要甜一点儿。”谢厌迟还补充了句。

无法尝试。

不可能尝试。

绝对不会尝试。

秦郁绝露出一个友好的微笑：“是这样的，我觉得比起喊昵称，有更好的解决方法，而且还会显得很自然。”

谢厌迟：“比如说？”

她转头，看了眼正准备关上门留给两人独立空间的发型师，开口喊了句：“李姐，您进来继续帮我做头发吧。”

发型师一愣：“您和谢先生不是要——”

“不聊了。”秦郁绝笑着打断，“我和他冷战了。”

发型师露出个惊恐的表情：“？”

谢厌迟直起身靠着一旁的椅子，将唇角一扯，玩味地看着她，满脸写着“真有你的”。

秦郁绝转头，语气非常有礼貌：“那请您先出去转转，我要开始做头发了。”

“你就不怕他们担心我们感情破裂？”谢厌迟笑着问。

“不怕。”秦郁绝依旧保持着微笑，“相信我，他们甚至还会觉得自己嗑到真的了。”

果不其然，门口偷瞄的工作人员已经在心里亮起一排粉红泡泡——

“啊啊啊啊啊啊啊！”

果然！只有秦郁绝才敢对这位谢二少这样说话！

老虎屁股只给一个人摸！

是真的是真的！我嗑到糖了！

谢厌迟：“……”

不是很懂你们女人。

凡事是有报应的，秦郁绝突然理解了这句话的意思。

刚才在化妆室里，自己终于拿到了和谢厌迟对峙以来的第一次胜利。只不过没想到还没来得及雀跃，报应就来得这么快。

在拍摄现场，她再次遭遇了人生的滑铁卢。

“秦小姐，我觉得您二位的互动还是差点儿感觉。”

摄影师拍摄了几张，觉得还是不够满意：“二位的动作可以更大方一点儿，都是情侣了怎么还这么客气？”

秦郁绝弯腰看了眼相机里的照片。

的确不能让人满意。

虽然算得上中规中矩的海报，但是两个人看上去却没有那种让人觉得甜到的CP感，仿佛就是和谁都能凑在一起的普通组合。

其实秦郁绝原本不是放不开的人，之前也拍过和别人演情侣的戏份。但不知道为什么，和谢厌迟拍照片的时候，她脑袋里仿佛总是绷着一根弦。

这样很不好。

于是她重新折返回谢厌迟旁边，压低声音道："谢先生，我觉得我们的动作太拘谨了。"

"然后呢？"谢厌迟看她一眼。

秦郁绝深吸一口气："是我的原因，有些放不开。所以可以麻烦您稍微主动一下吗？这样可能会削弱突兀感。"

之前的照片动作都是两人平分气场的，并没有哪边看上去强势或者弱势，所以秦郁绝的不适应会显得很突兀。

但是如果风格变化一下，由男方扮演稍微强势的那一方，那么照片的和谐度可能会上升一些。

谢厌迟点头，然后拖着尾音说："也不是不行。"

"……您说价格吧。"秦郁绝很上道。

"谈钱多俗气。"谢厌迟笑着弯下腰，额头几乎要抵住她的额头，"现在我比较想听你喊句'哥哥'。"

好不容易躲过去，现在又绕回来了。

第十五章

正主懂什么爱情

谢厌迟说这句话的时候靠得稍微有些近，秦郁绝一抬眼就能撞进那双噙着些逗弄般笑意的眼眸，狭长的眼梢弯着，让人感到悸动的情愫仿佛一下子撞进心底。

他声音压得很低，尾音还带着些哑。

空气里全是暧昧。

“不然我们还是俗气一点儿吧。”秦郁绝稍稍偏开头，试图挣扎。

谢厌迟笑了声：“这么害羞，上节目的时候怎么办？”

秦郁绝没看谢厌迟的方向，咬了咬下唇，心里还在剧烈地进行着反抗。那两个字，真的太难以启齿了。

偏偏谢厌迟还不肯放过她，他低下头，声音带着些蛊惑的意味：“喊声‘哥哥’，我就帮你。”

“……”

毕竟摄像机还在对着两人拍，再这么磨蹭下去，恐怕拍摄进度得耽误很久。经历了剧烈的内心挣扎后，秦郁绝深吸一口气，摆出一副壮士赴死的表情，艰难地发出一个音节：“哥……”

然后再也喊不下去。

秦郁绝深吸一口气，只得放弃：“算了，不然就——”

然而一句话还没说话，她就感觉腰侧被一只手扣上，紧紧握住。

空气的温度宛若在一瞬间陡然上升，带着暧昧和旖旎的气息。

“不逗你了。”谢厌迟笑了声，另一只手握住她的后脑，“抬头。”

秦郁绝闻声下意识抬头。

紧接着，就感觉到谢厌迟手上的力道稍重，整个人猝不及防地被往前一带，贴近了他的胸膛。因为存在着身高差，所以谢厌迟还特地俯下身抵住她的额头，眸子里全是细碎而慵懒的笑意。

他望向她时，全是褪去棱角的柔和，却又仿佛带着些侵占似的意味。

秦郁绝总算反应过来，还未来得及开口说话就被谢厌迟开口打断。

“喂。”他开口，语气带笑，玩味似的问道，“耳朵怎么红了？”

“……”

该死的男狐狸精。

摄影师抓准了机会，连续几张下来，总算觉得满意，于是喊了停。

秦郁绝在摄影师喊停的时候就动作迅速地一蹦三尺远，迅速远离了旁边的谢厌迟，走到了相机后面看照片。

谢厌迟唇角稍翘，随意地抬手揉了揉自己的头发，然后拿起一旁的外套搭在自己的身上。

摄影师欣赏着自己的作品，一边揶揄道：“这不是感觉挺好的吗？刚才怎么就那么放不开，两位看上去很般配啊！”

说到这儿他还半开玩笑地随口八卦了句：“所以二位以后是有进一步发展的打算吗？”

这句话刚问完，谢厌迟就拖着步子走到了两人的旁边，他弯腰看了眼相机上的照片，漫不经心地应了声，然后笑眯眯地转头去逗一旁的秦郁绝：“有进一步发展的打算吗？”

“……”

秦郁绝：发展不起。

大概花了半天工夫，拍摄终于结束。秦郁绝觉得自己今天这次拍摄的劳累程度简直比得上一个月行程堆积的总和。

就在她窝在车子后座、拉下眼罩准备小憩的时候，贺怀情告诉了她一个残酷的消息："别觉得这就完事了，今天还只是第一轮拍摄。节目正式开始之后，像这样的拍摄活动还有很多。"

秦郁绝被惊醒。

这是贺怀情和唐小棠第一次从自家这个平日里看上去总是风轻云淡的艺人脸上，看到如此崩溃的表情。

能给秦郁绝带来这么大的心理阴影……

谢二少果然是名不虚传。

贺怀情虽然不忍心，但还是要说："还有第二件事。"

"您说。"秦郁绝给自己做好了心理准备。

"看你这样子，可能不能迅速习惯。但是节目正式开拍前你们得先去江城做准备，节目组只会给你们两人订一套房。"

贺怀情解释道："而且酒店内会有狗仔蹲拍，你们分房住可能……不大合适，毕竟是个恋爱综艺，而且你们的人设是从高中就开始恋爱。"

"好了，我不想听了，明天再告诉我吧。"秦郁绝重新拉下了眼罩，躺了回去，"我想至少今晚睡得着。"

虽然之前早就有营销号和帖子爆料秦郁绝和谢厌迟会参加《恋爱信号》，但是节目组一直没有实锤通知，加上前面几组早就拍摄好了海报进行官宣，所以网上相信的人并不算多。

而在三天后，毫无预料地，节目组在官博发出了谢厌迟和秦郁绝的宣传海报，并且配上文字——

曾经和未来，一直有你。@秦郁绝 @谢厌迟

这条官宣一出来，网上再次炸开——

啊啊啊我擦了我擦了，节目组下血本啊居然连谢小少爷都能搞

进组！

与其说节目组下血本，不如说谢厌迟还真是宠秦郁绝啊，他这种级别的人都愿意露脸上节目，说不是真爱我真的不相信。科普一下，谢厌迟背后不是只有景逸科技，谢氏才是最大的背景。

我发现了华点，节目是景逸科技投资的啊……我怎么感觉可能谢厌迟只是为了宣传新游，姐妹们别盲目嗑 CP 啊。

……

各色各样的声音都有，但却也说明，有了这样极高的讨论度，这档恋爱综艺还没有播出就已经预定火爆了。

CP 粉经过一天的投票表决，最终将这对 CP 名定为“鱼池”。自从官宣以来，主页粉丝就迅速增长，一路爬上了话题榜前十。

唐小棠作为 CP 粉丝的头子，甚至还混入了一个“鱼池”粉丝群，在里面偷偷窥屏，每天都会抱着手机一脸姨母笑地看着群内的分析，并且还会激烈地回复：“是爱情啊是爱情啊！”

在抓包了几次后，秦郁绝发自内心地提问：“你为什么不问问我这个正主是不是爱情？”

唐小棠看她一眼，然后说：“你不懂。”

怎么就我不懂？

你嗑的 CP 里还写着我的大名！

我怎么就不懂？

后来兴许是因为好奇，秦郁绝也借了唐小棠的手机看了几眼那些所谓的“发糖”帖。

《这对是真的，我是工作人员，亲眼目睹秦郁绝生谢小少爷气还让他出去，但是谢小少爷不仅不生气还一直在逗她开心》

楼主：我绝对不是造谣！在场的工作人员、化妆师都看到了，真的太宠了，如果是我男朋友估计就不会哄我。谢小少爷对别人和对秦郁绝完全两个态度！

秦郁绝：……行吧，是我搬起石头砸自己的脚了。

《拍摄那天我在场！两个人应该是发生什么不愉快了，谢小少爷就一直特别温柔地低头和秦郁绝说话，还主动搂她拍摄！》

楼主：太让人心动了呜呜呜呜，好想魂穿秦郁绝，也想被帅气的大少爷这么哄着。并且他还问秦郁绝要不要进一步发展，四舍五入就是两人要领证了！你们品品，其他嫁入豪门的明星都是主动求上位，只有这对居然还是谢二少主动去问！

秦郁绝：“？”

这个版本怎么和自己经历的完全不一样？为什么明明是非常痛苦的经历，路人描述起来却变成了这么深情的戏码？

终于，在论坛里有关秦郁绝和谢厌迟的帖子堆了一摞高之后，节目拍摄也正式开始了。

综艺要去的第一站是江城。

节目组会通知艺人在正式拍摄的前三天来到江城，然后按拍摄要求进行些介绍，最主要的是给艺人之间相互熟悉的时间。

而这三天，也是狗仔队盯得最紧的三天。特别是《恋爱信号》未播先火，娱乐媒体更是想抢在节目开拍前挖出更多的猛料。

所以贺怀情的话是对的。

“为了避免不必要的麻烦，虽然你们可以额外定房，但我还是建议，如果谢先生不介意的话，你们最好住在一套房里。

“特别是前期公司和节目组花了很大功夫炒作你们之间感情深厚，分房睡可以解释，但是很容易被扣上‘貌合神离’的帽子，也会降低甜度。”

其实秦郁绝也不是固执的人，原本对这个安排没有异议，只是在临行前给贺怀情打了个预防针：“问一下，公司最近会破产吗？”

“怎么这么问？”

秦郁绝想了下，然后说：“我觉得录完第一期，谢厌迟起码就得涨到一百万元了。”

贺怀情：“……”

听上去居然还挺有道理。

到达江城酒店的时候已经是晚上九点半，还有许多嘉宾没有进组，所以节目组原定的聚会时间是明天晚上。

唐小棠住的地方在另一层，那里是工作人员的专属房间。

谢厌迟那边，陈助理提前给了通知，说因为工作上有些事情耽搁，所以最快应该也是在明晚聚会的时候到达。

秦郁绝反倒是松了口气——能晚一天见面就省一天钱。

于是，她还挺悠哉地泡了个澡，换上睡裙，然后点了一份酒店里的夜宵，窝在沙发上翻看着贺怀情最新发来的人设和剧本大纲。

就在这时，门铃响了。

秦郁绝起身，准备去迎接自己的夜宵。

然而拉开门，一抬眼，就撞进了一双熟悉的眼瞳。

谢厌迟吊儿郎当地靠着门边，见她怔住还抬起手在她眼前干脆地打了个响指，轻笑了声：“惊喜吗？”

秦郁绝深吸一口气，退后。

然后把门关上。

……绝对是在做梦。

第十六章

秦郁绝首次获胜

惊不惊喜不知道，但惊吓一定是有的。

做好心理准备后，秦郁绝再次拉开了门。

谢厌迟依旧保持着刚才那个姿势，懒洋洋地靠着门框，见门打开，头都没抬一下，单手握着手机用拇指在键盘上输入着些什么。

“谢先生不进来吗？”秦郁绝主动开了口。

“我正在让陈助帮我看，”总算，谢厌迟将眼皮掀起，轻睨她一眼，语气淡淡的，“论坛上有没有出现类似于‘谢二少被拒之门外，恋爱关系即将濒临破灭’的帖子。”

这是在威胁吧？

这应该是在威胁吧？

对于这个睚眦必报的男人，秦郁绝一点儿办法都没有。于是她将声音放柔：“抱歉……刚才是我没反应过来，谢先生还是进来再看吧。”

谢厌迟：“不。”

这绝对是在威胁。

有了这么多天的经验，秦郁绝已经熟练地掌握了和谢厌迟交涉的技巧：“我明白了，如果你需要提高价格——”

“没那么多事。”谢厌迟笑了声，将手机一收，然后俯下身看着她的眼睛，缓缓吐出两个字，“求我。”

这位谢小少爷怎么不按常规套路出牌？

秦郁绝觉得，如果按照自己之前的作风，此刻会很有骨气地微笑着将这人请离，然后把门甩在他脸上。

但是骨气不能当饭吃。面前这位祖宗是自己倾家荡产花钱买回来的，在那五十二万七千元的巨款面前，骨气算不上什么。

这么想着，秦郁绝咬了下后槽牙，准备速战速决地说出那两个字。可是一抬眼对上谢厌迟那双微微上挑的桃花眼时，瞬间就哑了声。

很难说得出口。这么多年来，秦郁绝从未当过主动示弱的角色，虽然知道只是一句玩笑，但还是难以启齿。

她将眼一垂，头微偏，没立刻说话。

在片刻的沉默之后，秦郁绝虽然没往谢厌迟的方向看，但却还是能用余光扫到他直起了身子，往后退了一步，似乎是准备离开。

笼罩在自己身上的黑影往后一撤，长长过道里阴凉的空气涌入，似乎还能清晰地感受到周围气温的下降。

就在这时，秦郁绝伸出手，轻轻地拉住了谢厌迟的衣角。

她依旧低垂着眼，长长的眼睫下眸中情绪翻涌。在许久的安静后，她仿佛终于做出了什么决定，抬起眼看着谢厌迟，开口："求……"

"嘘。"

谢厌迟在秦郁绝只发出一个音节的时候抬起食指抵住了她的唇，打断了她接下来的话。

秦郁绝稍怔。

"拉我干什么，我又不准备走。"谢厌迟弯起唇角，眸子里的笑意不减，他侧了下身，指了下身后的行李箱，"总得拿进来吧？"

虽然没理解为什么谢厌迟突然放弃了刚才的对峙，但秦郁绝也不知道问些什么，只是点了点头，侧身让他进来。

谢厌迟随手带上门，拉着行李箱朝前走去。在靠近秦郁绝身边的时候，他视线都没偏一下，只是突然开口，却不似之前那种带着些散漫的语气，没什么起伏："不用勉强自己做不喜欢的事情。"

这句话让低头站在一旁的秦郁绝突地愣住，瞳孔微缩。

她错愕转头，却只看到了谢厌迟的背影。

在简单吃完夜宵之后，秦郁绝洗了个澡，准备今晚提前一点儿睡觉，让明天的皮肤状态能够更好一些。谢厌迟处理完最后一点儿工作，和陈助完成交接之后，随手翻了一下酒店提前放在茶几上的一排电影碟片。

翻了几张后，有一张封面引起了他的注意。

封面上有秦郁绝。虽然她在海报上的位置很靠后，看起来是个小配角，但却还是让人一眼就不由得将注意放在了她的身上。

电影名叫《除妖》。

秦郁绝饰演的是电影里一个靠吸食男人精血而活的美艳女妖，最后因为不知天高地厚地想要对男主角下手，而惨死于主角团的手下。

简单来说，就是男女主角升级路上的一个小怪。

虽然是配角，但这个妖媚的扮相很适合她——衣领露了半边白皙的肩膀，优美的颈线和一对精致的锁骨跃然眼前，即便没有做什么特别的表情，也能让人想到“媚骨天成”这个词。

谢厌迟将碟片塞入放映机里，臂肘撑着沙发靠枕，百无聊赖地按着快进键，然后在出现了秦郁绝的地方停下。画面上秦郁绝所扮演的女妖正在蛊惑男主角。她轻俯下身靠近男主角，一双好看的眼睛里全是蛊惑和魅意，唇角稍翘，仿佛连呼吸都带着引诱的味道。

“公子旅途如此辛苦。”

秦郁绝正常说话的时候，声音是偏向于带着些温柔的御姐音，但是为了符合人设，她特地将自己的每个尾音都收敛得很轻，仿佛每个音节都像根羽毛，撩拨在人心底。

她伸出手搭上了男主角的肩膀，整个人如同水蛇一般地依靠了上去，然后趴在他耳边呵气如兰：“何不放纵自己呢？”

说完，还轻轻咬了一下他的耳垂。

无语。

谢厌迟烦躁地按下快进键。

什么破烂电影!

真无语!

难看得要死!

负分!

他随手拿起影片盒子，眯起眼看了下男主角的名字。

商子辰。

记住了。

一连看了十多分钟，谢厌迟由一开始的百无聊赖，变成托着下巴一脸烦躁，仿佛每根头发丝都带着些戾气。

这不是挺会演的?

而就在这时，浴室里的水声停了。

秦郁绝穿着睡袍，一边擦着头发一边说道："谢先生，您要用浴室吗？"然而沙发上的谢厌迟却没答话。

秦郁绝走过去看了眼屏幕，抬了下眼，反应挺平静："在看这部戏啊？"

"嗯。"谢厌迟不耐烦地屈起食指，用骨节叩着桌面，唇角一扯，轻笑了声，"你还挺会演的。"

秦郁绝继续擦拭着头发上的水珠，随口答了句："还行吧，我是演员，肯定得会演戏。"

"那前些天拍摄海报的时候，你怎么就那么视死如归呢？"谢厌迟眉目稍敛，转头看她一眼，淡声问道。

秦郁绝擦着头发的动作一顿，然后又回忆起了那天惨不忍睹的画面，叹了口气："这不一样。"

演电影再怎么演也是在演别人，和自己对戏的也只是剧本角色里的男友。但是谢厌迟演的是自己本人的男朋友，这代入感就不能一样。

听完她的回答，谢厌迟却没立刻开口。

他慵懒地靠着沙发，眯着眼睛看了眼电视屏幕上的画面，抬手干脆利落地关掉，然后轻笑了声，但笑意却不达眼底："确实不一样。"

秦郁绝觉得有些怪异。

为什么听谢厌迟的语气，好像和自己说的"不一样"完全不一样?

但她识趣地没有多问，而是转移了话题："谢先生不去洗——"

"换个称呼。"谢厌迟转头看她，"上节目你也准备喊我'谢先生'吗？"

的确不能。这会儿秦郁绝学聪明了，迅速地开口回答，避免谢厌迟提到"哥哥"这个令人羞耻的词："那就喊您全名可以吗？"

谢厌迟唇角轻翘着，直勾勾地盯了她许久，缓慢地点了下头，接着从桌上拿起手机点开一个文件："也行，不过我得提醒你一下。"

"什么？"

"你这个状态，和贺怀情发给我的剧本差得挺大。"谢厌迟的语气里带着些吊儿郎当的笑意，"所以我得给你念一下——"

说完，他用手指滑到剧本中的某一页，字正腔圆道："秦郁绝要给观众一种外刚内柔的感觉：对外看起来很坚强、强势，但是面对男友的时候要像一个会撒娇的小女生。建议可以表现在面对比较困难的任务受挫的时候，要对男友撒娇、委屈，持有一种依赖的态度，也可以……"

"别念了……"这种羞耻度颇高的人设剧本自己看看还好，由谢厌迟这种拖腔带调的语气念出来简直是在公开处刑。

"建议两个人在独处的时候多一些亲密的互动，秦郁绝一定要把软弱的那一面毫无保留地展现出来，这样就会显得人前人后有剧烈反差，从而让粉丝……"

"谢厌迟！"

终于，再也难以忍耐这份羞耻感，秦郁绝拔高音调，下意识地抬手堵住了他的唇，她脸颊微微发红，一双好看的眼睛里宛若带着几分湿漉漉的感觉："别说了。"

她刚洗完澡，沐浴露的味道还若隐若现。头发也没有完全擦干，发尾还带着些湿润，在客厅的灯光下，皮肤越显白皙。

秦郁绝的手掌轻轻压在谢厌迟的唇上，掌心的温度不断上升，带着些柔软的触觉，让周遭的气氛仿佛在一瞬间变得暧昧了起来。

谢厌迟抬手握住秦郁绝的手腕，然后稍稍示意了一下，让她撤开。

他喉结上下滑动了下，接着慢慢地吐出一个字："好。"

"我的确有点儿难适应，剧本上的人设和我的形象反差太大了。"秦郁绝想了想，还是走到了他的正前方，然后在茶几上坐下，微微向前倾身看着他，"但我会努力尝试——"

"尝试什么？"

"把你当成男朋友。"

秦郁绝安静地看着他，眼眸里泛着细碎而又柔和的光，虽然不施粉黛，却更诱人想去深入。睡袍很宽松，依稀可见那对漂亮的锁骨下翻涌着的雪色。

谢厌迟却难得地沉默了，他没说话，反而转过头错开了和秦郁绝对视的目光，然后闭了下眼。

"怎么了？"秦郁绝皱了下眉，起身想去查看一下，手指轻轻碰到了他的肩膀。

突如其来的靠近，仿佛让周遭空气的温度在一瞬间升高。被秦郁绝触碰的地方，顿时引入电流一般。

谢厌迟猛地睁眼，避开秦郁绝的手，与她擦身而过。

"……你去哪儿？"

"洗澡。"

第十七章

坐怀不乱谢厌迟

谢厌迟闭着眼，水流顺着棱角分明的脸一路淌下，滑过喉结、脖颈、结实的腹腰。

在他腰侧靠下的位置，文了一处黑色狮子的文身。仔细看上去，那处仿佛原本曾经有过一块狰狞的伤口，只是被文身覆盖之后很难让人看出。

水流声渐小，然后被关上。

谢厌迟一只手撑着墙壁，抬起手将头发往后一抓。水珠顺着脸庞滚落，那双平时都是含着些轻佻放浪笑意的桃花眼里，此刻却收敛了所有的玩味，看上去冷峻而又深沉。

他不该提前来的。

谢厌迟扯起唇角，自嘲似的轻笑了一声，然后伸出手用浴巾擦了擦脖颈，披上睡袍走了出去。

秦郁绝正窝在沙发上看容导之前拍过的电影合集，顺带做着笔记。虽然还没拿到正式剧本，但也要提前做功课熟悉一下容导的拍摄风格。

房间内是刚好舒适的温度，但秦郁绝却频频咳嗽。她抬起手揉了揉脖颈，却好像拉到什么伤口一般，皱起眉轻轻“嘶”了一声。

谢厌迟站在她身后，随口问了句：“感冒了？”

“没。”秦郁绝头也没回，语气听上去坦然又平静，“之前那事落下的毛病，估计再过段时间就会好。”

高空落水的危险性还是很高的。虽然秦郁绝看上去没有什么外伤，但其实自从出院后，还是总会浑身肌肉酸疼，动作幅度稍微大一点儿就会有如同拉伤一般的痛感，并且还落下了许多后遗症。

医生看过几次，都说得慢慢调养。

其实这段时间症状差不多已经减轻，但仍然没有好全。

听见这句话，谢厌迟眸色稍沉。

这件事情发生的时候，他人并不在潼市。等到回来听几个朋友提起的时候，才知道事情的来龙去脉。就在这时，陈助理来了个电话。

谢厌迟看了眼屏幕，走到阳台拉上门接通。

“谢先生，周老这段时间频频问我您的工作行程多不多，似乎是想邀约您去小聚一趟。”陈助理问，“他老人家毕竟是周衍的爷爷，应该是为了这段时间您断了和周氏的合作而来的。”

“嗯，那你说我最近工作行程多了吗？”谢厌迟靠着栏杆，漫不经心地反问了句。

陈助理如实回答：“第一期综艺录制结束之后，空余的时间倒是有——”

“那现在没有了。”谢厌迟抬眼，语气轻飘飘的。

只一句话，陈助理就明白了谢厌迟的意思。他犹豫了会儿，然后又开口道：“谢先生，老爷说了，点到为止就行。周衍虽然对您没有多大影响，但整个周氏还是有合作价值的。”

看来，周老可能已经告到自己父亲面前了。

谢厌迟轻笑了声，手臂搭着栏杆，食指一下下地敲出节奏，片刻后缓缓问道：“你见我什么时候听过他的话？”

“谢先生……”

“让他老人家自己合作去吧。”谢厌迟抬手捏了捏眉骨，淡声道，“我这人，还挺难管的。”

挂完电话进门之后，才发现秦郁绝不知道什么时候已经靠着沙发睡着了。

秦郁绝这几天的工作行程排得很满，现在已经晚上十点多，马不停蹄地忙了一天后，她实在没控制住困意睡了过去。

电视上还播放着电影纪录片，音量调得很低，加上主持人字正腔圆的音调，听上去的确很助眠。

谢厌迟无奈地笑了声，然后拿起遥控器关上了电视，走到秦郁绝身旁蹲下身看着她。

接着，他鬼使神差般地伸出食指，顺着她的眉心到鼻梁，再到唇，轻轻划下。

“唔。”

轻轻的一声梦呓。谢厌迟安静地看着她。

当年那个心高气傲的小姑娘，怎么就被折腾成了这个样子呢?

片刻的沉默后，谢厌迟俯身弯腰，动作温和地将她打横抱起。秦郁绝的头因为惯性向内一歪,抵住他的胸膛,双目紧闭,连呼吸都是轻轻的。

只是在谢厌迟站直身的时候，不知是因为哪个动作摩擦到了秦郁绝的伤口，她眉头稍皱，无意识地出声：“疼。”

单单一个字却让谢厌迟的步子一顿，他垂下眼帘看着怀中的人，眼底明暗翻涌，握着胳膊的手掌下意识地收拢，却又刻意保留着力道不去弄疼她。

在许久的停顿后，他再次迈开了步子，然后动作轻缓地将秦郁绝放在了床上。

嗡嗡——

手机振动了两下。

谢厌迟低头看了眼，发消息来的是周衍。明显是因为刚才陈助理得到命令婉拒了周老，一时之下慌了神，慌不择路地来找他道歉。

周衍：谢先生您看这事，我也不知道您和秦小姐的关系啊。

周衍：我已经跟秦小姐赔过不是了，正好我那边也投资了几出合适的戏，也都可以给她演。

周衍：您说这事闹得，合作取消多不划算啊，您赔我们也赔，总得一码归一码吧？

周衍：为了个女人闹成这样子，真没必要啊谢二少。

许是见很久也没得到回复，周衍情急之下还拨了个微信电话过来，铃声还没响谢厌迟就干脆利落地按下了接通。

见打通了，周衍有些欣喜道："谢二少您说，咱们什么时候出来吃顿饭好好聊聊——"

"滚。"只一个单字。

谢厌迟声音压得很低，眉目宛若覆着层寒冰，一瞬间收敛了所有的温柔。

周衍一怔："您……"

"接你电话，是怕你吵醒我这边的小姑娘。"谢厌迟淡淡道，"若是再发消息闹醒了她，就不是不合作这么简单的了。"

干脆地挂断电话之后，谢厌迟将手机随手放在一旁，垂眼去看正在熟睡的秦郁绝。

她睡觉时喜欢侧着蜷起身子，非常没有安全感的睡姿。但是睡相看上去很好，乖乖巧巧的，和白日里那个全是棱角的形象判若两人。

谢厌迟俯身牵起一旁的被子盖在了秦郁绝身上，然后准备离开。

就在这时，秦郁绝突然一个翻身将他还没来得及收回的胳膊压在身下，当抱枕似的抱住了。

和之前任何一次的肌肤接触都不一样——这次秦郁绝只单穿了一件绸制睡衣，在胳膊贴紧的那一瞬间，所有的触感都变得无比清晰起来。

甚至不经意间指尖轻轻摩擦过她的腿间，只是小小的触碰，却如同电流陡然擦起了花火。

“……”

谢厌迟的太阳穴突突跳动。

真要命！

这是秦郁绝最崩溃的一个早晨。

她悠悠转醒的时候，习惯性地低头蹭了蹭自己的“抱枕”，然后才打着哈欠睁开眼睛。

紧接着，瞳孔地震。

谢厌迟距离自己不到十厘米，那张棱角分明的侧脸在自己的瞳孔中无限放大。

怎么就突然一张床了？昨天不是说好自己可以睡沙发吗？

秦郁绝低头看了眼自己的衣服。还好，没有任何异常。

等一下……

秦郁绝后知后觉地察觉到，自己抱着的并不是什么抱枕，而是谢厌迟的胳膊。一个不愿意相信的想法在脑袋里逐渐成型。

她迅速地松开了手，翻了个身准备下床，想迅速逃离案发现场装作无事发生。

就在这时，一条胳膊突然搭上了自己的肩。

然后，就听见那只男狐狸精慢条斯理地开口问道：“就这么走？不准备负责任了？”

什么责任？

谁的责任？

什么都没发生为什么要负责任？

秦郁绝怀疑自己被碰瓷。她深吸一口气转过身，正准备开口说话，却在对上谢厌迟那双满是笑意的双眼时蓦地止住。

这么一个翻身，两人间的距离又在一瞬间拉近了。

那双招人的眼底带着些温柔而又勾人的笑意，睫毛如羽垂下，根根分明，虽然还没开口说话，但却仿佛连呼吸都带着些蛊惑人心的意味。

秦郁绝将脸一转，耳根有些发烫："怎么就是我的责任了？"

谢厌迟笑着收回了自己的胳膊，然后当着她的面一下下地揉着自己的肩膀，故作随意地提了句："一晚上，挺累的。"

"……"好了好了你别再说了我知道了！

秦郁绝心情复杂："你可以挣开。"

"那不行。"谢厌迟抬手抚住秦郁绝的后脑，将她朝自己拉近，然后用额头抵住她的额头，笑眯眯地说，"男朋友可不能吵醒女朋友睡觉。"

这话听上去居然还很有道理。但是今天又没摄像机在拍，你给我演什么呢！

吵醒我啊！

我想被吵醒！

但这番话秦郁绝必定不可能说出口。她深吸一口气，露出一个微笑："谢谢您。"

"谢倒不用谢。"谢厌迟撑起身，揉了揉自己的头发，"该谈价钱了。"

"……？"

"你怎么摆出一副被我占了便宜的姿态？"

就在这时，门口传来了阵阵敲门声。

秦郁绝立刻起身，准备借着开门的名义逃离这个令人尴尬和窒息的现场。

谢厌迟扫了她一眼，目光停留在她身上那件睡裙上，然后突地伸手拦住："我去。"

这没什么好争的，于是秦郁绝点了下头，顺带提了句："大概是唐小棠或者酒店的工作人员来送早餐。”

谢厌迟应了声，走到门口，伸手开了门。

然后——

“Surprise！秦小姐早上好，我们是《恋爱信号》节目组工作人员！今天来突击拍摄您准备行李的过程，请问您现在方便……”

话还没说完，那操着标准娱乐腔调的主持人就顿时卡了壳。

谢厌迟耷拉着眼皮，将身体朝一旁的柜子散漫地一靠，抱起胳膊似乎饶有兴致地听着面前工作人员的介绍，眼底带着些似笑非笑的情绪。

他看上去刚睡醒，睡袍虽然系着，但那结实的腹腰和身线还是隐约可见，就连头发丝都带着些勾人的欲。

换句话说，简直是移动的男性荷尔蒙制造机。

主持人一哽：“……我们收到的消息是谢先生你明天才来。”

“所以你们是来找秦郁绝的？”谢厌迟会意。

主持人点头：“我们可以进来吗？”

谢厌迟挑眉：“不可以。”

“是秦小姐不方便吗？”

“是不太方便。”谢厌迟抬起食指，虚点了一下摄像机，然后淡淡地说，“她穿的睡裙不太好看，等她换了就行。”

主持人：“？”

“谢厌迟你说屁呢？”终于，在里面听到这句话的秦郁绝忍无可忍，“我睡裙怎么就不好看了？”

第十八章

都是睡衣惹的祸

主持人团队面面相觑。

什么情况，不就是个突击小花絮吗？怎么突然就这么劲爆了？还没开始开拍就直击情侣吵架现场？

顿时，敏锐地嗅到了爆点片段的工作人员瞬间打起了精神，架起摄像机一副蓄势待发的模样。

谢厌迟冷漠寡淡地扫了他们一眼，然后又朝摄像机的方向示意了下。

摄像师默默地往后退了一步，服软：“没事谢先生，我们就在门口，等你们同意了再进来。”

屋内，由远及近的脚步声响了起来，随之而来的还有秦郁绝的声音：“节目组可以进来——”

“不可以。”谢厌迟将门稍掩了一下，然后折身回去一把握住了秦郁绝的胳膊，沉眸道，“把衣服换了。”

秦郁绝差点儿被气死：“……这是赞助商指定的睡衣，你不让我穿出去我怎么宣传？而且你居然对着摄像头说丑？谁允许你说金主家的衣服丑了？”

“我也是赞助商。”谢厌迟说。

“其中之一，您老只是其中之一。”秦郁绝抽开自己的胳膊，竖起一根食指再三强调，“没商量，我不仅今天穿这件，我整期节目都会穿这件。”

谢厌迟用指骨揉了揉眉心，退了一步：“去披件外套。”

这下秦郁绝总算会过意，她低头看了眼睡裙，皱了下眉，然后说："这件款式和领口位置设置都很合适，不会——"

"不可以，"谢厌迟开口打断，他直勾勾地盯着秦郁绝的双眼，然后缓慢地说，"我就看到了，昨晚。"

啊？

秦郁绝刚刚平静下来的情绪瞬间被点燃，她的脸唰的一下涨红，然后迅速转身，又羞又恼："色狼！"

"所以啊。"谢厌迟弯腰，将头低到她的耳边，似乎是在哄她，"听话，披件外套。"

"不披！"

秦郁绝依旧是那个答复："披外套怎么有宣传效果？正常拍摄是正常角度，是绝对不会有任何走光画面的。"

谢厌迟笑着摸了下下巴。

这话说的，是在讽刺自己不是正常角度？

"那行，你去吧。"谢厌迟看上去似乎是有所放弃，只是在秦郁绝转身的时候慢悠悠地补了句，"到时候一刀剪了就成。"

秦郁绝步子一顿，然后猛地转身："你这是利用特权！"

"不用白不用。"谢厌迟笑了声，语气反而十分坦然，"不然钱不是白花了？"

在门边偷听得一清二楚的主持人团队："是真的是真的！我们又嗑到了！"

十分钟后，披着一件西装外套的秦郁绝出现在了摄像机面前，然后拉开门请他们进来。

主持人笑着说："谢先生很照顾秦小姐呢。"

"别提了，我们在闹分手。"秦郁绝面无表情。

……行。

每次都在分手。

整理好情绪之后，秦郁绝开始了正式的录制流程。

《恋爱信号》这档节目不同于之前那些情侣旅行向的综艺，更像是一个包容很广泛的挑战性节目。

综艺的核心围绕着节目组之前在网上设置的一个投票来进行——“您觉得恋爱产生是因为哪个词”。

最终的投票结果是：刺激，浪漫，细水长流。

所以节目的设置也将按照这三个词展开。例如说，“刺激”就是指吊桥效应中所说，人在危险的情况下更容易对出现的异性产生心动。节目就会设置一系列危险性的场景和活动让嘉宾参与。

而本次的录制就是围绕着“刺激”这个词展开，地点在郊区的一个山岭里，节目组租了一栋别墅，具体内容得等人员到齐之后才会公布。

不过光是听描述就知道不会简单。

因为节目要求嘉宾轻装上阵，所以这次突击录制的主要内容就是想看看秦郁绝会收拾出哪些行李带进山。

就在秦郁绝拉开行李箱，端出笑容，准备逐一介绍的时候，刚才去浴室换衣服的谢厌迟拖着步子走了出来。

然后他随意地坐在了沙发上，一边整理着衣领的扣子一边懒洋洋地看着她。

不仅如此，谢厌迟还顺手拿起桌上一个刚洗好的苹果，抛了抛，咬下一口。

咔嚓。

很清脆的一道声音，像是在看戏。

“……”

主持人团队早就被通知了不要给谢厌迟找麻烦，所以识趣地都没开口说话。

秦郁绝的动作一顿。

虽然没回头，但这种感觉很像是被等待着狩猎的狮子紧盯着后背，有一股非常强烈的危险感涌上心头。

不要紧。

在镜头面前，他折腾不起来的。

而且自己也服软地穿上外套了。

于是秦郁绝松了口气，从行李箱里翻出一件纯白一字肩吊带连衣伞裙，介绍道："这件我是一定会带的，我挺喜欢这套衣服的设计风格，款式虽然简约，但是版型很优——"

"不合适。"谢厌迟咬了口苹果，吊儿郎当地说，"蚊虫多，短裙不合适，江城这块儿有挺多毒虫的，慎重考虑。"

"……"秦郁绝沉默地将裙子放下，又换了一件，"这套蕾丝内搭打底雪纺小衫也很百搭，如果穿长裤的话我会安利这一件，会显得——"

"不太好。"

谢厌迟胳膊肘架在沙发上，撑着下巴，手指虚圈了下上衣胸前那部分："系带，这次行程不是主打冒险类题材吗？你穿这个能放得开动作？"

的确，胸前用系带绑了个蝴蝶结，如果动作比较大的确不合适。

秦郁绝咬牙，将这件衣服也放下，然后重新拿出了一件露脐一字肩衬衫，转头警惕地看了谢厌迟一眼，说："这件衣服真的很友好，宽松适合运动，而且比较修饰身材比例……"

"不可以。"谢厌迟再一次开口。

秦郁绝放下衣服，转头看他，微笑问道："这次又怎么了？"

"我不喜欢这个颜色。"谢厌迟说得还挺坦然。

节目组的工作人员没一个人敢说话，就好像这两人之间有无形的气场，怒气值出现了数值条，正在一路向上不断攀登。

一场大战蓄势待发。

秦郁绝将情绪压了又压：“睡裙的事我还没和你算账呢。”

“算账？还记着仇呢？”谢厌迟轻嗤一声，咬了口苹果，似乎在思索着些什么。片刻后，他轻笑了声，语气里带着些玩味：“多大的事，就算披了件外套也可以宣传啊。”

“那你说说看。”

“你想想，你收了赞助商的钱然后夸人家睡衣好，观众肯定不信。”谢厌迟弯起唇角，“所以你得问问我这种人家请不起的人，这才比较中肯。”

主持人倒是好奇：“那谢先生觉得秦小姐这件睡衣怎么样呢？”

“我想想啊……”谢厌迟抬手一下下揉着太阳穴，然后拖腔带调道，“款式一般，但你如果说材质和手感的话——”

“等等！”

秦郁绝意识到了什么，猛地起身，一把夺过谢厌迟手中的苹果，然后动作干脆地塞入他口中堵住他接下来的话：“你闭嘴，不许说了。”

我闭上眼睛都知道你要放什么屁。

谢厌迟看着面前的小姑娘涨得通红的脸，低低笑了几声，就连胸腔都在震动。

片刻后，他伸出手拿下苹果随手放在一旁，然后大掌握住她的腰往自己的方向一扯，声音带着点儿哑：“怎么还是这么害羞？”

“……”秦郁绝咬了咬下唇。

这人。

怎么就这么骚。

工作人员又安静了。

摄像机恨不得贴在两人脸上拍，但是碍于谢厌迟的身份，只能强忍内心激动不敢上前。

这段怎么能放在花絮？

必须放进正片！

终于，主持人咳嗽一声笑着打圆场：“我发现了，谢先生是在吃醋吧？秦小姐这几件衣服都是比较修身显身材的版型。”

秦郁绝这才晃过神，她转身看了眼行李箱里被谢厌迟否决的衣服。

……的确都是一字肩或者短款的版型。

但这些都是她平时的穿衣风格，所以她自己也没觉得有什么不对。

“听到了吗？”

谢厌迟的尾音稍稍拖长，带着些暧昧：“你看，外人都知道我在吃醋。”

主持人的笑容一僵，会过意来之后，唇角控制不住地疯狂上扬。

居然还没半点儿不好意思地直接承认了！

这就是霸道总裁的爱吗？

我也嗑到了我也嗑到了！

在送走了节目组之后，秦郁绝总算松了口气。

她低头看了眼自己身上的睡衣，沉默了一会儿，然后转过身看着沙发上正漫不经心看着电视的谢厌迟。

犹豫许久后，秦郁绝还是上前道：“刚才——”

“嗯？”谢厌迟抬头看她。

秦郁绝说：“您演得很好。”

谢厌迟却突地安静了，他唇角动了动，却没说话，只是转过头接着看着屏幕。许久后，他才淡淡地说：“那就学着点儿。”

秦郁绝耷拉下眼帘，只是轻轻应了声。

她突然想起贺怀情那句话：“像这样的男人，才是最不能信任的。

在记者面前深情的话信口拈来，演得像模像样，这样才是最可怕的人。”

其实秦郁绝一直是个自认清醒的人，但就在刚才，却也有些隐约不能确定了。

怎么就能演得这么像呢？

“对了。”谢厌迟似乎想到了什么，又说，“外套脱了。”

这又是哪一出？

但秦郁绝没问原因，脱下了身上的西装外套。

谢厌迟拍了拍沙发：“你坐下。”

等人坐下之后，他抬手用遥控器关掉了电视。骤然黑掉的屏幕，将两个人照得格外清晰。

“看看。”

谢厌迟看了眼屏幕，然后平静地说：“可能你之前试过赞助商寄来的睡衣的样品，没觉得有异样。不过第二次寄来的衣服虽然和之前的没有太大差别，但在细微处会动些手脚，比如现在。”

话题永远比正常宣传有用。

秦郁绝明白谢厌迟的意思。

比如现在，她就能觉察到，这款睡衣在坐下的时候，比起原先贺怀情拿给自己试的那一版，领口并没有收紧，会向前鼓开一段距离。如果不去刻意观察，秦郁绝是不会发现异样的。

“和他们玩儿心思，你还玩儿不过。”谢厌迟转头看她，然后说，“你见过下棋的人会在意一颗棋的感受吗？”

这个圈子有许多人，并不像周衍那样将恶意都写在脸上。

看上去谦和且毕恭毕敬的人，吸起人血来更让人作呕。

秦郁绝以为自己懂得够多，但其实远远不够。

“抱歉。”

她垂眼，突然觉得鼻尖有股酸涩感涌了上来，她硬生生止住，然后转头看着谢厌迟的眼睛，非常认真地重复了一遍：“抱歉。”

“和我道什么歉呢，我又不是好心。”

谢厌迟笑了声，俯下身抬手弹了一下她的额头，语气没个正形道：“我这又不是免费科普，得收钱的。”

明明是这么恬不知耻的话，却让秦郁绝唇角一翘，扑哧一声笑了出来。她揉了下眼眶，然后开口道：“虽然很感动，但还是希望您能打个折。”

谢厌迟正欲说话，两人的手机同时振动了一下。二人打开看了一眼，发现是来自他们共同的“恋爱信号节目组”大群。

导演：这一期的两位神秘嘉宾已经要下飞机了，这两位嘉宾会组成模拟情侣，和大家一起完成这期的任务。

导演：今晚大家参与聚餐的时候，请提前一点儿来，我们会给神秘嘉宾办一个惊喜派对。

神秘嘉宾一般都是当今有话题度和稳定粉丝基础的明星。

有不知道情况的人问了句神秘嘉宾的信息，紧接着，两份文件就发了过来。

文件名就是这两位嘉宾的名字——

“商子辰。”

“许抒音。”

第十九章

想让男朋友吃醋

在晚上的聚会开始之前，秦郁绝接到了一则节目组的神秘通知。

导演：请于聚会开始前一小时，提前前往酒店三楼的312号房间领取我们今天的特殊任务。注意事项：该行动请务必对自己的伴侣保密。

看到这则消息，熟知各种综艺节目戏码的秦郁绝就知道导演的意思了，八成是想让她演戏设置什么情景来整蛊谢厌迟。

按照规定时间来到房间后，秦郁绝才发现导演邀请的并不只有自己一人，还有同为节目常驻嘉宾的郑千意和盛向晴。

郑千意是名十年前霸占了所有银幕偶像剧的女演员，也曾红极一时，但在结婚后逐渐销声匿迹。直到一年前因一起亲子综艺爆火，才让她重新出现在了大众视野中。她和丈夫萧然是娱乐圈内恩爱夫妻的典范。

而盛向晴则是最近刚露风头的一位预备小花旦，男朋友陈子健是位颇具人气的电竞选手，二人公开关系的时候直接炸开了电竞和娱乐两个圈子，话题度也颇高。

虽然三人在这之前没什么接触，但是见面之后礼数还是做得很全。互相客套夸奖了几句后，导演便正式公开了今天的任务。

“在公开今天的任务之前，我想问各位女士一个问题。”导演还挺会设置悬念，“各位的男朋友吃醋的时候，是什么样子？”

盛向晴踊跃回答：“他啊，就什么话都不说在旁边生闷气，而且还会单方面发起冷战，暗示我他生气了，然后让我去哄他。”说到这儿，她还故作头疼地说，“男人就是麻烦。”

郑千意闻言，轻轻地笑了起来，将眼一弯：“年轻人都是这样的，像我家那位老人家就不开窍，平日里反应慢半拍，连醋都不会吃。有时候我故意播自己演的感情戏给他看，他都没想到‘吃醋’这个词上面，还夸我妆化得漂亮。”

两位恋爱学满分的女朋友发表完自己的答案之后，齐刷刷地转过头，用期待的目光望着秦郁绝，问道：“那秦小姐呢？我们也想知道谢先生吃醋是什么样子的。”

这段词儿剧本里没有写。

但好歹今天早上谢厌迟才演过一出标准的吃醋案例，于是她照着他那时的反应，回忆着答道：“应该会变得话多，主动挑刺、找碴儿，在你恼羞成怒的时候爽快地承认自己是在吃醋，又让人哑口无言。”

……听上去的确与众不同。

“唉，我以为男生吃醋都会不好意思的呢。”盛向晴看上去兴致很好，“我还蛮想看谢先生是怎么吃醋的。”

导演这时候才笑眯眯地开口公布了正式的任务：“所以我们今天晚上要做的呢，就是演一出戏，来看看各位男朋友在吃醋和被忽视时的反应。到时候我们会在聚会现场安装隐藏摄像头，内容会作为综艺预热在网上进行直播。”

听到这个任务内容的时候，秦郁绝有了片刻的沉默。这综艺内容的设置，怎么看怎么像是个分手综艺，完全不像是恋爱综艺吧？

但转念一想，综艺大体都是这个德行——矛盾冲突越多越好。

不过好在谢厌迟和自己只是合约情侣，应该犯不着会为了这种事情生气，对后面的录制也不会有多大影响。

郑千意抿唇笑了下，觉得挺有意思：“我倒是很想看看我家那位木头吃醋是什么样的。”

“那我们应该怎么做呢？”盛向晴问。

导演笑了声，慢慢地说：“所以，我们今天特地请来了和三位都有过合作的神秘嘉宾。”

今晚要直播的消息并没有告诉这些常驻男嘉宾，并且在大家进入聚会现场之后，节目组也会特意开启附近的信号屏蔽仪，警惕他们通过网络发现异样。因为知道要直播，所以秦郁绝早早地就开始化妆了。像这种隐藏摄像头拍人角度都是很死亡的，所以要格外注重妆容的细节。

这么一折腾就折腾了整整一个半小时。

谢厌迟看了下表，轻啧一声，语气里带着些不耐：“不就吃个饭？”

秦郁绝的动作一顿，为了不被他看出异样，随口扯了个理由：“不是要欢迎新嘉宾吗？所以肯定要正式一点儿啊。”

身后的人陡然安静了下来。虽然没有了声音，但秦郁绝还是能感觉到背部被一道炽热的视线注视着。

她下意识转头。但谢厌迟却好像没在看自己，反而颇为平静地偏过头朝窗外的方向望去，只是一双琥珀色的瞳仁中翻滚着的情绪布满阴郁。

嗡嗡——

手机振动了下，消息来自群聊“秘密任务小分队”。

导演：任务一，可以由许抒音频频提起各位拍戏时的经历，可以以朋友的角度聊一下合作过的男演员和拍摄感情戏时的心路历程，然后观察各位伴侣的反应。

导演：任务二，我们会特地派工作人员点一下各位女嘉宾不喜欢的食物，这个时候商子辰可以出面阻止。

导演：其余的事情大家可以随机应变，但一定要记住，任务结束前如果被各位男嘉宾觉察到了异样，就算任务失败。在正式的综艺节目中，会扣除个人积分。

许抒音：……但我怕这期直播结束之后我就只剩下尸体了。

盛向晴：行吧，今晚任务结束之后我家那位可能再也不会带我游戏上分了。

秦郁绝唇角下意识地翘起，拿过手机准备回一条消息。就在这时，身后有人靠近，接着那带着些磁沉的声音在耳后响起：“在看什么？”

“没。”秦郁绝手抖了下，然后迅速地点下返回屏幕，“就，回人消息。”

或许是因为太过于惊慌失措，谢厌迟没立刻离开，反而是将眼稍眯，耐人寻味地看着她的眼睛。就在这时，屏幕突地亮起，一条消息跳了出来，谢厌迟和秦郁绝同时朝着屏幕望去——

商子辰：哈哈哈哈今天的事，秦小姐一定要对谢先生保密哦！

气氛变得非常尴尬了。

这行字无比清晰地亮在屏幕上，许久之后才暗下去。

周围一瞬间安静得出奇。

为什么要在这个节骨眼交流感情？

许久后，谢厌迟似乎是低低地笑了一声，他挑了下眉：“今天的事？”

秦郁绝避开他的视线：“私事，谢先生要管吗？”

“我只是好奇。”谢厌迟抬手，轻轻握住她的后脑，让她的目光正对着自己，听上去柔和的声音却莫名带着几分压迫，“有什么事情，不能让我知道？”当然不能让你知道，现在要是说出来，节目不就翻车了。

但秦郁绝见谢厌迟一副不肯放过自己的样子，索性决定破罐子破摔。她望着他的眼睛，许久之后，反而是唇角一翘，轻轻笑了。

秦郁绝抬起食指抵住谢厌迟的唇，将他往后推了一段距离，眸中笑意潋滟，字正腔圆道：“当然不能让您知道。

“您也得给您的契约女友，留点儿秘密吧。”

谢厌迟握住秦郁绝的手腕，眸色如墨。

晚上八点，《恋爱信号》在微博发布了一条直播动态。

标题——当男朋友被设计吃醋时，会有什么反应呢？

正文内容详细地说明了，这是一起由女嘉宾和神秘嘉宾互相配合整蛊自己男朋友的策划。很快就有大量的粉丝和路人涌入了直播间，并且“让男友吃醋”这个话题也一下子挤进了热榜前五十。

啊啊啊啊看标题就知道这是什么神仙修罗场啊！

我笑死了，看到这些男嘉宾准备吃饭时的快乐表情吗？没有想到会有几万人围观他们“被绿”吧。

节目这个策划也太不人道了吧……

不爱看别看，综艺节目还这么小心眼儿？不都是为了节目效果吗？

……

然而，餐桌上的嘉宾们对弹幕上的腥风血雨浑然不觉。

“谢先生，久仰大名。”萧然作为一位圈内靠实力出名的影帝，风度和气质都拿捏得恰到好处。

与之比起来，陈子健就随意了许多。他笑着同谢厌迟握手，说道：“虽然我不是您公司的，但说起来还得感谢您养我呢。”他是位电竞选手，而所玩儿的游戏正是由景逸科技发行的。所以说起来，谢厌迟也算是他的衣食父母了。

还没客套几句，门再一次打开。神秘嘉宾商子辰和许抒音，在女嘉宾饱含同情的目光和弹幕观众充满期待的注视下，朝着修罗场走来了。

哈哈哈哈有没有人觉得这两人一脸壮士赴死的感觉？

节目组不做人，求求各位男嘉宾的粉丝饶了我们哥哥吧，他只是完成任务而已！

感觉许抒音和商子辰这对苦命情侣还蛮般配？

炒热度而已谢谢，我音独美。

都上恋爱综艺了还独美？？粉丝别控评了，多影响路人缘。

……

商子辰看了一圈，最后目光停留在秦郁绝身上。他抿了下唇，唇角稍弯，走到了她旁边，弯腰问了句：“郁郁，我可以坐在这里吗？”

坐在一旁的谢厌迟正在翻看着节目组递过来的菜单，听到这句话，手上的动作没停，只是轻抬了下眉，余光微偏。紧接着，他眼帘稍垂，一双狭长的眼睛里情绪越加深沉。

哈哈哈哈谢二少也太敏锐了吧！看见眼神没？

我看见了！我屏录了！我做成表情包了！指路@鱼池夫妇产粮站。

啊啊啊啊啊这个抬眉我可以，传说中的三分凉薄七分漫不经心但是带着些控制欲和侵略感就是这个了！

……

终于，节目组的计划也开始了。

副导演咳嗽一声，然后说：“那我们今天先点个酸菜鱼吧……”

“副导演，算了吧。”商子辰笑着打断，“我记得郁郁她不喜欢吃鱼。”

正在喝水的秦郁绝差点儿呛了出来：“……”

怎么就从我开始了呢？给我点儿缓缓的时间不好吗？

第二十章

醋王的成长手册

因为直播不能进行剪辑，所以为了避免产生混乱，“让男友吃醋”这个计划会分组进行。具体从哪一组开始，会根据现场情况随机应变。在每一组进行的时候，其他知情的人员都会参与配合。

现在看起来，谢厌迟首当其冲。

果然，这句话一说完，旁边的许抒音便笑了声，语气柔和地接过话：“哎？商子辰，你怎么知道得这么清楚啊，我们朋友这么多年，我不爱吃辣你都记不住。”

商子辰抬起眼看了秦郁绝一眼，声音听上去挺温柔：“因为和郁郁合作了我人生中第一部电影，说起来还挺有缘的。”

这段台词，一听就知道是经过精心设计的，杀伤力巨大，简直把“挑衅”两个字写在了脸上。

在导演的极力暗示下，秦郁绝扫了眼一旁看上去毫无异样的谢厌迟，决定还是敷衍着配合一下表演。

于是她转头看向商子辰，将眼一弯，话里含着些笑：“多谢，费心了。”

商子辰看向她眼底，眸光稍动，然后故作无事地转过头说道：“没事。”

秦郁绝的五官原本就精致得过分，特别是笑起来的时候，眼底带着些不加修饰又自然的媚，看上去又干净又勾人。

其实她在接到计划的时候还是有些担心的，甚至在聚会开始之前还考虑了一下要不要告诉谢厌迟直播这件事。两人毕竟不是真正的情侣，就怕谢厌迟对这档子事压根儿不在意，这样直播效果可能会极为惨淡，还有可能闹出个“貌合神离”的传闻。

但细想了一下今天上午谢厌迟那惊人的演技，秦郁绝决定还是不要搬起石头砸自己的脚了。宁可他不吃醋，也不想再体验那要命的操作。

就在这时，一直保持着原来姿势的谢厌迟却动了。

他将身体往后一靠，姿态慵懒地倚着椅背，一只手拿着菜单，食指别在两页中间，另一只手搭在桌子上，指节一下下叩着桌面。

虽然一个字都没说，但浑身上下的戾气却极深。

他下颌绷紧，眼皮耷拉着，似乎是在看菜单上的菜名，眼神却冷到蚀骨，偏偏连余光都不斜一下，让周围的人顿时噤了声。

弹幕上炸开了花——

笑死我了！这是谁设计的台词？太气人了吧！

真的，刚才那两句台词我代入了一下自己，如果我听见有人这么关心我男朋友，我能气得胸腔炸裂。

节目组？这样搞我家小商弟弟，知不知道很招仇恨的啊！

谢二少这个表情我的天，我居然还有点儿期待。

……

见谢厌迟没说话，副导演干笑了声，准备先将这个环节带过去：“那我们就不点鱼类了吧，反正吃什么都行。”

就在这时，谢厌迟用拇指轻轻一带将菜单本合上，然后抬手随意地朝桌子上一丢：“我选好了。”

服务员立刻弯下腰：“这位先生要吃什么呢？”

“蝴蝶乌鱼片，青椒鱼，石锅巴河鱼。”

“……”这就是在找碴儿。

秦郁绝眉心突突直跳，她抬手撑住自己的眉骨，然后无奈地偏头看了一眼身旁的谢厌迟。接着，一下子撞上了他望来的视线。

谢厌迟翘起唇角，轻抬了下眼，然后慢悠悠地问："不爱吃鱼？"

其实秦郁绝自己根本不挑食，但是为了不砸场子还是硬着头皮道："嗯……"

就在这时，万能的工具人二号许抒音开了口："谢先生，既然秦小姐不爱吃，那就算了吧。"

"怎么能算了？"谢厌迟闷闷地笑了声，接着慢条斯理地撑起下巴，饶有兴致地拖长了语调，"看不出来，我在故意找事吗？"

"？"语出惊人。

一旁的萧然辈分最大，再加上他对场上的局一无所知，所以开口茫然地问了句："谢先生今天心情不好吗？"

"没，本来心情挺好的。"

谢厌迟抬起食指，撩起秦郁绝肩上的一缕头发打着圈儿，语气慢悠悠的："现在不怎么样了。"

秦郁绝看着他："你怎么了？"

谢厌迟没立刻回答，只是眼底笑意愈深。他将食指一挪，轻轻点了她的唇，一双狐狸眼里噙着些笑，尾音带着些蛊惑的意味："你说呢？难道又让我提醒你？"

啊啊啊啊我无了！直接说出来也太犯规了吧！

想把我旁边那个每次吃醋就和我冷战的男朋友拎起来按着他的脑袋要他学学！

如果有谢厌迟这张脸，我男朋友天天吃醋也无所谓。

希望我明天一睁眼就魂穿秦郁绝，总裁的宠爱我可以了！

……

不仅仅是弹幕炸开了锅，就连在一旁围观的嘉宾和工作人员都肉眼可见地倒吸了一口冷气。

现场唯一称得上平静的，恐怕只有秦郁绝了。她已经完全习惯了这位小少爷不走寻常路的骚操作。

特别是在两人视线对上的时候，她心里就清楚，谢厌迟八成已经猜到了节目组故意设下的套子。

秦郁绝转过头，沉默不语地摸起面前果盘里的一枚樱桃，准备吃颗水果压压惊，顺便想想谢厌迟刚才那句惊人的话该怎么接。

商子辰却好心地提醒了句："樱桃很涩。"听见这话，她的手停了一下，樱桃刚碰到了唇侧就准备收回。

就在这时，原本搭在秦郁绝椅子后背的那只胳膊突地动了。

谢厌迟抬手轻扣住她的后脑，让她的头望向自己的方向，接着俯下身去迁就她的高度。接着，就着她的手咬下了那枚樱桃。

距离离得很近，樱桃还不经意间蹭过秦郁绝的唇侧，明明是冰凉的外衣，但擦过的地方却烧起火辣辣的温度。

两人离得很近，从外人的角度看，就像是经历了一个缠绵悱恻的吻一样。她可以清晰地看到谢厌迟根根分明的睫毛，那双琥珀色的瞳仁，眼底含着些轻佻却又带着强烈的侵略性。

"嗯。"他轻"嗞"一声，没立刻松开手，只是低哑的笑声附着懒倦的语气响起，"是挺涩的。"

直播间已经涌入几十万元人，此刻弹幕完全被一片"啊啊啊啊啊"的白字所覆盖，或许还有人说了什么别的话，但却很快就被覆盖掉再也看不清了。

不是看嘉宾吃醋吗？怎么开始杀狗了？

啊啊啊啊霸道总裁该死的占有欲！

我的天这是在宣示主权吧！

狗粮已经这么多了还介意再多吃一点儿吗？求求二位直接亲上去吧，亲不上去我就自己P图！

……

而这时的秦郁绝脑袋里一片空白，等她回过神之后，才感觉到自己面颊滚烫的温度。

她将脸一别，声音又羞又恼："谢厌迟！"

谢厌迟低低地笑了几声，胸腔轻震，然后扶着她的脑袋抵在了自己的肩上，问道："就这么想看我吃醋？"

"……"虽然没有镜子，但秦郁绝还是能猜到此刻自己的脸有多红。

她索性顺着谢厌迟的动作没再抬头，而是将整张脸埋进了他的肩窝，试图平静下情绪。

谢厌迟却不肯放过她，压低声音逗她："说说看，还吃鱼吗？"

这醋吃得还挺首尾呼应。

秦郁绝彻底认输："……吃。"

微博上"谢厌迟吃醋"这个话题已经一跃涌进了前十。就这么短短一段时间的工夫，已经有人截好了鱼池夫妇的同款图，甚至还调好了滤镜，长篇大论地抠出细节来分析吃糖。

直播间的人数肉眼可见地向上攀登，服务器也崩溃了几次。

说实话，我感觉谢厌迟猜出来节目组的计划了，但还是陪着秦郁绝演戏。

对对对对！最戳我的就是这里了，明明知道你在捉弄我，还会笑着配合。

哈哈哈我觉得秦郁绝才是被套路的那个吧？还被谢厌迟偷偷占

便宜。

谈恋爱怎么能叫占便宜呢！

谢厌迟绝地反杀，我谢二少牛！

……

而现场，谢厌迟缓缓地抬起眼，正好同坐在一旁的商子辰对视。

商子辰也在看他，漆黑的瞳仁中无波无澜。

谢厌迟眉目稍敛，唇角的笑意稍淡，宣示主权似的稍稍加重了扣住秦郁绝的力道，然后慢声说：“多谢商先生费心，我女朋友平时的确挺娇气的。”

商子辰眼皮轻抬，淡淡道：“没事。”

看上去毫无异样的对话，却隐约可嗅到暗涌的波涛。

一分钟过去后，秦郁绝才彻底调整好状态，从谢厌迟身上起了身。她喝了杯凉白开冷静了一下情绪，抬头看了眼周围。

非常炽热的视线。

一眼扫过去，这群人脸上甚至还挂着整整齐齐的标准姨母笑。

……秦郁绝情绪复杂。

但好在节目组的直播进度还是不能落下。在调动了下气氛之后，直播便进入了下一个环节，接下来的两对情侣都按着顺序成功被整蛊到了。

但无论是从头到尾对所有人的暗示都熟视无睹，甚至聊起郑千意吻戏的时候还在理智点评“我觉得那场吻戏差点儿气候”的萧然，还是还没说什么就开始吃味，坐在旁边沉默不语、闷闷不乐，一个人生气怎么哄都不说话的陈子健，都再没有可以超过谢厌迟和秦郁绝那一组的话题度。

等直播临近结束时，“谢厌迟吃醋”这组话题已经高居榜首。

导演笑呵呵地站起身，意味深长地问了句：“来，我们给各位男嘉宾一次机会，在吃饭的时候，大家有没有发现异样？”

萧然一头雾水。

陈子健还在吃醋。

唯一一个弹幕猜测可能发现节目组计划的谢厌迟,也一句话都没说。他只是懒洋洋地抬起胳膊搭在秦郁绝椅子背后，似乎对接下来要宣布的事情心知肚明，却偏偏不开口回答，眼底写满了不在意。

导演等了会儿，确定谢厌迟不准备回答，这才宣布了答案：“其实，今天的神秘嘉宾和各位的女朋友都有一个共同的任务，就是让各位男嘉宾吃醋。”

正确答案一公布，饭局上便传来阵阵哄笑声，伴随着陈子健会过意来的懊恼以及萧然的一脸茫然。

“因为各位男嘉宾没有人在直播的过程中发现计划，所以这局的胜利方是女嘉宾和神秘嘉宾，他们将会获得一个积分点，相对应的，男方将会扣除一个积分点。”

处罚结果宣布后，现场两位受害者怨声载道，只有谢厌迟看上去没大反应，仿佛早就意料到了一样。

导演好奇地问了句：“谢先生是不是早就猜到了？”

谢厌迟转头看了眼秦郁绝，笑了声，拖腔带调道：“挺好猜的。”

“那谢先生刚才为什么不说出来？”

“我说了，她不就输了吗？”谢厌迟依旧是那副吊儿郎当的语气，他抬起手轻轻握住秦郁绝的肩,话里含着笑,“输了的话,回去还得哄她。”

还没有关闭的直播镜头精准地记录下了这一幕。

后来，这场直播被奉为“男朋友必学入门教程”。

秦郁绝闻声转头看了眼谢厌迟。他此刻没看着自己，只是弯着眼笑着看向导演，坦然地回答了问题，语气流畅没带半点儿停顿。

她垂下眼帘，挪开视线。

或许，能被谢厌迟这样的人真正喜欢的女生……

真的很幸运。

因为聚餐过程在直播，所以秦郁绝一直拘着，没怎么吃好。

回到房间收拾一下之后，她便下楼在门口的便利店里买了些简单的面包和牛奶。再上楼的时候，她刚准备进门就碰见了商子辰。

“好巧。”

商子辰看上去也是买了东西刚回来，他穿了身简单的运动装，戴着鸭舌帽，倒颇有少年感：“你晚上没吃好吗？”

“毕竟是在直播呢。”秦郁绝笑了声。

其实商子辰和她关系倒不差，自从那部电影之后，两人之间一直有些联系。

有时候碰巧见面，二人也会出去聚餐吃饭，逢年过节还会发送些祝福。

算得上是朋友，只不过关系也到此而已。

后来商子辰名气渐长，秦郁绝也识趣地主动避开了距离。原先他还会时不时邀约，但被拒绝了几次后，也主动不提了。

“对了，之前那件事，我有听说过。”商子辰笑了笑，“那时候我刚好去北市那边拍戏，如果我在的话，其实可以帮忙的。”

其实圈里人都知道，商子辰自打进娱乐圈以来发展得就很快，原因离不开他的家庭背景。

之前有个很火的话题是“哪些明星不拍戏了就得回家继承家产”，提名率最高的就是商子辰。论坛也扒过商子辰家住的别墅，那块地方每平方米的价位都让人望尘莫及。

“不用。”

知道或许是客套话，秦郁绝笑了声，准备随口敷衍过去：“其实也还……”

就在这时，她身后响起一道男声。语气里全是躁意与冷冽，全然不似在聚会上那番漫不经心。

“用不着。”

秦郁绝回头。

她第一次看见谢厌迟这副表情——眼神锋利，尖刀似的，浑身上下的戾气控制不住地蔓延开来，压迫的气场令人胸口猛地一沉。

谢厌迟笑了声，语调慵懒：“这会儿还有摄像头吗？”

“谢先生。”商子辰调整了下帽檐，语气轻飘飘的，“虽然很不礼貌，但如果我是你，就不会发生这种事情。”他语调虽然没什么起伏，听上去也还是温温和和的，但每个字眼都仿佛带着刺。

商子辰不是第一次听说谢厌迟，甚至因为家里合作的关系，对他了解还挺深。就这号人物，会有高中谈到现在的女朋友？

他不信。

秦郁绝闻言，眉头稍怔，正准备说些什么。

然而下一秒，她的手腕就猛地被人握住，然后整个人被人往后一带。

“要不要听我的建议？”

这样的挑衅却让谢厌迟突地笑了，只是他眼底眸光依旧如覆寒冰，笑意很浅，更让人不寒而栗：“适可而止。”

第二十一章

他也曾只是少年

商子辰的话里全是讽刺："我只是好奇，别人都说谢先生您是天之骄子，怎么连自己的女朋友都照顾不好呢？"

天之骄子。

所有人都是用这个词来形容谢厌迟的——只手创立了景逸科技，即便有一天公司倒了，背后也有谢氏这个雄厚的靠山。

他有所有倨傲的资本。

但其实很少有人知道，谢氏从来不是谢厌迟坚不可摧的后盾。而是一直以来，笼罩在他头上，时刻准备扼断他脖颈的阴霾。

三年前，谢厌迟公司的一款MOBA类手游上市。当时，几乎所有游戏商都能嗅到，这种类型的游戏将拥有无限的商机和极强的生命力。

所有人都在抢占市场。同期，也有多款相同类型的手游上市。有些公司甚至为了优化服务和提前上市，不惜借下巨额贷款，孤注一掷。

最后，经过一年多的拼杀和淘汰后，只有景逸科技推出的那一款成功存活了下来。从那以后，他们几乎垄断了MOBA类手游行业。

谢厌迟也因此带着景逸科技一战成名。在普通人眼里，有些公司突然变得知名了，有些公司突然销声匿迹了，这些都是很正常的事。

但其实许多时候，输赢的结果比想象中更为残忍。

当年贷款上市的一家游戏公司，终于不堪重负宣布了破产。两个月前，公司一位负责游戏策划的高层从二十七楼的办公室跳下。

曾经有多辉煌，高楼倒塌的时候就会十倍百倍地去偿还。

资本的博弈，是会死人的。

秦郁绝出事的那天，谢厌迟不在潼市，而在江城。

谢厌迟这趟行程闹得沸沸扬扬，据说是前段时间谢父给他口头上定了个未婚妻，但没过几日，这位小少爷就自行解除了婚约，断得干脆利落。

大家都说，他去江城，就是躲风头等自家那位老爷消气的。

但只有为数不多的人知道真正的原因。

谢厌迟先是去了一趟江城的某小学。那时候是早上七点半，正是孩子上学的时间。他看见那位跳楼自杀的男人的妻子，吃力地骑着自行车，在靠路边的地方停下，然后将自己的孩子抱下来，替她整理好校服。

面容消瘦到可怕。一夜之间，这位曾经坐在宾利车上抱怨着堵车的贵妇人，就如此熟练地扮演起了普通人的角色。

听说她在这段时间搬了几趟家，但总能被债主找到。

无休止的砸门和歇斯底里的咒骂，早就摧毁了她曾经的高傲。

这些事情突如其来，但又在意料之内。

“谢先生，如果您放心不下的话，我可以替您联系，匿名捐助他的孩子读书。”陈助理看了眼后视镜提议道。

谢厌迟没立刻说话，他只是看着车窗外那对平平无奇的母女，安静许久后淡淡道：“如果输的是我，那么迟早有一天，我会是站在二十七楼那个位置的人。”

陈助理：“不会的，您身后还有谢氏……”

“那不是我的谢氏。”谢厌迟打断，“那是谢何臣的谢氏。”

两天后，谢厌迟出席了一场葬礼。

喻之衍母亲的葬礼。

自从喻之衍离开后，他母亲的身体状态就一直很差。

这么多年谢厌迟一直帮衬着，去遍了各地的医院，找了各种各样的医生，最终还是没能把人救回来。

“你是个好孩子，这么多年我也看在眼里。”喻父的声音沙哑到极致，“你就实话告诉叔叔一句，当年那场火灾，和你们谢家有没有关系？”

那起火灾闹出了不小的轰动。发现当年肇事的保姆一家获得了一笔来路不明的钱财的人，不仅仅只有谢厌迟一个。

许多人都在猜，当年那起火灾可能不是一场意外，而是蓄意纵火。

那到底是谁呢？各式各样的答案中，有一个呼声最大。

他们说，是谢厌迟的父亲。

为了烧死谢何臣。

因为谢何臣不是谢厌迟的亲哥哥，而是他大伯的儿子。在大伯因病离世后，过继到了谢父的名下。他们说谢家觊觎谢何臣名下的股份，不想等他成年后让出，所以才要放火烧死他。

但没想到百密一疏，那天谢厌迟也出现在了公寓中。

空穴来风的话不需要任何证据。

谣言传播的时间太长，就会变成真相。

十六岁那年，谢厌迟在某一天突然找来了律师，当着所有长辈的面，宣布了自己的放弃。放弃谢氏，放弃拥有的和未曾拥有的一切。

所有人都说他疯了，然后笑哈哈地以“孩子的话不能当真”打趣过去。

谢父罚他跪了整整一天，让他不许再说这些蠢话。

他应该是理所应当的天之骄子。

但他只觉得讽刺。那段时间，谢厌迟不想将自己从身陷的泥潭里拉出来。只觉得就这么算了，吊儿郎当地活着，日子还是好端端地过去。

直到，他看见了秦郁绝留下的那一行批注。

许多时候，救赎是自己给自己的。

他原本就不想放弃。

只是需要一点儿光，告诉他，自己是对的。

秦郁绝就是那一点儿光。

眼下，谢厌迟看着喻之衍的父亲，沉默了很久，然后唇角稍动，每个字都说得艰难：“叔叔，节哀顺变。”

完全挨不上边的回答。

但是喻父却听出了话里的暗示。

喻父忽地大笑了几声，然后拿起身边的杯子和书本，稀里糊涂地砸到他身上，让他滚出去。锋利的书页划开了谢厌迟的额角，渗出了鲜红的血珠。他却动也不动，像木偶一样任由其发泄。

这么多年，虽然喻父心知肚明谢厌迟也是无辜的那个人。但好端端的一个家，被这些风云诡谲的事情波及，变成了现在这副样子，他还是没有办法不怨恨。

骨灰盒入土的时候，谢厌迟还在现场，只是站在很远的地方。

没人注意到他，所有人都在放声痛哭，伴随着神父的祷告，像是一场悲壮的哀曲。

风云大作，雷声滚动。

离开的时候，谢厌迟又经过了那个小学。

成群结队的孩子拥了出来，有几个小朋友一前一后地互相追赶着，撑着伞踩着地上的水坑。

就像他的曾经。

“我听说了你朋友母亲过世的消息。”谢何臣打来电话，声音儒雅温和，“记得替我道一句节哀。”

多么谦和的一个人，多么温柔体贴的关照。都快让谢厌迟忘了，十年前，谢何臣是用什么样的表情，含着笑说出那句——

“不要抢哥哥的东西。”

从十六岁到二十六岁。

谢厌迟疯了一样地做出了很多连老一辈的人都不敢做的大胆博弈，反反复复将自己放在了二十七层高楼那个位置，一次又一次地豪赌。

所有人都觉得他是个不要命的疯子，又觉得他是一个手段狠厉的成功企业家。

但所有人都忘了，十六岁那年，他也只想成为一个少年。

回到潼城后，各路“朋友”开设了宴会想给他接风洗尘，他却只去了江景行的场子。江景行是他的大学室友，也是唯一一个能真正称得上朋友的人。聚会上的人都口无遮拦，随口就是荤话和不着调的调侃。谢厌迟懒洋洋地窝在角落，有人搭话就敷衍地笑几句，意兴阑珊。

直到有人说——

“周衍这回可是碰了个硬茬儿，居然直接闹得人家跳楼了。”

“那个姓秦的？我就说她看上去烈，他还不信。”

“周衍还后悔呢，省下洗澡的工夫直接把事办了就不会闹这一出。”

或许是某个姓氏引起了谢厌迟的注意，他目光微偏，一眼扫到了那群人手机屏幕上的照片。

是一张熟悉的脸。

一个许久没有见过的人。

白皙修长、曲线弧度恰到好处的双腿垂在一侧，黑色抹胸晚礼裙露出一对精致的肩胛骨。屏幕中的人双目紧闭，两颊发红，眉宇间带着些痛苦的意味。

谢厌迟按灭了烟，突地开口：“手机给我一下。”

那人愣了下，将手机递过来。他伸手接过，手一抬，力道十足地将手机从窗口扔了出去。干脆利落，甚至连眉都没抬一下。

“我晕！”那人下意识爆了一句粗口，愤怒地起身看向谢厌迟，压着火气道，“谢二少，这就不太好了吧？”

虽然知道谢厌迟不好得罪，但在座的没一个是省油的灯，当然不甘心白白丢了面子。

“您就不给个解释？”然而话还没说几句，就戛然而止。

这是所有人第一次看见这样的谢厌迟。收敛了那一身放浪形骸的气质，浑身上下冷冽到极致，如尖刀一样，一寸寸剜过人的脖颈。

然后，再爆发。

架是江景行劝下的。

等人都走干净后，他叹着气收拾着残局，用脚拨弄着桌下的碎酒瓶，说："我会让人查查还有谁有那张照片，然后让人删掉。不过，秦郁绝就是你这么多年记着的小姑娘？"

谢厌迟没答。

"想护着人家的话，就挑明了说呗。"江景行说，"她还挺招人惦记的。"

谢厌迟却突然开口："谢何臣要回来了。"

江景行一顿，然后明白了。

"我不能这么对她。"谢厌迟又说。

秦郁绝从来都是那么骄傲的一个人，她不会甘心做任何人的金丝雀。

商子辰眸里全是倨傲，他似乎是冷笑了声，语气有些嘲讽："是我失礼了，毕竟我还以为谢先生是真的无所不能呢！"

其实商氏和景逸科技有些恩怨——之前和谢厌迟博弈的几家公司里，有些就是商氏投资的。

利益对立就是敌人。景逸一次又一次让人吃瘪，树敌自然也不会少。

谢厌迟却笑了声，全身上下的线条绷紧，宛若一只等待狩猎的狮子，让人不寒而栗，冷意噬骨。他松开秦郁绝的手，朝前迈了一步。

秦郁绝感受到了谢厌迟的异样，也感觉到了如果任由他爆发，可能诱发的后果将无法承担。

于是她眉头一皱，伸手拉住了谢厌迟的胳膊："我们回房间吧。"

谢厌迟置若罔闻。

"谢厌迟！"秦郁绝陡然拔高了音调，声音带着轻颤地劝道，"求你。"

谢厌迟停下步子，转头看她一眼，薄唇紧抿，沉默许久后低笑了声，紧绷的气氛霎时间松开。

他说：“行啊。”

秦郁绝看着谢厌迟的眼睛，手顺着他的胳膊向下，然后握住了他的手，转身带着他朝着房间走去。只是没走几步，她突然停下来，转头看着身后的商子辰，淡淡道：“多谢关心。”

商子辰皱眉看着她，似乎准备开口说些什么，却被秦郁绝轻轻的一句话打断——“没有如果，他是我的男朋友。”

商子辰一怔。这句话，是在回应刚才自己那句“如果我是你，就不会发生这种事情”。

房门关上后，谢厌迟就松开了秦郁绝的手。他扯了扯领口的扣子，松开几粒，没说一句话，换上拖鞋就朝里走去。

秦郁绝皱了下眉，抱着胳膊看他，觉得有些好笑：“谢先生，你这样会让我以为你真的在吃醋。”这句话一说完，谢厌迟却蓦地停下了步子。他转头轻睨了她一眼，然后转身朝她走来。

下一秒，眼前的光线一暗。谢厌迟扣着秦郁绝的肩膀将她抵住，另一只手握住她的手腕，反手按在了门上，整个人将她压得死死的。

“你做什么？”秦郁绝没反应过来，下意识地挣扎了下，却发现动弹不得。

身体，气息，温度，都是滚烫的。如同一阵阵热浪汹涌而来。

谢厌迟将头一低，似乎是要咬上她的脖颈。

秦郁绝下意识地将头一偏，感到他在靠近自己肌肤几厘米的距离时突地停住，只剩下呼吸打在自己的肩窝上。

“如果我说是呢？”他的声音低哑，秦郁绝仿佛能感受到他胸腔的震动。

第二十二章

当然要追求刺激

这句话让秦郁绝一下子愣住，原本想要咬牙切齿说出口的质问全都卡在了喉咙里，一个音节都吐不出来。

她抬头，望进了谢厌迟的眼底。在大半的光线都被挡去之后，那双原本总是泛着细碎光芒的浅瞳，此刻也显得压抑而深沉。居然让她一时分辨不出，他说的到底是真话还是假话。

气氛僵持了许久。

正当秦郁绝准备开口时，谢厌迟突然松开了握着她手腕的手。

然后，笑了。他眼底的锋利在一瞬间褪去，仿佛又变回了之前那个吊儿郎当的贵公子。

他靠近秦郁绝的肩窝，尾音稍稍上挑："怎么就这么好骗呢？以后要是真喜欢上谁，岂不是要吃亏？"

秦郁绝眼皮一跳，双手撑住谢厌迟的胸膛，一推，毫不客气道："滚。"

就知道不能在这人身上浪费感情。

但她想了下，还是问了句："你刚才怎么那么大火气？"

谢厌迟顺着她的力道往后退了几步，找了个位置懒洋洋地靠着，看着她，答得倒挺顺畅："吃醋啊，刚才我不都承认了吗？"

秦郁绝不信他："我不会被你骗第二次。"

"那行。"谢厌迟轻嗤一声，调整了下靠着的姿势，"商家人之前一直挺关注我的，所以你看商子辰这副样子，就知道肯定是不信我们俩的关系。不演得像一点儿，怎么糊弄得过去？"

这的确是个令人信服的理由。

“而且……”谢厌迟慢悠悠地说，“你不觉得他说话挺烦人嘛。”

秦郁绝彻底没话了，因为按照这位小少爷的性格，刚才商子辰那番听得出来是故意挑刺的话，的确很容易惹怒他。

她揉了揉刚才被扣住的肩膀，正准备朝里走，手机就振动了。

商子辰：抱歉，刚才是我太冲动。

商子辰：希望没影响到你的情绪。

秦郁绝刚好走到了谢厌迟旁边，这两条消息一跳出来，身旁的人也看得一清二楚。然而她却一个字都没回，只是抬起拇指按住向左一滑，连带着消息框都干脆利落地删除。

“他喜欢你。”谢厌迟淡淡地说。

秦郁绝嗯了一声，将手机一收：“之前不知道，但是刚才你们吵架的时候看出来了。”

她不至于愚笨到这种地步。

但要说喜欢，未必有多喜欢，可能大部分还是男人之间的攀比欲。

商子辰家世不如谢厌迟，为人又有些傲气。左不过争夺欲罢了，秦郁绝不想陪着他胡闹，也不想给自己找麻烦。

谢厌迟问：“不回消息？”

“没必要。”秦郁绝说。

直接删好友不合适，冷处理就行，也不给暧昧和希望。

她抬头看了眼谢厌迟，抱起胳膊问道：“我怎么觉得，你挺希望我回的？”

“没。”谢厌迟摸着下巴思考了下，缓声道，“但我记得，恋爱合约里可没有我帮你挡烂桃花这一项。”

秦郁绝笑了："那我是不是还得谢谢你？"

"那倒不必。"

谢厌迟说着，转身走到沙发处坐下，往后散漫一靠，左手搭在膝上，一副谈判的姿势："来谈谈价格吧。"

差点儿忘了这一出。秦郁绝在他斜对面的单人沙发上坐下，觉得得争取一下："我们得讲道理，刚才那事可是我把你劝下来的……"

谢厌迟一双狐狸眼里噙着笑，开口打断道："价格筹码又不一定是钱，我有那么俗气吗？"

……您不俗气谁俗气。

"那你想要什么？"

"手机给我。"谢厌迟抬起手朝着秦郁绝的方向示意了下，一只手撑着下巴，慢条斯理地说，"不回消息多不礼貌，我替你回。"

秦郁绝："你这是什么筹码？"

谢厌迟答得倒是挺坦然："让我高兴的筹码。"

原来这位小少爷还不肯放过商子辰，男人就是斤斤计较。

她将手机屏幕解锁，犹豫了下，还是放在了谢厌迟的掌心，并再三警告他："不许回复奇怪的内容。"

谢厌迟笑了声，拿过手机吊儿郎当地说："您就放心吧。"

片刻后，在手机屏幕那头苦等的商子辰收到了来自秦郁绝的回信。

整整三条，其中一条还是图片。

他点开——

秦郁绝：她睡了，不方便吵醒。

秦郁绝：但消息还是得回，所以就由我给您说句晚安吧。

秦郁绝：[图片]

图片内容是一张谢厌迟的照片——眼尾眉梢都带着嚣张和痞气，就连头发丝都带着些嘲讽。商子辰气得差点儿把手机给吃了。

卸妆，护肤，洗澡。折腾完这一套步骤之后，已经十点多。

秦郁绝抹着护手霜从浴室走出来之后，扫了眼床的方向，然后步子一顿。谢厌迟人在床的左侧，身上搁着个笔记本电脑，骨节分明的十指流畅地敲击着键盘，似乎是在处理工作的事。

他戴了副金丝边框的眼镜，眉头稍皱，收敛了平时那副随意的样子，倒显得颇有几分斯文败类的气质。听见浴室开门的声音，他抬眼看了秦郁绝一眼，然后腾出只手干脆地打了个响指，指了指右侧的空位。

秦郁绝："……"

今晚我是不可能和你睡同一张床的。于是她走过去，伸手捞起放在右侧的枕头，顺手拽了床被子，接着转身准备去睡沙发。

就在这时，她的胳膊被人猝不及防地拉住。紧接着，秦郁绝整个人顺着那股力道往后一跌，不偏不斜地栽进了谢厌迟的怀中。

她又羞又恼："谢厌迟！"

"去哪儿？"谢厌迟俯下身看她，话里噙着些懒倦的笑，"不睡觉了？"

他的胳膊还撑在她身侧，光是想也知道，两人此刻的姿势有多暧昧。

"睡沙发。"秦郁绝咬牙，"今天我醒着，不会再扯着你了。"

谢厌迟轻啧一声："你这态度不行。"

秦郁绝觉得莫名其妙，反问道："我怎么就态度不行了？"

"你想想看，明天节目就正式拍摄了，到时候能有多的沙发给你睡吗？"谢厌迟勾起手指，轻蹭了下她的鼻子，"你这是在逃避问题。"

秦郁绝哽了一下。

她早就发现了，谢厌迟有着能把强词夺理的话说得理直气壮的口才。

但想起今早的屈辱史，秦郁绝不吃这套："明天的事情明天再说。"

“我建议今晚预习一下。”谢厌迟替秦郁绝拨开搭在脸侧的碎发，将身子压得更低，声音低哑，带着些蛊惑，“实话实说，你的睡相不怎么样。”

“……”她迟早有一天提刀杀了这个狗男人！

像是被踩到尾巴的兔子，秦郁绝一个翻身挣扎地起了身，甩开了谢厌迟的手，踩上拖鞋准备站起身离开。

而就在这时，她身上再次一沉。

谢厌迟起了身，将胳膊搭在了她的肩上，硬生生又留住了她。

秦郁绝：“你有完——”

“逗你的。”谢厌迟先一步打断。

他的语气听上去依旧不骄不躁，似乎一点儿都不恼火，眸中含着浅浅的笑意：“我不至于让一个小姑娘去睡沙发。”

说完，他站起身，顺手揉了把秦郁绝的头，朝着沙发的方向走去。

秦郁绝愣了下，坐在床边朝他的方向看了会儿。

谢厌迟好像压根儿就没准备睡在这儿，就连笔记本的充电器都好好地插在沙发旁的插座上。

刚才那出闹剧，好像真的只是逗弄她的一个玩笑。沙发睡人肯定不会舒服，更何况谢厌迟一米八七的个子，腿脚根本伸展不开。

“喂。”秦郁绝犹豫了下，垂下眼喊了句，“如果你老实点儿不动手动脚，就睡在床上吧。”

她说完这句话，也没抬头看面前人的反应，反而刻意偏过头，装作无事发生。

因为这的确是有些难以启齿的邀约。

脚步声由远及近，谢厌迟去而复返。他没立刻说话，只是慢慢地在秦郁绝面前蹲下，伸出手握住她的后脑，让她看向自己的眼睛。

“怎么就这么容易心软呢？”谢厌迟的语气里带着些无奈。他唇角一翘，然后抵住她的额头，声音沉沉，“不要这么容易就相信一个男人。”

秦郁绝抬眼看他。

“我又不是柳下惠，”谢厌迟笑眯眯地开口，尾音稍稍上挑，“没那么容易老实的。”

“……”

秦郁绝反应过来了。

她的脸在刹那间涨红，随即整个人抽身往后一撤，揪起一旁的枕头就朝他身上砸去：“谢厌迟！你耍无赖！”

谢厌迟没挡，任由那枕头砸在自己身上，神情没半点儿恼火。

“还让我睡床吗？”他打了个哈欠，吊儿郎当地问了句。

“睡个屁！”秦郁绝将被子往身上一卷，义愤填膺，“你就睡沙发吧你！”

关了灯。

十一点后，谢厌迟也没再继续打字，将笔记本一合，翻了个身，似乎是在沙发上睡了。

秦郁绝没立刻睡着。

其实在情绪平静下来后，她就能猜到，谢厌迟那么说，或许是想让自己心安理得地在床上休息，不用因为他去睡沙发而愧疚。

一直到半夜，听见那均匀的呼吸声后，谢厌迟才起了身。

他推开阳台的门，点了根烟，抽完一根后才回了房间。

空调温度有些低，秦郁绝一直在轻咳。

谢厌迟调高了温度，走到床边，替她扯了下被子，然后在一旁蹲下。许久后，才轻飘飘地说了句：“傻不傻？”

综艺的播放模式为现场直播，半个月后各个视频平台才会上架节目经过剪辑的版本，但只有 VIP 会员可以收看。除此之外，这档综艺还设置了一个不同于其他节目的内容——节目后期，观众可以通过投票、送礼物等方式选择、决定嘉宾的分组以及任务分配。

这算是开创了综艺的新模式。同样，也给嘉宾带来了巨大的挑战。

昨晚在聚会结束之后，导演就介绍了第一天要录制的内容："为了检测各位嘉宾和情侣的默契程度以及各位在应对危机时的能力，明天我们会在进入山区前，先进行一个游戏活动的录制。录制内容为密室逃脱。"

但为了保证直播的爆点，节目不可能设置一个简单的密室逃脱。想也知道，最后这个活动很有可能会演变成集鬼屋和冒险竞技为一体的四不像。这种集合模式，很考验嘉宾的应对能力，也特别费体力。

但观众却很兴奋——密室逃脱，再加上可以投票选择、决定嘉宾的任务，想都知道会很刺激！

所以在直播间刚开始预热的时候，页面上就弹出了一个提示："在节目开始前，各位观众可以选择两个人和团队分开关押，将他们单独关进另一个密室。"

于是秦郁绝和谢厌迟作为这期综艺的话题担当，弹幕上立刻刷满了二人的名字——

请各位一定要投票让鱼池夫妇两个人单独关在一起！这样更刺激！

啊啊啊啊啊想看这两个人关在一起，然后秦郁绝害怕发抖、谢厌迟英勇护妻的样子，想想就刺激！

有画面感了！我鱼池 CP 作为话题顶流必须享受这个荣誉！

谈恋爱当然要追求刺激了！鱼池 CP 冲！

……

正在化妆做造型的秦郁绝偷看了下直播间，心情格外复杂。

感谢厚爱，但她不是很想追求刺激。

第二十三章

密室逃脱第一集

其实秦郁绝的胆子不算小，高中玩儿这种密室逃脱的时候，她算是其中比较淡定的女生，基本每次都能冷静地分析逃脱方法。

但如果说完全不怕，这倒是不可能的。

特别是这种一心想要搞事情的节目组，势必会安排许多用来制造恐怖气氛的工作人员。

突如其来的惊吓，很少有人抵抗得住。所以跟着一群人的安全感绝对比单独两个人在一起的安全感要高。

这么想着，秦郁绝试图挣扎了下，偷摸用小号投了几个歪票。她不仅自己投了，甚至还准备让谢厌迟拿手机也去悄悄投个票，希望出现奇迹。

就在这时，一条公告弹了出来：

用户“谢厌迟的父亲”消费 10000 个超级火箭进行投票，投票选择为“谢厌迟”“秦郁绝”。

弹幕一排感叹号刷了过去——

这是真的氪金大佬。

大佬要进我们鱼池 CP 的后援群吗？！

啊啊啊啊大佬出手花钱让我们嗑糖可太幸福了！

哈哈哈这位大佬的名字也太勇了吧！

……

“……”

氪金玩家，比不起。

秦郁绝放弃了。

不过这名字取得倒是有意思，居然还真有人敢用这样的昵称，倒也不怕得罪谢厌迟。

最后，鱼池 CP 不负众望，票数一骑绝尘，获得了两人单独待在一个密室的光荣机会。在其他嘉宾如释重负的目光下，秦郁绝和谢厌迟被戴上眼罩，先一步领进了密室中。

你看见秦郁绝视死如归的表情了吗？还有嘉宾满脸“幸亏不是我”的喜悦神态，简直太真实了！

是我我也不愿意，这种吓人的游戏还两个人单独分一块儿，肯定很恐怖。

没错，我没有心。虽然我爱他们，但是为了嗑糖我就是如此卑鄙。

说对了姐妹，为了嗑糖，我们能够不择手段。我已经准备好看到霸道总裁英勇护妻的场景了！

……

进入密室之后，广播里传来导演的声音：“请在十秒后同时说出二位最近一次接吻是在什么时候。如果回答的时间一致，即可摘下眼罩。现在开始倒数——”

“？”

这是什么奇怪的问题？

秦郁绝没料到节目组会有这波操作，一时之间有些头疼。

最近一次接吻的时间，剧本上完全没有写！

既然要同时说出，她也不能瞎扯。而且因为别着麦克风，她也不可能现场和谢厌迟串通一气。

这可太难了。

导演还在毫不留情地倒数，眼瞧着就数到了“四”。

这时，谢厌迟突地开口：“先稍微暂停一下。”

这句话出口，导演还真停下了。

监视器后面的工作人员以及屏幕前几十万元的网友，都睁大眼睛想看看这位小少爷又要搞什么幺蛾子。秦郁绝也不解，但她还没来得及开口说些什么，就感到自己的肩膀被人一拉，身体往前趔趄了几步。

然后下一秒，一个吻落在了她的唇侧。

克制，浅尝而止。

视觉受到遮蔽后，人类的其他感觉会被无限放大。特别是在一片漆黑的环境中，她更能无比清晰地感受到那落在自己唇边的温度。

温热，湿润。

带着股令人心尖躁动不安的气息，掀起一阵阵汹涌的波涛。

那略带着些痞气的声音在她耳边响起，磨得耳根一阵发软。

他问：“现在知道了吗？”

用这样的招数，太犯规了。

即使什么都看不见，秦郁绝仍能清晰地感觉到自己脸颊发烫的温度。

导演反应过来后，随即结束了倒数，直接提问道：“两位嘉宾可以说出答案了。”

答案显而易见——就在刚才。

啊啊啊绝了绝了绝了鱼池CP入股不亏！

明明这么恐怖的气氛我怎么看出了偶像剧的感觉？

节目组那个问题太致命了，估计人家平时亲得太频繁自己也不记得了。

我嗑到了，我满足了。等我有钱了一定要把他们俩买下来，放在我面前逼着他们天天接吻！

……

摘下眼罩后，秦郁绝扫了眼周围的摆设——很小的一个房间，光线阴暗，音响里播放着诡异的音效，身旁靠墙的位置还放着一口棺材。正对着的是三个铜像，铜像前的桌上有一本书。

谢厌迟将书拿下来翻看了几下，才发现这本书只有一半，后一半似乎是被谁撕掉了。就在这时，一墙之隔的地方传来声响，紧接着就是盛向晴他们几个人的声音。

看来剩下的人也被送进密室了。

“如果想出去，关键线索应该在他们那边。”谢厌迟将那半本书抛了抛，接着挑了个地方坐下，“所以等着吧，等他们几个平静下来可以正常沟通了之后再做打算。”

像这种把人分成两拨分别关的密室，一般都是有线索需要互相交换的。秦郁绝觉得是这个道理，于是她挑了靠边的位置，坐在了谢厌迟旁边，就着他的手分析书上的内容。

然而，隔壁看上去一时半会儿无法平静——

尖叫，逃窜，以及瓶瓶罐罐被碰倒的声音……

“啊啊啊为什么会有工作人员从暗门跳出来吓人啊！”

“陈子健！刚才有鬼来的时候你为什么躲在我身后？你给我说清楚！你凭什么躲在自己女朋友的身后！”

“许抒音！你跑什么啊？鞋子掉了！”

相比起来，秦郁绝和谢厌迟这边简直算得上一片净土。

两人一脸淡定地听着隔壁的惊叫声，开始记录书上提到的关键内容，顺便还分析了下面前三尊铜像的来历。

导演觉得不行。

难得这俩人单独在一块儿，怎么还搞出一种好好学习的氛围了呢？

于是他立刻派人从暗门出去吓一吓这两人。

于是，兢兢业业的工作人员立刻准备就绪。他在暗门后默数三秒，然后猛地将门推开，像野兽咆哮般声嘶力竭地边喊边朝两人的方向扑来。

势头十足，然而并没有听见计划中的尖叫声。

谢厌迟胳膊搭在膝盖处，闻声抬头，眼里仿佛写了两个字："就这？"他甚至连眼皮子都没动一下，安静地注视了一会儿后，转过身颇为平静地继续分析密室。

秦郁绝也觉得一言难尽。

兴许是隔壁的尖叫声太过惨烈，让她早就有了心理准备去提防那些暗门。再加上谢厌迟此刻有意无意地将她往里护着，所以她还真没被吓着。但是看着工作人员尴尬而又坐立不安的样子，秦郁绝决定还是稍微配合一下，假装自己真的被吓到了。

于是她咳嗽了声，装作被吓到："啊，好吓人，我有点儿怕！"

谢厌迟面无表情地看着她，片刻后说："你但凡演得像一点儿，我也不至于不配合你。"

秦郁绝收了脸上的表情，认真地说："你这样说我会有点儿尴尬。"

"那我道歉。"谢厌迟点头，接着伸出手哄小孩儿似的拍了拍她的后背，放柔了语气陪她演戏，"没事，别怕。"

"……"

还没退回暗门内的工作人员觉得自己被二次羞辱了。

哈哈哈哈这两组简直是致命对比。

秦郁绝那个表情我笑死了，一副"看你不容易我可怜你装个害怕"的样子。

这工作人员真的惨，人生滑铁卢，在这个房间里得不到演鬼的尊重。

鱼池 CP 头也太铁了吧哈哈哈，别人房间在夺命尖叫，他们居然开始修身养性阅读书籍。

这两人演的戏能把我笑死，我感觉扮鬼的工作人员完全没有被安慰到。

工作人员：谢谢，有被内涵到，以后不吓你们了，拜拜。

……

终于，在长达二十多分钟的尖叫和惊慌失措后，隔壁的那支小分队终于缓过神。唯一一个还算得上理智的萧然，艰难地和这边的谢厌迟、秦郁绝进行配合，通过拼凑起书的内容，成功获得了开锁密码，然后成功从隔壁走了出来。

谢厌迟这个房间的锁和钥匙就放在房门口的椅子上，所以萧然等人出来之后，也就自然而然地替两人打开了门。

盛向晴第一个冲上来，握住秦郁绝的手安慰道："是不是很吓人？不要怕，我知道你们两个人在这边肯定要吓死了。不要紧，我们现在来陪你了。"

秦郁绝看了眼被吓得还没缓过神、脸色苍白的盛向晴，欲言又止："……"

算了，你说是就是吧。

虽然队伍成功会聚起来，但是却又陷入了瓶颈——除了这两个房间，过道里空空如野，也没有第三个门。

该怎么离开这里，前往下一个关卡呢？

秦郁绝扫了眼周围，然后目光停留在三尊铜像上。

桌上有个牌子，上面用繁体字写着：三叩首，心诚则有回应。

她似乎想到了什么，于是起了身，跪在铜像前的跪垫上，俯身叩首。

一下。

两下。

三下。

在最后一下完成之后，突然响起一声机关咬合的声响。

下一秒，秦郁绝就感觉身下的地板往下陷，伴随着巨大的声音，一股失重感涌了上来。

秦郁绝所跪的一小块区域有一个升降机关，在第三下跪拜完成之后，机关被触发，地板往下急降，连带着她的身体垂直地往下坠落。

她重心一个不稳，手肘狠狠地摔在了地上。

“秦郁绝！”其他人惊声喊她的名字。

这般熟悉的感觉让她在一瞬间回忆起了一个月前的画面——面临死亡前那巨大的威压和恐惧仍然盘踞在脑海里，仿佛还能清晰地感受到那直逼天灵的心悸和失重感，以及呛入鼻腔内刺骨的冷水。

自那件事之后，秦郁绝留下的创后反应还是很严重的。

畏高，害怕坠落感。

所以她现在甚至连尖叫都喊不出来。

明明只是一瞬间的事，过程却被无限拉长，只觉得胸腔闷得可怕。

而在这时，旁人突然又拔高音量喊了另外一个名字：“谢厌迟！你先别……”

最后在砰的一声重响后，一切重新归于寂静，脑海中那根紧绷着的弦仿佛瞬间被切断。

一双富有力量感的胳膊抬手紧紧拥住了秦郁绝，将她护住。

低沉的声音在她耳边说道：“没事。”

第二十四章

密室逃脱第二集

在场的人后背都渗出些冷汗，感到后怕。他们都是亲眼看到谢厌迟是怎样动作干脆而迅速地一跃而过，没有半点儿停顿地直接跳下去的。

落地时，谢厌迟的膝盖重重敲在骤降的升降板上，砰的一声，听得周围的人都头皮发麻。但他却眉头都没皱一下。不仅仅是他们，连后台的工作组以及直播间的观众都不约而同地倒吸了一口冷气。

弹幕刷过一排惊叹号。

我的天？！谢厌迟就这样往下跳？！

我冷汗直冒，生怕他踩空！

有被吓到，这种降落速度真的恐怖，节目组是故意的吧？也太不考虑嘉宾安全了。

我打脸了，本来以为都是剧本，但现在发现这真的演不出来，谢厌迟是真的护她。

……

秦郁绝缓了一会儿，脑海里的思绪逐渐找了回来。谢厌迟将她护得很紧，两人的身体严丝合缝地贴紧，她将头窝进他的肩侧，能感觉到温暖的气流涌动，舒缓了刚才因为恐惧而变得冰冷僵硬的身体。

心悸和后怕在胸腔反反复复地涌动，即使已经接触地面，但还是有种周围时刻会塌陷的错觉。她知道自从那件事过后自己开始有些畏高，但没想到应激反应会这么严重。

回过神后，秦郁绝抬起头看着身前的人。

刚才她的确听到了一声重响，但却没看清谢厌迟是怎么过来的。除了旁人的惊声尖叫，她不记得到底发生了什么。但她记得谢厌迟手掌的温度，以及那让人能安心的怀抱。

“你是跳下来的？”秦郁绝问。

“没。”谢厌迟松开手站起身，然后将她拉了起来，“我刚才就站在你旁边，看见有机关就顺便站上去了。”说得轻描淡写，就连谎都撒得很平静。仿佛刚才的事情真的就只是这么简单而已。

我晕了，我又看上了别人的男朋友，谢二少我可以！

姐妹我给你拿鸡笼来了！我们俩一起关进去！

顺便？这叫顺便？谢厌迟给我下蛊了，呜呜呜我现在就去氪他们公司的游戏皮肤。

我感觉刚才谢厌迟的膝盖应该受了伤吧，摔得好响一声，结果人家眉头都没皱一下。应该是怕郁郁担心所以连一点儿伤都不表现出来！这隐藏糖太甜了吧！

……

秦郁绝心有疑虑，但谢厌迟的样子太过坦然，眼底还带着些漫不经心的笑，仿佛一点儿事都没有。于是她从升降板上下来，在周围发现了一个机关。按动机关后，缓缓落下一个折叠的楼梯，刚好能让上面的嘉宾走下来。

盛向晴下来之后一把扑向秦郁绝将她紧紧搂住，然后呜咽着说道：“你吓死我了，刚才我头皮都发麻。”

秦郁绝笑了声，安抚似的拍了拍她的手背：“我没事。”

“不过，谢厌迟对你是真的好好啊！”盛向晴松开手瞄了眼不远处的谢厌迟，然后悄悄地说，“刚才他本来隔得挺远，看见你掉下去，就一下子跃了过去，那时候升降板已经落了一半了，他就那样直接跳了上去。”秦郁绝皱了下眉。

盛向晴继续说道：“他应该是膝盖先落地的，那声响听得我们都疼。”

听完这段话，秦郁绝眸色稍沉，她转身走到了谢厌迟面前，然后伸手拉住他的胳膊，问：“你受伤了？”

谢厌迟看她一眼：“没。”

“膝盖给我看。”秦郁绝这回没被他糊弄过去。

谢厌迟安静了会儿，认真地看了她许久，然后唇角一勾，语气带着些轻佻：“也行，但你确定在这儿？”

秦郁绝会意，扫了眼他的裤子，沉默了。在这儿的确不行——按照这条裤子的松紧程度，如果要露出膝盖，可能必须得脱掉。

秦郁绝看着他的眼睛，语气认真：“谢厌迟，如果让我知道你瞒着我，我就——”

“就怎么？”谢厌迟俯身去迁就她的高度，笑着反问。

秦郁绝压根儿没想好威胁的词，只好将头一偏不去看他。许久后，她才轻声开口：“我会担心。”

仅仅四个字，没带多少起伏的语气，却让谢厌迟顿了下。

他抿了抿唇，眉目敛起，笑意隐去。然后伸出手扣住秦郁绝的后背，将她往自己身前一带，压低声线道：“的确有些疼。”秦郁绝抬眼。

“回去给我上药？”谢厌迟笑了声。

鬼使神差地，秦郁绝伸手反扣住了他的后背，然后头一次主动地将头靠进了他的颈窝。她能感觉到谢厌迟浑身上下的线条在一瞬间绷紧，但她却没说什么，只是轻轻点了下头：“嗯。”

为什么要回去之后上药？现在上！节目组拿药来！我要现在看！回去偷偷上药是不是玩儿不起？

我尊贵的VIP会员难道不配看到上药的情节吗？

……

几米开外，经过一晚上已经成为鱼池CP粉粉头的盛向晴，拉着自己的男朋友陈子健站在一旁，一边感动得热泪盈眶，一边不忘说教道：“学学人家。”

陈子健：“……”

盛向晴：“刚才鬼冲过来的时候你居然还躲在我后面，如果你有你家老板谢厌迟半点儿体贴，不说碰到膝盖，碰到个小拇指指甲盖我都感激涕零了。”

“不行啊。”陈子健觉得有些麻烦，“我是电竞选手，碰指甲盖也影响我发挥啊。”

盛向晴将脸上的姨母笑一收，瞬间没了感情：“……你就离谱。”

新的密室很空。只有一面巨大的镜子和一个破旧不堪的衣柜，衣柜还用一把锁锁着打不开，唯一的一扇门旁边也放着电子密码锁。

“我觉得应该先打开柜子，从里面获得密码锁的线索。”

萧然分析了一下，但是找了十多分钟，上下楼都翻遍了也没发现能够打开柜子的钥匙。

一切似乎又陷入瓶颈。

商子辰昨天本就因为碰了钉子心里堵着一口气，今天又眼睁睁地看着秦郁绝和谢厌迟亲密，情绪越加暴躁。他看了眼懒洋洋地靠在旁边的谢厌迟，压着火问：“谢先生不找钥匙吗？”

谢厌迟看他一眼：“找是可以找，但是没必要。”

商子辰气笑：“怎么就没必要了？”

二人间火药味十足，让一旁的其他人都嗅到了些倪端。

郑千意年纪最长，见状准备站出来劝几句，可还没开口谢厌迟便直起身走到了衣柜旁边，上下扫视了一会儿。

砰！下一秒，谢厌迟便干脆利落地抬腿，动作凌厉地一脚侧踢踢在了柜门锁链的地方。原本就破旧的锁链哗啦啦地断开，“吱呀”一声后，柜门向外敞开了一条缝。

谢厌迟转过身轻飘飘地说：“的确没必要。”

“……”商子辰觉得自己又被羞辱了。

其实密室逃脱玩得多的人都知道，很多时候密室里会设置一些看似困难但其实并没有那么复杂的机关。谢厌迟一早就看出这个衣柜并不需要钥匙就能打开。景逸科技的游戏范畴涉猎很广。密室逃脱向的恐怖题材出得也不少，每一款发行前，谢厌迟都会亲自参与测试。所以这期节目的难度对他来说，跟新手教程差不多。

只不过碍于导演在录制前千叮嘱万交代：“每个密室至少待满十五分钟，准备了这么长时间，总不能让我们直播一小时就结束吧？正常综艺剪辑都要两个小时的时长啊。”

所以，他特地极其敷衍地等待了十五分钟。

然而衣柜里的东西却让人大跌眼镜，里面仅有一根铁棍和柜门内侧刻着的一行字——“幽灵喜欢在封闭黑暗的地方”。

这行字让人有些摸不着头脑，无论怎么看都不像破解密码门的密码。

秦郁绝反复阅读了几遍，发现这其实是一句暗示。她转头看了眼面前那面巨大的镜子，接着说道：“这行字可能是暗示我们关灯。”“封闭黑暗”——首先得满足其中的条件。

萧然立刻反应过来：“对，应该是关灯之后密码会出现在镜子上。”

听上去的确是合理的解释。

秦郁绝思索了一下，抬起手，用食指抵住镜面。镜面倒映出来的食指同自己的紧紧贴在了一起，没有一点儿缝隙。

这是面双面镜。秦郁绝沉默，然后往后退了几步，她好像知道节目组会搞什么幺蛾子了。

谢厌迟看了她一眼，笑了声，抬起胳膊搭住她的肩，将她朝自己身旁拉了下，然后在她耳边低声问："告诉他们吗？"

秦郁绝小声道："我觉得，节目组设置这些东西也挺不容易的。"

"所以？"

"所以——"秦郁绝转头，笑了，"总得有点儿节目效果吧？"

？？？他们俩在说什么？怎么还有小秘密？

我好像猜到了……这应该是恐怖题材的标准套路了吧？给其余嘉宾提前点蜡。

哈哈哈我也猜到了，这俩人也太狠毒了吧。

……

然而觉得自己破解了密室线索的一群人，完全没觉察到两人的小动作，他们快乐地伸手关闭了灯的开关。

在灯关闭的那一刻，镜子上果然出现了红色的字体。

正当他们聚精会神地记着上面的内容时，镜子上的画面突然一变，伴随着刺耳的尖叫声，工作人员扮演的鬼将自己的脸紧贴在了镜子上。

一排鬼脸，做着张牙舞爪的动作，更显触目惊心。

"啊啊啊啊啊啊！！！"

毫不意外的尖叫声响起，此起彼伏，还颇有节奏。

"陈子健你到处蹿什么？踩到我脚了啊啊啊！"盛向晴一边惊恐尖叫，一边还不忘分心去教训自己的男友，"你能不能像个男人一样勇敢一点儿！"

陈子健决定不做人："不行，我不是男人！"

郑千意倒还不至于像年轻人一样失态，很快就稳定了情绪，只是攥着萧然的手骨节稍稍发白。萧然看她一眼，不易觉察地稍皱了一下眉，却没说什么。商子辰和许抒音比较惨。虽然打着模拟情侣的名义，但二人其实没能放得开，连抱团取暖的人都没有。

商子辰似乎觉察到了什么，回头看着身后两人没好气道："你们都知道？"

谢厌迟否认得干脆："不知道。"

"那你怎么都不怕？"商子辰压根儿不信他。

谢厌迟："可能因为我比较强。"

还挺理直气壮。

哈哈哈哈哈太惨了太惨了。

我笑死，鱼池站在后面跟吃瓜路人一样，我恨不得捧瓜子给两个人嗑。

我一截图，全员都吓成了表情包，只有鱼池两个人安详得跟圣人似的。

我算是明白他们为什么会谈恋爱了，狠毒的人狠毒到一起去了。

……

好不容易镜子那头的鬼脸终于消失，盛向晴觉得自己腿有些软，软绵绵地靠着陈子健，站都站不起来。萧然艰难地回了神，按照自己刚才记下的密码输入进了一旁的密码锁中。

密码正确，门也终于打开。就当大家以为终于可以离开这个房间时，却发现——门后面是一堵墙。

这是扇死门。

第二十五章

密室逃脱最终集

密室小分队才刚看到些希望的苗头，在看见门后那堵墙之后，又一下子消沉了起来——还是节目组的套路深，忙活了二十多分钟，好不容易找到密码锁，居然只是个障眼法。

“算了，可能这个密室只是要我们玩儿的。我们再去上面找找，看看有没有其他的出口。”商子辰这么说着，转身准备上去。

其他人纷纷附和：“对啊，可能关键线索还是在楼上。”

秦郁绝却没跟着他们一起走，因为按道理说，节目组不可能特地布置一个房间来戏弄嘉宾。她这么想着，多扫了一眼那个破旧的柜子。

柜子里有一根铁棍并刻着一行字。字的作用已经弄明白了，但那根莫名其妙的棍子又有什么用呢？

秦郁绝拿起棍子仔细观察了下——上面光秃秃的，没有任何篆刻上去的文字，也没有什么特殊的机关，不过特别沉重，看得出来是实心的。

……这就很奇怪。

许抒音也准备跟着大部队上去，见秦郁绝停留，随口说了句：“要不然带上这根棍子吧，可能是让我们防身的。”

防身？秦郁绝觉得不至于。密室内都是工作人员，如果真拿着根实心铁棍用来防身，一个不小心可能还会出事故。这么想着，她又仔细读了一遍刻在柜门上的那行字——“幽灵喜欢在封闭黑暗的地方”。

关上灯之后的确是黑暗了，但“封闭”是指什么呢？

秦郁绝思索着，一个转头望向旁边那面镜子。此刻灯还没打开，只有从楼上房间里透进来的微弱光源。镜子那头有窸窸窣窣的声响，然后突地一张脸贴了上来，扮鬼的工作人员无比辛苦地龇牙咧嘴做着表情。

玩儿多就腻了。但工作人员似乎要证明自己的演技，势必要吓她一跳一样，不肯放弃地继续做着表情。秦郁绝叹了口气，佯装转头。

“鬼”终于泄了气，似乎是准备灰溜溜地回去。

然而这时，秦郁绝忽地抬手，手掌重重地拍在了镜面上。“鬼”一时间没反应过来，被这道声音吓了一个哆嗦。

哈哈哈居然在鬼屋里吓鬼。

过分了，太过分了。请稍微尊重一下别人的职业好吗？

我笑死了，秦郁绝怎么这么能啊，吓不到就算了还要吓别人。

……

看着那只“鬼”一脸崩溃和丧气的表情，秦郁绝心情总算愉悦了起来。不过这翻闹腾倒是让她彻底想明白了，柜门上这行字要暗示的并不是关上灯。秦郁绝退后一点儿，找了个顺手的姿势，握紧手上的铁棍，然后抬起手——

“我来吧。”

谢厌迟不知道什么时候站到了她身后，他笑了声，扶着秦郁绝的胳膊，从她手中接下那根棍子：“容易受伤。”

手中的东西被抽走，秦郁绝愣了下，没反应过来。谢厌迟拍了拍她的后背，示意她往后站，提醒道：“往后退点儿，小心玻璃片。”

秦郁绝明白了——看来这位小少爷早就看出来了。她也不多话，点头往后退了些，顺便拉了一把许抒音。

许抒音没弄明白：“怎么了？”话音还没落，一声重响，铁棍敲击镜面，镜子瞬间裂开了蜘蛛网般的裂纹，稀里哗啦地掉在地上。

谢厌迟将棍子随手丢在一旁，吹了吹手上的灰，侧身一让："好了。"

刚刚上楼的几个人听到这声音吓得虎躯一震，陈子健连忙掉头回来："你们干什么了？"话刚问完，所有人都不约而同地愣住。

镜子那头是一个长长的甬道。通道内侧有暗门，工作人员应该就是从这里出来吓唬嘉宾的，但是此刻他们已经全部退了回去。

"双面镜后面一般都会有独立的空间。"谢厌迟说，"柜门上刻的字，提示我们的位置其实是在这里。"兴许是觉得今天一整天都被人抢了风头，商子辰表情有些不快："你发现的？"

谢厌迟凉凉地看他一眼，唇角一扯，笑了："当然不是啊。"

商子辰表情好转了些，正准备开口说些什么，又再次被打断——

"是我女朋友发现的。"谢厌迟悠悠地补充道，"我哪有这么聪明？"

不知道为什么，听上去更让人生气了。在拨开一旁的玻璃碎片，确保不会扎到人之后，一行人小心翼翼地翻了过去。

秦郁绝问了句："你又早就看出来了？"

"算是吧。"谢厌迟没否认。

这密室的心思主要放在了恐怖上面，解密方面只是入门级别的水准。对于在游戏方面格外敏感的谢厌迟来说，没什么太大的难度。

秦郁绝有些好奇："那刚才你为什么不告诉他们？"

谢厌迟看她一眼，懒洋洋道："人家来一趟节目也不容易，总得让他们有点儿参与感。"

秦郁绝无话可说，这人怎么能把这么嚣张的话说得这么理直气壮呢？

我服了，谢厌迟哥哥也太嚣张了。

发现了吗，这个密室游戏里最恐怖的可能不是鬼，而是鱼池夫妇这俩硬核角色。

他们应该不是来参加密室逃脱的，是来拆除密室的。

……

通道很长，灯光很暗。除此之外，还要提防着墙壁上的暗门会不会时不时冲出来扮鬼的工作人员，所以一行人的情绪都高度紧张。

但好在一直到走到尽头，节目组都很良心地没有安排鬼冲出来。

尽头是一部电梯，但是启动电梯需要破解一旁的密码。密码是个考验手速的小游戏，小小的屏幕上一共有一百个格子。在游戏开始之后，格子会随机变色。而嘉宾要做的，就是坚持二十秒正确点击到所有绿色的格子。点击到别的颜色，或者跟不上速度漏点了，就算输。

这种游戏完全是电竞选手陈子健的专长，他抡起袖子，头一次感觉到了自己的价值，自告奋勇地去尝试。

游戏开始，五秒钟过去，他完成得非常出彩，没有出错。

七秒。

十秒。

就在第十秒的时候，突然传来了“咯啦咯啦”的声响。显示屏旁边的一道暗门突然降下一个窗口，随着一道歇斯底里的沙哑吼叫声，尽职尽责的工作人员张牙舞爪地露出一张可怖的脸。

“啊啊啊啊啊！！”

陈子健吓得往后一跳，随便扯了个人准备往她身后躲。这一扯，精准地扯到了一旁的盛向晴。盛向晴原本也聚精会神地看他完成游戏，冷不防一抬头对上那张鬼脸，吓得和陈子健发出了一模一样的尖叫。

两人争先恐后地往后躲，在一番纠缠之后，终于消停了下来——

他们双双躲在了谢厌迟身后。

甚至因为情绪太激动，把站在一旁的秦郁绝无情挤开。

谢厌迟：“……”有点儿头疼。

秦郁绝看了眼像小鸡崽一样的两人，觉得心情复杂。

哈哈哈哈我的快乐都是琴键这对给的。

如果说鱼池是狠毒人谈恋爱，那么他们两人就是尿鬼谈恋爱。

我笑死了，鱼池像是在带孩子。

……

被这么一通吓唬后，陈子健半天没缓过神，好不容易调整了状态准备再尝试一次，结果每次到十秒的时候，总会不知道从哪儿降下一块窗口，变着法儿地吓人。这通道的墙壁上全是机关，每一个地方都可以成为节目组吓唬人的绝妙武器。

终于，看着第三次缩回谢厌迟身后的陈子健，大家觉得可能得放弃这个电竞选手了。然后萧然尝试了一下，失败。

他无奈道："我年纪大了，跟不上你们年轻人的手速。"

商子辰觉得自己风头不能再被抢，于是主动请缨。尝试了几次之后，虽然总是不顺，但也逐渐找到了节奏。就在他准备进行自己的终局之战时，靠近脚下的位置不知道什么时候降下一个窗口，一只看上去鲜血淋漓的手伸了出来，抓住了他的脚踝。

即使已经做好心理准备，商子辰还是反射性地一跳而起，惊恐转身，一句脏话差点儿出口。然后，他对上了谢厌迟波澜不惊的眼神。

谢厌迟转头看了眼自己身后的"小鸡崽"，然后又转回来看着商子辰，说："还有位置。"

商子辰："……"又被羞辱了。

就在这时，节目组加大了恐怖力度。刚才还悄无声息的通道，此刻全都传来了机关响动的声音，无数装扮成僵尸、丧尸或是其他鬼怪的工作人员走了出来，迈着机械化的步子，缓慢朝他们靠近。

“啊啊啊啊快破解游戏啊！”许抒音情绪崩溃，最终屈服，低下了自己高贵的头颅，成了第三只“小鸡崽”。

就算是萧然，此刻表情也有些变化。虽然知道是节目组刻意渲染的紧迫感，但是身临其境的时候，恐惧感还是不一样的。在这种紧张的情况下，一段许久以后都堪称密室逃脱历史性画面的视频，由此诞生。

谢厌迟一脸麻木地站在屏幕前，抬手破解着色块游戏；旁边的窗口是龇牙咧嘴的鬼脸；脚底下时不时有鲜血淋漓的手伸出；身后是扯着他的衣服惊声尖叫的队友；以及不远处一堆牛头鬼神。

秦郁绝冷静点评：“精彩。”

精彩。

精彩 +1。

哈哈哈哈明明是这么恐怖的气氛我为什么这么想笑？

这就是传说中的一神带七坑吗？

……

终于，在几次尝试之后，游戏通关，电梯终于缓慢打开。“小鸡崽”们一窝蜂地涌了进去，准备赶紧逃离这个是非之地。但是秦郁绝却有其他想法：“如果我们站着不动的话，他们这些群演是不是要走得很慢？”

因为像这种节目组的工作演员，往往只是为了塑造气氛和推进游戏进度，并不会真的和嘉宾有太大的肢体接触，以免产生混乱，这也是这些“鬼”走得极其缓慢的原因。谢厌迟看了眼身后正在尽力放慢倍速的工作人员，摸了摸下巴：“巧了，我也好奇。”

郑千意听不下去了：“你们俩放过工作人员吧。”

实锤了，鱼池夫妇才是这个游戏最恐怖的存在。

第二十六章

谢厌迟的老父亲

在郑千意的劝阻以及“小鸡崽”的尖叫下，谢厌迟和秦郁绝这对“恶人”情侣终于打算放过辛苦工作的工作人员，走进了电梯。

电梯上升，在脱离危险后，盛向晴缓过了神。她和陈子健对视一眼，一边拍着自己的胸口一边说：“其实这个密室的难度对我来说也不是很大。”

陈子健立刻会意：“那当然，因为我玩过景逸科技旗下的密室游戏。剧情丰富、脑洞大开，让人意想不到，玩过之后破解密室再无难题。听说景逸最近还发布了一款新游，真想快点儿尝试一下啊！”

“……”

硬核植入。

谢厌迟沉默了一下，缓慢转过头：“说实话，你们以后还是别给我打广告了。”

哈哈哈哈哈金主听了想逃跑。

这俩人虽然㞞，但广告词记得挺清晰的。

我笑死了这个广告，谢厌迟听了都想撤资。

……

这场密室直播了两个多小时才结束。节目开始之前还精神十足的嘉宾们，在经过两个多小时的折磨后，已经彻底筋疲力尽。

网上话题前十个中，有六个都是和这起节目相关的热搜。鱼池夫妇则稳坐第一的宝座。不得不说，综艺的宣传效果是非常好的。

谢厌迟公司才发布不久的新游，在直播过去短短半天的时间里，就达到了发布以来最高的日盈利额，下载量也比平时翻了一倍。

密室逃脱的录制是个体力活儿，节目组还是很仁道地让嘉宾先回酒店休息几个小时，顺便吃点儿东西补充体力，下午再上山。

折腾了整整一个上午，大家都出了一身的汗。秦郁绝回到酒店，准备洗个澡换套衣服再进行下午的录制。

然后，她就接到了来自贺怀情的电话。

“你们到底有没有看我精心定制的剧本？”贺怀情拔高音调，在听筒那头尖叫，“我给你设置的那些少女心爆棚的动作和情节呢？我给你精心准备的人设呢？你怎么给我搞出个狠毒人设！”

录制前节目组都会透露综艺会涉及的内容。所以针对密室逃脱这个题材，贺怀情特地设置了一系列类似于“扭伤脚的暖心公主抱”“被鬼吓到时温柔地安抚”以及“在面对群鬼来袭时英勇地将她护在身后”等这种标准甜腻的恋爱动作。

公司都准备好买“鱼池夫妇太苏了”这个热搜了，结果没想到最后稳占榜一的居然是“鱼池夫妇狠毒”这个话题，这简直与贺怀情内心的预想差了十万元八千里。

秦郁绝将手机拿开一点儿距离，试图解释：“我……”

“这是恋爱综艺，不是冒险综艺！你们现在给观众留下狠毒硬核的形象，到后期录制会很容易跑题的。”贺怀情气得七窍生烟，“后面的浪漫情节，就会变得很吃亏，还容易崩人设。”

虽然贺怀情情绪激动，但她的担心也不无道理——上综艺节目，最重要的是人设形象的塑造。可以有反转，但反转也只留一个特点就好，太过丰富反而会显得自相矛盾。

只不过——

秦郁绝沉默许久，突地开口："贺姐，剧本上的人设并不合适我们。"

"说说理由。"贺怀情似乎情绪冷静下来了一些。

"剧本上那些类似于'溺宠''霸道'的男友力形象，并不适合谢厌迟，而且会遮盖住他身上所有的特点。"秦郁绝语气很平静，"贺姐，谢厌迟有自己的处理方式和独特吸引力，不需要用人设来定义。"

贺怀情安静下来，然后笑了声："你对他的评价突然变高了。"

"就事论事而已。"秦郁绝语气轻飘飘的，"况且，按照剧本上的设定来，我就不是秦郁绝了。"

"那是什么？"贺怀情问。

秦郁绝慢慢答道："是谢厌迟的附属品。"

这句话一出，听筒那头许久都没有传来声音。

"我不是谁的附属品。"秦郁绝淡淡道，"顶多，是互相利用的关系。"

在冗长的安静后，贺怀情说："你说服我了。"作为经纪人，她一向决策迅速，有自己的考量。

"既然这样，人设的事我不强求，但我会盯着你后期的表现。如果你处理不好造成了负面的评价，我会强行给你定制新的人设和剧本，明白了吗？"

秦郁绝："我明白了。"挂断电话后，她舒展了下四肢，将手机随手一丢，转过身准备倒杯水。

刚一回头，就对上了谢厌迟的目光。

谢厌迟穿着浴袍靠在浴室门口，抱着胳膊饶有兴致地看着她。

秦郁绝觉得有些窒息："你都听见了？"

"也不是都。"谢厌迟狭长的眼稍眯，似乎是在回忆，"就听到了后面一部分。"

秦郁绝觉得自己的喉咙有些发干："从什么时候开始？"

“大概是，你夸我有吸引力那段。”谢厌迟懒懒道，“承蒙厚爱。”

被听到自己和贺怀情的讨论，还是有些尴尬的。秦郁绝想要逃离现场：“没什么事的话，我先去洗澡了。”

然而正当她准备迅速从谢厌迟身边溜进浴室的时候，她却突然想起什么停住了步子。

秦郁绝转身：“你去沙发上坐着。”

谢厌迟说：“做什么？”

秦郁绝看了眼他的腿，提醒道：“膝盖。”

“没必要。”谢厌迟直起身，看她一眼，然后笑了，“屏幕前演演就行了。”

秦郁绝看着他：“我不是演的。”

两人对视了许久，最终由谢厌迟一声无奈的轻笑打断，他听话地坐到了沙发上，散漫地往后一靠：“行，那就麻烦您给你互相利用的男朋友上个药吧？”

“……”

就知道这人还记着这句话。

秦郁绝被气笑，她抿唇走到橱柜上拿出医药箱，低声说了句：“小心眼儿。”

掀起一部分浴袍后她才发现，谢厌迟膝盖处的伤比想象中的要重——一大块乌青，周围还泛着星星点点的瘀青，有些地方甚至发紫发黑，光是看上去就觉得疼。

盛向晴说得没错，他真的摔得很严重。

五味杂陈的情绪在胸口蔓延开来。秦郁绝皱着眉，在他身前蹲下身，一只手搭上他的大腿固定住随时会滑落的浴袍，然后用棉签蘸了点儿药膏涂在了伤口的位置。

冰凉的触感刺得膝盖处一麻。

秦郁绝的呼吸轻轻打在腿间，发丝似有似无地摩擦，像羽毛一般的骚动。

谢厌迟浑身上下绷成一道道凌厉的线条，只觉得太阳穴涨得发疼。他伸手一把握住秦郁绝的胳膊将她带了起来，闭上眼按了按自己的眉骨，声音哑到极致：“坐沙发上。”

“为什么？”秦郁绝没明白这一出是在闹什么，“那样不太方便。”

谢厌迟也不解释，只是哑着声音又重复了一遍：“坐沙发上。”

“……”

羞恼的情绪一下子涌了上来，她拿起一旁的抱枕，干脆利落地往谢厌迟身上一丢，整张脸涨红：“变态！

“你在想什么啊？我迟早有一天得把你脑子里的那些东西给抽干净！”

谢厌迟闷闷地笑了几声，接住枕头：“我想什么了？”

“你！”秦郁绝气得一哽，发现自己说不出口，只得怒道，“自己上药吧！”她将棉签往他手中一塞，转身离开，将拖鞋踩得直响。

谢厌迟笑了声，他看了眼自己膝盖上的伤，然后将手中的棉签往旁边一丢，站起身，似乎是不准备管伤口。然而一转身，就发现秦郁绝站在几米开外的地方抱着胳膊看着自己。

“怎么着？我一走你就不准备上药了？”秦郁绝冷笑一声。

说完，她快步走到谢厌迟身边，按着他的肩膀让他坐下，然后没好气地看他一眼，重新抽出一根棉签：“多大的人了，还不会照顾自己吗？就没有人管管你这些吗？”

谢厌迟稍怔，却没立刻接话，只是任由她折腾。

许久后，他才掀起眼帘，淡淡回了一句：“的确没人管。”

“那现在有人了。”秦郁绝说。

谢厌迟抬眼看她。

秦郁绝也停下手中的动作回望，接着振振有词地补充了句：“仅限合约期间。”

谢厌迟笑了：“好。”

秦郁绝去洗澡之后，谢厌迟看了眼手机。节目组已经开始了第二轮的投票。投票内容——决定嘉宾所住的房间。

除去商子辰和许抒音必须分开房间所以不参加投票之外，房间类型分为优、良、差三个级别。但毕竟是在一栋别墅内，所以差的房间条件倒也不算太恶劣。

但从配图就能看出，条件差一点儿的房间显而易见的空间小，床铺位置也小，而且看方位，应该比起其他房间阴冷一些。并且据说房间不同，到时候触发的任务和剧情也不同。

听说这次包含悬疑元素，所以下品房会不会很吓人啊？

我感觉也是，布置得就很阴森。

突然觉得每个房间都很期待了，上品房看着好，但是感觉剧情不会多。

……

观众都在为了让自己喜欢的嘉宾住上好房子而努力着。节目组也觉得按照鱼池夫妇的人气，住进上品房应该不是什么问题。

然而就在这时——

用户“谢厌迟的父亲”消费10000个超级火箭进行投票，投票选择为“谢厌迟、秦郁绝住进下品房间”。

谢厌迟眼皮一跳，他切换到通话界面，拨出一个电话。

电话很快就被接通，但那头的人没开口。

“爸。”谢厌迟说，“您说您是不是离谱？”

第二十七章

我不在意你的戏

电话那头陷入长时间的安静，许久后，谢父咳嗽一声，声音冷静，佯装不知：“我没听明白，什么事？”

“您就别演了。”谢厌迟走到阳台，靠着栏杆点了根烟叼在嘴里，“一天在直播间里花了两百万元，还有您那头像都是自己一年前捡来的那只猫。说和您没关系，糊弄我呢？”

话说到这份儿上，谢父也不否认了：“既然要抛头露面，我总得看看你有没有给我们谢氏丢脸。”

谢厌迟：“所以您花一百万元把我送进了单独的密室？”

谢父：“这是让你学会独立地解决问题。”

谢厌迟：“然后又花了一百万元让您的宝贝儿子去住最差的房子。”

谢父：“能吃苦中苦，方为人上人。”

还挺励志。

谢厌迟弹掉烟灰，被气笑了：“我是不是还得谢谢您的栽培。”

谢父：“那就谢吧。”

……真是一山更比一山高。

偏偏对面那位还是自己的老父亲，犯浑的话一句也说不出口。

谢厌迟懒得再继续给自己添堵：“挂了。”

“等一下。”就在这时，谢父突然喊了句，他沉默了会儿，然后说，“你是真的喜欢那个小姑娘。”

这句话成功让谢厌迟的动作顿了下，他没立刻说话，安静许久后才懒洋洋笑道："哪儿能呢，我演的。"

"你是我一手养大的儿子。"谢父说，"没必要骗我，我看得出来。"

谢厌迟指尖那点儿猩红闪烁，他笑了声，随口道："所以呢？您不是觉得，她不合适吗？"

"你知道我什么意思。"电话那头，谢父似乎是叹了口气，"这么多年你在做什么事情，为了什么而做，我心里都一清二楚。我那句不合适，指的到底是什么，你也应该明白。"

说完，谢父又淡淡地补了句："我不希望你像我一样，因为一个决定后悔一辈子。"

"我知道。"

谢厌迟低头，将烟重新咬进嘴里，眸色稍沉："放心，我不是您。"

挂断电话后，谢厌迟没着急进去。他靠着阳台的栏杆一言不发，眸底的光敛去，浑身上下都透着些令人喘不过气的压抑。

在不久前，江景行约他喝了杯酒。

"都到这份儿上了，还不如假戏真做了。"江景行倒了半杯酒递到他跟前，"有句话听说过没，玩儿暧昧的最终能把自己的爱情玩儿死。"

谢厌迟笑了声接过酒杯："我总不能这么自私。"

"怎么就自私了？"江景行没会过意。

谢厌迟却只是笑，然后将那半杯酒一次饮尽，没有回答。

在江景行反复的追问下，他才慢悠悠地吐出一句："万一哪天我死了呢？"说着，他吊儿郎当地抬手比了个坠落的手势，然后挑了挑眉，"喏，就像这样。"

江景行吓得一愣，连忙要他呸呸几声避开晦气。

谢厌迟大笑着附和，放下手中的酒杯，眉目稍敛，淡淡地说："我还得赌最后一次。"

谢厌迟的母亲在他三岁那年离开了谢家。

离婚，出国，走得干干净净，到现在为止依然杳无音信。

谢母出身一个普通得不能再普通的工薪家庭，她和谢父在大学时相遇，爱得轰轰烈烈。谢父不顾家里的阻拦将她娶进家中，成就了一桩现实版“为爱不顾一切”的美谈。

但所有的美好都是短暂的。

那时候的谢父年纪轻轻，初出茅庐，家业虽大，但是每位兄弟姐妹都要分一杯羹，能拿到多少全靠自己争取。因为娶妻一事惹得长辈大怒后，谢父瞬间成了所有人都不看好的对象。

谢父作为次子，工作经验少，事业上的成绩也不突出，还没有一个强有力的联姻靠山，谁都知道如何选择。

那段时间，谢父整个人扑在工作上，放下身段到处迎合讨生意。

家里的长辈看谢母不顺眼，挑剔找刺，还时不时带些名媛大小姐来家中小坐，排挤之意很是明显。

工作的压力与不顺，旁人的冷言冷语，终于让原本的恋人彻底崩溃。

谢母患上了严重的心理疾病，寻死觅活了好多次，只能靠号啕大哭来宣泄心中的压抑。而谢父自身难保，也难以分心去安慰。

最终，分崩离析。

“冲动前要想好有没有处理好的能力。”这是谢父最常说的一句话，“英勇和莽撞，是有区别的。

“你以为你是为爱不顾一切的勇士，但如果自己不够强大，你只是把她推向众矢之的的刽子手。”

从小到大，谢厌迟和谢父的观念基本都背道而驰，唯独在这件事上不谋而合。所有人都以为景逸科技已经足够强大，但还远远不够。

谢何臣在这么多年的时间里，早将自己的根基一点点地扎入谢氏。等他回来的时候，也一定会慢慢地清理人脉。到那个时候，原本的谢氏不再会成为谢厌迟的靠山，无论是他还是谢父，都没有十足的把握能争取到谢氏。

那句“万一我死了”，或许真的不是玩笑。

现在景逸的实力距离谢氏还差一个阶级，为了跨越这个阶级，谢厌迟投资了一项风险非常大的项目，这一直是公司的核心机密。

如果成功，那么整个公司的性质就会发生质的变化；如果失败，则需要用整个景逸来填补。这是他这么多年来筹码最大的一次豪赌——只有百分之十的把握，赌注是自己的所有。

所以谢父那句不适合，说的并不是秦郁绝，而是在说谢厌迟。

秦郁绝从浴室出来的时候，正好收到了贺怀情发来的《青玉案 2》剧本初版的文档。她坐在化妆镜前敷了片妆前面膜，然后草草地先阅读了个大概。

虽然只是初版，但能看出编剧的水准依旧在线。故事情节、人物性格都把握得恰到好处，没有任何纸片化的配角，形象和剧情都很丰满。

对于现在的电影来说，无论是什么题材的片子，大多会涉及一些暧昧旖旎的情节和戏份。若是拍得恰到好处，会有种欲而不腻的吸引力。所以注重画面美感拍摄的导演，更会特别用心地雕琢电影内的大尺度戏份。

而秦郁绝这个角色的人物形象，天生就是为这部分的戏份打造的。

“在看什么？”

这时，谢厌迟从阳台走了进来，在她身后停下，然后俯身看了眼放在桌上的手机：“剧本？”

“嗯。”秦郁绝也不避讳，均匀地抹开护手霜，“一部电影的初稿，我是个配角。”

谢厌迟对这些不大感兴趣，原本只是准备随意扫一眼就走，但在接触到几行字之后，下意识停留了下来。

沈娇半倚在林竹瑜的身上，媚眼如丝，呼吸带着些轻颤。眼神跟狐狸似的，全是勾人心弦的魅惑。她转了个身，胸前的雪色隔着层薄衫，贴紧他的胸膛。然后俯身在他耳边不知道说了些什么。

哄笑声传开，紧接着是一番云雨。

谢厌迟将眼稍眯："你这剧本内容还挺敏感。"

秦郁绝顺着他的目光看了眼手机，然后用一副没见过世面的眼神回望着身后的人，解释道："古风电影里有这个很正常。"

"我知道。"谢厌迟直起身，没什么太大反应，"你演谁？"

秦郁绝："沈娇。"

什么意思？敢情这是你的戏份？

见自己回答后谢厌迟许久没答话，秦郁绝疑惑地转过身看了一眼。见他眸色沉沉，薄唇抿成一条直线，正浑身不耐地给人发着消息。

秦郁绝问了句："你在给谁发消息？"

"没谁。"谢厌迟语气不善，"我在举报你们这部电影。"

"？"

你在说什么玩意儿？

听见这句话，秦郁绝手一抖，差点儿把手上的面霜给摔了。她咬牙将东西放下，站起身去夺谢厌迟的手机："举报个屁，谢厌迟，你又在发什么神经？"

谢厌迟把手一抬，将手机举高，没让她抓到。秦郁绝被气到，她伸手抓住他的袖子，借着力就往上够。

像是捉弄一只气急败坏的小猫，谢厌迟唇角稍翘，然后将手微微朝后挪了点儿。原本差一点儿够到的距离，现在又抓了个空。

“谢厌迟！”

秦郁绝恼羞成怒，一双好看的眼睛盯着谢厌迟的双眸，她正准备开口说话，腰身就被只大掌握住，然后整个人被往前一拉。

只隔一层薄薄的衣衫。

两人的身体猛地靠近，仿佛还能感觉到他结实的腹腰。

“喂。”谢厌迟低头，声线低哑，“我看见了。”

秦郁绝一下子就联想到昨天的“睡衣梗”。她的脸唰的一下涨红，抬起双手抵住谢厌迟的肩，一把将他推开：“你闭嘴！”

谢厌迟闷闷地笑了几声，胸腔微震，他靠着化妆桌慢声道：“骗你的，没看见。”

秦郁绝还在生气，看他一眼，然后不由分说地拿过他的手机。

并没有任何举报消息。

唯一一条是导演刚才在群里发了一则集合时间的通知，谢厌迟回复了个“收到”而已。

……又被糊弄了。

秦郁绝没好气道：“好玩儿吗？”

“还行。”谢厌迟说。

秦郁绝重新拧开面霜，嘲讽道：“我还以为谢二少您真的这么在意我拍什么戏呢。”

谢厌迟抬了下眼，声音带着些懒倦：“你拍什么戏，和我没关系。”

秦郁绝的动作一顿，然后恢复如常：“也是。”

接着，气氛又陷入沉默。

许久后，才听见谢厌迟冷不防地问了句：“林竹瑜是谁。”

“……？”

你这不是在打脸？

第二十八章

套路杀手谢厌迟

“应该还没定下来，这就是个戏份稍高于路人的小配角。”秦郁绝看他一眼，“现在组里就确定了主演和比较重要的几个角色。”

按照《青玉案 2》的故事风格，像这种艳情戏份是不可能让女配角和男主角一起拍摄的。林竹瑜的设定是个放荡的贵公子，整日沉迷于花柳之中，本身没几个镜头，主要是衬托女配角的形象和推进剧情。

谢厌迟摸着下巴分析了下：“既然这样，我觉得这个角色可有可无。”

“……你觉得？”秦郁绝被气笑了，“谁关心你怎么觉得的？怎么回事啊谢厌迟，我怎么觉得你今天对我这部电影好像很感兴趣。”

“不感兴趣。”谢厌迟回答得没半点儿迟疑。

秦郁绝抬了下眉，嗤笑一声，刚想讽他，但还没来得及开口，谢厌迟就突地俯下身，视线与她持平，脸上没带笑意，一字一句地说：“我是对你感兴趣。”

“……”

秦郁绝被这么一句话堵得死死的，她后知后觉地耳根一红，咬了下唇，却不知道该作何反应。

谢厌迟眯眼一笑，逗她：“刚才不是挺凶吗？怎么不吭声了？”

“要你管。”秦郁绝将头一拧，拿起一旁准备好的衣服和吹风机急促转身，“让开，我去换衣服了。”

谢厌迟笑着侧身让开，靠着墙目送她离开。等听见洗手间门锁合上的声音后，他才将脸上的笑意收敛，拿出手机给陈助理去了条消息：“《青玉案 2》的选角名单给我一份。”

陈助理的办事效率十分高，在发现部分选角还没确定后，就迅速将投资方、导演以及编剧全都拉进了群。

投资方赵某小心谨慎地发了则消息：“谢先生是关心选角的问题吗？”

陈助理：“不确定，但谢先生的原话是‘顺便看看到底是谁来演林竹瑜’。”

顺便？

这可太顺便了。

就这么一串字加上一个句号，虽然赵先生没看到屏幕那头谢厌迟的脸，却读出了那暗藏杀机的威胁。

赵先生从善如流：“我也看了下剧本，觉得那段戏没必要，正讨论要不要删掉呢，哈哈哈。”

陈助理将话如实转述给谢厌迟。

看见这行字，谢厌迟顿了一下。他安静了一会儿，然后敲出三个字。

“没必要。”

他的确在意。在意透了秦郁绝会和谁拍摄那些暧昧的镜头，在意透了她会用那种妖媚勾人的眼神看着谁的眼睛。

只有在靠近之后，才会知道她到底是怎样一个能激发人的控制欲，想要偏执地将她占为己有的人。

但在意并不代表谢厌迟会用自己的情绪去暗中操控秦郁绝的人生。这对她来说，不是加一场戏减一场戏的事情，而是最起码的尊重。

谢厌迟关心的，只是饰演林竹瑜这个角色的人是谁。因为像这种敏感戏份的客串角色，多半都不会请太有名气的人饰演。导演更多会选择带一把新人，或者是加塞几个带资进组的人。

这种戏传播力度会很大，观众和网友对这些画面的讨论度一直很高，但如果过度炒作，对女性的伤害也是很大的。许多电影的投资方以及对戏的男性角色，都会为了名气而买一些负面或者比较不堪的词条。

谢厌迟只是想敲打一下投资方。

告诉他们，自己在意。

但容导突然发了条消息："陈助理，其实我倒是有个不太成熟的想法。"

临行前，所有的男嘉宾要先去录制一次Q&A。简单来说，就是节目组会搜集一些观众好奇的问题，对嘉宾进行问答，然后作为直播预告在网上播放。但不同的是，男嘉宾前脚刚来到录播室，后脚女嘉宾就被邀请去了另外一个录播室。

录播室内摆放着一个监视器，屏幕上是男嘉宾那边的画面。郑千意笑了声，揶上道："我就知道你们节目组没安好心。"

这算是综艺中老套路了——让女友来观察自己男友是如何回答问题的，能够让节目更有看点。

导演："其实，在各位的伴侣开始回答问题之前，我们还有一个特殊任务要提前布置。"

"又是特殊任务？"盛向晴跟泄了气的皮球似的靠在秦郁绝身上，"上次那个让男朋友吃醋的任务，陈子健气得和我回去冷战了一个晚上。"

导演笑了声，然后揭开任务板——当女朋友生气时，男朋友的反应。

"等到达今天的住所后，我们会给各位一个半小时的时间回房整理行李。我们会提前放置隐藏摄像头，这项任务需要在一个半小时内完成。"

"……"

果然，这是个分手综艺。

秦郁绝觉得这件事必须偷摸和谢厌迟商量一下。演生气可是个危险的活儿，万一这位小少爷一个莫名其妙不哄着她的小性子，可能立刻就成了车祸现场。

其实这个想法不止她一个人有。许抒音身为“模拟女友”，她觉得压力更大。商子辰完全犯不着哄自己，到时候反而可能闹得无比尴尬。

但导演似乎看穿了这群人的想法：“为了保证综艺具有真实性，我们会设置许多隐藏摄像头，如果发现作弊行为，会扣除五点积分。”

此话一出，三位女嘉宾顿时丧了气。

说话的工夫，隔壁的 Q&A 也正式开始录制。

因为这群人里只有商子辰是“模拟男友”，所以默认他的问题会在最后进行单独提问。

第一个问题：“两个人的感情是怎么开始的？”

萧然答得很妥帖——因戏生情然后坠入爱河。看得出用词有提前斟酌过，很流畅的一段叙述，让隔壁的女嘉宾看得直呼羡慕。

郑千意只是礼貌笑笑，没多说什么。

下一个是陈子健。他答得非常真实粗暴：“就有一天，我一个朋友带了盛向晴和我一起打游戏，但他没和我说带的是个女明星。然后我们就打了几把，发现她真的非常菜。”

原本一脸甜蜜的盛向晴脸色一变，萧然提醒似的咳嗽了一声。但陈子健毫无觉察地自说自话：“然后我就开麦特别委婉地指责了一句，真的很委婉。然后她就哭了，我第一次知道居然有女孩子能这么事儿。”

盛向晴冷笑一声，抱起胳膊。

“然后为了赔不是，我只能开小号带她上分，然后一路带到了王者，顺便就谈了个恋爱。”陈子健说，“后来我才知道，她那天是故意碰瓷想找个上分机器。”末了，他想了想，又补了句，“但她现在技术水平还是很一般。”

这段话说完，周围鸦雀无声。只有谢厌迟抬手，敷衍似的鼓了两下掌，然后说：“精彩。”

秦郁绝转头看了眼身边的人，盛向晴正抱着胳膊靠着椅背，一脸冰冷：“我和他完了。”

最后，轮到谢厌迟。

从节目一开始，鱼池夫妇到底是怎么在一起的，就是所有人关注好奇的话题。比起其余两对大众都比较熟知的情侣来说，谢厌迟和秦郁绝的故事更有深挖的价值。

这段秦郁绝倒是不担心。因为贺怀情提前写好了剧本，类似于：“高中曾经当过同学，后来转学就没再联系，后来阴差阳错认识，同学情升华。”非常中规中矩，也不容易出错。

于是，万众期待下，谢厌迟终于懒洋洋地开了口：“我们高中的时候曾经当过一段时间的校友。”

对，和剧本是一模一样的。

“然后她爱多管闲事。”

等等，剧本上有这段吗？

秦郁绝调整了下坐姿，觉得事情没有那么简单。

“有天我违反校规被她逮住，她就扯着喊我写检讨。”谢厌迟抬了下手指，比了个数字，“别人写三千字，我写三千五百字。”

提问的工作人员小心翼翼地问了句：“然后二位就在一起了吗？”

“没。”谢厌迟笑了声，慢悠悠地说，“她很快就转学了，不过我倒是记住她了。”

工作人员明白了，她笑着接话：“原来是这样，所以久别重逢后就暗生情愫了对吧？”

“纠正一下。”谢厌迟抬起眼，眸里含着笑，“不是在久别重逢之后才暗生情愫。”

“啊？”

谢厌迟：“是我单方面的暗恋。”

谢厌迟说完这句话后，周围的人不约而同地倒吸了一口冷气。

现在情侣在一起久了，都会有些好面子，多数男生都不太好意思直接承认是自己倒追，地位越高的越是放不下自己这个包袱。然而景逸集团的一把手居然当着摄像头的面，承认自己从高中开始就暗恋一个女明星？

这信息量不是一般的大。

原本多数人还保留着“秦郁绝倒贴”这个想法，却没想到谢厌迟会直接站出来打脸到这样的地步。

盛向晴捂着胸口哽咽道：“郁郁，谢二少对你太好了，我真的嗑到了，我现在实名成为你们CP大粉。”说完，还不忘夹带私货地暗骂陈子健，“比我家那个敢做不敢当，明明是他追我，还在节目里故意抹黑我技术水平的男朋友好太多了！”

秦郁绝没立刻接话，她看着屏幕上姿态坦然的谢厌迟，垂下眼，眸色沉沉。用什么样的说辞，对于谢厌迟来说都是一样的。但他临时改掉剧本，换了一套说法。很明显，是为了帮自己摘掉“倒贴”这个标签。

她不明白他为什么这么做。

秦郁绝深吸一口气，抬起头。

恰好，谢厌迟的目光微偏，正好朝着正在录制的镜头看来。他动作稍顿，然后唇角稍翘。

似乎是一个对视。

他知道她在看。

问题问得很快，多数都是些不痛不痒的情侣间小问题。

接着，为了配合女嘉宾的神秘任务，节目组开始下套。

“您的女朋友平时爱生气吗？”

“女朋友生气的原因有哪些？”

“您如何评价女朋友生气时的表现？”

一连几个问题下来，所有人都答得中规中矩。

毕竟在镜头前，回答这种问题还是会比较注意形象，都想尽力凸显自己温柔的一面。

“最后一个问题，当您女朋友生气的时候，您会怎么做？”依次问完之后，最后一个照例是谢厌迟。

谢厌迟答得很敷衍：“道歉吧。”

节目组不肯放过他：“谢先生可不能这么敷衍啊，得说说具体的例子什么的。”

“我觉着不太对劲，连续四个都是关于生气的问题。”谢厌迟轻嗞一声，拖腔带调地问，“该不会等会儿我们录完问题，回头你们就给她们几个布置什么‘假装生气’的任务吧。”

“……”

此时节目组所有工作人员，加上屏幕那头的女嘉宾，心中同时惊叹了一句。

这也太敏锐了吧。

知道内情的工作人员脸都要笑僵了：“怎么会呢，哈哈哈。”

“那就行。”谢厌迟还不忘点评一句，“这梗太烂了。”

有被侮辱到。

真是不好意思呢。

我们节目组的梗就是这么烂。

第二十九章

谁都有资格发声

进了山区要想到达提前布置好的那栋别墅，路程大概需要两个小时。在这两个小时的工夫里，节目组已经把刚才的Q&A剪辑好放在了网上，并配了一句文案：今晚七点，直播烂梗。

哈哈哈哈我都能想象出节目组听见“烂梗”这两个字时候的复杂表情。

只有我的重点是谢二少居然是暗恋吗？这是什么神仙童话故事？

我懂了，我明白了，我明天就让喜欢的人写检讨。

在吗哥哥，想写份三千五百字的检讨吗？

……

视频在网上发布完毕半个小时后，“谢厌迟暗恋”这一热搜迅速冲进了榜单前十。

一位百万粉丝的娱乐圈大号显然是有备而来——

“在鱼池这对公开之后，我从他们曾经的同学那里了解到，两个人之前的确在一所学校当过校友，但是时间还不到一个月。

“秦郁绝转学是因为秦且离过世加上父亲因为姐姐的死突发心脏病，原本还挺富裕的家庭一下子就垮了。听说是还完债之后卖掉了柳川市的房子回了老家，两年前才搬回柳川市，一年前秦郁绝才来到潼城并且出道。

“所以两人应该真的快十年没见过了，谢厌迟还能记着她并且在一起，真的很不容易。

“想到一句话：所爱隔山海，山海亦可平。”

美强惨这个人设现在很吃香，而秦郁绝现在给大众留下的印象，正朝着这三个字的方向发展。自从鱼池公开之后，她的粉丝一直在快速增长，节目播出之后更是在一日之间涨粉几百万，现在更是将热度推至高峰。

就在这个当口儿，一位业内知名摄影师发了一条微博——

摄影师陈康：既然合作已经被取消了，那这张照片的归属权也不属于*HE*了。这应该是我今年拍摄过的最合心意的作品，一直压在箱底不发表出来不仅对不起秦小姐，也对不起我自己。

配图上的照片，正是秦郁绝出镜*HE*封面的照片。

陈康的摄影功力一直不俗，加上秦郁绝出色的镜头表现力，这组照片让无论圈内圈外的人都一眼惊艳。即使不点开大图，随意扫一眼，也能被勾住视线。

陈康的后期风格是非常华丽的，他会很注意滤镜的效果以及素材的使用，虽然每张照片都很漂亮，但如果明星的气质撑不起来这繁杂的特效，反而会被弱化。

但秦郁绝完全没有。

这样华丽的后期效果没有半点儿掩盖掉她本身的个人特色，眼尾眉梢带着的勾人与魅惑让她媚而不俗，活脱脱一个人间尤物。

啊啊啊啊太绝了之前美慕秦郁绝现在又美慕谢厌迟。

现在知道谢二少为什么暗恋十年吗？就这张脸我一女的都能记

十年。

在吗？*HE* 不是说没档期吗？人家照片都拍好了你和我说没档期？想捧薛南音就直说。

薛南音镜头表现力真的不行，*HE* 那期有她的我也买了，但和其他模特差得不是一点儿半点儿。

……

不过很快就有人发出疑惑："秦郁绝实力和颜值在娱乐圈里真的很能打，不过我就很好奇，之前有她被封杀的传闻，而且在谢厌迟公开之前，粉丝也知道她的行程的确都被叫停，封面也换了人。所以，到底是因为什么？"

同时有人回应："我也发现了，之前不都是说秦郁绝失足落水？但是我看了下那套别墅截图……并不是露天建筑，除了从窗户跳下去还能怎么跳？从窗户翻下去就不叫失足了吧……"

就在讨论热度直线上升时，一张照片横空出世。发布者是一个没有头像、今天才注册的小号。

照片上的内容是秦郁绝。

躺在周衍床上的秦郁绝。

因为这张照片，节目组原定的直播推迟了。虽然照片上的秦郁绝没有半点儿露骨，但凭着礼服以及她的状态，还是能让人敏锐地看出倪端。

即使这算不上证据，却也让风声骤起。加上一些因为她而影响了资源的对家艺人也偷偷买了水军下场——

我能理解了，大概就是她被人算计了，然后就是大家都懂的事情。

所以跳水是羞愤自杀对吧？

心理素质还真好，这样还能笑嘻嘻地上节目。

别说了，谢厌迟才是大慈善家，头顶绿成这样都不分手。

……

当然也有路人觉得不对劲——

怎么就一定是羞愤自杀？难道不是反抗成功了吗？

脑子里真脏，而且不管怎么样秦郁绝才是受害者，怎么就她不洁身自爱了？

……

节目组往后推迟了一个小时的直播和录制，留给秦郁绝来回应这件事。因为业内人都清楚，这种新闻无论谁对谁错，对于女艺人来说都是致命的。甚至还有些键盘侠摸到了谢厌迟以及景逸科技的账号下嘲讽。

或许不仅仅是同行，连平时和景逸不对付的公司也都趁机抓住了机会。

“公司已经准备给几位节奏带得快的营销号发律师函。”这突如其来的变故让贺怀情也有些猝不及防，“你那边暂时不要回应，现在周衍已经注销了微博，他不可能帮你澄清，周家是绝对不会丢这个人的，他们只会装死。”

秦郁绝：“嗯。”

贺怀情顿了下，然后试探着问：“你的状态还好吗？”

“的确会影响我，我再看得开也不可能毫不介怀。”秦郁绝靠在床头，声音淡淡的，“不过我想自己回应。”

贺怀情皱眉：“我不同意，你回应是没有用的。”

“不管有没有用，我也想自己说出来。”秦郁绝的声音安静又坚定，“我不能等着别人来发声。”

贺怀情沉默了会儿：“谢先生那边怎么说？”

“不清楚。”秦郁绝低头，“陈助理将他叫走了。”

许久的安静后，贺怀情似乎是叹了口气：“行吧。”

五分钟后，秦郁绝开了直播。

几乎是一瞬间，挤进直播间的人就爆满，弹幕飞快地刷过。有些是鼓励和支持，有些是心疼和同情，也有许多不堪入目的讽刺。

“既然这样，就直接进入主题吧。”

秦郁绝轻轻笑了声，将摄像头摆正，开玩笑似的说：“节目组只给了我一个小时的时间，要不然就太耽误综艺拍摄了。”

牛，这姐好刚。

我见过最快的回应，还是本人下场。

坐等谢厌迟和你分手，不洁身自爱你也配？

谢厌迟这不分手就是丢男人脸吧？

……

“我不会自杀。”秦郁绝扫了眼那些弹幕然后收回视线，眸光平静，“我没有你们想的那么刚烈，如果真的发生了没办法挽回的事情，我做任何行为都不会改变结果。”

说到这儿，她轻轻笑了声，语气淡淡的：“我才二十六岁，当然想活下去。如果我已经到了想要自杀的地步，就不会在事发第三天继续参与 *HE* 的拍摄。”

所以为什么跳楼啊？

我也觉得，而且有工作人员说秦郁绝那天拍摄状态还特别好。

真的，我感觉虽然看起来跳水恐怖，但那个高度谁都知道大概率死不了。如果真的想自杀，非要选那个时候吗？

……

“为什么跳楼？”秦郁绝念出这条弹幕，然后垂下眼，声音轻缓，“因为要反抗啊。

“或许这不是最合适的方式，但不试着去挣扎一下，怎么知道结果一定是糟糕的呢。”说到这里，她能觉察到自己的情绪有些快遏制不住，没办法再用这副平静的模样去维持。

鼻尖有些酸涩感涌了上来，她抿了抿唇角，笑了声，然后压下眼眶中那点酸痛，继续说道：“所以那时候，我赌对了。我知道就这么和大家说，能相信这些话的人一定很少，不过我总不能什么都不说。”

说到这儿，秦郁绝看向屏幕。弹幕一排排地涌过，以极高的迅速更替着。

既然知道没用为什么还要直播？

我哭了，真的心疼我家郁郁，有些人真的不配发言，明明她才是受害者。

这件事的网友素质让我大开眼界，我寻思那张图人家衣服都穿得好好的，其余不是全脑补？

……

“因为我现在也是在反抗。”秦郁绝说，“任何人都有资格发声。”

说完要说的话，就已经足够了，秦郁绝不关心这场直播到底有没有改变什么。但是至少现在，她不愧对自己和喜爱她的人。

于是她伸出手，准备关掉直播。就在这时，身后传来开门声。

秦郁绝下意识转头，还没来得及抬眼，就感觉有力的胳膊箍住自己的肩膀，然后从后背的方向将她拥紧。

她整个人猝不及防地往后跌入一个温暖的怀抱。

熟悉，而又有安全感。

秦郁绝下意识地抬手扶住那只胳膊，忘了挣扎：“……我在直播啊。”

“我知道。”谢厌迟的声音带着些哑，隐隐能让人听出他的隐忍和克制。他伸出手捏住她的下巴，迫使她转过头。

秦郁绝眉头稍皱，正准备开口问些什么，谢厌迟却仿佛预料到一般，抬起食指轻轻抵住她的唇。

她愣了下。

下一秒，谢厌迟低头吻上了她的唇。

第三十章

你的吻戏不太行

不同于之前半开玩笑时的轻佻，带着侵略性的压迫，宛若宣示主权一般,谢厌迟紧握着秦郁绝的腰,另一只手扣住她的后脑,碾吻着她的唇。

呼吸沉重，眼前的光氤氲成水雾，周围的一切都看不清，天旋地转。

唯一能清晰感觉到的，是燥热和缱绻气息随着血液涌动。

鬼使神差地，秦郁绝没有推开谢厌迟。她抬手攀上他的肩，回扣住他的后脑，加深了这个吻。仿佛是为了堵住自己所有的情绪一样，她此刻的动作带着些强硬，像是怕被看到最脆弱的样子，然后破罐破摔地宣泄着自己的情绪。谢厌迟眼帘稍动，抬起眼睫看着她。他当然能从她一度反常的表现中读出原因。

看上去再怎么坦荡和强大，归根结底，也只是个小姑娘。

“秦郁绝。”谢厌迟偏开头，声音哑到极致，声线沉沉地喊她名字，“够了。”

秦郁绝偏过头，垂下眼帘，没说话。

谢厌迟安静地看着她，片刻后伸出手，扣住她的后背，朝自己身前一带，抬手拥住，扶着她的头，让她靠在自己的肩处。

不知道这串动作里的哪个细节，在不经意间触动到了她的情绪。秦郁绝鼻尖一酸，眼泪再也没控制住地滚下来。她挪了挪姿势，将自己的脑袋深埋进他的肩窝，声音强忍哽咽：“帮我关直播。”

她不想在别人面前展露失态。刚才还全是争吵的弹幕，此刻又整齐划一地变成了一排尖叫，直播间的人数不断暴涨。

啊啊啊鱼池少女在这里也可以嗑到糖吗！

打脸吗？别人分不分手关你们什么事。

一边心疼郁郁一边心疼单身的自己。

谁要是再和我说这对不是真的我就和谁急，明目张胆的维护太甜了。

……

谢厌迟闻言抬头轻扫了一眼屏幕，说：“嗯。”然后关上了直播间摄像头。需要让大家看到的内容，已经足够了。

这件事爆发之后，谢厌迟立刻就认出来，这张照片和自己回到潼市当天，在那群花花公子手机里看到的类似。

但虽然类似，却能从细节中看出并不是同一张。

周衍那边也自身难保，早在热搜上去的时候，周老爷子就亲自联系了陈助理赔礼道歉，但言外之意全是“希望放自己孙子一马”顺便让他“不要因小失大”。

无非就是不想让周衍出面澄清，又要请求谢厌迟放手。

“谢先生的意见呢？”陈助理问。

谢厌迟没立刻答话，他熟练地点了根烟，猩红的一点儿光映亮了浅色的瞳仁。他熟练地将烟叼在嘴中，抬起眼睫，似乎是笑了声：“你平时是不是挺给周氏面子的？”

陈助理哽了一下：“没。”

谢厌迟轻嗤一声：“那他们怎么蹬鼻子上脸到了觉得自己能和她比的地步？”

陈助理明白了他的意思：“那我去回复……”

“周氏想要的那个项目。”谢厌迟却突然开口，“如果他们态度好，就放出去吧。”

陈助理一愣：“谢先生？”

谢厌迟笑了声："对我来说价值不高，攥在手里只是为了给他们添堵罢了。"等陈助理离开后，谢厌迟给江景行去了个电话。

"我的天，我确定那群人手上的照片应该都没备份了。"江景行当然也看到了热搜，他皱着眉道，"而且你说谁会爆出来？他们敢招惹你吗？这张照片发出来得罪你不说，周衍也被得罪了，谁会干这种事？"

江景行办事一向不拖泥带水，既然他都已经敲打过了，说明这张照片必然不可能是由那群小少爷和明星放出来的，他们还不至于为了秦郁绝得罪谢厌迟。

"你有当时周衍生日宴上客人的名单吗？"谢厌迟问。

江景行办事能力很强，没过一会儿就列了份名单发过来。

谢厌迟扫了一眼，然后在其中一个名字上面停留了会儿。

"我觉得这事还是奇怪，我去查了一下那个匿名的IP，发现是特地用伪基站发出来的，转了好多个外国的服务器，很难查到来源。"江景行在数据这方面颇有研究，"你说……"

"我已经知道了。"谢厌迟打断，"谢了。"

秦郁绝缓了会儿情绪，才松开攀住谢厌迟肩膀的胳膊。她别过头，抬手擦了下自己的眼角，声音带点儿哑："谢谢。"

"谢什么？"谢厌迟笑着在她面前坐下，吊儿郎当地问了句。

秦郁绝抬眼看他，努力让自己的声音听上去平静一些："我知道你刚才是在替我说话，也是在网友面前表态。这些都是你原本没必要做的，所以非常感……"

"嘘。"话还没说完，谢厌迟就抬起食指轻轻抵住她的唇。

"纠正一下。"他语调懒洋洋的，"我这可不是在替你说话。"

秦郁绝愣了下。下一秒，谢厌迟俯下身抵住她的额，一双桃花眼里噙着笑意："怎么这么傻？我这是在占你便宜，怎么还感谢我呢？"

非常轻佻的一句话，但秦郁绝却听不出半点儿不尊重的意思。

面前的人虽然是随口开着玩笑，但却绝口不提微博上那些不堪入目的言论，也不提那些恶意的猜测和肮脏的编派。

就仿佛那些事情完全没有发生一样。

秦郁绝是个聪明人，她看得出来，谢厌迟在保护她的自尊心。

好不容易才平静下来的情绪，不知道为什么，突然又被轻而易举地击溃。她抬眸看着他的眼睛，唇角翘了下，似乎是想回应他的玩笑，轻巧地将这件事翻篇。但还没笑出来，眼底的晶莹先一步顺着脸颊滑落。

“怎么又哭了？”谢厌迟语气里带着些无奈，他伸手用拇指抹去她的眼泪，“你这不是给我出难题吗？我像是会哄小姑娘开心的人嘛。”

就这么简单的一句话，让秦郁绝突地笑了出来，连肩膀都在轻颤。她偏了下头，轻声问：“你不问问我事情的经过吗？”

现在才想起来，谢厌迟从没问过她任何关于封杀的事情。

“有什么好问的？”谢厌迟松开手，淡淡道，“你不是说了没有吗？”

秦郁绝笑了声：“我说什么你就信什么啊？”

“嗯。”谢厌迟说，“你说什么我就信什么。”

听见这句话，秦郁绝蓦地愣住。她望着谢厌迟的眼睛，试图从那双向来都是放浪形骸的眼眸中看到一点儿敷衍和玩笑。

但全都没有。

他在说这句话的时候，神情很平静，甚至语气都没什么起伏，却能让秦郁绝感觉到他没有在撒谎。

秦郁绝将头一偏，深吸一口气，强行压住自己鼻尖的酸涩。

这人怎么这样。不会哄女孩儿还这么会招人哭。

谢厌迟撑着下巴，姿态慵懒地看着她，唇边挂着笑，明明白白地看得懂秦郁绝此刻的逞强，却不戳破。直到见她情绪差不多稳定下来，才开口道：“我有件事要告诉你。”

“什么？”

“你猜我在周衍生日宴名单上看到了谁？”谢厌迟说。

秦郁绝愣了下：“谁？”

谢厌迟：“你那位大伯的助理。”

大伯。

秦向安。

这是个许多年没有再被提起的名字。

自从自己这位大伯趁着父亲重病的时候转移了股份，并将负债推到了他们一家人头上时，他们之间就算不上是亲人了。

但现在秦郁绝听到这个消息，既觉得意外，又觉得理所当然。

也对。自己出道以来，虽然是旁人的眼中钉，但还不值得被针对到这种地步。这么想想，如果是秦向安怕她哪天借势起来了，会对自己产生不太好的影响，这一切就可以理解了。

秦郁绝正准备说什么，一个电话打了过来。

“你看微博了吗？”贺怀情的语气有些急促。

“没看。”秦郁绝说，“我回应完就准备戒一段时间的网，现在风声应该还不会太平……”

“不，周衍生日宴地点的别墅主人放了段录像。”贺怀情情绪激动，“录像上你被送进房间的时间和你从窗户跳下去的时间，一共只隔了十五分钟。”

秦郁绝愣住。

贺怀情继续说道：“我还以为周衍他们肯定会第一时间就销毁监控，前段时间我派人联系要录像的时候都被回绝了。”

听到这儿，秦郁绝抬头看了眼面前的谢厌迟。他正漫不经心地玩儿着搁在一旁的摆件，似乎压根儿不在意这通电话的内容。

挂断电话后，她问：“是你做的吗？”

“什么？”谢厌迟反问。

秦郁绝："他们放出监控，是你做的吗？"

"听上去挺费钱的，我像是这么大方的人吗？"谢厌迟笑了声，"兴许是人家良心发现。"

秦郁绝垂眼，沉默许久，突地开口："不管是不是，今天还是谢谢你。"

"这事的确挺麻烦的。"他直起身，抱起胳膊靠紧椅背，"光是谢，我不是很吃亏？"

秦郁绝这次没什么反应："谢先生这次想要什么呢？"

"想给你补个课。"谢厌迟说。

补课？这又是什么新型词汇？

谢厌迟见她一脸不解，低声一笑，弯下腰，将声音压低："你这吻戏水平，不太行啊。"

秦郁绝："？"

"连换气都不会。"谢厌迟话里含着笑，明明说着轻佻的话，语气却显得格外义正词严，"每次都要我带着你，综艺还有这么久，不学着点儿会很麻烦的。"

秦郁绝面露微笑："所以谢先生是想补什么呢？"

谢厌迟回应一个微笑："吻戏补习。"

砰！

毫无意外地，谢厌迟被推出了门。然后隔着门还能听见秦郁绝在里头羞愤的声音："你自己一个人学去吧！"

谢厌迟笑了声，看来这小姑娘情绪恢复得不错。然后一个转头，对上了六双炯炯有神的眼睛。

这六双眼睛里的情绪都很复杂。比如盛向晴和许抒音，标准的吃瓜眼神；商子辰则是一脸期待的眼神，脸上写满了"吵起来吵起来快点儿吵起来"。

第三十一章

恋爱题目大考验

监控视频的曝光，总算结束了这场硝烟。虽然视频中给周衍打了完整的马赛克，但是右下角的时间清晰地记录了从秦郁绝被带进房间再到她从窗户跳下，整个过程不超过十五分钟。因为周衍是后一步来到房中的，所以两人独处的时间不超过六分钟。

这个时间段，不足以发生什么。更别提秦郁绝被人从水里救出来的时候，身上的衣服都是完好的。当然，虽然仍有好事者一口咬定，认为这段监控没有拍到屋内，不足以证明清白。但这都已是少数，每次跳出来发表言论的时候也都会被热心网友喷回去。

魔幻网络青年，我寻思这件事怎么看秦郁绝都是受害者，为什么一口一个人家不清白、不干净，还逼着别人出来拿证据解释？

对女明星的恶意真的太大了，还要人家谢厌迟分手，你看看别人理你吗？

说到这儿，我就要安利今天直播间内的惊世一吻了，指路 @ 鱼池夫妇产粮站高清动图！绝美爱情！

原本是路人，现在彻底被圈粉了谢谢，喜欢她的话，人永远要反抗。

……

秦郁绝所在的公司也立刻发了声明，并且点名了几位发言十分不堪入目的网友发了律师函。许多曾经同秦郁绝合作过的导演和摄影师都站了出来，包括《恋爱信号》节目组，大家纷纷转发，留下一句“支持维权”。

也有很多熟悉或不熟悉的人，私聊秦郁绝进行安慰。

而在诸多信息里，只有唐小棠最格格不入：“呜呜呜神仙爱情郁姐你看这几张图，还有这几段文字看得我心潮澎湃泪流满面呜呜呜呜你一定要和谢二少好好的。”说完，“噌噌”地发来了一连串图，全都是热心网友截图并且高 P 过后的直播画面以及激情的同人创作。

每一张都精心调了滤镜，加了渲染效果，整得跟言情剧一样。

唐小棠激情发言：“我还给鱼池夫妇写了宣传词，但是被后援会 pass 掉了，没眼光！”

秦郁绝沉默了下，看了眼那串文字——

他，是北川之上还未消融的冰雪。

她，是俗世人间中最浓艳的富贵花。

一场意外让彼此擦肩，从此爱恨纠葛，斩不断，情还乱……

秦郁绝眼皮一跳，觉得胸口一梗。想了很久，决定还是不打压唐小棠的创作激情。但碍于本人看这些东西实在太过尴尬，为了避免这样的尴尬产生，她准备屏蔽唐小棠。

然而屏蔽键还没按下去，唐小棠一个文档就甩了过来。

秦郁绝没立刻点开。

秦郁绝：这是什么？

唐小棠：刚刚从群里一位知名大大手里讨来的资源，鱼池夫妇颜色小说，我看过了，很符合人设，激情戏特别带感。

秦郁绝：呵呵。

看来屏蔽唐小棠这件事已经刻不容缓了。

就在这时——

唐小棠：哈哈哈群里拉了一个特别有钱的大佬进来，看来他也是鱼池的粉头。

秦郁绝：大佬？

唐小棠发了张截图——“谢厌迟的父亲”已被邀请进入“鱼池夫妇后援会尊享①群”。

哦，秦郁绝有些印象了。就是那个花了一百万元让自己和谢厌迟去密室里单独被吓，然后又花了一百万元让他们俩去住最差劲的房子的可恨的有钱人。

想了半天，秦郁绝问出个令人深思的问题：“你们这真的不是黑粉群吗？”唐小棠置若罔闻，继续在屏幕那头一边刷着群聊看着最新的糖，一边发出土拨鼠似的尖叫。

秦郁绝觉得头疼，她刷了下聊天记录，目光落在那份文档上。在好奇心的驱使下，鬼使神差地，她点了下接收。没给她任何反应的机会，文档直接自动弹开，开头一段文字就非常刺激精彩——

“他俯身咬在她的锁骨处，骨节分明的手顺着她柔软的腰身向下，一路……”只是随便扫了一段，就看得秦郁绝头皮发麻。

就不该有好奇心！

就在这时，谢厌迟推门进来，边朝她走过来边说：“还在生气？节目组让我叫你去客厅集合。”

秦郁绝背后一僵，猛地一个转身将手机背到了身后。

谢厌迟看着她的动作，将眼稍眯：“躲什么呢？”

“没。”秦郁绝迅速锁了屏幕，强行解释，“就是被吓到了而已。”

“是吗？”谢厌迟笑了声，朝她扬了扬下巴，“那手机借我看看？”

秦郁绝强装镇定：“改天吧，节目组不是喊我们开始录制了吗？现在是工作时间，所以——”

“没事，让他们等着。”谢厌迟扯了把椅子在她面前坐下，抱起胳膊，好整以暇地看着他，“反正我是老板。”

可恶。

这人怎么就这么不好敷衍。

秦郁绝一咬牙，将已经锁屏了手机扔给他，没好气地朝外面走去：“你解得开就随便看，反正我现在要录节目了。”

“还真解得开。”谢厌迟慢悠悠地说，“我趁你睡觉的时候录了指纹。”

“！”秦郁绝步子一顿迅速转身，三步并作两步向前就去夺谢厌迟手上的手机。谢厌迟笑了声，站起身，将手故意抬高，逗她：“刚才不挺坦荡的吗？”

“谢厌迟！”秦郁绝咬着牙根。

然而谢厌迟置若罔闻，他做了个解锁的手势，然后看了眼屏幕，唇角弯起笑：“原来在看这个啊……”

完了。

没有任何文字能形容秦郁绝此刻内心的情绪。

她甚至放弃了挣扎，停下动作，面如死灰，现在只想提刀杀人。

看着秦郁绝了无生气的表情，谢厌迟勾唇，抛了抛手机，然后捏着屏幕轻轻拍了一下她的额头，说：“骗你的。”

秦郁绝抬头一看，屏幕还是一片漆黑。

“多少次了还不长记性？”谢厌迟抬手扣住她的腰，含着笑的声音在耳畔响起，“怎么这么好骗？”

秦郁绝：……又被这个狗男人捉弄了。

推迟一个小时之后，节目组再次开启了直播。

那起突发事件不仅没有让鱼池夫妇掉粉，反而因为回应得及时，再加上秦郁绝的直播，使得热度更加上涨。

许多营销号将这件事情用故事会般的描写手法发在了公众号平台上，标题风格特别熟悉——令人心疼！众人只知道她外表的光鲜亮丽，但却不知道背后的辛酸，强大的内心居然让放浪形骸的贵公子也折服。

这样的文风正戳受众的内心，于是大家纷纷含泪转发，让鱼池夫妇彻底出了圈。直播间的观众人数相较于早上翻了不止一倍。

我来了，我来嗑糖了！

鱼池女孩儿来给大家拜个早年！希望你喜欢的人也会乖乖写检讨！

……

嘉宾们坐在别墅的长沙发上，等待着节目组布置第二轮任务。

人员几乎已经到齐，除了鱼池夫妇那一组。

“谢厌迟去喊郁郁了，他们马上就过来了。”郑千意和导演解释了一句。话音刚落，就听见房间里传来秦郁绝的声音。

一字一句，掷地有声，带着愤怒——

“谢厌迟！你松开手别碰我！”

“……”节目组和嘉宾全员安静了。

商子辰雀跃了——又吵架了又吵架了又吵架了！我有机会了耶！

哈哈哈直击吵架现场。

虽然是在吵架，但我也嗑到糖了，谁敢这么对小少爷说话？只有秦郁绝！

品品那句松开手，我想看看谢二少是个什么动作！

……

半分钟后，秦郁绝怒气冲冲地从房间里走出来坐到沙发上。

谢厌迟跟在她后面，脸上没半点儿恼意，唇角带点儿笑，慢条斯理地在她身边坐下，然后抬起胳膊搭在她的后背处。

秦郁绝轻呵一声："我们在冷战。"

谢厌迟对答如流："我在打破冷战。"

节目组看了下两人的反应，确定应该只是拌嘴而不是吵架之后才放心地进入了流程。

"之前男嘉宾在录制 Q&A 的时候，在线播放给了我们的女嘉宾观看，那现在，请各位女生说说看，对于那些回答，你们有什么看法？"

顺序先从郑千意夫妇开始。

郑千意礼貌微笑，柔声道："在一起这么多年了，我很了解他，所以那些答案并不意外。萧然一直都是个尽职尽责的人，虽然有时候会吵架，还是会顾及我的感受。我很感谢他。"

萧然应景地抬手搂了下她的肩膀，两人看上去甚是甜蜜。

秦郁绝却多看了他们一眼。不知道为什么，或许是女人天生的直觉加上演员的敏锐，她总觉得这对模范夫妻看上去恩爱，但是在彼此的眼睛里却看不到半点儿深情。

下一组则是琴键夫妇。

陈子健期待地看着盛向晴。

盛向晴话就很直："不是，您每个问题都在说我菜，你觉得我会开心吗？"

陈子健说："我没说你菜，我只是说你游戏打得不太好。"

盛向晴说："你什么意思？我游戏怎么就打得不好，明明是我被对面针对了。"

陈子健说："你一个坦克有什么好针对的？"

盛向晴说："瞧不起坦克？"

开始了。

又开始了。

明明一个很温情的环节，被两人吵成了世界大战。最后是以盛向晴一声冷哼，抱起胳膊再也不搭理陈子健告终。哄了半天，陈子健觉得有些棘手，最后一拍脑袋："我懂了，现在是'女朋友生气该怎么办'这个游戏环节吧？我都在微博上看到了，就不用演了。"

节目组："……是这样的，这个烂梗因为录制推迟的原因我们已经取消了呢。"

陈子健：完蛋。

最后，大家期望的视线落在了鱼池夫妇身上。

万众瞩目下，秦郁绝觉得有些一言难尽。

最终，她只能硬着头皮说："感想真没什么，但是我声明一下。谢厌迟那三千五百字的检讨是照搬百科的。"末了还补充一句，"甚至离谱到连日期都没改。"

谢厌迟："……"

在弹幕的一片欢声笑语中，这个温情环节彻底垮掉。

导演觉得有些头疼，但还是咬着牙发布了任务："现在请各位嘉宾每个人抽一张签，注意保密，签上的内容不要让任何人看到。今天结束之前，各位需要完成上面的任务，且不能让对方觉察到你的任务内容。情侣间率先完成的一方，会获得额外的奖励。"

任务听上去很简单。

秦郁绝抽出一张纸条，打开——让你的伴侣主动对你说出"我爱你"这三个字。

服了。

能不能出点儿阳间的题目？

第三十二章

从不上套谢厌迟

排在秦郁绝后面抽签的是谢厌迟，他看了眼纸条上的字，然后轻挑了下眉，将纸条折好递回给了节目组。脸上没什么表情，似乎是觉得很轻松。

一筹莫展的秦郁绝悄悄扯了下他的袖子，递了个眼神示意了一下。

谢厌迟一眼看穿她的想法，唇角稍弯，俯下身在她耳边轻轻问："想和我串通一下？"

秦郁绝迅速点头。

"想都别想。"谢厌迟低笑一声，"得遵守游戏规则，可不能作弊啊。"

秦郁绝松开手，转身就走。

果然，就知道寄希望于这个男人配合是没有可能的。

抽完签后，除了谢厌迟跟没事人似的，其余每个嘉宾脸上的神情都难以言喻，纷纷做出崩溃的表情，责怪节目组的心机。

"今晚大家刚落脚，除了这些个人任务，我们就不开展其他活动了。"导演笑着说，"不过今天的晚餐需要由各位嘉宾自己动手制作，食材都在厨房的冰箱里。但友情提示，食材的储备只够大家坚持三顿饭，所以从明天开始，各位要自己获得食材。"

"太狠了。"盛向晴瘫倒在沙发上，动也不想动，"这个节目或许是个恐怖综艺，或者是个做饭综艺，也可能是个整蛊综艺，但绝对不是个恋爱综艺。"说到这儿，她还恨恨道，"你们节目这是在搞欺诈。"

导演微笑："那就由盛小姐负责明天的早餐吧。"

盛向晴深吸一口气，甚至想从沙发上蹦起来揪导演的头发。但看了看那光秃秃的头顶还是忍住了，只是哽咽一声：“节目组太不是人了。”

导演友情提示道：“八人份的饭菜会很难做，所以你也可以请求其他嘉宾的帮助。”听到这话，盛向晴随即转头，眼泪汪汪地看向旁边的秦郁绝：“郁郁，你明天早上会帮我的吧？”

秦郁绝认真地说：“可能不太方便。”

“为什么？”

“我要睡懒觉。”听听，多么理直气壮的理由。

盛向晴试图感化她：“我一见到你就把你当朋友。”

“当朋友也行，但我还是得睡懒觉。”

秦郁绝看了眼谢厌迟，决定拉他挡枪，于是放柔了语气，非常做作地开口：“而且我起床动静很大，最近谢厌迟很累的，不想吵醒他呀。”

谢厌迟抬了下眼皮，淡淡道：“我吵不醒。”

秦郁绝：“闭嘴，你吵得醒。”

谢厌迟轻笑一声：“好，那我吵得醒。”

看着这对狼狈为奸的情侣坦然自若地在自己面前对口供，盛向晴只觉得世态炎凉。一旁的陈子健知道自己刚才惹了女朋友不开心，听见这话立刻积极地举起手：“亲爱的我来帮你！”

盛向晴轻呵一声：“你下厨？想毒杀谁？”

哈哈哈哈群口相声综艺实锤。

要素太多我笑不过来了，盛向晴好惨一女的。

她居然觉得鱼池会帮忙，忘记这对可是出了名的狠毒夫妇吗？

……

一旁的商子辰还没来得及露出个幸灾乐祸的表情，就冷不防被导演点名："为了让模拟情侣更好地适应这个节目，我们节目组会给商子辰布置特殊任务。"

商子辰警觉地坐直。

导演说："为了让二位能尽快地熟悉彼此，今晚二位需要亲手准备一份礼物送给对方，当作模拟情侣的第一份情谊。"

还好，只是准备礼物。

商子辰松了口气，准备等会儿避着摄像头联系助理准备一份。

"送礼物的话，可能会有些缺乏交流。"就在这时，谢厌迟突然懒洋洋地开了口，他转过头看向商子辰，轻抬了下眉，眸中噙着笑。

商子辰觉得有股不祥的预感。

谢厌迟开口，慢条斯理地说："录这期节目压力很大，所以还是得给他们二位一些独处的时间，相互适应一下不是？"

商子辰立刻开口："我觉得……"

"我觉得这个提议很好。"导演立刻采纳了意见，"那么等晚餐以后，二位需要单独去别墅的花园区域独处十五分钟，进行第一次推心置腹的交流和沟通。"

虽然说是独处，但是节目组早就在各个公共区域布置好了摄像头。

商子辰和许抒音都是现在有些人气的小明星，这一段独处更能够精准地吸引他们的粉丝。

许抒音听见这话，只是附和着笑了几声，没什么太大的意见。毕竟早知道是上恋爱综艺，这样的环节也很正常。节目组的镜头主要会给三对情侣，但是额外添加了一个环节，反而会增加自己的出镜，这并不是件坏事。

谢厌迟这个提议是在给商子辰他们加出镜率吧？

一定是的！其实这种恋爱综艺，他们俩的确会有些尴尬，单独交流一下可能的确会更好。

啊啊啊期待，感谢谢厌迟给我家音音加镜头。

虽然我是商子辰的粉丝，看见他和别的女人上综艺很酸，但是还是感谢谢二少 cue 我家儿子，他今天一天都没什么镜头呜呜呜。

……

唯一知道内情的商子辰如果看到这些粉丝的弹幕，估计要气得把牙咬碎。什么好心，他明明是在针对情敌，而且居然还玩儿阴的！

“好了，任务就这么多，现在各位可以开始准备晚饭了。”导演说到这儿顿了下，又补充了句，“但是我建议各位今晚只在第一层楼和第二层楼活动，最好不要去三楼哦！”

听到这个阴阳怪气的“哦”字，早上被密室吓到魂飞魄散的嘉宾们敏锐地觉察到了异样。反应最激烈的就是盛向晴，她窝成一团哽咽道：“我绝对上了个恐怖综艺。”

这顿晚餐做得并不太平。郑千意一直给人一种温柔大姐姐的形象，又因为年龄最长，所以总是一副包容和劝导的态度，从来没有失态。直到由谢厌迟、陈子健以及商子辰组成的三人小分队进了厨房——

像是土匪进村一样，整个厨房像是经历了一番烧杀抢掠，所到之处寸草不生。其中的陈子健和商子辰被郑千意操着菜刀轰了出去，剩下个漏网之鱼谢厌迟没动弹，主要还是因为不敢赶。

直到从洗手间回来的秦郁绝将袖子一抡，熟练地切了块土豆，然后看了眼一旁的谢厌迟，说：“给我出去。”

郑千意和盛向晴吓得一抖。然后在两人震惊的目光下，谢厌迟放下了手中的东西，听话地走了出去。

太强了。

一物降一物。

厨房只剩下女人，话题就朝着感情的方向发展了。

盛向晴最先开了口："陈子健就是这副德行，没点儿大男子气概，嘴上花里胡哨一大堆，其实㞞得很，最主要是跟个小孩子似的，一点儿都不沉稳。"

说到这儿，她悠悠地叹了口气："好羡慕千意姐呀，萧然前辈看上去就很可靠的样子。"

"嗯，他不怎么会说话，但是性格很温和。"郑千意停顿了下，然后笑了声，声音柔柔的，"我还羡慕你呢，萧然不善言辞，一点儿都不会哄女孩子，感情方面一窍不通。"

盛向晴顺口问了句秦郁绝："这样的人才会觉得更可靠吧？你说呢，郁郁？"冷不防听到别人的问话，秦郁绝手一抖，险些划伤拇指。她琢磨了下盛向晴的问题，然后随口答道："不一定。"

"不一定？"

"外向还是内向，会说话还是不会说话，都是性格问题。"秦郁绝垂下眼，调整了下握菜的姿势，继续切，"这些事情和那个人喜不喜欢你、可不可靠都没有任何关系。

"真正喜欢你的人，眼神是藏不住的。"就这么一句话，却让一旁的郑千意突地失了神。

"啊！"一下没反应过来，她的刀一歪，割伤了食指，鲜血涔涔地往外冒。

"哎呀。"盛向晴立刻放下东西去查看，"千意姐你切到手啦！"

"我看一下。"

就在这时，在客厅打扫卫生的萧然放下手中的东西赶了过来，握住郑千意的手皱着眉问："很疼吗？"

秦郁绝朝两人的方向看去。明明是很温馨的画面，她却能从郑千意的眼底看到非常明显的闪躲和落寞。她似乎隐约感觉到了什么，但知道事不关己，也不多询问。

“发什么呆？”谢厌迟不知道什么时候走到了她旁边，“小心点儿别切到手哭鼻子，到时候我可懒得再哄你。”

连关心人都这么刻薄。

但秦郁绝转念一想，这难道不是完成自己特殊任务的好时机吗？

于是她立刻调整情绪，做出一副羡慕和憧憬的表情，说：“萧然前辈看上去很关心千意姐姐啊！”

谢厌迟一脸莫名其妙：“你这不是废话，那是他老婆，他不关心我关心？”

……这狗男人就很不上套。

秦郁绝差点儿没绷住，忍了好半天才重新演出副落寞的表情，说：“没，我就是有点儿羡慕千意姐。”

“羡慕什么？厨艺吗？”谢厌迟摸了下下巴，点评，“这的确该羡慕一下。”

想杀人。

但是为了任务，秦郁绝选择忍耐：“没，我只是觉得萧然前辈一定很爱千意姐，所以有些羡慕。”说完，朝谢厌迟递过去一个暗示的目光。

都到这种地步了。

您不会看不懂吧？

摄像头都还在，您稍微演一下，一句“我也爱你”不就出来了？

然而谢厌迟根本不上套，他轻嗤一声，饶有兴致地看着她，拖腔带调道：“羡慕人家做什么？你自己没男朋友吗？”

秦郁绝沉默了一下：“……”

服了。

就你能聊。

就你会杠。

第三十三章

猝不及防我爱你

晚餐结束后，为了增进嘉宾之间的融合度以及综艺的观赏性，节目组特地安排了一个小环节。

“我们在别墅里准备好了聚会用的零食和酒水饮料以及一些小游戏，今天大家最后要做的，就是举办一场小型的聚会，聚会结束之后就可以休息了。”

听上去只是在镜头面前玩儿玩儿游戏而已，没什么任务难度。

盛向晴有些疑惑：“可我刚才在厨房没有看见零食和酒水呀。”

导演：“这些东西在三楼，需要各位嘉宾自己寻找。”

这话乍一听没什么不对。但是思考一下，大家才反应过来——刚才到底是谁说过“今晚最好不要去三楼”这句话的？用脚指头想，也知道三楼肯定会有什么隐藏剧情。

现在正是月黑风高夜，盛向晴想象了一下可能出现的画面，随即打了个冷战，缩到陈子健旁边：“我是绝对不会去的。”

再三讨论下，他们决定票选出一个代表去三楼将这些东西拿下来。

票选的结果也毫无异议——谢厌迟。

在所有人期待的目光下，谢厌迟慢条斯理地起了身，准备上楼。

“等一下。”就在这时，秦郁绝突然开口，“我和你一起去。”

她任务还没完成。

当着这么多人的面，想让谢厌迟说出那三个字绝对是不可能完成的任务。如果有独处的机会，还可以暗示一下，没准能顺利完成。

于是，在众人充满敬意的目光下，两人并肩走上了三楼。

三楼没有开灯，整条通道都笼罩在深不见底的黑暗中。谢厌迟按了下通道一侧的开关，灯没有亮，看来是坏了。

……节目组这么折腾，简直把“我很恐怖”这四个字写在了三楼的地板上。

谢厌迟打开了手机的手电筒照了下四周——这层的装修和下两层格格不入，带着些古朴的欧式气息，颇像那种吸血鬼电影里的古老建筑。

乍一看，没有找到聚会用的东西，看来得一个房间一个房间地找。

谢厌迟看了眼秦郁绝，示意她靠近自己，然后说：“走吧。”

秦郁绝点头跟上。

她现在的心思压根儿就没放在这层楼有多么恐怖这件事上，满脑子都是“该怎么开口该怎么暗示”这件事。还没走几步，她就开始了自己的第一次尝试，她用故作随意的语气开口道：“刚才，我有听盛向晴讲她和陈子健的故事。”

谢厌迟看她一眼，然后扫了下面前的房间，说：“这个房间里是空的，看看下一个。”

秦郁绝孜孜不倦地问：“你猜他们两个人是谁先告的白？”

“这边这个里面也没有。”说话间，谢厌迟已经推开了另一扇门。

“……”

即使是这样，秦郁绝也没有放弃：“居然是盛向晴，我还以为会是陈子健先开口。”

谢厌迟总算停下了动作，他唇角一翘，轻笑一声，然后抱起胳膊靠着墙，好整以暇地看着她：“然后呢？”

“然后我想起来，我们之间好像从来没有谁告白过。”秦郁绝硬着头皮，努力将任务拉回正轨，“都是自然而然就在一起了。”

这下谢厌迟应该听明白了吧，自己都暗示到这个地步了。

作为互相利用的情侣，怎么都得给个面子配合一下了吧？

“你这么说，好像是没有。”谢厌迟将眼一眯，吊儿郎当地笑了声，“所以你现在要和我告白吗？也行，我可以听听。”

你听个屁听。

秦郁绝险些心肌梗死，她一咬牙，索性破罐子破摔：“我的意思是，想听你说。”

“那不行。”谢厌迟答得干脆利落。

秦郁绝：“为什么？”

谢厌迟：“我害羞。”

……

这可能就是人间不值得吧。

在夜视拍摄下，秦郁绝无语的表情格外清晰。

哈哈哈我猜出秦郁绝的任务了。

实不相瞒，太明显了，我也猜到了。

我感觉谢二少也猜到了，太气人了，不管怎么样我就是不说哈哈哈哈哈。

……

秦郁绝放弃了，经过一个晚上的疯狂暗示，她已经身心俱惫、万念俱灰。完不成任务就完不成任务吧，她不想再忍受这样的痛苦了。

在认清谢厌迟这人简直就是软硬不吃之后，秦郁绝也将注意力放在了寻找物品上面。

一连推开几个房间，里面都没有所要找的东西，但每个房间的摆设看上去都让人感到压抑。墙上挂着的油画看上去好像无比正常，但总能让人隐隐约约嗅到几分诡异。

看来，节目组在做灵异节目方面很有潜力。

一直到走廊尽头最后一个房间。秦郁绝有预感，想要的东西可能就放在里面，但是这个房间也一定更为吓人。

推开门，里面居然是婚房的摆设。墙上贴着一个大大的“囍”字，床头还摆着两个依偎在一起的布娃娃。而床旁边的柜子上面放着一个箱子，箱子上贴着节目组的logo，看样子就是要找的聚会物品。

“帮我打着点儿光。”

秦郁绝看了下高度，确定必须踩在床头柜上才能拿下那个箱子后，干脆利落地站了上去。谢厌迟皱了下眉，向前几步，默不作声地靠近她身旁，抬手虚放在她的后背护着。

箱子的位置放在柜子上方的正中，而且挺沉，秦郁绝缓慢地将它挪到边缘，正准备拿下去，突然就听见一道尖锐的声音——摆放在床上的两个布娃娃突然无比夸张地笑了起来，让人头皮发麻。

毫无防备下，秦郁绝动作一顿，脚下意识地往后一踩，踩了个空。谢厌迟眼疾手快地伸手扣住她的后背，护住她的脊梁骨。

砰的一声，似乎是撞在了哪个位置。

“没事吧？”谢厌迟询问的声音传来。

秦郁绝勉强站稳，从床头柜上下来，然后转头看他：“嗯，没事，刚才是你撞到了吗？”

“没撞到。”谢厌迟用手电筒的光照了下床上那两个娃娃，然后收回扣住秦郁绝后背的手，说，“刚才没注意踢到了床脚。”不疑有他，见他表现得挺自然，秦郁绝也没多问。

因为箱子里装了挺多东西，加上刚才那一出，谢厌迟没再让她上去，自己将东西搬了下来。

下楼之后，盛向晴展现了自己蓬勃的好奇心：“楼上有什么东西？恐怖吗？”

“不恐怖呀，上面超级浪漫。”

秦郁绝随口胡诌，演得还挺自然：“你们是被导演套路了，他们就是故意不让你们上去，其实上面布置得非常漂亮，贴了好多我们在密室里的照片，我觉得还蛮有趣的。”

说到这儿还不忘暗示了一下谢厌迟。

谢厌迟非常自然地接茬儿，语气没带点儿停顿：“嗯，有挺多陈子健的照片，建议你自己去看一下，非常引人注目。”

节目剪辑版还没出来，嘉宾都不知道拍摄下来的自己到底是什么样子。听两人这么一说，琴键夫妇这对好奇宝宝信以为真，一溜烟地就从沙发上起身冲了上去。

一分钟后，二人尖叫着回来：“啊啊啊啊啊啊你们不是人！！”

我笑死了心疼这对胆小鬼 CP。

都 2020 年了，居然还有人会相信鱼池夫妇的鬼话？

狠毒夫妇名不虚传。

……

经过这么一天后，节目内嘉宾的氛围也逐渐变得融洽。聚会上大家也都没什么包袱，导演组也借着气氛玩起了抽卡回答问题的游戏。

快到结束的时候，导演抽出最后一张卡：“请问各位嘉宾，印象中最难过的一次经历是什么时候？”

这个问题的设置其实挺别出心裁。一般综艺上的这部分都是情感的爆发点，为的就是突出明星的不容易，从而让粉丝心疼。如果回答得好，还能博取不少路人的好感。

在座的人都深谙这个道理，回答得非常真情实感，配合着眼泪，将气氛一下子就带了起来。

然后到了秦郁绝。她靠着沙发，安静地想了一下，然后笑了声，语气轻缓："大概是在十六岁吧，有一次坐公交车要投两枚硬币，其中一枚掉在地上滚到了车座的缝隙里。

"车子在开，有些站不稳。我捡了挺久，因为卡在缝隙里，所以一直捡不起来，一直到座位上那个人不耐烦，用脚尖踩着硬币踢了出去。"

她垂下眼，淡淡道："我不知道那枚硬币滚到哪里去了，所以也没再继续捡，在原地站了很久之后，突然觉得很难过。"

导演没反应过来："最难过的一次吗？"

"嗯。"秦郁绝笑了声，"最难过的一次。"

一生中有许多难过的时候。她不可能在镜头面前心如止水地说姐姐的死亡、父亲的离世。也做不到将那段最难熬的时光，当作故事一样说出来。

但她没撒谎。

所有的情绪都可能会因为一件非常非常小的事情被点燃。

那天，是自己刚搬回老家不久的时候。父亲签下了病危通知书，姐姐的葬礼刚刚结束，母亲疲于应付上门催债的人……和这些比起来，离开自己熟悉的城市和朋友，来到一个一无所知的地方，这种孤独根本算不上什么。

秦郁绝知道不能在母亲面前宣泄自己的情绪，她比自己更不容易。她一直在给自己做心理调节——变成一个懂事的孩子，学会控制自己的情绪。

但是有些事情是控制不住的。因为那枚硬币，所有的委屈仿佛找到了一个突破口。鼻尖的酸涩再也控制不住，所有的负面能量都在一瞬间一股脑儿地宣泄了出来。

那的确是最难过的一刻，不仅仅是一枚硬币而已。

见秦郁绝不准备多做解释，导演也不再询问，望向最后一位没回答问题的人："谢先生，您呢？"

谢厌迟抬起眼睫，偏过头，目光沉沉地看着秦郁绝，许久后，只意简言赅地说了两个字："刚才。"

秦郁绝瞳孔微缩，她听懂了他话里的意思。刚才还控制得很好，能够平静地说出往事的情绪，在这一刻却莫名被搅得一塌糊涂。

她转头看他，眼眶忍不住地发红。

你看这个人。

所有的事情都看得通透，知道怎么正中靶心地去抚慰别人的情绪。

但最终这个人还是不属于自己。

聚会结束之后，秦郁绝看了眼摆在桌上的酒瓶，起身去厨房倒了杯温开水，然后找节目组要了几片醒酒药。

"吃了。"秦郁绝把东西递给谢厌迟。

谢厌迟看了眼，没接："不用，度数很低。"

秦郁绝没说话，只是抬手，不由分说地将药喂进他的嘴里，然后把水杯递到他的唇边："没问你的意见，明天要早起。度数再低，不提前吃醒酒药也会头疼。"

水杯就在一旁，谢厌迟却没喝。

他只是安静地望着她，唇角稍动，片刻后，低声道："我爱你。"

"？"

你反射弧有一年这么长吗？

第三十四章

擦枪走火的日常

此刻许多嘉宾都回了房间，只剩下猜拳失败的盛向晴和陈子健两个人在含辛茹苦地收拾着残局。但直播间的摄像机还摆在客厅，精准地记录下来了这一刻的画面。

我听到了什么！

谢厌迟到底是什么神仙男朋友，居然搞突击！

防不胜防，虽然知道是替女朋友完成任务，但我还是心动了。

啊啊啊我耳根一麻，有姐妹屏录吗？我想把那句话截下来当闹铃。

……

转回来收拾着桌子的盛向晴注意到这边的动静，但却没听到谢厌迟说了些什么。她看了眼秦郁绝手上的醒酒药，半开玩笑似的酸道：“谢二少真幸福啊，我都没有醒酒药呢！”

“你当然没有。”秦郁绝看她一眼，“因为你喝的是橙汁。”

“……对不起，打扰了。”自讨没趣的盛向晴一声不吭地溜走了。

见人离开，秦郁绝又转头，对上谢厌迟那一双噙着笑的眼睛。她停顿片刻，佯装不解：“怎么突然说这个？”

“说什么？”谢厌迟明知故问。

秦郁绝：“就是那句话。”

谢厌迟饶有兴致地逗她：“哪句话？”这语气，明摆着是想套路她说出那三个字。

秦郁绝气得一哽，将头一偏：“你不知道就算了。”

看着她这副气结的样子，谢厌迟眸中笑意不减，抬起手用食指轻弹了下她的额头：“你不是想听吗？”

秦郁绝将水杯往他手上一塞，强作镇定：“谁想听了？我就是开个玩笑。”

见她欲盖弥彰，谢厌迟也不戳穿。他将杯中的水喝完放在一旁，然后起身：“行了，我先去洗漱。”走到一半，却又停住步子，关上领口的麦，然后俯身在她耳畔轻声道，“今晚，得注意一下睡姿啊。”

听见这句话，秦郁绝的耳根一软，只觉得脸颊发烫。她迅速转身揪起一旁的靠枕毫不客气地扔在他身上，又羞又恼：“谢厌迟，你太过分了！”

??刚刚那句话我怎么没有听到。

我也想知道到底有多么过分。

啊啊啊关掉麦克风太犯规了？你们这样一点儿都不尊重我们尊贵的VIP会员！

……

谢厌迟没半点儿恼意，笑着抬手精准地将靠枕接下，然后递了回去。

秦郁绝没好气地将靠枕接下，余光一偏，似乎是看到了什么。正当谢厌迟要收回手的时候，却猛地被她扣住。

“这块儿，是刚才在三楼撞到的吗？”秦郁绝皱起眉。

谢厌迟胳膊靠手肘的位置有一块瘀青，看上去是撞伤，隔了这么久，甚至还有些微微发肿。虽然并不是特别显眼，但只要稍加留意就能发现。

回想起来谢厌迟刚才在聚会上递东西时候的动作，仿佛都在刻意将伤口朝内，藏起来没让她看见。

“或许吧。”谢厌迟眉目稍敛，收回手，“没太注意。”

秦郁绝看着他的眼睛：“我不是问过你有没有撞到吗？”

谢厌迟轻笑了声：“没事，只是点儿小伤。”

“谁教你小伤就可以不在意的？”秦郁绝被气笑。

谢厌迟思索了下，十分认真地回答道：“应该是我爸。”

……你爸。行，惹不起。

秦郁绝找工作人员要了个医药箱，按着他的肩坐在沙发上涂药，然后训斥道：“你爸也不是真让你不在意，只是小时候教育你的说辞而已。如果真受了伤，他肯定也是关心你的。”

谢厌迟垂眸，看着她安静坐在自己身旁，刻意放轻了力道的动作，然后笑了声：“嗯。”

系统提示：用户“谢厌迟的父亲”赠送5000个超级火箭助力“秦郁绝”。

直播间顿时被这位大佬的豪气炸开了锅。

啊啊啊我们鱼池夫妇的大佬又来了。

一天下来两百五十万元，什么家庭？

朋友们我有个想法，不会真的是谢厌迟的父亲吧哈哈哈哈，这个送火箭的时间点还挺巧的。儿媳妇帮我说话，我就给儿媳妇送礼物。

放心不会的！这位大佬在我们的CP群里，而且你见过谁的爸爸会拿这么直白的名字当ID啊。

……

回到房间后，想起刚才谢厌迟开的那句关于“睡姿”的玩笑，秦郁绝这才正儿八经地打量了下自己这个下等房间。床，的确非常小。虽然是能躺下两个人的宽度，但也只是勉强的程度。

最主要的是，只有一床被子。

虽然屋内有摄像头，但是嘉宾在睡觉的时候都会拿衣服将镜头遮挡住。即便是这样，打地铺和出去睡也是不可行的。看来，别无选择了。

就在这时，门口传来一阵窸窸窣窣的声响。秦郁绝以为是工作人员，正准备去开门，就看见有一个信封贴着地板从门缝中递了进来。

她弯腰捡起那封信拆开，里面歪歪扭扭地写着几个字：“千万不要离开别墅。”虽然没有什么其他的说明，但现在月黑风高，配合上周围的环境，倒是有一股风雨欲来的危险感。

浴室里的水声停了，谢厌迟开门出来，边拿毛巾随意地擦拭着头发边走到她身旁，俯下身看了眼：“节目组准备的？”

“嗯。”秦郁绝想了想，“不过我不太清楚是只有我们收到，还是所有嘉宾都收到了。”

“这简单。”谢厌迟轻笑一声，“我们隔壁住着的是不是陈子健他们？”秦郁绝点头。

谢厌迟淡淡道：“那听着就行了。”

听着？还没等秦郁绝开口问为什么，就听到隔壁传来抑扬顿挫的男女尖叫二重奏声——“啊啊啊啊谁塞进来的信啊好吓人！”“呜呜呜为什么要在大晚上告诉我这件事，我睡不着了怎么有精神录节目啊！导演组不是人！”这下秦郁绝明白了，果然是所有嘉宾都收到了这封信呢。

在解决完节目组塞进来的这封莫名其妙的信之后，关键的问题还是到来了——床，应该怎么睡。秦郁绝看了眼那小小的一块儿地方，觉得有些头疼，于是准备先去洗个澡冷静一下再出来。洗完澡穿着睡衣出来之后，她才发现摄像头不知道什么时候已经被谢厌迟盖上了。他此刻正窝在椅子上懒洋洋地玩儿手机，见她出来，抬了下眼，问："睡里面还是外面？"

"外面吧。"秦郁绝权衡着说，"我晚上可能会起来很多次，外面比较方便。"

"成。"

谢厌迟笑了声，起身躺到床的内侧，然后抬手拍了拍自己身旁的空位，朝她递过去一个眼神："请吧？"

平生第一次，睡个觉折腾得像要上战场一样。

秦郁绝犹豫再三，最终一鼓作气走到了床边，小心翼翼地睡在了外侧，还往边缘的地方挪了一下。

灯关上了。整个房间里一片漆黑，却让所有的感官都无限放大。

即使再小心翼翼，两人的后背还是难以避免地会产生些摩擦。暧昧的碰撞让周遭的温度不断上升，每一次轻碰过的地方都如火烧似的，搅得心里乱糟糟的。秦郁绝浑身上下紧绷，机械性地保持着一个姿势。

"友情提示一下。"就在这时，谢厌迟翻了个身，接着玩味般的笑声在身后响起。

他拖着尾音，语气懒倦："别动手动脚啊，那样可是得另算价钱的。"

……

这话应该她来说吧？

秦郁绝气得一哽，随即迅速翻了个身准备同他理论。

谁知道一转身就撞进了那双琥珀色的瞳仁，而自己因为惯性，转身的力道没收住，整个人往里靠了不少，几乎要抵住他的胸膛。

谢厌迟的眼底噙着些笑，即使是在昏暗的环境也仍然明朗。一双招人的狐狸眼，在此刻这种暧昧的氛围下，更是让人心头一软。

"怎么？"谢厌迟的声音低哑磁沉，"睡不着？"

这谁睡得着？

秦郁绝下意识低头躲开那双招人的眼睛，故作轻松："没，我不在意这些，就怕某些人动手动脚。

"是吗？"谢厌迟开口逗她，"那为什么脸红了？"

脸红？这句话一出口，秦郁绝像被踩到尾巴的兔子一样。她牙根一咬，伸出手扯住谢厌迟的衣领，向前一靠："谁脸红了？"

两人的距离蓦地拉近，甚至连秦郁绝的膝盖都能无意间同谢厌迟的身体轻轻碰撞，惹起一股火气。谢厌迟这次没立刻答话，一双从来都是带笑的眸子，突然沉了下来。他薄唇紧抿，一字没说。

兴许是觉察到两人的距离过近，秦郁绝刚才的气焰顿时被扑灭。她松开手，试图调整一下自己的姿势。但越是调整，不经意间的摩擦就越多。

"秦郁绝，"谢厌迟的声音哑得吓人，"别动了。"

或许是听到这声音里的沙哑和隐忍，秦郁绝动作随即僵住，整个人后背绷紧，生怕一不小心再有一个暧昧接触。她松开手，悄无声息地往后退了退，试图留出一个安全距离。

但一个不注意，只觉得自己半个身子一空，紧接着坠感随之而来。她心瞬间提到嗓子眼儿，失声尖叫的音节还没发出来就被人长手一捞带入了怀中。谢厌迟胳膊扣住她的后背，将她搂进了怀中。依稀间，秦郁绝似乎能听到他有力的心跳。

这回，两人的身体彻彻底底地贴上。她整个人窝在谢厌迟身前，只觉得身体一瞬间变得烫得可怕。

秦郁绝咬了咬下唇，动了动身体，试图分开些。但不知道是哪个动作出了意外，一不小心膝盖屈起，似乎是撞到了什么。

"嘶。"

谢厌迟这声抽气沉重而又带着几分压抑，仿佛是在隐忍着什么情绪。

他抬眸看着秦郁绝的眼睛，扣住她腰身的手微微用力，似乎是在警告，声音也哑到极致："听话，别动。"

第三十五章

综艺里面捉迷藏

听见这句含着隐忍情绪的话，秦郁绝顿时停住了动作，浑身上下都绷紧。她轻咬着下唇没说话，一双好看的眸子里带着慌乱。虽然一声不吭，但精致的眉眼带着勾人的灵气，一下子撞进人心底。

谢厌迟喉结上下缓慢地滑动了下，觉得自己的太阳穴都在突突跳动。

失算了。

一开始以为不适应的会是她，却没想到最后难受的是自己。

他松开了扣住秦郁绝腰部的手，撑着床边起了身，抬手往后随意地抓了下头发，浑身上下带着些躁意，翻身下了床，然后一言不发地朝着浴室走去。秦郁绝撑起身，被子从身上滑落。她看着谢厌迟的背影，下意识地想询问一句，但话还没出口就止住了。

她垂下眼睫盯了会儿从窗户透进来的月光，然后重新躺了回去。

浴室里哗啦啦的水声停住，门再一次被打开。

谢厌迟走到床边停下，蹲下身拍了拍她的肩膀："睡里面去。"

或许是因为刚才的尴尬，秦郁绝没问为什么，只是安安静静地往里面挪了一下。谢厌迟睡在了靠边的位置，翻了个身。

秦郁绝抬起眼，只能看见他宽厚的后背。

一夜浅眠。

虽然前一天口头上拒绝了盛向晴，但第二天秦郁绝还是准备提前起来帮她一起完成早餐。

一觉醒来时，原本还因为醒得太早有些晕晕乎乎，然而稍稍动弹了下，她就觉察到异样。低头一看，脑袋里的那点睡意瞬间被驱散——为什么谢厌迟的胳膊又在自己怀里啊！她很快就反应过来，自己这个喜欢侧躺抱着东西睡觉的睡姿可能已根深蒂固成了习惯。

……原来谢厌迟提醒的“睡姿问题”还真不是开玩笑。

秦郁绝悄悄看了眼身旁双目紧闭的人，然后松了口气。

还好，还没醒。于是她立刻松开手，轻手轻脚地起了身，试图在谢厌迟醒之前迅速逃离现场。

然而刚小心翼翼地下床往前迈了一步，就冷不防撞上了一旁的椅子，发出响亮的一声。

秦郁绝倒吸一口冷气，瞬间觉得自己背后宛若被谁盯着一般，阴嗖嗖的。她僵硬地转过头，果不其然，谢厌迟不知道什么时候醒了，正撑着自己的下巴，眼里带着些轻佻的笑意，一副“我看你跑哪儿去”的表情。

秦郁绝冷静发言：“我去帮盛向晴做早饭。”

“是吗？”谢厌迟低笑一声，慢悠悠地说，“我还以为你准备不负责任呢。”

非常熟悉的说辞。

秦郁绝准备装作不知情：“什么责任？根本听不懂，我去做早饭了。”

“听不懂也没关系。”谢厌迟坐起身，胳膊随意地搭在膝上，“节目组早上六点强制开摄像头，等会儿我们看看回放？”

“什么回放？”秦郁绝准备装傻到底。

谢厌迟轻笑一声握住她的胳膊，将她拉到自己身前，然后贴近她耳边：“看看你是怎么违反合约，对我动手动脚的。”

可恶。

这个该死的骚男人。

秦郁绝深吸一口气，端出副笑脸：“那谢先生想让我怎么负责任呢？”

这话看上去好像把谢厌迟问住了，他摸着下巴思考了半天，然后将眼一弯：“先欠着，以后一起算。”

这或许就是传说中的，不让人死个痛快吧。

在厨房里面对着八人份食材伤脑筋的盛向晴在看到秦郁绝后，顿时感动得热泪盈眶：“我就知道你还是心疼我的，这件事我欠你一个人情，你想要什么尽管开口。”

闻言，秦郁绝答得非常爽快：“行，五十二万七千元，节目结束后转账给我，谢谢。”

盛向晴头顶上冒出个大大的问号。

她只是客气一下并不是真的什么都给好吗！

于是盛向晴点了点头，正儿八经道：“那我撤回刚才那句话。”

原本就是开玩笑的语气，所以也没人放在心上。

秦郁绝笑了声，然后接过她手上的鸡蛋，熟练地敲开打在碗里搅散。

盛向晴一边烤着面包片，一边随意地问：“昨晚睡得好吗？”

秦郁绝动作一顿，听到这句话，几乎是咬着牙根回道：“当然不错。”

……这语气听上去一定是有事。

盛向晴试探着问：“那我怎么感觉你火气有点儿大，起床气吗？”

“没。”秦郁绝烧热底锅，刷了点儿油，然后将蛋液倒下，“刚才被只野生藏獒给气到了而已。”

野生藏獒？

盛向晴琢磨着这个新词汇，没反应过来。

节目组还安排了狗吗？

就在这时，身后传来道慵懒的声音：“荷包蛋我要溏心的。”

秦郁绝动作一顿，一听到这声音，她的脑海里就能自动对上谢厌迟那张脸。她转头看了眼那位靠在门边、浑身上下连头发丝都带着些欲的狗男人，没好气地说：“没荷包蛋。”

“是吗？”谢厌迟抬了下眉，然后抬起手，慢条斯理地揉了揉自己的胳膊。虽然没多说什么，但暗示性十足。

秦郁绝：“……马上。”

盛向晴：“？”我怀疑你们两个有见不得人的暗号。

吃完早饭之后，直播再次开启。

节目组也宣布了今天的第一个活动——“捉迷藏。”

“捉迷藏？”陈子健刚睡醒，揉着惺忪的眼睛，没反应过来，“就在这儿吗？听上去很简单啊！”

这么俗套的游戏，就拍摄一个上午吗？秦郁绝觉得八成有套路。

果不其然，导演笑着补充道：“捉迷藏的指定地点，在三楼。”听到三楼这个词，陈子健的睡意全没了。他和盛向晴两只小鸡崽立刻依偎在了一起，高声抗议道：“不行！我们是来录恋爱综艺的，而且我们综艺的名字还是《恋爱信号》，你这样内容不符合名字会对不起广大观众的。”

也没有，观众并不是很在意。

最喜欢看见在危险场景里英勇护妻的场面了。

哈哈哈讲真鱼池在这种场面里就很甜，但琴键就是全程被吓到。

……

导演对两人的抗议置若罔闻，甚至还向他们展示了一下节目的新片头。电视屏幕上“恋爱信号”这个标题配着甜甜的音乐，一个字一个字地跳了出来，看上去格外甜蜜。然后背景音乐急转直下，原本“恋爱”两个粉红颜色的字体，红色突然加深，还滴下来两道像血迹一样的特效。

……看上去就像个恐怖综艺了。琴键两人彻底放弃挣扎，瘫软在了沙发上。

导演开始布置活动要求：“游戏开始的时候，是七个人躲一个人抓，分为两个阵营。被抓到的人自动转换阵营，要和抓人的人一起去寻找其他躲藏的人。躲藏的人也可以通过在三楼寻找道具，淘汰掉抓捕的人。录制时间为两个小时，最后按照阵营双方所剩的人数宣判胜负。”

说到这儿，导演还友情提示道：“最多两个人同时躲在同一个位置。”

这么一算，七个人里面至少有一个人要独自行动。

陈子健立刻松开盛向晴，然后悄咪咪地靠向秦郁绝，小声问：“那我可以和谢先生一起躲吗？”

秦郁绝：“？”

陈子健解释：“这样我会比较有安全感。”

被残忍抛弃的盛向晴冷笑一声：“你是不是以为我没听到？难道这就是大难临头各自飞？”

“不好意思。”坐在一旁的谢厌迟抬了下眼，抬手搭上秦郁绝的肩，轻笑了声：“不行啊，我怕她害怕。”

秦郁绝声明了下：“我还好，也不是很怕。”

谢厌迟不由分说地打断：“不，你怕。”

秦郁绝：“……”

哈哈哈哈哈当我笑死的时候没有一对情侣是没有责任的。

可是秦郁绝看上去也不是很怕吧?

谢厌迟：我不管，为了和我老婆在一起玩儿，必须强行让她怕。

……

导演嗅到了这边的小动作，他咳嗽一声，说：“经过我们节目组多方讨论，决定第一位抓人的嘉宾，是谢厌迟先生。”用脚指头想都知道，如果把这个游戏 bug 放在人多的那边，结局就毫无悬念了。

咔嚓。陈子健听到自己梦破碎的声音。

秦郁绝倒是挺愉悦，她转头，眸中笑意潋滟。还挑衅似的靠近谢厌迟耳畔，语气带着些调侃：“期待你的表现哦，男朋友。”

呼吸声打在耳边，撩拨得耳骨仿佛都在酥麻。

谢厌迟低声一笑，转过头轻睨她一眼，然后勾起食指蹭了下她的鼻尖，声音低哑，带着些蛊惑的意味：“放心，很快会让你到我这边来的。”

？？这一对是妖精谈恋爱吗？

两位欲王之间的擦枪走火。

游戏还没开始我就已经觉得刺激了！

等一个大佬写密室迷情.txt，我愿意出一块钱买断资源。

……

一旁的商子辰灵光一闪——等等，谢厌迟要抓人，那秦郁绝身边岂不是没人了？他瞬间来了精神，坐直了身体。终于到了吗？属于自己的猎杀时间，总算有机会了！

一开始躲在一起会太明显，所以商子辰肯定会选择和自己的“模拟恋人”许抒音躲在一块儿。但后面游戏时间一长，加上有些嘉宾会被找到，场面肯定会混乱，到时候再借机和秦郁绝一起躲就会显得很正常。

谢厌迟靠在沙发上，看了商子辰一眼，将他心中的小九九摸得一清二楚。还不肯放弃啊——看来得第一个抓他。

不知道是不是巧合，商子辰转了个头，恰好与谢厌迟的目光相撞。他看着那双噙着些笑意的狐狸眼，心里顿时觉得大事不妙，感觉自己即将被针对了。

第三十六章

举一反三秦郁绝

虽然是白天，但三楼所有的窗户都被贴上了遮光纸，还盖上了层厚厚的窗帘。整个区域被笼罩在黑暗之中，看上去阴沉又压抑。在这样的环境下，就连挂在走廊尽头的时钟秒针转动的声音都显得格外清晰。

躲藏的时间有十分钟。

因为节目组说最多可以两个人躲在一起，所以除了秦郁绝，其余的人最终都选择了和自己的伴侣两两一组进行躲藏。

盛向晴在上三楼前向导演组反复确定："你要跟我保证，只是捉迷藏而已，绝对不会有什么奇怪的机关，或者是有像昨天密室逃脱那样的工作人员吧？"

对此导演没有正面回应，只是露出一个意外深长的微笑。

盛向晴心凉了半截，看来一定是有了。一上三楼，琴键夫妇这对就直奔客厅区域，直接躲在了沙发前的茶几下面。

秦郁绝端详了下他们这个非常明显且极其容易找到的位置，沉思了一下，然后问："你们是希望赶快被谢厌迟抓到对吧？"

"当然没有，怎么可能，我们很有游戏精神的！"两人立刻否认，但是那带着些心虚的小表情，还是能一眼让人读出他们的内心想法。看来这两人是想立刻被抓，然后就能黏在谢厌迟身边了。

秦郁绝轻笑了声，弯下腰看着藏在茶几底下的两人，饶有兴致地问："要不要打个赌？"

盛向晴眨了眨眼睛，满是不解："什么赌？"

“就赌谢厌迟肯定会把你们俩留到最后。”秦郁绝说。

按照他的性格，八成一眼就能看出这两人内心的小九九，所以反而会故意吊着假装看不见，借此折腾他们。

“……”两人顿时沉默了。

完了。听上去的确是谢厌迟的风格。

郑千意和萧然也很快找好了躲藏的位置。

“小郁。”正当秦郁绝准备继续寻找位置的时候，突然听见有人喊自己。她停下步子，转过头。

商子辰站在她身后，身旁还跟着许抒音，他语气显得无比体贴：“节目组套路很多，你一个人可能会害怕，要不然我们先帮你找躲藏的位置？然后我们躲在你旁边的房间，到时候如果出了事可以赶过去帮你。”

秦郁绝没立刻答话，只是深深地看了他一眼，然后笑了声：“不用。万一被抓到了，我们可是立刻成为敌人了。”

“怎么会。”商子辰爽朗一笑，“就算被抓，我也不会出卖你的。”

“我当然相信你，但我的意思是——”秦郁绝眼帘稍动，唇角一勾，轻笑道，“我会毫不留情地出卖你哦！”

“？”商子辰没反应过来。

她说到这儿还竖起一根食指，有理有据：“毕竟这是游戏精神。”

商子辰彻底没话了：“……”

看着他的反应，秦郁绝眸中笑意不减。她转过身，朝着更深的地方走去，顺带不忘抬手告了个别：“那一会儿见了。”

因为光线极其微弱，只有几盏昏暗的灯光照亮，所以秦郁绝全程拿手贴着墙壁往前走。走到一幅画旁边的时候，她摸到了墙壁下的一个凹口。

秦郁绝停下步子仔细观察了下，然后才发现在画下面有一道暗门。不过，似乎得触发机关才能打开。她皱起眉，上下扫了眼四周，最后将目光落在那幅画上。她踮起脚，拿手一寸寸地摸过画的画框，终于在最上的一侧摸到了一个按钮。按下去后，眼前的暗门缓缓地拉开，露出一个狭小而又逼仄的空间。

看上去很适合躲藏。但秦郁绝能感觉得出来，这个空间绝对不仅仅是让人来躲猫猫的，可能会触发什么节目组精心设置的剧情。

秦郁绝抱着胳膊看了会儿，然后转过头望向挂在墙边用来直播的摄像头，开口道："我先和导演组声明一下。"

坐在镜头前的导演组后背一紧。

"我知道进这里面准没好事。"被猜中套路的导演组慌得一批。

"但是我想了想，如果不进去，可能你这机关就当摆设了。"秦郁绝冷静分析了下，接着缓缓说，"让我配合你们的套路也行，但是这明显是个辛苦活儿，而且吃力不讨好，所以得涨工资吧？"

在秦郁绝的注视下，镜头艰难地上下摆动了一下，看上去似乎在说同意。心满意足的秦郁绝点了点头，转身英勇果断地走进了那个逼仄封闭的小空间。

哈哈哈哈不愧是谢厌迟的女朋友。

我明白是什么让他们在一起了，果然是势均力敌的两个人。

当众敲诈给我笑吐了哈哈哈。

……

果然，进去没多久，秦郁绝就听见了机关转动的声音。紧接着，她能十分明显地感觉到，现下所在的这个小空间正在缓慢地移动，似乎是要将自己传送到什么新的空间。

咔嚓。许久后，声音停了下来。通道外，墙壁的凹口朝前一挪，变得平整。光凭借肉眼，根本看不出什么异样。

谢厌迟在封闭室被限制了十分钟后，捉迷藏终于开始。节目组特地给了他一个小手电，灯光不强。手电筒尾部还挂着一个节目组的专属吊坠，吊坠上系着些铁片，一走动就会发出“铛铛铛”的声音。

在三楼这个昏暗的空间里，这道声音显得格外瘆人，就像是什么黑暗骑士的催命符一样。但对于琴键夫妇这对胆小鬼来说，简直像是命中注定的救赎。当他们眼前出现那一点儿手电光，加上清晰听见“铛铛铛”的声响时，两人的眸子一亮，眼神充满了渴望。

说实话，这两人躲的位置极其不走心。以至于谢厌迟刚上楼，目光稍偏，手电一扫，光就直接照到了他们脸上。

那是一个无比漫长的对视。

两只小鸡崽跟看着自己的公鸡爸爸一样，眼神里全是欣喜和殷切。谢厌迟插着兜站在五米开外，连眼都没抬，面无表情地看着这两人。

整整一分钟后，正当两只小鸡崽准备干脆利落地爬出来时，眼前的手电光却突然挪开，照到了走廊的方向。然后，谢厌迟就在他们期许的目光下，硬装作什么都没看见的样子朝着另一个方向走远了。

还欲盖弥彰地随口说了句：“客厅都没人啊。”

“？？”你这就演得太明显了！

我面膜都笑裂了哈哈哈哈。

真就硬演，不管多么假只要我说没看到就是没看到。

果然还是秦郁绝了解他，胆小鬼夫妇太惨了，这次捉迷藏奋战到最后的选手一定是这俩人了。

……

房间的隔音效果并不是特别好，再加上周围安静得出奇，所以当谢厌迟经过走廊的时候，藏在房间里的几个人能清晰地听见那铁片碰撞的声响。

声音在商子辰躲藏的房门前停下，接着随着“吱呀”一声，门被推开。

商子辰额头渗出了些冷汗，但却还是镇定得没有出声，顺带朝着身旁的许抒音比了个噤声的手势。他其实挺聪明的，躲猫猫无非就是柜子、床底等有遮挡物的地方，找起来不过是时间问题。所以商子辰虽然躲在柜子里，但是却选了个比较特殊的位置——最顶层。

进到这个房间后，他发现有个床头柜就放在衣柜旁，于是特地将它往衣柜的方向挪了些，踩着它爬上了衣柜最顶层的空格里，然后还用一些衣服挡在了最外面。

一般抓人的人看衣柜都只会随便看一眼里面，如果发现没有人，就会去找下一个地方。很少有人会特地抬头退后仔细观察上面的格子。

果不其然，柜门被拉开。手电的光照亮了一片区域，却让躲藏着的两人心中一紧，惴惴不安了起来。他们顿时屏住呼吸，浑身上下绷紧，不敢有任何动作。在许久的安静后，柜门又被关上。眼前重归黑暗。

铁片声仍然断断续续地响起，听上去谢厌迟好像是在房间里其他位置寻找着他们。许久后，似乎是因为没有找到，他离开了屋子，顺带带上了门。商子辰松了口气，动了动有些僵硬的身体，唇角一勾——呵，谢厌迟也不过如此。他伸出手按住衣柜门缓缓打开，朝四周张望了一下，人果然已经走了。

“许抒音，他暂时应该不会回来了，我们先下去在房间里找找有没有节目组说的神秘物品。”此刻，商子辰觉得自己获得了和谢厌迟对弈的首次胜利，声音都带着些底气了。

看来这局的 MVP 非他莫属！

然而，他说完这句话一低头——床头柜呢？

没东西踩着他怎么下去？就这么跳吗？

等等。

商子辰觉察到了不对。

为什么床头柜会突然不见，难道说——

他僵硬地转过头，朝着门口的方向看了一眼。

果不其然，谢厌迟还没走。刚才他刻意贴着门站，所以自己没有看到。

此刻，谢厌迟靠着墙，懒洋洋地抱着胳膊，见商子辰看过来，轻挑了下眉，慢悠悠地开口道："来，跳吧。"

商子辰："……"这到底是什么残忍怪物？

片刻后，导演的声音通过扬声器传了出来："商子辰、许抒音已被发现，自动进入追捕者阵营，请各位玩家多加小心。"

游戏 bug 名不虚传。

太坏了哈哈哈哈，找到人之后不吭声，然后悄咪咪断了人家的活路。

商子辰的表情变化太丰富了，从骄傲自豪的勇者变成一只受惊的小鸡崽。

说真的，现在除了秦郁绝，我已经想不到谁能适合谢厌迟了。

……

然而，秦郁绝现在却面临着一个难题。她被那个机关传送到了一个新的密室，密室的空间很小，周围全是镜子，镜子上写着一行歪歪扭扭的字——不要离开。周围布置满了鲜花和洋娃娃，看上去像是儿童的玩具房，但不知道为什么，却格外让人不安。甚至有些娃娃，还会突然奶声奶气地说话。

秦郁绝一开始还是觉得有些可怕的，毕竟是封闭的空间，周围还布置得这么诡异。但是待久了，她已经逐渐习惯并且适应了这里。甚至开始玩儿儿童房里的乐高，她觉得乐高比解密室有趣一些。

暗中观察的导演组一脸问号："怎么变成儿童节目了？"

第三十七章

传说的真爱之吻

终于，不想放任节目变成儿童早教综艺的节目组决定采取行动了。密室里的灯突然被关上，同时传来洋娃娃刺耳的哭声。广播里播放着诡异的背景音乐，只有镜子上那行字隐约亮着红光，显得格外瘆人。

片刻后，镜子上又缓缓浮现出一行字——

“请玩家尽快找到破解密室的办法。”

秦郁绝沉默了下，刚才求她进来，现在又逼她出去，这可能就是综艺节目的真谛吧。

黑暗持续了一段时间后，灯光又亮了起来，那诡异的背景音乐也戛然而止。看上去，刚才的一切好像只是警告。

秦郁绝认命地放下手中的东西，开始在密室里寻找线索。刚才她已经观察并确认过了，这个密室只能从进来时那个机关出去，但那个机关也只能从外面的走廊打开。

所以，必须得等人找到这个位置。既然这样，节目组还想让自己发现什么呢？她想了下，或许，这里有能够将被抓的人重新变回自己阵营的道具。

秦郁绝偏过头，目光落在旁边的一摞故事书上，她弯腰捡起一本本地翻看，一连看了几本，好像都是非常普通的童话。直到最后一本里的一句话引起了她的注意：“深受诅咒的邪恶骑士需要用真爱解开。”

……什么真爱？

没疑惑太久，她很快就有了答案。因为书的下一页，是一张插画——

非常浪漫的公主亲吻骑士的画面，旁边还用潇洒的英文字体配了一组单词：“True love（真爱）。”

“……”秦郁绝把书一合，随手丢到一旁。

什么破救人方法，不玩儿了，就让谢厌迟赢吧，她不想再反抗了。

节目组似乎看出了秦郁绝心里的想法，特地通过广播播出了一则友情提示：“失败的队伍将会扣除本期节目中的所有积分，并且还有特殊惩罚哦。”

“特殊惩罚”，这四个字一听就不怀好意。还搞威胁的？

秦郁绝太阳穴一跳，看着摄像头的方向，几乎是咬着牙说道：“你们这个恐怖综艺，怎么还有这么无厘头的救人方法设置？”

节目组：“？”怎么就恐怖综艺，我们是恋爱综艺。

这样的设置不是很正常吗！

不提醒我差点儿忘了这是个恋爱节目。

我最爱看的桥段又来了。

对不起，误会节目组了，你们真的有用心在给我们制造糖。

……

闹归闹，虽然秦郁绝本人觉得这个救人方法非常老套，但是她还是一本正经地分析了一下。显而易见，节目组的这个设置一定是给情侣准备的。所以说，如果一对情侣同时被抓，那么他们就再也没有办法变回自己的阵营。

如果谢厌迟连续抓了三对情侣组合，那么这个游戏就可以宣告结束了，因为秦郁绝最多只能够把谢厌迟拉到自己这边来。不过现在情况应该还好，听广播就只有商子辰和许抒音那一对被抓住，所以她还占优势……

“萧然、郑千意已被发现，自动进入追捕者阵营，请各位玩家多加小心。”还没等她分析完，导演的声音又响了起来。

秦郁绝沉默了，情况不太好……不出意外的话，盛向晴他们俩肯定早就被发现，随时有可能被抓。如果他们找不到自己，很可能会回去把那两个明目张胆放水的人抓住，到时候她就稳输了。

看来，还得想办法让谢厌迟来找自己。可是这密室根本出不去……

秦郁绝这么想着，皱着眉走到刚才将自己传送过来的机关那儿。她贴着墙，全神贯注地寻找着特殊的按钮。然而就在这时，她依靠着的侧面墙壁突然往里一凹。秦郁绝猝不及防地因为惯性往后栽去，下意识地惊喊出声。

原本众人已经逐渐习惯了黑暗的环境，在找到萧然他们后，谢厌迟的队伍就越发壮大了起来。或许是因为场景还是挺可怕的，所以他们也没敢分头行动，一个两个都乖乖地跟在谢厌迟后面，满脸提防地注意着会不会从周围钻出来工作人员吓唬自己。

不知道为什么，广播里突然播起了一首诡异的背景音乐，配合着些瘆人的音效，直接将嘉宾的胆子吓了回去。

“啊啊啊啊——”盛向晴和陈子健在客厅里吓得魂飞魄散，尖叫声透过长长的走廊传了过来。

一行五人对视一眼，然后决定将假装没听见进行到底。

许抒音问了句：“他们俩不会出什么事吧？”

“不会。”谢厌迟抬了下眼，“三楼的布置也没什么危险的。”

就在这时，一道不同于盛向晴他们的尖叫声响起，非常短促的一声后戛然而止。

是秦郁绝的声音。

谢厌迟方才还悠然的神情瞬间一敛，他转头敏锐地捕捉到声音来源的方向，然后迅速地迈开了步子。他全程一言不发，眉头紧皱，眸中的担忧清晰可见。

才反应过来的剩下四人连忙追了上去，一溜小跑地跟在他后面，头上还顶着一串问号，说好的没什么危险的呢？

哈哈哈哈谢二少在线双标。

太惨了，琴键尖叫半分钟谢厌迟熟视无睹，秦郁绝尖叫半秒钟谢厌迟大难临头。

琴键夫妇回看这一段的时候一定眼含泪光。

……

可一直走到走廊尽头，挨个房间找遍，也没发现秦郁绝的身影。

“不对啊。”郑千意皱起眉，“我刚才听声音就是从这边传来的，怎么找不到人？”

谢厌迟能确定自己没有听错。他眉目稍敛，从房间里走出来，用手电扫过通道两侧，最后在一幅画上停留了片刻。

然后，他走了过去。

萧然问他：“有什么发现吗？”

“昨天晚上，这里不是这幅画。”谢厌迟抬了下眼，淡声道，“所以或许是机关。”

昨天晚上？

萧然愣了下，然后说：“确定吗？可能是你记岔……”

话音还没落下，机关咬合声就响起。接着，面前的墙缓缓降下，一个逼仄的小空间展现了出来。

“手电筒给你吧。”谢厌迟将手电往萧然的方向一抛，没半点儿犹豫地走了进去，“这里只能来一个人，我去找她。”

秦郁绝撑起身子，才发现自己的膝盖和手肘全都蹭破了皮。她想尝试着站起来，但走了两步之后才发现脚踝也扭伤了，每一次迈步都能感觉到钻心的疼。

刚才墙上那个机关打开后是一排楼梯，通向下一层的一个密室。但因为秦郁绝没注意到机关的触发，所以一脚踩空直接滑了下来，蹭得全身上下都是小伤口。

她仔细观察了下这个密室，和那个玩具房相比，这里空无一物，没有灯，唯一的光源就是从楼上透进来的光。除此之外，只有墙壁上写满了“留下来”这三个字，看上去触目惊心。

就在这时，楼梯上面传来了机关响动的声音。接着是沉重的脚步声响起，一道黑色的影子打了下来，在台阶上拉得老长。

这种场景下，一股莫名的压迫感压在了心头。回想起导演在盛向晴问“有没有工作人员”时那个意味深长的微笑，秦郁绝猜，八成这就是隐藏的 NPC 了。秦郁绝咬牙，低头调整了下站姿，让自己扭伤的右腿不必承担那么大的压力。

脚步声越来越近。

来人却一言不发。

她深吸一口气，抬起头，刚准备开口，却猝不及防撞上一对熟悉的眼眸。

谢厌迟在她身前站定，薄唇紧抿，眼里看不出半点儿情绪。不知道为什么，秦郁绝反而松了口气，她笑了声：“怎么找到我的？”

“直觉吧。”谢厌迟随口扯了个理由，仔仔细细地扫了眼她身上的伤，眉头微蹙，眸中带着些不悦。

没犹豫的，他转身示意，拍了拍自己的肩膀：“上来。”

秦郁绝愣了下：“不用，没那么娇气，扶着我些就行。”

“我没问你意见。”谢厌迟轻笑了声，挑了下眉，“要我抱你？”

非常强硬的态度。的确是这位小少爷的风格。

秦郁绝不怒反笑，她无奈地伸出手搭在了他的肩上。下一秒，就感觉身上一轻。不用承担身体的重力后，右脚脚踝的刺痛也猛地减弱。

谢厌迟低声一笑，逗她：“好重。”

秦郁绝笑意顿时敛去，她松开手挣扎道：“……放我下来，我就算是爬也不要你背。”

“怎么这么好骗？”谢厌迟笑着收拢了手上的力道，然后转头轻声补充道，“很轻。”

秦郁绝将下巴搁在他的肩窝处，瓮声瓮气地问：“这样是不是算我输了？”

“不想被抓？”谢厌迟问了句。

秦郁绝点了下头：“有游戏精神的人当然还是想要赢啊。”

“也行。”谢厌迟点了下头，淡声道，“等会儿我先出去，给你留一下机关，就说没看见你。”

秦郁绝一愣，哑然失笑：“就这么公然放水啊。”

“也没办法。”谢厌迟唇角一翘，偏过头，一双浅瞳里全是细碎而又温柔的光，“谁让我喜欢你呢。”

这句话让秦郁绝一下子愣住，她垂下眼，缓慢地收起唇角的笑意，然后低头靠在谢厌迟的肩窝，一言不发。

谢厌迟见状，将头转了回去，眼眸中深沉的情绪一闪而过。随即，又轻轻笑了起来，揶揄道：“害羞了？”

“没。”秦郁绝似乎是做了什么决定似的，重新抬起头，说，“谢厌迟，你看我。”

“嗯？”谢厌迟转头，“怎么了？”

下一秒，秦郁绝抬手攀上了他的肩。

第一次主动地，吻上了他的唇。

第三十八章

鱼池夫妇大恶人

一个浅尝而止的吻，却让谢厌迟的眸色一沉。他也没任何反抗的动作，就这么安安静静地看着面前的人。

秦郁绝轻眨了下眼，唇角一弯，然后直起腰准备挪开头。就在这时，她却冷不防地被放下。还没开口说话，后脑便被谢厌迟的大掌握住。下一秒，两人的距离猛地靠近，他的另一只手扣着她的腰，掌心微微发烫。

“你……”一个字还没说完，就猝不及防地被他堵上了唇。带着满是侵略性而又温热的触感，完全不同于刚才的蜻蜓点水，只一瞬间，就让人感到全身上下的血液都变得滚烫。

秦郁绝觉得身体一软，没站稳，往后跌了一步。然后，她感到扣着自己腰的那只手收紧。谢厌迟的动作终于停了下来，他眼眸低垂，长睫如羽，唇角微微弯着，低下头抵住她的额，声音里噙着笑：“这么久了，怎么还学不会接吻？”

秦郁绝一哽，恼羞成怒似的将头偏过：“明明是你中套了。”

“你靠过来的时候我就知道了。”谢厌迟低笑了声，“如果我不想配合，你算计不了我。”

“……”

明明是自己赢了，为什么这个男人看上去能嚣张得这么理所应当啊？

就在这时，密室内的灯又一黑。秦郁绝能感到扣在自己腰间的手瞬间握紧，谢厌迟脸上没什么表情，只是默不作声地把自己往他身边带了带。

镜子上缓缓出现一行字——“必须有人留下来陪着我。”

与此同时，导演的播报声再次响起：“玩家谢厌迟已叛逃原本阵营，请各位追捕者多多注意。”

“他们都在外面吗？”秦郁绝突然想到了什么。

谢厌迟点头：“对，听到这则播报，商子辰应该就会进来抓人了。”

这是个完全封闭，而且一看就知道没有藏身之所的环境。如果商子辰他们进来，无疑是瓮中捉鳖，两人也只能束手就擒。

秦郁绝皱了下眉，抬头扫了眼周围，然后在敞开的机关暗门处停下：“你刚才是从这里进来的？”

“嗯。”谢厌迟点头。

秦郁绝若有所思：“位置不对。我记得我进来的时候，机关门的位置要更靠右边一些。而且我一进来，门就自动关上了。”

而此刻，这道门却是打开着的。所以说，其实有两道门。他们两个人进来的时候，机关的运转是不相同的。

谢厌迟明白了她话里的意思，带着她进了暗门内，但是这道门中却没有任何机关。

秦郁绝皱了下眉：“还有什么地方没发现吗？”

“未必。”谢厌迟转头，看了眼镜子上的字，“或许所有的机关都是和外面那幅画相连的。如果我们想要出去，就必须有人再一次打开外面的机关。”

镜子上的“必须有人留下来”或许不是单纯为了制造恐怖气氛，相反，应该是在给予提示。

如果谢厌迟的猜测没错的话，只要外面的机关被触发，有新人进来时，这个空间的门应该也会同时关上，然后再次进行移动。

如果有人想要出去，就必须以有人进来为代价，这可能就是“留下来”的意思。果不其然，外面的商子辰听到播报后，迅速找到了画框上的按钮按下，准备进来抓人。

机关响动。

与此同时，谢厌迟和秦郁绝眼前的暗门也一点点关上，随着机关转动的声音，同时朝着另一个方向缓慢移动着。

片刻后，机关停止。

然后传来了商子辰疑惑的声音：“怎么没有人？”

秦郁绝屏住呼吸。

一墙之隔的小空间里，原本是只能容纳一个人的环境，在他进来之后变得无比逼仄。两人的身体几乎是严丝合缝地贴紧，稍稍偏下头，她就能感到谢厌迟炽热的呼吸打在自己的脖颈处，浑身上下烫得出奇。

秦郁绝尴尬得不知道手该往哪边摆，她试探地动了动手，却刚好触碰到了他结实的腹腰。

“往哪儿摸呢。”谢厌迟眼中带着浅浅的笑意，他低下头在她耳边用气音问道。

像羽毛拂过一般，让秦郁绝的耳朵一阵酥麻。她咬了下唇，脸红得仿佛能滴出血。但这种场合下却只能强忍着不能发泄，只是用一双好看的眼睛威胁似的盯着他。

秦郁绝的眼睛本就生得灵动，此刻眸光含水，在这种旖旎缱绻的气氛下，不由让人喉头一紧。

谢厌迟薄唇紧抿，偏开视线。

密室内的商子辰找了几圈不见人，又不知道怎么从这里出去，只能捶打着墙壁道：“喂，有人进来吗？”

他敲打的位置正好是两人躲藏的地方，墙壁一阵震动，刚好是秦郁绝背部倚靠着的位置。

砰砰的声音，加上清晰的震感，让她的后脑一阵眩晕。

她轻皱了下眉，没说什么。然而就是这点儿微表情，却被谢厌迟敏锐地捕捉到。他一只手搂住秦郁绝的腰，将她再往自己身前带了带，另一只手插到她脑后，五指穿过她的头发，就着力道让她靠在了自己的肩窝上。

就在这时，站在外面的人似乎也听到了商子辰的声音，机关再一次响动。随之而来的，是秦郁绝和谢厌迟所在的空间也再一次启动。

似乎是在转动？

片刻后机关停止，谢厌迟倚靠着的墙猛地一开。

因为惯性，他整个人猝不及防地往后一倒。但他却硬生生一声不吭，反而收拢了拥着秦郁绝的胳膊，护住她的脑袋。

砰。没有预料之中的疼痛感，因为两人倒在了一张床上。

另一边，传来了萧然疑惑的声音："为什么只有你啊？他们俩不在吗？而且我们怎么出去？"

现在只剩下许抒音和郑千意在走廊里，而且按照判断，她们两个人很可能还会进入那个密室。肯定没有人会猜到，谢厌迟和秦郁绝其实就在她们隔壁的房间内。

秦郁绝分析局势："你已经抓了四个人，而且刚好是两对情侣。所以我们如果想要赢是不可能的，唯一的结果是平局。"他们俩暂且不提，光是客厅那两个明摆着放水的胆小鬼，想要找到可太容易了。

另一边，许抒音开口喊道："里面没有人吗？我们要不要进来啊？"

萧然扯着嗓子回复她："没人，但是下面有个通往二楼的密室，可能是密室里有机关，他们从这里跑了。你们进来吧，我们一起找找看。"

似乎是想到了什么，谢厌迟抬了下眼，压低声音："也不难，你想想，如果他们全部被关进密室了呢？"

秦郁绝似乎明白了什么。

这个密室设置得很巧妙，每一次触发都会产生不同的结果。关键在于萧然他们能不能发现这个密室是有连锁效应的，每一次运转的时候暗门的位置是不同的，并且能够理解镜子上那句“留下来”真正的意思。

如果他们没有发现这些机关，那么等剩下的两个人也进到这个密室的时候，他们就再也逃不出来了。因为再也没有人会去触发走廊里的机关了。

秦郁绝点了点头：“所以我们得保证，在许抒音进去的时候，他们没有发现这个密室的机关，也没有在那个小空间里。”

谢厌迟笑了声：“这很容易。”

此时，走廊外的许抒音已经按下了画框上的按钮。

谢厌迟起身，找到和密室相隔的那面墙，然后抬手慢悠悠地敲了敲。

果然，那边的两个人顿时一个激灵：“过来听，墙这里有声音，可能是节目组的提示！”就这样，屁颠屁颠赶来听谢厌迟敲墙的两个人，完美错过了能够离开的机会。

当最后一个留在外面的郑千意进去之后，这场密室逃脱就已经宣布了平局。谢厌迟搬了把椅子坐在了墙旁边，抬手继续漫不经心地敲着，甚至还数着拍子，让敲击声听上去非常有节奏感。

另一头的四个人非常敏锐：“你听！这个墙敲得很有节奏，一定是线索，我们快记下来他每次敲了多少下。”

他们聚精会神地数了很久，然后骄傲而又激动地报出数字：“2020717！这是什么意思！”

一群人苦思冥想，绞尽脑汁也没想出个所以然。

就在这时，谢厌迟提高音量，懒洋洋地开口道：“我的新游戏发布的日子，谢谢你们提前替我宣传。对了，密室里我看见有乐高，如果闲得没事干，你们可以做半个小时的儿童节目。”

墙那边安静了一下，接着传来了商子辰痛苦的咆哮：“谢厌迟！”

秦郁绝：“……”

真能气人。

我傻了，葫芦娃救爷爷？把自己全送进密室里了？

不管什么游戏，鱼池夫妇都能把自己玩儿成绝对的反派。

我甚至还心疼了一下抓捕者，他们现在弱小得像个孩子。

哈哈哈哈，谢厌迟把逃生者全抓了让人家变成抓捕者，结果自己又被老婆搞叛变了，然后把这群亲手抓的人全都关起来，属实是个大恶人了。

……

坐在导播室内的导演组人都傻了，谁都没想到捉迷藏的环节，捉人的人居然把自己阵营的人全部都关进了密室里，但奈何节目还有半个多小时才能结束。

逗了密室里那群人半天，谢厌迟兴许是觉得没意思。他撑着下巴思索了会儿，似乎想到什么，唇角一弯，看向秦郁绝，意味深长地问："你无聊吗？"

秦郁绝："……你又想干什么？"

谢厌迟俯下身，压低声音："想不想去逗一下客厅里的那两个队友？"

真不是人。

但是，正直的秦郁绝还是欣然同意了这个请求。

五分钟后。

躲在茶几底下一边瑟瑟发抖、一边疑惑着怎么还没有人来抓自己的盛向晴和陈子健，突然听见背后响起一阵脚步声。

他们后背发冷，一转头，就看见了两个黑乎乎的影子朝自己靠近，还配合着令人后背发寒的呜咽声。

“啊啊啊啊啊啊啊——”

两人哽咽着抱头鼠窜。

哈哈哈哈太惨了，琴键太惨了。

我居然喜欢上了两个大恶人？

又抓人又欺负抓人的人最后还来当鬼吓唬人，数数鱼池夫妇在节目开播以来到底做过哪些恶行。

……

终于，熬过了艰难的半小时，节目组的工作人员将人从密室里放出。除了秦郁绝和谢厌迟两人之外，其余的人都跟霜打的茄子一样瘫软在沙发里，浑身上下写着“萎靡”两个字。

盛向晴眼角噙着泪花，哽咽道：“太可恨了，我们明明是队友！”

导演心疼地看了一眼旁边刚从密室里被捞出来的四人组，善意提问：“请问，你们的游戏体验感如何？”

商子辰轻呵一声：“乐高很有趣，谢谢。”

因为最终结果是平局，导演组有了新的想法：“经过我们的讨论，由于是平局，所以改为让各位嘉宾票决出两个人来接受我们的惩罚任务。”

“……”

秦郁绝感到大事不妙。

果不其然，票型出奇地统一——所有嘉宾全票通过让秦郁绝和谢厌迟接受惩罚。

秦郁绝无语。

这就离谱。

第三十九章

大少爷当服务员

导演并没有直接宣布惩罚任务，先是让工作人员搬来了一个玻璃箱，里面装满了折成爱心的小纸片。

“因为别墅里的食材不够充足，所以我们今天下午要去山脚的城区里面买食材。除了买东西以外，每组情侣都要派一个代表来抽取今天的恋爱任务。”

山脚的城区是挺有名的一处娱乐区，里面涵盖了许多游乐场和娱乐措施，人流量也很大。而且既然是恋爱任务，难度自然不会像刚才那么大。

一脸“终于解脱了”的盛向晴举手最先抽，她闭着眼掏了半天，终于掏出一张小爱心，然后在众人期待的目光下打开，念出上面的内容：“和伴侣一起去私人影院，观看指定影片《寂静之谷》。”

《寂静之谷》是萧然的名作，一部非常优秀的电影，但可惜，是部恐怖片。盛向晴沉默了一下，接着愤怒地摔掉了手中的小纸片：“我不信！节目组你们里面肯定装的全部都是这种吓人的任务！”

导演淡定解释道：“说实话，不是我们针对你，真的就几个比较可怕。”其实节目组也很无奈，原本设想的是，在情侣看恐怖电影的时候，女方肯定会害怕而躲在男方的怀里，这个镜头想想就很甜腻，但是没想到居然被这俩胆小鬼抽到了。

其余人想象了下画面，到时候八成是两个人抱头痛哭的悲哀场景吧。

盛向晴严重抗议：“不可能，你们节目组肯定是在故意搞事情！”

说话间，郑千意抽了一张爱心，然后展开：“和爱人一起去婚纱店挑选婚纱并且拍婚纱照，重温温馨时光。”

听上去就很温馨的一个任务，让盛向晴瞬间安静了，但她还是倔强地不相信自己手黑：“一定是千意姐运气太好了。”

许抒音也没给她希望，念出了自己抽到的内容：“和伴侣一起去游乐园体验娱乐项目，并且在摩天轮上赠送对方礼物。”

盛向晴绝望了，跟霜打的茄子一样萎靡不振地缩在了沙发上。陈子健举手抗议：“我觉得作为盛向晴的男朋友，我也应该有机会抽一次！”

在琴键夫妇的软磨硬泡下，导演终于松了口，决定给他们两人一次重新抽奖的机会。

然而——“体验一次双人高空蹦极。”

运气差的琴键夫妇面面相觑，不服地倒出玻璃箱内所有的爱心一一拆开，最终确认了，在五十多个选项中，只有他们俩抽到的最难。然后两人双双咸鱼似的瘫在沙发上：“还是去看电影吧。”至少听上去安全一些。就在秦郁绝准备抽取任务卡的时候，导演伸手拦住了她。

“这次买食材的钱虽然是由节目组支付，但是需要偿还的，偿还的方式就是两位的惩罚任务——你们不能像其他情侣一样去做活动，必须要在我们指定的场所进行打工，用一天的工资来支付你们的食材费用。”

……原来是在这儿等着他们啊。秦郁绝问：“在哪儿打工？”

“在一家中餐厅当服务员。”导演说，“我们会派一部分观察人员装作顾客，来让你们处理各式各样的应急情况。当然，也会随机采访普通客人对你们进行评价。评价不合格，将扣除一部分工资。如果你们今天任务完成得很糟糕，那么所有嘉宾都会没有晚餐吃哦。”

有节目组的观察人员……想都知道肯定会没事找事制造麻烦。

秦郁绝虽然有些头疼，但这个惩罚任务倒也不是不能接受，只不过不知道身边这位从小锦衣玉食的小少爷能不能愿意去当一位服务员。

想到这儿，她有些担忧地转头看了谢厌迟一眼。

谢厌迟理智发言：“我觉得可以不吃晚餐。”

其余嘉宾：“？”当我们不存在？

但玩笑归玩笑，任务还是得完成。在搭车下了山之后，一行人就分道扬镳，直播间也分为四个房间，准备在任务正式开始时再开启直播。

每个房间的观众数和礼物数量，会直接影响到后期剪辑的镜头。导演组挑选的这家中餐厅，场景布置倒是挺别有用心的。而且里面所有的服务员全都穿着民国时期国风的装束，女性穿旗袍，男性穿长袍马褂。

导演在离开去到后台监控室之前，拉过秦郁绝提醒了句：“今天这家店里有个叫作周子然的网红，有投资方关照过了，得捧她。所以到时候你和她多说几句话，多给人家几个镜头。”秦郁绝会意。

原本这种综艺节目就很容易暗中塞人进来捧，所以她倒也见惯不惊。

节目组早就通知过负责人，两人一到就被人带到更衣室去换衣服。

“秦小姐就在员工更衣室换吧，原本想让您去隔壁单间换的，但是周子然正在做造型，所以只能辛苦一下您了。”

负责人一脸为难：“很抱歉，子然小姐现在也不归我们店里管，所以只能让您通融一下。”

“没事。”只是换件衣服，秦郁绝并不在乎位置。但听上去，这位周子然好像排场还挺大。秦郁绝也没多想，转身进了更衣室。

她很适合穿旗袍，而且这套衣服应该是节目组提前定制的，袖口很短，整体以红色打底，上面绣着百鸟朝凤的花纹，却不显得繁缀。侧摆开衩至大腿根，腰身很窄，能将她骨子里带着的那点儿妖感发挥得淋漓尽致，完美地勾勒出了身材曲线。秦郁绝看了会儿镜子，然后伸手拆掉了自己绑起来的马尾。带着些波浪的头发披散在脑后，她将其中一缕别在耳后，随手抓了抓头发，让发型看上去更加自然蓬松。

整理好造型，秦郁绝犹豫了一下，在想要不要换一下口红颜色。今天她选的是比较温柔的豆沙色，削弱了五官的攻击力，如果换颜色较深的口红，可能会更合适旗袍。但考虑到节目组要捧周子然，所以秦郁绝也不想风头太过。就在这时，隔壁传来讨论声——

“子然姐姐，我听说这次来的是秦郁绝和谢厌迟，他们最近在网上很受欢迎啊，会不会抢你风头？”

“没太关心，谁来都一样。而且借着男朋友炒作的人而已——”一墙之隔的地方传来道慢悠悠的女声，“没什么真材实料。”

说到最后一句话时，对方还特地拔高了音量，仿佛是刻意要让人听见。秦郁绝抬了下眼，没什么多余的表情，只是从包里翻出只色号更深的口红叠涂补上，接着转身推门出去。

等在一旁的负责人见状抽了口气，满眼都是惊艳，接着在心里感叹明星和素人果然是没办法比的。

店里最受欢迎的女服务员是周子然，因一段短视频被称为“最美服务员”而在网上爆火。但搁在秦郁绝面前，却还是对比悬殊。

而就在这时，另一侧男更衣室的门被推开。

谢厌迟拧着眉，满脸不耐地调整着自己衣领的扣子。后面的陈助理一翘一翘地跟了上来，急吼吼地喊道：“谢先生，再喷个发胶。”

秦郁绝转头，看了眼身旁的人，稍愣了下。

与百鸟朝凤相对应的，谢厌迟的褂上刺着龙纹。他还戴了个金丝边框的眼镜，防滑链扣在镜腿上，明明是一身正气的打扮，但骨子里却带着些放浪形骸与不羁，很容易让人联想到“斯文败类”这个词。有句话没说错，谢厌迟这张脸，就算是放进娱乐圈，也是稳妥地能够红成一线的水平。

其实女性穿旗袍挺容易加分，因为原本旗袍的版型就修身，很容易让人眼前一亮。而长袍因为版型的限制，很难穿出气质。谢厌迟却将这身衣服穿得恰到好处，颇有几分民国时期贵公子的感觉。谢厌迟转头，上下打量了眼秦郁绝，眉头拧得更紧，许久后开口问：“穿条裤子？”

“……”秦郁绝懒得理他。见他们都换好衣服，工作人员和后台打了个招呼，开启了隐藏的直播摄像头。

就在这时，有位穿着青白旗袍的女人款款地从旁边走了出来。看得出她有刻意注意自己的仪态，走一步晃两下，端着甜美的笑容在两人身前停下，声音能掐出水：“我是今天的领事，叫周子然。”

说着，她直接越过离自己最近的秦郁绝，侧身朝谢厌迟递出了手：“谢先生，久仰大名，非常感谢您能来帮忙。”秦郁绝掀起眼睫看了眼这位传说中的周子然，然后发现，居然还是位熟人。

周子然原名周箐，是秦郁绝同院系的校友，毕业那年还和自己争过毕业微电影女主角的位置。只不过现在做了微调、换了名字，难怪她一开始没认出来。“最美服务员”可能只是她所在的经纪公司变相捧人的方法，因为现在素人爆火推成网红，比造星的成本要低得多。

所以，原来隔壁那番话，还真是刻意说给自己听的。

谢厌迟用余光一扫，在周子然脸上停顿一会儿，然后将视线收回：“和她握手吧。”他动都没动一下，从骨头里透着恹气，“因为我不是自愿来帮忙的，是被迫的。你感谢我，我多折寿啊！”

周子然的笑僵硬了一秒，然后不留痕迹地放下手：“哈哈哈，谢先生真会开玩笑。”说完转身道，“来吧，我带你们去前厅。”

哇！居然在周子然小姐姐这里拍摄！

这颜值……秦郁绝真的太好看了，果然明星和网红是有差距的。

我对这个小姐姐感官不好，明明离秦郁绝更近却先去握谢厌迟的手，而且全程就没和秦郁绝搭话过，就像别人不存在一样，太不礼貌。

不要过度解读好吗？看见个小姐姐就开始说别人不礼貌？难道就你们家秦郁绝礼貌，她也没打招呼吧？

……

一时间，弹幕里的气氛有些紧张。

秦郁绝粉丝太可怕了吧，见到人就过分解读，生怕别人不知道她靠的是谢厌迟？

人家周子然虽然是网红，但也是靠自己努力工作火的，谢谢。

逢人就艳压，脸再好看也经不起你们这么败好感。

……

就在弹幕这拨火要烧到秦郁绝身上，给她和粉丝扣上高帽子的时候，突然出现了个小转折——

“周小姐。”秦郁绝突然柔声喊了句。

周子然一愣，转过头。秦郁绝走上前，笑意潋滟，眸光温柔而又谦和。她递出手，语气轻轻地说道：“我男朋友和你开玩笑的，不好意思，我来替他和你补个握手吧？”

周子然顿时卡住，看着秦郁绝那张看不出半点儿敌意的脸，只觉得心情复杂。在通知来人是秦郁绝之后，周子然所在的经纪公司就已经制订了一系列营销方案。

综艺节目，争议永远比和平有看点。所以主动和谢厌迟握手，忽视秦郁绝，都是经纪人的预先设置。为的就是让弹幕产生矛盾，接着让水军下场带动风向，通过吸血秦郁绝的方式来让大众记住周子然。但没想到，秦郁绝处理事情的能力和反应速度比预想中的要强许多倍。

周子然咬了下牙根，端起笑意回握：“没事。”

弹幕的风向一下子变了——

我宝贝郁郁到底是什么天使啊呜呜呜呜。

刚才弹幕什么情况啊？我是路人也不能夸一句秦郁绝好看吗？又没

说周子然丑，两个人上节目还不能客观发表看法了吗？

这是直播，不是剪辑。周子然没和秦郁绝打招呼是真的，在谢厌迟拒绝之后也没和人家握手也是真的，反而是秦郁绝主动照顾人家情绪。

友情提示，周子然早就签约了百娱经纪公司，不会还有人看不出来服务员身份只是为了捧火她吧？不会吧不会吧？

……

虽然周子然没看弹幕，但也能猜到因为秦郁绝那一套动作，估计原本准备好的计划很难再继续下去了。

不过这也无关紧要。等会儿开始工作的时候，节目组会特地安排顾客刁难秦郁绝和谢厌迟。对于没有服务行业经验的他们来说，很容易就会产生尴尬。到时候只要自己把握机会去劝阻顾客，就很容易产生正面形象。然而在综艺录制里，往往意外来得更快——

鱼池夫妇刚在人前亮了相，餐厅内一下子炸成一团，接着就有不少小姑娘一股脑儿地围了上来。

“啊啊啊啊我嗑的 CP 从屏幕里面跳出来给我发糖了！”

“真人比直播上面更好看！”

“可以合照吗？你们是在打工吗？这期我还没看啊！”

周子然努力插进来解释了一下：“不好意思，请不要围观，他们今天是为大家服务的普通服务员而已。”

“为我们服务？”其中一个小姑娘眼睛一亮，然后带头喊起来，“那亲一下！亲一下！”

第四十章

父亲的吃瓜现场

有一个鱼仔（鱼池 CP 粉的昵称）开了头，就有千千万万个鱼仔跳起来鼓掌。顿时，刚才还好好的就餐范围一下子变成了嗑 CP 现场。一群人跟看演唱会似的起着哄让秦郁绝和谢厌迟亲一下。

在众人期许的目光下，谢厌迟靠着桌子，捏着眉骨沉思了一下，然后唇角一翘，说道："也行。"起哄声和欢呼声更大。

秦郁绝觉得头疼。也行？怎么就行了？谁让你就自顾自说行了？

她一转头，见谢厌迟正偏着头看向自己，一双桃花眼里带着些轻佻的笑意，吊儿郎当地问："来？"

"来个鬼。"秦郁绝毫不客气地拒绝，她冷笑一声，"如果一定要这样，我们还是暂时分手两个小时吧。"

"可惜。"谢厌迟倒也不为难她，只是耸了下肩，眸中噙着笑，无奈道，"看到了吗？我被甩了。"

然而鱼仔们整齐划一："啊啊啊啊好甜！！"

……怎么就甜了？但话虽如此，工作还是要做。

在简单地安抚了下客人之后，周子然终于挤了进来："小郁，你负责这一片区域，如果有解决不了的问题，可以随时来找我。"

服务员的工作并不容易——保持仪态和笑脸，敏锐的观察力，还要周转于厨房与客人之间，照顾顾客的情绪……但好在秦郁绝在大学的时候有做过类似的兼职，加上表情管理和沟通能力都比较强，所以处理起来游刃有余。而在经过谢厌迟负责的区域时——

“哈哈哈哈是真的吗？我家郁郁高中的时候那么厉害啊？”

“对啊，而且还特别事。你见哪家学生会副会长还要管别人不良少年广播体操动作没卡上节拍啊？”

“哇！郁郁还有什么其他的故事吗？”

“还挺多的，但你点的菜只够我讲刚才那些了。”谢厌迟那带着些痞气的声音笑了声，慢悠悠地说，“得续费啊。”

“啊啊那和我讲，我们这桌点得多。”被忽悠的鱼仔立刻激情发言。

然后一群人就开始竞拍：“凭什么和你讲？我们多加一个汤！”

“我们多加一个干锅！”

秦郁绝抱着胳膊站在五米开外，冷漠地看着那位靠着柜子、身边围着一群小姑娘和老爷们儿的狗男人。

谢厌迟说话时微微俯身，眼尾眉梢带着些招人的笑意，特别是穿上这一身衣服，活脱脱个男狐狸精。而且，这男狐狸精居然还在拿自己编故事来欺骗粉丝消费，不愧是游戏商人。

“对了，高中时候她罚你写了三千五百字检讨，然后你们就没发生其他的事情了吗？”

“发生了啊。”谢厌迟编故事连眼都不眨一下，“还得从十年前那个雨夜说起，你看秦郁绝她事这么多，肯定挺招人记恨对不对？”

“啊？难道她被人欺负了？”

谢厌迟慢条斯理道：“是啊，但是我这人从来都是以德报怨。当时就觉得不能视若无睹，觉着人家是个小姑娘，就算特别招人烦也还是得帮着些的。”

鱼仔惊叹：“哇！英雄救美。”

“还好吧，她当时还感动哭了来着，非要报答我。但是我觉得举手之劳……”

“谁感动哭了？”终于，忍无可忍的秦郁绝冷声打断。

被现场抓了包，谢厌迟反而一点儿都没心虚，他轻轻笑了声，拖腔带调道：“不能偷懒啊，我的前女友。”

……敢情还记着那分手两小时的仇呢。秦郁绝被气笑：“到底是谁在偷懒？不去端盘子，还拿我编故事来欺骗小姑娘们消费？”

鱼仔们一早就听出谢厌迟的话多半是在犯浑，但并不妨碍他们和自己喜欢的人近距离接触，而且故事半真半假，万一有些是真的糖呢！

“这怎么能是偷懒呢？”谢厌迟掀起眼帘，换了个姿势靠着，语气倒是挺坦然，“我这不是在促进消费？而且服务员是服务客人的，客人想听故事，总得满足一下需求吧？”

秦郁绝发现自己还真说不过谢厌迟这张破嘴。她顿了一下，然后咬着牙问：“你还有多少故事？”

谢厌迟摸着下巴思索了会儿：“我想想看，现在才讲到你高中的时候，还得有个七八十集吧？”而就在说话间，一位客人走了进来。他扫视了一下周围，接着在秦郁绝身旁的一个位置坐下。

见有人来，秦郁绝立刻停下了和谢厌迟的唇枪舌剑，转过身端出一副笑脸，语气柔和：“您好，请问有什么需要吗？这里是菜单，我们有柠檬水和橙汁免费提供，您想要什么？”

来人是一位五六十岁的老先生，身体看着很硬朗，眉宇间带着些独特的气质，手腕上的表价格不菲，一看就知道家世非凡。

这位一看就很有钱的客人抬起头上下打量了眼秦郁绝，抿了下唇没说话。片刻后，他抬手朝着谢厌迟的方向一指，然后说：“让他来。”

秦郁绝愣了下，没把握住客人的态度。她看了眼谢厌迟那副没正形的样子，觉得有些头疼，于是俯下身准备再劝劝。

“我来吧。”就在这时，一旁的谢厌迟直起身朝着这桌走来。

老先生看着他，没说一个字。

谢厌迟也回望。

空气就这样凝滞了许久。直到片刻后，被谢厌迟一声轻笑打破。他俯身随意地问：“白开水、柠檬水，还有橙汁，您要什么？”

“白开水。”老先生总算回了话。

“成。”谢厌迟直起身，走到一旁倒了杯白开水，然后返回来放在了老先生面前，“给您。”

老先生没接：“我改主意了，把水换了吧，我想喝柠檬水。”

谢厌迟抬了下眼，似乎是低笑了声，却没多说什么，只是撤掉了那杯白开水，重新换了杯柠檬水。

“橙汁吧，柠檬太酸了，不适合我这样年纪大的。”老先生第二次更改了请求。周围的人看得胆战心惊。虽然这次节目录制的确会请一些工作人员扮演难缠的客人，但从没有人想过会去针对谢厌迟，就连导演也再三提醒，考核的对象最好是秦郁绝。

但明显，这位不是演员，是实打实的难缠客人。

就在大家以为谢厌迟要生气的时候，没想到他只是慢悠悠地点了下头，耐着性子换了第三次。

然而，当橙汁放在那老先生面前时，不出所料地，他再次做了改变：“还是白开水吧，我不太想喝饮料。”

谢厌迟直起身，斜睨了他一眼，唇角一翘，似乎准备说什么。然而一个字还没开口，一道影子就突然挡在了自己身前。

“我来吧。”秦郁绝端起桌上那杯橙汁，拍了拍谢厌迟的肩膀，示意他靠后。接着，她拿了副托盘，分别倒了三杯水一并端了过去：“先生，您可以考虑一下再做决定。如果您想喝茶的话，我们餐厅里只有龙井茶，不过很抱歉茶水不能免费。”

老先生抬起头仔仔细细地打量了下面前的秦郁绝，然后唇角一动，抬起食指点了下谢厌迟：“让他来。”

“抱歉，虽然我应该满足客人的请求，但我看得出来，我们这位服务员应该是有哪些地方让您格外不满意。所以自作主张，还是由我来为您服务。”

秦郁绝笑容拿捏得恰到好处，表情温柔不带一点儿锋利：“客人是来用餐的，我希望能提供给您良好的服务体验，以免破坏您的心情。”

老先生看着她，沉默了许久，然后点了点头：“你说得很有道理。”

秦郁绝：“那……”

“但我还是要他来。”老先生说到这儿，转头望向谢厌迟，轻哼一声，“因为我是他爸。”

怎么还骂人？秦郁绝觉得这样不太妥：“先生，虽然不知道您为什么对他不满，但是这样不太合适。”

“没事。”谢厌迟抬手握住秦郁绝的肩，将她往自己身旁一拉，淡淡道，“因为他真的是我爸。”

不止秦郁绝一个人傻眼了，周围一排紧张观战的工作人员以及一线吃瓜的粉丝全都傻眼了。

“惊喜吗？”谢厌迟逗她，“提前见家长。”

这是惊吓。然而谢父却没理他，反而转过身看着秦郁绝，然后认真地问道：“你怎么就选了他？”

秦郁绝：“……”

问得好。

节目组连谢老先生都请出来了？

我感觉不是请的，谢老先生一直都不怎么在公众面前露面啊。

有一说一，谢爸爸不会是看直播，然后知道儿子要去打工之后立刻跑过去吃饭吧？

有可能，那我们刷的屏说的虎狼之词岂不是全被老先生看见了？

……

等到秦郁绝离开之后，这对父子进行了长时间的亲密小互动，也可以理解为谢父对谢厌迟单方面的折磨。

“您老是不是吃过午饭了？”谢厌迟看着滴米未进的谢父，觉察出不对。谢父点头：“吃过，但是不妨碍我来看看你的成长。”说完他还叹了口气，语气凄凉，“这么多年，你就没有给我端过一次饭碗。”

“那是因为家里有陈妈。”谢厌迟毫不留情地拆穿，“端碗的人都排着队，哪儿轮得到我。”

谢父被呛住，正当他准备开口说些什么的时候，一旁突然传来一声无比刺耳的瓷器摔碎声。紧接着，是男人的怒吼：“把你们经理喊过来！”

声音来源是秦郁绝的方向。此刻她面前一个男人怒目圆睁，袖子挽得老高，粗壮的胳膊拍在桌面上，连碗筷都在震动：“你们这家破店是要倒闭了吗？都不上菜了？”

这并不是节目组的观测人员，看打扮和发言，应该是生活在这附近的一位老客人。秦郁绝耐着性子，脸上的表情没一点儿异样，语气妥帖：“不好意思，我们……”

“我不要你来和我沟通。”男人将胳膊一甩，语气里都是戾气，“看见你们这些破明星就烦。我马上要去公司，结果等了快一个小时菜影都见不到，平常这个时候吃都吃完了。怎么着，为了配合你们这些明星录个节目，就得耽误我们的时间啊？当人人都爱看你们那些破烂玩意儿一样。”

这话说得很直。的确，因为节目的影响，今天的客人爆满不说，加上节目组的干涉，后厨的运转速度也的确没有之前快，所以上菜速度也慢了一点儿。这桌客人的菜已经催过几次，但后厨还是拿不出来。

周子然闻言，知道自己的机会到了。她立刻赶了过来，清了清嗓子，弯腰露出一副公式化的笑容，语气柔得能滴出水：“您好，我们知道先生您的情绪，也能理解您的怒火。今天的确因为一些突发事件，整体上菜速度都有所减慢，影响到您的用餐体验非常抱歉，希望能够理解，我们会抓紧催促——”

“又来这句？”那男人听到这段话就火大，“不知道多少个服务员和我说抱歉了，我都等了半个小时了，你还和我说理解？怎么着，一个个都拿话来糊弄我对吧？”

“不好意思，我们会努力帮您催促。如果您实在赶时间，也可以退掉订单。”周子然愣了下，但还是迅速做出反应。

“退单？”男人被气笑，“不早一点儿和我说退单，非要我等了这么久不耐烦了才说退？我是在乎那一顿饭钱吗，我在乎的是你们浪费我的时间！”

周子然卡了下壳，她也不是服务员相关的服务专业，在这里打工也只是因为经纪公司想通过“最美服务员”这个名号进行炒作。她每次上班其实都是摆拍，工作不了两个小时，拍够素材就会回去。而且鲜少有这种情况，多数时候都是和演员配合。所以碰到这种客人，她一时间也没有反应过来。就在这时，刚才离开了一会儿的秦郁绝去而复返：“很抱歉先生，这次餐厅上菜速度缓慢的确和我们节目录制有关系。所以我这次道歉，是从参加节目的嘉宾角度。”

秦郁绝将几份从便利店里买回来的快餐和一杯酸奶放在了那位客人面前：“因为考虑到您要上班赶时间的原因，所以自作主张替您买了几份快餐打包，希望至少能让您中午吃一顿饱饭，有体力去完成工作。”

男人看着眼前几份经过挑选、种类挺丰富的快餐，一时卡了壳。

“道歉是我必须要说的，但您不一定需要谅解，只是歉意我一定要对您表达。”秦郁绝的语调依旧柔和，“如果您想要继续等，我会让后厨给出一个具体的等待时间，并尽量帮您催促。如果您需要赶时间去上班，我可以为您退单。”

“行了，退了吧。”事情发展到这份儿上，男人虽然还有气，但也没话说了，“我时间不够，来不及再等了，中午随便糊弄两口得了。”

等男人走后，全店的人才松了口气。周子然有些尴尬，只是干巴巴地挤出一句：“你反应很快。”然后便无话可说。

从刚才事发开始，谢父就一直看着谢厌迟，见他没过去帮忙有些好奇：“我以为你会忍不住去给你这女朋友出头。”

“不用。”谢厌迟收回一直望向秦郁绝的视线，笑了声，“看到了吗？她是个挺厉害的人，我越是在节目里护着她，越会遮住她的闪光点。”

不需要以任何人为依靠，秦郁绝也能过得好好的。

就在这时，又一声巨响传来。紧接着，是秦郁绝冷静而又克制的声音：“先生，您最好不要这样。”

青年的声音带着几分躁意：“你是不是有病啊？都说没有了，还在这儿放什么屁。”谢厌迟皱起眉，觉察出不对。他走过去伸手搭上了秦郁绝的肩膀，递过去一个询问的眼神。

秦郁绝摇了摇头，示意了一下摄像头。

谢厌迟会意。一分钟后，直播间陡然关闭。

我的天，发生了什么？

啊啊啊为什么突然关直播？

有现场的姐妹吗？感觉出了大事。

……

“他在拍我。”秦郁绝示意了一下自己开衩到大腿的侧摆，“刚才在我清理地上碎片的时候。”

第四十一章

纯粹是我的自私

餐厅后台，青年的手机摆放在桌面上，屏幕还亮着。相册里全都是旗袍下裸露着的大腿，甚至还有些更加隐私的照片。按相册内照片的时间来看，从两个月前开始，这个男生就是这家餐厅的常客。似乎是因为这家中餐厅旗袍的侧摆高，几乎每一次来他都“收获”不少。

因为来得次数多，熟悉了地理位置，这个男生选的角度都很固定——监控盲区，而且会一边与自己同伴交谈，一边故作随意地进行拍摄，自然到很难让人觉察。如果不是秦郁绝天生对镜头敏锐，她也很难发现。因为她反应很快，所以手机里她的照片内容并不算太露骨。

“成年了吗？”谢厌迟靠在椅子上，一只手搭着扶手，指骨有节奏地敲着桌子。他声音里收敛了那副痞气，一副谈判的模样让周围的人心头一紧。

男生死死抿着唇，没吭声。反倒是他闻讯赶来的家长连忙开口道：“没成年，才刚十六岁呢。孩子不懂事，我给两位赔礼道歉。”

“我查过了。”谢厌迟接过陈助理递来的资料丢在桌面上，点了点上面的图片，冷笑一声，“陈助理，和他们解释一下这些照片被拿去干什么了。”

男生的家长愣住：“干什么了？”

陈助理开口：“您儿子在成人匿名论坛上打包出售这些照片并且进行拍卖。他将这些服务员的脸公开出来，每隔几天就会让论坛上的用户出价，然后拍摄价格最高的那位的隐私照片。”

以往店里最火的是周子然，所以她的提名率最高，这些照片里大半都是属于她的。然而在得知秦郁绝会到这里拍摄之后，男生很快就在论坛上上传了一个帖子，配图是她穿旗袍的样子——“铤而走险拍摄，拍一位当下很火的女星，顶级身材，底价一万起拍，照片仅私发给出价最高的人。”

这个帖子很快就刷了几十页，最终被一位匿名用户以四十七万元的价格提前预定。但秦郁绝其实一直在留心周围的客人，在注意到男生明明吃完了饭却还在餐厅待了将近一个小时之后，便多存了个心眼儿。

“您这声道歉还真没什么用。”谢厌迟将眼稍眯，眸中寒意更深，“这得上法庭啊。”

家长也明白了这件事的严重，侵犯隐私不说，还涉及营利，十六岁也是该承担法律的年纪，算下来如果真的闹上法庭，判刑是必不可少的。

“你说这孩子他思想还不成熟，我们以后肯定好好教训他。”家长边赔着笑边看向秦郁绝和周子然，“我们可以赔偿，只要能私了，赔多少都行。你看，毕竟还是个未成年的孩子，如果闹出去他这辈子就毁了，我们一定让他道歉并且监督，所以……能不能原谅他？”

看得出来，这位男生的家庭背景应该挺优渥，在网站上进行照片拍卖，多半是出自他扭曲的恶趣味。这类网站多数都需要翻墙，而且捂得很严实，多半是在一个固定的圈子里传播，所以一直都是监管的盲区。

家长也聪明，他看得明白，谢厌迟看上去不好解决，但毕竟这件事的直接受害者是秦郁绝与周子然。虽然也有其他女服务员的照片，但数量毕竟少，而且对方也没什么背景，相对好解决。

说到这儿，对方还不忘道德绑架了句：“二位都是知名人物，如果被网友知道了，我家孩子就真的完了。希望念在他年纪还小的分儿上，我们私下解决吧？”谢厌迟转头看着身旁的秦郁绝。

秦郁绝没说话，从刚才看到那些内容开始，她就抱着胳膊靠着桌子，眼神无波无澜，态度冷淡到了冰点。似乎是感觉到谢厌迟的目光，她偏头与他视线对上。

“看你。”谢厌迟说，“你要起诉，我的律师团队可以给你。”

然而还没等秦郁绝表态，周子然先发了话：“虽然我的确很生气，但毕竟他还是未成年人，我可以给他一个机会。但他必须向所有伤害过的人道歉，并且我的团队也会监督他以后的行为，可以做到吗？”

“可以可以。”家长连连点头，顺便推了一下那个男生，“快点儿道歉！”男生一脸不情不愿地鞠了个躬，态度很敷衍。

其实周子然看见这些照片时也很惊愕，但在和团队联系之后，很快就发现这是一个特别适合用来炒作自己的机会——又能卖惨，又能塑造自己的博爱之心。既保护了未成年人，给了他一个机会，又能严格监督他未来的行为。教科书式的处理方法，是很容易吸粉的。

见解决了一个，家长也松了口气，看向秦郁绝：“那您……”

“抱歉。”秦郁绝掀起眼睫，淡淡道，“必须起诉。”

除了谢厌迟看上去反应挺平静，甚至还翘了下唇角以外，其余的人，无论是那位家长还是周围的工作人员以及一旁的周子然，都有些惊愕。

明星起诉未成年，其实是很容易引起争议的，而且这样对自身形象的收益远没有说漂亮话且进行谅解来得大。周子然在片刻惊愕之后，随即平静了下来，在心里暗笑秦郁绝傻。这样一来，两人反而形成了对比，到时候公司一宣传，明显是自己能获得更多的路人缘。

“秦小姐，您再考虑一下，这件事情——”

“我考虑过了。”秦郁绝打断他，她转头看着那位男生的眼睛，然后一字一句，“我确定起诉你。”

工作人员将其他人带走，特地给秦郁绝留下单独的空间，让她同经纪公司商讨这件事该如何处理。贺怀情早就听到了风声，在了解了秦郁绝的想法之后，倒没有很惊讶："猜到你会选择起诉，而且你知道吗，谢厌迟那边的律师团队半个小时前就联系我了。"

说到这儿，她停顿了下，然后补充了句："收回之前的话，他这人还算不错。"

秦郁绝笑了声，揉了揉眉骨："你之前可不是这么说的，你说花言巧语的男人不可靠。"

"是吗？"贺怀情非常坦然地装傻，"我不记得了。"

秦郁绝眉目稍敛，沉默了好一会儿才开口问道："我以为你会劝我原谅。"

"我会劝你很多事，但不会劝你去原谅别人。"贺怀情说，"如果一定要你摆出一副'圣母'的姿态才能让人产生好感，那是不是太瞧不起我这个经纪人的能力了？"同性格相合的人共事是件很幸运的事情。

在简单地聊过几句后，贺怀情突然提了句："过了今晚，第一期节目就要结束了。一周后还有第二次录制，但比起这次的三天三夜，第二期录制时长只有一天。趁着这段休息时间，你还是好好考虑一下。"

"考虑什么？"

"考虑合约解除之后，什么样形式的分手才比较体面。"贺怀情补充道，"这是迟早的事。"

刚才那一连串的意外都没让秦郁绝慌了阵脚，然而这不经意间的一句话，却让她莫名地心乱如麻。她挂断电话，将头向后靠在椅背上，闭上眼，眉头微皱。的确很为难。合约上的最低时间限制是在节目录制结束一个月之后，因为在这一个月的时间里还要配合节目以及广告方做宣传。只是到合约解除的那天，该以什么样的方式收场……

"水、柠檬茶，还是橙汁？"就在这时，一道懒洋洋的男声传来。

谢厌迟姿态悠闲地看着她，眸中噙着笑。

秦郁绝睁开眼，循声望去，唇角一勾："可乐。"

“还挺会选。”谢厌迟低笑一声，侧身出了门，片刻后去而复返，手里拿着瓶罐装可乐轻碰了下她的额头，“也就你敢这么使唤我了。”

秦郁绝还嘴：“你爸不是也能？”

“性质不一样啊。”被这么撑了一句，谢厌迟也不卡壳，反而笑眯眯地弯下腰看着她的眼睛，“我那是被逼无奈。”

不知道为什么，明明是插科打诨似的一句话，但秦郁绝却在那双招人的眼睛里读不出半点儿轻佻。

她敛目，避开了谢厌迟的目光，垂下眼帘，如羽般的长睫轻轻颤动着。

谢厌迟见状，只是笑着直起身在她面前坐下：“心情不好？”

“我以为你会关心我为什么一定要起诉那个孩子。”秦郁绝调侃了句。

谢厌迟平静地说：“我关心的不是他。”

这几个字，让秦郁绝的心尖像是被羽毛拂过一般。

酥痒，却又若即若离。

“我高中毕业的那段时间，当过一个暑假的服务生。”秦郁绝突然开口，“遇见过各式各样的客人之后，什么样的事情都会觉得很正常了。”

十八岁那年，秦郁绝站在人群中，依然是一眼出挑的漂亮。但在那个环境里，漂亮对于她来说不是件好事——有故意找碴儿挑刺的；有开黄腔用油腻的姿态开着不着调的玩笑的；也有领班的示好以及工作中有意无意的揩油……和这些人比起来，那些急躁催着菜品，动不动破口大骂的客人都显得如此正常而又良善。

然而在某一天，有位看上去三四十岁、留着络腮胡子的男人，借着点菜的缘由伸手摸了一把秦郁绝的大腿。

那时候她也刚满十八岁，虽然很努力地适应了从云端坠入泥土的生活，但骨子里还是高傲的。于是秦郁绝干脆利落地拿起一旁的茶水杯泼了男人一脸，在人还没反应过来之前，甩手接上了一个响亮的巴掌。

“然后我就被辞退了。”她语调平和，宛若在叙述与自己无关的经历，“负责人按着我让我道歉，我不愿意。查了监控证明的确是他有错在先，但也没什么用。他给了些钱，监控录像当着我的面被删掉。”

十八岁那年，她的尊严被碾得干干净净。

谢厌迟没说话，只是安静地看着她。

“他们请求我的原谅，并不是因为知道自己错了，而是因为知道我能对他们产生威胁而已。”秦郁绝语气很轻，她抬了下眼，声音沉静，“就算是真心诚意认错，我也不想原谅他们。”

没有任何一个姑娘应该被当作商品发布在网站上拍卖自己的自尊。

那些被拍了照片的服务员大多都是普通人，如果秦郁绝松口，一定有人会被迫接受“道歉”，她们甚至没有任何为自己发声的出路。

兴许是觉得这个话题太过沉重，秦郁绝笑了声，准备开个玩笑揭过去：“我记得你来到这儿和我说的第一句话，是让我穿条裤子？这算不算是一语成谶。”

“解释一下。”谢厌迟抬起眼睫看着她的眼睛，然后俯身与她视线平视，一字一句，无比认真地说，“我那句话的意思是，你穿这身衣服很好看。”

秦郁绝一怔，似乎没反应过来为什么这人突然夸自己。

然而谢厌迟将眼一眯，眼底笑意不减，却不显半分轻佻：“你那么穿出去，我会吃醋。”

“所以那句话——”他说，“纯粹是我的自私。”

第四十二章

第一次的婚纱照

秦郁绝听过很多赞美，而且长相在娱乐圈里是最不值一提的东西，“好看”这两个字在她心中已经掀不起半点儿波澜。

但唯独当谢厌迟说出这两个字的时候，秦郁绝能清晰地感觉到心尖莫名地一热，说不上来的情绪涌上来。然后，是一连串的悸动。

似乎要掩饰自己心里的这些异样，秦郁绝挪开视线，故作轻松地笑了声，用调侃的语气开口道：“谢先生，你再这么说话，我会真的以为你喜欢我。”

“你可以这么以为。”谢厌迟这次没笑，他望着秦郁绝的脸，反问，“我否认过吗？”

秦郁绝一愣，她等了很久，没等到谢厌迟的那句“开玩笑的”。那双素来带着些漫不经心的眼瞳，此刻泛着细碎而又温柔的光，他就这么认真地看着自己，一言不发。

那股情愫逐渐蔓延开来，充斥在血液里，让周围的空气仿佛都变得燥热。在许久的安静后，秦郁绝笑了声：“逗了我这么多次，觉得我还会上你的当吗？”

谢厌迟没立刻回答，只是在片刻的沉默后低笑一声，站起身轻弹了下秦郁绝的额头，说：“行了，我们走吧。”秦郁绝转头看着谢厌迟离开的背影，许久后轻垂下眼帘，没立刻跟上。她能觉察到，不知道从哪一刻开始，自己对谢厌迟的感情已经朝着本不该发展的地方奔去。

这并不是件好事。

但……她似乎是自嘲般地笑了声，然后抬手揉了揉自己的额头。

但怎么可能没有心动过呢？秦郁绝猜不准谢厌迟的态度，但隐隐约约能感觉到，他在刻意保留着些什么东西。这些事像是一面墙，即使两人之间的动作再亲密，也仿佛还是有不可触碰到彼此的距离。

她知道，他们最终还是会分开，无论是因为合约，还是别的什么。及时止损，秦郁绝是这样告诉自己的。

“秦小姐，还不走吗？”路过的工作人员问了句。

秦郁绝起身：“来了。”

然而没走几步，就突然被道熟悉的声音喊住：“秦小姐，留步。”

是谢厌迟的父亲。原本以为他先行离开了，却没想到他还在旁边的房间没走。而且看这副样子，是特地避开谢厌迟，专程来找自己的。

“方便进房间聊一下吗？”谢父一脸公事公办的表情。

……完了。这难道就是传说中的“给你一百万元离开我儿子”吗？

秦郁绝硬着头皮点了下头，跟着谢父进了房间坐下，整理了下措辞，然后开口道：“谢老先生，我想向您解释一下，我和谢厌迟是……”

“我知道。”谢父喝了口茶，神色平静，“我的儿子我当然了解，他那种性格还追得到你这样的小姑娘？”

“？”这是亲生父亲的发言吗？

秦郁绝觉得，这和自己想象中的“一百万元走人”不太一样。

虽然不知道这位老父亲是怎么想的，但秦郁绝觉得还是有必要解释一下：“您放心，我不会给谢先生添麻烦的，等合约解除之后也会用最保全他名声的方式进行分手……”

“一百万元。”而就在这时，谢父突然开口打断。

秦郁绝一愣，终于来了吗，一百万元环节。但她想了想，觉得自己态度还挺配合的，怎么突然就要打钱了？

谢父接下来的话却是让人始料未及：“给你一百万元，多在他身边留两个月，他那边我会让他配合。”

这下秦郁绝是真的没反应过来，她脑海里的第一个想法是这么大方的父亲到底是怎么教出那么黑心的儿子的？

谢父见秦郁绝许久没说话，开口问道：“秦小姐，你是怎么想的？”

秦郁绝回过神，她看了眼面前的老先生，思索了一会儿，然后站起身向他鞠了个躬：“很抱歉，恕我拒绝您的请求。”

谢父有些意外：“为什么？谢氏这个靠山能把你捧到更高的位置。”

“不，如果是谢先生要求续约，我会很乐意配合。”秦郁绝语气温缓，但坚定，“但如果涉及第三方，我觉得并不合适。”

“为什么不合适。”

“我不能为了一百万元而自作主张地让谢先生和我绑在一起。”秦郁绝说，“我希望是由他自己做出选择，这是对谢先生最起码的尊重。”

说到这儿，她突然反应过来，谢厌迟曾经也很多次像这样保护过自己的尊严。

谢父认认真真地看了她一会儿，不怒反笑，他咳嗽了几声，说：“好，我尊重你的决定。”说到这儿，他从钱包里掏出一张名片，然后递给了秦郁绝，“如果以后想来找我，可以打上面的电话，我会留出时间。”

秦郁绝怔了下，还是点头收下。不过她倒是觉得，自己应该不会有什么需要和这位先生单独见面的场合。

然而谢父却很笃定：“你会想来找我的。”

今晚，还要在别墅里度过最后一夜。

在快要到达目的地的时候，秦郁绝突然想起来件事：“你们昨天晚上有没有收到一封塞进门框底下的信？”这么一说，一行人想起来了。昨晚所有人都收到了一封写着“千万不要离开别墅”的信。但显然的是，今天为了完成任务，所有人全都离开了别墅。

盛向晴捂着脸呜咽道："要不要这样啊，我们明天就走了，难道不能给我们留下一个温馨的夜晚吗？"

导演在摄像机底下笑得一脸灿烂："没准儿是惊喜呢。"

"你这么一说我就知道必定是惊吓了。"盛向晴心里顿时一凉，在萎靡了半天之后又打起精神，"不要紧，我这次无所畏惧！"

陈子健也反应过来，立刻附和道："对！无所畏惧！"

郑千意笑着调侃了句；"看完萧然的电影胆子就变大了？"

"不。"两人很有默契地同时否认，然后下一秒齐刷刷地将目光放在谢厌迟身上，露出一个心有灵犀的笑容，互相对了个眼神——就这么决定了，大佬的左边衣角给你，右边衣角给我。

谢厌迟一眼看穿两人的心思，半开玩笑似的提议了句："要不然我们分组进别墅吧？凑下时长，也方便剪辑。"

导演十分配合："可以考虑。"

琴键夫妇抱头痛哭，果然，希望不能放在这个狠毒的男人身上。

但玩笑终归是玩笑，导演最终还是让几人一起进入别墅。

其实秦郁绝隐约感觉到，没准儿这次真的是个惊喜而不是惊吓。因为这一期节目下来，内容的确很丰富，但作为恋爱综艺，还是缺少了最后渲染情感的环节，八成应该就是安排在现在了。

别墅门被推开一条缝，里面漆黑一片，节目组提前关闭了所有的灯。还没看到里面的内容，盛向晴就先一步开始尖叫，和陈子健抱在一起互相取暖。

门被一鼓作气地推开。

刹那间，灯光亮起。客厅里摆满了粉色、白色的气球，沙发的正中央整整齐齐地放着四套婚纱。

"这就是我们节目组最后一个环节。"导演组笑着说，"拍一张集体婚纱照。"

女士婚纱不比男士西装，特别是赞助商提供的衣服款式更为烦琐，秦郁绝发现这条婚纱后背那些弯弯绕绕的绑带，一个人弄起来实在不太方便。在折腾了半天后，她总算放弃了，将洗手间的门拉开一条缝，朝外看了一眼，想喊谢厌迟帮忙。

但话说到一半，却又卡住。算了，还是自己试试吧。

秦郁绝将门掩上，解开背部缠在一起的绑带，耐着性子准备再试一次。然而这时，洗手间门被敲了两下。

谢厌迟进来看了秦郁绝一眼，什么都没说，从她手里接过绑带，指骨轻轻地抵了下她的后背："挺直。"

秦郁绝下意识直起身。系绑带的时候，谢厌迟的手总会无法避免地摩擦过她的后背，泛起一股挠人的酥痒感。她不知道手和眼睛该往哪儿放，只能抬头看着眼前的镜子。

婚纱与西装，看上去好像出奇地登对。

"系不好怎么不喊我？"谢厌迟笑了声，离得很近，让她的耳尖发软，"这么害羞？"

秦郁绝一哽，嘴硬道："你又不是我真的男朋友，当然……"

话还没说完，她的肩膀便被谢厌迟扣住，然后整个人被扶着转了个身，同他面对面而立。

"嘘。"下一秒，谢厌迟的食指轻轻抵住她的唇，低下头，浅眸中笑意干净凌冽，拖腔带调地说，"婚纱都穿上了，可得进入角色啊。"

客厅的节目组开始提前进入氛围，挑了首缠绵甜蜜的歌曲在播。此刻音乐声透过房门传了进来，让两人间的气氛显得更加暧昧。

秦郁绝偏过头，小声地嘟囔了句："倒挺会强词夺理。"

这句话被谢厌迟听到，他只是笑，脸上没半点儿不悦，片刻后似乎是无意般地随口问了句："第一次拍婚纱照？"

"嗯。"秦郁绝点头，"以前没接过需要穿这套衣服的角色，也没接过类似的推广。”

谢厌迟笑了声：“那我还挺幸运？”

秦郁绝随口道：“反正不会是最后一次。”

这一句话却让谢厌迟眉宇间的笑意淡了又淡，他敛目，停下手中的动作，片刻后才轻笑道：“也是。”

秦郁绝：“节目安排而已，谢先生以后也还会再拍婚纱照的，不用放在心上。”

谢厌迟眸色微沉。

外头有人催促。

于是秦郁绝迅速收拾了一下，就先一步出了门。等人背影消失后，谢厌迟才抬起头望着她离开的方向，闭上眼用指骨揉着自己的太阳穴。

他想起今天离开那家店之前，谢父找到自己说的话。

“谢氏最近资金流动有异常，应该是那些老家伙坐不住了。”

“谢何臣马上要回来了，很多人都有异心。”

“景逸科技是你自己的，谁都动不了，但我劝你一句，不要再铤而走险了，你不可能一直赌赢。”

“实在不行就离开吧，我在国外给你安置了房子。”

然而那时，谢厌迟说：“我想赌赌看。”

“为什么？”

那个时候谢厌迟没有回答。

但他知道答案是什么。

他想要的东西很多。

比如说，这的确不是最后一次婚纱照。

但谢厌迟的人选列表里，永远只有秦郁绝。

图书在版编目（CIP）数据

绯闻恋人 / 昭乱著 . — 南昌 : 百花洲文艺出版社，2022.6

ISBN 978-7-5500-4631-3

Ⅰ . ①绯… Ⅱ . ①昭… Ⅲ . ①长篇小说－中国－当代 Ⅳ . ① I247.5

中国版本图书馆 CIP 数据核字（2021）第 280588 号

绯闻恋人

FEIWEN LIANREN

昭乱 著

出 版 人	章华荣
出 品 人	李国靖
责任编辑	黄文尹
特约策划	大 俊
特约编辑	大 俊
封面设计	小要设计
版式设计	彭 娟
封面题字	七七 Yukii
封面绘图	狄大萌 是甜甜 风绽 Niki 婷婷
内文绘图	噜 噜 余 迟
出版发行	百花洲文艺出版社
社 址	南昌市红谷滩区世贸路 898 号博能中心 I 期 A 座 20 楼
邮 编	330038
经 销	全国新华书店
印 刷	三河市金元印装有限公司
开 本	880mm × 1230mm 1/32
印 张	17.75
字 数	486 千字
版 次	2022 年 6 月第 1 版
印 次	2022 年 6 月第 1 次印刷
书 号	ISBN 978-7-5500-4631-3
定 价	69.80 元（全二册）

赣版权登字：05-2021-509

发行电话 0791-86895108 网 址 http://www.bhzwy.com

白马时光

昭乱——著

绯闻恋人

(下)

ETERNAL LOVE

百花洲文艺出版社
BAIHUAZHOU LITERATURE AND ART PRESS

「以后你可能真得管我一辈子了。」

Jan Feb Mar Apr May Jun Jul Aug Sep Oct Nov Dec

1. 修复姐姐的手机
2. 《一剑春秋》广告拍摄
3. 录综艺
4. 看剧本
5. 做一个决定

和他们一样，三千字检讨，

明天交给我。

大小姐，不要多管闲事。

三千五百字。

我挺记仇的。

是吗？

这是我的名字。

你可以记很久。

得想办法
赖上她一辈子

目录

Jan Feb Mar Apr May Jun Jul Aug Sep Oct Nov Dec

目录

目录

第四十三章

你是在挑衅我吗

当天凌晨，谢厌迟没在别墅久留，安排了最早的机票飞了回去。虽然提前安排好了工作，但这三天的工夫，公司还是落下了一大堆工作等着他处理。

秦郁绝靠着枕头看了会儿手机。摄影师发来了刚才拍摄好的婚纱照，并且还加急做了后期处理。两人站在一群人中间，显得格外打眼。

就真的好像一对恩爱的璧人。

她盯着那张照片看了一会儿，抬起拇指划过。但停顿了一下，却又翻回来长按图片，点下了保存。

毕竟花了这么多钱，总得给自己留下些什么东西做纪念吧。

就在这时，门外传来阵敲门声。

唐小棠抱着枕头和被子进来，看见她嘿嘿一笑，挤了上去："刚才谢先生走的时候和我撞见了，他要我来陪陪你。"

这次综艺录制，虽然助理也跟着来了，但毕竟是恋爱节目，情侣都是绑定出现，所以唐小棠多数时间都是待在酒店里和别的助理嗑瓜子。因为谢厌迟早就和节目组说过要提前离开，所以晚上的时候唐小棠也从酒店赶来了别墅，以备不时之需。

"我什么时候要人陪了？"秦郁绝觉得好笑。

唐小棠振振有词："今晚下雨啊！还会打雷！而且我看了节目，这个综艺还总会安排些恐怖内容。谢先生说你胆子小，肯定会害怕，所以要我来照顾你。"

……她怎么就害怕了？

秦郁绝觉得有些无语："你倒是听他的话。"

唐小棠嘿嘿一声，抬手关了灯。

夜深了，因为上下山奔波了一天，又在餐厅里打工，再加上昨晚因为和谢厌迟一张床有心理压力一直没怎么休息好，所以今晚秦郁绝睡得很快。

大概三点多的时候，唐小棠床边的手机振动了一下，似乎是闹铃。她一个鲤鱼打挺起来，迅速关掉振动，然后小心翼翼地观察了下身边秦郁绝的反应。

还好还好，没吵醒她。

唐小棠松了口气，然后轻手轻脚地爬下床，倒了杯温开水，接着扶起秦郁绝喂她喝下，然后又小心翼翼地扶着她躺下。

唐小棠观察了一会儿，发现秦郁绝毫无异样后，才松了口气。

昨晚，她哼哧哼哧赶到别墅的时候，刚好撞见了谢厌迟收拾好行李从别墅内出来。

作为 CP 粉粉头，唐小棠非常兴奋地打了个招呼："谢先生好！"

谢厌迟闻声转头看了她一眼，似乎是在脑海里搜罗了下她这人到底是谁。记起来是秦郁绝的助理后，才唇角一弯应了声："嗯。"接着，便又转过身往前走去。但没走几步路，他似乎是想起什么事情一样，去而复返。

"麻烦你个事？"谢厌迟说。

唐小棠受宠若惊："什么事您尽管说！不麻烦的！"

"晚上三点到四点的时候，给你家艺人喂杯温开水，别吵醒她。"谢厌迟说，"她最近嗓子出了些问题。"

"啊？"唐小棠没反应过来。自己作为秦郁绝的助理，应当对她的生活习惯都很了解，但唐小棠却完全不知道秦郁绝半夜需要喝水这个问题。但是既然谢厌迟说了，她也没多问：“我尽量，但是我有时候睡得雷打不动，可能起不来还听不见闹铃。”

“不。”谢厌迟俯身，笑眯眯地说，“你听得见。”

被威胁了。

“……”唐小棠艰难地点头，“对，我听得见。”

于是，在谢厌迟的威逼利诱下，唐小棠凭借着自己强烈的求生欲，成功在半夜起床给秦郁绝喂完了水。

做完这一切后，她才拿起手机发了条消息——

唐小棠：老板！我完成任务了！

谢厌迟：[向您发送了一个红包]

唐小棠激动点开。

1.11 元。

她沉默了一下，哽咽着回复道：“谢谢老板的红包，这是我应该做的。”

“你在给谁发消息？”就在这时，一道声音响起。秦郁绝侧身撑着头，她唇角一弯，慢条斯理地说：“从前我怎么不知道你还这么勤快呢？”

唐小棠吓了一大跳，手机没握住，直接掉到了秦郁绝面前，结结巴巴道：“郁姐，你……你怎么醒了？”

自己明明动作很小声，而且反应还很快，振动闹铃才响一下就关掉了！

“你不会真的觉得，你闹铃只响了一遍吧？”秦郁绝轻嗤一声，“响了整整三遍，你才舍得睁开眼。”

“……”失算了。

秦郁绝见她这副表情，抬了下眼睫，然后拿起掉到自己面前的手机看了一眼。谢厌迟的对话框还没来得及关掉，就那么明晃晃地摆在那里。

秦郁绝沉默了下，眉目敛起："他让你这么做的？"

"对……"唐小棠点了下头，然后好奇地问，"郁姐，你嗓子最近出了什么问题吗？"

秦郁绝却没有答话，她垂下眼帘，看着谢厌迟那个因为自己而换上的蜡笔小新家小白的头像，眸中情绪翻涌，隐晦不明。

许久之后，她才放下手机，翻了个身，淡淡道："有点儿咳嗽而已，早点儿睡吧。"

然而一直到深夜，秦郁绝都没睡着。她记得，自己之前在酒店里和谢厌迟提过一句落水之后的后遗症，那时只是调侃似的随意一说。这段时间，因为那件事的影响，她夜里嗓子总会出奇地发干，半夜总会硬生生因那股痒感咳醒。

然而，自从节目录制，自己进入酒店的第一个晚上开始，就再也没有发生过这种情况。那时候秦郁绝以为是症状终于痊愈，现在才知道，原来是因为谢厌迟。

自从综艺开始之后，秦郁绝账号的粉丝数量就涨了几百万。忠粉的数量也不断壮大，虽然大多数都是路人偏好感，但网上话题的热度，明显在迅速攀升。

最近也有营销号嗅到了风声，虽然公司还没发声明，但已经有账号提前放出了"秦郁绝将起诉一位未成年人"的消息。网友议论纷纷，周子然的公司为了营造自家艺人宽容的形象，在这个阶段就已经开始引导舆论对秦郁绝进行攻击。

起诉未成年人大可不必吧？

有人知道是起诉什么吗？

应该就是侵犯名誉权之类的事情吧，但我真的迷惑，网络上受到攻击的明星那么多，我也没见谁抓住未成年人起诉。有本事去起诉营销号啊。

……

因为这件事，虽然综艺录制的第一阶段已经结束，但秦郁绝的名字还在网络热搜上高居不下。

这段时间，秦郁绝无论是广告还是电视剧的邀约都不断，贺怀情已经择优进行了几次筛选，但她的行程依旧满档。不过考虑到综艺录制辛苦的原因，贺怀情还是给秦郁绝腾出了一整天的假。

这一天的假期，秦郁绝回了趟柳川市去看望自己的母亲。

这段时间网上关于自己的事情挺多。无论是风头正盛的鱼池 CP，还是之前因为周衍一事上过的热搜，以及最近营销号曝出的“起诉一位未成年人”的内容，都引起了广泛议论。这些鱼龙混杂的消息和铺天盖地的议论，秦郁绝都觉得无所谓，但还是要安抚一下家人的情绪。

“你就放心吧，那些半真半假的消息我看了不会记心上的。”秦母一边忙活着为自家女儿接风洗尘，一边笑道，“我肯定只信我女儿的话。”

说不担心是假的。秦母虽然尊重秦郁绝的选择，但是当年秦且离的死还是让她对这个吃人不吐骨头的圈子耿耿于怀。但她也知道女儿比自己辛苦，所以那些郁闷话，不提也罢。

“我看了节目，你和那位谢先生是高中同学？”秦母笑了声，“我倒是挺喜欢他的，之前怎么没听你提过？”

“妈，我不是说了，是娱乐圈里的合约情侣而已。”秦郁绝无奈地说道，“的确是高中同学，但我们根本没见过几次面，彼此印象都不深刻。”

“是吗？”秦母依旧笑眯眯的，“那你喜欢他吗？”

这一句话却将秦郁绝问住，她垂下眼，思索良久，也没说是或不是，只是语意不明道："妈，我们俩不合适。"

"这样啊。"秦母倒没什么反应，转身准备去厨房做饭。刚走了两步却又停下来，转头笑着说，"其他的也无所谓，妈妈希望你过得开心，每个选择都不后悔就行。"

秦郁绝笑了："嗯，我知道。"

因为只有一天的假，她也没准备过夜。高铁票是晚上十点，在吃完晚饭后，秦郁绝就准备收拾一下东西动身离开。

这段时间秦母在家里做了个大扫除，房间里很多闲置的东西都被清理到储物室去了。秦母边擦着桌子边说："你走之前去储物室看看，如果还有什么需要用的就拿出来，免得落灰。"

走进储物室，随便翻了两下，秦郁绝便从一个小柜子里翻出个手机。看样式是翻盖手机，十年前的款式，屏幕上有些裂纹，机身上是厚厚一层的灰，现在已经开不了机了。

"那应该是你姐姐的。"秦母擦了擦手，站在她身后说，"我也是最近才清出来的。当时，房东把你姐的杂物交给我的时候我就看过。这手机应该早就坏了，但毕竟是她的东西，我也没舍得丢，就全都装进一个杂货箱里了。"

"能修好吗？"秦郁绝问。

秦母摇了摇头："我前些天拿着问过几家店，都说不行。这手机太旧了，好些年前的款式了。"

"我去问问吧。"秦郁绝将手机收了起来，"没准儿我那边有认识的人能修。"

坐在高铁上，秦郁绝给唐小棠发了条消息询问："潼市这边，你认识什么对手机这方面比较了解，能修得了十年前老款手机的人吗？"

唐小棠很快回复："我打听了一下，这种手机修好开机倒是有几家店可以做到，但是数据可能不能留存了。”

数据……秦郁绝想了会儿，觉得虽然希望不大，但没准儿手机内可能会有关于姐姐日记中那个人的线索。

秦郁绝回道：“那我再打听一下。”

唐小棠提议：“其实你可以问问谢先生，他不是专门搞科技的吗！修个手机不是 so easy！”

秦郁绝沉默了一会儿，返回消息页面，点开了和谢厌迟的聊天框。

最近一条消息，还停留在两天前。虽然唐小棠这个提议听上去很有道理，但是谢厌迟的开发团队可都是至少七八位数的年薪，让他们修手机，实在难以启齿。

犹豫了很久，秦郁绝组织了一下语言，试探性地发出两个字。

秦郁绝：在吗?

谢厌迟回得很快：有事?

秦郁绝：你们公司接不接业务?

谢厌迟：什么业务?

秦郁绝：修手机。

那头沉默了很久。

谢厌迟：你是在挑衅我吗?

第四十四章

游戏广告片拍摄

秦郁绝看着谢厌迟的回复，静默了一下，不由得沉思自己为什么会开这个口。于是她干脆利落地回复：再见。她决定还是不要再自取其辱了。

然而消息刚发完，还没来得及切屏，谢厌迟的消息就又弹了出来：“明天带给我。”

明天?

秦郁绝愣了一下，然后反应过来。自己综艺结束后的第一个工作任务，甲方就是景逸科技。

景逸科技在 PC 端游最具代表性的作品是《一剑春秋》，可以说是武侠游戏中的扛把子。就算近年来同类游戏井喷式爆发，也丝毫不能撼动它的地位。

策划组每年都会邀请两位明星拍摄宣传片，今年的邀约名单本来拟定的是最近几位风头正盛的小花，谁知道秦郁绝横空出世，不仅拿下了自家的老板，而且这对 CP 的风头居然一跃而上，连续几天都是 CP 话题榜榜首。

经过多方讨论，无论是从热度、话题度还是合适程度上来说，秦郁绝都是不二的人选。更何况，和自家老板以绑定的方式做宣传，也适合对游戏的推广。于是，策划组立刻就和贺怀情敲定了档期。

第二天一早，秦郁绝就来到了拍摄的取景地点做造型。

《一剑春秋》一共有八个门派。策划组每年都会选取其中两个门派作为代表，让明星穿上门派的专属服装进行宣传拍摄。

按照惯例，今年除了秦郁绝以外，他们还邀请了宋景云来进行宣传片拍摄。宋景云去年因为一部史诗武侠片大火，古装扮相极其惊艳，经过一年的发展，算得上是新晋的顶流。

很快，两人就做好了造型。

秦郁绝所饰演的门派，是在《一剑春秋》内以毒为代表的翎羽阁，该职业的外形以妖媚和异域风情出名，所以女性玩家数量也是最多的。这一身装扮很适合她，魅惑不需要任何刻意的造型和表情就能油然而生。像这种妩媚形象的角色，秦郁绝驾驭得轻车熟路。

而宋景云所饰演的天山派，则是标准的名门正派。一身侠客劲装，和秦郁绝的扮相完全相反，却又莫名契合。

广告片的拍摄还带着些剧情，并且为了能让两个角色的关联度提高，还加了些隐晦而又暧昧的感情线。

比如——

“秦郁绝和宋景云原本是对手，两人见面后大打出手。一个用毒与暗器攻击，一个则靠剑术抵御。但在打斗的过程中还要记得眉目传情，秦郁绝要带着些撩拨的那种笑意，宋景云则需要表现出隐忍克制的冷淡样子。

“但在后半段，秦郁绝落入危险和敌军的时候，宋景云所饰演的角色会横空出现，从天而降救下人。最后的背景会定格在两人并肩相望天涯的背影上。”

两人都是演员，导演这么一讲，对剧情就差不多理解透了。大概就是相爱相杀，但在关键时候又密不可分的关系吧。

秦郁绝的镜头感和表现力很好，像这种广告片拍起来也是得心应手，能将角色的魅力彰显得淋漓尽致。很快，单人镜头就全部完成，进入剧情部分。

“翎羽弟子为得到秘籍，试图用巫魅之术引诱天山弟子，两人一场恶战。”虽然只是简单的一句话，但是要表现的内容却极其复杂。加上广告宣传片的拍摄是没有任何台词的，所以所有的剧情都要靠眼神和动作完成。

“三、二、一，开始。”

随着拍摄的开始，两人也进入状态。秦郁绝抬起眼睫，一双浅眸含笑，眼底泛着细碎的光，一眼就足以勾人心魄。她倾身上前靠近宋景云，一只手抵住他的胸膛，柔弱无骨似的一寸寸向上攀着。然后轻轻仰起头，一双招魂幡似的双眸不偏不斜地望向他的眼睛。

四秒钟的贴面镜头。

秦郁绝虽然没有什么太大的动作，但眼底暗波涌动，似乎每一刻看上去都与上一刻不同，魅意全都刻进了骨子里。

翎羽阁施法的时候眼睛会变成红色，此刻虽然是实景没有特效，但秦郁绝的眼神变化却还是清晰可见。

非常让人惊叹的演技。摄影师觉得，虽然秦郁绝现在火起来主要是因为颜值以及 CP 的热度，但这样的演技在圈内还是保值的。只要有合适的番位，兴许真会发展到旁人不敢企及的地步。

其实宋景云演技也不差，但在秦郁绝面前，还是有些被压下去的意味。他撞进秦郁绝眼瞳的时候，稍愣了下，一下子没反应过来。但只是短暂的一瞬，他很快调整了情绪，反应灵敏地抓住秦郁绝的手，然后反手将她扣在了墙上。

“卡！”导演喊了停，“景云，你俩之间可以再近一点儿，这里要表现得暧昧一些。你应该低头去看秦郁绝，然后靠近她的脸。”说完，他还不忘夸了句：“我感觉你们的对手戏缺点东西，角色理解是对的，就是少了些 CP 感。要有自信啊，你看你们俩的扮相多登对……”

“咳咳。”

话说到一半，就被一道咳嗽声打断。

导演转过头，发现陈助理不知道什么时候站在了自己的旁边，手虚掩着唇，非常刻意地拼命咳嗽：“咳咳咳咳咳！”

有种大事不妙的感觉。

导演僵硬地转身看了眼，发现自家老板谢厌迟不知道什么时候来到了拍摄现场。他站在几米开外的位置，就这么平静地看着自己。

片刻后，谢厌迟才轻笑了声，随手扯了个椅子坐下，慢悠悠地说：“继续说啊，什么登对来着？我刚才没太听清。”

……要出大问题。

导演深吸一口气，转过头看着宋景云，然后说：“其实你们看上去也不是很登对。”

秦郁绝也没想到谢厌迟会来现场。毕竟这位大忙人最近脚不沾地，本想着最多会让陈助理过来看几眼，没想到居然亲自来了。

能够明显感觉到，周围的工作人员都是害怕和敬重这位老板的。自从他搬着凳子往那儿一坐，就能感觉到一旁的所有人瞬间都绷紧了背，收敛了刚才的嬉笑玩闹，全都是一副“我热爱工作”的模样。

导演悄悄看了眼自家大老板，在确定他真的只是在认真看拍摄之后，顿时松了口气，说道：“那两位再来一次吧，就从把她扣在墙上的那个位置开始。”

听见这句话，谢厌迟抬了下眼皮，抬手搭在椅背上，抬起食指一下下地敲着椅子，满是不耐。

兴许是因为谢厌迟在这儿，秦郁绝能感觉到宋景云比刚才拘谨多了。一连几场下来，感觉都大不如从前。

导演喊了几遍，将情绪忍了又忍，似乎是顾及谢厌迟在这儿不好发泄：“怎么回事？再来一遍，记住，我要你们之间的互动感再强烈一些。”

宋景云脸色也有些差，似乎也在因为自己的频繁失误而自责。

然而下一遍拍摄，虽然宋景云从握住手腕到扣墙壁咚这一连串动作做得行云流水，但因为谢厌迟在这儿，情绪却还是绷着松不开，也始终和秦郁绝保持着距离不敢靠近。

再这么下去，镜头恐怕一天都拍不完了。正当导演准备喊“卡”的时候，秦郁绝突然动了。她唇角一弯，抬起手，就势攀上了宋景云的脖子，然后抬手扣住他的后脑，轻轻往下一压，让他靠近自己的脸。

一双狐狸般的眼睛里，有风情万种的笑意。

导演眼前一亮，惊为天人。

陈助理忧心忡忡地看了旁边的人一眼，觉得老板可能想杀人。

“小陈。”谢厌迟突然开口，“天山这个职业是不是该削弱了？”

“……”您这是公报私仇。

“卡！行了，刚才那段很好，过了！”导演终于满意，他一边看着镜头里的回放，一边点头，“小秦，你刚才那段发挥得很好。”

拍摄时间一共是两天，这个镜头过了之后又补拍了些细碎的内容，今天的任务也宣告结束。秦郁绝揉了揉发酸的眉骨，然后转身扫了眼一旁。

谢厌迟不知道什么时候离开了。

秦郁绝笑了声。

想想也是，他这么个大忙人，肯定不能等着自己拍摄结束。但不知道为什么，心里却莫名有些失落。她轻哂一声，加大了指骨的力度，使劲捏了下眉骨。

真是，自己魔怔了。

她自嘲似的笑了下，然后准备去更衣室换下今天的拍摄服。然而刚拐了个弯，腰身就被一只有力的大掌箍住。紧接着整个人向前一跌，猝不及防地撞入了一个坚硬的胸膛。

秦郁绝一愣，刚要抬头，手腕就猛地被人握住，然后反手被扣在了墙上。

……这个动作，怎么觉得那么熟悉呢。

谢厌迟俯下身，眸里的全是细碎的光，虽是含着笑，但隐约间能感受到莫名的危险，箍紧腰身的手掌也烫得吓人。他低笑了声，在秦郁绝耳畔轻声问：“你这不是挺会演的吗？平时怎么就那么容易害羞？”

“谢厌迟！”秦郁绝咬着牙根，脸颊发烫，“你松开。”

谢厌迟：“不松。”

“你什么意思？”秦郁绝气结。

谢厌迟唇角笑意不减，他俯下身，拖腔带调道：“现在让我松开也行。”

秦郁绝：“那你就松——”

“但是五点钟方向，有狗仔在偷拍。”谢厌迟低头靠近她耳边，打断道，“还确定让我松开吗？”说到这儿，他将眼一眯，尾音微微上挑，“等会儿如果求着我配合，我价格可是很贵的。”

秦郁绝无奈道：“你还是多握一会儿吧……”

第四十五章

青玉案角色官宣

秦郁绝刹那间收敛起自己情绪的样子，在谢厌迟眼里就像只原本张牙舞爪却一下子蔫了的小猫。

他低下头，狭长的眼稍弯，闷声笑了起来：“怎么这么好骗，我说什么你都信？”

秦郁绝咬了咬牙，狠狠地甩开了谢厌迟的手。这男人每次都是这副样子，逗起人来连眼睛都不眨一下，说谎也跟真的似的。她一双水眸含着怒意，咬着下唇也不说话，就这么安静地看着面前的人。

许久后，秦郁绝突地轻笑一声，接着抬起手环住谢厌迟的脖子，然后身体猛地贴近。眼中之前那点儿不满的小情绪顿时收敛，含着勾人的笑意望向谢厌迟的眼眸。

和刚才拍摄时的状态如出一辙。

谢厌迟没动，只是眉目敛起，将眼稍眯，耐心地等待着她接下来的动作。

秦郁绝仰起头，大臂收紧，两人间的距离更加紧密。她唇角一弯，靠近他的脸，呼吸在彼此之间环绕，似乎将要吻上他的唇。

差之毫厘的距离，秦郁绝的动作却戛然而止。她轻轻抬起食指抵住谢厌迟的唇，眸中笑意渐深：“谢先生，这样的演技，你还满意吗？”

声音放得很轻，每一个尾音都微微上挑，带着些蛊惑人心的意味。

气氛宛若在一瞬间凝固。谢厌迟一言不发，脸上没什么表情，就这么安静地看着她，眸色沉沉，情绪暗涌。

僵持半分钟后，秦郁绝觉得没意思，将手一松，准备抽身离开。就在这时，她的腰身突地被人扣住，手腕一握，猝不及防地，再次被紧压在墙上。两人之间几乎是密不可分，压迫感和那满是侵略的气息比上一次更加强烈。

秦郁绝一怔，全身下意识地想要挣扎，却被谢厌迟硬生生顶住。他将她压得死死的，身体硬得像块铁，浑身带着股之前对她不曾表露过的戾气。

“谢厌迟，你……”秦郁绝一句话还没说完，就被他用双指夹住下巴向上抬起。接着，他倾身而下，黑色的阴影笼罩了下来，似乎是准备咬上她的唇。

秦郁绝下意识地闭眼抿唇。

但意料之外的，唇间没有传来预想中的触感。

谢厌迟只是将头一偏，额头靠在了她的颈窝处，手一松，低低笑了起来：“就这么点儿能耐，还来招惹我呢？”

……又被他戏弄了。秦郁绝彻底恼羞成怒，伸出手就去推他。但还没发力，就被他握住了手腕向外一扯。

谢厌迟抬起头看着她的眼睛，那点儿散漫的笑意散开：“以后别用这样的眼神去戏弄别人。”

“你管我？”秦郁绝气还没消，将头一偏，语气不善。

谢厌迟抬手握住她的后脑，迫使她正视着自己的眼睛，接着俯身抵住她的额头，说：“听话。不是所有人都像我这样忍得住的。”

秦郁绝换完衣服回到休息室，一句话没说，径直走到饮水机旁倒了杯凉白开，一口喝干。

即使是这样，她也能清晰地感觉到心脏的跳动声。

“对啦，刚才陈助理过来了一趟，我就把老板您要修的手机拿给他了。这手机里到底有什么东西呀，这么宝贝着……咦？老板你脸怎么这么红？”收拾好东西的唐小棠探头看了眼，随口问，“更衣室很热吗？”

“嗯，空调坏了。”秦郁绝神色不变地冷静撒谎，只是暗中将手中的塑料杯捏扁。

呵，都怪那个男狐狸精。

就在这时，门被轻敲了两下。宋景云站在门外，微笑着向来往的工作人员鞠了个躬，然后走进来在秦郁绝面前停下，伸出手：“今天广告拍摄给秦小姐添麻烦了，实在过意不去。非常感谢您的帮忙，所以特地来道谢。”

不愧是混成顶流的人物，礼貌到让人挑不出错。

秦郁绝放下手中的杯子，笑着回握：“没有，宋先生的演技原本就很出众，我也没帮上什么忙。”

“或许我们不久之后还会有合作。”宋景云笑了声，“到时候，还请秦小姐您多多指教。”

合作？当时的秦郁绝并没理解这句话，因为自己接下来的行程安排里，并没有和宋景云有交集的项目，所以她只当他是客套。然而很快，她就明白了这句话的意思。

《青玉案 2》原定的男主角被曝出了不雅的丑闻以及出轨的实锤，很快就被网友抵制。投资方怕影响电影声誉，便趁着官宣角色之前，换掉了原本的男主角。而新的男主角，就是宋景云。

秦郁绝能嗅到些怪异。

比如，在原定男主角东窗事发之前，宋景云就笃定了会和自己有合作。所以说，他或许早就预料到了这一切。对于这些事情，秦郁绝没去深究，也懒得好奇。娱乐圈这种事情已经见惯不惊，大紫大红和跌入谷底都是一夜之间的事情。许多事件的爆发都少不了资本和对家的推波助澜，就算宋景云有掺和到这件事里面，也没什么值得大惊小怪的。

《青玉案 2》开拍在即，人物也差不多都定了下来。在翻看贺怀情发来的整体演员表时，或许是因为谢厌迟之前调侃的那句话，所以她也多留心了一下林竹瑜这个角色的人选。

林竹瑜——暂无。

暂无？

快开拍了也没定下来吗？

虽然疑惑了一下，但秦郁绝也没太放在心上。毕竟是个只有两三个镜头的纸片化小角色，难度也不是很大，保不齐是留着这个位置想塞什么新人进来。毕竟即使是路人角色，参演了这种知名的电影也算是光荣的履历。

剧本的定稿很快就发了过来，秦郁绝翻看了一下，整体内容没什么太大的改变。

自己这个角色是落入红尘后被男主角解救，然后从此跟在他身边以魅色蛊惑目标，并且在温柔乡中杀死任务目标的狠辣角色。一心爱慕男主角，后期因为女主角的出现而放弃，但最终还是为掩护两人离开而死。

一个彻头彻尾的悲情角色。

将剧本翻了几遍后，秦郁绝发现故事里加了一个新的片段——

在电影的结尾的时候，林竹瑜家的马车驶过一个小镇，一个在街道上奔走着卖簪子的小姑娘一不小心在车队前摔倒，簪子散落一地。小姑娘的簪子多数都是劣质的，唯有一个打造得十分精致，只是上面全是斑驳的痕迹。那是她在山谷的一片废墟中捡来的。

那支发簪是秦郁绝所饰演的角色的所有物，也是男主角赠予她的唯一的礼物，所以无论去哪儿她都会戴在头上，收在身边。

林竹瑜掀开帘子，一眼看到那根发簪，然后将它以高价买了下来。

侍仆问：“这支发簪有什么好的，少爷想要，一千个一万个都能买来。”

林竹瑜笑了声：“不，买不来了。”

虽然只是非常短的一段，却彻底颠覆了林竹瑜这个角色的形象。原本只是个留恋于花柳巷中的贵公子，秦郁绝所饰演的角色只是拿他当作获取情报的跳板。这么一改，他成了整部电影里唯一一个爱着秦郁绝的人。而之前所表现出来的那些形象，到底是真的沉迷酒色，还是因为深爱而伪装出来的成人之美，就更加引人遐想了。

不得不说，编剧这个片段加得非常精彩。虽然林竹瑜这个角色镜头非常少，但情节的塑造足以成为一部电影中的意难平。也难怪这个角色到现在都空着。有眼光的人可以看得出来，这个路人角色甚至比一些戏份偏多的小配角更有价值。

估摸着是有资本方还在竞价，想将手底下的艺人塞进来吧。

三日后，《青玉案 2》正式官宣。果不其然，这部史诗级作品的官宣一放出来，很快就爬上了热搜。

宋景云不愧为当今顶流，“宋景云青玉案”排名很快就升到了榜首。女主角是当下有些风头的小花张楚君，人气并不像宋景云那么高。然而令人意外的是，秦郁绝的名字居然也挤进了热搜前三，甚至在两个小时后超过了女主角的话题排名。

但和宋景云比起来，秦郁绝的话题广场并不乐观。虽然期待者居多，但更多人则是阴阳怪气地讽刺着什么。

不知道避嫌吗？我记得秦且离是《青玉案》的女主角吧？怎么还好意思去拍续集啊？我就奇怪了，秦郁绝的作品也就那些，怎么就选上了这部大电影的女配角？我怀疑可能是容导看在她姐姐的分儿上，有偏袒心了。

对对对，容导说了很多次秦且离是他心中最优秀的女演员，秦郁绝肯定是吃了姐姐的红利。

原先对她有好感的，但现在真的喜欢不起来。秦且离是我心中的白月光，吃她的人血馒头真的太硌硬人了。

你姐就是你姐，再怎么蹭也只能演个女配角哦。

……

原本这些只是一小部分的言论，但在有心人的刻意引导下被无限放大。很快“秦郁绝秦且离”这个热搜也冲了上来，点开话题，清一色的全是嘲讽。

贺怀情很快发来消息：“我猜到了，公司会处理，你不要看微博，好好拍戏就行。”

既然决定接下这部电影，秦郁绝早就做好了心理准备。她也早就猜到，可能会面临诸如此类的言论。但就在这个节骨眼儿，一条话题突然被顶上了热搜，来势汹汹——“周子然放弃起诉”。

秦郁绝笑了声，周子然这公司倒是挺聪明的。看来是找准了时机，选择蹭着秦郁绝的热度公开之前那件隐私照片的事情，以达到对自己利益最大化的宣传。

第四十六章

鱼池夫妇是真的

周子然公司这篇声明写得特别漂亮。先是将这件事的经过一带而过，而后将重点放在了加深此事对她的创伤，例如——“此次事件对我的生活造成了极大的影响，精神无法专注，去看过好几次心理医生，并且非常害怕看到网上的言论。”

在让网友对她的心疼上升到最高点的时候，周子然也在文案中大度地表示了谅解：“……虽然这件事的确让我觉得特别难受，但考虑再三后，我还是决定放弃起诉。

“大家可以责怪我不够刚毅，但我还是决定给未成年一个改过自新的机会，毕竟他的未来还很长，我希望他能变成一个好的人。但原谅不等于放任，我与其家长沟通后，决定亲自监督他日后的行为。”

这条内容发得滴水不漏，甚至还暗暗提到了秦郁绝：“无法干涉别人的做法，但希望大家能更周全地考虑一件事情对别人人生的影响。”

网友们很快就领悟到了这句话的意思。

好心疼周子然小姐姐，为什么可以这么温柔啊！

太温柔了，所以人火起来一定是理由的，路人转粉了，希望小姐姐以后事业广阔。

我现在终于知道秦郁绝起诉未成年人那个事情到底是怎么回事了，麻烦能不能学学人家，一点儿格局都没有。

综艺里看她还觉得挺顺眼，现在全被她吃人血馒头给恶心回去了。现在一看，果然是小家子气。虽然起诉没错，但是对比起来真的高下立判。

……

秦郁绝自从综艺走红以来树敌不少，加上之前也有许多营销号为了蹭热度，三番五次地拿她演过的配角和女主角对比，被冠上了“艳压”的名号，所以理所当然地招来了一部人的厌恶。

甚至有不少人跑到她账号底下来嘲讽——

我来看看传说中的蹭姐狂魔。

出道就打着秦且离妹妹的名号，连自己已故亲人的热度都蹭，还有心吗？

嘘，小心被人家高贵起诉侵犯名誉权。谁不知道人家背靠大树，现在动不动就律师函，上纲上线第一名。

……

秦郁绝靠着沙发，一条条地翻看着自己账号底下的评论。清一色全是各种各样的嘲讽，有零星几个探头为她说话的粉丝，也全部一股脑儿地被打了下去。

秦郁绝若有所思，看来靠综艺走红的确能一时爆火，但却不能长久。就在这时，唐小棠突然发来了一张截图，并且附上了一连串感叹号：“老板！有其他受害者发声了！”

秦郁绝点开那张图，是一个素人账号发的内容——

你选择原谅，但我不原谅。

我不知道我是不是你所说的那些个别人，这件事发生之后，也有很多人把你说的话转给我看。

很抱歉，我不是周子然，我没有那么多粉丝，也没有那么多人为我发声。所以,就算我受到了同样不公平的待遇,也没有选择不原谅的资格。

因为你是有粉丝为你撑腰的周子然，而我只是一个没了工作就要喝西北风的普通人。

周子然小姐，请问你为什么不详细说明这件事的经过，为什么要言语绑架我们去考虑一个伤害过自己的人？你真的不清楚我们在遭受什么样的刻薄对待吗?

我不原谅，我支持秦郁绝小姐起诉，并且感谢她的坚持。

末尾放上了几张截图，一部分是那位孩子家长的威逼利诱，企图让博主放弃起诉的截图。

“赵小姐，我已经好好和你谈过条件了。”

“你最好不要起诉，我们会请最好的律师，而且也有办法替孩子周转。但你自己想想，因为这件事情失去工作并不值得。”

另一部分是博主将自己收到的信息发给周子然，并且说：“子然姐，你还是别放弃起诉了吧。我们这些人反对没什么用，他们根本就不在意……而且我感觉这种家庭，是不能信赖他们把孩子教好的。”

周子然没有回复。

这意想不到的反转，瞬间打了那一群将秦郁绝和周子然对比的网友的脸。一时间风向大变，许多人都偷摸删掉了自己刚才的激情言论。

而就在这个节骨眼儿，秦郁绝发微博了。

起诉原因：

1. 该未成年人多次偷拍店内店员的隐私照片，受害者众多，照片数量不完全统计，百张起步；

2. 该未成年人将照片发布于违法网站，并且曝出受害者的正面照片；

3. 该未成年人将受害者照片进行拍卖，用其隐私照片牟取盈利，金额超过五位数，更有甚者高达数十万。

我的态度是，不值得原谅，不想给机会，坚定起诉。

意简言骇的一番话，没有任何修饰，却显得格外硬气。特别是在那位博主发声之后，也有许多其他受害者陆陆续续开始发声，并跑到了秦郁绝的账号底下感谢。

这些感谢很快就被热心网友顶了上来。网络的舆论总是一阵一阵的，刚才还在被全民夸赞格局大、善良温柔的周子然，在仅仅不到半小时的时间里就彻底翻了车。

在？搞得那么大无畏，结果别人给你发信息为什么不回？

这就是你说的监督？家长这个态度了你还不管，就为了塑造自己真善美？

无脑老好人人设这么吃香吗，这有什么好原谅的，未成年人无罪？别说秦郁绝上纲上线了，人家告得理直气壮，支持维权。

……

没撑多久，周子然就把自己那条声明删除，顺便关闭了评论，这一举动更是引起了全网的嘲讽。局势变得太快，原本周子然算得上是完美的营销方案，被这几个突然事件给硬生生毁掉。

秦郁绝觉得有些不对劲，因为那几位发声的受害者明显是有备而来——内容写得干脆利落，要点分明，节奏也带得很稳。完全不像是普通人能够抓得准的，一看就是精心构思过。而且，她们发声后没几分钟，内容就被各路营销号转载。

秦郁绝给贺怀情发了条消息：“那几个发声的博主是怎么回事？”

贺怀情也一头雾水：“我也不太清楚，公司原本的计划是说明事情经过后引导舆论风向的，但是没想到突然有人出来发声。”

秦郁绝问道：“你觉得是巧合吗？”

贺怀情回复：“实话实说，作为圈内人，我觉得不是。而且我了解了下，那一家人给的补偿价格很高，不应该会出现这么多受害者。”

这就很奇怪了。秦郁绝花时间多方打听了一下，还特地找导演组要了那家餐厅的联系方式。这才知道，所有服务员的态度出奇地统一，全都拒绝了那位家长的要求，并且不惜面临可能被解雇的风险。

秦郁绝想去私信一下这几位博主问问具体情况，一登录才发现，此刻网上早就炸成了一团。《恋爱信号》所有嘉宾都纷纷转载了秦郁绝的微博，支持她维护自己的权利。甚至有些没合作的演员，也借着这个机会力挺她。

风向彻彻底底地翻了篇。

就在这时，容导也发声了。

私心不想这么早放出试镜片段，但是因为有人质疑我的选择，所以还是放出来了。我并没有因为她是秦且离的妹妹而让她进组，相反，我会因为她是秦且离的妹妹而对她更严格。

这个角色给秦郁绝，实至名归，在我心中除了她之外，也没第二个人选。

随后，末尾附上了秦郁绝的试镜片段。只是没头没尾的不到五分钟的一段视频，却将她代入共情的惊人演技发挥得淋漓尽致。即使没有任何的妆发和灯光，也能一眼抓住观众心底最敏感的地方。

实至名归。

她配得上这个词。

在这个节骨眼儿，宋景云也发了声：“和秦小姐有过合作，非常感谢她的指导。就演戏而言，她足以做我的老师，对于这次电影合作也十分期待。支持维权，这是个非常正确的决定。”

顶流发声，在网上引起的轰动可谓巨大。立刻就有人发出了两人拍宣传片的路透，一正一邪，非常抢眼。

立刻就有人发表了危险言论：“实不相瞒，看完路透图，我有一瞬间想从鱼池 CP 迈入青云 CP，有谁能阻止我吗？我发现秦郁绝这张脸嗑 CP 简直百无禁忌。”

虽然猜到宣传片出来之后会有一部分人去嗑 CP，但不知道为什么，秦郁绝在看到这些发言时，下意识地有些不知从何而来的抵触。她按下返回，刚准备退出网络，却没想到刷新之后，热搜框又跳出来一个新话题——“鱼池夫妇是真的”。

她脑门儿上缓缓打出一个问号，发生了什么？

……怎么就又是真的了呢？

点开热搜才发现，原来是谢厌迟回复了一条有关秦郁绝的恶评。

“呵呵，快别吹秦郁绝了，不就是背后靠着一座金矿所以才这么刚吗？没了谢厌迟她是个什么东西？”

谢厌迟回复：“没了我，她还是秦郁绝。”

评论下面一排鱼池女孩儿的尖叫——

啊啊啊啊快来看看神仙发言！

这对分手我就不相信爱情了，小少爷亲自下场维护女朋友的自尊，慕了。

我看到这句话直接泪目，怎么会有这么好的男朋友啊！

不好意思，我从青云回来了，站在鱼池坑底不走了。和这对 CP 比起来，其他的一切都黯然失色。

……

第四十七章

青玉案正式开拍

评论炸成一片，但唯独谢厌迟那行简单的字，在秦郁绝眼中格外清晰。她盯着那条评论看了好一会儿，然后关上手机，将头后仰靠在沙发上，闭上眼睛。

今天一晚上发生的事情很多，但没想到最能影响到自己的，居然是谢厌迟这样一条短短的回复。虽然不知道是配合演戏还是他尽职尽责地在塑造形象，但无论真假，的的确确地撞在了她的心尖上。

她鼻子一酸，随即低下头捏了捏眉骨，将那点儿情绪压了下去。

这人怎么就这么会招人啊！

明明应该感动的一件事，她却莫名地有些难过。

秦郁绝再次整理好情绪拿起手机，准备和谢厌迟道个谢。但在发消息前，她再一次登录了账号，关注了那几个发声的受害者。此时她才发现，其中一个小姑娘给自己发过私信。

时间是一周前，只不过淹没在一片未关注人的私信中，秦郁绝没有看到。

啊啊啊因为没有秦小姐你的联系方式，就悄咪咪发私信了，希望你能看到！

谢谢你坚持起诉，其实知道这件事的时候我真的很崩溃，特别怕这些照片被自己现实中的朋友看到，说实话，我真的不在意补偿，和这些比起来，钱真不算什么。

大概隔了一天，这个博主又发来消息。

还是想偷偷把这件事告诉秦小姐！

昨天晚上谢先生的助理联系我说会给予补偿，还会请人帮我起诉，希望我别放弃，不要撤诉！虽然陈助理说希望别告诉你，但我还是偷偷说了哈哈哈哈，因为感觉你知道后会很开心。我问过几个和我一样的服务员，说好像都收到了消息。

谢先生真的对你好好！超羡慕的！

秦郁绝一字一句地看完消息，沉默了很久，然后她斟词酌句地发去了消息："谢谢你告诉我，方便给我看一下陈助理和你沟通的截图吗？因为比较想了解下细节，我的确也很吃惊。"

对面的人回复得很及时："当然没问题！"随即发出了两张截图，截图上的内容是陈助理和她沟通的全过程，并且陈助理提出了一个六位数可议的报价。这个价格很高，倒也难怪所有的受害者都坚定起诉。在这样的价位面前，很难有人会不动容。更何况起诉的事情有秦郁绝在前面当车头，百利无一害的事，所有人都能判断出该怎样选择。

秦郁绝垂眼，打出一行字："谢谢你。"她切出账号，抱着膝盖安静了许久，反反复复拿起手机点开与谢厌迟的对话框，但却一个字都没输入。许久后，她低头将额头抵在膝盖处。

她看不懂他。

张口闭口算账，这不是很大方吗？

女人的直觉是很准的，秦郁绝不可能猜不出什么，但是话到嘴边，却一个字都问不出来。她平生第一次这么畏畏缩缩地去害怕一件事情。

害怕是自己的自作多情。

《青玉案 2》在官宣后不久，很快就宣布了正式开机。开机仪式结束后，晚上有例行的饭局，秦郁绝回酒店休息了一会儿便准备赶往酒店。

其实这几天，她账号底下的评论还是不太平。虽然容导已经为她发声，但不可避免的，作为这部电影的主要女配角，自然而然会有人将她和女主角对比。既然有对比，肯定就有对战。小花的粉丝都格外敏锐，两家粉丝瞬间就成了彼此的对家，乌烟瘴气地撕成了一片。

电梯门打开，秦郁绝走进去，然后顺手从包里抽出墨镜和帽子戴上，调整了一下帽檐。最近跟拍的狗仔和能认出自己的路人越来越多，为了避免不必要的麻烦，她现在出门也开始全副武装。

“叮——”在下跳了一层之后，电梯门缓缓拉开。

“你看看我脸上的妆，有没有觉得哪里有问题？这个色号的口红会不会不配我今天的衣服？”张楚君举着一面小镜子走了进来，连路都不看，险些被绊了一跤。

一旁的助理无奈道：“楚姐，你今天很好看啦！”

张楚君根本没注意到角落里的秦郁绝，只是翻了个白眼，转身道：“饭局上要拍照的啊，照片还会传到网上去，万一我和秦郁绝站一块儿被吊打，那不是很丢人。”

“怎么会？”助理连忙力挺自家老板，“我觉得她长得很一般啊，还是老板你好看。”

“你胡说！你说谁一般？”张楚君将小镜子一合，振振有词道，“我女神颜值天下第一，全世界一般她都不一般！”

秦郁绝：“……”平时发生多了别人说她坏话正好被她听见的事情，像这样听见别人在背后夸自己还是头一次。而且，听着还怪不好意思的。

电梯门打开，在门口望风顺便等人的唐小棠转头，随即抬起手挥了挥，示意道：“老板，我在这边！”

老板？张楚君一愣，下意识转头。

秦郁绝摘下墨镜，一双眸中笑意潋滟，她弯起唇，声音轻轻的："谢谢夸奖，你也很漂亮。"说完，礼貌地朝两人点点头，然后向唐小棠的方向走去。

电梯里一片死寂。在目送秦郁绝离开后，张楚君深吸一口气，颤抖着抬起手，重新关上了电梯门。

助理问："不是要去饭局吗？"

张楚君深吸一口气："回去重新化妆。"

这顿饭吃得很累。虽然上了一桌子菜，但女明星为了保持拍戏前的身材，加上一桌子人都不大熟悉，所以用起餐来也很拘谨。无非就是互相奉承几句，顺便再听投资方发表演讲，展望一下对这部戏的期待和美好的未来。

其实这位投资商赵先生之前同秦郁绝因为选演员的事也有过几次接触，这人心高气傲，虽然商业头脑挺足，但大多时候都有点儿目中无人。不过好在容导有言在先，所以他也不会对电影拍摄的过程多加干涉。

秦郁绝喝了口鱼汤，觉得有股腥腻感。她皱了皱眉放下筷子，准备倒杯果汁解腻，但四处找了一下没发现果汁瓶。对角线坐着的赵先生一下子就注意到了秦郁绝的动作，随即热切地问："秦小姐，您是要喝水吗？"

秦郁绝微愣，然后点头道："嗯，对。"

"在我这儿！"赵先生连忙起身从身后拿出果汁瓶，积极道，"我来给你倒吧。"

"……？"她何德何能？

秦郁绝赶忙推辞："不用了，递给我就行。"

"都进组了还客气什么，你那边拿饮料不方便，我给你送过来。"赵先生一溜小跑过来给她倒满果汁，"对了，要不要再点几盒酸奶？你喝酒吗秦小姐？服务员，把你们——”

“真的不用了。”秦郁绝连忙起身按住了这位赵先生，身心俱惫，“我喝杯果汁就行了，谢谢您的关照。”

赵先生点点头，还不忘热情地和她握了握手：“多多关照、多多关照。”

秦郁绝是真的没反应过来，只觉得奇怪。这人今天怎么跟被盗号了一样？如果是因为谢厌迟，那前段时间选角的时候两人就已经公开了恋情，那个时候的他明明还是一副颐指气使的样子。怎么一个月不到，就跟换了一个人似的？

饭局快结束的时候，容导让主演都留一下，统一分析一下角色，找一找戏的感觉，以保证明天第一天的开拍能够比较顺利流畅。

“剧本大家应该都已经整体读过了，我会挑一个你们三人有对手戏的片段，你们把台词念给我听，让我来了解一下你们对自己角色的理解。”

容导看了眼手表，接着说：“我会给你们五分钟的时间来找找感觉。”

这段场景是三人在被伏击逃亡的过程中，发现一个小女孩儿家道中落，全家只有她一个人活下来，还惨遭杀手追杀。

三人的态度各不相同。女主角想要出手相救，而男主角则是中立偏帮女主角的态度，女配角则是觉得多一事不如少一事。于是，三人就此发生了一场比较短的争执。

在五分钟准备时间过后，由张楚君先开始说台词。或许是因为由她起头，所以一开始并没有一下子抓住状态，但感情还是足的。宋景云反应很快，立刻接上了台词。周围的气氛和布景或多或少会对人产生一点儿影响，他显然也是留意到了这一点，所以在念台词的时候会更注意动作和语气，尽力营造出江湖侠气的氛围。

这段戏份男女主角交锋比较多，一来二去，二人也渐渐入了戏。最后，轮到秦郁绝的戏份。她依旧懒洋洋地靠着椅子，手搭在椅背上，看上去姿态散漫，十分轻松。到她接话时，她也没学着之前二人一样正襟危坐去改变自己的状态和模式。

“如果我有机会去做些什么但没有做，我才会后悔一辈子。”张楚君说。

“我不想让你冒这个风险。”宋景云接道。

张楚君摇头：“不，没有人会眼睁睁地看着一个小姑娘在自己面前死去还无动于衷。”

秦郁绝抬起眼睫，眼里的情绪淡了几分，就这么幽幽地望了一眼宋景云的方向，然后轻笑一声，抬起手就着椅背撑起下巴，食指一圈圈地缠着自己的头发，没有刻意端腔，慢条斯理地说道：“我能啊。”

张楚君微怔，随即按照台词接话道：“你说什么？”

“我说——”秦郁绝将手放下，然后俯身靠近张楚君，贴近她的脸将眼一弯，眸中全是笑意，“我能。”

“江姑娘别和我说什么江湖道义。”秦郁绝没有刻意去拿捏古风感的语气，戏感流畅而自然，“我没有良心。”

至此，表演结束。

容导看了几人一眼，然后单独转头望向秦郁绝，朝她昂首道：“很不错。”张楚君和宋景云对视一眼，倒也不觉得难堪。两人其实都算是演艺圈里演技能得到多数人认可的水平，自然也知道刚才那段戏秦郁绝赢在了哪里。

“这就是你们的主要问题，台词和表演方面能很容易让人看出你们是在演戏，而不是角色本人。”容导皱起眉，“你们对人物的理解和感情的抓取的确是准确的，但我并不是让你们演角色，而是希望你们成为角色。这是很多演员的通病，在演古装戏的时候会特地端出古风腔调。

“腔调不是通过发音咬字端出来的，而是要靠情感去呈现。”

作为导演，容导说问题还是挺一针见血而且毫不留情的。他逐个给每位主演对了一下角色，彻底折腾完的时候已经是晚上九点。

“行了，回去吧。”容导看了眼表，终于放了人。

宋景云和张楚君打过招呼后都陆续离开。因为编剧在和秦郁绝提醒剧本的小修改，所以秦郁绝留到了最晚。离开的时候，她突然想起林竹瑜的事，便随口问了句：“都开拍了，那个角色还没定下吗？”

然而这一句话却问得在场的导演、副导演和编剧后背一绷。他们卡了半天壳，然后笑着说：“啊，这个……其实定下来了，但现在不太方便公布。而且，我们得看他的时间够不够宽裕才行。”

看他的时间?

好大的排面。

秦郁绝心想：这人到底在拽什么?

第四十八章

至尊贵族林竹瑜

《青玉案 2》开拍了快一个星期，也没听到半点儿关于林竹瑜的消息。好在他的镜头并不多，如果演技不算太过糟糕的话，有秦郁绝带着，一天拍完绰绰有余。

这部电影的拍摄时长在三到四个月。进组以后，大家才发现容导的严格并非浪得虚名。他说话几乎毫不留情，也不顾及人颜面，无论是宋景云这样的咖，还是小到群演和配角，几乎都要挨一顿训。

张楚君被他骂哭过几次，每次都强忍着，等拍完了跑到厕所里偷偷哭鼻子。有一次兴许是因为容导骂得太凶，秦郁绝觉得这小姑娘平时对自己还挺好，所以准备跟着去安慰一下。结果刚走到洗手间门口，就听见张楚君边号啕大哭，边抽着空和自己的助理抽噎道："我……我怎么就演得那么糟糕。"

助理安慰她："楚楚姐演得很棒啦，容导他要求很高，而且说话就那样，我们都觉得你演得很不错。"张楚君吸了吸鼻子，忍住哭腔道："网上肯定有人会拿我和秦郁绝比啊。"

"没事，粉丝肯定会力挺你的。"助理不停她打气。

张楚君瘪嘴："那样也太委屈粉丝了吧。"

助理："……"这种老板真的很难安慰。

其实也不是张楚君妄自菲薄，的确是因为在这部电影的拍摄过程中，就连宋景云都被骂了个半死。唯一一个处境好一点儿的，大概就是秦郁绝。也只有她能从那张吝啬的铁嘴中得到几句赞赏。而且多半时候，她都能保持一条过的优秀成绩。

虽然容导有时候也会皱着眉说意思不够,但秦郁绝的领悟能力很强,从没有让他把“不够”这两个字重复过第二次。

一个星期的工夫,所有工作人员都能看出来,抛开脸不说,这样的演技已经是老天给饭吃的水准。自然也有人提过几句秦且离。

“我看过《青玉案》第一部,不知道为什么,虽然不太敢说,但我总觉得秦郁绝的演技好像比她姐姐更成熟一点儿?”

“秦且离毕竟是影后……但单看这个角色,我觉得秦郁绝真的不输她姐姐。”

“我觉得不如秦且离,秦郁绝局限性太大了,那张脸摆在那儿注定得走御姐的路子,换一类角色可能感觉就没这么好了。”

的确,秦郁绝漂亮得太有攻击性,即使不施粉黛,眉宇之间仍带着些浑天而成的媚感。这样一张脸在娱乐圈内的确非常吃香,但同样,局限性也很大。很少会有优质剧找她邀约除了美艳御姐型之外的角色,因为这些剧更多会选择外形与角色相符的演员。快餐商业剧当然是名气优先,但那样的作品对于看重演技的明星来说,会是自砸招牌。这些议论也并不是什么秘密,讨论的人多了,自然也传到秦郁绝的耳朵里。

唐小棠气得不行:“你还没拍过呢就说不行,老板下次一定要接个软妹角色气气他们。”说到这儿,她顿了下,非常硬气地加码,“不!软妹还不够!你得演萝莉。”

一米七的秦郁绝有些无奈:“……萝莉还是算了吧。”

拍摄进度卡在秦郁绝和张楚君的一场对手戏上。

其实对于电影来说,大场面拍摄起来虽然复杂,但从另一方面来说,因为本身画面吸睛度高,所以很容易就能抓人眼球。但像那种没有任何激烈场景和过激矛盾的对手戏,想拍得足够精彩就非常困难。

这一段对手戏,是女主角和女配角的一段推心置腹的对话。双方互相表达了对彼此的尊重，然后解开矛盾成了朋友。整个过程很长，但却没有任何激烈的镜头，所以更加考验两人的演技。

问题很快就暴露了。因为秦郁绝的容貌在银幕上很吃香，加上她的角色性格强势，特别是在演技的带动下，彻底地弱化了女主角。整部对手戏下来，呈现效果完全做不到平分秋色。

单方面的碾戏其实并不是件好事。对于电影而言，差异太大放在同一屏幕下会显得格外出戏，反而不如两个人各自中规中矩，没有出挑的。

其实张楚君演技并不差，只不过这几天下来，人精神压力有些大，也开始渐渐不自信，越来越难找到感觉，整个人绷得特别紧。加上对戏的人是秦郁绝，她的紧张更加翻倍，所以状态也没完全找对。

张楚君越慌张，越想用力表现，就越适得其反。

“我说了多少遍，不要硬演，要把角色当成自己！不要硬凹活泼开朗的造型，你是在演话剧吗？”

这段戏拍了整整一天，直到快要散场还没拍过，所以容导说话也越加不客气：“这段先不拍了，你自己回去找找状态。说了多少遍的问题还记不住，我看你这女主角换人算了。”

张楚君咬着下唇，鼻尖忍不住地发酸。

“秦郁绝！”容导喊，“你要不要去给她示范一下？”

秦郁绝猝不及防被点名，她微怔，看了眼张楚君，然后说：“容导，或许是今天太累了，大家状态都不太好。”

容导正在气头上，见秦郁绝拒绝，也没多话，挥了挥手道：“走吧。”

今天的拍摄不太顺利，场内的工作人员也跟着遭殃，抱怨声也就多了起来。有说张楚君演技烂的，也有说秦郁绝碾戏表现自己的。

秦郁绝从出道以来就见多了这种带个人情绪的议论，所以倒也看得淡。但张楚君向来顺风顺水，平时拍戏也总是被夸着的，头一次被训斥成这样，心里自然不好受。直到回宾馆的时候，她眼眶还是红着的。

秦郁绝把一切看在眼里。于是晚上的时候，她去了一趟张楚君的房间。“要不要对下戏？”秦郁绝笑了声，“今天我也有些问题，就我们两个人，没别人看，可能会更自在些。”

张楚君虽然正在哭鼻子，但是听见“对戏”两个字，还是点头挪开身子，乖乖让人进来。

“互换角色试一下吧。”秦郁绝将剧本摊开放在她面前，顺手抽了张纸递过去，“看自己的问题可能不清晰，但看别人的问题也许会更深刻一点儿。”

张楚君点头：“好。”

秦郁绝扫了眼女主角的台词，垂眼调整了下状态，再掀起眼帘时，眼底的妖媚感全被隐去。与她对视时，仿佛一瞬间看见了个心怀天下、干净磊落而又热烈张扬的女侠。

“沈姑娘。”秦郁绝笑着开口，将眼轻弯，眼尾眉梢全是笑意，爽朗而又利落，“我好羡慕你呀！”

张楚君一愣，片刻后才反应过来，接上台词。显而易见的，秦郁绝来之前就做好了准备。明明说着别人角色的台词，但从头到尾却没看一眼台词本。在她身上看不到半点儿女配角那股勾人的妖媚，反而全身上下散发着干净而又凌冽的气息，仿佛她就是那个策马观花、侠义为先的侠客。

“差不多就是这样。”秦郁绝说，“你的演技很出色，但可能是压力太大，太紧张了。其实不需要用力表现她的单纯，或者刻意去塑造女主角的阳光。因为我这个角色成熟性很高，我们之间的对手戏对比感本身就会很强。”

张楚君没反应过来：“对比感？”

“嗯。因为人设差异很大，所以你的单纯和阳光是不需要过多塑造就能被我反衬出来的，太过刻意地去表现，反而会让单纯看上去太过刻意。”秦郁绝解释道。

两人一来一往，张楚君也并非愚笨之人，经过点拨和几次反复练习之后，逐渐也找到了窍门。再看时间，已经凌晨两点。

“谢谢。”张楚君有些扭捏地送秦郁绝到门口，然后问道，“郁郁，其实我看得出来，当时容导要你演给我看的时候你就知道怎么演的。当时为什么不表演一下呀？这样肯定没人再说你不合适了。”

“没必要，那个时候我表演一下也对拍摄没什么帮助。”秦郁绝笑了声，“而且，我不想有人借题发挥，拿我们俩做对比。”等人走后，张楚君也反应过来秦郁绝话里的意思。原来那个时候，她刻意推辞，其实是想给自己保留最后一点儿自尊。

这么想着，张楚君的鼻子又开始发酸了。她哽咽着拿起手机，然后给人发去一条消息：“我女神真的太温柔了！”末了，她又补了一句，“秦大哥，你们能不能不要再针对她了呀？”

那边安静了一会儿，然后回复过来一条消息：“听话，别管这件事。这不是我能决定的。”

在拍摄的第九天，容导突然发了条群消息——拍摄任务临时有所更改，原定今天要拍摄的情节取消。

原因是那位饰演林竹瑜的尊贵演员，终于在今天有了时间。所以导演特地腾出所有的安排，来拍摄这一部分的内容。自从开拍以来，林竹瑜这个角色就成了剧组的未解之谜。到底是什么样的人物，能让容导这样说话毫不客气的人恭敬到这种程度，甚至还为他专门腾出日期？

剧组内将此人称为：至尊 VIP 跩哥。次日，秦郁绝特地起了个大早，她倒要看看这人到底凭什么这么跩。谁知道一来到剧组，竟然看到位熟人。

谢厌迟打着哈欠坐在保姆车内，手里端着杯咖啡。他转头对上秦郁绝的目光，唇角一翘，抬手道：“嘿。”

第四十九章

比较害羞谢厌迟

这人怎么在这儿？

秦郁绝一个急刹车停住了步子，盯着面前的谢厌迟，还没反应过来这是个什么情况。她怀疑自己还在梦里，不敢相信自己的眼睛。

这是活的谢厌迟？

似乎是看出她的想法，谢厌迟侧身下了车，慢条斯理地走到她面前，将咖啡递了过去，调侃道：“这么久没见，都不和你男朋友打个招呼了？”

看来是活的谢厌迟，她没在做梦。自从那次宣传片拍摄结束之后，两人就没再碰过面。因为综艺的火爆，谢厌迟公司的游戏知名度又提高了一个层次，大量女性用户的涌入带来了强烈的经济效益。在短短半个月的时间里，就因为日销售额和在线数量多次破了之前同类网游纪录的事上过几次新闻。景逸科技最近也有制作针对女性向抽卡类游戏的企划，所以这段时间，公司的业务越来越多。

秦郁绝接过咖啡，警惕地问：“你来干什么？”

谢厌迟慢悠悠地说：“来工作啊。”

“工作？”秦郁绝一脸不信，“你来剧组工什么作，当场务吗？”

谢厌迟摸了摸下巴，玩味地吐出两个字：“你猜？”

猜个毛！这种懒散中带着些漫不经心，一副“我在捉弄你”的语气，可以肯定了，这人来这一趟绝对没安好心。

联想起今天是林竹瑜和自己的戏份……秦郁绝幡然醒悟——他一定是来搅局的！就和同宋景云拍宣传片那次一样。

这么一想，秦郁绝有点儿心疼那位至尊 VIP 踿哥了。

“谢厌迟。”她开口警告道，“我提醒你，如果你今天打扰我的拍摄，我就——”

“就怎么样？”谢厌迟不怒反笑，俯身平视她的眼睛，“还挺凶。”

两人的距离很近，秦郁绝能清晰地看见他如羽的长睫，以及那双浅瞳中带着些轻佻却又温柔的笑意。她偏过头，咬着下唇，脸颊烧得滚烫。

“老板！化妆师已经整理好了，您可以去——”唐小棠刚一走过来，就猝不及防撞见了这幅画面。她将嘴一捂，忍住惊愕，在心里震撼、惊讶、惊恐了半天后，准备悄无声息地退回去：“谢先生来了的话，我就不打扰你们了。”

“站住！”秦郁绝转头喊住唐小棠，然后敏捷地后退一步，同谢厌迟拉开距离，“我们去化妆室。”

“哎？您不和谢先生……”

“不聊。”秦郁绝开口打断，随即顿下步子，深吸一口气，转头露出一个微笑，“那谢先生认真工作吧，要记得我们互不打扰哦。”

“行啊。”谢厌迟直起身，懒洋洋地抬了下眼，话里带着些痞气，“那就互不打扰。”

十分钟后。

互不打扰个毛！

秦郁绝看着坐在自己身旁化着妆的谢厌迟，终于觉察到了事情的不对。他不是来工作的吗？那他化妆干什么？等等，服装师怎么也来了？那套戏服是给谁的？谢厌迟怎么准备去更衣室了？终于，秦郁绝忍不住了，抬手拉住了谢厌迟的衣角：“谢厌迟，你站住。”

“怎么把自己说过的话忘了呢？”谢厌迟低笑一声，将眼稍眯，抬起食指轻轻抵住她的额头，提醒道，“我在工作，互不打扰。”

说完，转身跟着造型师离开了。

"……"

不会吧。

不会真被自己猜中了吧。

谢厌迟什么时候也开始逐梦演艺圈了？

他很闲吗？容导是被下了降头吗？

在挣扎了整整二十分钟后，张楚君也到了化妆间。自从那天对完戏之后，两人的关系突飞猛进。她一路风风火火的，放下手中的东西就赶到秦郁绝身后，叽叽喳喳地说道："我听人说谢先生来了耶！然后我掐指一算，他肯定是听说你今天要和那位踟哥拍戏！男人该死的占有欲哈哈哈！"

秦郁绝心情复杂，一时之间无话可说。

这么想想，谢厌迟的确很踟，也配得上至尊 VIP 这个称号。除了他之外，还真没有哪个人能在剧组随意成这个样子。

"我来的时候期待了一天了，就想看谢厌迟和至尊踟哥扯头发！头发薅秃的那种！我跟你说，我打听到了，今天几个没有戏的演员现在都从床上爬起来准备来看男男扯头发现场。"张楚君边说边感叹道，"太刺激了。"

"那倒不必。"就在这时，一道声音从她身后传来，语气透着点儿懒倦，虽然听上去轻飘飘的，但却让人不由得后背绷紧。

张楚君一激灵，转过头。

谢厌迟懒洋洋地靠着门框，轻抬起眼睫，朝两人的方向看过来："给我取的新称呼？"

"……"

他眯眼想了想，然后低声一笑："还挺不错的。"

张楚君险些窒息。

多亏有造型师喊了句："谢先生，头发的造型还没做呢。"

“来了。”谢厌迟转头应了一声，接着直起身准备离开。可还没走两步，就突然想起什么似的转头望向秦郁绝，唇角一翘：“合作愉快。”

化妆间里鸦雀无声。即使在人走之后，也陷入了长达半分钟的沉默。不得不说，虽然不知道谢厌迟到底有没有演技，但光是穿上这身华袍，连发型都还没做，只往那儿一靠，长眸含笑，放浪形骸全都刻在骨子里了，只是一抬眼，浑身上下那股贵公子的气质就出来了。

其余不提，谢厌迟这张脸，完完全全配得上男狐狸精这个称号。

“郁郁。”终于，张楚君艰难地开口，“我会被封杀吗？”虽然知道谢厌迟不是会干出这种事的人，但秦郁绝还是坚定不移地戏弄她，平静地说道：“加油。”

张楚君呜咽一声，抱着脑袋在一旁沉思了很久。

终于，在所有人的期待下，容导姗姗来迟。一进化妆间，他就故作镇定地咳嗽了声，然后看向秦郁绝：“也不是我们要瞒着你，之前的确不知道能不能请他来。”

请？还是邀请的？

秦郁绝不信邪道：“容导，您就说实话吧，他是不是带资进组？”

“还真不是。”容导实话实说，“实不相瞒，谢先生是投资方赵先生花了一百五十七万元请过来的。”

一百五十七万元。

就几个镜头的客串？甚至能赶得上她这位女配角的片酬。

秦郁绝沉默了一下，发自内心地问：“赵先生受什么刺激了。”

“其实一开始没这么多的。”容导说到这儿，左右看了一眼，然后压低声音，“赵先生原本的报价是两位数，这还是看在谢先生的分儿上刻意报高的。”

“然后呢？”

“抬价抬上去了。”

秦郁绝了然："哦，这就正常了。"

果然是谢厌迟，没安好心就算了，不仅不带资进组，就几分钟的镜头居然还好意思和人抬价。直到这一刻，秦郁绝才确定，这果然是谢厌迟本人才能干得出来的事。

其实稍加思索就会发现，赵先生这么做倒不是没有头脑。按照现在的人气来看，多数粉丝都是鱼池夫妇这对的CP粉，而升级成为秦郁绝个人粉丝并且愿意为了她进影院的，在CP粉中占比太少。但一旦谢厌迟出现在这部电影里，就另当别论了。花一百五十七万元，纯粹就当买个稳定能爆的宣传，倒也不亏。这么一看，赵先生之前对她那种过分殷勤的态度，倒也不难解释了。

经过一个小时的冷静后，秦郁绝觉得自己已经接受了这一切。但直到来到片场，看见周围一群整整齐齐上至主演下至群演、路人的工作人员，全都排排坐在一旁的椅子上，目光灼灼的吃瓜表情时，秦郁绝觉得，自己还没有接受。最让人感到羞耻的是，唐小棠居然还在短短一个小时的时间里跑去做了个劣质手幅，上面写着"鱼池夫妇是真的"。

"……"明天就开除这位助理。

秦郁绝来的时候，谢厌迟已经到达现场了。他靠在一旁的桌边上抱着胳膊，耐心地听着容导讲戏，时不时轻点下头回应。在收敛了那股轻佻和漫不经心后，谢厌迟的神情看上去格外认真，能让人意外地感受到那股镇定和可靠。

许多人都以为，这位谢小少爷是来走个过场，导演和投资方肯定都把他当佛祖似的供着。却没想到，他居然看上去这么好说话，而且还挺配合。关键是——本人真的比电视上还帅！

终于，在漫长的准备后，拍摄开始。这不是秦郁绝第一次拍这种暧昧戏份，但这绝对是她压力最大的一次。虽然之前拍这种戏的时候，围观的人以及身旁的工作人员也不少，但没有哪一次像现在一样，每个人都带着无比灼热和期待的目光，聚精会神地望着两人的方向。

谢厌迟坐在床上，倚着床头，衣领半开，乌黑的长发被设计出了几分凌乱感，有几缕松松地从肩上搭下来。他浑身上下都带着些欲，一双桃花眼里全是不羁，随随便便一个眼神，都能惹得小姑娘脸红心跳。

似乎是看到秦郁绝的些许畏缩，他轻笑一声，朝她伸出手："来。"

没再犹豫，秦郁绝调整了下状态，握住谢厌迟的手。接着，整个人就被一股大力一扯，猝不及防地跌进了他的怀中。

红罗轻纱轻摇，一旁的香炉上几缕白烟缠在一起，让屋内多了几分朦胧感。在她跌入的时候，纱帐轻动，四角垂着的铃铛也清脆地响了起来。两人的长袍一红一青，纠缠交叠在一起。即使还没有任何多余的动作，也能从空气中嗅到几分旖旎。

周围的吃瓜群众里，有些还算得上是鱼池夫妇的粉丝。见到这幅画面，虽然努力忍住了尖叫，却还是不由得互相对望，脸上写满了激动，也更加目不转睛了起来。不知道为什么，向来在镜头前耀眼的秦郁绝，在对上谢厌迟那双浅眸时，头一次地出了神。

"卡！"容导皱了下眉，"秦郁绝你没进状态啊。"

周围的人也议论纷纷。

"害羞了吧？"

"哈哈哈果然是。"

"今天这场肯定难拍，秦郁绝都不在状态啊。"

听到这些话，秦郁绝垂了下眼，自知失误："抱歉，我失误了。"

"容导，需要这么多帮手吗？"谢厌迟突然问了句。

容导一愣，回头看了眼吃瓜的众人："倒也不用。"

"那劳烦他们去别处等等？"谢厌迟将身体往后一靠，抬起手有一搭没一搭地玩儿着秦郁绝的头发，然后慢悠悠地说，"不好意思，我这人，比较害羞。"

第五十章

一定是真的喜欢

围观的人很快就被清理了大半，甚至连举横幅的唐小棠都被毫不留情地赶了出去，留下的都是拍摄的必要人员以及死皮赖脸借着“学习”名义留在现场的男女主角。

人一下子走空，让秦郁绝自在了不少。刚才那么多目光炯炯的围观群众盯着自己，再加上演对手戏的又是这么个狐狸精，她真的很难放得开。

只是……她抬起眼，看着谢厌迟这副漫不经心的模样，怎么看都不像害羞的样子。秦郁绝不是迟钝的人，当然也听得明白，谢厌迟刚才那番说辞到底是因为什么。

“好了，调整一下状态，秦郁绝要注意一下情绪。”容导回到摄像机前。

工作人员开始打板：“三、二、一！ Action！”

拍摄开始，进入状态。

软红春帐，动作稍大，那四角铃铛就叮当直响。

秦郁绝抬起眼睫，径直望向谢厌迟的眼瞳，然后唇角翘起，凤眼含笑，眼尾微微上挑，媚中带点儿妖，是毫不掩藏的攻击性。她抬起胳膊，轻纱衣袖自然滑落，露出一段洁白的藕臂，轻轻搭在了谢厌迟的脖颈上。另一只手攀上了他的腹腰，顺着一路往上，直至他敞开的领口处停下。

“说这些扫兴话做什么。”

秦郁绝的声线是那种温御的类型，刻意压低的时候，每个音节都仿佛在人心尖上撩拨。特别是这种时候，还刻意保留着些气音，勾得人心里发痒。

她胳膊稍稍用力，暧昧地将谢厌迟往自己身前一拉。然后抬起脸，呼吸打在他唇边，一点点地磨过去：“我现在不是在这儿，你想做什么，就可以做什么。”

这话听得在场的人都心头一紧，媚骨天成这个词，用在秦郁绝身上再合适不过。平时对人她还可以收敛几分，现在这么气场大开，更是让人挪不开眼。

容导却觉得不妙，在拍之前，忘记让秦郁绝先收着点儿了。因为林竹瑜这个角色加了末尾那段戏之后，俨然塑造成了一个绝非池中之物的形象，只是刻意掩藏在花天酒地的外壳之下。所以面对沈娇的撩拨，他应该是能接住戏份并且能游刃有余地相对抗的。但秦郁绝的演技太过强势，很难有人驾驭得住。

正当容导准备喊停重新提醒一下时，谢厌迟动了。

他唇角还挂着玩味的笑，眼底分明带着轻佻，但眸色却清明，没半点儿色令智昏的样子。他低下头抵住她的额，声音低沉，带着些沙哑：“什么都可以？”

周围仅剩的人心里一震，这演技好到看不出半点儿违和感。众人甚至怀疑这两人分明是在众目睽睽之下公然调情。

秦郁绝对谢厌迟的表现没太大意外。除了自己这段羞耻度爆棚的台词以外，林竹瑜这些满口骚话没皮没脸什么都敢说的台词，完全就是谢厌迟平常说得出来的话。秦郁绝头一回觉得，投资方可能还歪打正着找到了林竹瑜本人来饰演这个角色。

按照剧本说的，二人在一小段的缠绵后进入“云雨一番”的情节。

这里是林竹瑜翻身将沈娇压在身下，然后靠分解镜头来拍摄些朦胧暧昧的画面塑造出船戏的感觉。但剧本上，这一段应该由秦郁绝主动。

本来她以为既然已经入戏了，自己肯定已经适应了。然而伸手的那一刻，她却还是不可避免地有所停顿。即使现在没有人在看，她却还是没来由地，在望进谢厌迟那双桃花眼时，下意识地迟疑了一下。

停顿时间虽然短，但即便只有一秒，暴露在镜头下也会变成极大的失误。

容导皱了下眉，刚准备喊停，却被谢厌迟的动作打断。他抬手扣紧秦郁绝的后背，一个翻身，红罗帐摇动，地上的纱缠绕在一起。秦郁绝身上的红裙往后一退，露出曲线优美的双腿。

全是暧昧。

谢厌迟低头，抵住秦郁绝的额头，轻笑道："你说得对。"

"卡。"

终于，容导喊了停。

秦郁绝愣了下，没起身，只是这么看着谢厌迟，安静很久后说："这段是由我主动……"

"是吗？"谢厌迟松开手，靠着床沿，然后朝秦郁绝递出手，吊儿郎当道，"那就是我记错了，我这业余选手记性还挺差的。"

秦郁绝没立刻接话，搭上他的手坐直身，然后就静静地望着他。她知道谢厌迟不会记错。这么说恐怕是主动揽过责任，不想让自己难堪。

"要重拍吗？"副导小心翼翼地问了句。

虽然这段谁主动在剧本上的确有些出入，但这段戏的效果还是非常不错的，重拍可能会影响两位演员的情绪，没准儿还不如刚才。

容导看了几遍回放，摸着下巴思索了好久，然后摇了摇头："不重拍了。我想了想，这个地方由林竹瑜主动反而更符合人设。而且这样，秦郁绝的那个停顿也格外合理。"

通过结局可以看出，林竹瑜喜欢沈娇，而沈娇这个时候喜欢的是男主角。所以在这种心情下，即使沈娇设定如此，在面对这样的事情时，有一瞬间停顿迟疑是很正常的。

毕竟，她有心上人。

而且更重要的是，容导在观看的时候发现一个细节——谢厌迟在翻身压下的时候，特地挪了手去护住了秦郁绝的头。

容导看得出来，这个细节不是来自谢厌迟的演技，而是他真真切切地喜欢着这个女孩儿，所以才会这么注意着她的感受，小心翼翼地保护着她的一切。

这正是林竹瑜要表现出来的。

“不用改了。”容导抬起头，认真地说，“这段二位表现得很好。”

这倒是出人意料。原本以为一个非专业演员来饰演角色，按照容导的性格，就算是不到几分钟的镜头也可能磨上一天，没想到一遍就过了。

中场休息的时候秦郁绝来找容导，出声道歉：“抱歉，是我没进入状态，刚才那个停顿……”

“我能理解，毕竟你们俩那么恩爱。”容导笑了声，“放不开是很正常的事。”

的确，恩爱的人放不开是很正常的事。

秦郁绝垂下眼。

可他们并不是恋人。

合约情侣，从头到尾都是虚假的关系，为什么还会这么迟疑呢？

“你看看这段戏。”容导想了想，还是把秦郁绝领到了摄像机面前，“仔细看看。”

刚才那段镜头重新播了一遍。秦郁绝的观察能力很强，一下就注意到谢厌迟护住自己后脑的动作。难怪那个时候，自己没有感觉到任何的撞击感。只是谢厌迟的动作太过自然，连她都没有注意到。

“我还是挺开心的。”容导感叹道，“看到你，我还是会想起你姐姐。当年她进组的时候，也还是个孩子一样的年纪，我也把她当亲女儿看。所以一开始，也对你很苛刻。”

秦郁绝没说话，只是安静地听着。

“我知道那段时间你们家出了很多事，你走到这一步也很难。”容导笑了声，接着说，“能遇到个这么喜欢你的人，很幸运了。”

在长久的沉默后，秦郁绝笑了声，然后弯腰说：“谢谢您。”

的确很幸运。

但秦郁绝还不敢笃定，这份幸运，是否真的属于自己。

最后片尾那段戏很简单，在吃完午饭后，大家便去往取景地迅速拍好了。

在谢厌迟拍着的时候，秦郁绝在一旁翻了几遍剧本，看的全是林竹瑜出场的镜头。直到谢厌迟收工回来，淡淡问了句：“看什么呢？”

“剧本里没有任何正面描写，”秦郁绝随口说，“我在想，林竹瑜是真的喜欢沈娇吗？”

谢厌迟笑了：“你这问题应该问我。”

秦郁绝抬头看他一眼，莫名其妙道：“你又不是编剧。”

“也对。”谢厌迟抬了下眼，随手拿起一旁的矿泉水，拧开瓶盖喝了一口。

秦郁绝合上剧本，起身准备找张楚君对对接下来的戏。然而冷不防地听到身旁的人突地淡淡说了句：“真的喜欢。”

只四个字，却让她的步子停住，目光一瞬间放空。

所有的思绪宛若在一瞬间被抽干，仅仅能听到谢厌迟的声音，无比清晰地在颅内反复。

秦郁绝握紧拳，不知道为什么，觉得眼睛发酸。

有许多戳中你的事情，并不一定是什么轰轰烈烈的大场面。可能仅仅是一个动作，或者一句话。

在认识谢厌迟的时候，秦郁绝一直认为自己足够理智。现在才发现，有时候自己引以为傲的东西，在遇到一个人时，也会变得不堪一击。

她突然想起前段时间母亲对自己说的话：“每个选择都不后悔就行。”

秦郁绝突然明白了这句话的意思。

她从来都是个义无反顾的人。

再给自己最后一点儿余地和思考的空间吧。

如果在第二次综艺之后，这些怦然心动还没有任何一点儿改变的话。

她知道自己会怎么选。

第二次综艺比预期中来得快。

在拍戏这段时间，节目剪辑版的第一期也放了出来。这个版本增加了刚到酒店时两人之间的“睡衣片段”。这再一次引发了鱼池 CP 的全民狂欢，意外的是，就连那款睡衣也因为这件事情而爆火。

哈哈哈哈全世界的男朋友都有这种该死的控制欲吗？

直接说自己吃醋到底是什么必杀技啊，我真的抵御不住。

啊啊啊好想听谢厌迟继续说关于睡衣的分析，为什么秦郁绝要打断？我怀疑他们在公然调情！

……

在这样的势头下，所有人都对第二次综艺录制格外期待。

截至目前，鱼池 CP 在网络 CP 榜单上蝉联了几周的第一，甚至还有人专门开了贴吧，里面一堆的同人文。

在确定时间后，综艺正式开始录制。

好巧不巧，也正好赶上了秦郁绝的生日。

第五十一章

我从来没否认过

这次综艺的拍摄地在青来岛。定在这个地方，是因为网上曾经发起过一次投票。问题是："你最想和爱人去的地方是哪里？"那时候大多数人都选了海边。

神秘，浪漫，潜然的危险性。

大海似乎符合所有让恋人之间心动的关键词。

开拍的前一天刚好是秦郁绝的生日，节目组自然不会放弃这样一个可以制造话题的日子。于是，在嘉宾抵达宾馆之后，节目组以拍摄"制作花絮"的名义，发布了一起额外的任务。

"为了让大家在正式拍摄前熟悉周围环境，现在请各位前往青来山区，每组情侣都需要乘坐缆车，来领略青来的美景。"

话虽这么说，但秦郁绝猜得到，去青来山八成是节目组联合了其他嘉宾，在那里安排了一场生日会，想给自己一个惊喜。

其实这种事情也不难猜，嘉宾生日必定会借机发挥举办一些活动，这是所有艺人都心知肚明的事。只不过即便是知道，在镜头前也要演出一副惊喜的模样，去配合节目组的安排来表现自己的感动。

所以，很多艺人的生日，往往过得比平时还要累。

坐车前往青来山的时候，谢厌迟还没有到。据导演说是因为工作延误了飞机，所以最快也只能今天晚上到。但是节目不等人，于是只能放弃让他参与录制了。

乘坐缆车都是两人一组，像这样带着些刺激危险感的活动，往往是最适合情侣的。

盛向晴挽着陈子健的胳膊，撒着娇说道："你要保护好我哦，人家怕高，坐这个会特别害怕啦！"

陈子健："在下不才，和您一样。"

两人没说几句话就又拌起了嘴，最后抱着胳膊仇人似的互瞪一眼，然后坐进了缆车里。

郑千意和萧然这对是从头到尾的平和。两人之间俨然一副老夫老妻的样子，虽然没怎么对话，但萧然的手一直搂着郑千意的肩没松开。

而这么久过去，商子辰和许抒音之间的关系好像也比之前好了些。听说不久前两人还合拍了一则广告，并且也有了共同的电视剧作品，CP 炒得相当火热。只是在经过秦郁绝身边时，商子辰还是停下步子转头，有些犹豫地问："秦小姐，要不要和我们两个一起坐缆车？你一个人——"

"商子辰！你在干什么？"许抒音已经坐上了缆车，双手扩音似的放在嘴边喊道，"快点儿过来呀！"

商子辰一顿，回头看了眼。

"不用了。"秦郁绝笑着开口打断，"这可是个恋爱综艺，三个人坐在一块儿可就跑题了。"

商子辰笑笑，没再坚持，转身朝着缆车的方向走去。秦郁绝看了会儿他的背影，唇角一翘，眼底笑意柔和。女人的直觉都是很敏锐的，她能发现商子辰已经不喜欢自己了。不知道他有没有觉察到这一点，但秦郁绝很笃定，商子辰的眼睛里已经开始装着另外一个人了。

这是件好事，所有人都应该向前走。

最后，轮到她上缆车了。原本没有太多其余的想法，但直到一个人坐进那空荡荡的空间时，才发现周围出奇地安静。

秦郁绝转头看着前面几辆已经开始缓缓启动的缆车，垂下眼帘，然后将身体靠在座椅上，似乎是若有所思。

她在想念谢厌迟。

车门准备关上，而就在那一刻，突然传来“啪”的一声。一只骨节分明的手重重地握住了门框，眼前的光线被挡住，整个缆车内一暗，一道黑影笼罩在自己身上。

秦郁绝错愕抬头，正对上谢厌迟那双狭长的眼。他呼吸还带着些明显的起伏，领口衬衫的扣子敞开一粒，几缕头发垂下搭在眼前，但长眸含笑，望向她时，目光全是温柔。

“你不是——”

“你的生日，”谢厌迟笑了声，“我怎么能迟到。”

看他这副样子，应该是赶过来的。不知道为什么，秦郁绝能感受到，在看到谢厌迟出现在自己面前的时候，自己心中的安心和欢欣。

她希望他来的。

她并不是无所谓。

谢厌迟俯身进来在她身旁坐下，伸出手扯了扯领口，将头朝后一靠，轻扫她一眼，然后笑眯眯地问：“想我吗？”

秦郁绝偏过头，语气颇有些欲盖弥彰：“当然不想。”

“啊，可惜。”谢厌迟没半点儿生气和不好意思，他懒洋洋地抬起手揉了揉脖颈，然后俯下身看她，慢条斯理地说，“但我想。”

他说这话的时候，秦郁绝没从他眼底读到半分戏弄。越是想看清那双浅色的瞳仁里的想法，读到的越是让人莫名怦然心动的吸引力。

这人怎么这么犯规啊！

缆车开动了，行进到半山腰的时候，外面突然传来烟花的声音。

秦郁绝转头。

此时天差不多已经暗下来了，烟花上面的图案以及文字也无比清晰——“祝秦郁绝生日快乐”。

她笑出了声，看来这就是节目组准备的惊喜了。接下来的发展，就全在意料之中。下了缆车之后，其他嘉宾惊讶了几秒谢厌迟居然赶来了，然后就按照计划将秦郁绝领到了生日宴会的现场。

在这里，大家提前布置好了宴会装饰。在经过许愿、吹蜡烛、切生日蛋糕、互相往脸上涂抹奶油，并进行了一些小游戏之后，就进入了感情催泪环节。嘉宾轮番送上礼物，然后念出自己准备好的祝福和期许。秦郁绝再一一进行回应与感谢。

在摄像头下，所有的温情都变得有些公式化。

最后，由谢厌迟送出的一对钻石耳环收尾。按照剧本和导演设计的那样，秦郁绝与谢厌迟温情相拥，然后再由谢厌迟说上一句“生日快乐”。至此，拍摄完全结束。非常标准的一套流程，放在节目上，就是很标准的小甜饼。既表现了嘉宾之间良好的氛围，又突出了恋人之间的甜蜜。

在坐车回宾馆的时候，或许是因为终于结束了录制，那股疲倦感涌了上来，让秦郁绝四肢如同灌铅一般沉重。她今天一天行程都很紧张，早起补拍了一段戏之后就马不停蹄地赶来了青来岛。

聚光灯下的生日宴会，并不比拍戏轻松。要演出惊喜和期待，还要表演出感动和热泪盈眶，最后还要配合着节目组同谢厌迟一起演出恩爱感人的场景。

真的很累。

回到酒店后，秦郁绝准备迅速洗澡休息。包刚刚放下，还没来得及转身，手腕就突地被谢厌迟扣住。紧接着，整个人被他一拉，猝不及防地撞进了他的怀中。还没等她来得及反应，就感觉到脖颈处贴来一股冰凉的触感，刺得人浑身一个激灵。

“生日快乐。”耳边传来一阵轻笑，谢厌迟放下环在秦郁绝后颈处的胳膊，退后一步，仔细打量了下，“很适合你。”

秦郁绝低头。

他给自己戴上了一条项链。且不论做工的精细和设计的巧妙，单看那颗净度颇高的钻石就能看出不菲的价格。

她垂眼，伸出手轻轻捏住那枚钻石，抬头看着谢厌迟的眼，努力让自己的声音听上去平静：“谢先生，生日会已经结束了。”

“嗯，我知道。”

秦郁绝提醒道：“你已经送过我一次礼物了。”

“当着摄像机面前演出来的东西能叫生日吗？”谢厌迟低声笑了，尾音带着些勾人的懒倦。他起身靠近秦郁绝，然后微微低下头去迁就她的视线：“刚才那礼物是送给观众和节目组看的。”

“现在呢？”秦郁绝问。

“现在才是送给你的。”谢厌迟看着她的眼睛，无比认真和郑重地重复了一遍，“生日快乐。”

鼻尖的酸涩感再也控不住。

她一言不发，只是这么看着谢厌迟，眼前却控制不住地蒙上了一层水雾。秦郁绝偏过头，似乎是想要刻意忍住，但眼眶连接着鼻梁，一阵阵酸胀感传来，让她再也难以控制地，滚落一滴泪珠。

谢厌迟稍怔，随即无奈地弯下腰，用拇指抹去了她的眼泪，似乎是在哄她：“怎么这么容易就哭了呢？以后要是——”

“没有以后了。”

终于，似乎是做出什么决定。

秦郁绝深吸一口气，强压住声音里的颤抖和哽咽，用一双含水的眸子，无比认真地看着谢厌迟的眼睛。她的声音都带着些轻颤，偏生每个字都说得无比锋利：“谢厌迟，你不要这样。”

谢厌迟停下手上的动作，回望着她。

“如果不喜欢我，就不要做这些事情。”再怎么控制情绪，说着说着，秦郁绝的情绪还是一下子溃不成军，“合约情侣不需要做到这种程度的，谢厌迟，你不要对我这么好。我再怎么也是个女孩子，会多想，会期待，也会自作多情。”

“所以如果你不喜欢我，就不要这样对我。”她咬着下唇，哭腔再也控制不住，只是极力维持着自己清晰的吐字，“宁可残忍一点儿，我也不想被这样对待，永远要去猜测一件未知的事——”

话还没说完，谢厌迟便抬起手箍住她的脸，一只手握住她的腰，将她往自己身前一扯。

紧接着，倾身而下，吻上了她的唇。

带着与之前每一次都不同的攻击性。他掌心的温度炽热滚烫，隐秘的情绪随着血液充斥着身体的每一个角落。

天旋地转，带着一股不知从何而来的失重感，周围的一切好像都在不断地向下坠落。

就连呼吸都痴缠在一起。

直到许久后，两人终于分开。

谢厌迟抬头，紧紧抵住秦郁绝的额头，他闭上眼，眉头紧皱，许久都没有睁开。

直到许久后，他开了口。

“我没否认过。”谢厌迟声音低哑到极致，“秦郁绝，我从来没否认过。”

那些都是真的。

镜头前那些装作不在意的调侃，回答采访问题时那些用轻佻语气说出来的答案……

全都是真的。

他从来没对谁撒过谎。

除了自己。

第五十二章

我从不计较后果

其实签下恋爱合约的那天，并不是两人久别之后的第一次见面。

第一次重逢，是在十八岁那年的夏天。

那时秦郁绝虽然转学，但学籍仍然在原来的学校。所以高考的时候，她得回柳川市进行考试。

那是一年之中最热的时候。

大批的学生涌入学校，站在教学楼下面等待着考场的开放，密度极高的人群让空气仿佛都变得稀薄。

头顶上是烈日阳光，晒得人脑袋发晕。多数人都和身边熟识的同学聊着天，三个两个的聚成一起。

同学给谢厌迟占了一处阴凉地，扯着他边有一搭没一搭地聊着天，边用手在额头上搭起个小帐篷四处张望："让我看看别的学校有没有什么好看的漂亮妹妹。"

谢厌迟后背抵着墙，懒洋洋地打着哈欠，也懒得搭话。

直到旁边的人激动地扯了下他的袖子："看左边！告示牌下面！虽然只有个侧脸，但看身材和气质就看得出，绝对条儿顺！"

谢厌迟敷衍地抬了下眼，然而在捕捉到那个身影时，却突地顿住。

不管隔着多远的距离，也不管两个人分开了多久，他还是能一眼认出那个人。

秦郁绝站在完全暴露在阳光下的地方，低垂着眼翻看着进校门时志愿者发的考场结构图。她扎了个高马尾，有几缕碎发柔顺地垂在脸侧，后背挺得笔直。即使没什么刻意的打扮，却也格外吸引人注意。

兴许是太过炎热，她抬起手，用手腕轻拭了下脖颈的汗。

谢厌迟安静地看了一会儿，然后突地直起了身。

旁边的同学一愣，下意识地喊了一句。而他却置若罔闻，径直朝着秦郁绝的方向走去。然后，在她身后停下。

谢厌迟个子很高，漆黑的影子瞬间笼罩了下来，将秦郁绝遮了个严严实实。

灼目的光线被挡去，留下一块阴地，让人被太阳烧得生疼的眼眶顿时放松了下来。

秦郁绝觉察到光影的变化，不由一顿，微微偏了下头。

身后的男生姿态慵懒地靠着告示牌，正皱着眉低头看着准考证上的字符，似乎压根儿没把注意放在自己身上。

没什么稀奇的事。

秦郁绝收回视线，转过头。

两人一前一后，就这么安静地站着。

没有任何交流，宛若一对从未有过交集的陌生人。

铃声响了，考场开放。

秦郁绝将准考证夹着考场示意图收好，转身朝着教学楼的方向走去。

半点儿停留都没有。

只是在转身的时候，高马尾被风带起，发尾轻轻打过谢厌迟的胳膊。宛若羽毛拂过一般，稍纵即逝。他没有动，只是抬起眼，目送着她的背影逐渐吞没在人海里。

近千人涌动上前，但唯独她的身影格外清晰。

有什么东西靠近了，又离开了。

就像一粒红尘滚入汹涌的波涛之中，洗刷，冲撞，然后再也寻找不到。

第二次重逢，是在大一。

谢厌迟作为校方代表，来到秦郁绝的学校来参加联动辩论赛。

午休的时候路过报告厅，话剧社正在排练着不久之后给学长学姐们的毕业仪式表演的节目。

秦郁绝是女主角。

谢厌迟靠着后门，朝着舞台的方向望去。

站在舞台上的她，即使没有任何华丽的装扮，也能将身上的光芒展露得淋漓尽致。

报告厅只是借用的，所以并没有开空调。在最炎热的季节，就连地板和座椅都闷得发热。

结束演练后，秦郁绝因为下午有课并没有回宿舍，而是挑了个座椅，侧身趴在扶手上小憩。

谢厌迟静静地看了一会儿，等人全都走光了，才走到她身旁的位置坐下。

秦郁绝的碎发贴着脖颈，被汗水浸湿，呼吸轻轻的，眉头紧皱，看上去睡得很浅，而且并不安稳。

然后，突然来了阵风。

裹挟着股清凉，温和地拂过。

谢厌迟靠着椅子，将辩论赛的稿件折成四分之一大小，胳膊架在扶手上，有一搭没一搭地替她扇着风。

从头到尾，一言不发。

这场觉睡得是意外之中的舒适。秦郁绝醒来的时候，伸手摸了摸自己的后背。意料之外地，没有被汗湿，脖颈处反而还有些凉意。她起身，拿起自己的课本，看了眼时间，然后抱着书匆匆地赶往教室。

不知道这是第多少次，谢厌迟目送着秦郁绝的背影离开。

屈指可数的重逢里，两人从没有说过一句话。

哪怕是一句问好。

但有些事情从来没有什么公平与不公平。

世界上大多感情都是这样。

所爱隔山海，山海不可平。

喜欢一个人是藏不住的。

哪怕是贺怀情早就告诉过自己，像谢厌迟这种满嘴跑火车、看上去花言巧语一大堆的人，在感情上是最靠不住的。

但秦郁绝却还是会相信他的话。

只要他说，她就愿意相信。

现在他说了。

那么她就愿意去赌。

秦郁绝无比认真地看着他的眼睛，眸光没有半点儿闪烁："你还有什么其他的想对我说吗？"

"有。"谢厌迟回望着她，然后一字一句地说出那三个字，"我爱你。"

"好。"秦郁绝垂眼，似乎是笑了，但又似乎是没有，只是轻声说，"那我信了。"接着，她伸出手搭上他的侧颈，拉近两人的距离，闭上眼睛抬头吻上他的唇。

脑海中那根拴着理智的弦彻底被剪断。谢厌迟抬手扣住秦郁绝的后脑，加深了这个吻。带着侵略感的气息闯入，仿佛就连空气都变得稀薄。

这是一个漫长而又短暂的过程。从玄关处一路到客厅，最后再陷进沙发之中，将衣衫压出一条又一条的折痕。

呼吸在这一刻彻底痴缠在一起。

欲望与深情一同宣泄，天花仿佛都在坠落，连带着两人的躯体，一起陷入。

许久后，二人终于分开。

“这么容易相信我。”谢厌迟哑着嗓音，抵住她的额头，扣住她的后颈，轻声问，“就不怕我利用你？”

“谢厌迟，我不在乎有没有被利用。”秦郁绝的语调平静，没带一点儿颤抖。她看向他眼底时，眸中干净得让人不忍将她拉进任何泥潭。

她说：“我在乎的事情，已经知道答案了。”

谢厌迟没立刻接话，只是这么安静地看着面前的人。

她就这么毫无保留地、毫无抵御地躺在自己面前。

不是一个背影，也不是一个擦肩而过。

没有任何盔甲，就这么无比信赖地看着自己的眼眸。

明明这一切都是谢厌迟渴望的东西，但在这一刻，不知道从何而来的一股情绪涌上心头，撞得他五脏六腑仿佛都在撕裂般的疼痛。

那双眼眸越干净，越是毫无保留地去托付真心，就越像千斤重的压力附着在自己的心脏上。

他从来没有这么憎恶过自己。

自己到底做了什么。

亲手将秦郁绝推到了他无法承担后果的位置，让她与自己共同面对一个并不确定的未来。

仅仅是为了那一点儿私心。

谢厌迟闭上眼，眉头紧皱。

秦郁绝从他的神情中读出了痛苦，她不知道那痛苦的来源，但确信与自己有关。她没有说话，也没有任何动作，只是就这么安静地看着他的脸。

下一秒，谢厌迟倾身而下，扣住她的后背，将她紧紧拥入怀中，然后低下头靠进她的肩窝。

“我不知道你在顾虑些什么，谢厌迟。”秦郁绝抬手，搭上他的后背，声音温柔而又坚定，“但是我还年轻。

“我不计较后果。”

从十年前、二十年前，或者更久以前开始。

秦郁绝就是这样一个人。

无论她拥有什么样的家世，无论是天之骄女还是从高处落下，她始终都是这样一个人。

她不计较后果。

她不怕面对后果。

入夜。凌晨四点的时候，谢厌迟睁开眼。他起身靠在床头，将胳膊搭在膝盖上，转头看着身旁入睡的秦郁绝。然后伸出手，替她拨去脸颊的碎发，倾身而下，轻轻吻在她的额头上。

接着，下床来到阳台。

谢厌迟关上阳台的门，摸出手机点开微信。

第一条消息，就是陈助理发来的。

陈助理：“谢何臣先生的机票是明天，大概后天就会回国。”

谢厌迟垂眸，转身靠着栏杆，从衣兜里摸出一根烟，夹在指间点燃。

这是一个信号。

从谢何臣回国开始，谢氏就要彻底变天了。

他侧身，指间那点儿猩红忽明忽暗。许久后，似乎又想起什么，给一个号码拨去电话。

电话很快被接通。

“凌晨四点给我打电话，也只有谢二少有这个面子让我不当场骂人了。”那头的男声语调谦和，掺杂着几句调侃。

谢厌迟没同他调侃，只是淡淡道：“我答应你了。”

电话那头突地沉默了下来。

许久后，那边才传来几声爽朗的笑："这可是个大工程，投资风险也很大，谢先生不多做考虑？"

"有条件的。"谢厌迟抬了下眼。

男声稍有停顿："您说。"

"照顾好她，万一我不在了。"谢厌迟说，"毕竟她是你的妹妹，秦先生。"

"我猜到了。"那头的人低声一笑，"谢先生不必多虑，我和郁郁迟早会站在一条线上的，自然会照顾好她。"

说到这儿，他一顿，画风一转："反倒是您，真的决定这么做了？"

谢厌迟笑了声："我没得选。"

"那希望您能顺利回来。"电话那头的人朗声开口，"期待和您的下一次合作。"

挂断电话后，谢厌迟将手机抛了抛，收了起来，然后转身——

秦郁绝披着件外套，站在一门之隔的地方看着他。见谢厌迟打完电话，才拉开推拉门走到阳台，站在了他的身边。

"你们男人都有半夜不睡觉的习惯吗？"秦郁绝看他一眼，"放心，我没有偷听人电话的习惯。但还不至于迟钝到，觉察不到你的不安稳。"

谢厌迟掐灭指尖的烟："这里风大。"

秦郁绝深吸一口气，抬眼看着天上漆黑的夜空，声音带着些轻颤："谢厌迟，如果有一天你要离开，不要编造任何理由骗我。"

谢厌迟沉默一下，然后闭眼："嗯，我不骗你。"

第五十三章

综艺节目狼人杀

这次综艺节目的拍摄时长只有一天一夜。节目组提前包了一艘游轮，并且告诉嘉宾他们会在这艘游轮上度过温馨的一天一夜，还会安排潜水等有趣活动，同爱人一起探索神秘的海洋。

“祝各位嘉宾在游轮上收获一次快乐的旅行。”临行前，导演这么说道。盛向晴疯狂赞同节目组的这次行程安排：“恋爱节目就是要这样做！浪漫最重要嘛，搞那么多花里胡哨的游戏环节完全没必要。”

望着停靠在海岸边、装修得富丽堂皇的游轮，陈子健格外感动，声音颤抖：“节目组终于做人了。”一直紧绷着情绪，生怕又被骗进鬼屋的嘉宾们松了口气，脸上的表情也变得轻松愉快了起来。

目送着他们逐个上船的背影，秦郁绝却觉得事情没这么简单。

果不其然，她一转头就看见了导演那张笑得意味深长的脸。好巧不巧的，两人刚好对视。导演咳嗽一声，假装无事发生般地挪开视线。这明摆着是欲盖弥彰的表情，秦郁绝一下就明白，这次的行程恐怕没有表面上看的那么容易。这个节目组或许真的坚定不移地把“搞恐怖游戏”这一宗旨贯串了整个综艺。

然而，上了贼船的盛向晴浑然不觉，还兴奋地朝着秦郁绝招手：“郁郁快来，里面超级漂亮的！”

看着那张嘴角咧到耳朵的明媚笑脸，秦郁绝在心里默哀了一下。她顺口问了句身旁的谢厌迟：“你觉得节目组在耍什么花招？”

谢厌迟笑眯眯地摸了摸下巴，饶有兴致道：“要不要赌一下？”

秦郁绝看他一眼："赌什么？"

"就赌会是暴风雪山庄模式。"谢厌迟唇角翘起，慢条斯理地分析道，"游轮、封闭环境、无法与外界联络，很适合狼人杀之类的游戏。"

不愧是做游戏的，的确敏锐。其实秦郁绝挺赞同他的想法，但还是顺嘴接话："行啊，赌注是什么？"

谢厌迟一双桃花眼稍眯，敛目看着她，俯下身慢悠悠地说："我也没什么想要的东西，不如就——"

说到这儿，他顿了下，没有挑明，只是抬起食指轻轻地抵住她的下唇。

寓意分明。

啪。

秦郁绝抬起手毫不客气地拍开他的手："想都别想。"

说完，转身头也不回地朝着游轮的方向走去。

谢厌迟转身，插着兜笑着看着她，没半点儿恼怒，反而拖腔带调地开口："我说，约好了打赌怎么还能反悔呢？你这不是耍赖吗？"

听到这句话，秦郁绝步子一顿。她在原地站了几秒，然后突然轻笑一声，折返回谢厌迟面前，然后仰起头看着他的眼睛喊："谢厌迟。"

"嗯？"

秦郁绝将眼一弯，明眸中笑意浅浅，语气刻意拿捏出几分绵软，带着些小委屈，声音羽毛般地拂过他心尖："所以，女朋友也不可以耍赖吗？"

谢厌迟安静地望着她的脸，没有开口说话。

然而秦郁绝却得寸进尺地抬起手，学着他的样子用食指抵住他的唇，攀在他耳边轻声说："不过，如果你赢了这局游戏，刚才那个赌注，也不是不可以。"

毫不遮掩地刻意撩拨与惹火，明摆着是在故意报复。

她笑着往后退了一步，看着谢厌迟那双深沉的双眸，有些小得意地扬起唇角，然后转身准备离开。之前看在合约的分儿上教训不了你，现在关系都挑明了，难道还会服输不成？

啪。就在这时，秦郁绝的胳膊却突然被握住，接着整个人朝后一跌，跌入了一个坚硬的怀抱之中。

谢厌迟大掌箍住她的腰部，俯身低头，几乎是抵着她的耳尖，低声一笑，声音沙哑磁沉："行啊，不要后悔。"

这句话说得危险十足，就像只狮子在嗅着猎物的脖颈，让人感到沉闷的压力附着在胸口。

在一旁暗中观察的导演："……"

工作人员一边在心里呵呵：无所谓了，你们俩就当我们不存在吧；一边在心里暗恨，为什么摄像机都安排在轮船里面了，早知道应该留个后手的！

等到谢厌迟和秦郁绝上去之后，工作人员也迅速上船回到监控室内。

楼梯缓缓收起，游轮启航。与此同时，网上的直播也正式开始。直播间的标题上写着——"恋人们的神秘游轮"。

早就蹲守着的观众迅速涌入直播间，屏幕瞬间被弹幕给淹没。

节目组在吗？告诉我为什么这个直播间的名字让我嗅到了些恐怖游轮的感觉。

本来以为这次的拍摄地是大海，节目组肯定会放弃自己的悬疑综艺计划变成浪漫综艺，但万万没想到居然还有游轮。

哈哈哈哈看到琴键夫妇一脸幸福的表情没有，他们好像并没有发现异样。

……

没错，游轮启航后，就连迟钝的商子辰和许抒音都发现了不对劲。

因为周围安静得出奇。除了八位嘉宾，所有的导演和节目组成员，甚至连跟拍的摄影师都没有出现。

仿佛，整个游轮上只有他们八个人而已。

然而琴键夫妇对这一切浑然不觉，他们俩跟小鸟似的在大厅里飞来飞去，从茶几上捡了一把零食，边吃边评价周围的装饰，甚至一时兴起想去甲板上吹风扮演露丝和杰克。

然而，按下门把手时两人才发现，通往甲板的门被锁住了。

“哎，怎么被锁了？”此时的盛向晴还没觉察到不对，“导演人呢？游轮居然不开放甲板，那就一点儿乐趣都没有了啊。”

“……盛向晴，难道你还没发现我们被困在游轮里了吗？”终于，许抒音小心翼翼地提醒了句。

盛向晴一愣，这才发现，从刚才开始气氛就变得格外压抑。

而且，居然没有一个工作人员在现场！

这下，再迟钝也该反应过来了。

就在这时，游轮内的钟声突然响了。

导演的声音也通过扬声器传来：“欢迎来到神秘游轮，为了丰富行程，游轮内特地为大家举办了一场‘杀手游戏’。从现在开始，大家每轮会有五分钟的休息时间，在休息时间之后，会有十分钟的活动时间。你们之间隐藏着一位‘杀手’，杀手在每轮的休息时间内都会‘杀死’一个人。在活动时间里，玩家可以找寻‘杀手’的线索，并且进行投票。在玩家全部‘死亡’之前，顺利找到凶手即为获胜，平票则会随机淘汰一位选手。”

听上去是一场简易版狼人杀，看来的确被谢厌迟给猜中了。

“请每位嘉宾随即挑选一个房间进入进行休息，在房间内，各位能找到自己的身份信息。”导演说，“希望各位多多保重。”

这种带着些危险气息的腔调让盛向晴一个激灵，她看了眼周围写着序号的房间。

在这种情况下，单独在一个房间待着，无异于杀人诛心。

她哽咽了句，抱头痛哭：“不是说好这次录制只有甜甜的恋爱吗？如果非要玩儿游戏，我宁可坐在沙发上玩儿五子棋消磨时间。”

“倒数三十秒，没有进入房间的嘉宾自动被判定为‘死亡’。”铁面无情的导演开始倒数。

盛向晴立刻一个鲤鱼打挺起来，选择一个房间奔了进去。

秦郁绝看了眼编号，选择七号房走了进去。里面看上去没有什么特别的，这是一间单人房，一张桌子、一张床，看上去朴素而又没有任何特殊。她翻找了下，没有发现任何身份提示。直到不经意间的一个抬头，才发现在天花板上用红油漆写下的身份信息。

秦郁绝眯着眼睛看了一眼，然后笑了声。

还好，这个身份的难度倒不是很大。

不过撇开身份不说，这红油漆写的字还有几分狰狞，写在这个位置，乍一看的确还挺吓人的。

这个想法刚冒出来，就听见隔壁传来几声抑扬顿挫的尖叫声：“啊啊啊啊！我不玩儿了呜呜呜！”

听上去应该是盛向晴和陈子健那对胆小鬼的声音。

三分钟后，扬声器又传来声音：“请‘杀手’指出自己第一轮想要‘杀死’的人，用红笔在玩家照片上画叉即可。”

这时秦郁绝才发现，摄像头对面的墙壁上贴着一排本次参与游戏的嘉宾的照片。像这种游戏，‘杀手’第一个要‘杀’的人是谁是至关重要的。因为所有的思路和推理过程，都要从第一个死者的身份开始来发挥想象。

虽然尽早除掉谢厌迟这个游戏bug一定是明智的选择，但这毕竟不是真实的狼人杀，而是综艺游戏。顾及谢厌迟的身份和人气，艺人都是综艺老油条，当然不会做这种让他立刻出局、消耗综艺看点的行为。

那么，第一个死者会是谁呢?

“五分钟结束，各位玩家可以从房间里出来了。”导演的声音从扬声器里传来。

秦郁绝推门而出。

她是第一个出来的人。

接着，一旁盛向晴的房门也被猛地推开，随即她一跃向前拥住秦郁绝，哽咽道：“为什么要在天花板上写字！我讨厌这个设计！”

人陆陆续续出来。

谢厌迟打着哈欠，懒洋洋地走出来靠着扶手站着，扫了眼大厅，然后抬起眼睫，将目光放在那唯一一个没有打开的门上。

2号房门，里面是萧然。

郑千意发现异样，快步走到房门前敲了敲：“萧然，你在里面吗？”

无人应答。

“看来，杀手第一个选择的人是他了。”谢厌迟直起身，慢悠悠地走到房门口，然后按下门把手。

“咔嚓”，门开了。

白色的床单上赫然写着几个大字——“玩家已经被害了”。

而萧然也不见了踪影。

“萧然前辈呢？”

“房间里不会有密室吧？应该是被工作人员带走了。”

“有点儿吓人……我还以为出局的人会坐在客厅里呢。”

谢厌迟靠着门看了眼屋内，停顿片刻后，唇角一勾，轻飘飘地说：“还挺聪明的。”

第五十四章

综艺正式结束章

第一个被杀手选中的人，是萧然。这无疑是最令人意外的。

因为论辈分，他显然是这群人中最高的。艺人本着尊重前辈的想法，应该不会将他作为第一位目标。

按照导演组的说法，为了让玩家更有体验感，在各位嘉宾抽取身份之后，游轮内以及每位受害者的房间内都藏有线索。但节目组把萧然的房间折腾得跟个凶杀现场似的，盛向晴和陈子健死活不肯迈进去一步。

最终分组为，秦郁绝、谢厌迟以及郑千意留在房间内寻找线索，其余人去别墅的其他区域查找。

房间里到处都是用红颜料涂抹上去的伪造血迹，看上去一片狼藉，一顿翻找下来，没发现任何指认性的线索。

“郁郁，床底好像有东西，我够不着。”郑千意趴在床底看了一眼，然后寻求帮助。

秦郁绝俯下身，果然看见一个不明的方块状物体躺在床底。她伸手够了下，触到了个冰凉的外壳，只是上面带着些湿润的液体触感。

她将东西拿了出来，郑千意被吓了一跳，捂着嘴退后了一步。

为了制造效果，那件物品上被涂了一层厚厚的血红色颜料，此刻也沾了秦郁绝一手的血色，看上去有些骇人。

“没事，一个打火机而已。”她分辨了手中的东西，然后仔细端详了一下，确定没什么异样，看来是节目组的恶作剧。

只不过手中沾了一手颜料的感觉并不好，秦郁绝转身来到一旁的洗手间。

谢厌迟正在里面挑拣着洗手台上的瓶瓶罐罐，挨个看了下品牌和介绍。动作不紧不缓，看上去似乎是根本没把游戏没放在心上。

秦郁绝拧开水龙头。

但谁知这个水龙头是漏的，在拧动的一刹那，水流四溅开来，强有力的水柱直挺挺地朝她身上喷去。

谢厌迟眉头一皱，反应迅速地扣住她的手腕，侧身向前，将她往自己身后一扯。水流尽数浇在了他的身上，而秦郁绝衣服上没溅到几滴。

谢厌迟抬手关了水龙头，眉头依旧紧皱未松，他转头上下扫了眼身后人的衣服，然后一言不发地松开手。

“谢……”秦郁绝反应过来，一句谢还没道完，却突地被打断。

“手伸出来。”谢厌迟说。

秦郁绝一愣，然后听话地将手伸出去。

谢厌迟从一旁的挂钩上扯下一个毛巾，捂住水龙头将它打湿，然后转身靠着洗手台，握住秦郁绝的手腕，低头认真地替她一点点擦去手上的颜料。

整个过程，没多说一句话。

秦郁绝微怔，看着谢厌迟的脸。

他垂着眼，长睫如羽，打出一片阴影。而且眉宇间看不出半点儿随意和不耐，反而还在刻意注意着自己的力道。

“另外那只手上有吗？”谢厌迟问。

秦郁绝摇头：“没。”

“嗯，那就行。”谢厌迟将手中的毛巾随意地搭在一旁，然后直起身，终于抬眼看她。片刻后，唇角一松，轻轻笑了：“所以把自己折腾得一身花，发现什么线索了吗？”

听着他的调侃，秦郁绝顿时收回了刚才的那点儿感动，毫不客气地回眸："你发现什么线索了吗？"

"可能发现了吧。"谢厌迟懒洋洋地说。

可能?

这是什么形容词?

秦郁绝问："发现什么了？"

"以后再说。"谢厌迟低笑着直起身，走到门口时又顿住步子，回头看她，将眼一弯，"我怕人家哭鼻子。"

搜查时间结束，到了讨论时间。然而所有人都鸦雀无声，安安静静地坐在沙发上尴尬地对视着，没有一个人开口。

看来大家都是无功而返，再这样下去，投票时间就要白白浪费掉了。

终于，在冗长的沉默后，秦郁绝捏了下眉骨，缓缓开口道："第一轮能够获取的线索实在是太少，所以，也只能从选择动机上分析。"

"动机？"盛向晴有些不明所以。

"嗯。"秦郁绝点了下头，解释道，"实话实说，第一个晚上就让人出局，是件很得罪人的事。所以我觉得这个杀手大概率可能是我们这群人里面，最不害怕会让萧然前辈生气的人。"

这段话无疑让人豁然开朗。

的确，如果自己是"杀手"，选择第一个"杀死"的对象时，都会顾及综艺出镜太少可能会得罪人这点，所以尽量会选择和自己关系好、不会生自己气的人。

萧然前辈和其他人的关系一直都保持在安全距离内，唯一一个能和他亲近的人，只有郑千意了。

郑千意似乎也意识到了这一点，但显而易见，她不擅长口舌和争辩，只是反复重复着"真的不是我"。

显然，这是徒劳的。

而且根据目前的分析，她的确是最有可能的人。

十分钟过去了，扬声器里传来声音：“现在开始投票，玩家写下名字之后放入面前的箱子里。写完之后，请各位玩家回到自己的房间。”

秦郁绝很快就做好了决定，写下名字，放进了投票箱内。

在漫长的几分钟过去后，导演的声音再次响起：“玩家郑千意获得五票，已被处决，各位判断错误，游戏继续。”

大家都知道第一轮就找到真凶的可能性不大，但投错了人，心里还是不免会感到有些难堪。而且有五人投给了郑千意，那么除了郑千意之外，还有一个多出来的人，到底投给了谁？

还没来得及细想，隔壁房间就传来盛向晴的尖叫声，仅仅持续了几秒就戛然而止。

看来这次，杀手选中的人是她。

不出所料，等大家再从房间里走出来后，唯独少了盛向晴。她房间的床单上写的字和刚才在萧然房间里看到的如出一辙。

“郁郁，其实我现在有点儿怀疑你。”许抒音犹豫很久，最终开了口，“因为刚才就是你的一句话，我们才会投到郑千意那边的。我想了想，当时大家都不敢轻易带节奏，你那番话很像是在引导我们去投别人。”

从郑千意被错投出去开始，秦郁绝就猜到这轮的矛头会指向自己。她倒是挺平静的，只是抬起眼安静地看着许抒音，然后淡淡开口：“嗯，你怀疑我很正常。但是这种游戏，总要有人先开口才能进行得下去。我提供的只是一个思路，并没有强迫大家去跟随我的判断。”

许抒音被说得哑口无言：“如果不确定的话，那你完全没必要发言呀。”

“狼人杀游戏，除非作弊，哪有一开始就能确定的呢。”秦郁绝转头，看着剩余的嘉宾，语气冷淡而又沉稳，“我大可以一言不发划水结束，嫌疑反而最少。但是这个游戏并不是让我们闭着眼睛盲投，所以我才主动说出我的分析，即便可能被各位怀疑，但还是希望能帮上忙。”

一旁的商子辰似乎被说动："我觉得有道理，这种游戏原本就是需要分析的嘛，投错也很正常。"

许抒音自知理亏，也没再争辩。

陈子健琢磨了一会儿，把怀疑的目光投向许抒音："音音今天很奇怪啊，平时都不会踊跃发言的，现在突然攻击郁姐，看上去很像是怕她分析到自己一样。"

几句话的工夫，矛头又重新指向了许抒音。

就在票型看上去即将大势所趋的时候，秦郁绝突地开口："其实我并不怀疑许抒音，因为她怀疑我的确是正常反应。而且盛向晴从刚才开始就一直表现出极度恐惧和紧张的情绪，抒音是她的朋友，我觉得应该不会不考虑她的感受这么快就选中她。"

许抒音立刻接过话，毫不客气地回撑陈子健："对啊，我才不会这么不考虑小晴的感受，你这么针对我，你才是有问题吧！"

秦郁绝："嗯，陈子健的确给我一种借着这件事情将票推到许抒音身上的感觉。明明她的质疑是非常合理的，所以我会怀疑一下陈子健。"

休息时间即将结束，嘉宾起身，再次进入房间。

秦郁绝已经在心里拟好了票型，正当她准备回房间的时候，胳膊却突地被人握住。还没反应过来，就被人反手扣住腰，一把收拢到怀中。

后背抵在墙角，正好是摄像头盲区。

一抬眼，正对上谢厌迟带笑的双眸。

"你干什么？"秦郁绝警惕地问。

谢厌迟低声一笑，靠近她的耳侧，低哑磁沉的声音在她耳畔响起："这次最好选择'杀掉'我。"

秦郁绝后背一僵，但语调依旧没有变化："我没听懂。"

"至少得有点儿游戏精神，如果不是你，我会忍到现在不开口？"谢厌迟笑着抬起头，伸出食指点了点她的唇，一字一句道，"如果让我活到下一轮，我可就不会放水了。”

“……”

秦郁绝这次没立刻反驳，她只是认真地看着谢厌迟的眼睛，许久后唇角一翘，轻声笑了起来：“谢先生不要对自己太自信。万一赌错了呢？我现在合理怀疑你是贼喊捉贼。”

谢厌迟手掌收紧，笑了声：“输了可不要哭鼻子。”

砰，秦郁绝拉开门，挣开他的手，一个转身进了屋，然后毫不留情地把门关上。她拉开椅子坐下，然后抬头看了眼天花板上的字——“杀手”。

还真被 bug 玩家给猜到了。

刚才那轮，秦郁绝将票投给了陈子健。因为她猜到，许抒音在被陈子健踩过一脚之后，必定会恼羞成怒反投回去。两人的矛盾激化，一定会互相将票投给对方。所以这个时候，秦郁绝只要选择其中的一方进行跟票，就能保证自己所选的目标至少身上会有两票。

另外的谢厌迟和商子辰，他们两个投同一人的概率本就不高，加上商子辰暂时没有投给自己的意向。

所以这一轮，再怎么也轮不到自己出局。

秦郁绝选择帮许抒音说话，也只是为了刷一拨好感度，在下一轮的时候留一个大概率会站在自己身边的人。小姑娘都比较感情用事，相对好骗。对于大学时候常玩桌游的秦郁绝来说，和这群人玩狼人杀游戏简直再简单不过。

但没想到，还是被谢厌迟看出来了。而且，这人居然还明目张胆地告诉自己他是在放水。

太可恶了！

就算是男朋友也不能原谅！

“玩家陈子健获得三票，淘汰出局，各位玩家选择错误，游戏继续。”

听到导演组的报数后，秦郁绝起身从墙壁上扯下谢厌迟的照片，拔开笔盖准备画叉，却突然停住。她将笔夹在指间打了个转，然后重新将他的照片放了回去，转而将商子辰的扯了下来。

直接在今晚“杀掉”谢厌迟，赢得未免也太不理直气壮了。

“现在，各位玩家可以从房间里出来，进行最后一轮投票了。”

这下，只剩下谢厌迟、秦郁绝以及许抒音三个人。

刚坐在沙发上，许抒音就一跃而起，激情发言：“郁郁，相信我！一定是谢先生，绝对是他！他活到现在还没死就不科学，我们直接进房间投他游戏就可以结束了！”

“……”

秦郁绝沉默了一下，然后抬头看着谢厌迟，发自内心地深思了一下，这个男人平时到底是多么招人恨，甚至都不需要自己开口拉票。

谢厌迟看上去似乎完全不急不躁，他随手从果盘里挑了个橘子，搁在手里有一搭没一搭地抛接着，淡淡道：“如果我是‘凶手’，我会‘杀掉’你或者秦郁绝，而不是商子辰。”

“为什么？”许抒音一愣。

“很明显，”谢厌迟说，“你没发现上一轮发言的时候，她在笼络你吗？”

许抒音回忆了下：“……郁郁的确是帮我说话了。”

“那就对了，所以如果留下我们三个人，你会选择信赖刚才替自己说话的人。”谢厌迟语调慢悠悠的，“所以如果是我，我不会在这种三人局面下选择‘杀掉’商子辰留下你们两个，因为这对我毫无益处。”

秦郁绝反戗道：“万一你是反其道而行之呢？故意留出对你没有益处的两个人，然后以此理由来拉拢许抒音偏帮你。”

“这么说，你觉得我是凶手？”谢厌迟却没直接回答秦郁绝的问题，反而换了个话茬儿。

秦郁绝答：“是。”

“为什么？”谢厌迟问。

秦郁绝：“直觉。”

“为什么不怀疑许抒音？”

“我相信她。”

听见这话，谢厌迟低声一笑，倾身向前，胳膊架在膝盖处，饶有兴致地看着秦郁绝：“比起分析，你的发言指向性更强，每一轮发言都会坚定地将矛头指向一个人。奇怪的是，你在连续投出两位平民后，仍然没有半点儿紧张局势的情绪，还丝毫没有顾虑地直接锁定我是凶手。”

说到这儿，他一字一句道：“秦郁绝，这不是作为平民玩家的心态。”

“……”

许抒音的头像个拨浪鼓似的，一会儿看看谢厌迟，一会儿看看秦郁绝，心里的天平跟跷跷板似的反复倾斜。

她开始痛苦了。

为什么要留自己一朵娇花来面对这对狠毒情侣做出选择！

最终到了投票时间，在两人目光的注视下，许抒音深吸一口气，艰难地写下三个字投入投票箱中，然后转身向秦郁绝弯腰道歉：“抱歉，我被谢先生说服了。”

游戏结束，平民获胜。

其实这种一对七的游戏，杀手赢的可能原本也不大。秦郁绝没觉得多失落，反而还庆幸谢厌迟没将这水放到底，要不然网友估计得就不认真对待游戏这件事，直接把人骂上热搜。

谢厌迟靠近，面上含着笑：“愿赌服输？”

秦郁绝当然知道是什么赌。

她转头看他一眼，迅速捂住耳朵准备远离，递过去一个警告的表情。然而还没离开就被谢厌迟一把握住胳膊，那磁沉的声音一下下挠着耳尖："女朋友也不能耍两次赖啊。"

"二位在秀恩爱之前，能不能先把秦郁绝交出来让我出出气。"盛向晴被导演组的人从死亡小黑屋里揪出来，毫无生气地看着面前的两个人，"郁郁，你太狠毒了。"

秦郁绝试图解释："游戏嘛，肯定还是要想办法赢的。"

"输赢比我重要吗？"

秦郁绝沉默一下："不然呢？"

虽然中途的确被秦郁绝牵着鼻子走，但好在最后获得胜利的还是平民。再加上她的确玩儿得好，而且也带动了游戏的气氛，所以也没人觉得愤愤不平。在调侃和懊恼了几句之后，就将这事翻了篇。

导演笑眯眯地问："谢先生应该发现了吧？"

"没啊。"谢厌迟否认得坦然，"我最后一次投票才反应过来。"

说到这儿，他还刻意顿了下，转头敛目看着秦郁绝，笑了声："好险。"

秦郁绝："……"

谢谢您这么给我面子。

其实导演组的确在游轮里早就给出了线索——萧然房间的洗手间里，洗手台上摆着的瓶瓶罐罐，全都是秦郁绝代言的化妆品品牌。

从那个时候起，谢厌迟就明白了节目组的暗示。只是这样无关逻辑的场外提示，他不想用在秦郁绝身上。

"既然这样，那么就请游戏的失败方，秦郁绝小姐进入惩罚间进行惩罚。"导演也不去揭穿谢厌迟，直接进入了下一个环节。

所谓惩罚间，是甲板上一个露天的装置。类似于站在这个装置的台子上面，不知道什么时候就会从上面的储水箱里喷出来激烈的水流，将人浑身上下都冲湿。

"我替她。"谢厌迟几乎没片刻的迟疑。

导演组乐得看这种英雄救美的画面，欣然同意。

秦郁绝迅速反应过来，反手拉住他的袖子，开口：“不用——”

“没问你的意见。”谢厌迟伸出手扣住她的后脑，俯身轻碰了下她的额头，语气不徐不缓，浅色的瞳仁中笑意温柔，“这是女朋友的专属特权。”

秦郁绝看着他：“我自己来。”

“这可不行。”谢厌迟轻笑道，“我这人喜欢强买强卖。”

“又不是什么严重的惩罚。”

“那也不行。”谢厌迟说，“我不忍心。”

游戏基于综合考虑不能放水，惩罚可不能再让这个小姑娘受着。还没来得及反应，秦郁绝就感觉到手中的袖子被抽走。

谢厌迟站上了台子。

水流倾泻而下。

衬衫瞬间紧绷，勾勒出结实的腹腰线条，隐约可见两条人鱼线。

谢厌迟抬手，将湿透的头发往后抓了抓。

水珠顺着下颌线条淌下，顺着脖颈一路钻进了衣领里。

他睁开眼，面部线条越显锋利，每一根头发丝都带着些欲，明明被水当头浇下，可让人感不到半点儿狼狈。

盛向晴哇了一声：“这可能就是小说里的男主角吧，明明是惩罚，但是放在他身上就是视觉盛宴。”

这一番话让陈子健吃醋了，他不由分说地跳上了台子，挺胸抬头：“我也要来！”

“……”这有什么好抢的?

但是导演还是欣然满足了陈子健的要求。

一桶水浇下来，差点儿给他当头浇晕，他抱着脑袋缓了一会儿才反应过来。然后学着谢厌迟的样子抓了抓头发，凹好造型准备骄傲地睁开眼。

然后，水珠眯进眼睛里了。

“啊啊啊眼睛睁不开！”

“毛巾在这儿！我给你擦！哎，睁眼！睁眼啊你怕什么！要你东施效颦，等会儿生病了我肯定在旁边笑你！”

“眼睛好疼呜呜呜是不是红了。”

海上风大，导演组也没准备让他们在这儿站着吹风。意思意思走完惩罚之后，就让嘉宾回房间休息，顺便让他们淋了水的人洗个澡。

因为没有带换洗衣服上游轮，秦郁绝去节目组那里领了一套备用的。回到房间的时候，浴室里的水流声哗啦啦直响。

从灯光的影子隐约可以分辨出谢厌迟宽厚的身影。

片刻后，水声停了。

秦郁绝将衣服折叠好放在洗手台上：“谢厌迟，我把衣服放在……”

哗啦——

推拉门被打开。

谢厌迟的腰间随意地围着浴巾，一只手拿着毛巾擦拭着头发上的水珠，另一只手扶着门，垂下眼看着秦郁绝。

“什么事？”他问。

水珠顺着他那两条人鱼线一路向下，腹肌形状清晰分明。

没穿衣服的谢厌迟。

第一次看见。

虽然只是仓促一眼，但还是能看得出，谢厌迟的身材维持得非常好。如果非要找个形容，那肯定可以用唐小棠常用的那句“浑身上下连头发丝都带着信息素”来描述。

秦郁绝迅速将脸一转，声音不由得带了些慌乱：“衣服我放这儿，你穿好就——”

一句话还没说完，就听见身旁的人闷闷地笑了起来，然后拖腔带调地问了句：“害羞了？”

“谁害羞了？”秦郁绝一咬牙，索性破罐子破摔地转头望向谢厌迟，然后拿起手中的衣服一股脑儿地丢到他怀中，“我和那么多男明星合作过，又不是第一次见到。”

谢厌迟稳稳接住那些衣服，听到这句话，眸色稍沉，隐晦不明的情绪在眸中翻涌。

他却将所有的异样收敛，淡淡问道：“是吗？”

秦郁绝并没有发现谢厌迟的异样，还在强装镇定地给自己找着场子：“对啊，所以害羞是不可——”

话还没说完，下巴就被人抬起。

接着，不由分说地被人堵上了唇。

第五十五章

谢何臣他回来了

猝不及防的一个吻，让秦郁绝瞳孔微缩。

她脚底一滑，险些没站稳，被谢厌迟紧紧扣住后背。

她下意识地抬起手攀住他的腰，隔着水汽的直接接触，让她的掌心都微微发烫，只觉得周围的气流不断上升，脑袋里一片空白。

气息逐渐跟不上，秦郁绝想要挣脱，却被谢厌迟紧扣住下颌。直到缠绵至她呼吸难平，才终于抵着她的额头，缓慢松开。

秦郁绝的唇色越发娇艳欲滴，她水眸里含着羞愤，压低声音斥道："谢厌迟，你发什么神经。"

"愿赌服输。"谢厌迟扯起唇角，将她的腰箍得更紧，"总得讨回来。"

她发现了，自从两人开诚布公之后，这男人就越发骚得有恃无恐。

秦郁绝咬牙，从他的怀中挣脱，没好气道："衣服穿上。"

"是是是。"谢厌迟笑着附和她，抖开衬衫就准备套上。

就在这时，秦郁绝无意间一扫，发现在谢厌迟的腹腰上文着一只狮子。黑白文身，位置设计得很巧妙，没半点儿浮夸，看得出文身师的功底。那狮子没有什么狰狞的表情，却让人感到莫名的威压。有浴袍拦着，文身只露了一半，剩下的部分被遮掩着，颇有几分引人深入的欲望。

秦郁绝皱眉，敏锐地捕捉到那文身下并不明显的疤痕。她伸手轻轻触碰到谢厌迟的腹腰，那伤痕处凸凹不平的触感无比清晰。

"喂。"

手腕被人一把握住。

谢厌迟笑着抬起秦郁绝的手，然后俯下身看着她的眼睛，语气里含着些玩味："再往下，就是我的领地了。"

……这人明明在开着不着调的荤腔，却没办法让人感到半点儿不正经。

秦郁绝目光没躲："伤是怎么回事？"

"你说这个啊。"谢厌迟松开她的时候，慢条斯理地扣着衬衫的扣子，"火灾，十几年前的事。"

这么一提，秦郁绝回忆起之前有人和自己说过的，关于谢厌迟童年的那件事，以及因为那场大火而间接导致的悲剧。

她沉默了许久没说话，在谢厌迟扣好最后一粒扣子后，突然开口问："疼吗？"

谢厌迟的动作一顿，然后低头看着面前的人，安静许久后，轻笑一声，还是那副吊儿郎当的语气："疼啊。"

秦郁绝："有多疼？"

谢厌迟："能记一辈子的那种。"

虽然是玩笑的语气，但秦郁绝还是能一眼看出，他并没有撒谎。他说这句话的时候，眸中的笑意淡淡的。但却带着几分若即若离的冷意，仿佛在那双眼眸下，藏着人永远读不到的情绪。

秦郁绝在谢厌迟脸上，看到过很多次类似的情绪。

女人的第六感往往很敏锐。

游轮此时已经行驶了一段距离，四周都是宽阔的海景，望不尽的蓝色和天空融为一体，时不时有海鸥掠过。景色很美，这的确是情侣出行的绝佳圣地。

秦郁绝将胳膊撑在窗户上，腥咸的海风扑面而来。

谢厌迟走到她身边，替她披上件外套。

"什么时候开始喜欢我的？"

“高中。”

“因为那封检讨？”

谢厌迟笑了声：“嗯。”

问完这些，秦郁绝却没立刻开口再接话。她停顿了一下，然后转身靠着窗，说：“谢厌迟，你看着我。”

谢厌迟转身看着她的眼睛。

“你不想说，我不会逼你。”秦郁绝一字一句，缓缓道，“但就算有一天我们要分开，也请你正大光明地给我一个理由，不要用那些话来糊弄我。

“要不然，我会恨你一辈子。”

自从综艺录制结束之后，盛向晴就同秦郁绝建立了深厚的友情。虽然多数时候，都是由盛向晴单方面地向她吐槽陈子健的卑劣行径。在和张楚君熟悉之后，三个人迅速组成了一个小群。

群名是经过盛向晴一天一夜的构思取好的：狗男人研究协会。然而群里的内容往往会演变成大型撒狗粮现场。

有一天，盛向晴觉得这样子变相秀恩爱的行为对张楚君不太公平，于是极力提议道：“我这边认识好几个人品好还长得帅的朋友，要不然介绍给你吧？”

张楚君谢绝：“其实我有男朋友啦。”

有着八卦之心的盛向晴立刻像打了鸡血一样，试图从张楚君口中撬出那位神秘男友的名字。奈何人家守口如瓶，一连三天下去一无所获，最后也只得作罢。

不过秦郁绝倒偶尔在剧组撞见几次张楚君偷摸和人打电话，开口喊的好像是什么“秦大哥”，和自己刚好一个姓？

这段拍戏的时间，娱乐圈倒是挺平静，也没什么爆炸性的事件发生。

然而商圈，却掀起了一阵大波。

因为，谢何臣回来了。

谢何臣这个名字，秦郁绝并不陌生。

那是知名度完全不亚于谢厌迟的一个人物。

据说他之前为救谢厌迟逃离火海而被烧伤，从此以后被送到国外疗养。现在终于康复，得以回国。

在这段远赴海外的时间里，他同样也开拓了不少市场和业绩，虽然没有谢厌迟从零开始建立起景逸那么为人津津乐道，但同样也是个人物。

更重要的是，他手上攥着的股份，比谢父和谢厌迟加起来还要多。

“这才是谢氏钦定的继承人。”

“谢何臣一回来，谢厌迟就得靠边站了。谁不知道当年那场火灾，明摆着是他们一对父子想要杀死谢何臣牟取股份，但没想到人家命大活下来了。”

“谢二少估计也光鲜不久了，两人闹掰是迟早的事。”

……

剧组里有些多事的人拐弯抹角地向秦郁绝打听这些家族之间的八卦，全都被她毫不客气地戗了回去。

时间一久，张楚君也看不下去，叉着腰撵走了好多八卦的人：“用得着你们操心吗？谢家就算破产了也能在潼城买一排别墅供着养老。”

秦郁绝不在乎豪门内的风云诡谲。但她能看得出来，压在谢厌迟身上的负担似乎越来越重了。

有几次秦郁绝同张楚君讲戏，睡得晚，本来只是习惯性地给谢厌迟发个晚安，但没想到每次他几乎都是秒回。

偷偷买通陈助理之后，才知道自从综艺结束之后，他几乎每天住在公司。从没睡过长觉，一天下来的睡眠也不过五六个小时，更多的时候甚至更短。

“狗男人研究协会”非常喜欢为情侣之间的问题出谋划策。

张楚君：这种情况，就算你劝他，他也只会敷衍你。

盛向晴：没错，所以你得让他深切地意识到晚睡的坏处。

秦郁绝：比如说？

两人很快就在公众号上搜罗到了一大堆标题看上去就骇人听闻的晚睡坏处的文章，一股脑儿地发给了秦郁绝。

盛向晴自信发言：“全部发给谢厌迟！震慑一下他！让他深刻体会到晚睡的恐怖之处，造成精神上的冲击，这样他就会听话好好休息了！”

秦郁绝采纳了这个意见，一键全部转发，顺便附上冷酷的留言：希望你好好看看。

在整整五分钟的安静过后，谢厌迟发来消息。

谢厌迟：“？”

随即，他发来一张截图。

秦郁绝点开那张截图，原来是自己发的那些文章之中，其中一篇的标题——老公晚上五分钟就草草了事，看过无数医生都束手无策，原本幸福的家庭即将面临崩塌，造成这一切的原因竟然是……

秦郁绝：“……”

然后又是一张截图——被逼无奈之下我选择了出轨，夫妻之间性生活不和谐的种子，居然是因为这件小事而埋下祸根……

秦郁绝：“……”

这俩破队友到底找的都是什么文章啊！

谢厌迟笑道：“倒也不必担心这个。”

秦郁绝简直没脸再看谢厌迟发来的消息。为了拯救这样尴尬的局面，她痛苦地沉思了一下，然后坚定地发过去两个字。

秦郁绝："发错。"

然而下一秒，手机铃声就响了起来。

来电人，谢厌迟。

秦郁绝手忙脚乱地接通，深吸一口气，努力让自己的声音听上去镇定一些："怎么了？"

听筒那头传来谢厌迟的一声轻笑。许久之后，才听到他略带着些玩味的语气，缓缓重复她刚才的话："发错？"

"对啊！"秦郁绝强装镇定。

"是吗？"谢厌迟慢条斯理地问，"准备发给谁？"

脑海里迅速闪过无数个人名，但都被一一排除。

最终，她咬牙开口道："陈助理，我看他最近老是大半夜发抒情朋友圈，就想提点一下。"

不管怎么样，甩锅陈助理就对了。

谢厌迟低低地笑了几声，似乎是准备放过她："成，那我替你转达。"

在即将挂断电话的时候，秦郁绝突然开口喊道："谢厌迟。"

"嗯？"

秦郁绝垂眼："早点儿休息。"

这下轮到谢厌迟安静了，听筒那边沉默了半晌。

"答应我好不好？"秦郁绝放轻声音，每一个音节都带着些软绵，像是挠在人心窝上一样，"别再这样伤害自己的身体了，早点儿休息，好吗？"

谢厌迟的声音温柔而又带着些溺宠："嗯，答应你。"

每次只要秦郁绝用这种语气对他说话，这位向来都是呼风唤雨的小少爷，总会变得束手无策。

挂断电话之后，会议室内一片沉默。

在座的管理人员都无比紧张地盯着自家这位老板，然后小心翼翼地问："谢先生，会议可以开始了吗？"

"嗯。"谢厌迟将手机搁置在一旁，用指骨一下下地揉着眉心，然后冷淡抬眼，"开始吧。"

这副样子，和刚才接电话的简直判若两人。

"对了。"在开场前，谢厌迟似乎想起了什么，随口说道，"通知下去，今天正常下班。"

这一句话，让在座所有人几乎同时眼睛一亮，喜形于色。

这群人之中，陈助理最感动。

没赌错！果然还是老板娘的话有用！一句话就能让老板放过自己！老板娘万岁！

在挂断谢厌迟的电话后，秦郁绝才发现微信上多了一则好友申请。她点开通知栏看了一眼，是一张风景画当头像。

而验证消息是谢何臣。

第五十六章

不要为了我原谅

没过多久，《青玉案 2》的拍摄就暂时告一段落。

秦郁绝的行程排得很满，在离开剧组之后便马不停蹄地进行杂志以及宣传片拍摄，还有综艺发布会的录制。

但是，她回到潼城后的第一件事，是去赴约一个饭局。

谢何臣的饭局。

虽然她无意了解谢厌迟的家事，但也知道谢何臣同谢厌迟是站在对立面的。所以那天当谢何臣加了自己好友并提出邀约的时候，秦郁绝拒绝的话都已经编辑好，但他却用了一个她无法拒绝的说辞——

“秦小姐，回国后我才知晓，谢氏断了和周家的合作，并且还让出了一个对谢家来说至关重要的合同。想来，这件事应当和您有些关系，无奈之下只能冒昧打扰。

“周氏虽然不足以威胁谢氏，但于我、于二弟来说，都无疑是巨大的亏损。现在对方有意修补关系，也请秦小姐看在二弟的面子上，予我一个方便。”

电话那头，男人的声音谦逊温和，礼貌和风度都拿捏得恰到好处，没有半点儿让人感到不适的语气。

周氏，周衍。

不用细想，她知道谢何臣说的不是谎话。

谢厌迟从来没与自己说起，他曾为了自己不惜亏损去得罪了整个周氏，并且还将关系闹僵到这种地步。仅仅是一通电话，秦郁绝心里已经明白，谢何臣的确是个如同传闻那样的厉害人物。

他很会利用人的心理，料定了她无法拒绝这个请求，也料定了她无法心安理得地接受谢厌迟为了自己招惹了这么大的麻烦，承受了这么多的亏损。

“好。”秦郁绝说。

饭局地点是“云水间”，潼市内人均消费最高的一家酒店。早有助理在门口等着，秦郁绝刚一到，就被人领着上了楼。

到达楼层，还没走几步，身旁的助理就停下来，然后毕恭毕敬地弯了下腰：“谢大少爷。”

秦郁绝抬头，正对上男人的面庞。

那是一张和谢厌迟毫无相似点的脸，眼形狭长，双眼皮细窄但却褶皱分明，薄唇轻抿，唇角却带着些谦和的笑意。

看上去风度翩翩，气质温和，像是个温柔而又克制的男人。

谢何臣伸出手：“初次见面，秦小姐。”

秦郁绝回握：“久仰大名。”

两人并肩朝着房间的方向走去，谢何臣声音温润：“这次邀请秦小姐前来，纯粹是我的私心。二弟于我同亲生兄弟没什么区别，虽然理解秦小姐的苦楚，但作为兄长，还是不希望弟弟往后的日子太过辛苦。”

每一句话都是经过斟词酌句后才说出口，旁人听上去，真像是一位负责认真的好兄长。

秦郁绝却懒得同他演戏，只是笑了声，依旧保持距离：“嗯，我明白。”

“就是这间。”谢何臣抬手，轻轻搭在她的后背上，笑着做了个请的动作，“一起进去吧？”

手掌贴至秦郁绝背部裸露的肌肤，带着些冰冷的温度，让她的身体下意识僵直。明明是合乎礼数的一个动作，却让她浑身上下莫名地紧绷。

她转头，终于认真地看了眼身旁的男人。

谢何臣眉眼含笑，看上去依旧是那个风度万千的谦和贵公子，修养和举止都让人挑不出半点儿错。

秦郁绝抿唇，不留痕迹地挪了下步子，错开他的手。

觉察到她的排斥，谢何臣轻笑一声，收回手，面上却没半点儿尴尬，反倒大方回应："失礼。"

说完，侧过身体，让她先进。秦郁绝没有推辞，迈步走进了包间。

谢何臣抬眼，望向秦郁绝的背影，稍弯的唇角渐渐隐去笑意。他眸色一沉，玩味地盯着她骨感分明的后背，以及那对精致而又漂亮的蝴蝶骨，然后缓慢地摩挲着拇指上的戒指。

接着，走了进去。

包间内，周衍早已入座。除了他之外，周父周母也全都到了，甚至还有周氏的一些高管。

见秦郁绝进来，这位小公子摆出一副倨傲的表情，跷着二郎腿靠着椅背，玩儿着手上的杯子，轻嗤一声，转过头——有谢厌迟护着又怎样，人家谢氏的正统继承人在这儿，就算再怎么嚣张，最后还不是得服软跑过来求和。

秦郁绝能感觉得出，不仅仅是周衍，在座的人对自己的态度都多有轻慢。

谢何臣这正统继承人回来，所有人都默认，谢厌迟一定是得听自己这位哥哥话的。毕竟二少和大少中间差着的位置，决定了谢氏到底应该属于谁。现在人家大少都主动递来了橄榄枝，那么周氏就更不必顾忌秦郁绝这个二少女友的身份。

更何况，毕竟是娱乐圈里的人，保不准哪天腻歪了断了关系也说不准。

"我听说回国之前，郁郁同贵公子有些误会。"谢何臣首先发了话，

“年轻人之间的玩闹，总不能一直互相记恨着，今天这场饭局我做东，不知道各位给不给面子？”

“谢大少这话说的。”周父笑了起来，连忙拍着马屁，“应该是我们多谢您给周家面子。”边说着边摸起一旁的杯子，但拿起来之后才发现是空的。

周父看了眼空空如也的高脚杯，眼神一转，落到了一旁的秦郁绝身上。他细窄的眼眯成一条缝，笑着说：“秦小姐，酒搁在您那边，介意帮我倒杯酒吗？”

“我也要。”周衍立刻顺杆往上爬，将杯子往前一推，然后昂了昂下巴，气焰依旧嚣张，“麻烦了。”

饭局上一下子安静了下来。

谁都知道，这是在不动声色地拿秦郁绝开涮，替自己找回点儿颜面。房间里的侍者还站在不远处的地方随时等待差遣，但他们却刻意喊了秦郁绝倒酒。明显是在提醒她，注意自己的身份和位置。

秦郁绝转头看了眼离自己半米远的酒瓶，一句话也没说，只是平静地放下了手中的餐具，准备起身。

就在这时，一道懒洋洋地声音从门外传来——

“面子还挺大。”

谢厌迟抱着胳膊靠着门框，懒洋洋地偏过头朝着周氏那群人的方向望去，将眼一眯：“让谁给你们倒酒呢？”

刚才还趾高气扬的一群人全都怔住。周衍下意识地坐直，习惯似的迅速放下了跷着的二郎腿。

谢何臣的动作有片刻的停顿，似乎没想到他会来。

这场饭局，并没有通知谢厌迟。

“这么听他们的话？”

谢厌迟直起身走进来，在秦郁绝面前停下，弓起食指蹭了下她的鼻子，然后笑了声：“我都没舍得吩咐你做事，谁允许你看这些人眼色的？”

“这些人”三个字，把周氏一行人内涵得明明白白。

当即，周父脸上的表情就不太好了。

“谢先生，我们只是看秦小姐的位置方便，你这话……”

“我也挺方便的，要不然我来给各位倒？”谢厌迟吊儿郎当地走到酒瓶旁，拿起其中一瓶，放在手中抛了抛，然后拔开瓶塞，慢悠悠地问，“刚才要帮忙倒酒的，举个手？”

周围鸦雀无声。

就算谢何臣回来了，人人都在猜测谢氏可能要发生大变故，但在尘埃落定之前，没有人真的敢在谢厌迟面放肆。

“二弟，你先坐下。”谢何臣突地开口，声音平稳，“这场饭局是我做东，难道你是准备连我这个大哥的面子都不给了吗？”

“您这话说的，怎么可能不给？”

谢厌迟笑了声，语气听不出半点儿异样，他走到秦郁绝旁边，拉开椅子坐下，然后抬手将胳膊搭在她的椅背上。

没一句多余的话，但谁都能看得出他的维护。

谢何臣转头：“小迟他就是这样的性格，并没有恶意，大家不必介怀。既然来都来了，那么这次饭局之后，之前的误会都一笔勾销……”

“纠正一下。”谢厌迟朗声开口，偏过头看着谢何臣，眼眸中笑意收敛，“不是误会。”

谢何臣回望着他，在许久的沉默后，低笑一声，然后看向秦郁绝：“这件事，得由秦小姐做决定，是不是误会，由她说了算。”

听上去义正词严，但和威胁毫无差别。

从刚才开始，秦郁绝一直没有发声。直到这一刻，才抬起眼，看向谢厌迟。

谢厌迟垂眸望着她的眼睛，轻轻说道：“没人能逼你原谅。”

秦郁绝闭了闭眼，缓解了下眼眶的酸涩，然后偏过头，深吸一口气，似乎是准备开口说话。

就在这时，谢厌迟突地又喊：“秦郁绝。”

秦郁绝抬头。

“不要为了我原谅。”他说。

秦郁绝看着那双浅棕色的瞳仁，将翻涌着的情绪压了又压。

那双眸中是一如既往的坚定，让人感到莫名而来的安心，仿佛无论面对怎样的境地都不会有半点儿退却。

“周先生。”秦郁绝抬起头，撑起下巴笑了起来，语气听上去轻柔而又温和，“我的确很想原谅您，但是您还没有正儿八经地和我道过歉呢。”

周衍一愣：“这……”

“不如就现在吧，既然要将这件事翻篇，流程也得走完不是？”秦郁绝将眼一弯，笑意潋滟。

这句话，让周家的人脸色大变。当着这么多人以及周氏高管的面，让自己的儿子低头向一个女明星道歉，这对于豪门来说到底是怎样的羞辱。

周父脸色一青，抬头望向谢何臣：“谢大少，你们这是什么意思？是我们周家主动给谢氏面子才来的这一趟，你们心不诚，那也没必要合作了。”

谢何臣眸色微冷，看向谢厌迟，语气里多了些警告：“二弟。”

“大哥也听到了。”谢厌迟抬了下眼睫，拖腔带调道，“谢氏是谢氏，景逸是景逸。所以您需要给他们面子，我不需要。”

在场的人都怔住。

虽然大家都知道谢家两兄弟迟早要闹一场，但没想到居然已经到了这种地步。

周父这才冷静下来。谢氏大部分是谢何臣的，但景逸科技却没有他半点儿好处。虽然景逸现在还没达到谢氏的辉煌，但在互联网的发展下，再过两三年，还不知道谁赢谁输。除非谢何臣能在一年内逼死谢厌迟，要不然最后到底谁是赢家还不一定。

这么一想，周父觉得背后有些发凉。在这种情况下，得罪谁都是不好的。于是他沉声道："周衍，道歉。"

周衍显然没反应过来，但看见自己父亲全是愠怒的神色，还是战战兢兢地起身弯腰道了个歉。

这顿饭吃得并不和谐，还没到一个小时就草草结束。

"你去车上等我。"谢厌迟对秦郁绝说。

等人走后，偌大的包厢只剩下他和谢何臣两个人。

"弟弟。"谢何臣摇了摇头，唇角带着笑，语气有些无奈，"刚才你的做法，很不聪明。"

"你并不顾忌周氏，他们对你来说没半点儿价值。"谢厌迟敛目，眸中的危险更深，"不过大哥想为自己铺路，也别把算盘打到她身上来。"

谢何臣今天这一出，并不是因为想讨好周氏，而是想故意借着欺辱秦郁绝来昭告天下，自己能压谢厌迟一头的地位。

但很显然，谢厌迟没有让他如愿。

第五十七章

恐怕是要变天了

从云水间出来的时候，已经是晚上九点。气温已经开始悠悠转凉，特别是临近深夜的时候，站在外头能感到一股湿漉漉的冷意。

谢厌迟上车的时候，秦郁绝将头靠着副驾驶座的窗户，从这个角度，只能隐约看见她低垂的眼睫，好像是正在小憩。似乎是觉察到车内的冷意，他没说话，只是安静地脱下外套，然后侧身准备搭在她的身上。

秦郁绝没睡着。她感觉到谢厌迟的动作，偏了下头，抬起眼睫，看着他的脸。

“怎么了？”谢厌迟注意到她有些没血气的脸色，抬手用手背试了下她额头的温度，“哪里不舒服？”

秦郁绝没答他的话，只是轻握住他的手，然后问：“你今天怎么来了？”

“云水间的投资方是我朋友，”谢厌迟反握住她的手，觉察到她掌心的冰凉，眉头稍皱，但还是解释道，“谢何臣在这儿设宴，我当然会知道。”

“陈助理没来？”

“我自己来的。”

“因为我？”

这一句话，让谢厌迟稍顿了下，他低笑了声，语气里带着些无奈：“不然还有谁能有这么大面子呢？”

秦郁绝低头，眼睫轻颤，她试图挣了下被谢厌迟握住的手，在发现没能挣脱后，便不再去尝试。

许久的沉默后，她深吸一口气，轻轻说："在你来之前，我是真的准备来接受道歉的。"

谢厌迟安静地看她一会儿，然后抬起手替她将鬓边的头发撩在耳后，问："为什么？"

"因为我比你想象中的还要世故一些，原谅和不原谅对我来说能浪费掉多少尊严，其实并不重要。"秦郁绝看着他的眼睛，语调平和但却认真，"重要的是，至少现在，我不想让你因为我去放弃本该属于自己的东西，这对你来说并不公平。"

"那你后来为什么改变想法了？"谢厌迟问。

"因为你来了。从你进来的时候我就知道，你把自己的尊严也陪我一起放在了这桩饭局之上。"秦郁绝说，"那个时候我代表的就不仅仅是我自己，我不会做出让你丢了面子的选择。"

谢厌迟闷闷地笑了起来，他手指插入秦郁绝的长发，握住她的后脑，稍稍用力将她带到自己的面前，然后俯身去迁就她的高度："这么说，我还是逼你选择了。"

秦郁绝的语气很平静，她依旧望着谢厌迟的眼眸，目光不偏不斜："选择是我自己做的，如果我不愿意，没人能逼我。"

"嗯。"谢厌迟说，"我知道。"

在漫长的沉默后，秦郁绝垂下眼，整个人仿佛卸下了所有的防备和锋利。她眼帘轻动，安静许久后，突地倾身将头倚在了谢厌迟的胸膛。然后抬起手，轻轻攀上了他的后背。

虽然一个多余的字都没说，但谢厌迟能无比清晰地感觉到秦郁绝现在略带着些难过的情绪。他没追问缘由，只是将手搭在她的后背上，安抚似的轻拍着。

"谢厌迟。"秦郁绝的声音带着些哑，"我希望你永远不要为了我改变决定。”

谢厌迟手上的动作一顿，掌心按在她的后背处，久久没动。如若秦郁绝现在抬眼，必定能看到那双琥珀色的瞳仁中暗涛汹涌的压抑情绪。

许久后，他开口：“好。”

像是终于下定决心。

车开过几条街区后，谢厌迟觉察到身旁人的异样，转头看了眼，这才发现秦郁绝的状态比刚才更差了。

一开始她只是靠着窗，虽然没什么精神气，但还是能有一搭没一搭地同他说几句话。但现在却一声不吭，只是紧咬着下唇脸色发白地将重心靠在门上，捂住小腹，额头上有冷汗渗出。

谢厌迟眉头拧得更紧，将方向盘一打，掉了个头。

“去哪儿？”秦郁绝觉察到了他的动作，艰难地抬了下眼。

谢厌迟沉声道：“医院。”

“不用。”秦郁绝咬了下牙根，忍下了一阵阵席卷上来的痛意，“生理期，送我回去休息就行。”

这句话让谢厌迟的动作一顿。他按着方向盘没立刻动，似乎是回忆起什么，看她一眼，语气中头一次对她带了些愠怒：“你刚才是不是喝酒了？”

秦郁绝没否认。今天在谢何臣的饭局上，因为不便拒绝和推辞，半推半就下喝了一小杯。等到饭局结束之后，不适感便一阵阵袭来。腹中像是被人拿重物不断碾压，将五脏六腑揪在一起，然后再撕扯开来。饭局结束后，这股痛感没有减弱，反而一阵比一阵更强烈。

她听出谢厌迟语气中的不善，却实在撑不起力气和心情去同他解释，只是用一双因为疼痛而湿漉漉的眼睛看着他。

谢厌迟一对上秦郁绝这样的表情就会变得无可奈何，想要责备她不知道爱惜自己的满腔怒火顿时无从发泄。他握紧方向盘，手背上脉络分明，动作中不由得带了些戾气。他迅速掉转了方向盘，朝着她公寓的方向开去。

停到单元楼下时，秦郁绝想起身，但压在腹部的手掌刚一松，那原本就强烈的痛感翻了倍地涌上来。

“别动。”

谢厌迟眉头依旧紧锁着，语气里带着些不善，他俯身替秦郁绝解开安全带，然后下车绕到副驾驶座的方向替她打开了车门。

秦郁绝下意识地就想要下车站起身，但步子还没迈出一步，身上就突地一轻，整个人被打横抱了起来。

扣着自己肩膀的那只手，掌心还在微微发烫。她的头轻抵着谢厌迟的胸膛，一股没来由的安全感涌上心头，微微抬眼就能看见他线条凌厉的下颌。

“秦郁绝。”谢厌迟看她一眼，几乎是咬着牙，声音带着些无可奈何，“我上辈子真是欠了你。”

因为沾了酒的缘故，就算是疼，秦郁绝也不能吃止痛药。她像只虾米一样弓着身子窝在床上，想催眠自己快快睡去，但每当意识模糊的时候，总会被那阵痛感闹醒。

只能硬扛。

谢厌迟给她兑了杯红糖水，但她却没力气坐起来喝。这种情况他也没强迫，只是叹了口气，将水杯放在一旁，接着在她床边坐下，伸出手轻轻替她拨开因为汗水而沾湿的头发。

秦郁绝很难受，她轻蹭了下谢厌迟的手掌，无意识地哼出一个字：“疼。”

谢厌迟的手一顿，然后抽离。

因为疼痛，秦郁绝没太在意谢厌迟的反应，只是继续保持着自己虾米的姿势，反反复复地催眠着自己快快睡去。但因为痛感太过强烈，所以始终只能在半梦半醒间徘徊。

就在这时，她感觉到身侧的床一沉，似乎有人在自己身旁躺下。还没反应过来，一条胳膊搭上了自己的腰，然后带着一股有些发烫的温度，轻轻焐住了自己的腹部。和热水袋焐肚子一个效果，在疼痛难忍时，的确能稍加缓解疼痛，但家里并没有备上热水袋。

秦郁绝一怔，将眼睁开。

谢厌迟将她拥住，掌心紧紧贴着她的小腹，炙热的温度蔓延开来，痛感也稍有压制。

秦郁绝的后背抵着谢厌迟的胸膛，整个人就这么被他护在怀中，像是在小心翼翼地保护着什么珍宝。她抬手试探了下他手掌的温度，发现烫得有些吓人。

“你……”

秦郁绝下意识开口，却被谢厌迟轻声打断：“听话，睡吧。”

这个夜格外漫长，秦郁绝因为疼痛感，总是反反复复徘徊在清醒与昏睡之间难以入眠。她能隐约感觉到谢厌迟总会有短暂的起身，但那替自己焐住小腹的掌心温度却一次都没有变过。

入秋的时候，《青玉案 2》的拍摄终于结束了。

半个月后，片方放出了初版预告预热。

仅仅三十秒钟的预告，却能看出容导不凡的导演功底。无论是画面、台词，还是音乐鼓点，都踩得恰到好处。

秦郁绝的镜头一共不超过四秒，但即使是这样，她还是靠这四秒钟的镜头迅速爆出了圈。

热搜话题更是通俗易懂——“秦郁绝四秒心动”。她的脸太适合大屏幕了，身着那一身红色华服，每一帧都漂亮到可以截出来当壁纸。四秒钟的镜头，其中有两秒是秦郁绝所饰演的沈娇望着男女主角离开的背影，苍凉一笑，同时落泪的镜头。

这一段迅速被评为“笑着流泪”的完美教科书。

那个时候，一首古风歌曲《送嫁》正全网大火，自从《青玉案 2》的预告一出来，这首歌每逢高潮踩点，必定会用到秦郁绝这四秒的镜头。一时之间，被网友笑称流水的剪辑，铁打的秦郁绝。

在这段时间里，秦郁绝在综艺前所拍摄的一些电视剧也陆陆续续开播，虽然出演的多为配角，但片方为了蹭一蹭她的热度，都尽可能地多剪了些镜头。随着她的霸屏，综艺粉和 CP 粉也迅速转了性质，加上贺怀情的营销策略，很快秦郁绝就跻身小花的行列。

而就在这个当口儿，发生了两件事。

第一件事，是秦郁绝那位夺走了她家产的伯父，在三天前因病住院。

第二件事，则是关于谢氏。

从谢何臣回国开始，股东大会里的那群老家伙就开始存了私心。谁都知道，比起谢父这种人精，谢何臣这种人才更容易受股东大会的控制。因为归根结底，他也只是个孩子，而且亲生父亲也已经过世。扶持他，远远比扶持谢厌迟对自己益处多。

谢何臣也深知这一点，倒也不介意被利用。只要达到目的，谁是棋子于他来说并不重要。因为忌惮谢厌迟的迅速发展，那群老家伙比预想中的更加按捺不住了。他们近段时间一连开了几次会，意图很明确——逼迫谢父交出剩下的股权。

风雨欲来。

潼城上流圈的人都知道，这谢氏，怕是要变天了。

第五十八章

风雨欲来的前夜

“谢先生，常腾文化和晟弘集团提出撤资。调查过了，是谢氏……谢大少从中施压，应该是想要断掉景逸的资金链。”陈助理同谢厌迟汇报着情况，“原先谈好的合作方现在的态度也变得不是很明确，恐怕继续推进有些困难。谢先生，这样下去，那两个新项目恐怕得暂时搁置了。”

“比我预想中的要慢。”谢厌迟眼皮都没抬一下，流畅地在文件上签下自己的名字，然后合上，反手交给陈助理，“下去吧。”

“是。”陈助理接下文件，退身准备离开，但是没走几步却又停下来，转过身，“谢先生，机票……”

谢厌迟沉默了一会儿，他放下手中的钢笔，抬手疲倦地捏了捏眉骨，然后睁开眼，声音低沉：“再等等。”

优柔寡断并不是件好事，特别是对于一个商人来说。

自从谢何臣回来之后，谢厌迟就没怎么离开过公司。而今晚，他却特地腾出时间，去赴了江景行的约。

“托您的福，我这破娱乐公司也终于迈过大关发展到现在这地步了。”江景行笑着给他倒了半杯酒，抬了下眉，“放心，我记着你的嘱咐。”

谢厌迟看了眼酒，没动，只是笑道：“谢了。”

“听陈助理说，你那机票还没定下来？”江景行乐呵了一声，“这不像你啊，要搁以前，你这疯子估计立刻就动身离开了。怎么，现在怕了？”

“的确怕了。”谢厌迟扯了扯衣领，没骨头似的窝进沙发里，松开袖口的束缚，语气里带着些笑意，“以前觉得就算客死他乡也无所谓，现在觉得，还挺有所谓的。”

“有所谓挺好的。”江景行知道他说的意思是什么，抬手抿了口酒，收敛了笑意，“我巴不得你改变主意，你是我这辈子最舍不得丢掉的一个朋友。既然你这么喜欢那个小姑娘，不如就为了她留下来。”

谢厌迟动作稍顿，没说话。

“反正谁护着都没你护着好。大不了以后就当个富二代，照样也没人敢招惹你，顶多是碍着点儿谢何臣的眼色——”

“我会为了她离开。”谢厌迟开口打断。

“什么意思？”

“我和谢何臣，只能留下一个。”

否则，秦郁绝一辈子都会变成谢何臣要挟自己的砝码。

她不应该变成这样的一颗棋子。

无论有没有自己，她都会前途广阔，不应该被搅入这样的风云诡谲之中。

或许也有想要为了留在秦郁绝身边，干脆地放弃一切的时候。

但那只是一瞬间。

因为他答应过秦郁绝——“永远不要为了彼此，而放弃一个决定。”

秦郁绝的角色被拿掉了。

这个剧本，是贺怀情推掉许多邀请特地腾出档期替她接下的。

原本合约已经要寄过来了，却临时被告知这个角色还有其他合适的人选，片方需要重新考虑一下。

都是人精，贺怀情立刻就猜到是有人作梗。

原本只是试探着打听了一下，谁知道对方根本不做遮掩，直接告诉了他们：“这部戏原来的投资商撤资，新投资商是谢何臣先生，在他下决定之前，我们暂时不会用秦小姐。”

谢何臣和谢厌迟那些事已然不是秘密，但谢何臣这人的聪明之处在于，他并没有说用不用秦郁绝，只是一直拖着不给消息。贺怀情拿不到确切的消息，就没办法给秦郁绝继续安排工作。因为这部戏明显是奔着大爆去的，十分难得，如果谢何臣松口，档期不提前空出来就会冲突。

等了三天之后，贺怀情终于忍不住，准备和剧组谈判。但剧方仿佛早就料到一般，直接放话：“你们大可以去找谢何臣先生谈。”

话都说到这份儿上，贺怀情也不顾忌了，拎着包就准备去见谢何臣，却被秦郁绝喊住。

“我也去。”她说。

其实秦郁绝心里清楚，谢何臣这一套，明摆着是在变相地通知自己去和他见面。

果不其然，还没在休息室里待上几分钟，谢何臣的秘书就来了：“抱歉贺小姐，谢先生说，只和秦小姐一个人商量。”

这下，连贺怀情都觉察出异样了。

秦郁绝倒是平静，点头站起身，离开前嘱咐了句：“没事，给我半个小时，如果没出来的话，就麻烦贺姐通知一下谢厌迟了。”

秘书将她带到办公室后退身离开。谢何臣坐在办公桌后面，戴着副金丝眼镜，颇有几分道貌岸然的样子。见人进来，他抬起头朝着她的方向望了过去，然后将眼一弯，笑得谦和：“抱歉秦小姐，这种方式请你过来，是我的过错。”

见他不做遮掩，秦郁绝也无意与他打太极：“既然谢先生都这么说了，不如直接将话讲明白？我这人猜别人的想法一向不准，保不齐会误会。”

“秦小姐不必这么紧张，我是来替小迟提前向您致歉的。”谢何臣轻笑一声，起身，走到一旁的饮水机替她亲自倒了杯温水，然后递到她面前，“其实这部戏我早有关注，私心也觉得这个角色适合秦小姐。”

“所以呢？”

“但是，前投资方想借着这部戏捧红手下新人，因而私自改动剧本。毕竟秦小姐之前答应过帮我一个忙，虽然最后没能如愿，但还是欠您一个人情。所以，谢某特地接下这部剧的投资，只为还秦小姐一个公道。”

谢何臣这话说得谦和，若不知道他本性，只会觉得他宽仁而重情义。

秦郁绝却不吃他这套，只是安静看了他一会儿，然后扑哧一笑：“谢先生，都是聪明人，倒不用先礼后兵，想说什么，直接和我说吧。”

“既然被秦小姐看出来，我也不多藏了。”

虽然被拆穿，但谢何臣却仍旧不觉尴尬，反而坦然：“小迟性情放浪形骸已是众所周知，秦小姐个性出挑，我也是不想你被多加伤害，只能冒昧。”

秦郁绝笑了：“怎么个伤害法？”

“小迟最近事业并不太平，景逸科技也连连受挫，我想帮忙，但自身根基不稳，有心无力。”谢何臣叹了口气，缓缓道，“小迟他比我压力大，家中已经替他择好未婚妻——”

“谢大少爷，说话大可不用这么文绉绉的。”秦郁绝笑着打断，“您的意思，不就是谢厌迟只是和我玩儿玩儿，最后还是得回去和别人富家大小姐联姻，所以让我别浪费感情早点儿提分手是不是？”

这一连串直白的概括，反而让谢何臣无话可说。他不答，只是安静地看着秦郁绝，眼底笑意未散：“所以秦小姐怎么看呢？”

“他亲口告诉我，我就信。”秦郁绝平静地回答道，“别人说的，我一个字都不信。”

谢何臣停顿了下。

从她一双眸中读到的全是坚定，仿佛无论怎样的流言都不能撼动半分：“谢先生，我从不从别人的口中，了解我的爱人。”

谢何臣眸色微沉，正准备开口说什么，就被一阵敲门声打断——

“董事长，谢二少来了。”

谢厌迟？

秦郁绝闻声转头。

他怎么也来了？

在听到这句话的时候，谢何臣唇角轻弯，然后礼貌地做了个请的动作：“既然秦小姐这么要求，不如先进隔间，听听小迟是怎么说的？”那副表情，像是笃定了谢厌迟会说出怎样的话一般。

秦郁绝看他一眼，轻声笑了：“好啊。”

目送人进了隔间，谢何臣折身回到办公桌前坐下，整理了下衣领，然后才说：“进来吧。”

谢厌迟走进来，停都没停一下就在沙发上坐下，姿态散漫地靠着，搭在扶手上的手指一下下地敲着，然后漫不经心地开口道：“说吧，什么事。”

“那群老古董坐不住了。”谢何臣翻开一页文件，语调平平，“我替你选了几位合适的联姻对象，要想在谢氏立足，总得让他们看到些对自己有利益的东西。”

“需要我提醒你一句吗？”谢厌迟抬了下眼，偏过头，眸中虽然噙着笑，但那笑意不达眼底，“我有女朋友。”

“那个女明星？”谢何臣朗声笑了，“你对她是认真的？”

说到这儿，他将眼一眯，语气听上去温和不改，但隐隐约约能感觉到威压：“小迟，那群老家伙不会觉得这是件好事的，轻重缓急，我以为你分得清。”

听见这句话，谢厌迟唇角一扯，低笑了声，然后扶着膝盖站起身，慢步走到办公桌前。他双手撑着桌面，语气里带着痞气：“当然是假的，一个小明星而已。我只是玩儿玩儿，怎么可能当真？”

谢何臣眸中笑意愈深："我就知道——"

"你觉得我会这么说？"

话还没说完，就被谢厌迟打断。他俯身看着面前的谢何臣，虽然听上去语气里含着几分轻佻的笑意，但却让人后脊发凉。

"谢何臣，我知道你在想什么。你顾忌那些老家伙，但我不。"谢厌迟眸光冷冽，声音低沉，"不过有个忠告，如果你想动她，我建议你先想办法直接弄死我。要不然，你一辈子都没可能。"

这一句话彻底撕裂了谢何臣精心伪装的面具,他的笑容被彻底割裂，眸光一瞬间阴沉。在漫长的沉默后，谢何臣终于大笑数声，重重地向后一靠，抬起手揉着自己的太阳穴，无奈地摇了摇头："谢厌迟，如果你继续扮演好弟弟的角色，我是不会做到这一步的。

"用不了一周，你的好父亲就会被彻底架空。景逸虽然在你手里，但没了谢氏这座靠山，并且同我彻底对立，你觉得还会有不长眼的人和你合作吗？谢厌迟，除了乖乖联姻做一个懂事的好弟弟，你还有别的路可以选吗？"

说到这儿他站起身，同样撑着桌子，对视着谢厌迟的眼睛，然后压低声音，一字一句地说："永远不要和哥哥抢东西。"

一如十年前，他曾说出过的话。当年，这句话彻彻底底杀死了那个年仅十七岁的少年。而就在这时，一道冷冽的女声打断了两人的对话。秦郁绝抱着胳膊靠着门框，一双勾人的眼眸中笑意潋滟："演完了吗，谢何臣先生。"

第五十九章

没有证据的真相

谢厌迟没想到秦郁绝会在这儿。

景逸科技的合作方遭到谢何臣的施压，再加上这个节骨眼儿频频通知陈助理让自己来谢氏洽谈，明摆着是逼他过来会面。

现在看来，原来是另有他意。

“看上去，哥哥并不了解我。所以很抱歉，没能说出您预想的台词。”谢厌迟语气很淡，笑容也没什么温度，“如果没有其他事的话，我就带我女朋友先一步离开了。”

谢何臣脸上看上去依旧是风云不惊，表情没任何变化，但还是隐约能嗅到些阴沉的气息。

许久后，他突地笑了声，听上去很大方：“当然可以。”

谢厌迟转身，朝秦郁绝伸出手，一句多余的话都没说。

秦郁绝唇角一弯，走到他面前，自然地搭上那只手：“走吧。”

谢何臣的表情看上去毫无异样，彬彬有礼地抬手朝门口做了个“请”的姿势，然后微笑着目送他们离去。直到两人即将离开门口的时候，才突然朗声喊道：“小迟。”

谢厌迟步子一顿，微微偏头。

“一路顺风。”谢何臣笑着说。

谢厌迟耷拉下眼皮，琥珀色的瞳仁中看不出半点儿情绪。在片刻的安静后，轻笑一声：“如您所愿。”

办公室的门被关上，四周一下子安静到极致。

谢何臣垂眼，面色不变，似乎对刚才那些事情毫无反应。但写下一行字之后，却又突地顿住笔，抬手将笔抛下。身体往后一退，将椅身转了个方向。

面前是巨大的落地窗，高耸入云的大楼和脚下车水马龙的街道都清晰可见。他双手交叉相握，扣紧指节活动着十指，非常用力，连手背的经脉都清楚地凸起。

他闭上眼，将头向后靠在椅背上，拇指摩挲着扳指，指腹一点点感受着上面的花纹。动作持续了很久后，他终于缓慢地掀起眼睫，从口袋中取出一个怀表打开。怀表上嵌着一个女人的照片，是那种标准的美艳长相，带着点儿西方的风情，非常夺目。

谢何臣扯了下唇角，眼底的情绪寡漠而又意兴阑珊。他抽出那张照片，压着手背，毫无停顿地将它一分为二，然后随手扔在了一旁的垃圾桶中。

整个过程干净利落，连半点儿眷恋都没有。

谢厌迟领着秦郁绝走出办公室，一路上收获了无数谢氏员工的注目礼，甚至还有人偷偷拿手机拍下了照片。

托综艺的福，他们俩已经发展成为国民度颇高的一对情侣，更别提谢厌迟还算是谢氏的股份持有者。

两人才刚下电梯，那群八卦的员工就碰头开始编起了各种版本的故事。其中认可度最高的是“迫于家族压力，谢二少被逼分手，与其他名媛联姻。秦郁绝惨遭威胁，谢二少得知赶来护妻，冲冠一怒为红颜”。

流言传播的速度往往是极快的，没过多少时间，在某知名论坛上就有了瓜主爆料——近期知名度特别高的一对 CP，将会迫于家庭的压力分手，毕竟不是一个圈的人。

很快就有人解了码，鱼池夫妇要分手的风声迅速地传播开来。

我感觉两个人是真爱，但是要是分手我也不惊讶……毕竟谢家那位再怎么也不可能会和一个明星在一起吧。

求求别散布谣言了，你们难道都忘了谢厌迟父亲还在节目上露过脸，我感觉他很喜欢秦郁绝啊！

说实话，以前没准儿会觉得这是谣言，但现在还有人没听说谢氏内部很乱的事情吗？我感觉为了稳定军心，谢厌迟联姻才是最合适的选择，毕竟天都变了。

……

虽然这些瓜只是在小范围内传播，但还是引发了不小的轰动。

眼下，电梯内只有两人，气氛压抑得出奇。

刚才同贺怀情碰过面，她很有不打扰两人的自觉，嘱咐了句：“别聊太久，三点钟要去剧组进行补拍。”然后就从另一边下了楼，给他们腾出了独处的时间。

秦郁绝开口打破了安静：“你不想知道他对我说了什么吗？”

电梯门打开，谢厌迟握着秦郁绝的手一直没松开，他也没回答她的问题，只是沉默不语地朝前走。

来来往往的人都下意识地将目光放在两人身上，捂着嘴巴惊喜地暗示着身旁的同伴去看。有激动的，也有吃瓜的，还有抱着看好戏的态度的。

他们却对周围的目光熟视无睹。直到快走到门口的时候，谢厌迟才突地顿下步子，转头看她，然后说：“我只在意他能让你到这里来。”

“这是因为——”

“秦郁绝，我不是在质问你为什么来这里。”谢厌迟轻轻打断，“如果谢何臣想，他有一千种方法理直气壮地逼你来见他。”

秦郁绝眸光微动：“那你在意的是什么？”

谢厌迟扯起唇角，自嘲般地低笑了声：“我在意的是，我居然成功地让他做到了。”

一句莫名的话，秦郁绝却一下子读懂了谢厌迟的意思。

她抬起头看着他的眼睛，沉声道：“不是这样的谢厌迟，你不需要——”

一句话还没说完，谢厌迟抬起食指轻轻抵住了她的唇，然后轻轻摇了摇头。接着俯下身，吻了吻她的额头。

“今天晚上我来接你。”谢厌迟笑了声，“等你拍摄结束之后。”

秦郁绝上车的时候，贺怀情正在皱着眉看手机。见人上来，她迅速将屏幕一熄，笑着调侃了句：“我以为你们两个会聊很久。”

“嗯，原本是要聊很久的。”

秦郁绝知道，如果刚才任由话题聊下去，很有可能连下午拍摄的心情都没有了。她系好安全带，余光瞥见贺怀情有些差的脸色，问了句：“怎么了？”

原本贺怀情想瞒一下秦郁绝，但这种论坛上的言论传播很快，就算藏也藏不了多久，倒不如摊开了直接说。

“有帖子传你会和谢二少分手。”贺怀情说，“公司已经在处理了，你也别放在心上，我看谢二少他很……”

“开车吧。”秦郁绝突然开口。

贺怀情一愣。

对于这种关于自己的流言和八卦，秦郁绝的心态向来是不错的，从来不会避而不谈，反而会语调轻松地调侃。而眼下，却是贺怀情第一次看见她用这种逃避的态度去面对。

秦郁绝偏过头望着窗外，只留了一个侧脸给贺怀情，似乎是刻意避着，不让人看到自己的情绪。

“怎么回事？”贺怀情声音带了些颤抖，她放柔语气，试探着问，

“你和他吵架了？”

“没。”秦郁绝静静地说，“我们没吵架。”

她垂眼，眼睫轻颤，眼眶中仿佛有晶莹在滚动，但却深吸一口气仰头强忍着。

在片刻的安静后，她又轻轻重复了一遍：“我们没吵架。”

女人的直觉一向很准，从合约签下来，到两人关系的公开，再到结束综艺的录制。秦郁绝能感觉到，谢厌迟看向自己的目光，总带着些若即若离的感觉，仿佛一直在隐忍和克制着什么。

现在，她好像突然明白是为什么了。

陈助理看着秦郁绝的保姆车远去许久后，试探性地开了口：“我们走吗，谢先生？”

“走吧。”谢厌迟说。

这么多年，不仅仅是谢何臣盯着谢厌迟，谢厌迟也从来没疏忽过对谢何臣的关注。

谢何臣在海外的成绩不容小觑，他手段狠辣，目的很明确。为了得到自己想要的东西，无所谓法律和道德的限制，商战内所有禁忌的手段，他都踩着线触碰过了一遍。

不被人抓到证据的手段，算不上违法——谢何臣是这么以为的。他是个聪明人，从不给自己留下任何把柄。但偏偏会在成功之后，张扬地告诉猎物他是怎么一点点撕扯着你的血肉。

谢何臣把这当作快感——看着别人的精神彻底在自己面前崩塌，露出原始动物的情绪和丑态。

他享受着这种快感。

就像当年，在喻之衍的葬礼后，他笑着压低声音，在谢厌迟耳畔说——

“你应该亲眼看看当时他的表情。

“双腿灼烧着在地上拼命用手指抓出血痕，哭喊着想要向前但是完全动不了的样子，的确很让人心疼。

“太可惜了，这么年轻的一个孩子。”

谢厌迟永远不会忘记谢何臣说出这番话的样子，以及那副享受的表情。

谢厌迟在拥有足够能力之后做的第一件事，就是查找了当年火灾一事发生前后有关谢氏的资金流动。

这个过程需要消耗大量的人力，但还是被谢厌迟发现了端倪。

大伯手下的一个亲近的秘书，在那段时间变卖了多处房产。然而追查之后才发现，这些房产原本就是大伯还在世的时候购买的，只不过是记在这人名下。给自己留点儿不会被分出去的底，是很常见的事情。但耐人寻味的是，在火灾发生后不久，那位秘书便自杀了。原因是不堪工作重负，再加上股市崩盘导致的精神崩溃，自杀信是亲笔写的，药也是本人亲自买的。

这些“巧合”，很容易就让人猜到当年火灾的答案，一个找不到证据的答案。

那场火的始作俑者，同时也是那场火所谓的受害者——谢何臣。

他要的不是杀死谢厌迟，这对他来说没有半点儿好处，痛失爱子的谢父很有可能会失控地针对自己，反而会直接将他逼至死地。

谢何臣要的，是在舆论上和地位上，自己都变成绝对的赢家。

显然，他也成功了。

这样即便他未来吞并了原本属于谢父和谢厌迟的股份，也不会有人对他的做法说半句残忍。

因为在所有人中，他才是那个差点儿命丧火海的可怜人。

第六十章

她什么都猜得到

“我们查到，在您兄长回国之前，曾有个女人为了他自杀。”陈助理汇报道，“谢先生，我已经将那位小姐的相关资料发送至您的邮箱了。”

资料上的女人是当地一个公司董事长的小女儿，在哥纳街挺有名气，长相美艳出挑，家里有钱有地位，从小就是泡在上流圈长大的。原本和一位名流定了婚约，但半年前不知道怎么就着了魔似的喜欢上了谢何臣，并且单方面展开了对他轰轰烈烈的追求，甚至还以死相逼退了婚。

就在谢何臣回国前夕，她自杀了，连半句遗言都没留下。

人们众说纷纭，认为这位大小姐是因为感情求而不得，又是个性情中人，一时冲动下酿成悲剧。这件事闹得轰轰烈烈，但偏偏没人能直接怪罪到谢何臣头上。因为做出所有冲动决定的都是这位大小姐自己。

资本家之间的那些事情，即使撕破脸面，为了“利益”两个字，也还得挂着假笑当作无事发生。谢何臣甚至面不改色地参加了她的葬礼，平静得好似一个局外人。

女人对于谢何臣而言，是自己权力最好的象征。他不理解那些生死契阔的情情爱爱，于他来说，这不过是一件能与自己相称的华丽饰品。

饰品佩戴久了，总会腻的。不过看着那些原本自恃高贵的人，在自己身旁祈求着怜惜，倒是一件十分有成就感的事。

谢厌迟知道谢何臣是怎么样的人，当然也明白，为什么他这么不肯放过秦郁绝——就像镶嵌在怀表上的装饰品，一张脸看腻了，总得再换另一张。

“谢先生，现在回公司吗？”陈助理询问道。

谢厌迟：“嗯。”

然而车还没开多久，他就接到了一个来自医院的电话。

谢厌迟的父亲突发心脏病，被送进抢救室。

谢何臣这么多年来的动作，谢父当然有所觉察，他这么有恃无恐，少不了站在他身后替他撑腰的股东大会。

这么多年，股东大会和谢父之间算是互相制衡。谁都清楚，一旦谢父彻底握住了谢氏，这种平衡就会被打破。原先的管理层和公司人员恐怕都得大换血，自己这么多年积累下来的人脉也毁于一旦。

更何况谢厌迟现在已经将景逸发展到足以对他们产生威胁的地步，如果真等他们把位置坐稳，恐怕一家独大，再也无法控制。

所以股东大会要做的，不仅仅是将谢何臣扶上来坐在那个位置。更重要的，是要让“谢氏”这两个字，彻彻底底和谢厌迟以及谢父断个干净。

据谢父的秘书所说，自谢何臣回国这一个多月来，那群人不断上门或是邀请谢父进行洽谈。但与其说是洽谈，不如说是狮子大开口。商人之间的谈判往往都是针锋相对的，更何况他们站在有利方，更是不给谢父留半点儿余地。

急火攻心之下，谢父晕倒被送进了医院。

谁都知道，从谢父倒下那一刻起，谢家的天就已经彻底变了。

谢厌迟这么多年来专注发展景逸，从不过多插手谢氏的事情，唯一一个硬撑着与谢何臣方周旋的，就只有谢父。谢厌迟到的时候，病房前面站满了人。多数虽然表面上装作担心，但实则内心都放着响炮暗自庆祝。甚至巴不得快点儿出事，以便加速推进他们的计划。

护士出来扫了眼周围：“谢老先生醒了，但是现在状态很差，你们只能进去一个人看望他。”

只能一个人，不用多争执，大家都知道只能由谢厌迟进去。不过在看见他时，刚才那群忙着演出担忧表情的老家伙总算有了几分紧张情绪。虽然谢厌迟以前从不插手谢氏，但谁都知道，这位二少爷的能力到底恐怖到什么程度。如果不把他逼到死路，他时刻会绝地反击。

然而谢厌迟却对周围的目光熟视无睹，他的表情看不出任何情绪，平静地推开门走了进去。

病房内光线昏暗，只有床头一盏灯亮着。病床上，自己的父亲双目紧闭，眉头微微蹙起，一旁的心率监测仪上数据稳定。

谢厌迟没有开口说话，只是安静地在一旁的椅子上坐下，修长的双腿交叠。在长达半分钟的安静后，他终于开口："医院的人可以信任吗？"

闻声，谢父睁开眼。他侧目扫了眼身旁的谢厌迟，然后撑起身靠着床头。他动作轻松流畅，并不像护士形容的"状态极差"的模样。

"院长是我的故友，派来的医护人员也都是可以信赖的。"谢父一顿，抬眼看他，"你什么时候发现的？"

谢厌迟轻笑了声，靠着椅背，淡声道："您儿子还是挺了解他父亲的。"

两人对视许久。这么多年来，谁都觉得这对父子水火不容。

谢厌迟一副放浪形骸的模样，从大学毕业开始就投身景逸科技，从不服任何人的管束，看上去和谢父的理念完全背道而驰。但没想到，二人也有这么默契的时候。

"我已经替你定好了机票。"谢父闭上眼，"走吧，现在是最好的时候。大家都以为我只剩一口气快不行了，会觉得你是被逼无奈、走投无路才去往异地他乡。这是所有人最容易对你放松警惕的时候。"

谢厌迟垂下眼帘，没有回答。

"你想做些什么，我都知道。我劝不了你，但如果想赌，就放手去赌。"谢父睁开眼，偏头看他，"至于那个小姑娘，你如果真的喜欢，可以带她一起走。日子会很难熬，有个人陪着你也是好的。"

谢厌迟："我带不走她。"

也不会带她走。让秦郁绝放弃自己喜欢的一切，放弃自己的事业和未来，陪自己去做一个可能会搭上一辈子的赌。

他做不到。

"那就和她分开。"谢父看着他的脸，"你应该比我更明白这句话的意思。"

谢厌迟当然明白。

景逸科技发展至今，不知道树敌多少。即使没了谢氏这座靠山，也有人会碍着景逸，不敢对谢厌迟多说一句话，顶多是在背后讽刺几句他的光芒不再。但此次一行，他不可能再仰仗谢氏的力量。只能拿景逸科技的所有去赌，一旦输了，这座高楼也就彻底倾塌了。

那个时候落井下石，跟风践踏的人都不会心慈手软。掌握了无数人命脉的资本家，用起阴损手段来，并不比那些凶残的暴徒心慈手软。

他不能拉秦郁绝一起下水。

"我明白。"谢厌迟说。

谢父闭上眼，点点头，再开口时，声音宛若一下子苍老了："走吧。"

谢厌迟站起身，安静地看了会儿病床上的父亲，然后弯腰深深地鞠了一个躬。

接着，转身离去。

秦郁绝补拍完戏份之后已经是晚上七点。看见唐小棠欲言又止的表情，再加上周围人带着几分意味深长的眼神，她就清楚，八成是发生什么事了。

果不其然，谢厌迟父亲心脏病突发一事上了热搜。毕竟是国内赫赫有名的企业家，又加上谢厌迟这极高话题度的人物，出了这么大的事，媒体自然少不了报道。连锁效应，原本只是在论坛内小范围传播的"谢厌迟联姻”“鱼池夫妇分手”的消息也接二连三跳了出来。不到半天的时间，可谓是众说纷纭。

出人意料的是，旁人都议论得热火朝天，而秦郁绝作为这件事的主人公，却显得出奇平静。唐小棠忍不住，边同她并肩朝着外面走去，边问道：“老板，你和谢先生……”

“你先跟车回去吧，不用管我。”秦郁绝开口，“我等会儿打车去一趟医院。”

唐小棠一愣，随即反应过来：“专车可以送你呀老板。”

“不了。”秦郁绝说，“我不想把记者引到医院那边去。”

说完，她垂眼，熟练地找到谢厌迟的电话，有些担忧地皱起眉拨下。这么多传闻八卦，她关心的，只有“谢父心脏病住院”这件事情。自己的父亲出了事，谢厌迟就算是再洒脱的一个人，现在的精神压力也一定很大。

电话响了很久也没被人接通，就在秦郁绝准备挂断时，那头在短暂地“嘀”声后被接起。

“你那边怎么样？我现在过去——”

“往左边看。”

听着那熟悉的声线和语调，秦郁绝不由一愣，停在原地，然后转过头朝着自己左边看去。

她一怔：“你怎么在这儿？”

谢厌迟站在通道口，依旧保持着打电话的姿势，望向秦郁绝的眸中含着浅浅的笑意：“我答应了，会来接你。”

秦郁绝眸光轻闪，停顿片刻后垂下手挂断了电话，安安静静地回望着谢厌迟许久，然后迈步朝他走了过去。

谢厌迟伸出手，她抬手握住。

风声传得很快，谢厌迟似乎完全没想遮掩，再加上剧组附近都是蹲守着的狗仔。于是，一条帖子迅速在论坛上飘红——谢厌迟接秦郁绝离开剧组，疑似力破分手传闻？

系上安全带，秦郁绝问："谢老先生身体好些了吗？"

"嗯。"谢厌迟发动车子，语气淡淡的，"他没事。"

秦郁绝猜到了。依照谢厌迟的性格，如果谢父真的出了什么事，他不可能现在还能悠闲地过来赴约，并且还用这种语气同她说话。联想起最近谢氏内部的混乱以及谢厌迟的处境，她似乎醒悟了什么。

"你就这么告诉我了？"秦郁绝抬起眼睫，突地问了句，"就对我这么放心，万一有人收买我怎么办？"

"如果折在你手上——"谢厌迟似乎是低笑了声，目光微偏，柔和地落在她身上，"那就只能认命了。"

一句轻飘飘的话，却让秦郁绝轻轻笑了起来，只是那笑意仿佛根本不达心底，还透着些莫名的落寞。

接着，她缓慢收敛起脸上的笑容，将头抵着窗户："我们去哪儿？"

"你想吃什么？"谢厌迟说，"今天你决定。"

"去你家吧。"秦郁绝转头看着他的侧脸，将眼一弯，"我最近和贺姐学了几道菜，便宜你了。"

谢厌迟眸光微动，垂下眼，硬生生按下了眼底翻涌的情绪，只轻轻一个字："嗯。"

恰逢一个红灯，车子停下。

身旁的人安静得出奇，谢厌迟视线微偏，落在秦郁绝的身上。她耷拉着眼皮，眼睫都在轻轻颤抖，片刻后疲倦地闭上眼。

"谢厌迟。"秦郁绝问，"今天早上，谢何臣在办公室里对你说的那句一路顺风，是什么意思？"

她什么都猜得到。

第六十一章

她无法恨谢厌迟

这个红灯，似乎变得出奇漫长。

谢厌迟转头望着面前的路，一旁逆车道上有奔流不息的车辆驶过，车窗上氤氲着广告牌五彩斑斓的光线。

但一切的声音都被隔绝在窗外，车内的氛围安静而又压抑。

谢厌迟胳膊搭着方向盘，安静了许久，唇角一动，似乎是准备开口。

“快到绿灯了。”秦郁绝分明目不斜视，但却有所觉察般突地出声，打断了谢厌迟接下来的话，“等会儿再说吧。我想至少，能吃完一顿晚饭。”

她知道自己是在逃避，明明早晚都要知道答案，却还是苟延残喘般地拖延着最后的时间。

这是秦郁绝第一次，变得这么懦弱。

她害怕听到谢厌迟的回答。

害怕自己猜中了全部。

冰箱里的食材是满的，看得出陈助理早有预备。

高中的时候，秦郁绝就已经学会了做饭。虽然厨艺算不上精进，但简单地对付一顿晚饭还是游刃有余。

她垂着眼，一言不发地将肉切成条状。原本用得无比熟练的菜刀，却仿佛像生了锈一般，每一次抬手停顿的动作都显得无比沉重。情绪在安静和平和中被反复消磨，原本自以为非常完美的情绪控制，不知道为什么在此刻面临崩塌。然而她的神情看上去却出奇地平静，平静到反常。

终于，在热锅烧油下菜的时候，滚烫的油星溅起，烫在她的胳膊上，迅速泛起一小块红痕。而秦郁绝却好似毫无觉察一般，将剩下的菜倒完。

谢厌迟没再继续看下去，他关掉了煤气，接过她手中的东西，将她带到身后，低声说："我来吧。"

接着，重新开了火，动作熟练地翻炒。他身上的黑色衬衫没有换下，后背笔直，低下头专心地注意着火候，神情看上去没有半点儿顽劣花花公子的样子，浑身上下透着让人安心的可靠。

"你什么时候会做饭的？"秦郁绝问。她分明记得，刚开始拍摄综艺的时候，谢厌迟还是个进厨房就相当于移动炸弹的存在。

谢厌迟动作一顿，似乎是回忆了一下，随即轻声一笑："一个月前？或者是两个月前？记不太清了。"

秦郁绝问："为什么要学做饭？"

谢厌迟偏头望向秦郁绝，目光宛若一阵穿过冬日暖阳的风，全是温柔，笑着说："可能是因为，有自己想去照顾的人了。"

一句话，终于冲破了她死守着的心理防线。

这人怎么这么过分。答应好不骗她，还真的一句谎话都不会说。

原本应该高兴的一件事情，却让她连抬起眼睫的力气都没有，鼻尖的酸涩感上涌，秦郁绝终于忍不住地滚下一滴眼泪，砸在地板上。

谢厌迟放下手中的东西，关上火，伸出手捧起她的脸，轻轻地喊："秦郁绝。"

她摇了摇头，咬着下唇拼命忍住哽咽，努力让自己的声音听上去平静："准备去哪儿？"

"兰纳斯顿，哥纳街。"

秦郁绝知道这个地方。无数资产大鳄的聚集地，炒股、投资、博弈……高利润高风险，可以一夜之间让人功成名就，也能因为一个决定倾家荡产。

对于商人来说，这里是最好的名利场，也是最大的墓地。她不了解商人之间的事情，只知道谢厌迟这么做，到底有多么孤注一掷。

秦郁绝垂下眼帘，眼睫还带着些湿润："今晚就走吗？"

"也有可能是明天。"谢厌迟用拇指拭去她的眼泪，苦笑一声，"原本我是想多留一段时间的，现在恐怕不行了。"

"什么时候回来？"

这个问题，谢厌迟却没有立刻回答。他眸光深沉，唇角带着笑，很浅，仿佛只是为了安慰她一般，眸中看不出半点儿轻松和喜悦。

许久后，他才轻声说："抱歉，这个问题，我没办法给你答案。"

秦郁绝低头莫名地笑了一声，久久没有抬头，只能听见那带着些颤抖的声音响起："谢厌迟，你知道我会愿意等你回来。"

他看着她。

千万种情绪在眼底翻涌，宛若一片掀起波浪的海域。

但却没说一句话。

他当然知道秦郁绝会这么说。

她从来都是这么骄傲而又热烈，义无反顾地去做一件事情。不在乎结果，只在乎自己会不会后悔。

他了解秦郁绝，就像秦郁绝也这么了解自己一样。

谢厌迟握着她脸的手微动，抬起拇指，轻轻抵住了她的唇。他看着她的眼睛，眼里全是温和与无奈："你知道，我做不到这么对你。"

秦郁绝准备开口说话，却被他硬生生止住。

"我们家小姑娘以后可是能走上最高位的人。"谢厌迟俯下身抵住她的额头，眸光细碎而又温柔，"怎么能被那些居心叵测的人绊住脚。"

只要她还是自己的女朋友，就会有无数人想拿她下手来借此打压自己的锐气，不会留半点儿余地。到那个时候，就连秦家那小子也未必护得住她。离了这层身份，顾忌和谨慎的人反而会更多。

"谢厌迟。"秦郁绝眼眶红得吓人，她声音里的哭腔已经按捺不住，但还是倔强地让自己每个音节都听上去铿锵有力，“如果你现在选择推开我，我会恨你一辈子。”

她就这么用力地看着他。

一字一句，声音都透着些沙哑。

“你怎么知道，这么多年你拼命在暗地里维护着、小心翼翼保护着自尊心的那个小姑娘，不愿意陪你一起义无反顾呢？”

秦郁绝只觉得自己眼前渐渐模糊不清，指甲用力掐进掌心想要稳住情绪，但还是难以遏制地彻底爆发。谢厌迟痛苦地闭上眼。他紧贴着秦郁绝的额头，握住她的后脑，垂在身侧的手紧握，直至青筋暴起。

“你需要我，谢厌迟。”秦郁绝眼泪再也控制不住，“你可以不爱我了，可以告诉我你玩儿腻了，可以和我说你喜欢别人了，但你不能用这样的理由让我离开。”

她一下子明白了录制综艺那天谢父对自己说的话。

谢厌迟只身前往哥纳街，面对着如虎如狼、满肚子算计的资本家，一个人顶着无数人的压力，在那样混乱的地带想要打拼出一条出路，是旁人无法想象的痛苦。即使是秦郁绝，也听说过无数倾家荡产、跳楼自尽，或者被寻仇的事件。

在一个不禁枪且资本至上的国度，什么事都可能发生。

秦郁绝不可能在这个时候离开谢厌迟。

“我答应过，不会对你撒谎。”谢厌迟张开眼，眼底布满红血丝。

他看着秦郁绝的眼睛，用哑到极致的声音说：“我爱你。”

他不会用任何制造误会的手段将她逼离。

即使，她会恨自己很久。

谢厌迟将头靠进秦郁绝的肩窝，轻轻地说道：“走吧。”

秦郁绝沉重地摇了下头：“如果我不想呢？”

“你知道我做不到这么自私。”谢厌迟疲倦地掀起眼帘，“看来我们陷入僵局了。”

秦郁绝双目通红：“我会恨你的谢厌迟，我真的会恨你的。”

“那就恨我吧。”谢厌迟低低地笑了，“我不会让你把未来赌在我这么一个，可能连回程票都定不了的人身上。”

她的未来一片光亮，即使没了自己也前途坦荡。

秦郁绝这样性格的人，不需要依靠别人也能拨云见月。更何况，那段逆鳞的时期已经过去。

谢厌迟宁愿自己被她记恨一辈子，也不想亲手毁了她的未来。

他可以过得不好，但他的小姑娘，必须开开心心地活在光亮之下。

谢厌迟不会让她成为第二个秦且离。就算没了自己，她也依然是秦郁绝。

秦郁绝哽咽一声，突然一股巨大的无力感席卷上来，胸口撕扯般的疼痛。她低头狠狠咬在了谢厌迟的肩膀处，扣住他后背的手用力，直到那股血腥味上涌。

谢厌迟一声不吭，安静地任由她发泄。

最终，秦郁绝还是松下了所有的力道，衬衫被她抓出一条又一条的折痕。她将头埋进谢厌迟的肩窝，隐忍不住地放声痛哭了起来。

“我不会原谅你的谢厌迟。”

没有激烈的呐喊，平静的语气下是声嘶力竭的苦痛。

谢厌迟眼眶红得可怕，他想紧紧拥住怀里的人，但却怕伤到她半分似的刻意收敛了力道。

这个夜晚还很长，往后也会有很多相似的夜晚。但秦郁绝知道，有很长乃至可能到往后半辈子的时间里，再也没有一个人会这么小心翼翼地维护着她的自尊，在背地里耍着孩子气的举动，并且在深夜烫红自己的双手，陪在自己身边安抚所有的伤痛。

她应该恨谢厌迟。她做不到恨谢厌迟。

第六十二章

鱼池夫妇分手了

“鱼池夫妇分手”——在热搜登顶的同时，谢厌迟人已远赴海外。

首屈一指的谢氏彻底变了天，潼城内再也没有了那个放浪形骸、不知天高地厚的小少爷。

分手的官宣不是由二人账号发出来的，而是由谢厌迟公司发送的。标准的公关文，冷冰冰的没有半点儿感情，也没有关于大海和森林的旖旎句子。

唯一提到的，是由他主动分手。

谢厌迟揽下了所有的责任，只为给她一个好聚好散。

这对风头正盛的CP突然宣告了BE结局，打得所有鱼池女孩儿猝不及防。立刻有人开了名为“鱼池CP今天复合了吗”的账号，每日打卡，跟评回复的人不计其数。

热搜很快就有了“爆”的标签。惋惜的，痛心疾首的，哭得泪流满面说以后再也不嗑CP的比比皆是。之前论坛上分析两人要分手的帖子被扒出来，绝大多数人都站在了秦郁绝这边，怜惜明明相爱的一对情侣，却最终走到这种地步。也有一部分人觉得，“分明是秦郁绝见到靠山倒了，觉得没有利用价值就迅速分手”。

秦郁绝的公司想要加一把火，提议不如就往谢二少为了利益和其他名媛联姻来巩固地位，从而抛弃秦郁绝与她分手的方向引导。反正他现在也被逼出了谢氏，谢老先生人还住在重症监护病房无力插手。谢大少与谢二少不对付，面上和善，但巴不得自己这个弟弟一蹶不振。

秦郁绝拒绝了。她将策划组递上来的方案当面撕成两片，轻飘飘地抛在地上："我和公司的合约还有半年到期，如果有人采纳这个方案，不如直接就提前商量一下到时候的解约流程吧。"

公司领导当然不是傻子，整个公司目前就只有秦郁绝热度正盛，虽然同谢厌迟分手，但人气和资源都已经到手，以后只会更上一层楼。

贺怀情也帮她力压下了这个提议，甚至直接去总裁办公室撂了脸色："既然艺人交到我手上，就请不要再让其他部门不经过我的干涉出这些馊主意。如果不需要我，不如直接接了我的辞呈。"

她知道，无论到什么地步，秦郁绝也绝不会允许吸着谢厌迟的血来换取自己的利益。但，如果有人偏要一意孤行呢？

秦郁绝的公司没有按照这种方法营销，但还是有人买了热搜和话题，几个营销号纷纷发了内容："景逸科技一路下跌，谢厌迟可能真的穷途末路。这种情况下和秦郁绝分手再正常不过，听说他最近和一位国内知名电商大鳄的女儿交往密切。再绝美的爱情故事，恐怕最终都会败给金钱。"

内容一发，评论区节奏一带，无数人扼腕惋惜，纷纷跑到秦郁绝账号底下表达心疼。也有人表示理解谢厌迟的处境，但不理解他浪费了一个小姑娘的青春。

公司查了下消息的来源，发现发布账号并不是来自谢氏，也不是来自谢厌迟以往的对家，而是来自鹤行传媒娱乐公司。

公司的法人，是江景行。

谢厌迟的挚友，关系密切。

得知消息后，贺怀情突然就明白了，她按下公司的人，让他们不要把这件事情告诉秦郁绝。

江景行不会背叛谢厌迟，他这么做，只有可能是谢厌迟嘱咐的。故意放出这样的消息和传闻，就是为了不让人将污名扣在秦郁绝头上。

即使，是用自己的名声去换。

在那一瞬间，贺怀情发现，自己曾经对秦郁绝说过的“谢厌迟这种人最不能相信”到底是多么可笑。

性格从来不会消减爱意。

贺怀情突然也开始替秦郁绝难过了起来。如果谢厌迟再也不回来，谁还能像他一样，这么爱着秦郁绝。

一个月后，《青玉案2》上映。

鱼池夫妇的解绑并没有影响这部剧的爆火，相反，还吸引了一大批想要嗑最后一嘴糖的鱼池女孩儿，以及幸灾乐祸想凑热闹的路人群众。

众人抱着吃瓜的心情走进电影院，最后带着哭得通红的双眼走出来。其中沈娇笑着转身，葬身于火海，以及林竹瑜马车驶过，留下了沈娇的簪子，眸中全是落寞，故作漫不经心地说出“买不来了”这两段演绎最为出彩。

秦郁绝的演技得到了清一色的认可。在镜头面前张力十足，明明是一个配角，戏份占比虽少，但光芒却完全压过了两位主角。

从看到沈娇这个角色开始，就一直期待她下一次的出场和镜头。

主线剧情也很好，但是秦郁绝真的太打眼了。

我哭了，我嗑爆林竹瑜&沈娇这对，好想看其实女配角没死的续集！但是最后惊觉这对是戏里戏外双向BE了吧。

……

这部电影的票房反复刷新着纪录。构图的美感和镜头的运用，加上剧情和人物的立体刻画，毋庸置疑，是能够冲击年度奖项最佳，甚至放在国外都可以一争的存在。

“鱼池夫妇”这个话题再次被刷爆，无数人意难平，期待着两人的复合。也有许多人嗤之以鼻，截了谢厌迟饰演林竹瑜的动图，嘲讽道：“看吧，现在渣男都能把深情演得这么好，所以各位姐妹以后别轻易相信别人说爱你。”

这句话戳中了许多女网友的心，纷纷转发。谢厌迟也再次被拎出来，当作负心汉的代表人物。

然而，在这个时候，秦郁绝回复了这位博主。

秦郁绝：“我相信。”

一石激起千层浪，无数鱼池女孩儿炸了，嗑到糖一般欢呼雀跃。也有许多自诩路人的角色，无脑地喷她“没骨气，倒贴，被甩活该，丢女人的脸”。

当然，也有醒悟了的人。

“不是当事者的网友就别重拳出击了，人家心里当然比你清楚到底是不是渣男。分手不一定都是要闹得你死我活。”

贺怀情气得胸闷，但却无奈：“你不该发声。”

秦郁绝回道：“我没办法熟视无睹。”

她重刷了很多遍《青玉案2》，真正喜欢一个人的时候，是藏不住的。从第三方的角度仔细去看，她注意到了许多从前没注意到的细节。

这些都在提醒着秦郁绝，或许很长一段时间，也或许未来，她再也不会遇见一个像谢厌迟这样的人了。

秦郁绝这次发声，引起了周氏的注意。似乎是记起之前被羞辱的经历，周衍大张旗鼓地举办了场party，庆祝自己喜提新车，庆祝周氏拿下工程。邀请函递到了秦郁绝面前，特地挑了个公开的时候，当着无数艺人和富商的面，明摆着是逼她去。

秦郁绝去了。

兴许是顾忌着她现在的名气和风头，加上看中她的发展潜力和热度，与她利益相关的投资方不少，这一次聚会，不像之前全是轻佻和不尊重。毕竟秦郁绝接了这么多剧和广告，投资商自然知道她的价值有多大。也不是所有人都会顾忌周氏，她也不再是没有任何名气的十八线艺人。涉及利益，商人也会权衡，当然不像之前那样随随便便就会答应帮衬着周衍为所欲为。

所以这次聚会，周衍面上礼貌还是做得很全。只是友人闲谈之间，全都是阴阳怪气的讽刺，似乎是想通过当着秦郁绝的面碾碎她尊严来进行报复。

秦郁绝置若罔闻似的，时不时还能笑着搭几句话，附和着同他们一起自嘲。她越是大方，就让别有用心的人越是胸闷。像一拳打在棉花上，着实令人懊恼。

周衍气得胸闷，一时口不择言，笑着阴阳道："对了，你们谁有谢二少最近的消息？"

"不清楚，他不是在哥纳街过快活日子了吗？"

"听说他之前的几次小投资都失败了，毕竟鸟离了巢，能飞多高呢？"周衍笑得轻佻，晃着自己手里的酒杯，幽幽道，"毕竟之前还是朋友，不想看见哪天他跳楼惨死的新闻爆出来。"

说到这儿，他突地一顿，抬了下眉，语气里全是嘲讽："哦，对，他可不会死。再不济，那张脸还能骗取不少有钱女人的怜惜，怎么会——谁有病！"

一句话还没说完，周衍就被一杯酒泼了个透湿。

秦郁绝平静地看了他几秒，然后抬起手，慢条斯理地将剩下半杯红酒顺着他的头顶倒下。红色的液体蔓延开来，淌过他的脸，将这位高高在上的花花少爷浇得满脸狼狈。

"不好意思。"她将眼一弯，明明是在笑着，但眸光却如同优雅的毒蛇一般，让人不寒而栗。

她说："手滑了一下，没拿稳。"

……这没拿稳编得太离谱了。

周衍火气上涌，瞬间烧没了理智："秦郁绝，你骗谁呢？"

"怎么谈得上骗。"秦郁绝笑着垂下眼，将酒杯随手放在一旁，轻轻开口，"之前，周先生不也是没拿稳过吗？"

她的确是个理智而又克制的人，并不在乎这种场景下自己到底会经受怎样的嘲讽。但感情的确是个会让人变得愚蠢透顶的东西，她没办法容忍周衍这样的人，用这种语气提起谢厌迟的名字。

他不配。

双方僵持不下，周衍气得双目通红，手臂青筋暴起。

"你信不信我——"

就在这时，一道清润的男声闯入。

"周先生，这谢氏还没分家，那番话也是能轻易说出口的？"江景行迈步走过来，站在秦郁绝身旁，对她礼貌一笑，然后又转头看向周衍，"秦小姐是我的合作方，她如果得罪了您，我向您赔个不是。"

说到这儿，他微顿了下，将眼一眯："只是不知道，周先生接不接受？"

江景行一出来，围成一圈的人下意识往后退了退。圈内很多人都知道他和谢厌迟交往密切。除此之外，江氏的集团力量也同样不容小觑，虽然远不如谢氏，但却也在这群人之上。

更何况，江景行的娱乐公司近期也被景逸扶持起来，跻身国内巨头行列。周衍还真得敬他几分。

见江景行这么明目张胆地护着，周衍只能自认倒霉。干巴巴地乐呵着敷衍了几句，就找了个换衣服的理由悻悻离开了。

江景行转身看着秦郁绝，弯腰做了个"请"的姿势。

秦郁绝会意，两人一前一后朝着阳台的方向走去。

避开人群，她才开口："谢谢江先生解围。"

"围不是白解的。"江景行摇了摇头，抬起一根手指笑眯眯地说，"我们公司最近投资的一部电视剧缺一位女演员，但好巧不巧，档期和您经纪人即将给您定下的一部电影，撞了。"

这番话的意思很明确。贺怀情筛选剧本和电影的功力一流，所以这个"即将定下的电影"也必然不会让人失望。江景行这是明摆着想让秦郁绝放弃电影，选择他的电视剧。

果然，商人本质。这种情况下，强行拒绝也不会怎么样。但人情既然要还，就得还得干净。

秦郁绝看他一眼，然后笑了，点头道："好，我明白了。"

江景行笑着伸出手："那就期待我们的合作。"

聚会结束，江景行目送秦郁绝远去，然后无奈地揉了揉头发，拿出手机，想给谢厌迟发一条短信，犹豫半天，还是打消了这个念头。

临行前，谢厌迟就料到周衍乃至更多的人会怎样不怀好意。那时，他又约见了江景行一次。

江景行无奈道："你不说我也会照顾好我好兄弟喜欢的小姑娘。"

"别让她知道是我要你这么做的。"谢厌迟说，"帮她一次就让她还一次人情也行，利益交换也行，但别提到我的名字，就当你不认识我或者和我不熟。"

江景行不解："你这是做好事不留名？"

谢厌迟笑着垂下眼，眼底却全是毫无光点的落寞："嗯，或许吧。"

他宁可她什么都不知道，也不想再在她伤口上多划一刀，让旁人在她面前反复提起自己的名字。

她该有自己的未来。

她是秦郁绝。

不是谢厌迟的女朋友或是谢厌迟的前女友。

第六十三章

山海难平意可平

哥纳街上来了个华人。

原本这样的事情，是不足以让那些大鳄花费任何心思的。

每年都有无数人从各国奔赴于此地，都妄想着大赚一笔，一战成名。有落魄的富家子弟想着东山再起，也有家底深厚的人想要更上一层楼。但最终，获得胜利的人少之又少。他们多数血本无归，或是输到赔上自己的命。

谢厌迟这个名字刚进入哥纳街的时候，所有人都嗤之以鼻，觉得不过又是个不知道天高地厚的蠢货。

果不其然，在初到此地的时候，谢厌迟几次投资都呈现了走低的趋势。但他却并没有抛售，反而低价收揽了更多的股份。所有人都觉得，又一个新人还没崭露头角就要在此陨落。但对于哥纳街而言，因为这些事一头栽死的人数不胜数，也并没有引起多少人的注意。

直到圣诞节前夕，局势逆转了。原本不被看好的项目在一夜之间暴涨，谢厌迟手上的股份价值也在短短的一周内翻了五倍，并且呈现出稳定上升的趋势。

谢厌迟却在这个时候，出人意料地选择了抛售。

普通商人觉得他做了愚蠢的决定，放着更多的真金白银不要，这么快就将价值会越来越高的股份给让了出去。但哥纳街的那群老家伙知道，这并不是简单的买卖，而是谢厌迟一份完美的自我推荐和见面礼。

这点儿股份的利益，对于真正资产雄厚的人来说算不上什么。但是到了这个地步，他们看中的已然不是股份，而是能够给自己带来价值的人。谢厌迟对市场的敏锐和强悍的谈判能力成功让那些原本忽视他的资本家觉察到了他的存在。

天生商人的侵略气质和谈吐间的完美与自信——此人并非池中物。

这是他们得出来的共识。

很快就有人调查了谢厌迟的背景。引起人兴趣的并不是他背后的谢氏，而是他名下的景逸科技。五年的时间发展到如此境地，足以说明谢厌迟不同于常人的能力与野心。

终于，在国内新年前夕，哥纳街内一位首屈一指、在世界名列前茅的企业家接下了谢厌迟这份“自荐函”。他们签下对赌协议，若达不到，谢厌迟需要用景逸科技的股份进行偿还。

签订协议的前夕，陈助理日常向谢厌迟汇报完工作后，突然莫名提了句：“秦小姐被提名了年度电影最佳女配角奖，并且受康斯兰纳电影盛典邀请，三日后会赴往哥纳街走红毯。”

那时，谢厌迟正闭着眼，将头靠在沙发背上，用指骨揉着眉心，眉头紧皱，似乎是在小憩。听见这句话，他缓缓睁开眼，眼底的红血丝清晰分明。

他俯下身，将胳膊搭在膝盖上，声音透着疲倦和沙哑：“嗯，我知道了。”

陈助理点头，安静地退了出去。

偌大的房间在一瞬间又重归于安静。谢厌迟定定地望着面前的一块砖，许久之后才抬手撑起额头，眸中情绪恹恹。

站在未来的角度看过去，所有的成功都轻而易举。但旁观者永远不知道谢厌迟将所有都赌在那人人以为绝对会失败的投资上时，到底是抱着怎样孤注一掷的决绝。

这次对赌协议，看上去是机会，但也有可能是坟墓。

大洋彼岸时不时会传来秦郁绝的消息。

《青玉案 2》这部电影，给她揽下了无数奖项，也成功将 CP 粉变质为唯粉，使她直接跻身一线小花行列。她在综艺前后拍摄的电视剧也陆陆续续开始播放，因为外形的独特和镜头表现力强悍，时尚资源几乎都是递到她面前任其挑选。她甚至还凭借着一张国外时装杂志的内页图，成功在海外平台掀起一小阵热潮。这次电影盛典请秦郁绝前来，也正是出于这个原因。

谢厌迟弯起唇角，轻轻笑了声，却并不觉得意外。

他的小姑娘，原本就配得上这一切。

秦郁绝来哥纳街走红毯的那天，正好是谢厌迟与那位先生约好签下对赌协议的日子。

那天气温很低，但明星们却还是清一色穿着高定礼服，在露天的外景里明明冻得浑身上下发红，表情管理却还是完美得没有任何破绽。

秦郁绝穿着一身黑色高定礼裙，裙上点缀着金色的纹路，举手投足间全是摄人心魄的美艳。明明是第一次走这样级别的红毯，但气场却完全不输旁人。人间富贵花，这个词怕是为她量身定制。

闪光灯交错亮起，人声喧哗，乌泱泱的人簇拥在红毯周围，但秦郁绝却依旧出挑夺目。

“谢先生，距离约定签约的时间还有两个小时，您可以——”

“不用。”谢厌迟轻抬了下手，打断了陈助理的话。

他靠着车门，手里夹着烟，隔着远远的距离朝着人声鼎沸的方向望去。

然后，终于看见那张熟悉的侧脸。

谢厌迟掐灭了指尖的烟，弯腰进了车内，带上车门，说：“开吧。”

陈助理没多话，点了点头，重新发动了车，朝着背道而驰的方向开去。能够在这样的时候再看到秦郁绝，已经是谢厌迟最后的贪心。

合约签订的过程十分简单。签名，握手，客套与奉承，礼貌性地共用晚餐，然后再告别。仅仅需要一个晚上的流程，看似平和而又亲密的交谈，但对于商人而言，无疑是在边缘的殊死搏斗。

在坐车返回公寓的时候，哥纳街下起了雪。

街头挤满了人，街道上的店面都亮起了五颜六色的彩灯，中心广场要在今晚例行放烟花。面对着难得一遇的雪景，许多人都想要趁烟火的时候祈愿。

在开过中心广场的时候，陈助理突然放慢了车速，靠着街边缓缓驶过去。

谢厌迟眉头微蹙，觉察到异样，睁开眼。

可他还没开口，就听见陈助理突然说道："谢先生，看看窗外吧。"

谢厌迟转头，原本只是随意一瞥，但当目光接触到一个身影时，瞳孔却瞬间缩紧。

在斯兰街区中心，秦郁绝站在那儿。

她身上还穿着那件高定礼裙，只是随意地裹了件黑色羽绒服，奇怪的搭配在她身上却丝毫不减一分美感。她插着兜，抬头望着眼前的女神喷泉，天空中烟花四散开来时，她才抬起手互相握成拳，闭上眼祈愿。

雪花堆积在肩头，就连长长的眼睫上都沾着些冰霜，秦郁绝应该在那儿站了很久。

"她和你说了什么？"谢厌迟没挪开视线，低声开口问。

"没有，秦小姐什么都没和我说。"陈助理摇了摇头，然后道，"只是今天早上，秦小姐的经纪人问我，会不会经常路过斯兰街。我说，大概率会。"

听到答案，谢厌迟却没说话。

车内安静得出奇。

“谢先生？”陈助理试探着询问。

终于，谢厌迟闭上眼，每个字的音节都念得无比艰难：“走吧。”

陈助理于心不忍：“要不然——”

“走。”沙哑到极致的声音。

陈助理不再劝阻，重新发动了车子。一连穿过几条街道，他才试探性地抬起头，从后视镜往后看了一眼。

谢厌迟用手撑着额头，额角的经脉分明，双目猩红。

一滴泪从眼角淌下。

这是陈助理第一次看到自家这位从来都是雷厉风行、果决沉稳的小少爷，露出这样的表情。谢厌迟这辈子好像从来没怕过什么，浑身上下都是锋利张扬的棱角。

但唯独，把所有的柔软，留给了她一个人。

秦郁绝回国后，发了场高烧。贺怀情给她空出了行程，提前休了今年的年假，然后没好气道：“谁让你非得去街头吹风。”

“看看烟花而已。”秦郁绝反应挺平静，“也不亏。”

贺怀情看她一眼，没拆穿。

什么看烟花，明明是秦郁绝听到风声，知道谢厌迟那天要签下对赌协议，才特地前去那里。她并不是守株待兔，只是在赌他会不会经过那里。

“江景行是谢厌迟的朋友，真以为你们不告诉我，我就不知道？”秦郁绝轻飘飘地抬了下眼，然后翻开床头的一本书，“用那些蹩脚的理由找着借口，实际上把资源往我眼前送，还真觉得我看不出来？”

贺怀情愣住，一时语塞。卡顿了许久后，最终知道什么理由都骗不过她，于是叹了口气道：“你怎么知道的？”

秦郁绝笑了声，垂下眼，轻轻地说：“从前有个人，演得比江景行好多了。”

贺怀情沉默一会儿，在秦郁绝床边坐下，拍了拍她的肩膀：“虽然我不想说这些让你伤心的话，但是谢先生他真的很爱你，如果这次对赌他成功了——”

“我不会轻易原谅他的。”

秦郁绝合上书，抬起头看着贺怀情的眼睛，想撑出一个笑，但唇角一动，却没忍住地呛出了眼泪：“贺怀情，我难过的从来都不是他要离开我。”

谢厌迟从来没给过她选择。

也不知道，那个被他保护着的小姑娘，也是愿意为了陪着他度过这段暗无天光的时间去做出牺牲的。

就像他对自己那样。

就像在哥纳街那天，她并不是想和谢厌迟见面，仅仅是想陪他过一个新年，哪怕只有擦肩而过的那一瞬间，也足够了。

第六十四章

通讯录首位的他

入春以后，秦郁绝拍摄的电视剧陆陆续续上映，整整霸屏了一个季度。在这期间，她的热度不断上涨，蝉联了整整两个月的女星话题势力榜榜首。鱼池夫妇这个曾经红极一时的 CP，好像终于成为过去式被大多数人遗忘。

各式各样的拉郎配对和剪辑，多数都喜欢将秦郁绝和宋景云联系在一起，“警觉CP”的热度逐渐上升，论坛上甚至跟风传起了两人的绯闻瓜。

秦郁绝一开始也明里暗里辟过谣，但是发现明显有人在故意炒作这对 CP 之后，也懒得再花费精力去应付。毕竟这种绯闻，越辟谣就越给热度。不回应、不理睬是最好的解决方案。

四月初的时候，秦郁绝参加了场慈善拍卖会。这种大型活动基本都是走走形式，每位参加的艺人要么拍卖下一件物品，要么捐点儿钱。拍下的金额和捐款的数目，艺人之间都是提前商议好的，会在大家心知肚明的差额范围内浮动。

贺怀情给秦郁绝的消息是用五百万元拍下一对翡翠耳环。拍卖了几轮物品后，终于到了秦郁绝的环节。和人来往几回之后，她喊出了五百万元的价格。

司仪数了几声，眼看就要一锤定音，前排突然响起一个温润的声音：“一千元万元。”

全场顿时哗然。

秦郁绝抬头，朝着声音的方向看去——老熟人，谢何臣。

谢何臣这么出手打断，明显是故意的。秦郁绝收回视线，反应很平静。她压根儿没打算抢，无论谢何臣安的什么心，都不值得自己花这么多钱跟他争面子。三下之后，无人再加价。一锤定音，由谢何臣拿下了这对耳环。拍卖结束之后，秦郁绝联系主办方捐了款之后就准备离场。

唐小棠给她发了条消息：“秦姐，我在门口等你。”

秦郁绝：“嗯，了解。”

消息刚发完，还没走几步路她就被人拦下。

“秦小姐。”谢何臣递上一个丝绒盒子，慢声道，“君子不夺人所好，但却也不想看秦小姐您破费。这耳环全当之前冒昧的赔礼，望您务必收下。”

秦郁绝看了眼丝绒盒子，心里就一个想法——真无语。

谢何臣脑子到底是怎么想的，本来五百万元她可以拿到的东西给抬到一千元万元，最后还送给自己，是觉得她会感动吗？她原本就对谢何臣没什么好感，此次他无端跑来对自己弟弟的前女友示好，更让人觉得怪异。

稍加思索，在记起之前和谢何臣独处的时候，他那些暧昧的动作和怪异的问题，加上此刻的态度，秦郁绝似乎反应过来了什么。

她看了眼手机，滑了几下屏幕，然后退后一步，拉开合适的距离说道：“谢大少爷，没有这个必要。”

谢何臣笑着问：“什么意思？”

“我不是你弟弟的女朋友了，所以你也没必要在我这里找什么成就感。”秦郁绝轻飘飘地说，“我没兴趣陪您玩儿国王游戏。”接着便迈开步子，准备擦身离开。

“秦小姐。”

谢何臣突然喊住她，然后转身看着她的背影，语气里听不出半点儿怒意，反而含着笑：“您误会了，我只是单纯觉得，您的性格很值得人欣赏。这一点，和谢厌迟无关。”

“是吗？”秦郁绝回头看他一眼，笑了，“很可惜，谢大少爷不是我欣赏的类型。”

说完，转身离开。

谢何臣望着她离开的背影，眼底笑意收敛，兴致反而更浓。他收拢手心，一寸寸握紧那个丝绒的盒子，扯起唇角，发出低低一声冷笑。

次日凌晨，秦郁绝被贺怀情的电话给吵醒。

“你昨天拍卖会到底惹了什么事？怎么和谢何臣搅在一起了？”听筒那头，贺怀情的声音带着几分急躁，“看看热搜，你是不是又被谁算计了？”

打开热搜，第一条就是“秦郁绝谢何臣”。广场上第一条是个营销号的内容。

上面是几张秦郁绝和谢何臣同框的照片，看得出来是专门选取了视角，刻意拍得暧昧。乍一看上去，就好像两人真的关系匪浅一样。

“知情人士透露，秦郁绝昨天五百万元要拍的耳环被谢何臣一千万元拍下。然后谢何臣转头就把耳环送给了秦郁绝，服了，手段高就是手段高。”

清一色的洗脑文案和无脑跟风的评论，说不是有备而来，秦郁绝都不相信。她当即就想明白了，谢厌迟虽然远在国外，但是国内的消息不可能一无所知，谢何臣是故意想做给谢厌迟看，借着这些风言风语的八卦来破坏他的心态。

“这事怎么处理，你先和我说清楚，你昨晚和谢何臣——”

秦郁绝按下扬声器，点开文件传送，干脆利落地发过去一个录音，然后开口道：“自己听吧，昨天和谢何臣聊了什么都在里面。听完你就知道怎么解决了，谢何臣自己出面还是放出录音我都没意见，没必要给他脸。”

贺怀情半晌没反应过来，许久之后才艰难地开口问道："……你这随时随地录音的习惯是怎么养成的？"

"不记得了，大概是周衍那事开始就养成习惯了。"特别是面对谢何臣这号惯用阴损招数的人物，更得留几分心眼儿。她无所谓谢何臣到底是怎么样的人，但是拿她去当伤害谢厌迟的棋子，想都别想。

秦郁绝看了眼时间，才四点多。她打了个哈欠，揉了揉惺忪的眼睛："我先睡了，今天忙了一天了。"

贺怀情听她语气的确疲倦，也没再折磨她，嘱咐几句之后便挂断了电话。

录音发送到谢何臣那边之后，对方很快就做出了判断。这段音频如果曝光，对他的打击无疑是致命的。虽然这段对话听上去无伤大雅，但是圈内圈外的人都知道谢何臣和谢厌迟是怎样的关系。

这段录音，无疑是在谢何臣脸上扇了个狠狠的巴掌。

于是他迅速撤掉了控评，公司方也出了声明，并且还起诉了几个自导自演的营销号，重金收买了他们道歉，让他们承认借位拍摄。

原本这火就是谢何臣烧的，想要平息下来，自然也简单。但秦郁绝这次，显然是触及了他的逆鳞。江景行明里暗里维护秦郁绝的事情，谢何臣早就有所耳闻。原先他不想计较，但既然这女人执意给脸不要脸，总得让她吃点儿苦头才能学乖。

谢何臣冷笑一声。谢氏如果想要针对她，江景行也护不住。然而，几道断资源的指示刚一下去，就碰到硬壁。

"谢大少爷，剧组说……秦郁绝是投资方指定的人选，不能换掉。"助理说这话的时候，战战兢兢的。

谢何臣抬眼，嘲讽似的笑了声："哪位投资方？"

"秦氏董事长，秦之晋。"助理补充道，"秦郁绝的堂哥，我们查过了，原先秦之晋手中的股权占比很小，是一年前谢厌迟投资他的工程，助力他收购了多份股权。最近秦父身体出了大问题，所以秦之晋也坐稳了一把手的位置。”

谢何臣握笔的手一顿，捏得骨节都在发青，他沉默许久，然后才冷声说：“出去。”

助理不敢惹这个霉头，连忙退了出去。谢何臣将笔一松，整个人重重地往后一靠，抬起手抓了抓自己的头发，然后放声大笑。

谢厌迟啊谢厌迟，没想到你还真能做到这种地步。八成是从再次遇见秦郁绝的那天开始，就已经精打细算地暗中扶持起来了所有能在他离开后成为她护翼的人。

江景行是如此，秦之晋也是如此。

那句“即便我走了，也动不了她”，原来不是大话。

这一刻，谢何臣也突然明白——谢厌迟或许比自己了解中的，要更加强大。

七月，是潼城一年中最炎热的月份。

距离谢厌迟离开，已经过了将近一年的时间。

这几个月来，商圈有许多事情发生。最令人瞠目的，是对游戏从未有过涉猎的谢氏居然也开始了手游投资。凭借着资金优势，迅速掀起了巨大的波澜。

许多人觉得，谢何臣这是想趁着景逸科技群龙无首的时候，彻底堵死谢厌迟的路。看上去，效果的确十分显著。

然而就在所有人买定离手，清一色押给谢何臣的时候，哥纳街那边传来消息——谢厌迟赢下了对赌协议，用了仅仅半年的时间。

对赌获胜的消息传来时，秦郁绝所在的剧组电影定档，正在参加上映前的推广综艺，手机早在节目录制开始时就被导演组收走了。

“现在到了我们的游戏环节。”主持人宣布游戏规则，“我们会随机抽取各位嘉宾的手机，并选取你们通讯录排名的第一个人打过去电话。各位嘉宾需要念出我们词板上的台词，但是不能让对方知道我们是在录节目。”

这个游戏让秦郁绝怔了下，自从和谢厌迟分手之后，她就在通讯录里将他的备注改为了A，放在一打开就能翻到的位置。但是想了想，这个电话号码从谢厌迟出国后，就已经变成了无法接通。而且嘉宾有十几号人，自己应该不至于这么背。

游戏开始，屏幕上出现一个大转盘，指针旋转着指向各个嘉宾的名字。在倒计时三秒后，箭头方在秦郁绝的名字上停下。

秦郁绝：“……”

还真就这么背了。

“好的！那我们现在就要打开秦郁绝的通讯录了。”主持人边说着，屏幕上边投影出秦郁绝通讯录的投屏。

排名第一，一个硕大的“A”。

主持人眨了眨眼，故意调侃道：“大家要不要期待一下，这位神秘的A到底是何方神圣呢？”

坐在下面的观众们纷纷起哄，催促着节目组快点儿拨打。

“嘀——”在漫长的嘀声后，电话始终无人接通。

秦郁绝垂眼，掩饰掉眸中的情绪，笑着开口：“不然就换一个——”

话还没说完，在一声轻响后，这个从来无法接通的手机号，头一次地，被接起了。那头的男声，即使隔了一年之久，却还是如此的熟悉和清晰。

“郁郁。”

秦郁绝瞳孔一缩。简单的两个字，却让她的眼眶刹那间开始发酸。她咬着唇，偏过头，没说话。

“我在听。”谢厌迟说。

第六十五章

鱼池夫妇回来了

单单三个字，让秦郁绝的眼前一瞬间模糊了起来。带着些许温度的声音穿过耳膜，直达心底。恍惚间，好像谢厌迟就站在这儿。像从前千百次一样，慵懒地站在一旁看着自己，眉目轻敛，耐心地听着自己的每一句话，眸底全是温柔。

她不知道这个从来都无法接通的电话为什么在此刻被接起，但她却在一瞬间反应过来这代表着什么——谢厌迟做到了。

五味杂陈的情绪一下子涌了上来，让她控制不住地呛出一滴眼泪。但觉察到这是拍摄现场，她只能仓促地低下头。但情绪却再难按捺，一下下在心底翻涌。

主持人和场下的观众以及其余的嘉宾全都傻眼了。大多数人都没听出来谢厌迟的声音，毕竟他已经淡出众人视线太久，加上只是这么简短的几个字，还不足以立刻分辨出到底是谁。

但看到秦郁绝这样的反应，所有人心里都有一个共同的答案——有瓜！有大瓜！主持人当然不肯放过这个节目爆点的机会，举起提示牌疯狂地暗示她照着台词板的提示说话。

台词板上的内容是："我们不要再联系了。""你做的事情让我很失望。""你知道自己犯了什么错误吗？"明摆着，节目组的初衷是打算拍摄一个整蛊片段，却没想到这通话的对象非比寻常。

在众目睽睽之下，秦郁绝终于缓缓地抬起头。虽然努力压抑着自己的情绪，但那发红的眼眶还是无比清晰地印在屏幕上。

“谢厌迟。”她开口喊。

名字一出口，在座的人顿时一片哗然，主持人手中的麦差点儿没握住，连后台的导演都瞬间站直了身，眼底全是惊愕。

鱼池夫妇当年到底有多轰轰烈烈，大家有目共睹。现在谢厌迟不仅接了电话，还亲密地喊秦郁绝小名，并且语气听上去那么温柔。

我靠？

谢厌迟？

这可不只是大瓜了，这是一颗炸弹炸了瓜园了！

谢厌迟：“嗯，我在。”

秦郁绝扫了眼台词板，深吸一口气，努力让自己的声音听上去平静，但却还是难掩沙哑：“我想了想，我们还是不要再——”

不要再联系了。但话说到一半，她却发现如此难以说出口。至少在此时此刻，她做不到开出这个玩笑。

她闭上眼，眼睫轻颤，安静了几秒后又睁开眼，准备实话实说：“抱歉，我在录……”

“我准备回来了，秦郁绝。”谢厌迟突然开口打断。

一句话，让秦郁绝蓦地愣住。

谢厌迟低笑了声，语气听上去却全是落寞与无奈。他开口，声音低哑：“从离开那天我就在想，如果还能回来，我家小姑娘肯定会恨我一辈子。”

秦郁绝偏头，鼻尖一酸，眼泪再也没法控制。

“不过我这人，从来都是挺不要面子的。”明明是犯浑的一句话，语气里还含着些痞气，但是从他口中说出来，却撞得人心口一动，“秦郁绝，我最害怕的，是从你口中说出‘不再联系’这四个字。”

秦郁绝抿唇，垂下眼帘，强忍住哽咽。

“放弃你这件事，我这辈子都做不到。”谢厌迟顿了下，再次开口，声线带着些磁沉，“所以，如果我恬不知耻呢？”

他的声音通过扩音器，无比清晰地传来。即便隔着听筒，也能听到那头的温柔与深情。终于，观众忍不住自己的激动，捂着胸口长长地“哇”了一声。顿时人声鼎沸，工作人员压了几次都没控住场。

主持人见状连忙开口道：“谢先生您好，其实我们现在是在录制综艺节目，然后随机抽取到了您的手机号，所以——”

电话那头，陷入一片长久的沉默。

“这样。”谢厌迟停顿片刻，然后轻笑一声，继而开口，“没事，反正我喜欢她这件事，从来没准备瞒着谁。”

顿时，万籁俱寂。

在整整半分钟的安静后，观众席统一爆发出尖叫。已经有人开始鼓着掌喊着两人在一起，呼喊声一阵盖过一阵。

秦郁绝将脸挪开，双目紧闭，硬生生将所有的情绪咽下，掐着掌心遏制住自己的眼泪。许久之后，她颤抖着开口：“如果我不答应呢。”

谢厌迟轻笑着说：“那我下次努力。”

这人，怎么这么久过去了，还是那么狂啊！

猛然间，秦郁绝发现，无论谢厌迟在这么长的时间里经历过什么样的事情，被磨炼成了怎么样的人，在自己面前时，他始终都没变过。

“好。”秦郁绝深吸一口气，唇角终于稍弯起一点儿，她说：“那就继续努力吧。”

观众和嘉宾以工作人员清一色地当起了哑巴，哪敢开口说话。

仔细品了下，秦郁绝还没立刻答应复合，明明是拒绝的一出戏，怎么就跟吃了麦芽糖似的齁甜齁甜。

电话挂断之后，观众从恍惚间醒了过来，接着发出了土拨鼠的尖叫。

“啊啊啊啊啊啊鱼池夫妇永远不倒！！”

娱圈大嫂：这周六的《娱乐周周见》有大爆点，能爆到网络瘫痪的那种，提示一下关键词：一对知名度特别高、曾经BE的CP。

节目还没播出，各式各样的路透和营销号炒作就开始了。网友在确认了这期嘉宾之后，很快就发现了华点。

说到CP，这期嘉宾里能和爆火CP扯上关系的，好像只有秦郁绝？

别好像了，我感觉就是鱼池夫妇，娱乐圈内的意难平CP还有人不知道吗？

我惊了！倔强鱼仔还能嗑到糖吗？爆到网络瘫痪到底是怎么样的大瓜啊？别告诉我是谢厌迟要和别人结婚了吧？

还有人不知道谢厌迟对赌成功的事情吗？稍微关注一下科技圈方面的，应该就能知道景逸的新成就到底有多牛了。我感觉按照这个趋势，谢厌迟可能不久就要回国了吧？所以这对没准儿真的还有点儿希望。

……

光是几句语意不明的爆料，就成功将鱼池夫妇这个沉寂了许久的话题成功送上了热搜。紧接着，越来越多的营销号和自称是“观众”“工作人员”的人开始发帖——“电话环节秦郁绝打了谢厌迟的电话，而且接通了。只能说，对话内容非常劲爆，鱼仔可以放心观看，绝对流着眼泪出来！”

网上闹哄哄地讨论成一片。自从秦郁绝跻身一线之后，对家也越来越多，加上“警觉CP”的流行，一部分男方粉丝也像被踩了脚似的上蹿下跳地攻击她。

求求秦小姐别带前男友炒作了，炒作女王还有人不知道吗？倒贴完总裁又来倒贴我家宋景云，没了别人不能独立行走了吗？

服了，谢厌迟没对赌成功的时候一言不发，一传出来成功的消息就开始上蹿下跳地借他炒作。秦女士不如想想自己配不配？

……

这样的声音越来越大，直到周六晚节目正式播出。如预料中的那样，节目刚播出不到十五分钟，热搜就爆了。紧接着，网络也开始卡顿瘫痪。十个热搜里，有七个都是两人的相关话题。

沉寂许久的鱼池夫妇话题，也在这一刻被彻底点燃。无数原本已经脱坑或者是慢慢没有激情了的鱼仔，一瞬间被这口糖给灌了回来。

哈哈哈哈哈鱼池牛，官配不死尔等同人终究是妃，提前恭喜警觉CP荣获BE！建议各位把谢二少的话反反复复听几十遍，熟练背诵一下。郁郁这不是倒贴，是被倒贴！

我可以了！隔了这么久，谢厌迟还是完美戳中我所有的点。无论在别人眼里他是怎样一个心高气傲、牛气轰轰的人物，对待秦郁绝永远都是与众不同的。

……

对于这件事，唐小棠作为粉丝头子最为兴奋。她看着论坛里被挖上来的曾经鱼池夫妇的甜蜜物料，在重新活过来的粉丝群里跳得耀武扬威。

而这次不同的是，原本对唐小棠行为不予理解的贺怀情也叛变了。她成功用小号混入了这个粉丝群，并且凭借着雷厉风行的手段，三天就当上了群管理。

偶然一次，秦郁绝抓住这俩人窝在一起窃窃私语。

“我觉得这个作者大大写得更好，床戏写得很有感情，把两人久别重逢后的热烈和对对方怀揣着的情绪都表达得淋漓尽致！”

“我还是觉得这篇文写得更好，对手戏很带感，那种又爱又恨诠释得就很棒。”

秦郁绝：“……”

行。如果谢厌迟哪天真的追妻火葬场，肯定是你们这群写文的粉丝爱看的。

两天后，秦郁绝去了一趟谢氏，因为工作。

之前和谢厌迟签下合约的时候，曾经有几条附加内容。比如，在一年内配合完成两套为彼此公司拍摄的宣传照。虽然恋爱合约到期解除了，但是附加条款还得生效。

秦郁绝在很早前就拍完了一套，今天是要去拍摄最后一套照片。

这次出工，贺怀情特地跟着，就是为了提防谢何臣暗中找碴儿。但没想到几套写真拍下来，工作进行得都非常顺利，谢何臣压根儿没出现。然而直到最后一套衣服交到秦郁绝手上的时候，贺怀情才发现了不对。

这套衣服的款式和设计，非常大胆。说好听是性感，说难听，就是非常大尺度。

“抱歉。”贺怀情说，“我们不接受这样尺度的服设。”

“这你不能和我说。”造型师看她一眼，振振有词，“合约上说是按照乙方的要求，而且又不是全裸出镜，这样的造型很符合秦小姐的形象和气质，我认为并没有什么不合理。如果有意见，你可以找谢先生，我们都是拿工资办事的。”

贺怀情气得太阳穴突突直跳，唇枪舌剑几句后才发现对方就是想流氓耍到底。秦郁绝窝在沙发上看了好一会儿，然后抬手捞起衣服看了眼，笑了声：“行，我换。”

第六十六章

他可以赌一辈子

这套衣服比 *HE* 拍摄的那件更加大尺度，上身是类似于吊带低胸丝绸内衣的款式，下身则是蕾丝花边的轻纱，完全没半点儿遮掩效果。按道理说，这套衣服虽然尺度很大，但时尚圈内也有些知名杂志拍摄主打这种性感风格的照片，如果事先说明白，艺人也不至于敏感到不能接受。

但毕竟每个圈都有不同的风格，比如模特在内衣秀的T台进行走秀，当然让人挑不出任何毛病。但如果在高定场合穿着这样风格的衣服，则会引人发笑。

谢氏这么一个大公司邀请明星拍这样过于性感风格的宣传照，对自身宣传效果的确提高了，但是对艺人，特别是女艺人的伤害是致命的。

贺怀情送她进更衣室的时候气得脸色发紫："我说这位谢先生怎么这些天都不见动静，原来在这儿等着你呢。"

"这种风格的照片我也不是不能接受，以前也不是没拍过类似的。"秦郁绝靠着门，慢悠悠地说，"但如果他想借这套写真提高宣传，顺便踩一脚我的名声，那可能就没办法如他所愿了。"

贺怀情皱了下眉，随即反应过来："我说你怎么这么好说话。"

只要公司先发声明斥责谢氏的行径，提前带动舆论，将秦郁绝放在被迫的位置，这样等到宣传照发布的时候，众人也会偏向站在弱势角度的女性。

但谢氏毕竟是个大公司，如果真的要撕破脸面，恐怕也会对秦郁绝往后的发展产生不少阻碍。

贺怀情的顾虑，秦郁绝也猜得到。她却挺平静："未来被怎么针对我也无所谓，但我向来一件事一件事要算清。谢何臣既然都算计到这份儿上了，我怎么也不会给他留脸面。"

"行吧，我再考虑一下。"贺怀情还是不能贸然下决定，"你先去里面换衣服，我在外面等你。"

秦郁绝点头，走进更衣室换了衣服。轻纱长长垂至脚踝，服帖地勾勒出她的身材曲线，胸前那抹雪色隐约可见。她撑在镜子前看了一会儿，伸出手将长发拢到身前。

更衣室外传来些许嘈杂的声音，秦郁绝下意识直起身，喊了句："贺姐？"

没有人回答。

她皱起眉，打开了门，才发现门外站着的贺怀情不知道去哪儿了。

长廊安静无声，连个人影都没有。

"贺姐？"她又喊，没听见回应，于是迈步走了出去。

然而刚走出更衣室，余光就瞥见一旁的一道身影。还没来得及开口说话，秦郁绝就被一只手握住了手腕，紧接着浑身上下一重，一件西装外套搭在了自己的身上，还泛着股热流。

周围静得出奇，沉重的呼吸声显得格外突出。

是个男人。

秦郁绝一愣，后背瞬间僵直，浑身上下起了鸡皮疙瘩，下意识地想要挣脱，却被一只炽热的大掌扣住了腰身。

她迅速一个转身，双手抵住那人的胸膛，想要用力推开，西装也从肩头滑落。

然而一抬头，却对上了一张许久未见的熟悉面孔。她动作一下子止住，瞳孔微缩，有片刻的恍惚。

这么久过去，谢厌迟好像没变，但又好像变了许多。

他看上去比一年前更加沉稳内敛，虽然仍然肆意张扬，但却给人更大的威压，只是一眼，就知道此人不容小觑。

但不变的是，他在望向自己的时候，与从前无二无别。无论是时过境迁，还是在何种境地，他永远把眼底最柔软的光，分给了她一个人。

谢厌迟是凌晨到的，因为谢何臣这段时间一直在监控他的动向，所以他特意报了假航班，实则乘坐私人飞机回来的。因为回国日程需要保密，所以并没有通知秦郁绝。

“郁郁。”谢厌迟开口，声音低哑。

这道声音一出来，就让秦郁绝的眼眶一下子泛红了起来。

就在她面前。

就在她身边。

谢厌迟真的回来了。

那个抱着孤注一掷决心的人，终于得到了他所有想要的东西。

谢厌迟伸出手，用食指抬起她搭在脸侧的碎发，温柔地替她撩到耳后。接着，轻抵住她的下唇，柔声道：“别哭了，我会比你难过。”

久别重逢的爱人，此刻应该忍不住地捧起对方的脸互诉衷肠。秦郁绝目光一偏，敏锐地捕捉到谢厌迟的胳膊上多了一道疤痕。在显而易见的地方就有一道，那在衬衫之下，谁都不知道在这段时间里，到底多了多少伤口。

秦郁绝鼻子一酸，却倔强地将头拧过，握紧外套往后退了一步：“恭喜谢先生回国，如果没事的话，我先去拍摄了。”

接着又突然想起什么似的将西装脱下来抛给谢厌迟：“抱歉，这个我并不需要。”

秦郁绝转身走了几步，后面却一直安静无声。

正当她垂下眼，深吸一口气，努力平复着自己情绪的时候，手腕再一次被人扣住。接着，她整个人猝不及防地被一股大力往后一带。炽热的手掌扣住自己的腰身，另一只手松开她的手腕，转而握住她的后脑。

谢厌迟一个转身，将她抵在墙上。

压迫性的气息猛地靠近，两人贴得很紧，甚至能听到彼此的心跳。

在那身几乎没有任何遮掩的衣服下，所有的触感都被无限放大。

秦郁绝下意识地挣扎，但眼泪先一步呛了出来，声音带着轻颤："放开我。"

谢厌迟却扣得更紧，他俯身，像从前一样，将头埋进她的肩窝。原本看上去全是凌厉的男人，在这一刻毫无保留地展示了自己所有的脆弱。

"秦郁绝。"谢厌迟声音沙哑，"你知道我不可能放开你。"

"我知道你做了个多么艰难的选择，也知道你有一千种一万种理由说服我你是正确的。可是谢厌迟，你为什么不问问我，如果和你分开，我高不高兴呢？"

终于，一年前秦郁绝就想声嘶力竭喊出来，却不想成为谢厌迟的困扰而硬生生咽下的话，在这一刻再也控制不住。

"我不高兴的，谢厌迟，就算我真的被排挤、被羞辱、被人针对或是站在风口浪尖，也比你替我做出的那个选择要高兴上千百倍。你用了一个我没办法恨你的理由让我们分开。"秦郁绝哽咽道，"但你为什么不问问，你喜欢的那个小姑娘想不想选择为了你抛下一切呢？"

谢厌迟眸色沉沉，他扣住秦郁绝的手一寸寸收拢，薄唇紧绷，一言不发。

"我说过了，谢厌迟。"秦郁绝眼前一片水雾，再怎么用力地咬着下唇，却还是无法控制住情绪，"那天你把我推开，我会恨你一辈子。"

谢厌迟一言不发，他额角的经脉分明，扣紧秦郁绝的手依旧没松开，仿佛是个患得患失的小孩儿。

谢厌迟开口，声音哑得出奇："那就恨我吧，我还算年轻，在你身上赌上一辈子，不亏。”

秦郁绝鼻尖的酸涩再难忍耐，她低头，一口咬在谢厌迟肩头。然而他却不出一声，任由她发泄。终于，秦郁绝松开口，几乎是咬着牙：“你怎么这么无赖呢！”

“就当我是无赖吧。”谢厌迟抬起头，看着秦郁绝的眼睛，“我爱你。”

秦郁绝抿唇，偏过头：“我没原谅你。”

谢厌迟平静道：“嗯，那我明天再说。”

气氛是被站在远方探头探脑还偷偷拍照的贺怀情打破的。秦郁绝收好情绪，擦了擦发红的眼角，一个纵身从谢厌迟身前溜了出去，走向贺怀情：“走吧，去拍照。”

“啊？不再聊会儿？我刚刚还去拍摄现场请了——”

“不用。”秦郁绝说，“我从来不会因为追求者影响工作。”

“……”

贺怀情沉默了。

她发现了，这人被谢厌迟惯得是真的越来越无法无天了。

谢厌迟回来了。这个消息一出来，整个谢氏的人都被打了个措手不及。谁都知道谢家这两位少爷之间的关系到底是多么可怕，原本谢何臣优势占尽的局面，被谢厌迟对赌成功、获得巨额融资而打破。特别是景逸科技在这几年研发的项目很快就体现了价值，更何况他们对云技术的开发成功领先到一个新的阶段，再无人企及。云服务的发展能带来的巨大经济效益，即便是圈外人都能清楚其中的利害。

摄影师没了之前对待秦郁绝的底气：“秦小姐，要开始拍摄了，麻烦你把西装脱下来，可以吗？”

秦郁绝还没答话，就被一道慢悠悠的声音打断：“不可以。”

众人一怔，随即转头。

大家以为谢厌迟这趟回来，肯定是直奔谢何臣办公室，两人进行一番争斗，却没想到他来的第一个地方，是拍摄现场。

匆匆赶到的陈助理给谢厌迟端了把椅子，就放在摄影师的正后方，还趁着这么点儿工夫倒了杯咖啡，摆上了些甜点。

所有的工作人员都安静无语。

巨恐怖。

“是挺麻烦人家的。”谢厌迟坐下，然后懒洋洋地开了口，“我觉着不用脱，这样就挺好看的。”

一旁谢何臣派来监工的秘书渗出冷汗，连忙道：“谢先生，我们这也是按照要求……”

“那就改了要求。”谢厌迟抬了下眼，漫不经心道。

秘书想起谢何臣的吩咐，于是一咬牙：“可是这不合规定，希望谢先生休谅一下，拍摄这种事情不能按照您的兴趣来。”

“您这话说的。”谢厌迟撑起下巴，懒倦地笑了声，“我走了这么久，是不是都忘记我这人不仅不守规矩，还最喜欢滥用职权。”

“这——”

“还是你要我把话说明白？”谢厌迟将眼一眯，“你觉得我是来提拍摄意见的？”秘书怔住，一时没了声音。

谢厌迟慢条斯理道，“我是来给我正在追的小姑娘出头的。”

第六十七章

景逸官博被盗号

正在追的小姑娘。

这一句话，简直像是给人塞柠檬。

有几个吃瓜的工作人员酸得腮帮子都在疼，如果不是因为现场气氛非常紧张，她们甚至想开个直播让广大网友全都来吃一嘴柠檬。

今天又比昨天更想魂穿秦郁绝了呢。

一年没见，谢厌迟果然还是谢厌迟。嚣张程度不仅没半点儿减少，而且还变本加厉，一句话就撑得人哑口无言。

见状，秘书准备拿秦郁绝下手：“秦小姐，我还是希望您能按照合约进行正常拍摄。”

秦郁绝压根儿没理他，而且还抬起手慢条斯理地吹了下指甲。当她傻？虽然在和谢厌迟赌气，但她也不至于蠢到明明他在帮自己还去打他的脸。

“秦小姐！”见她没答话，秘书昂起音调又喊了句。

秦郁绝这才抬了下眼皮，拿腔拿调地说：“啊，不好意思，我这人心比较软，虽然只是追求者，但我还是挺顾及他感受的。衣服是他给我的，脱下来，人家会伤心的哦。”

秘书安静了，贺怀情甚至想鼓个掌。不愧是秦郁绝，将有恃无恐和蹬鼻子上脸诠释得淋漓尽致。

就在这时，走廊处传来一阵脚步声。紧接着，谢何臣在一群人的簇拥下走来。他面上看上去依旧温文尔雅，在望向谢厌迟时，眸底没半点儿波澜："二弟，回来怎么也不和家里说一声，我还特地准备了饭局，想给你接风洗尘。"

"是吗？"谢厌迟轻笑了声，"恐怕没这个时间了。"

谢何臣叹了口气："二弟，你还在怪我？"

"那倒不至于，但最近主要都在忙着讨小姑娘欢心，"谢厌迟偏头，看他一眼，话里含着笑，"所以，还真没时间。"

在场的工作人员一边紧张地围观着这场史诗级斗争，一边在心里发酸。谁都看出来，谢厌迟那些玩笑似的话，没半点儿轻佻的意味。他是真的将秦郁绝放在了心尖上的那个位置，半点儿都不做掩藏。

谢何臣大笑几声，然后开口："二弟，拍摄方案是策划组定下的，花费了巨大的人力，说改就改，恐怕不太好，况且秦小姐之前也有类似风格的拍摄。大哥看得出来你喜欢她，但凡事还是得以大局为重。"

"这样啊，"谢厌迟姿态慵懒地站起身，走到他面前停下，然后俯身看着他的眼睛，"不好意思，我这人从小就挺叛逆的，不听劝。"

气氛在一瞬间僵持。

周围的人鸦雀无声，只觉得两人之间看上去虽然没任何激烈的争执——一个淡淡浅笑，一个吊儿郎当——但恍惚间似乎能看到波涛在暗涌。

"秦小姐。"终于，谢何臣打破了平静。

他抬头望向秦郁绝的方向，淡笑着开口道："既然这样，我当然得给二弟一个面子。不过，合约还是要完成的，所以可以劳烦秦小姐移驾办公室，商讨一下解决方法吗？"

贺怀情皱眉："谢先生，您可以和我谈。"

谢何臣没说话，只是依旧保持着刚才的神情，目光都没偏一下，径直望向秦郁绝。

"好。"秦郁绝没犹豫，紧了紧外套，站起身，"走吧。"

见她真的要跟人离开，贺怀情连忙准备赶上去追，然而却被谢厌迟抬手拦下。

贺怀情一愣：“谢先生，这——”

“她有话要和谢何臣说。”谢厌迟一眼就看穿了秦郁绝的想法，他将头微偏，然后看向贺怀情，转身认真地说道，“多谢贺小姐的照顾。”

贺怀情没反应过来，许久后才道：“谢先生不用客气，我也是完成我的工作。”

说到这儿，她又一顿，忧心忡忡，“秦郁绝那边……”

“没事。”谢厌迟说，“他不敢。”

轻飘飘的几个字，全是笃定。

“秦小姐这次也录了音？”

进了办公室，谢何臣笑着调侃了句，语气听上去没半点儿怒意。

秦郁绝也没尴尬，只是淡淡道：“没有。”

“既然这样，我们就直接谈谈合约的事情。”谢何臣在沙发上坐下，推了推面前提前倒好的茶，“这次拍摄的衣服，的确是我方考虑不周。既然秦小姐不满，不如将这套取消，替换成广告宣传片拍摄？我们日后再合作。”

“我决定违约了。”秦郁绝说。

一个小时前，她的确还能面上假装无事发生，给彼此留有余地。但是谢厌迟回来了，刚才他和谢何臣的对话已经很明显地暗示了，两人之间马上会有一场不可避免的战争。在这种情况下，她不会再拖泥带水去替谢何臣打工。

“原计划是四套服设，今天拍了三套，我分文不取，剩下的这套我不会拍，也不选择替换成其他项目。”秦郁绝语气没半点儿迟疑，“谢大少，我选择违约了，起诉赔偿还是私了解决都可以。”

谢何臣说："秦小姐，这对你的名气会有不好的影响，希望你谨慎思考。"

"不必担心。"秦郁绝说，"我从来不会做后悔的决定。"

从她的眼神中，看不到半点儿闪避和胆怯。

谢何臣喝了口茶，然后放下，忽地笑了声："秦小姐，如果是为了谢厌迟，你大可不必这样。你不应该插手商圈内的事情，起起落落太过于常见，你这么孤注一掷，太容易搬起石头砸自己的脚。"

"比如说？"

"二弟他的确在海外打下了名声，但国内形势未必摸得准，更何况一年的时间足够发生无数变故。"谢何臣笑着说，"秦小姐，我敬佩你的果敢，但希望你还是要为自己留条后路。二弟的确很有能力，但他既然做出过一次选择，保不准，也会做出第二次同样的选择。"

谢何臣是在暗指两人分手一事。

秦郁绝低头看着面前的茶，沉默许久后，突地低笑了声。

谢何臣这人，的确很会攻心。

只不过——

"谢先生，"秦郁绝抬起眼，眸中笑意潋滟，她轻轻地说，"您真是半点儿比不上您的弟弟。"

一句话，让谢何臣一直完美保持着的面具和风度出现了一丝裂缝。他看上去似乎仍然在笑，但眸中的情绪已然带着些冰冷。

秦郁绝站起身，朝他礼貌地弯腰告别，然后朝着门口走去。

只是，在靠近门边的地方她突然停下步子，转过头说道："谢先生，不必从我这儿下手，我永远不会因为你的话去质疑谢厌迟。他值得，你不值得。"

说完，推门离去。

秦郁绝离开很久之后，谢何臣依旧保持着刚才的姿势，一动没动。

他脸上的笑意没有褪去，宛若死死融进肌肤里的面具，只是眼神如寒冰一般，阴冷得让人不寒而栗。

许久之后，他低低地笑了几声，紧接着笑声越来越大，直到有些癫狂。

谢何臣抬起手，紧紧按住自己的眉骨，额角和手背青筋分明。

秦郁绝很有意思。

比她那个没意思的姐姐，要有趣得多。

“秦郁绝违约谢氏”这个话题在当晚就一跃而上至热门，然而网友一下子就嗅到了不对劲的地方。谢氏现在的掌权人是谢何臣，谢何臣和谢厌迟虽然是名义上的兄弟，但谁都知道其中的内幕。所以秦郁绝这次违约，一下子就有人读懂，是分明摆好了自己的立场站在谢厌迟这边了。

一时之间，网上分成两派人。一派是“哇我嗑到糖了！鱼池夫妇复合指日可待！”另一派则是“我服了，秦郁绝能不能有点儿契约精神啊，别谢厌迟一回来就上赶着献殷勤”。

这两派撕吵得轰轰烈烈，直到秦郁绝的公司发出声明，将事情的经过以及第四套令人诟病的大尺度衣服拍照上传，承诺接受所有索赔，并且会配合进行其余三套的宣传。话题风向开始逆转。

……说实话，第一次见一个企业的推广产品宣传照，居然还搞得这么大尺度。而且秦郁绝也拍了三套，最后一套搞成这样，明显是甲方服设不合理吧？

谢氏一早就和秦郁绝不对付这件事难道没人知道吗？之前慈善晚会的事就撕破脸了吧，现在正常拍摄搞成擦边拍摄，不是逼人违约？

这就开始洗了？不知道甲方是爸爸吗？别人要求你拍什么就拍什么，就秦小姐尊贵些还挑三拣四？该赔钱赔钱，不接受洗白。而且别拉谢厌迟下水了，别人是业界翘楚，海外名声大着呢，两人也没复合，别天天借着他的名义狐假虎威。

……

才一天的工夫，乌烟瘴气的评论就出现在了景逸科技的官方账号下：“还没复合就任由秦小姐这么拉人下水吗？”

然而没想到的是，这条评论很快就被回复了。

景逸科技V：也不是，主要是谢厌迟吃醋不让拍，骂他就行，是他拉秦郁绝下水的。

这条回复一出，直接给人看傻眼了。

被盗号了？官博直呼老板大名？

我觉得是盗号，这语气太不像官博说出来的了，估计马上就澄清了。

……

果然，五分钟后，景逸科技官博发送了澄清消息：“澄清一下，刚才那条评论并非官博运营人员发送，是我家老板自己发的。沟通过了，他说不许删，所以发条内容给可怜的运营小姐姐澄清一下。另外，希望老板可以早日熟练运用自己的账号@谢厌迟。”

第六十八章

故意气气谢二狗

这则声明发出之后，几乎所有的路人都迅速从违约一事里歪了楼，在景逸科技的账号下发出了土拨鼠似的尖叫。

啊啊啊啊官方打脸！

那些嘲秦郁绝的人尴尬吗？鱼池夫妇绝配，轮不到你来酸。

即使不是这两人的粉丝，我也酸到掉牙。谁不想有一个无条件拿一切来护着自己的人呢？

……

不到一个小时，“谢厌迟吃醋”这个话题就直接蹿上了热搜第一。

网上是鱼仔们的激烈狂欢。之前因为两人分手而改名的“鱼池夫妇复合了吗”的博主，在经历了整整一年的坚持打卡后，终于迎来了胜利的曙光：“虽然今天还没复合，但我感觉快了！”

就在这时，突然有位匿名楼主发了一份录音。

录音内容正是当天拍摄片场的经过，谢厌迟那带着些张扬与不羁的声线，即使淡出众人视线多年，也还是拥有着极高的辨识度。

“给我正在追的小姑娘出头。”

“忙着讨小姑娘欢心。”

听上去没什么大起伏的语气，却让人耳根一软，将网友的少女心抓得死死的。

啊啊啊没想到一年过去了我还是被谢二少蛊得死死的！我求求两人赶快复合吧！

论鱼池夫妇这对CP还能从怎么样的角度给我喂狗粮。

我就不一样，我就喜欢看小少爷追妻这种桥段，求求来个金主把这两人请上综艺，我续一年会员！

这对太甜了，不是普通意义上的甜。在低谷的时候怕拖累对方的未来而离开，在获得荣耀的时候第一时间回来挽回当初那个人，这样的爱情真的永远让我心动。

……

秦郁绝听了几遍录音。当时在场的都是谢何臣的手下，按照道理说，并不应该有这种录音泄露出来。

而且，从清晰度上来判断，这绝对不是偷录的，而且录下这段音频的人离谢厌迟的距离很近。排除了各个选项之后，唯一能做到这一切的人，只有在场的陈助理了。

秦郁绝一下子明白过来，是谢厌迟授意放出这段音频的，为的就是让所有人的注意力从她违约这件事上转移，替她挡在了原本的风口浪尖。

这样的举动，他曾经做过无数次。

谢厌迟回国后接连的几个项目都取得了不菲的成就。景逸科技的研究获得了巨大突破，将公司爆火的一款PC端武侠游戏成功搬上了手机，利用云技术和5G的发展完美完成了数据的转移，并且不会过多占用手机内存。

这无疑是游戏界史无前例的突破。

更重要的是，这样的技术代表了无限的商机。谢氏之前为了提防景逸科技的发展，在谢何臣的带领下贸然进军了游戏行业。

谢厌迟未回国的时候，他们尚且能凭借着群龙无首以及雄厚的资金博取些成就。但眼下谢厌迟一回来，谢何臣这样决策的劣势就暴露无遗。

手游的更新换代速度非常快，除非有独特的优势，不然改变不了直线下滑的命运。更何况无论是 MOBA 类还是 MMO 类的游戏，景逸科技都一家独大。加上云技术的完善，其画面精美度以及游戏可玩性开发空间更高。这对于其他游戏厂家来说，无疑是巨大的打击。

所以谢何臣这一步棋，走得几乎是血本无归。

原本谢氏就人心惶惶，这次的受挫更是让许多员工和管理层都生了二心。有些科技领域的程序员都开始纷纷跳槽至景逸，谢厌迟回国不到一个月的工夫，谢氏内部就有了几次巨大的变动。

原本力挺谢何臣的股东，见自身利益受到波及，也频频开始表达不满。公司上下人心不齐，颇有几分高楼将倾的前兆。

这一个多月的时间，秦郁绝一直在剧组里拍戏，这部戏的男主角是商子辰。自从那场恋爱综艺之后，他和许抒音之间明显发生了什么事情，两人虽然没正式确定关系，但成天都会煲电话粥。

商子辰刚进组见到秦郁绝的时候，还有点儿小尴尬，甚至还悄咪咪地拉着她道了个歉："郁郁，之前是我不懂事，你应该不会介意吧？"

秦郁绝一眼就看穿他内心的想法："放心，我不会和许抒音提之前那件事的——"

"谢谢！"商子辰立刻欢欣雀跃了起来，顺带祝福了句，"祝你和谢先生百年好合！"

秦郁绝微笑着打断："别高兴得太早，封口费还没算呢。"

商子辰："？"

我之前是暗恋了个什么东西？

在茶水间里目睹了一切的唐小棠端着水杯出来，上下扫了眼秦郁绝，又看了眼商子辰被敲诈得只剩下一口气的狼狈样子，然后发自内心地说：“老板，您和谢二少越来越像了。”

提起谢厌迟——自从那次在谢氏遇见后，两人再也没有见过面。

但时不时能听到各式各样关于谢厌迟的消息传来，在阔别了一年的时间后，他依然是那个传闻中的天之骄子。

比以往要更加耀眼。

一个月后，剧组的拍摄也将收尾。

拍摄的最后一天，秦郁绝特地起了个大早，准备赶在航班前尽快结束录制。谁知道刚来到拍摄地，就看见一辆熟悉的黑色保时捷显眼地停在门口处。

“……”

秦郁绝突然有种不祥的预感。

她下了车，走到保时捷前，看了眼车牌——非常嚣张的三个六，是谢厌迟的车没错了。从外面走进拍摄场地的这一路，她经受着无数路人的注目礼。果不其然，一到达目的地，就在人群中看见那位一眼出挑的人物。

谢厌迟倚着柱子，身边围了一群人，有剧组的群演小姑娘，也有参与拍摄任务的工作人员。他拿着笔，姿态慵懒地低头给人签名，看上去随性而又漫不经心，还挺有国际巨星的排场。

似乎是听到了脚步声，谢厌迟抬了下眼，余光一偏，刚好与秦郁绝的视线对上。他笑了声，将手中的笔随意一抛，直起身道：“不签了，我等的人来了。”

一句话惹得旁边的小姑娘低声尖叫，眼里全是羡慕。

秦郁绝走到他跟前，停下步子，故作平静：“你来干什么？”

“追星啊。”谢厌迟轻飘飘地说。

秦郁绝：“……”

就无语，你追个毛的星。

似乎是看出她的意思，谢厌迟笑着俯下身：“这部戏有我的推广广告，所以我当然得来验收一下成果啊。”

眼下，无数摄像头都对准两人。如果不是条件不允许，这些围观群众甚至想开个直播。

秦郁绝看了谢厌迟一眼，将他当作空气一般地擦肩而过，然后淡淡道：“随你，别打扰我工作就行。”

作为男主角的商子辰躲在十米远的地方，探头探脑地往这边张望。

其实也不怪他这么紧张，因为今天最后一场戏是秦郁绝和商子辰的吻戏。原本是商量好用吻替，但是拍了几条，导演觉得效果不好，于是决定还是让演员亲自上场，用借位的方式完成。

导演同谢厌迟客套几句之后，拿着大喇叭开始喊人：“过来了，今天最后一场戏一遍过啊！”

这时候，商子辰小心翼翼地露了个头，抬头紧张兮兮地看了眼谢厌迟。然后刚好对上那道凉凉的目光，冻得人一个哆嗦。于是他赶忙提议道：“导演，不然秦郁绝还是用替身吧，角度拍我的脸就行了，免得——”

“不用。”导演还没说话，秦郁绝就先开口打断。

她抬起头看向商子辰，面露微笑：“毕竟是最后一场戏，而且这场吻戏十分重要，用替身会很影响拍摄效果。我是专业的演员，当然得亲自上阵。”

这句话特地在“吻戏”“专业”“亲自上阵”这几个词的时候加重了咬字。商子辰光是听，就知道秦郁绝是存心说给谢厌迟听的。

他觉得自己后背有些发凉。为什么这对情侣无论是秀恩爱还是分手，承受伤害的始终是自己。

商子辰看了眼谢厌迟的脸，决定还是挣扎一下：“这样不好吧秦小姐，毕竟——”

“怎么不好。”秦郁绝轻笑一声，突然开口问，“商先生，您有女朋友吗？”

这句话将商子辰问得一愣。

他和许抒音之间的确在暧昧，但是还没确认男女朋友的关系，加上毕竟当着这么多人面，所以只能说：“没。”

“那巧了。”秦郁绝说，“我也没有男朋友，所以没什么好避讳的，不如连借位都不用了吧。”

“？？？”

“！！！”

一旁所有的人都倒吸一口冷气，摄影师端着相机的手一抖，就连导演都吓到呼吸瞬间变得微弱了。

商子辰彻底蒙了，整个人就像被冷水浇得一个激灵。他甚至不敢看谢厌迟的脸，生怕今天晚上就是自己的死期。

换成别人还好，自己这么个一年前不知天高地厚去挑衅过谢厌迟的人，现在的情景，简直就是在坟头蹦迪。

他试图让秦郁绝放弃这个恐怖的想法，谁知道面前的女人笑意深深，无声地比出口型：“封口费。”

“……”

最毒妇人心。

在众目睽睽之下，谢厌迟低笑了声，眸色稍沉，抬眼朝着秦郁绝的方向看去。

有感应似的，秦郁绝回头对上他的视线，接着露出一个礼貌的微笑：“毕竟金主在这儿监工，当然不能拿借位来敷衍，您说对吗？”

第六十九章

举一反三谢厌迟

高手过招，招招致命。

谁都看得出来，秦郁绝这明显是存心气谢厌迟。然而谢厌迟却一言不发，只是迈开步子走到秦郁绝身旁停下，然后俯下身看着她的眼睛。

在许久的沉默后，他突地笑了声：“装傻呢？你觉得我是来监工的？”

秦郁绝明知故问道：“不然呢？”

“话说明白也行。”谢厌迟压低声音，尾音带着些磁沉，“如果我不主动过来找人，难道还要等喜欢的小姑娘来找自己吗？”

说到这儿他顿了下，然后低笑一声：“我等不及。”

看似轻佻的话，却让人感觉不到半点儿虚假和玩笑。

秦郁绝所有的话都被堵在嗓子眼儿，不知道为什么，原本想要作弄谢厌迟的心思顿时散了个干干净净。

她抿唇，只字未说，只是转过身看向导演：“开始吧。”

最后这场戏还是采用了借位的方法进行拍摄，但即使这样，以秦郁绝的演技，还是将那种旖旎和痴缠的氛围演绎得淋漓尽致。

但围观群众还是难以自制地将注意力放在了谢厌迟身上。

他表情看上去没什么太大的变化，只是姿态慵懒地靠着墙，目光径直地望向秦郁绝。但仔细看，却能发现他眸中翻云覆雨般的压抑和阴沉。

在戏进行到耳鬓厮磨这个角度的拍摄时，谢厌迟垂下眼，直起身，离开了现场。虽然一句话没说，但大家心里还是有了答案——男人这该死的占有欲。

这场戏一遍过。

拍完后，商子辰终于松了口气，然后迅速退后到一米远的安全距离，好在这位祖宗给自己留了一条命。

秦郁绝和导演以及工作人员礼貌地道了声谢，然后转过头扫了眼身后。

谢厌迟不在。

唐小棠给她递了瓶水，然后小声耳语道："我看到谢先生往私人洗手间的方向去了。"

秦郁绝拧开喝了口，反应平平："嗯。"

然而等唐小棠忙着去清理东西的时候，秦郁绝将水放下，转身朝着洗手间的方向走去。

为了避免有居心不良的人安装摄像头，片场的洗手间分为私人和公共。今天是拍摄的最后一天，大多数演员早就杀青离开了，所以私人洗手间此刻也空空荡荡的。

秦郁绝没看到谢厌迟。

她拧开水龙头，洗了一把手，然后撑住洗手池，垂下眼若有所思。

就在这时，身后有脚步声靠近。秦郁绝抬起眼，从镜子里清晰地看见了谢厌迟的身影。

"我还以为你真的不在乎。"她转身，靠着洗手池，先开了口，"就像你离开时候说的那样，为了能让我放手做自己想做的事情，能什么都不在意。"

谢厌迟在离她不到一个手掌距离的地方站定，眸色沉沉地看着她。

等了许久，没等到他的回应。

秦郁绝自嘲似的轻笑一声，直起身，准备离开。

就在这时，腰身被人一把握住。

谢厌迟俯下身，抬手扣住她的下巴，重重地吻上她的唇。

一直到呼吸快要接不上来的时候，谢厌迟才停下动作，反手扣住她的后脑，抵住她的额头："不要拿这件事戏弄我，秦郁绝。"

秦郁绝感觉浑身上下都在发软，只能用手攀着谢厌迟的肩，稳住自己的重心。

"我在意。"谢厌迟的声音哑得出奇，"比你想象中的还要在意。"

明明心软得一塌糊，但她却偏过头，嘴硬地戗他："谢先生，我们现在不是男女朋友，你这样的行为算是性骚——"

话音还没落，扣住她后脑的手微微用力，迫使她看向自己。紧接着，所有的话再次被堵住。舌尖不由分说地闯入她的口腔，带着侵略性十足的气息，将她吻得心潮起起伏伏，惴惴难平。

秦郁绝试图挣扎，但却被他死死地箍住，不能动弹半分。

激烈之下，她咬破了谢厌迟的唇。但他却仍然没松开，血腥味在唇齿间蔓延开来。天旋地转间，两人不知道什么时候换了个方向。

相比起刚才那个吻，这个带着更加强硬的气场，但谢厌迟却还是在转身时下意识地护住秦郁绝的腰，避免她磕到洗手池的棱角。

宛若一场醉生梦死般的纠缠。

许久后，两人分开。

秦郁绝面色潮红，大口大口地喘着气，抬起头，一双水眸含着些羞怒，望向谢厌迟的眼睛。

谢厌迟抬手，用拇指蹭了蹭唇上破皮的位置，轻嗞一声，然后低低地笑了："倒也不亏。"

几米开外，蹲在洗手间门口的商子辰有些痛苦——快憋不住了，但是不敢进去，求求鱼池夫妇快点儿复合吧！

秦郁绝发现了，谢厌迟在任何事情上都有着极高的天分，学习能力极强，而且还会举一反三、融会贯通。

自从景逸科技官博说“希望老板可以早日熟练运用自己的账号”之后，谢厌迟便很快地掌握了各项技能——迅速关注了“秦郁绝超话”“鱼池夫妇超话”“秦郁绝全球后援会”，甚至还偷偷潜入了鱼池夫妇54号粉丝群。

但是被群主发现后踢出，原因是粉丝希望正主和粉丝能保持距离，不要打扰粉丝活动。

笑死了，谢二少真的有很认真地在追妻。

看发布会被谢小少爷迷得七荤八素，一看微博是个老婆奴，太真实了。

哈哈哈哈都快两个月了怎么还没追到？

……

就这样，一夜之间，网上蹿出了无数个博主，全都是些类似于“谢二少告白成功了吗”“谢厌迟今天被拒绝了吗”这样的名字，每天一打卡。

要不说谢厌迟这人心机深，原本自己追小姑娘的事情，硬生生变成了全国网友帮他追秦郁绝，甚至连些上了年纪的人都知道这俩人的风风雨雨，跟操心自己儿子的婚事一样替他操心着。

在下部戏还没正式确定下来的期间，秦郁绝多半会进行一些综艺和广告的拍摄。而当她拿到贺怀情给自己的行程安排时，她一下子就发觉不对劲。

“《九歌行》游戏宣传片拍摄，《长安风华》宣传照拍摄，《英雄远征》明星赛录制。”秦郁绝数了数近期的三个行程，然后放下平板，深深地看了眼贺怀情，“告诉我，为什么全部都是景逸科技的工作？”

贺怀情故作冷静：“我是经过严密分析之后进行的选择，无论是酬劳还是拍摄难度，这些都最适合你。而且这几款游戏的人气基础很高，有利于你吸粉固粉。”

秦郁绝：“说人话。”

贺怀情：“谢厌迟收买我了。”

……不愧是金牌经纪人。

终于，在全体网友大面积沦陷之后，贺怀情也叛变了。

但其实这些接下来的工作，质量都不差。且不提景逸科技的资源到底有多么抢手，这三部游戏全都是国内话题热度排名前五的。加上摄影团队和制作组都是业界知名团队，可想而知话题度也不会低。

《九歌行》的拍摄是在山区，是四分钟左右的剧情短片。秦郁绝所饰演的角色是一位快意江湖的侠女，豪爽仗义，英姿飒爽。

这次拍摄难度并不大，加上导演和摄影组技术水准都很高，不出意外，在两天内应该就能完成拍摄。

正在拍摄的空当儿，突然听见了车子驶来的声音。

山路上，一辆保姆车缓缓靠近。

“……”秦郁绝沉默了一下。

不知道为什么，总觉得有种不好的预感。

果不其然，车门拉开，还是谢厌迟。

不过这次看上去，似乎除了秦郁绝之外所有拍摄人员都知道谢厌迟要来的事情。立刻有人打着遮阳伞将人接了下来，比画着和他说着场景搭建，询问他的意见。

谢厌迟这次还真不是搅局的。

《九歌行》是实现云技术的第一款电脑游戏，对于景逸科技来说有着非常特殊的意义，更何况也是谢厌迟一手培养起来的主心骨。所以这次拍摄，必须得由他亲自把关。

“秦郁绝，下一场！”导演拔高音调喊了句。

秦郁绝回过神，迅速找回状态。

九月的天气还是炎热的，今天更是闷得出奇，山区内蚊虫又多，蝉声一阵阵的，叫得人心里莫名地烦躁。中午快一点的时候，拍摄终于告一段落，导演也放演员去吃午饭休息一下，下午三点再进行拍摄。

演员清一色地挤在棚子里，敷着冰贴，拿着小电风扇吹风。古装长袍又厚又闷，汗水将背部一整块都浸湿了。因为天气燥热，大家胃口也不怎么好，随便扒了几口饭就作罢。

秦郁绝也压根儿没吃什么。她扶着额头翻看着接下来的剧本，脑袋昏昏沉沉的，却还是强打着精神继续看，汗水将后颈的碎发打湿。

就在这个时候，编剧突然喊了一嗓子："秦郁绝，你过来，刚刚看了下早上拍的东西，你对人物理解出了点儿错，得重新讲讲戏，不然下午拍不好。"

一旁的演员们闻声都抬头看了一眼，见编剧脸色不太好也没吭声。只是心里狐疑了下，秦郁绝的演技明明就是教科书一挂的，怎么也会理解错了人物？

秦郁绝闻声，迅速起了身过去。编剧看了眼剧本，咳嗽一声："我们去那边说。"

走了没几步，刚好到保姆车口。秦郁绝看着编剧不自然的表情，觉察到什么："要不然，就在这儿说吧？"

话音刚落，身后的门就被打开。空调的风随之涌了过来，被炙烤得浑身紧绷的身体顿时放松了下来。紧接着，她就感觉自己肩上搭上了一只手，整个人被一股大力一捞，带上了车。猝不及防地，秦郁绝窝进了谢厌迟的怀里，一抬头，正对上那双笑眯眯的双眸。

"谢厌迟。"秦郁绝咬牙，"你又干什么？"

"嘘。"谢厌迟抬起食指，抵住她的唇，做了个噤声的手势，话里含着笑，"这叫行使特权。"

第七十章

拍摄场地遇险记

因为场地山路崎岖且面积并不算大，所以除了装载设备之外，上来的车子就只有谢厌迟的这辆保姆车，艺人的私车全都停在了山腰。

车内空调很足，遮光玻璃将灼目的阳光隔绝在了外面，让刚才还被炙烤得昏沉的大脑一下子清醒了过来。

秦郁绝当然知道两人现在的姿势到底有多暧昧，她按着座椅撑起身，推着谢厌迟的肩膀试图拉开两人的距离。似乎是怕弄疼她，谢厌迟也压根儿没用力，任由她动作，还挺配合地往后靠了下。

秦郁绝看着他的眼睛，被气笑："所以编剧说我理解错角色只是借口？"

不愧是演员，有关于自己尊严的问题绝不疏忽。

"有这回事吗？"谢厌迟笑了声，轻飘飘地将自己择了个干净，"这编剧挺过分的啊，得扣工资。"

"……"

差点儿就要忘记谢厌迟是个撒谎甩锅自然到不用眨眼的人了。

秦郁绝无语了，她索性也不再纠结，转过身准备拉开车门："如果谢先生没事的话，我这就下去了。"

说话间却被谢厌迟扣住肩膀，往回拉了一下。

"有事？"

"不逗你了，你的角色的确有些改动。"谢厌迟俯身从前面夹层中抽出一份文件递了过去，"下次《九歌行》版本更新的时候会开展新的剧情，你饰演的这个人物有隐藏剧情线，所以宣传片中得埋点儿伏笔，演绎的方式也得改变一下。”

秦郁绝接过翻看了几眼，发现后续的拍摄上的确做了些细微的调整。

“就在这儿看吧。”谢厌迟说，“这部分内容公司暂不公开，需要对其他演员保密。”

“知道了。”秦郁绝点了下头，注意力全放在了新的人设本上，连眼都没抬一下。

谢厌迟撑着下巴看着她，目光里全是懒倦的笑意和柔和。

原本坐在驾驶座的陈助理看了好一会儿，识趣地轻手轻脚下了车，然后在心里犯嘀咕——什么时候这部分内容需要对其他演员保密了？不是早就通知了导演准备在下午拍摄的时候就向所有人公开吗？

明明就是怕秦郁绝中暑，想让她留在车上吹空调，还这么拐弯抹角。

男人就是心机。

在外头晒了大半个小时的太阳之后，陈助理估摸着秦郁绝差不多把剧本看完了，于是想回车里再吹会儿空调。谁知道刚一打开车门，就感受到一股凉凉的目光。他一个哆嗦，顺着那道视线望去。

一早上高强度的拍摄，加上中午原本就让人困倦，在看完新剧本之后，秦郁绝熬不住困意，靠着椅背沉沉地睡了过去。

谢厌迟伸出手扶住她的头，找了个合适的角度，让她靠在自己肩上。

听到陈助理的开门声，他眉头微蹙，冷冷地瞥了一眼，然后抬起食指竖在唇边做了个噤声的手势。虽然一言不发，但眼神中却清晰地传达出“如果把她吵醒你就没了”的恐吓。

陈助理咽了下口水，沉默地往后退了一步，小心翼翼地将门关上。下午一点，温度越来越高，他看了眼头顶上的大太阳，莫名有些泪目。

可怜的助理也想搞特殊化。

这一觉睡得很舒服，醒来的时候，秦郁绝才发现自己一直枕着谢厌迟的肩膀。

一抬头，还正好对上那双全是笑意的眼眸。

谢厌迟：“醒了？”

她有些尴尬地偏过视线，然后一言不发地往后退了退，问：“怎么不喊醒我？”

谢厌迟笑着俯下身，用指节处轻蹭了下她的鼻梁：“难得喜欢的人愿意这么待在我身边，如果把她喊醒，多不划算啊！”

秦郁绝定定地看着他，谢厌迟的眸光也没任何闪躲，依旧噙着笑，却看不出半点儿逗弄。他从来是不加掩饰的直白，那些看似轻佻的话，仍旧能让人感觉到他的真心。

差不多到了拍摄的时间，导演张罗着将演员召集齐，然后拿着大喇叭喊道：“刚才得到通知，有几个角色因为涉及《九歌行》隐藏剧情的原因，会有细微的变动，所以接下来的拍摄大家要注意一下。我们先来说一下要求——”

接着，秦郁绝就从导演口中听到了所有那些所谓“不公开”的内容。这是谢厌迟一向的伎俩，永远是用最特殊的方式对待她，却又小心翼翼地照顾着她的自尊。下午的戏拍得很顺利，按照这个进度，这块场景的戏份或许能提前收工。

六七点太阳下山的时候，天气越来越闷了，气温也开始下降。

今天的气温一直很诡异，不仅热，还闷得人胸口难受。虽然天气预报说今天没雨，但按这个架势看来，非常像暴雨来前的前奏。

不过夏季的雨一向来得快去得也快，所以大家并没放在心上。再加上还有一段夜景要拍，大家也不想耽误上山下山的工夫。

快八点的时候，豆大的雨点打了下来。

几乎是顷刻间，雨势瞬间变大。一群人躲在雨棚下，等待着雨势的平息。然而出乎意料的是，这场雨不但没很快停止，反而越下越大，夹杂着轰鸣的雷声与划过夜幕的闪电，让人头皮发麻。

看来拍摄无法进行了。于是一群人淋着雨，手忙脚乱地搬着东西，准备收工。

山腰上停着的车也开了上来，陆陆续续地接走了几位艺人。

谢厌迟看了眼雨势，走到秦郁绝旁边道："坐我的车走。"

雨天山路原本就不是特别安全，让私车一来一回也非常不方便。

秦郁绝挑眉："收费五千元的那种吗？"

"……"

论谢厌迟到底给人留下了多么恶劣的印象。

准备动身上车的时候，突然听负责道具的人喊了一嗓子："哎，怎么少了件道具，秦郁绝的剑放哪儿了？"

听到这句话，秦郁绝顿了下步子，按照回忆搜罗了下周围，然后在石山边发现了搁在一旁的剑。

"在这里。"她喊了句，然后撑着伞走到旁边，俯下身去捡。

然而刚弯下腰，就感到腰部被人重重地撞了下，她还没反应过来，就一脚踩到滑坡上，手上抓空，整个人栽了下去。周围的人尖叫了声，就在这时，有道人影从面前一跃而过，带起一阵凌厉的风。

还没等旁人反应过来，秦郁绝的手腕便被人一把握住。紧接着整个人被往上一扯，虽然下滑的趋势无法阻止，但整个人却被他牢牢地护在了怀中。

即使没抬头，秦郁绝也知道这个无比熟悉的怀抱到底是属于谁。大掌紧紧护住她的后脑，手臂扣着她的腰身，严丝合缝地将她搂入怀中。

滑坡上全是碎石，暴雨如注，撞击声和摩擦声无比清晰。

终于，在砰的一声重响后，谢厌迟的后背硬生生撞在了树上，发出一声闷哼。

上面传来工作人员的尖叫："谢先生！"

"谢厌迟？"秦郁绝的声音不自觉地带了些颤抖，她试图抬起头，却被觉察到她动作的谢厌迟重新按了回去。

谢厌迟扯了下唇角，声音带着沙哑，轻轻地说："等会儿。"

他胸口重重地起伏了下，似乎在调整着自己的状态。许久后，才松开扣着秦郁绝后背的手，扶着她坐起身，笑了声："没事吧？"

两人头一次这么狼狈。

混着雨水，地上的泥泞全都粘在了身上。夜晚的能见度很低，但是秦郁绝能猜到，这一路到底给谢厌迟身上蹭下了多少细碎的伤口。

秦郁绝看着他故作无事还带着些痞气的笑，没忍住眼一红："还问我，能不能先关心下自己？"

说话间，陈助理也带着人赶了下来。

手电筒照在两人身上，谢厌迟浑身上下的擦伤显得更清晰了，有些伤口还冒着血，混着雨水一路往下淌。虽然剧组提前准备了医护人员和以防万一用的担架，但现在这种情况下，一次只能带一个人。

"谢先生，您——"

"先带她上去。"谢厌迟开口打断，朝着秦郁绝的方向示意了下。

秦郁绝看着他："你伤得比我重。"

谢厌迟笑了声，回望着她的眼睛，然后说："你知道的，你不走，我是不会安心的。"

秦郁绝当然了解谢厌迟，她垂下眼，眼睫轻颤，然后一个字没说，扶着一旁的人艰难地站起身，被人安放在了担架上。

见人离开，陈助理留在原地没动："谢先生，我先来检查一下您的伤口——"

"你和秦郁绝一起上去。"谢厌迟一只手搭着膝盖，头靠着树干，皱着眉闭上眼，“等会儿让她先跟其他人的车离开，别等我一起。”

陈助理犹豫了下：“可是……”

谢厌迟语气淡淡的，全是不容置疑：“照我的话去做。”

陈助理沉默很久，点了下头，然后起身赶了上去。

谢厌迟的伤势的确比秦郁绝重，不仅仅是胳膊和大腿，连后背都是擦伤的小口和瘀青。但好在只是划伤和撞伤，也没嗑到脑袋，但因为条件有限，医护人员只能简单地处理了一下。

雨天山路太难前行，没一会儿，几辆车就在山腰被堵住，动弹不得。保姆车体型太大，为了避免产生麻烦，谢厌迟准备留到最后再走。

“药放在这儿吧。”谢厌迟活动了下脖颈，然后说，“你先出去，喊陈助理进来。”

医护人员犹豫了下，还是点头放下药离开了。

没过一会儿，门被打开，有人上车。

谢厌迟没回头，只是将药膏和纱布往后一放，然后淡淡开口：“查一下道具组的人的来历，有没有和谢何臣有关的，明天把信息表给我。”

然而，这句话说完，却没等到陈助理的回复。

一只手轻轻搭上了谢厌迟腰窝的地方，细细地抚摸过那处的一道疤痕。虽然已经痊愈，但依然可以看见原本深可入骨的伤痕。

接着，秦郁绝的声音传来：“为什么这里有道刀伤？”

谢厌迟一怔，回过头。

秦郁绝望着他的眼睛：“所以你要陈助理支走我，是不想让我看见这道伤吗？”

第七十一章

我一直都需要你

所有的进步都是在打破原有规则的情况下产生的。但是往往打破规则的那个人，会遭到无数人记恨。

景逸科技的技术先是在海外实施的，反响十分热烈，但对竞争力差的游戏厂商来说，打击是致命的。知名度高的游戏公司虽然暂时没受到太大影响，但显而易见，它们的发展无形之中也会被限制。

哥纳街上的斗争是凶残的，输光了所有而走火入魔、孤注一掷的人有许多。谢厌迟在结束某次关于云技术的发布会后准备离场，被混在记者中的持刀亡命之徒一刀捅进了腰窝。

非常狠的一刀，所有的刀刃都没入。幸运的是，安保人员没有给那人拔刀的机会便将他按倒。但即使这样，谢厌迟还是在鬼门关走了一遭。在整整五天的昏迷后，他终于撑着一口气醒来。

这件事在几大资本的压力下封锁了消息，行凶之人的关系错综复杂，谁都不想抬到明面上拉自己下水。

陈助理还因为这件事愤愤不平："谢先生，照我说，就应该将这件事宣扬出去。"

然而谢厌迟没有。

他拿出了千百种理由说服公司上下的人，说服和自己合作的企业方，说服股东大会。但陈助理却知道，谢厌迟可能只是单纯地不想让在大洋彼岸的秦郁绝知道这件事。

"所以，如果不是陈助理告诉我，你打算瞒到什么时候？或者拿什么借口来糊弄我？”秦郁绝的语气听上去很平静。

谢厌迟笑着说：“一睁眼就没事了的伤，犯不着——”

“谢厌迟。”秦郁绝开口打断，她停下手中上药的动作，深吸一口气，声音带着些轻颤，“什么都不知道的人并不会觉得幸福，即使是善意的谎言，我也有知道真相的权利。

“你知道我为什么没办法原谅你吗？不是的，谢厌迟，我没办法原谅的是自己。你最难挨的那段时间我不在你身边，你需要人陪伴的时候我不在你身边，就连你重伤一脚踏入鬼门关的时候我还是一无所知。现在你回来了，就这么让我心安理得地待在你的羽翼下，我做不到。”

她强忍住眼泪，每一个音节都带着哽咽：“谢厌迟，你什么时候才能明白，我爱一个人，不会想做他保护伞下的一只小猫。我希望他需要我，像我需要他一样。”

就像被凌迟一样，这些话让谢厌迟胸腔一阵阵钝痛。他紧抿着唇，伸出手握住秦郁绝的脖颈，然后轻轻朝自己身前一带，让她抵住自己的胸膛。

他说：“对不起。”

这三个字，让秦郁绝的倔强维持着的情绪彻底崩溃，眼泪再也遏制不住地滚落。一直到许久后，她才强按住自己的情绪，看着他的眼睛，问：“疼吗？”

“疼啊。”

谢厌迟抵住她的额头，声音带点儿哑：“刚醒来的那段时间，伤口会反反复复溃烂发炎，多数时候夜晚都是不能睡觉的，或者在梦中被撕裂的疼痛给折腾醒。”

“睡不着的时候，会做什么？”秦郁绝问。

“会希望你在。”谢厌迟低声说，“没骗你，是真话。”

她当然知道他没有骗自己，但正因为这样，才会让她更加溃不成军。

她强撑着让自己的吐字还算清晰，但哭声却再也难以遏制：“谢厌迟，我可以在的，我一直都是可以在的。”

贺怀情也以为，秦郁绝这么拖着不和谢厌迟复合，只是女生的赌气，为此还拐弯抹角地劝过几句。

但许多事情，并不只是赌气这么简单。

秦郁绝做不到对谢厌迟生气。那些有理有据的借口，以及谢厌迟为自己做过的所有事，都让她没有发泄小情绪的理由。

她知道谢厌迟到底承受了多少痛苦。

秦郁绝没有复合，不是因为埋怨，而是因为害怕。

谢厌迟做过一次选择，她不确定还会不会有下一次。这么多年过去，他一个人扛下了一切，强迫自己变成一个坚不可摧的人，替她铺好了所有的路。

那些艰难的足迹里，从来都没有她的影子。

秦郁绝闭了闭眼，直起身，用手背拭去眼泪，重新拿起棉签和药膏：“转过去吧，我给你上药。”

谢厌迟没动。

秦郁绝抬眼看着他，重复一遍：“转过去……”

“我需要你。”谢厌迟说。

所有的话卡在喉咙里，再也发不出声音。原本才收敛好的情绪，在这一刻又彻彻底底地倒塌。秦郁绝垂下眼，握紧药瓶，似乎在强忍着自己的情绪，但还是再也止不住地呜咽了起来。

他什么都知道。

因为这场突发的意外，秦郁绝所有的拍摄都暂时搁置了。这件事还闹上了热搜，挂了半天，并且光荣挤进了鱼池夫妇十大经典糖盘点的行列。贺怀情也给她放了个短假。

因为受伤的缘故，秦郁绝也没打算出门，想着家里挺久没有收拾，就准备亲自做个大扫除。

亲自做个大扫除，等于亲自让唐小棠做大扫除。

花了半天时间，唐小棠才将卫生打扫完毕，从犄角旮旯里搜罗出一堆东西摆在茶几上给秦郁绝认领，顺带抱怨："老板你是仓鼠吗？怎么什么地方都有你的东西？"

找了很久的 JALY 春季限定绝版口红，两个月前以为弄丢所以再买了一个的 IECH 手表，以及一系列杂七杂八的物件。除了这些，还有一张名片，沾着厚厚的灰躺在一旁。

秦郁绝看了眼，是谢厌迟父亲的名片。

她一下子就想起来，当时在录制综艺的时候，谢父曾对自己说，以后如果想见他，就按照名片上的联系方式联系。

秦郁绝沉默了许久。那个时候自己不明白谢老先生的意思，压根儿没往心里去，随手就将东西放在了一旁。但是现在，好像真的被他猜中了。

犹豫许久后，她打通了那个电话。

电话很快被接起，那边是个毕恭毕敬的女声："您好，我是谢老先生的秘书，请问您是？"

"我是秦郁绝，请问——"

"秦小姐是吗？您准备什么时候来？"秘书飞快地反应过来，好像特地等着一样，"我们可以派人去接您。"

秦郁绝稍怔，然后回过神："如果方便的话，今天也可以。"

不得不说，企业家的办事效率非常高。电话挂了没多久，谢老先生的人就将车开到了秦郁绝公寓下，一群保镖跟护着祖宗似的站成两排，弯腰邀请她上车。

唐小棠在心里哇了一下，这可能就是准少夫人的待遇吧。

很快，车子就抵达谢家的别墅。谢老先生自从出院之后，就一直住在这里。谢何臣有自己的住所，谢厌迟也经常待在公司和公寓不常回来。

走进去之后，秦郁绝才发现里面连用人都寥寥无几。谢父在出院之后借着不喜吵闹的名义将用人都辞退了，只留下了两三个跟了自己很久的老人。这么做，其实是觉察到谢何臣在自己身边安插了眼线，为了以绝后患而已。

秘书一路领秦郁绝走向二楼，然后在一扇房门前站定，侧身道："秦小姐，谢老先生要我带您来这个房间。"

秦郁绝端详了，然后推门。谢父却不在里面，房间里空无一人，床单铺得很整齐，看上去像是许久没人住过。

她走进去，一下子就明白过来，这是谁的卧室。

墙上全是谢厌迟的照片，从幼儿时期一直长成英气风发的少年，他眉宇间的肆意张扬似乎从来没有变过。

她仔细地一张张看过那些照片，唇角下意识地翘起。原来，谢厌迟也曾经拥有过这么一段年少轻狂时的幸福时刻，就和所有孩子一样。

虽然，好像全都与她无关。

秦郁绝无奈地垂眼笑笑，然后一个转身，看见书桌上摆放着的一个相框。放在台灯下方的位置，每次抬眼都能看见，显而易见，是于他而言很特殊的存在。

秦郁绝瞳孔微缩，唇角动了动，然后艰难地迈开步子靠近，俯下身仔细端详着那张照片。

照片非常模糊，看上去似乎是从什么合照上裁剪放大的。但秦郁绝还是一眼认出，照片上的人，是自己。

她拿起相框，不知道为什么，内心的情绪翻涌起波涛，却偏生一个字都说不出。

谢厌迟的确没有撒过谎。

他说的一切都是真的。

莫名地，鼻尖有些酸涩。

她偏头咳嗽一声，试图缓解注意力，准备将相框放下，却发现相框的背面似乎夹着什么东西。

“打开看看吧。”谢父的声音响起。

秦郁绝转过头，见谢老先生背手而立，才一年的时间，他看上去比之前要苍老了不少。

听见他这么说，秦郁绝没再迟疑，将开关打开。里面是一张有些泛黄的作文纸，被整整齐齐折叠成了一个小方块。秦郁绝打开，这才发现是一封检讨。

非常熟悉的检讨，自己那段红笔批注的下方多了一个字。按照笔锋判断，那带着些放浪不羁的笔触，明显是谢厌迟写下的。

那个字是——

“好。”

秦郁绝闭上眼，只觉得眼眶发酸，鼻尖一阵阵发痒。

原来在谢厌迟那些最难挨的时光里，也曾经有过自己的影子。

景逸科技，董事长办公室。

“谢先生，之前秦小姐交给我的那个手机，技术部的人已经恢复了资料。”

陈助理汇报的时候，面色出奇地凝重，“我已经和那位恢复资料的员工签下了保密协议，鉴于手机里的内容比较特殊，还是希望谢先生酌情考虑，要不要告诉秦小姐。”

第七十二章

温柔溺死于温柔

第一次遇见他的时候，是在一场慈善晚会上。

那时的我刚出道，被经纪人领着头一次来到这样盛大的场合。

我像所有新人一样，努力将自己变成透明人，局促不安地故作镇定来掩饰自己的狼狈，却还是会冒失地撞倒一旁的杯子，泼了自己一身水。

谢何臣的纸巾就是在这个时候递到我面前的。

恐怕我一辈子都无法忘记那个光景，周围人声喧哗，客人来来往往，只有他的眉眼是清晰的。眸中含着浅笑，温柔而又谦和。

似乎是看出我的狼狈，他笑了声，轻轻开口："很漂亮。"

"什么？"

"这套礼服很适合你。"他笑着说，"稍微自信一点儿，你会一直往上走的。"

对一个人心动总是没有理由的。任何一个简单的瞬间，都能演变成义无反顾、飞蛾扑火般的爱情。我目送着他转身离开，被人群簇拥，爽朗大笑同人对话。明明站得很近，两人之间却像是有无法企及的距离。

但，我还是想试试。我想试着，去成为有一天能名正言顺站在他身边、大方表达感谢的一个人。

哪怕，只有一点点希望呢。

我知道一见钟情是一种冲动，但我还是愿意为了这个词义无反顾。

——秦且离的备忘录

秦且离是被娇养大的女孩儿，如果要用一个词来形容她，那么一定是温柔。她会很耐心地面对别人的偏见，会端着饭碗坐在被排挤的同学面前。她是个会停在路边将伞递给乞丐，然后抱着流浪猫穿过雨夜，就算浑身湿透也要将它带回家的人。

秦且离把成长过程中亲朋好友给予她的爱，毫无保留地分给了自己身边的每一个人。

她活得干干净净。

她值得被人深爱。

她固执地相信着，真心是可以交换的。

秦且离的手机里，零零碎碎地记录满了她和谢何臣的一切。就像无数小姑娘一样，为了喜欢的人欢欣雀跃，也会一个人哭得声嘶力竭，但却还是忍不住回头念念不忘。

她真的像他说的那样，一直朝上走。为了萍水相逢的人的一句话，努力地想要到达同他相般配的位置。那段时间，她很喜欢看《艺伎回忆录》，向往着小百合与会长之间的情有独钟。

然后，她做到了。

她成了那个能够挺直腰杆、毫不躲闪地站在谢何臣身边的人。

我不知道和他在一起之后会经历什么。

我对恋爱毫无经验，许多人说甜蜜也好，痛苦也罢。我只知道，在每次望向他眼底并能从中看见自己的时候，我是幸福的。

至少，我不会后悔。

她陪他度过了很多个深夜，听他细数自己家世的沉重，安抚他的伤痛。为他的难过落泪，为他的成功欢欣。

秦且离会心疼由谢何臣口中说出的那段所谓暗无天光的岁月，也怜惜他生父生母过世之后寄人篱下的苦楚。她心甘情愿地留在他身边，接纳着他情绪崩溃时的一切小脾气。

她以为自己会是他的救赎。

她相信着，自己能带着心爱的人打开心结。

直到谣言突如其来。

手机里最后一条关于谢何臣的备忘录，是这样的——

我的确因为他的话难过和绝望，也的确渴望着我们能成为彼此之间的救赎。爱情是件很卑微的事情，但一闭眼，我还是会想起那个照顾到一个不起眼的小姑娘的情绪，并且会递上一张纸巾的谢何臣。

我想再赌一次。

我永远爱，永远相信爱。

秦郁绝坐在沙发上，一条条地逐字看完了姐姐曾经留下的所有备忘录。她紧紧地抿住唇，眼眶红了又红，强撑着未说一字，只是呼吸开始带着颤抖。

谢厌迟在恢复手机数据之后，没有任何犹豫地将手机还给了她。

陈助理在一旁看着，愈显焦虑。他见秦郁绝沉默了许久没有说话，一时之间急忙道：“秦小姐，这件事情和谢二少他没有——”

“我不搞连坐这套。”秦郁绝眼帘轻动，“谢何臣是谢何臣，你是你，谢氏是谢氏，我知道这件事情是谁的错，所以不用和我解释，而且，谢谢你告诉我真相。”

说到这里，她刻意维持的平静语气再也稳不住，突地呜咽一声，无力地撑住额头，声音带着难以遏制的沙哑：“我没想到，居然是因为这样一个人，我的人生里再也没有了一个会斥责我不好好照顾自己，然后耐着性子为我煮一碗面的姐姐了。”

这么多年，秦郁绝不仅仅是在寻找答案，更是在找一个让自己安心的理由。她宁愿相信，那位成为压死姐姐最后一根稻草的人，或许真的有什么难言之隐。她希望姐姐这辈子爱着的那个人，或许并没有辜负她的深情。

但没想到，如此荒谬。秦郁绝能想象出秦且离写下“永远相信爱”这几个字时的坚定，但却从没有人认真对待过她的义无反顾。

她不该死。她原本应该活在掌声之下，被无数人深爱着。

秦郁绝偶尔也会梦见秦且离。她像小时候那样，替她盘起头发，然后笑眯眯地柔声说：“我家郁郁，已经变得这么厉害啦！”

秦郁绝睡了。

她眼睛哭得有些肿，眼尾还带着红痕，即使在熟睡中，也还是忍不住发出几声抽噎。谢厌迟将她抱到办公室隔间的床上，细心地替她盖好被子，然后退了出去。

陈助理犹豫了很久，然后说：“谢先生，其实可以劝秦小姐，让她同意把手机内的内容公开。这样对谢何臣的影响和打击是巨大的，对我们来说很有利。”

闻言，谢厌迟步子一顿，抬起眼，眸色冷得吓人：“不要让我再从你口中听到第二遍这句话。”

其实技术人员已经把秦且离手机的内容备份发到了谢厌迟的电脑上，但他不可能利用秦郁绝的伤痛来达到自己的目的。

秦且离和谢何臣在一起的时候，谢厌迟才上初中，所以他对这些事情一无所知，也压根儿没想到，谢何臣居然是一切的罪魁祸首。

现在，把所有串联起来之后，一切事情都有了些眉目。

谢厌迟说道：“把秦且离自杀事件的前因后果和相关资料发我一份。”

陈助理很快就收集好资料交了上去。谢厌迟比对了一下，很快发现了不对劲——当时秦且离被曝出包养、陪睡的传闻，而作为诬陷她证据的，就是一张和各大人士吃饭的照片，角度刁钻。

那张饭局照，明显是在场的人拍摄的。但是当时大家都一概否认，并且画面中所有来宾都入了镜。所以，最有可能拍摄照片的人，是服务员。然而秦且离多多少少拍过一些和谢何臣的合照，其中有几张，明显和那个饭局在同一场地。

谢厌迟搜索了一下，这才发现那家饭局的地点，是大伯手下的亲信曾经投资过的一家饭店，不过很早就因为经营不善倒闭了。而且按照时间来看，秦且离过世之后不久，刚在哥纳街住下的谢何臣就和某位富商牵上了线。

搭桥的人，就是那位商人的小女儿。

秦且离的死没有让他有任何愧疚。更甚，谢何臣为了不让她成为自己的负担，怕自己被情债纠缠，一手推动了那次网暴谣言的产生。

谢厌迟知道自己该怎么做了。

或许活着的人，都没办法越过秦且离将这份备忘录公开。但是他们可以找出当年那起谣言的真相，替她沉冤昭雪。

秦母将手机上的内容看了许多遍。她鼻尖发红，眼泪从一开始就没停下过，窝在沙发里安静了很久，然后对秦郁绝说："把这些东西和你姐姐的日记，整理一下发给媒体吧。"

没想到，这个决定最后居然是秦母做下的。

"我只是希望，再不会有孩子去遭受这样的欺骗。"她说，"我教给了你姐姐很多东西，但唯独没教会她，不要这样轻易地、毫无保留地相信一个人。"

"告诉媒体，其实我也有私心。"秦母说到这儿停顿了一下，然后突地大哭起来，"我想让人知道，我的孩子，她从来没做过那样的事情，她不是犯错的那个人。"

虽然秦且离那件事辟谣很久，但还是有不懂事的人会反复提起这段过去。只有公开这一切，才能彻彻底底地替她洗刷冤屈。

谢厌迟回国后，谢氏的处境变得极其尴尬。加上几次投资出师不利，上下人心惶惶，虽然有底子撑着，但是所有人都知道，谢氏已经开始彻底走向下坡路了。而就在这个时候，一记猛料跳上了网络——“秦且离被冤枉”。内容正是秦且离的日记摘取，字迹能无比清晰地辨认。加上各式各样的博主开始爆料，虽然没有放在台面上说，但零零碎碎的照片还是让人精准锁定了谢何臣。

与此同时，论坛里突然跳出来一个匿名帖——“细思极恐，秦且离出事的照片是服务员拍的，那家店你们猜是谁投资的？是谢何臣家的人投资的，这未免也太巧了”。

铺天盖地的议论声席卷而来，各大论坛一时间也相继出现了各式各样的分析。甚至有人扒出了谢何臣在国外时候的几段情史以及那位名媛自杀的事件。

太恐怖了，这男的是pua吧。

真的不能和谢厌迟比，我怜爱秦且离了，姐姐真的太温柔了，可惜红颜薄命。

我看哭了，我一个局外人都能从日记里看出爱意，这样一个美好的人，为什么还会有人去伤害啊？

……

仅仅一夜的工夫，谢何臣就成了口诛笔伐的对象，谢氏的股票因此急速下跌。

第七十三章

我把你给举报了

谢氏内部彻底乱成了一团，人人自危。股东大会开了几次，清一色都是针对谢何臣的。之前为了利益将他一手捧起来，却没想到半点儿好处没沾上，原本稳定的谢氏也因此遭受重创，连累着他们手里的股份也贬了值。许多明星和合作方，也碍于负面影响纷纷取消了合作。

谁都能看出，虽然许多人表面上还是谦恭的，但心里跟明镜似的，知道谢氏这座大厦倾倒终究也只是时间问题。

股东们逼谢何臣让出一部分股份来填补自己的损失，并且放下狠话，威胁他“如果不能补全自己的利益并兑现扶持他上位时给予的承诺，就让他狠狠摔下去”。

但谢何臣这么多年与他们虚与委蛇，装得恭敬，其实对这些人嗤之以鼻，早已布下了暗棋。他拿出这些年背地里调查出的关于他们的把柄，双方彻底撕破了脸面。谢氏内部彻底分裂成无数阵营，互相对峙着，红了眼。

内忧外患。

虽然凭借着强大的基本盘，谢氏不至于一夜之间毁于一旦，但谁都知道，任由时间消磨下去，迟早有一天谢氏会走向覆灭。

更何况，还有个谢厌迟。

这件事情很快就传到了外网，之前那位富商女儿自杀一事掀起了小范围的波澜，经由这么一出，彻底地全面爆发。

那位商人在看到消息以及当下立场之后，索性也不再顾忌那些限定规则，发了篇长文痛斥谢何臣的行径，并表明永远抵制谢氏的一切合作和商品。也有外网的明星和利益相关的商人纷纷为此发声，还有些颇有心机的，会顺便提几句支持景逸来献殷勤。

当然，如果是谢氏如日中天的时候，是没有人敢这么贸然发言的。他们不过是看清了当今的趋势，也知道景逸和谢氏之间，只能选择一方。

这段时间关于谢氏的新闻就没断过，偶尔平息一两天，可还没淡出众人视线就会接连有例如产品质量出现问题、工作人员态度苛刻的帖子出现。论坛上也一直持续有匿名的内部工作人员进行爆料。

再加上秦且离十年前知名度极高，特别是在网络还不足够发达的年代里，霸屏了很长时间，就连上一代的人都能清晰地记得她的名字。这件事情一出来，掀起了无数老一辈人的记忆，谢氏的负面新闻实实在在地做到了“家喻户晓”。

企业间的竞争是激烈的，许多资本看到出头的机会，迅速推广自己的产品，进行降价和大投入的宣传。几个月的工夫，原本属于谢氏的市场被一点点蚕食。

而造成致命一击的，是在某一天，警局内来了个自首的年轻人。

“我要替我妈妈自首。”青年说，“十年前，我妈曾经收取了一大笔钱，受雇于人进行蓄意纵火的活动，这是当时银行的开户账号和转账记录。”

时隔多年，虽然证据稀少，但是在警方不遗余力的调查下，还是发现了些蛛丝马迹，当年的事情似乎终于串联了起来。谢父背了许久的骂名也终于得以洗脱。

谢何臣被带走调查过许多次，警方的人在谢氏进进出出，惹得人心惶惶。因为案件尚在调查中，所以并没有贸然将他拘留。但在那位青年的配合下，查明真相是迟早的事情。

有人说，这下谢氏真的要彻底地毁在谢何臣手里了。

在警方找到确切证据带走他的前一天，谢何臣出人意料地突然邀请了谢厌迟来家中小聚。

谢厌迟应邀了。

“这瓶红酒，原本是想在你回国的时候为你庆祝的。”谢何臣倒没有想象中的那么狼狈，他笑着倒了杯酒递到谢厌迟面前，“放心，我还不至于明目张胆地下毒。”

“是吗？但不好意思啊。”谢厌迟懒洋洋地靠着椅子，没接，话里含着笑，“我这人胆子小，惜命。”

谢何臣不怒反笑，他用自己的杯子轻碰了下杯壁，然后抿了一口，淡淡道：“祝贺你得偿所愿，不过，用这种下三滥的招数，你和我又有什么区别？”

“比如说？”

“查清这些事情太容易了，那人来自首，纯粹是因为在哥州赌博输光了所有的钱，欠下高利贷走投无路。”谢何臣抬起食指轻轻点着杯壁，“我就不信，你没有卡在这个时候精准地掐住时机替他还钱，以此让他去警局告发我。”

“从喻之衍失去双腿的那一天开始，我就从没有放弃过怀疑你。”谢厌迟说，“我的确等了那家人整整十三年。但谢何臣，你最好别用你脑子里那些令人作呕的思维去揣测别人。放心，我这辈子都不会用教唆人犯罪的方法来获得胜利。”

“是吗？”谢何臣笑了，“你倒是有自信。”

“不然呢？”谢厌迟弹了下杯子，发出一声轻响，语气吊儿郎当的，“你想啊，我家小姑娘如果发现我居然是会干这些事的人，那我肯定就追不上了不是？”

其实，如果不是在拍摄《九歌行》宣传片那天，谢何臣收买人推秦郁绝下山，想要通过使她受伤在网络上达到诱导粉丝对景逸不安全拍摄进行攻击的目的，谢厌迟可能会留他更久一点儿——他绝对不允许秦郁绝和喻之衍一样，成为两人斗争之间的牺牲品。

谢何臣停顿了下，然后放声大笑，捂着腹腰跌坐在一旁的椅子上，抬起眼，目光陡生了些凌厉："现在你满意了？"

谢厌迟低低地笑了声，然后直起身走到谢何臣面前，俯下身，拖着嗓音："哥哥，你知道你哪里做错了吗？"

谢何臣没答话，只是目光定定地看着他。

"你不该动我的东西。"

谢厌迟笑着说。

这句成为他的梦魇，逼迫着那个少年杀死自己的一句话，最终被原数奉还。

谢厌迟在乎的从来不是谢氏，而是虽然板着脸但却还是会腾出时间给自己开家长会的父亲；是曾陪着自己奔过大街小巷翘掉自习课去打篮球的同伴；以及那个会向自己递出手，说出那句"那现在有人管了"的小姑娘。

谢厌迟离开了谢何臣的公寓。

次日，谢何臣被刑拘，接受调查。

至此，属于谢氏的辉煌，终于彻底落幕。

娱乐圈内最近发生了一件大事——张楚君和秦之晋公开了恋情。

不仅网上炸成了一团，就连秦郁绝的三人小群也被盛向晴一人的一连串问号给爆破。

盛向晴：？？？所以你说你有男朋友不是骗人的？

盛向晴：你男朋友怎么也这么有钱？

盛向晴：那我天天在群里辱骂你是个游戏菜鸟，你会不会让你男朋友封杀我？

张楚君：当然会啦。

盛向晴：……

自从谢厌迟回国之后，她们三人的群名就改成了“追妻火葬场路上的绊脚石”。

盛向晴和张楚君两人每天都会搜罗一个如何考验追自己男生是否爱自己的小妙招，抱着为好姐妹操心实则吃瓜的心思分享给秦郁绝。

眼下，秦郁绝看着热搜上两个自己十分眼熟的名字，陷入了沉思。

张楚君，自己的闺密。

秦之晋，自己的堂哥。

张楚君一直在很紧张地私聊秦郁绝，局促地解释着事情的经过。

秦郁绝安抚了句：“没事。”

秦郁绝对这位堂哥的印象已经很久远了，自从大伯趁着父亲重病的时候落井下石、转移走家产之后，她便再也没有和秦之晋见过面。

就在这时，一通电话打过来，来自秦母。

“小晋的事情，你都看到了吧？”秦母电话那头的语气很平静，“他联系了我，想让我们俩去参加他的订婚宴，这事我不能替你做主，就来问问。”

时过境迁，许多事情都变得让人唏嘘。秦父出事的那年，秦郁绝十六岁，秦之晋也只有十七岁。在那之前，姐姐还在，所有人也还没有撕破脸面。秦之晋也是个会宠爱着自己的妹妹，小大人似的替她出头的堂哥。

十一年前，他和自己一样，也还只是个活在父母羽翼下的孩子。

谁都没法选，但谁也无法释然地说出“不介意”这三个字。

秦郁绝垂下眼，思索良久，然后道：“我再考虑一下。”

但秦之晋没有给她考虑很久的时间。隔日，他就登门拜访，并且递出了一份合同——一份股权转让书。

“我父亲从你们这里拿走的东西。”秦之晋说。

这么多年过去，相比之前那张带着些稚气的面庞，他变得更加沉稳和凌厉了。整个人的气质宛若被彻彻底底地洗刷和打磨。

原来，已经过去了这么久。

这么多年，秦之晋为了彻底摆脱父亲的掌控，也花费了不少力气。不过至关重要的一环，还是谢厌迟在暗中助力，向前推了一把，用自己的资源彻底将他扶植了起来。

秦郁绝拿起那份转让书仔细地翻看着，然后抬头扫了眼面前的秦之晋，摇摇头将东西放下。

秦之晋眼底有些疲倦：“郁郁，当年——”

“我的确很介意，但是我永远不会因为大伯而恨你。”秦郁绝摇了摇头，温柔地看着他，“你帮过我多少，我都知道。”

秦郁绝知道，高中毕业那年，秦母四处凑自己的学费却屡屡遭人拒绝，最后是由一封塞进邮箱的装着两万块钱的信封解决了最后的窘境。虽然没有署名，但在调取监控之后，她们还是知道了这笔钱的来历。

她知道秦之晋做过什么，包括谢厌迟不在时，他暗中替自己挡下了不少的麻烦。

“我没办法说出毫不介怀,但这么多年你做的斗争我心里也都清楚,我母亲她也清楚。”秦郁绝笑着说，“我会要回我的东西，但并不代表你一定要一无所有。

“是你把秦氏发展成现在这个样子的,它现在,也不仅仅属于我了。”

这一点，秦郁绝和秦母达成了共识。一个星期后，新的股权转让书编写完成。

公司官博立刻发表了声明，宣布这一重大变动。

这一下傻的不仅仅是吃瓜群众，就连粉丝都蒙了。

论秦郁绝的粉丝到底有多幸福——粉了个美强惨逆袭剧本的艺人。从被针对封杀的小可怜反转到被知名企业家追求就算了，现在居然还成了真豪门富二代？我是真的酸了，我不是粉丝我都替她爽。

呜呜呜呜又哭又笑，郁郁经历了十一年的磨难之后终于好起来了，现在我看还有谁说倒贴配不上。我家郁郁自己也是金主了！

这女的运气真的好，躺着都能有人给她送钱，呵呵。

听一句劝，羡慕人家的别天天想着白日做梦，秦郁绝这十一年不是自艾自怨或者躺着什么都不干就这么过来的：从云端到淤泥，坚强地适应环境；大学成绩从来都是全优；娱乐圈为人处世情商高；靠着演技从跑龙套翻盘成国际最佳女配角提名。是不是富二代对她来说已经无所谓了，她已经逆天改命了，谢谢。

……

无论网络上的讨论到底怎样，有一件事可以笃定——“无论秦郁绝需不需要富二代这个称号，这都是一件值得开心的事情。秦且离洗脱了冤屈，原本的家族产业失而复得，十一年前的那些痛苦和纠葛，终于彻彻底底地走到了结局。”

但还有一件事没有结局，也没翻篇。

谢二少告白成功了吗：今天也没成功呢，而且秦郁绝身价又涨了，追人好像更难了呢。

十分钟后，谢厌迟回复了这条内容：“我把你给举报了。”

第七十四章

肝胆肺腑皆冰雪

当晚，就有账号激情发博：“坐拥亿万家产却错失爱人，辉煌背后到底藏匿着多少辛酸？一颗真心屡遭拒绝，只留下失落的背影。震惊！堂堂景逸科技董事长为爱恼羞成怒，居然做出这样的事情……”

这条内容一出，热心网友纷纷转发。

哈哈哈哈恼羞成怒谢厌迟。

对家都快倒闭了，结果他还没追上秦郁绝。

谢二少看见这条内容之后连夜宣布退出网络。

我笑死了，谢厌迟在鱼池夫妇超话等级都混成大粉了，而且还拿大号偷偷点赞了两人的视频，这件事难道还有人不知道吗？

……

就这样，全网掀起一股“为谢厌迟出谋划策如何追人”的热潮。每天都有一群人涌到他账号底下替他打卡，非常准时。

而谢厌迟也完美地诠释了什么叫兢兢业业地追人：秦郁绝拍个戏，谢厌迟找理由挤进来投资；秦郁绝做个杂志采访，谢厌迟就在那期杂志上搞了个企业家专区，就放在她采访页面的隔壁；秦郁绝拍个综艺，谢厌迟塞钱进去让自己当特邀嘉宾；秦郁绝走红毯，谢厌迟试图当摄影师，但是被陈助理以死相逼拦了下来，最后被主办方邀请到了该会场大厅第一排中心的 C 位宝座……

就这样，秦郁绝成了业内资源邀请的抢手人物。因为有她在的剧组，基本上都不可能拮据。

一开始大家还以为这俩人是在商业炒作，但这么一通折腾下来，业内业外的人都没话说了，这的确是在很认真地追人了。

但这还不是谢厌迟的极限。

让秦郁绝没想到的是，某天自己难得休假回家，一推开家门就看见秦母和谢厌迟排排坐在沙发上，两人在一起非常和谐地织毛衣。

“哎小迟，这线不能这么穿，我示范给你看。”

“伯母好厉害！”

“哈哈哈没有没有，这条围巾马上就织好了，等会儿你带着走。”

秦郁绝抱着胳膊，拿脚尖一下下有节奏地敲着地面，麻木地看着面前的两个人。

就离谱，居然从自己妈妈这里下手。

谢厌迟觉察到秦郁绝回来，抬眼朝她的方向望去，然后唇角一弯，吊儿郎当地说：“嘿，回来了？”

……你这语气怎么跟个一家之主似的？

“你怎么在这儿？”

“学织毛衣啊。”

“……你上我家学织毛衣？”

“对。”

“我会信你的话？”

“你这话说的，我难道不是天下第一好学？”

秦郁绝哽住了。

行，果然说不过这人。

但显然秦母已经被谢厌迟这张嘴哄得心花怒放，如果不是条件不允许，她甚至想留他过夜。

在做饭的间隙，秦郁绝溜进厨房："妈，你们这是怎么回事？"

"今天买菜的时候和小迟偶遇了，他送我回来的，我就邀请他回家坐一坐。结果发现这孩子特别会说话，和我也投缘，所以就留他吃个晚饭。"

"……"

偶遇？

潼市和柳川市怎么才能偶遇？但秦郁绝没开口戳穿。

秦母当然知道自家闺女在想什么，笑了声，道："我看他顺眼，不仅仅是因为他自己的原因，还是因为你。"

"因为我？"

"我知道你有多喜欢他。"秦母笑着说，"换成其他人，你才不会有耐心和他拌嘴，干脆连正眼都不带瞧的。"

秦郁绝垂下眼，只是一声不吭地洗着碗，眸底情绪翻涌。

"和妈说说看，为什么不愿意和他在一起？"

"没有不愿意，只是不想是现在。"终于，在沉默许久后，秦郁绝开口。

她将手中的碗筷沥干水放在一旁，擦了擦手背，平静地说："他和我分开，是因为他觉得自己那个时候没有足够的力量保护我。但我想要的从来不是被他保护着，我不想依附于他，就算他一无所有我也无所谓。"

"我喜欢他，所以我才更要证明这一点。"秦郁绝转头，目光平和而又坚定，"现在我身上的光环，有谢厌迟给我的，有秦之晋给我的，但那些不属于我，只有我给我自己的东西，才是真真正正属于我的。"

那些提名和稳步上涨破纪录的收视率，对秦郁绝来说还远远不够。

她想得到属于自己的荣耀，就像姐姐曾经做到的那样。

晚饭过后，谢厌迟准备离开，在秦母的催促下，秦郁绝披了件衣服下楼送他。

谢厌迟裹着那条临走前秦母亲手给他戴上的围巾，还挺得意。

“我发现自从谢何臣入狱之后你是真的越来越闲了，”秦郁绝裹着外套，哈气暖着指尖，没好气地说，“谢厌迟你是缺围巾吗？跑到我家里来抢我妈织的围巾戴？”

谢厌迟：“缺。”

秦郁绝翻了个白眼。

陈助理将车开过来停到单元楼下，摇下车窗，毕恭毕敬道：“谢先生。”

“快上车吧。”秦郁绝站住脚，“等你上去我就——”

“还有一件事。”谢厌迟停下步子，突地轻声开口，然后俯下身看着她，笑着说，“每日一问，今天你愿意当我的女朋友吗？”

秦郁绝一怔，看着那双全是笑意的狐狸眼，下意识地脸颊一热。

这人还真是做到了每天都会问一遍。

她垂眼低下头，下意识地躲开了谢厌迟的目光，轻咬了下下唇，然后深吸一口气，开口道：“我……”

“好了。”谢厌迟笑着抬起手，轻轻抵住她的唇，缓缓道，“不用着急回答，你知道，我有耐心等你很久。”

不知为什么，这一句话让她鼻尖一酸。谢厌迟从来都是最了解她的人，他知道她的自尊和高傲。也会告诉她，他愿意等。

临近年底的时候，秦郁绝主演的一部古装武侠剧《剑与花》上映。

这部戏是容导的第一部电视剧作品，在拟定了企划以后，第一时间就找到秦郁绝对接女主角这个角色。

抛开了对流量的需求后，该剧择取的演员都是业内以演技闻名的前辈，容导甚至还凭借着自身的人脉，拉来了许多向来只接电影的大咖进行客串。容导将资金主要投入在了画面拍摄和场景布置上，剧情也并非业内常见的商业剧流程。按照容导的风格，每个角色都足够立体丰满，没有绝对的配角和片面化的人物。

一开始，这部剧的卡司曝光之后，不少人都觉得秦郁绝虽然演技出众，但和那些老师前辈放在一起，或许担不起这个主角的位置。毕竟小花和实力老演员比起来，再怎么都会存在着直观上的偏见。

但电视剧上映之后，众人才知道，真正出色的演技无论在什么样的群体当中，都是不会逊色的。那些前辈不但没有将秦郁绝比下去，反而因为对戏方的演技上佳，更将秦郁绝的情绪给彻底地激发出来。

整部电视剧看下来，每一集都十分畅快。没有后期配音，也不用担心台词出戏，画面剧情十分流畅，加上每个人物都立体分明。毫无疑问，这是一部能够被称为年度最佳的大作。

不意外地，《剑与花》提名了所有年度大奖。年度盛典颁奖典礼当天，除了各个被提名的剧组成员以外，许多投资方和企划方也悉数到场。

在接受年度最佳女主角颁奖的时候，秦郁绝在万千掌声的簇拥下走上了领奖台。这不是她第一次出席这样的场景，在谢厌迟不在的时间里，她也经历过无数次或大或小的场合，念出提前准备好的稿子，不出错地对着镜头微笑，如果时机得当还会挤出几滴眼泪。

脑海中拟想好的和之前别无二致的流程，却在抬眼间对上第一排正中心谢厌迟那双带着温柔笑意的双眸时，顿时卡住。

有一件事不一样了。

这次谢厌迟在这里。

他一直都是这样，在她低谷的时候，他愿意成为那坚不可摧的后盾；在她顶峰的时候，也心甘情愿成为吞没在人群中的一点。

秦郁绝知道自己要说什么了。

她收回视线，看向满座的宾客，落落大方地说出自己的演讲词，只是在末尾补充了句："非常感谢这个奖项。"秦郁绝看向谢厌迟，忽地笑了，"让我能够找到一个，下定决心的理由。"

摄像头捕捉到这个镜头，同时直播给了网络上的无数网友。

我听懂暗示了！谢二少要追妻成功了！

呜呜呜三百年了终于修成正果了！

我老婆二胎都生了，谢厌迟终于追到秦郁绝了。

各位别激动，话还没说清楚，万一有反转呢？

……

眼瞧着"鱼池夫妇复合"这个话题在热搜上一路暴涨，就在这时，论坛里突然有条爆料内容一下子蹿了起来，猝不及防地一跃登顶——"鱼池夫妇合约恋爱"。

这条爆料者应该是谢氏的某位高层，毕竟两人签订合约的消息，除了景逸科技内部极少数人知道，就只有谢氏内的几位股份持有者知道些风声。

当初谢厌迟和秦郁绝的事情闹得沸沸扬扬，也有股东对此事有异议，谢父只能将合约透露给几位高层，以此来稳定军心。但现在景逸和谢氏彻底对立，加上谢氏一落千丈，不免有人红了眼，索性想鱼死网破。

那条爆料锤得很死，直截了当地公开了合同，签字和指纹都明明白白地摆在那里。一下子，网友的情绪被掀至顶峰。

我服了？敢情是在演戏？

这个我是真的没想到，他俩太真了……但是锤得也太死了吧。而且我说两人怎么一直不复合，原来是因为这个。

聪明人啊，炒 CP 炒起来了秦郁绝，也炒起了景逸的知名度，从头到尾只有网友是傻子?

演技好,果然是演技好,伤到的都是嗑CP的,秦郁绝影后实至名归。

……

但显然，还有些理智的人存在：“我觉得不至于，谢厌迟这个级别的人和谁炒不好，非要去和一个当时负面新闻那么多，而且还得罪了资本的秦郁绝炒？怎么都不划算吧？”

然而，在年度大典上的人却对这些事情浑然不觉。直到颁奖结束，秦郁绝离场时，贺怀情才匆匆忙忙赶来，在她耳边道：“我们换个出口走，你和谢厌迟合约的事情被曝光了，现在记者估计——”

话音还没落，蹲守在角落里的娱记便一窝蜂地涌了上来。他们来势汹汹，保安费了十成的力道才挤进来勉强地将人护住，扯着嗓子喊道：“退后！不接受采访！”

甚至有人将直播的摄像头对准了秦郁绝，将这一刻的混乱同步转播到了网上。

“秦小姐，所以你和谢先生只是合约关系吗？”

“谢厌迟先生在节目里说的话属实吗？你们是否还会继续在一起？”

……

喧哗嘈杂的声音吵得秦郁绝头痛欲裂，她索性停下步子，深吸一口气，不再继续朝前走，转过头准备接受采访。

就在这时，一道清润的声音响起，穿过熙熙攘攘的人群。

“问我吧。”谢厌迟说。

他走近秦郁绝，握住她的手腕将她护在身后，然后转身抬头看着吵吵嚷嚷的记者，笑了：“问我吧，别折腾人家了。”

“谢先生承认那份合约是你们二位签下的吗？”

谢厌迟看向这个问题的提问者，沉默许久后，却没正面回答，而是没来由地说："我十六岁那年认识秦郁绝的时候，我和人打架，她是副会长，抓着我写检讨。我说没人敢管我，她说她敢。几天后，她转走了。

"高考的时候，我们意外地分在同一个考区。最后一场考试结束后下了雨，我给她递伞，她说不用，然后跑进了雨帘里。显而易见，这件事她不记得了。

"大学的时候，我去她的学校参加比赛。她会演结束后，我在后台她置物的桌子上放了瓶冰水，她没有喝，给了自己的同伴。这件事情，她应该也不记得了。

"她刚进入娱乐圈的时候，饰演一部戏的女配角。那部戏是我投资的，探班的时候偶然和她擦肩而过，我转身去找她的时候，她已经跟着人群离开。"

他说这些话的时候，语气平静得出奇。但谁都听得出来，这不可能是临时编造出来的台本，而是真真切切存在过的回忆。

"合约是真的。"谢厌迟转身，看着秦郁绝，然后笑着说，"但为什么谢氏会去投资一个恋爱综艺，为什么节目组会邀请当时一直都是单身形象的你，而我为什么会突然来到你的公司，明明投资方完全没必要亲自过来和你交涉。"

秦郁绝听出来了，谢厌迟这些话不是说给记者听的。他是在告诉自己，那段从很久之前就一直隐忍于心底的感情。秦郁绝鼻尖一酸，垂下眼，呛出了一滴眼泪，笑着明知故问道："为什么呢？"

"因为那不是什么巧合，而是我的处心积虑，乘人之危。"谢厌迟说，"合约是真的，我爱她也是真的。好在，我至少得到过一次回应，并且会一直等待着第二次。"

记者们鸦雀无声。

想知道的都知道了，本来没想知道的谢厌迟也都说了。

这一幕把所有人打了个猝不及防，原本准备好的问题也全都作废。

傻站着半天，记者们发现自己一句话都问不出来，甚至还想说句恭喜。

直播间里观众彻底炸开了——

啊啊啊啊还是真的！

从合约关系爆出来到现在的时间真的不够去写剧本和文案，我被谢厌迟说服了，甚至更羡慕秦郁绝了。

本来以为要BE，结果换个角度给我塞柠檬？

有没有人记得他们俩爆出来在一起的时候，谢厌迟回应说秦郁绝包养他，那个时候我以为是玩笑，原来他当时就在实话实说。

照顾着她的自尊然后以合约的名义追妻，找到一个理所应当的借口去替她摆平麻烦，而且还不会让别人对她非议。行了各位鱼仔放心回家吧，不仅没BE而且还让人更酸了。

……

眼下，周围所有的目光都聚集在两人身上。但谢厌迟却只看向秦郁绝，浅色的瞳仁中泛着细碎而又温柔的光。

秦郁绝挑眉："所以你处心积虑地骗了我的钱？"

"怎么一点儿情趣都没有？"谢厌迟眯起眼睛轻轻笑了起来，俯下身看着她，"就不会把那串数字连起来读一下。"

五十二万七千元。

秦郁绝微怔片刻，然后突然感到眼眶发红，连带着鼻骨都在酸涩。她咬了咬下唇，唇角分明是轻翘着的，但眼泪还是没忍住地扑簌滚落。她低下头极力遏制着自己的情绪，但却还是难以自抑。

许久后，她抬起头看着谢厌迟，眼泪没收住，但却还是扑哧一声笑了起来，语气里带着些无奈："你这人怎么这么过分啊，花着我的钱，还玩儿这种没趣的谐音梗。"

“是挺过分的。”谢厌迟抬手用拇指擦去她的眼泪，轻声说，“因为想着，以后迟早还是得属于你。”

秦郁绝闭上眼许久，然后睁开，望着谢厌迟的眼眸：“再问我一遍那个问题吧。”

“好。”谢厌迟直起身，眸中噙着笑，一字一句地问，“愿意成为谢夫人吗？”

围观的人顿时炸开，人声鼎沸。

但无论旁人如何喧哗，二人都宛如万物皆空，眸中只有彼此的眼瞳。

秦郁绝笑了起来：“你这人怎么这么得寸进尺啊？”

“人不能不思进取。”谢厌迟笑着说，“而且，我还挺贪心的。”

听见这话，秦郁绝反而平静了下来。她垂眼，伸出手擦干眼角的晶莹，安静了许久，然后抬起眼无比认真地看向谢厌迟。

她说：“我同意了。”

时光回溯，一瞬间像是回到了许久以前——明明满身伤痕，但依旧带着一身难驯傲骨的男生，和回望着他的眼睛，温柔而又坚定地递出手的女生。

风声骤起。

枯木逢春。

光与影在此刻交错。

从那个时候开始，就有什么东西破土而出，在以后的无尽岁月里生长，从烈狱的裂缝中撑出一片春暖花开的天地。

“以后你可能真得管我一辈子了。”

“好。”

番外一

家有小崽初养成

郑千意和萧然离婚了。

这条消息猝不及防地传出来时，半个网络都被整崩溃了。毕竟这两人的国民度都不低，而且曾凭借着一个带娃节目翻红爆火，也被称为娱乐圈内的模范夫妇。

小群内的几位八卦成员也炸了。

盛向晴：哈？我真的觉得他们俩好恩爱的，为什么会离婚啊？

张楚君：你们不是还一起上过恋爱综艺吗？

盛向晴：对对对！那个时候我还总喊陈子健学学人家。

群内唯一反应算得上平静的，只有秦郁绝。

当时在节目里的时候，她就看出了些许端倪：郑千意眼底里的爱意从来都是带着些疲倦的，然而萧然却仿佛一次都没发现。

盛向晴这人好奇心重，拐弯抹角地问了几句。出人意料的是，郑千意似乎压根儿也没打算对她们隐瞒什么。

“我想拍戏，萧然不让，他觉得我应该待在家里好好照顾孩子，其余的事情他来做就行。”郑千意笑了声，无奈道，“然后我们就谈崩了，我也没耐心陪着他演这出恩爱的家庭戏码。只有离开了他，我才是真正的我。”

说得轻描淡写，但谁都知道，这么多年的感情，终于下定了这样的决心，一定经过了无数挣扎和深思熟虑。

郑千意离婚的事情，也让盛向晴产生了忧虑。那个时候她刚怀孕三个月，情绪极其敏感，特别是听了这番话后更是忍不住地多想。于是她将群名迅速改成了“产前心理疏导班”。

盛向晴：急！你们说我生完孩子之后，陈子健会不会也让我做家庭主妇？

张楚君：不知道，但你可以试探他一下。

盛向晴：怎么试探？

张楚君：就拐弯抹角问一下，生了孩子之后谁带。

盛向晴觉得有道理，迅速私信嘀嘀了陈子健。半分钟没到的时间，她发来一张截图——

陈子健：谁带孩子？你居然会问这种问题？这个问题需要用脑子想吗？除了我带难道还有别的答案吗！老婆的纤纤玉手和绝美容颜用来照顾孩子岂不是可惜？我带！当然是我带！

绝美彩虹屁，一看就是提前训练过的。

张楚君一看，心里有些发酸，也连忙拿着这个问题去问秦之晋。

秦之晋回复得很快：“我。”

虽然知道男人在面对这种问题时候的答案多半都是来自求生欲，但不得不说，他们还是成功地将两位小姑娘哄得心花怒放。

然而她们还不肯作罢，逼着秦郁绝去问问谢厌迟。虽然秦郁绝觉得没有必要，但还是在她们的逼迫下硬着头皮给谢厌迟发过去消息。

秦郁绝：如果以后有了孩子，你带还是我带？

谢厌迟：为什么要有孩子？

谢厌迟：和我争宠吗？

“……”

果然，这位少爷永远关注不到重点。

秦郁绝：我说如果！

谢厌迟：那就请保姆。

谢厌迟：我可以请十个。

谢厌迟：因为我比较有钱。

终于，秦郁绝放弃了。在这类求生欲问题里，谢厌迟是永远的bug。

然而秦郁绝的问题却引起了谢厌迟的疑虑。

谢厌迟：怎么突然这么问，你怀孕了？

秦郁绝：没啊，我就是随便问问。

显而易见，谢厌迟对这个“随便问问”产生了高度紧张。他在与客户洽谈结束之后，推掉了饭局，迅速从外地飞了回来，带着陈助理将刚拍完戏的秦郁绝从片场接到了医院做孕检。

在等待结果出来的时候，秦郁绝整个人都还是蒙的，一转头看见谢厌迟紧绷着的神情，没忍住扑哧一笑，然后伸出手无奈地替他整理着衣领：“我就是和你开个玩笑，这么急着——”

“恭喜谢夫人！”

然而话音还没落下，领了检验结果的陈助理便一溜小跑奔了过来："您怀孕了！"

"？"

"秦郁绝怀孕"——公司还没写好官宣文案，这条热搜便一跃登顶。然而走漏风声的并不是狗仔队，也不是医院的相关工作人员，而是谢厌迟自己。

他倒是没发官宣内容，只是从知道秦郁绝怀孕开始，他就陷入了高度紧绷的学习状态，并且立刻开展了学习工作。

系统提示："谢厌迟"加入话题"怀孕"。

系统提示："谢厌迟"加入话题"早教"。

系统提示："谢厌迟"加入群"孕期妈妈天使宝贝群①"。

系统提示："孕期妈妈天使宝贝群①"将用户"谢厌迟"移出群聊。

接着，该群群主发了条声明："很抱歉将谢先生移除，因为我们这个群只添加孕期妈妈哦。"

围观了这一场景的热心网友们一边发出"恭喜"一边毫不留情地"哈哈哈哈"。

哈哈哈哈哈这都过去多久了，谢厌迟怎么还不会开小号？

啊啊啊我女神怀孕了！鱼池夫妇终于有官方鱼仔了！

求求谢二少开个小号吧，您数数您自己这段时间到底关注了多少个奇怪的博主和话题了！

……

五分钟后。

系统提示："孕期妈妈天使宝贝群①"将用户"谢厌迟的表妹"移出群聊。

群主："……您这小号也太直白了。"

秦郁绝洗完澡出来才从群内两位热心吃瓜闺密那儿看完了谢厌迟这出戏的全过程截图。她没忍住扑哧笑了起来，随手放下手机，边用毛巾擦着头发边朝着书房走去。

这个点，谢厌迟应该还在工作。果不其然，一推开门就看见他眉头紧锁，似乎在批阅着什么。

听见开门声，他抬了下眼，然后不动声色地将手中的东西一收，动作看上去随意而又自然："头发怎么不吹干。"

秦郁绝敏锐地捕捉到了他的动作，她垂眼，面上保持着平静，看上去毫无异样地朝他走过去："吹风机好吵。"

谢厌迟笑着握住她的手，将她往身前拉了一把，然后接过她的毛巾替她擦着头发："不睡觉？"

秦郁绝顺势坐在他的大腿上，将身体靠在他胸膛上，索性就偷了懒任由他折腾："还不是很困。"

话说到这儿，她悄咪咪地抬起眼偷瞄了下刚才被谢厌迟随手塞在一旁的文件夹，然后故意转移话题，撒了句娇："我有点儿饿呢。"

谢厌迟为她擦着头发的手一顿，然后无奈地笑了声，低声询问："我去给你煮碗面？"

秦郁绝点点头。

谢厌迟放下手中的毛巾，准备起身。就在他进行动作的空当儿，秦郁绝迅速地伸出手抓向那个觊觎已久的文件夹。

谢厌迟立刻反应过来，长手一捞，先一步将那叠文件拿起，然后举高。

秦郁绝向上够了两下没够到，还险些摔了一跤。

谢厌迟眼疾手快地扣住她的肩稳住她的身子，将她往自己的胸前一带，语气里带着些无奈："原来是盯着这个。"

秦郁绝踮起脚去抓，但总差一点儿，只能气呼呼地和谢厌迟打嘴炮："你不是说了，夫妻之间要坦诚。"

"不行。"谢厌迟，"我害羞。"

害羞？

身高压制，秦郁绝完全抓不到那份文件。她抬起头紧紧盯着谢厌迟的眼睛，安静片刻后突然抬头亲在了他的唇上。

谢厌迟稍怔片刻，动作有短暂的松懈。就在这时，秦郁绝抓准时机扯了下他的袖子，轻轻巧巧地抽走了谢厌迟手上的文件夹。

谢厌迟反应过来，伸出去握她的腰，却被她灵巧地一个转身躲开。

打开文件夹的封层，标题处写着几个巨大的字"孕期注意事项"。仔细翻开一看，每一页上都用红笔写着批注，跟初中生做笔记似的，重点符号打了一大排，隔几行就贴着个便签进行归纳。

全是谢厌迟的字迹。

秦郁绝安静了半晌，哑然失笑，然后抬起头，目光柔柔地看向谢厌迟。

她将文件夹合上放在一旁朝他走去，牵起他的手贴在自己的小腹处，轻轻地说："不用那么紧张的。"

谢厌迟拥住她，将头抵在她的肩窝，一言不发。

"你高兴吗？"秦郁绝突然问。

谢厌迟安静许久，抬起头看着她的眼睛。

倏地，他伸出手握住她的后脑，然后倾身而下吻上了她的唇，力道是刻意压抑过后的温柔。

谢厌迟抬起食指，一寸寸压过她的唇，哑着声道："我很高兴。"

谢思渊是幼儿园里非常特殊的一个孩子。具体表现在：性格早熟，样貌突出，智商高于当前年龄层，以及父母背景过牛。

在同班同学还在从一数到十的时候，谢思渊已经能够熟练地背诵九九乘法口诀。许多家长都觉得，这孩子智商这么高肯定是源于父母的严苛教育。一时之间，大家又酸又心疼，觉得谢思渊肯定小小年纪就被剥夺了童年，接触了什么恐怖的培训。

其实完全相反，谢厌迟和秦郁绝给了谢思渊极高的自由和选择。

但为什么他会变成这样呢？

这一切恐怕还是得从取名开始。

秦郁绝刚出院不久的时候，谢厌迟每天都在研究孕妇的合理饮食搭配。有一天终于有人忍不住提道醒：“你儿子的名字还没取呢。”

正在给秦郁绝炖排骨汤的谢厌迟翻白眼：“他自己不会翻词典吗？”

一个月不到的谢思渊：“？”

于是，襁褓中的谢思渊在冥冥之中已经有了感召，这对父母不可靠，要靠只能靠自己。渐渐地，谢思渊开始不满足于自己困在区区的幼儿园二班了。在他再一次飞快地算完十道十以内加减法作业的时候，他觉得自己已经无敌了。

这可能就是传说中的神童吧。

于是他雄赳赳气昂昂地走到秦郁绝面前，挺起小胸脯：“妈妈，我觉得我不适合待在幼儿园了。”

“那你觉得你适合哪儿？”

“清华。”

“晚安。”

番外二

四舍五入已成年

谢思渊最近有点儿苦恼：他的同桌张小红，一个扎着双马尾、脸圆嘟嘟的、笑起来特别甜的小女孩儿，最近总是会往他的桌上放几颗糖。

而且是他最不喜欢吃的柠檬味。

某天放学，难得有空的秦郁绝和谢厌迟开车来接他。一上车，见他一副闷闷不乐的样子，秦郁绝问了句："怎么了？和同学吵架了？"

"我同桌张小红总是在我桌子上放我最不喜欢吃的柠檬糖。"谢思渊闷声闷气地说。

秦郁绝笑了声："这说明人家想和你做朋友。"

"不可能，她不是想和我做朋友。"谢思渊一副苦恼的样子，非常笃定地说，"她一定是暗恋我。"

秦郁绝沉默了数秒，转头看了眼后座上一脸小大人模样的儿子，然后又看了眼驾驶座上悠哉而又坦然的谢厌迟，咬了下牙，用气音说："你不要再带着你儿子一起看我演的电视剧了！你看他现在这样像话吗？"

"的确不像话。"谢厌迟轻笑了声，抬眼从后视镜瞥了眼谢思渊，轻飘飘道，"怎么这么菜呢？你爹上幼儿园的时候可是有七个女生送糖。"

说完还不忘补充道："而且还是夹心糖。"

秦郁绝："？"你还和你儿子比起来了？

她冷笑一声，转回身低头刷着手机，抿唇一言不发。

"怎么了？"谢厌迟看出她的情绪。

"没怎么。"秦郁绝冷笑一声，语气里泛着酸，"记得挺清楚，还七个，我是不是得给你颁个奖？”

听见这话，谢厌迟唇角稍翘，将车速放慢停在路边，手搭在方向盘上，冷不防说了句：“谢思渊，你下车去旁边商店给自己买个冰激凌。”

冰激凌！谢思渊的苦恼情绪立刻一洗而空，随即蹦跶着打开车门一溜烟蹿下了车。

“干什么把你儿子支走？”秦郁绝没好气地问。

谢厌迟转身，低下头与她视线持平，笑着反问了句：“吃醋了？”

秦郁绝看他一眼：“你说呢？”

“我不喜欢吃糖。”他说。

秦郁绝戗他一句：“还挺挑。”

谢厌迟兀自笑了声，伸出手掐住她的下巴，稍稍抬起，倾身而下——

“爸爸，商店关门……”

谢思渊去而复返，拉开了后座的门，一脸丧气地开口抱怨。

话说到一半，戛然而止。秦郁绝有些尴尬地偏过头，坐起身似乎想将谢厌迟推开。然而谢厌迟却一把握住了她的手腕，连头都没抬一下，淡淡道：“哦，把门关上，在外面晒半分钟的太阳再进来。”

谢思渊：“……”

屡见不惊的谢思渊小朋友，麻木地往后退了一步，重新关上了门。

秦郁绝咬着下唇，又羞又恼地推着谢厌迟的肩膀：“你干吗——”

一句话还没说完，唇就被谢厌迟堵上，舌尖撬开她的唇缝，厮磨纠缠在了一起。片刻后他才松开，眸中噙着笑：“是挺挑的。”

车门外。谢思渊抬头看了眼头顶上的烈日骄阳，面无表情地抬起右手看了眼手表，开始计时。

果不其然，成长的道路总是无比艰辛的。

谢思渊一摸兜，掏出了早上张小红给的几粒柠檬糖。于是他剥开其中一粒放进嘴巴里，然后被酸到五官扭曲。

所以说柠檬糖是他最讨厌的糖！

经过了一晚上的深思熟虑，谢思渊决定不能再这样下去了。每天收张小红这么多柠檬糖，怪不好意思的。作为一个男子汉，他要明确地表示拒绝。

于是第二天，他特地一早来到幼儿园，直截了当地问她："你为什么每天都送我糖？"

张小红一听这话，低下头脸蛋红扑扑的，双手搅在一起，犹豫半天才害羞地开口："因为我想和你一起坐车回家……"

终于要来了吗？人生中的第一次被告白。

谢思渊正在脑袋里思索着怎么用委婉的方式表达自己并不喜欢她时，面前的小女孩儿却话锋一转："你爸爸长得好好看呀，我想和他拍张照片可以吗？我妈妈也特别喜欢他！"张小红同学一鼓作气地说道，"我妈说，她年轻的时候就是你妈妈和你爸爸的粉丝，一直想让我要张合照呢。"

谢思渊差点儿背过气去。

当天放学，谢思渊领着张小红，一脸阴沉地走到了谢厌迟面前。

"拍照？"谢厌迟扫了自家儿子一眼，然后笑了，"可以啊。"

说着，他蹲下身，举起手机非常自然地同张小红同框拍了张照，然后笑着递了回去："要叔叔送你回家吗？"

"要！"张小红眼睛亮亮的。然后，满脸喜滋滋的张小红和面无表情的谢思渊坐在车后座上，度过了一趟愉快的放学之旅。

等将人送到家之后，谢厌迟掉转了方向盘，慢悠悠地开了口："这就是你说的暗恋你的小姑娘？"

谢思渊："……"

谢厌迟："呵。"

三分轻蔑七分漫不经心的嘲弄。

至此，父子情正式宣告破裂。但谢思渊是谁？作为一个脑子特别精的小孩儿，他当机立断就想好了报复自己父亲的方式。

于是当晚，他撒着娇抱着枕头跑到了秦郁绝的床上，搂着她的腰哭诉道："都没有人喜欢我呜呜呜，爸爸也瞧不起我。所以妈妈是不是也不喜欢我啊？"

秦郁绝一看谢思渊这副装成小哭包的样子，就知道他又从谢厌迟那受了气。

她转头扫了眼谢厌迟，问："你俩怎么回事？"

"哦，他自信满满说肯定暗恋自己的那个小女孩儿，其实是为了要张我和你的签名照才给他送糖的。"谢厌迟还不忘点评了句，"菜。"

谢思渊哭得更大声了。

秦郁绝笑着揉了揉谢思渊的脑袋，无奈地哄他："往好处想想，有妈妈喜欢你不就行了。"

谢思渊点了点头，鼻尖哭得红红的："那……那如果我和爸爸掉水里了，妈妈先救谁？"

秦郁绝沉默了一下。

不愧是父子俩，这个死亡性的问题谢厌迟问过不下十次。

秦郁绝点头道："明白了，明天就送你去学游泳。"

谢厌迟开口："我也想知道——"

"再问今晚你就去睡沙发。"秦郁绝打断。

谢厌迟闭上嘴。

睡沙发？

这三个字给了谢思渊提示。

"对哦！"谢思渊雀跃了起来，他又扑进秦郁绝怀里蹭了蹭，撒着娇，"那让爸爸睡沙发，我今晚想跟妈妈睡！"

几米开外，谢厌迟靠着浴室的门，抱着胳膊，冷眼旁观着自己装成小奶包的儿子。半分钟后，他拎着他的衣领，毫不留情地将人赶了出去，然后将门关上。

谢思渊抗议，并且在外面挠着门：“开门开门开门！妈妈同意我和她一起睡觉了！”

半分钟后，谢厌迟拉开门冷冷地看着他。片刻后蹲下身替他整理好衣领，然后一字一顿道：“谢思渊，四舍五入一下，你就是成年人了。”

谢思渊：啥玩意儿？谁四舍五入成年了？

“成年人是不能和妈妈一起睡觉的。”谢厌迟拍了拍他的肩膀，“所以，你要开始独立了。”

谢思渊：“？”这是人话吗？

谢思渊耍赖：“不行，我不独立，我年龄小！我要和妈妈一起睡！”

“驳回。”

“你凭什么驳回！”

“凭那是我追来的老婆，我说了算。”谢厌迟冷笑道，“你有本事以后自己追一个去。”

说完，干脆利落地把门关上。

谢思渊：“……”

正是因为谢厌迟这句话，多年后在数学上大有造诣并被称为学术界top级人物的谢思渊，在接受采访的时候这么说道：“我得感谢我的父亲，如果不是他在我五岁的时候告诉我，我四舍五入一下就成年并且要开始独立了，我也不会对数学产生如此之大的兴趣。”

江景行的公司投资了最新一期《和爸爸一起旅行》的综艺版权，原本定好的一组父子因为意外暂时不能参与后续的拍摄。

江景行想了半天，把主意打到了谢厌迟身上。然而节目组和他们沟通了许多次，对方均以“不想让孩子太早曝光在镜头下”而拒绝。

在几次沟通无果之后，江景行选择换个角度切入。

他在某天幼儿园放学的时候，先行一步将谢思渊截了胡，带到隔壁麦当劳进行了一番推心置腹的交流。

交流过程十分严肃——

“你上了节目就可以向观众告你爹的状了。”

“明白了，我一定会参加的！”

饱受谢厌迟摧残的人们站在一起，总会很快达成共识。就这样，积怨已久的谢思渊很快就做出了决定，并且和江景行站在了同一战线上。

于是，谢思渊当晚回家就拍着胸脯说：“我要上节目！”

秦郁绝有点儿惊讶：“为什么？”

谢思渊一板一眼地背起了下午和江景行串通好的词：“当然是为了锻炼自己的能力，查漏补缺，去体验更多、更丰富的知识和内容，顺便亲近父子关系……”

“是为了在电视上告我状。”谢厌迟一眼看穿，“就江景行那点儿小伎俩，在我面前还不够用。”

谢思渊：“……我不管！我就要去！”

谢厌迟笑了：“行啊，但友情提示，你告我状也没用。”

“为什么？”

“综艺还得剪辑。”谢厌迟说，“我给你一刀剪了。”

谢思渊瞳孔地震！作为一个孩子，他太早就接触到了人生的险恶，只能声嘶力竭地斥责命运：“这样不公平！”

谢厌迟摆摆手：“没办法，我有钱。”

秦郁绝觉得自己脑仁疼。难怪谢思渊自小就比一般人早熟而且词汇量丰富，谢厌迟是真的很认真地，在和自己的儿子吵架。

然而，很快谢二少就意识到了人生险恶，并且有史以来第一次被自己儿子翻了盘——谢思渊还有一招必杀技，他在某个周末溜到爷爷家，撒娇地控诉了谢厌迟的罪行。老人家看到自己可爱的小孙子这么委屈，当即把谢厌迟拎到面前骂了个狗血淋头。还自己拍板做了主，亲自给这期节目加了资金，直接从录播改成了直播。

谢厌迟百思不得其解，某日和秦郁绝认真谈话："你说这小子到底哪儿来的这么多歪主意？"

秦郁绝就无语："你还好意思问？"

在这场博弈之中，唯一稳赚不赔的就是江景行以及《和爸爸一起旅行》节目组——莫名其妙就有投资方给自己砸钱的快乐真的太幸福了。

于是他们立刻激动地发了个宣传：

和爸爸一起旅行：欢迎我们的新成员 @谢厌迟，让我们期待这对父子会碰撞出怎样的火花吧！

自从和秦郁绝结婚生子之后，除了景逸科技的发布会，谢厌迟就极少再参加任何节目，并且鲜少在公众镜头下露面。但鱼池 CP 各种视频剪辑的热度却一直都没有退去，甚至还被称为时代的回忆。

这消息一出，全网沸腾了——

啊啊啊啊有生之年系列！

能不能出个爸爸妈妈一起旅行，我想看鱼池秀恩爱，本单身狗一人血书请愿吃粮。

太真实了，我追鱼池夫妇恋爱综艺的时候是单身，现在谢厌迟都带崽上综艺了我还是单身。不知道为什么，有点儿泪目。

期待谢二少和他儿子父慈子孝的场面。

……

父慈子孝——看着这四个字，秦郁绝有点儿担心。

然而因为这件事忧心忡忡的不仅仅是秦郁绝，还有同样要参加本次综艺的陈子健。虽然已经过去了好几年，但是在恋爱综艺上被谢厌迟这个 bug 给整出游戏阴影的体验仿佛还历历在目。

盛向晴鼓励他：“之前是恋爱综艺，现在是亲子综艺，你得拿出点儿身为父亲的担当和责任感！不能再被谢厌迟欺负了！你的尊严，就代表咱们闺女的尊严！”

盛向晴怀孕比秦郁绝早两个月，生了个女儿，名字叫陈梓倩，性格非常甜软乖巧，而且完美继承了父母的长相，一双水汪汪的眼睛能把人的心都看化。虽然比谢思渊年纪大一点儿，但因为发育比较慢，矮了他整整半个头。

为父则刚，陈子健看了眼坐在旁边玩儿芭比娃娃的女儿，瞬间被盛向晴激励到了：“你说得对！”

录制节目的前一天，秦郁绝刚刚结束一个剧组的拍摄。她原本定了第二日的飞机，但因为还是希望父子俩离开的时候自己也在场，所以特地改了凌晨的机票飞了回来。到家的时候是凌晨三点，她轻手轻脚地洗漱过后，才发现谢厌迟不知道什么时候醒了。

他倚着床头看着她，然后笑着伸出手：“怎么回来了？”

秦郁绝走近，被他一把拥住，索性就赖在他怀里顺势一躺，蹭了蹭他的下巴，“我吵醒你了？”

“没。”谢厌迟低头亲了一下她的额头，“还没睡着。”

“圆圆呢？”

“睡着了，他往行李箱里藏了三台手机一台平板。”

秦郁绝被逗笑：“最后还不是得上交，你没拦着？”

“当然没拦着。”谢厌迟说，“要不然怎么看他东西全被搜走的时候哭鼻子。”

秦郁绝没控制住，扑哧一声笑了出来，然后拍了下谢厌迟的肩膀：“你这当爸爸的怎么这么坏呢？”

谢厌迟笑着箍紧她，揉了揉她的头发：“累吗？”

秦郁绝翻了个身，胳膊攀上谢厌迟的后背，将头埋在他的肩窝里，瓮声瓮气地撒着娇：“有点儿困。”

“睡吧。”谢厌迟拍了拍她的背，声音温柔，“明天节目组来了我会提前叫你。”

然而，压根儿没有提前叫醒这回事。

第二天节目组来敲门的时候，是谢厌迟开的门。因为拍摄家内的构造会涉及隐私，所以直播是从全员到齐后再开始，这一段内容会放在剪辑版的先导片里。

谢厌迟穿了件白衬衫，袖口叠起至肘部，似乎刚才是在忙碌着什么事情。领口的扣子敞开一粒，看样子还没太打理发型，稍微有点儿凌乱，带着些随意散漫的痞气。

果然，长得帅的人是根本不受年龄限制的。

一晃多年过去，谢厌迟明明已为人父，却仿佛还和当年刚上综艺时的状态无二无别。

工作人员压低声音，用气音问：“我们可以进去吗？”

“行。”谢厌迟让开一步，提醒道，“不过得小声点儿，郁郁还在休息。”

于是一行人轻手轻脚地走进来，轻手轻脚地带上门，轻手轻脚地路过主卧，轻手轻脚地打开了次卧的门，并且发现了酣睡中的谢思渊。

镜头瞬间聚焦在了他的脸上——完美继承了谢厌迟和秦郁绝颜值的谢思渊，即使还没完全长开，却也能看出那股俊气。

节目组有点儿期待谢厌迟会怎么温柔地叫醒自己的儿子。

“门帮忙关一下。”谢厌迟说。

靠近门边的工作人员立马点头，轻轻地关上了门。

谢厌迟抱着胳膊走到窗前，歪着头上下打量了一番自己睡得香甜的儿子，然后伸出手一把掀开了被子，拍了下他的后背，简单粗暴道："醒醒，还睡！"

"……"

粗暴到和刚才路过秦郁绝房门口时的小心翼翼形成了鲜明对比，期待中父慈子孝的画面就此崩盘。谢思渊眼睛一睁，直接从床上一个鲤鱼打挺起了身，蒙了半天，正准备发火。

但一抬头，刚好看见周围对准自己的摄像机。

于是他十分有偶像包袱地咽下了自己的起床气，然后伸出手整理了下自己的发型，对着摄像头露出一个甜甜的笑容，奶声奶气地说："叔叔阿姨早上好。"

"……"

谢厌迟无语。

这到底哪儿来的偶像包袱和演技?

他毫不留情地拆穿："别装了。"

被揭穿的谢思渊刚准备大声反击，却被谢厌迟一句话堵住："妈妈在睡觉。"

在这个家里，不吵妈妈睡觉、让她好好休息，是两人唯一的共识。于是谢思渊立刻闭上嘴，乖乖巧巧地顶着自己的困意从床上爬了下来，走进厕所刷牙洗脸。

行李都在前一天晚上就已经准备好，谢思渊换好衣服，在鞋间挑好鞋子，一边穿一边打哈欠。一只鞋子刚穿好，他便抵抗不住困意，趴在地上呼呼大睡了起来。

然而这一切除了兢兢业业的跟拍摄像师，谢厌迟一无所知。因为马上要出发，在走之前，他还是得将秦郁绝喊醒。

谢厌迟没让人进房门，于是摄像师和工作人员清一色地蹲在房门前，拍摄着这来之不易的画面。

秦郁绝在谢厌迟进来的时候就悠悠转醒，她显然是没睡好，只是凭借着自己的习惯撒娇似的伸出手。

谢厌迟笑着倾下身。

秦郁绝伸手搭上他的肩膀，借着力道起了身，整个人还没醒透，没骨头似的赖在他身上。

谢厌迟也没打断她，笑着任由她发着懒。缓了半天后，秦郁绝才睁开一只惺忪的眼，伸出手勾了勾搭在床头的领带，似乎是想给谢厌迟系上。

谢厌迟握住她的手腕，无奈道："忘了？今天不上班。"

"不上班？"秦郁绝还没完全睡醒，头点了点，愣愣地反应了半天，然后突然一个激灵。她敏锐地一转头，发现了身后精准对准自己的摄像头。

瞬间清醒。

秦郁绝惊觉出大问题，她转头咬着下唇，脸颊燥热："不是说好了提前喊我吗？"

"你昨天回来那么晚，"谢厌迟无奈地弹了下她的额头，"所以想让你多睡一会儿。"

门口的摄影师，一时之间不知道该心疼自己，还是应该心疼谢思渊。

人比人气死人。这叫老婆起床和叫儿子起床，态度简直天差地别。

东西差不多都已准备好，谢厌迟将秦郁绝叫醒也是因为节目组希望尽量能让她在摄像机面前露个脸。

"行了，就和你说一声，我们差不多要走了。"谢厌迟站起身，看着她的睡衣皱了皱眉，替她整理了下衣领。

秦郁绝有些发愣："这么快？"

“嗯，早饭在车上吃。”谢厌迟说，“我们的路程时间比其他人更长，所以要提前动身。”

秦郁绝点了下头，翻身下床：“我送你们。”

“送到门口就行。”谢厌迟眉头微蹙，然后随手拿起一旁的外套，不动声色地披在她身上，“早上风凉，不用下楼了。”

看着两人一前一后走到门口，摄像师和工作人员欲言又止，最终还是没有出声提醒。

秦郁绝将行李递了过去：“东西没忘记吧？”

“没。”谢厌迟笑了声，“放心吧，不会出问题的。”

虽然谢厌迟这人平时看起来吊儿郎当的，但办正事还是挺靠谱的。而且节目上的医护人员以及帮忙看管的工作人员都准备得很齐全，安全问题她倒真的不会担心。

送别了他之后，秦郁绝的困意也少了大半。她伸了个懒腰，准备给谢思渊整理下床铺之后就去做点早餐对付一下肚子。说起来刚才没看见谢思渊，这小子八成应该是整理好东西和工作人员先下楼了吧。

然而路过鞋间的时候，她用余光瞥见了一团黑乎乎的人影。

秦郁绝一怔，退后一步，定睛一看。

……

没过多久，正在等电梯的谢厌迟听见了秦郁绝的一声暴怒：“谢厌迟！你把你儿子忘在家里是准备和谁去参加综艺啊？”

谢厌迟：“……”

就说少了什么东西。

坐在车上时，这对父子俩还有点儿小尴尬。

谢思渊不敢相信，自己居然在摄像头下做出了睡在鞋间这种丢人的事情。这对于非常有偶像包袱的小屁孩儿来说，简直是奇耻大辱。

谢厌迟则是因为被秦郁绝揪着领子训斥了整整十分钟“你连你儿子都能忘”“我这几天休假会盯着你们综艺看的，如果再让我发现你把儿子给丢了这种事，你回来就给我睡半年的沙发”。

非常恐怖的威胁，让向来处变不惊的谢二少有了些压力。

一行人很快就到达了目的地。

陈子健领着自己的女儿看到谢厌迟的时候，眼底瞬间燃起了“这次我要翻盘”的斗志。他颇有气势地走了过去，然后伸出手大放厥词：“谢先生，现在的我和几年前的我不一样了，我已经是综艺老油条了，这次我们再决一死战，分个胜负。”

谢厌迟抬了下眉，回握了他，笑了声：“不至于，这是个亲子节目。”

话音刚落，便有个小小的身影一下子窜了过来。

作为陈子健的亲闺女，陈梓倩迅速叛变了。她打小被盛向晴抱着到谢家玩儿的时候就喜欢黏着谢厌迟让他抱，而且还喜欢追在谢思渊背后让他陪自己玩儿扮家家酒。

一开始，大家都觉得可能是陈梓倩和这两人投缘。然而在经过多次实验之后，众人发现，这和投缘没半点儿关系——单纯因为陈梓倩打小就是个颜控。

此刻，她迈着小短腿蹭到了谢厌迟旁边，然后张开胳膊甜甜地说：“谢叔叔抱抱！”

“……不是，倩倩。”陈子健有点儿心痛，“你这样让你爸我很尴尬。”

陈梓倩嘟起嘴巴，跺了跺脚：“抱抱！抱抱！”

谢厌迟挑眉看了眼陈子健，然后蹲下身抱起陈梓倩，说：“承让。”

陈子健：“……”

看着谢厌迟就这么将自己的女儿抱走，陈子健的眼睛湿润了。然后，他觉察到自己的衣角被人扯了一下。

一低头，正对上谢思渊那双处变不惊的眼睛。

谢思渊："叔叔，我理解你。"

历史性的对望。

在那一瞬间，一大一小两个人，在彼此的眼睛里看见了同样的信息，奇怪的联盟诞生了。

亲子类的旅行节目，万变不离其宗的就是最受人期待的选房子环节，而这次选房并不用抽签的形式。

主持人喊人端上了五个小竹筐，放在了几个孩子的面前："这些呢，是农民伯伯编的草鞋，等会儿各位宝宝要把这些鞋子拿去山下的集市卖。挣的钱呢就是大家付房租的钱，钱越多，就能选到越好的房间。"

这项活动是考验孩子的交涉能力和独立性。所有的爸爸都被要求坐在车内，用监视器查看着孩子的行为，不能出手帮忙。

这些孩子平日里都是被娇养着长大的，对买卖东西和定价都不太了解。大多都是将竹筐往那里一放，扭扭捏捏不敢开口。

终于，在节目组的鼓励下，有人开始放大声音叫卖，周围的人当然立刻就注意到这是在拍摄。然而很多人并不清楚这是什么节目，加上这才是第一期的拍摄，挺多路人虽然认识他们的父辈，但是认识这些孩子面孔的还是少数。

但本着凑热闹的心理，还是有人上前逗他们。孩子的报价也是天花乱坠的，一开始一双一百块，被人砍了下价之后就变成一双一块钱。

在这群人里面，早熟的谢思渊显然最与众不同。他冷静观察了一下局势，然后从旁边扒拉了个小纸板，找工作人员借了支笔，一笔一画写上：一双二十元。

然后他似乎还准备写些什么，但犹豫剩下的字不会写，于是用拼音拼了一串：song 一个 mimi（送一个秘密）。

接着，他便搬了个小板凳，将纸板挂在竹筐上，非常悠闲地开始等愿者上钩。

果不其然，立刻就有人注意到这边的动静围了上来。他们拼读了几遍纸板上的字，然后笑着问：“小朋友，什么秘密啊？”

谢思渊：“谢厌迟的秘密。”

立刻有人露出惊喜的表情，周围的围观群众也立刻掏起手机拍了起来，不敢置信道：“你是谢厌迟的儿子啊？”

谢思渊：“对。”

非常倒霉，刚好是。

“那我买十双，你能说十个秘密吗？”有个小姐姐眼睛一亮，立刻问道。

谢思渊比了个一，字正腔圆：“我能说十一个，买十赠一。”

就这样，谢思渊周围很快围起了一圈人，竹筐里的草鞋也迅速被抢售一空。

谢思渊从“爸爸弄断了我妈妈的三支口红然后嫁祸给我，结果惨被发现，接着睡了三天沙发”一路聊到“明明说好了我那天可以和妈妈睡，结果临时反悔把我赶出去，还说我四舍五入成年了要独立”。

哈哈哈哈不愧是谢厌迟的儿子。

我笑死了，这么多人里面我真的一眼就能分辨出来，这气质绝对是谢二少的亲儿子。到底是怎么继承的基因哈哈哈，崽崽真的太强了，终于看到谢二少吃瘪的样子了。

智商、情商太高了吧，我幼儿园大班的时候还不会写字也不会定价，虽然崽崽也只会写简单的字，但真的太厉害了吧！

求求节目组给谢思渊的筐里面加点儿货吧，我还想听更多。

……

购物者和围观群众很快乐，弹幕也很快乐。

在车上观察着这幅场景的其他爸爸也很快乐，特别是陈子健，就差眉飞色舞地鼓掌了。

谢厌迟面无表情：你看我像开心吗？

就这样，倒计时结束之后，谢思渊的草鞋顺顺利利被抢购一空。其余小朋友的草鞋差不多也卖光，但是显然定价方面出了点儿问题，加上也不好意思和别人谈价格，钱的数目并不算多。

一行人准备原路返回的时候，陈梓倩突然被一只小兔包包吸引了。她看了看手里的钱，虽然浑身上下都写着“好想要”，但还是知道这些钱是要用来付房租的。

女孩子对这种可爱的东西还是非常有执念的，她走一步看一眼，嘴巴嘟起来，眼眶红红，看起来还是有些舍不得。

工作人员见状，又发现了可以制造感人话题的一个点，于是非常耐心地开始引导谢思渊：“你看，妹妹好像很想要那个小兔包啊。”

“姐姐。”谢思渊说，“她比我大。”

“……”工作人员沉默了一下，但还是没跑题，“但是倩倩的钱不够，付了房租就买不起小兔包了。可是圆圆挣了很多钱，可以买十几个小兔包呢。”

“真的吗？”谢思渊问。

“真的！”

谢思渊得意道：“那我可太厉害了。”

说着，挺胸抬头，得意扬扬地加快了步子。

工作人员：“？”

我不是在夸你啊，喂。

番外三

和爸爸一起旅行

关于小兔包的后续

活动结束后，主持人清点了一下每个孩子赚的钱，然后宣布：“这次摆摊，我们谢思渊小同学赚到的钱最多，让我们恭喜他成为第一名。”

谢思渊骄傲地朝着谢厌迟的方向昂起小下巴，但还是努力装出一副风轻云淡、宠辱不惊的样子理了理衣领，一副准备发表获奖感言的样子。

谢厌迟压根儿懒得理他。

“但是，我们发现还有些小朋友赚的钱好像不够交房租哦。”主持人夸完谢思渊之后话锋一转，看向了一旁某位影帝的儿子王壮壮，“壮壮小朋友，为什么你的钱不够呀？”

壮壮抿了抿唇，然后害羞地将背在身后的手伸了出来。他手里捏着一个打包好的包装袋，里面装着一个可爱的小兔包：“因为我看倩倩妹妹好像很喜欢，就偷偷用钱买来想送她，买完才发现自己的钱不够。”

主持人瞬间被感动。

于是，在摄像机下，这段令人感动的孩子之间友谊礼物的交接被记录了下来。倩倩接过礼物，甜甜地说了声“谢谢”，还给了壮壮一个大大的拥抱。

画面非常温馨。

为了表扬壮壮的慷慨，主持人甚至给他免除了房租。而沉浸在获得第一名快乐中的谢思渊，对这一切置若罔闻。他昂首挺胸走到谢厌迟旁边，拍了拍胸脯："我是第一名。"

谢厌迟无语地看了他一眼，又看了看他身后的孩子堆。

倩倩左手牵着壮壮的手，右手拿着小兔包，奶甜奶甜地说："壮壮哥哥，录完节目我去你家玩儿好不好？"

壮壮开心道："好呀好呀，我让我爸爸来接你。"

谢思渊见谢厌迟没反应，又重复了一句："我是第一。"

谢厌迟这才缓缓将视线重新挪到谢思渊身上，意味深长地注视了他许久，然后叹了口气，蹲下身摸了摸他的头："不要气馁。"

谢思渊："？"

啥玩意儿不要气馁？我不是第一名吗？为什么一副我输得一败涂地的样子？

关于测谎游戏

测谎游戏——每个亲子综艺里必不可少的环节。

简单来说，就是节目组的工作人员会把孩子单独带到一间小屋子里，装作自己会魔法或者摆上所谓的"测谎仪"，告诉孩子一定要说真话。这个时候，家长一般都会躲在另外一个房间进行观察。

这类的综艺连续播出了好几期，主持人对这种环节也轻车熟路。进去的孩子各有各的性格，有时候还会说出一些稚气未脱的笑话，但是最终还是会被主持人高超的套话技巧问得一愣一愣的，接着被诱导说出一些观众想听的东西。

经历了前面几个孩子"我很喜欢爸爸""希望爸爸妈妈能陪陪我""每天在家都会很想爸爸"的感人环节之后，终于轮到了本节目最大的刺头谢思渊小同学。

他沉默地走到了小桌子面前，然后低头看了眼桌面上奇怪的帽子，若有所思了片刻，然后朝着主持人礼貌地点点头，坐下。

主持人开始了自己的开场白：“圆圆，你相信魔法吗？”

谢思渊停顿一下，郑重其事道：“虽然我很想和您解释，但是我妈妈说不能打击别人的信仰，所以如果您想的话那就相信吧。”

“……”主持人卡了一下壳，然后重新调整笑脸推了推面前的帽子，“其实这是一顶有魔法的帽子，你戴上这顶帽子之后，如果说假话，它就会响起来。怎么样，想不想试一试？”

谢思渊看着他。

主持人安静地等了好一会儿，没等到他开口。两人陷入了一段诡异的沉默。

不知道为什么，在那一刹那，什么大场面都见识过的主持人好像从谢思渊的眼神里看出“我就这么看着你，你自己想想刚才的话尴不尴尬”这几个字。

谢思渊说：“您直接问吧，我不想戴这个帽子。”

如果节目播出去被幼儿园里的小红看到自己戴了这么奇怪的帽子，自己的地位一定会又比爸爸低下一层的。

主持人终于发现了，完全不能把谢思渊当成同龄小孩儿来哄，否则只会是自取其辱。

于是，两人开始快问快答。

“爸爸工作很忙吧？”

“应该很忙吧，但我觉得陈叔叔更忙，他可惨了。”

“哈哈哈，为什么？”

“因为他每天都要做好多事，而且我还偷听到我爸让他悄悄溜到我妈妈拍戏的地方去当监工。”

作为总裁助理，陈助理不仅会协助负责公司事务，偶尔还要被谢厌迟使唤去监督秦郁绝拍戏现场有没有不长眼的小鲜肉偷偷给她抛媚眼。

至于为什么选择陈助理，这是谢厌迟在深思熟虑之后做出的决定——如果选择一个女生去，可能会让秦郁绝误会；如果选择一个陌生男人去，在醋包谢厌迟的眼里就是给自己派了情敌。

于是，他选择牺牲陈助理。

陈助理怎么也没想到自己一个业界精英，后半辈子都在当私家侦探。

的确辛苦。

主持人咳嗽两声：“那爸爸不在家的时候，你想不想他啊？”

“倒也不想。”谢思渊说。

主持人见多了嘴硬心软的小男孩儿，于是故意诈他：“很久见不到爸爸，也不会想他吗？”

谢思渊摇头：“他下班比我放学都快。”

的确，在谢思渊的印象里，自己的爸爸一般都不会在公司久留。下班之后他都会及时回家，然后在书房办公。

主要是因为谢思渊刚出生的时候，秦郁绝曾有过顾虑。她是一个演员，经常会往外地跑，而谢厌迟工作也繁忙。但如果将谢思渊交付给爷爷或者外婆，抑或是另找保姆，都很有可能让孩子感到亲情的缺失。

谢厌迟当然能明白秦郁绝的顾虑，于是他说：“挺简单的，我早下班就行。你可以放心去做自己想做的事情。”

主持人没料到谢厌迟居然会是个按时下班回家的乖巧总裁：“那如果爸爸出差——”

谢思渊接话道：“我爸很少出差，如果出差的话可能会把我和我妈妈都带上。”

“为什么？”

“因为他出差我就可以和妈妈一起睡了，但是他不让。”谢思渊说，“小气鬼。”

主持人彻底挫败了：“……”

行吧，感人环节不强求。

而在另一个房间里的小气鬼本鬼谢厌迟，正优哉游哉地靠在沙发上看自己儿子的精彩回答。

陈子健恰当点评：“我听出来了，你这是被郁郁吃得死死的。”

谢厌迟扫他一眼，然后笑了，语气坦然：“谢谢夸奖。”

“……”并没有人在夸你。

妈妈来了

几期节目播出后，谢思渊作为节目组套路的一生之敌，几乎每周都会上一次热搜，然而他本人对热搜上的具体言论一无所知。不过从平时出门逛街经常会被认出的反应来看，谢思渊也知道自己现在是小有名气。甚至还有些八卦记者顺藤摸瓜找到了谢思渊的幼儿园老师进行采访。

该老师在镜头前摆出一副受害人陈述的姿态：“谢思渊小朋友品学兼优，上课激情也非常高，有他这样聪明的学生我感到非常幸运。”

当然，如果谢思渊不再在下课之后跑到办公室总结老师今天英语发音错误以及重音不正确和算术课上的笔误，那么他还算是个让老师放心的小孩儿。

自从带了谢思渊的班，老师感觉自己每一天都像是在考试，而批卷人就是谢思渊。

谢思渊还曾经跟她进行过严肃的会谈：“虽然我们是幼儿园，但我觉得我们应该目光远大一些，不能输给别的学校。”

老师点头道：“是这样的没错，但是我也不知道x的定义域在1和-1之间的情况下怎么求出函数的最小值。”

我只是个幼儿园老师。

谢思渊自打小有名气以来，就和所有早熟的小孩儿一样，开始有了偶像包袱。

头一周这种莫名其妙的偶像包袱表现得尤为突出，具体体现在某次出门遛狗，他还翻箱倒柜地找出了小西装，站在镜子面前打领结的时候被谢厌迟拎着后颈提了起来。

“如果再让我看见你捣腾西装，我就把你书柜里的书全换成《格林童话》和《宝贝喜欢的 101 个甜蜜故事》。”谢厌迟说。

谢思渊强烈抗议：“爸爸，你不懂，我现在很有名气，我的仪容仪表代表着整个家的尊严。还有，不可以动我的书！”

“屁。”谢厌迟懒得理他，“有你什么事？他们看的是我。”

这句话激起了谢思渊的胜负欲——输给谁都可以，输自己的爸爸绝对不行！

于是在进行下一次节目录制的时候，谢思渊仔细观察了一下，围在机场里的热心粉丝手里都拿着横幅，然而横幅上的文字几乎都是“梦中情人谢厌迟”以及一系列非常浮夸的类似标语。偶尔看到自己的名字，都是“圆圆宝宝来做我儿子吧”。

谢思渊受到了巨大的伤害。

在深思熟虑之后，他觉得别人的看法果然都是不值一提的。

谢思渊给自己的标签是：未来伟大的科学家，世界最年轻的科学家，伟大的数学家，最具有影响力的年轻人。

把这么伟大的未来科学家当儿子！真的太没眼光了！

所以，这档综艺录制结束之后，谢思渊痛定思痛，再也没有参加过任何一次采访，决定努力钻研数学。在谢思渊的不懈努力下，幼儿园老师被迫在几个月后重新学起了高等数学。

老师：我一辈子都讨厌高等数学。

当然，这些都是后话。

节目录制到中期的时候，按照惯例到了孩子的妈妈来参加一期节目的环节。

天刚蒙蒙亮的时候秦郁绝就启程了。

其实对于这档综艺，她没有很担心。因为谢思渊的确是个完全有能力照顾好自己的孩子，而且凭着自己和谢厌迟这么多年的人脉和资源，加上江景行是投资方的原因，完全可以保护好他不受伤害。

她唯一担心的，是怕这对父子在节目里打起来。

刚到达目的地的时候，盛向晴就给了她一个非常热情的拥抱，顺带还撒了下娇："终于见到你了！我超想你的！"

秦郁绝扒开她的手："倒不至于，前天你才带着你老公和女儿在我家蹭了一天饭，两个人斗地主还偷偷出老千骗走了我家一个花瓶。"

盛向晴甩甩头发："好了，闭嘴，这段重录。"

盛向晴作为这档节目播出后的忠实粉丝，一直十分喜欢谢思渊，曾无数次惊叹过："你不觉得他很可爱吗？像是缩小版而且还没满级的谢厌迟。"

秦郁绝合理怀疑，盛向晴对谢思渊的喜欢多数来自她能在欺负谢思渊这个环节里，类比到欺负谢厌迟的快乐。

做完早饭后，才刚刚七点。按照节目组的计划，妈妈们都要将饭菜偷偷放在居住地点的桌上，然后轻手轻脚地离开不要吵醒他们，让他们体验田螺姑娘的感觉。

经过昨天一天的活动，所有的人都睡得很熟。

放下早饭之后，秦郁绝观察了一下这对父子的睡姿，唇角稍翘，有些忍俊不禁。谢厌迟一只手枕着后脑勺，双目紧闭，眉头微微蹙起。而谢思渊四仰八叉地横躺着，头靠在谢厌迟的腰部，整个人把被子裹成一个小球。

许多人都说谢厌迟和谢思渊相似，只有秦郁绝觉得其实这两人并不像。但的确有些共同点，比如睡相都很可爱。

秦郁绝无声地笑了笑，转过身正准备走，胳膊就突然被拉住。

“怎么不叫醒我？”谢厌迟的声音带了点儿刚醒时候的沙哑，微微泛着笑意。他将她往后一拉，抬起胳膊搭在她的肩上，然后把她一把揽入怀中。

秦郁绝后背贴着谢厌迟发烫的胸膛，然后搭上他的手背，笑着说：“节目效果。”

“唔。”谢厌迟轻轻拨开秦郁绝的头发，下巴搁在她的颈窝，“你一进来我就醒了。”

“装睡？”

谢厌迟笑了声：“明明是你偷看我睡觉。”

秦郁绝偏头，语气坦然：“对啊，怎么了？”

“耍赖。”谢厌迟胳膊收紧，尾音微微上翘，像是在撒娇，“明明是你在偷看，怎么还这么理直气壮。”

秦郁绝轻轻笑了起来：“是谁在耍赖啊。”

谢厌迟转头轻吻了一下她的脸侧，然后松开手：“行了，现在不计较了。”

就在这时，床上把自己裹成一个团的谢思渊动了下，发着懒坐起了身，揉着眼睛问：“是谁……”

谢厌迟眸光微偏，随手扯起自己身上的被子往谢思渊身上一盖，然后转头暗示了一下秦郁绝。

秦郁绝会意，点头立刻起身离开。

为了保证节目效果，节目组并没有把妈妈要来的消息告诉孩子。

谢思渊猝不及防地眼前一片漆黑，他一边扯着被子一边大声喊道：“妈妈！我刚才听到妈妈的声音了！”

谢厌迟：“你听错了。”

“骗人，我刚刚明明看到妈妈从门口出去了！”谢思渊终于将被子扯了下来，气呼呼地说，“我昨天晚上统计过了，这档节目前面几季都会在这时候请妈妈来一起旅行！”

谢厌迟看着他，索性懒得再演，慵懒地靠在床沿：“行，你猜对了。”

谢思渊：“我要见妈妈！”

“太可惜了，我也想让你见。”谢厌迟继续演他，“但是导演组说了，早上不能碰面。”

谢思渊气急败坏道：“可是你刚刚就见了。”

“是吗？”谢厌迟掀开被子，揉着后颈起了身，语气里泛着懒意，“那可能因为我比较有钱吧。”

可惜的是，谢思渊小朋友的字典里目前还没有语录可以表达自己的情绪。

于是他开始转变方式，装作委屈巴巴的样子，还特地挤出小奶音：“爸爸不讲道理嘛。”

“……”谢厌迟沉默地看了他一会儿，继而轻笑一声，“当然，你又不是第一天当我儿子，才知道我不讲道理吗？”

谢思渊脸色一垮，收起委屈，翻身下床。

后来，这段画面收录进了伟大科学家谢思渊的著作《我的父亲》中。这本书长达三十多万字，销量一跃成为当时的顶峰。

当然，这些又是后话。

要抱抱

在经历了一系列非常孩子趣味的游戏之后，孩子们终于和妈妈见面。

当时的画面一度非常感人。进行了无数消耗体力的活动才成功见到妈妈，所有的小朋友都非常惊喜地撒着娇或者赖在妈妈的怀中求抱抱。

谢思渊在经历了原地转圈、闭眼睛摸人，甚至踢毽子比赛获得线索等一系列之前自己压根儿不想玩儿的“低趣味游戏”后，终于成功见到了秦郁绝。

对此，他第一句话是：“妈妈，我希望你记住我今天为了你做出了多么大的牺牲。”

秦郁绝：“……”

她决定收回觉得谢厌迟和谢思渊不像这句话。

有了妈妈的加入，接下来的活动就变得更消耗体力了。比如，泥潭大战。

谢思渊在看到泥潭的时候简直瞳孔地震，表达了深深的抗拒。他甚至运用了前所未有的撒娇战术，抱着秦郁绝的大腿说：“我没办法直面泥潭里的细菌，它会毁掉一个伟大科学家的。”

秦郁绝劝他：“伟大科学家都是敢于突破自己的。”

谢思渊为难道：“好吧，那我不想当伟大科学家了，我决定啃老。”

“？”

听起来很没道理却又很有道理的话。同样抗拒泥潭的谢厌迟，这次难得地和谢思渊站在了统一战线上：“行，那我支持你啃老。”

秦郁绝横他一眼，然后叹了口气，用略带哀求的语气道：“老公。”

“我叛变了。”谢厌迟十分轻易地被说服了，“我现在不同意你啃老了。”

谢思渊：“？”

色令智昏。

秦郁绝看着谢思渊，决定换种方式，伸出手摸了摸他的头，哄道：“圆圆最乖了，一定会好好参加活动的对不对？”

“首先我要声明，我很喜欢妈妈，但是这招只对幼儿园级别的小朋友有用。”谢思渊一副百毒不侵的样子，抱着胳膊义正词严道。

“……你就是幼儿园的小朋友。”

“不，我是说心理年龄。”谢思渊说，“我起码是个哈佛预备生。”

秦郁绝：“不好意思，差点儿忘记你是哈佛的了。”

此刻，一旁的陈梓倩正在和盛向晴撒娇，张开胳膊说：“妈妈抱抱。”

盛向晴笑着点头，将她抱起来。

谢思渊看了看周围，几乎所有的小孩儿都被妈妈抱在怀里，一脸幸福的模样。

他沉思了一下，不甘示弱道：“妈妈抱！”

闻言谢厌迟按着他的额头将他推开，然后伸手将秦郁绝拉起来，扣住肩膀一搂，对着谢思渊嗤之以鼻：“你都哈佛大学的人了还要抱？”

谢思渊气呼呼地：“你都成年人了还不是在抱！”

谢厌迟：“是啊，羡慕吧？我老婆。”

谢思渊：无语。

秦郁绝看了眼气得跳脚的谢思渊，又看了眼谢厌迟，会过意，笑着说：“没办法嘛，因为爸爸愿意参加活动，所以我要奖励他。”

谢厌迟见缝插针：“听到了吗，你妈妈更喜欢我。”

……刚才有人说这句话吗？

谢思渊成功被刺激到了：“好，我参加，但是如果我因为泥潭里的细菌高烧不起，你们将会失去一个伟大的科学家。”说完，挽起袖子摆出一副壮士断腕的样子下了泥潭。

节目结束

在最后一期节目结束的时候，曾对所有爸爸做过一次情感向的提问，问题多半都是尖锐而又戳泪点的。

最受人争议且在网上被许多网友喷“晦气”的一个提问是：“年纪

大了以后，如果重要的人不在了，你会怎么生活？”

各色各样的回答里，谢厌迟说：“大概就是起床、洗漱、吃饭、下棋，做完一天该做的事等待下一天。”

“就这样吗？”

“就这样，我答应她的。”

那是在许久之前，刚结婚不久后，两人迎来的第一个圣诞节。

秦郁绝按照计划提前收工，然后坐上陈助理的车，准备前往和谢厌迟定好的晚餐目的地。

然而车开到一半的时候陈助理接到一通电话，继而道：“抱歉，谢先生要我先送夫人回去。原本要谈的招商计划出了一点点问题，所以可能今晚的晚餐没办法赴约了。”

“没事。”秦郁绝笑着说，“你先回去和女朋友过圣诞节吧，我想走着回去，顺便买点儿东西。”

那是一个雪夜，圣诞节的晚上路上到处都是行人，大多都是成双成对的。时代广场上站满了人，大家都在等待着今晚的烟花。

烟花炸了几拨，直到十点多的时候才彻底结束。

谢厌迟终于结束了和投资方的会谈，在人群的簇拥中，一边同他们分析着未来的计划一边离开了会场。

然而突然有人提醒了句：“谢先生。”

谢厌迟停住，抬头朝着那人示意的方向看去。

秦郁绝端着杯奶茶站在不远处的路口朝他的方向望来，眉毛轻弯，眸光潋滟，浅浅地笑了起来。

孤光自照，肝胆皆冰雪。

谢厌迟无奈地轻笑，朝她的方向走去。

秦郁绝伸出手，谢厌迟搭上。

“圣诞快乐。”她说。

“嗯，圣诞快乐。”

许久之前，那个在异国他乡明明遇见却最终擦肩而过的雪夜，似乎和今天无比类似。

但却永远成为过去了。

他终于能够向她走来。

她也会等。

两人是步行回家的，细碎的雪花擦过肩膀落下，街边的路灯还亮着，街道显得静逸。

秦郁绝问：“你愿意答应我一件事吗？”

“你知道我会答应你所有的事情。”

“只有这一件。”秦郁绝垂眼，思索许久，然后说，“我希望你喜欢自己，能比喜欢我多一点儿。”

谢厌迟沉默许久，然后说：“好。”

番外四

IF（谢何臣不存在的平行时空）

无所事事秦郁绝

秦郁绝觉得，作为高中学生会副会长，每天都是枯燥而又乏味的。

早上八点。她在关校门后抓到两个迟到之后想偷偷翻墙进学校，结果爬上去之后不敢跳下来的男同学。

三双眼睛尴尬对视。然后秦郁绝从门卫室搬来一个小板凳，非常有耐心地坐在墙下面看他们痛苦挣扎了整整一个早读。

中午十点。秦郁绝在上厕所。一群小太妹挤进洗手间，熟练地轰走了其余的同学，开始了不良少女例行讨论大会。

“今天教训教训隔壁的张红吧？我看她不爽很久了。”

“啊？万一她喊人怎么办？”

“没事，我认了个高三的哥哥，有他罩着我呢。”

秦郁绝推开门走了出来。见到她，不良少女们被吓了一跳，瞬间立正站好。

“在我洗好手之前，班级、姓名写在这张纸上。”秦郁绝从胸前的口袋里抽出一个小本子递到她们面前，“你们几个等会儿来学生会活动室一趟，哦对了，记得喊上你那个高三的哥哥。”

不良少女们：“呜。”

下午两点。秦郁绝在处理一场勒索事件。

“他找你要了多少钱？”

被欺负的男生说："五十七块六毛。"

秦郁绝转头看向另一个欺负人的男同学。那男生的样子非常嚣张，校服敞开，没穿校裤，穿着一条牛仔裤，腿岔开站着，膝盖还一抖一抖的，活脱脱一个校霸模样。

很跩。

秦郁绝不吃这套："检讨五千字，下周一升国旗的时候念。另写一封道歉信，态度真诚，今天下午放学前去他的班上念出来。"说到这儿，她稍顿，"另外，谁让你不穿校裤的？补写八百字检讨，扣整体班级礼仪分数。"

校霸火了："你知不知道我在校外认识人的？信不信我找人弄你！"

这可太吓人了。

秦郁绝淡淡道："这个没关系的，但检讨还是要交的哦。"

这简直就是在羞辱校霸的尊严："看来你还是不知道问题的严重性。"

"也没什么严重的。"秦郁绝说，"毕竟我家里很有钱。"

那个被欺负的男生恰到好处地插了句嘴："学校的空调是她家捐的。"

校霸沉默了一会儿："检讨什么时候交来着？"

送走了这两人之后，秦郁绝瘫坐在办公椅上，舒舒服服地伸了个懒腰。

唉。今天也真是无所事事的一天呢。

在所有人印象里，像秦郁绝这样的人，无论遇到什么事情都能够面不改色地应对。直到老师面色铁青地推门进来，絮叨着说："谢厌迟这周已经逃课两次了，教训他的时候他歪理倒是多。"说着，抬手一点秦郁绝，"郁郁，你们之前不是认识？你去说道说道他。"

秦郁绝：……糟糕。

当秦郁绝硬着头皮找到在办公室罚站的谢厌迟时，他正弯着腰站在物理老师老许后面，指挥着人家打斗地主："压他压他，先出对子，他这手里肯定没大牌了不是？直接炸，可以可以，这不就赢了。"

老许欢呼一声，刚想给谢厌迟来个击掌，一转头看见一旁的秦郁绝，立刻端出一副正经的模样，用手肘捋了捋一旁的谢厌迟。

谢厌迟偏过视线看见秦郁绝，唇角一扯，笑了。

他语气还泛着些浑："这么有空啊，副会长？"

阴险狡诈谢厌迟

秦郁绝和谢厌迟的恩怨，还得从一年前说起。

两人第一次见面，是在一场庆功宴上。秦郁绝参加过许多次这种活动，对于他们这样的小孩儿来说，无非就是成为大人身边一件好看的花瓶，陪着他们兜兜转转地客套。

她就在那时看到了谢厌迟。那会儿他也才十六七岁的年纪，分明穿着规整的西装，但贵气之余，浑身却又透着些散漫与恣意。

那时的谢厌迟也在看她。

两人视线相碰，却没任何一人闪躲。

谢厌迟的眸光里带着浅浅笑意，却不轻佻。腰身靠着坐椅，笑眯眯地望着她，不偏不斜。到最后，反而是秦郁绝先服软。

真是个怪人，她心里想。明明是他偷看在先，最后反而他显得更坦然。

兜兜转转走了几周后，两人又碰了面。

秦郁绝跟在母亲身边，耐心听着她与一旁的一位熟人攀谈。一尺开外的位置，谢厌迟也站在父亲身旁听着他同人客套。

那人好像是有意攀附谢厌迟的父亲，拍着自家女儿的背同谢厌迟套着近乎："小迟对吧？长得真帅气。你看，我女儿和你一般大，这两孩子看上去就登对，你说是不是？”

谢父尴尬地笑了两声不知如何作答，只得拍了拍谢厌迟的肩膀：“小迟，别人和你说话呢，你在发什么呆。”

“我没在发呆。”谢厌迟笑了起来，“我就是在想，我旁边这个挺漂亮的小姐姐，有没有发现自己耳环掉了一个。”

周围的人都愣住，所有的谈话声戛然而止。

一旁的秦郁绝下意识伸手摸了下自己的右耳，果然，空空如也。她一转头，对上谢厌迟那双满是笑意的桃花眼。

谢厌迟说：“这么一看，我和她也挺登对的。”

周围人倒吸一口冷气。那有意攀附谢父的人被这几句话弄得下不来台，只得干笑了几声，不知说什么好。秦郁绝心想，这人好狡猾，借着自己来打别人的脸。但她也向来牙尖嘴利，不爱被人这么白白占便宜。

“不好意思。”秦郁绝笑了起来，“我才十六岁呢，不能早恋。”

庆功宴结束，秦郁绝即将上车离开的时候，被人喊住。

“喂。”耳熟的声音。谢厌迟站在她身后不远的地方，他抬手一抛，一个亮晶晶的东西在半空中划出一道抛物线。

秦郁绝伸手接住，摊开手掌一看，是自己的耳环。

“捡到的。”谢厌迟说，“不谢谢我？”

秦郁绝停顿一会儿，反应过来：“谢谢。”

谢厌迟“啊”了一声，若有所思般地思考一会儿，走近一步，话里含着笑：“我是商人的儿子，斤斤计较得很，所以光是谢可不管用。”

……这人怎么回事？

秦郁绝：“那我给您钱？”

“这不行。”谢厌迟竖起食指，掷地有声，“我最近不缺钱，所以这对我来说也没有什么价值。”

“那您要什么？”

“欠我个人情吧。”谢厌迟笑眯眯的，“我比较喜欢让别人欠我人情。”

秦郁绝想了一会儿：“好。”

欠个人情也没什么，反正她和这位小少爷也见不了几面，多数能用钱解决的事情对她来说都算不上什么麻烦。

“这不行，万一你以后要赖，我可不就亏了吗嘛，”谢厌迟掏出手机，点开录音，“所以得留证据啊。”

秦郁绝被他气得一哽，但却又无可奈可。忍了又忍后，她认命地对着话筒说：“我，秦郁绝，欠谢厌迟一个人情。”

说到这儿，她稍顿一下，又补充道：“在符合法律的范围内，欠他一个人情。”

“成。”谢厌迟收回手机，听了一遍，突地笑了起来。

秦郁绝：“笑什么？”

“没什么。”谢厌迟说，“原来你叫这个名字。”

后来整整一年的时间，秦郁绝都没有再见过谢厌迟。但她总会在别人口中听到他的名字。谢家的独子，总是备受人关注的。有人说他肆意张扬、大器难成，但也有说他小小年纪就气度不凡，肯定非池中之物。

但这些都和秦郁绝无关。

直到一个月前，班主任找到她：“今天班上新来了两个同学，等会儿你领着他们去教务处报到，然后再把这学期的书给领了。”

秦郁绝认命地顶着烈日来到校门口，一眼瞥见个熟悉的身影。

谢厌迟将唇角一扯，抬手挥了挥：“嘿，好久不见啊！”

坑蒙拐骗谢厌迟

谢厌迟这个人很神奇。他属于那种明明插科打诨，但老师就是讨厌不起来的学生。当然，在这之上有一个前提，那就是成绩特好。

虽然每天都会因为不写作业被拎进办公室，但是他在办公室里依旧能混得如鱼得水。比如帮物理老师老许斗地主，给生物老师小张的炒股活动提出有效建议，以及和语文老师分享一下美妆心得。

唯一对他又气又爱的，只有班主任。因为谢厌迟迟到的次数、翘课的次数已经严重影响了本届先进班集体的选拔。于是班主任派出秦郁绝来和他谈心。

秦郁绝压力很大。

谢厌迟是她的克星。因为自己所有的招数，他都能完全免疫。秦郁绝试过循循善诱，以理服人。

谢厌迟说：“是这样的，我没有道德。”

秦郁绝试过让他将心比心，体谅老师不易。谢厌迟说：“是这样的，要不是我让班主任卖了她那只股票，这个月她就得站在天台上哭了。”

秦郁绝试过强权压制，用金钱收买。谢厌迟无所谓道：“我也蛮有钱的。”

太可恶了！万恶的资本家真是太可恶了！

这一次，秦郁绝先是进行了礼貌询问：“请问您为什么翘课两次呢？”

“我的挚爱亲朋生病了，我必须去探望他。”谢厌迟说。

秦郁绝：“问题来了，哪位挚爱亲朋？”

谢厌迟：“QQ 宠物。”

一点儿也不意外的答案。

秦郁绝将椅子拖到他面前坐下，和他大眼瞪小眼地互相盯了一会儿，然后伸出手揉了揉太阳穴，开始和他谈条件：“首先，至少两千字检讨。”

谢厌迟刚准备说话，就被一阵敲门声打断。

“进来。”

推门进来的是刚才那位找同学勒索了五十七块六毛的校霸，他捏着一大摞作文纸，揉着手腕，毕恭毕敬地递到了秦郁绝面前：“检讨写完了。”

秦郁绝接过来翻看了几页，皱起眉：“你在这儿凑字数呢？周一要在国旗下念的检讨可不能这么写。”

“我没有凑字数！”校霸试图嘴硬。

对于校霸来说，写检讨就已经是个很不可思议的行为了好不好。

秦郁绝从笔筒里抽出一支笔，站起身揪着校霸来到桌前。两个人脑袋贴着脑袋，开始一字一句地修改检讨。

“这句‘我真的非常十分诚心诚恳、真情实意地为我的所作所为感到非常十分抱歉’，完全是在凑字数，缩句不会吗？”

“还有这句话，会有歧义的，这是能当众朗诵出来的吗？”

“还有这一段……”

谢厌迟盯着两人看了许久，一开始还只是稍稍皱着眉，到后面开始不耐烦地用食指敲着大腿，最后抱起胳膊，满脸烦躁。

“副会长。”谢厌迟举起手，“这里还有个劣迹斑斑的学生你不管了吗？”

秦郁绝慢悠悠地抬起头看他一眼，然后收回视线：“不好意思，这边这个问题比较严重一些，他下周一要在国旗下念检讨。”

什么意思？

谢厌迟不干了：“为什么他能在国旗下念检讨，我不能？”

校霸都没听过这么无礼的要求。

秦郁绝也沉默了：“你会答应吗？”

“这话说的，只要是你的要求，我什么时候没答应过。”谢厌迟托着下巴，指尖轻轻敲着桌面，“只要你愿意欠我一个人情。”

秦郁绝表示拒绝：“从我认识你到现在，我已经欠了你三十七个人情了。”

人情在谢厌迟那里算是什么可流通的货币吗？

谢厌迟："这次性质可不一样。"

"怎么不一样？"

"你看，如果我这犯了错还不接受惩罚的事情被其他人知道了，大家肯定都觉着你这人没什么威信度，到时候一传十十传百，你这学生会副会长的权威可就全没了。"谢厌迟说到这儿，还用食指点了下面前的校霸，"你看，这还有证人。"

秦郁绝抬眼看向校霸，礼貌微笑："你会说出去吗？"

校霸一个寒战："不……"

"他会哦。"谢厌迟也笑眯眯地看着他。

校霸：……你们俩吵架干吗带上我啊！可恶的资本家！

秦郁绝沉默了一会儿，然后掏出手机，熟练地点开对话框，在好友列表里找到谢厌迟，发过去一句："五月十七日，欠一个人情。"

往上翻翻，两人的聊天记录几乎被类似的话刷了满屏。

"说好了，两千字检讨，外加不能再翘课。"秦郁绝说。

"我可没说带赠品啊。"但谢厌迟想了想，随即改口，"不过也行，得有一个条件。"

秦郁绝早就被谢厌迟磨炼得心如磐石："什么条件？"

"下周一国旗下得让我念检讨。"谢厌迟说。

……真是奇怪的要求。校霸一声欢呼，兴高采烈。

在目送这个一米八的大高个儿一蹦一跳地离开之后，谢厌迟朝着秦郁绝的方向扬了扬下巴，笑着问道："副会长，是不是该来指导我了？"

校霸克星谢厌迟

在秦郁绝的指导下，谢厌迟写了一篇足以感天动地的诚恳检讨。然后在周一的升旗仪式上，他忘记带了。于是谢厌迟灵机一动，将检讨环节改成了谢厌迟的个人小传，详细地剖析了自己这十几年来桀骜不驯的年少生活，气得校长差点儿昏死过去。

于是秦郁绝被派遣，与他进行了又一次谈心。于是双方再一次签订了不平等的人情条约。

又一周的升旗仪式上，谢厌迟再次上台，照着稿子一板一眼，字正腔圆。但是因为语气太过机械化，被校长点评为毫无真心。

接着又一次升旗仪式，谢厌迟感情色彩十分突出，听上去就是在阴阳怪气。

于是谢厌迟承包了一整个学期的升旗仪式检讨环节，直到最后一周甚至能够熟练脱稿。

秦郁绝作为学生会副会长，又多了一项莫名其妙的工作，那就是替谢厌迟进行念检讨培训。

后来校长看谢厌迟态度这么诚恳，发自内心地感动起来，觉得这个孩子非常值得栽培，于是大手一挥，让秦郁绝将谢厌迟发展成光荣的学生会成员。

秦郁绝在接到这个任务之后,花费了一整晚的时间来制订谈判计划。结果见到谢厌迟后，他只说了两个字：“好啊。”

从此以后，谢厌迟又多了一个称号——校霸克星。

这在学校里无疑是一道非常诡异的风景线。

就谢厌迟的身份背景和长相以及气质来说，活脱脱一个标准校霸，上课睡觉、下课打架斗殴的那种。结果现在天天戴着个红袖套，站在学校门口揪人的仪容仪表。

他还找门卫要了把椅子，搁校门口一坐，手搭着椅背，语调带着自然而然的儿化音，一股子痞气，认认真真教训人。

“不穿校裤的，要么换了，要么我现在帮你脱了。”

“别和我大小声啊，我没有道德的。”

“头顶的黄毛我看见了，半小时，剃了或者染回来，你自己选。”

“门口那窝打架的，自己过来登记名字，我懒得站起来。”

谢厌迟的威慑力让这所高中在整整两年的时间里，没闹出任何一件幺蛾子。

随之不断增长的，还有秦郁绝所欠的人情数量。

这让秦郁绝一度很焦虑。

因为欠了这么多人情，谢厌迟却一件都没有让自己还过，这很难不让人怀疑他最后会不会憋出什么大招。

临近高考的时候，秦郁绝抱着最后一次模拟考的试卷，同谢厌迟一起并肩走在长长的走廊上。

不远处有人在唠着嗑：“你说谢厌迟刚转来那会儿，我以为他高低得给秦郁绝教训一顿呢，怎么在她身边乖得跟只宠物似的。”

话音还没落，那人就眼睁睁地看着秦郁绝和谢厌迟从自己面前走过。

走出好远，秦郁绝偏头扫了眼身旁面色如常的谢厌迟：“你不生气？脾气什么时候这么好了？”

谢厌迟疑惑似的“嗯”了一声，接着恍然，笑了几声，道：“他们又没说你什么。”

千回百转的一句话，让秦郁绝好似突然领悟到了什么。

她沉默许久，问道：“你打算什么时候要我还那些人情？”

“这不能问我啊，”谢厌迟语气依旧泛着浑，眸中笑意不减，“你得先告诉我，什么时候不算早恋才行。”

番外五

IF（谢何臣不存在的娱乐圈）

（一）

开始录制综艺之前，秦郁绝收到了秦且离的消息。

秦且离：怎么回事儿，今天的热搜？

秦且离：爸妈也看见消息了，追着问我你是不是真的和那个小爱豆在一起了。

昨日秦郁绝和某位圈内小爱豆前后脚出入同一酒店被狗仔拍下，现在正闹得沸沸扬扬。虽说工作室第一时间就澄清了，但架不住一直有人往外爆一些捕风捉影的细节，无中生有的事被那么一通分析反倒闹得像是真的。

娱乐圈的那些弯弯绕绕不难琢磨——看来男方的团队是打定了主意要碰瓷秦郁绝，这年头黑红也算红，顶多是挨些骂，但能在大众眼前混个眼熟也不算亏。

秦郁绝点开那位小爱豆的照片仔仔细细地端详了下。

有点儿眼熟，应该是大学里的某位师弟。

秦郁绝长相美艳，演技好，还有一位在娱乐圈地位举足轻重的姐姐，最不缺的便是大把的资源。她出道后的首部电影便连拿几个奖项，入圈没几年就跻身一线，顺风顺水到让无数人眼红。

她皱着眉叉掉那位小爱豆的照片，给秦且离回了消息。

秦郁绝：不认识。

秦且离：猜也猜得到，我还不了解你，他一看就不是你喜欢的模样。

秦郁绝：？

秦郁绝：我喜欢什么模样？

秦且离回忆了下。

秦且离：你还记得高中时候谢家的那位大少爷吗？可惜人家大学出了国，我感觉那是你喜欢的类型，而且他对你好像还有些意思。

秦郁绝：为什么要在大白天讲鬼故事？

秦且离：什么？我还以为你们那个时候在早恋，然后因为我的缘故被棒打鸳鸯，还后悔了好久。

秦郁绝：什么？他和我早恋？

秦且离：什么？你看不出来他在追你吗？

秦郁绝：什么？难道不是我单方面在被那位祖宗折磨吗？

屏幕前的秦且离替谢厌迟默哀了下，就连偶尔来接秦郁绝放学的她都看得出，这位向来心高气傲不服人管教的大少爷，每天放学的时候一边嘴上犯浑一边耐着性子等秦郁绝一起走，其中缘由，多半是担心秦郁绝会被自家姐姐的“私生饭”骚扰。所以即使回家的方向相反，他也永远会心甘情愿地送她一程。

原本秦且离觉得两人保准有戏，却没想到还是因为自己的连累而有始无终。

一看到“谢”这个字，秦郁绝的脑海里就出现了那张大少爷的脸。

一晃神，她想起许多年前，谢厌迟披着件校服外套坐在讲台上，撑着下巴笑眯眯地看着她忙忙碌碌地打扫卫生。

不出手帮忙就算了，还在那里指点江山。

"那块儿你得拖两遍，我这人有洁癖。什么时候有的？就刚才。"

"拜托，黑板最上面就不擦了？"

"瞧瞧，看到我面前这排桌子了吗？你觉不觉得没对齐？反正我觉得没对齐。"

……

终于，秦郁绝忍无可忍地将拖把往地上一杵："出去。"

谢厌迟双手撑着讲台，身子稍稍朝后仰，露出线条分明的颈线。黄昏的阳光落在他身上，他眸中含着笑，被秦郁绝这么一吼，心情看上去反而更加愉悦。

他说："大小姐，总算愿意和我说话了？"

谢厌迟那会儿可以算得上学校里的顽劣分子，却出奇地尊师守序，有时候还会戴着红袖章在校园里逛荡，揪着几个校霸的耳朵要他们好好上课。长着一张混世魔王的脸，却天天想着为民除害。

其中，秦郁绝有一半的功劳。

总有人看见谢厌迟被秦郁绝拽着走在长廊上，秦郁绝气势汹汹，谢厌迟懒懒地打哈欠。然后两人拐进一个角落里，本以为是说悄悄话，结果完全是秦郁绝单方面的训话。

大家都知道这位大少爷脾气不好，但他好像从没有在秦郁绝面前发过火。每次都是那副欠兮兮的模样，屈着身躯迁就她的高度："遵命，大小姐。"

然后继续死性不改。

嗯……好像也生过那么一次气。

气到谢厌迟一连三天不穿校服翘掉早操，还在国旗下检讨的时候给大家念《蜀道难》，把校长气得让他叫来家长训斥了半天。

然而这三天，秦郁绝一直没在学校里出现。

第四天，她转学的消息传来。

那会儿秦郁绝转学纯粹是因为有秦且离的“私生饭”骚扰到了她的家人，父母的公司和住所、妹妹的学校全都被扒了个一干二净。在秦郁绝被尾随，还险些被偏执“私生饭”围堵之后，一家人还是暗中决定搬离这座城市。

也是从那时起，秦郁绝和谢厌迟逐渐没了联系，只是后来听说他高中毕业后出了国，远赴海外。

这些年来，鲜少有人在自己面前提到他。眼下秦且离突然提起，秦郁绝才发现，自己居然将谢厌迟这位祖宗记得这么清楚。

不过现在谢家的地位算得上是叫人望尘莫及，无论是哪个圈子，提起谢氏都得敬上三分。

要是这位祖宗回国，恐怕会掀起不少风浪吧。

正这么想着，秦郁绝突然听到经纪人贺姐喊自己：“其余的嘉宾已经到了，毕竟要一起录制这么多期节目呢，你别单独在屋子里闷着，快去和大家聊一聊。”

于是秦郁绝放下手机，推开门来到现场。

现场有许多都是熟面孔，比如早在一起拍过综艺的盛向晴和陈子健。

这两人是娱乐圈的模范情侣，而且盛向晴和秦郁绝私交甚好。原本秦郁绝不打算参加这档综艺，是受了盛向晴的游说才松了口。

但现在，盛向晴的脸色很差。

秦郁绝顺着她的视线往旁边一看——哎呀，是那位和自己闹绯闻的小爱豆。

她现在算是知道为什么那些营销号最近一个个的跟发了疯似地造些

捕风捉影的消息，原来是为了给这位小爱豆造势。两人眼下还是同一档节目的常驻嘉宾，按照这势头发展下去，恐怕会将自己和他剪辑成荧幕情侣再炒作一番。

盛向晴在她耳边说悄悄话：“我也没想到一来会看到这么个鬼故事。”

“没事儿。”

这些伎俩娱乐圈里多得是，更何况有贺姐把关，她并不怕这位小爱豆会掀起什么风浪。

秦郁绝随口问道：“按道理说还有一位常驻嘉宾，还没来吗？”

“来了，不过那可是位大少爷。他说他比较金贵，而且还有偶像包袱不能晒黑，所以人现在正在那边阴处的躺椅上歇着喝冰汽水呢。”

秦郁绝挑眉道：“娱乐圈里居然还有这种祖宗？”

盛向晴又补了句：“对了，是个圈外人。”

圈外人？

秦郁绝顺着盛向晴指的方向望去，一眼便望见了懒洋洋地瘫在躺椅上，悠闲自在地喝着冰饮的男人。

……眼熟，十分眼熟。

下一秒，男人似乎感觉到了她的视线，摘下墨镜眯起双眼盯着秦郁绝看了好一会儿，然后唇角一弯，做了个口型。

秦郁绝看懂了。

他在说：“好巧啊，大小姐。”

秦郁绝：……这才是鬼故事。

（二）

这是一档生活冒险类综艺。

一行人会在深山中的别墅内生活三天，这三天里嘉宾需要靠自己完成一些任务或者通过探险的方式搜集食材和可供使用的物资。

更关键的是，这档综艺是直播。

节目还未开播就备受瞩目，毕竟这可是秦郁绝的综艺首秀。关于第一期的人员配置也是众说纷纭，除了早早敲定了的盛向晴和陈子健这对荧幕情侣之外，其余嘉宾人员都有变数。

不过开录前一天就已经有粉丝根据路透将录制人员摸了个清楚，直播间也早早开吵。

徐锦之这咖位是怎么混上这节目的？

该不会真是秦郁绝给的资源吧？我听有八卦说她参加节目的条件就是要带上自己这位小男友。

……两人难道真的在交往？没想到秦郁绝也是个恋爱脑。

工作室都否认了好吗？

……

徐锦之就是那位和秦郁绝传绯闻的小爱豆。

除了五位常驻之外，每期还会来一位飞行嘉宾。本期的飞行嘉宾是最近因网剧而爆红的新人，叫汤紫。

汤紫目前还在念大四，一双杏眸很有灵气，之前在秦郁绝的某部电影里也饰演过女配角，性格乖巧很讨人喜欢。

三男三女，按照节目组的惯常套路，必定会组 CP 炒话题。

只是……

秦郁绝没忍住，偷瞄了一眼谢厌迟。

真想不出他乖乖配合炒作到底是什么样子。

久别重逢，秦郁绝却没打算在众人面前挑明她和谢厌迟曾经是同学这件事，毕竟谢氏是一座不能轻易攀登的大山。富家子弟向来不喜欢蹚娱乐圈的浑水，在聚光灯下一言一行都会被放大，若是被盯着她的人截了片段拿去炒作，很有可能会惹恼这位大少爷。

节目正式开始录制。

一行人上了车，朝着深山中的别墅驶去。

导演开始对流程，示意大家可以开始自我介绍、互相了解彼此的环节了。

因为嘉宾大多是熟面孔，唯一陌生的就是谢厌迟，因而直播间围绕他展开了激烈的讨论。

这人是谁？娱乐圈新人吗？好帅！

不是圈内的，是谢氏的大少爷。

……是我想的那个谢氏吗？

……

直播间内弹幕滚得飞快。

疯了吗？这节目组什么来头，居然连这人都请得到。

理性分析一下为什么谢氏大少爷会来上综艺，谢氏也不缺这点儿宣传吧？

……

弹幕上飞速刷过各种猜测，而此刻，几位明星也已经一一寒暄过。

徐锦之还留了个心眼儿，偷偷摸摸换到了秦郁绝旁边的位置坐着，见外头太阳很足，还抬起手替她挡着阳光，俨然一副贴心男友的模样。

秦郁绝粉丝被气了个半死，“辟谣”两个字都快喊烂了，也不敌那些拱火和对家幸灾乐祸的弹幕。

秦郁绝压根儿就没看徐锦之，眼下其余嘉宾已经一一同谢厌迟握过手，只剩下她。

于是秦郁绝伸出手客气道：“谢先生，您好。”

然而谢厌迟却没有伸手，他靠着椅子歪头盯着她的眼睛，动也没动。

他好像变了，但好像又一点儿都没变。

脱去少年稚气的五官多了些凌厉的锋芒，但他依旧像多年前那样，狐狸似的眼睛里含着笑，轻挑中带着些认真。

此刻的弹幕——

怎么回事儿？谢大少爷是不是和秦郁绝不对付？

真以为你家姐姐是香饽饽谁都想倒贴啊？

天天看不起人家徐锦之，这下好喽，在别人那种圈子里，你家姐姐还不是被人看不起。

……

徐锦之的粉丝借题发挥，顿觉扬眉吐气。

秦郁绝倒也不爱惯着这位大少爷，见他不搭理自己，索性将手收了回来，然后偏过视线。

然而手还没完全收回，她就听见面前的谢厌迟突然低低地笑了起来。

“大小姐，这就不搭理我了？脾气还是这么不好惹啊。”

大小姐？

听这位祖宗这么喊人，四周的人全都愣住。

下一秒，谢厌迟从位置上起来，扶着秦郁绝位置上的扶手蹲下，另一只手不由分说地握住她的手，望着她的眼睛道：“好久不见，大小姐。”

什么？

这两人认识？

可谢厌迟自高中毕业就一直待在国外，两人究竟是怎么认识的？

秦郁绝总算转过头看他，淡淡地将手抽回，回以一个微笑：“好久不见。”

盛向晴问：“啊？你们认识啊？”

“我和谢先生是高中同学。”

秦郁绝摸不准这位祖宗的脾性，于是选了个稳妥的答复。

“谢先生？高中同学？大小姐，你可别这么称呼我啊。”谢厌迟语气里带着些混不吝，他屈着身躯看向秦郁绝的眼睛，“我是你的债主。”

秦郁绝：……没事，我还稳得住。

她也算是在娱乐圈摸爬滚打这么多年的人，什么大场面没见过，所以即便此时的谢厌迟明摆着在跟她找碴儿，她依旧稳如泰山。

秦郁绝笑容依旧落落大方：“债主？可能我记性不太好，这是什么时候的事？”

“没事儿，我不仅记性好，还有证据。”

谢厌迟俨然一副早知道秦郁绝会这么说的架势，他从衣兜里掏出手机点开截图。

截图内容是一连串聊天记录。

他念得字正腔圆——

“九月二十七日，谢厌迟答应好好写检讨，秦郁绝欠谢厌迟一个人情，该人情可在法律许可范围内使用。”

“九月三十日，谢厌迟承诺本周不早退、不迟到，秦郁绝欠谢厌迟七个人情，买七赠一，所以一共是八个。”

“十月五日，谢厌迟答应替秦郁绝保密……”

……

秦郁绝：“谢厌迟！”

很好。

稳重的秦郁绝不再稳重了。

她气得伸出手捂住谢厌迟的嘴，一双水眸中带着几分羞恼，就这样气鼓鼓地看着他，语气里也没了刚才刻意保持的礼貌和疏离。

谢厌迟没发火，眼底笑意更深。

他伸出手握住秦郁绝的手腕：“合计四百三十一个人情，这还不算债主啊，大小姐。”

秦郁绝怒道：“可是你说好的写检讨，其实只是从网上随便抄了一篇，而且连名字都忘了换。”

“你可没说要自己写。”谢厌迟显然耍赖有一套，“不然得加价的。”

秦郁绝又说道：“而且你虽然没迟到、没早退，但你在上课的时候不仅睡觉还偷偷吃烧烤！”

“拜托大小姐，我可没说要给你赠品。”谢厌迟笑眯眯地看着她，“毕竟我这人很小气，你又不是不知道。”

秦郁绝：可恶。

其实秦郁绝偶尔也会想，如果和谢厌迟重逢，到底会是怎样一个场面呢。

虽然这家伙很浑蛋，总有一万种方法惹她生气，但不知道为什么，一回忆起青春时代，秦郁绝才发现在自己最怀念的日子里好像全都是谢厌迟的影子。

但过去永远是过去，两人久别重逢后，估计也只会客套地寒暄吧。

但秦郁绝没想到，久别重逢这一天真的到来时，两个人居然会……一如既往地像小学生一样吵架！

可恶啊!

这个男人果然完全没有改变!

秦郁绝和谢厌迟就这样拌了一路的嘴。

从"你在酒会上哭鼻子的事我可是瞒着所有人,半句口风都没透露"一直吵到"转学之前那个和你拉手还偷偷抱了你一下的男人究竟是谁"。

两人吵得旁若无人，吵到甚至忘记了周围都是摄像机和无数炯炯有神的吃瓜群众。

终于，谢厌迟吵累了。

他站起身却没回到自己位置上坐下，而是在徐锦之面前站定："换个位置？我想坐在我青梅竹马的高中同学旁边，可以吗？"

"青梅竹马？谁和你青梅竹马？"秦郁绝还在气头上。

"不算青梅竹马也得坐在你旁边。"谢厌迟依旧是那副插科打诨的姿态，说话很欠揍，"搞搞清楚，我可是债主，万一你潜逃了怎么办？"

秦郁绝振振有词："你不算债主，你答应我的事情全都是靠耍赖混过去的。"

"当然得混过去，毕竟我比较想和你保持长久的交易。"谢厌迟显然比人想象中的更脸皮厚，"我可是资本家的儿子。"

"……"

众人沉默。

这位大少爷真的很强词夺理但又夺得很有道理。

秦郁绝说："你好卑鄙。"

谢厌迟坦然接受："谢谢你夸我。"

此刻徐锦之有些不好受，他原本是想借着这次综艺好好蹭一把秦郁绝的热度，却没想到半路杀出个大少爷。

但这两人看上去好像不合……

于是他坐着没动。

谢厌迟偏头看了他一眼，忽地笑了：“瞧着挺眼熟，大小姐，这是不是你的绯闻男友来着？”

最近的八卦大家都有所耳闻，但圈内有圈内的默契，所以即使好奇也没人敢挑明，彼此顾及几分薄面。

但谢厌迟不是圈里人，他显然是不用顾忌谁的。

这么一问，无疑是把徐锦之架在火上烤。

周围的吃瓜群众看得聚精会神，弹幕早就刷疯了——

笑死我了！刚才说谢大少爷不爱搭理我家郁郁的人去哪里了？

校霸 × 校花，这不比某些蹭热度的碰瓷男好嗑。

哈哈哈，节目组都不敢得罪的大少爷，秦郁绝骂起来真是毫不嘴软。

……

秦郁绝看了谢厌迟一眼：“绯闻确实有，男友倒不是。”

谢厌迟努努嘴：“你一个人说了可不算。”

不知道是不是秦郁绝的错觉，她觉得谢厌迟这句话听上去轻飘飘的，却好似意有所指。但那锋芒不是冲着自己，而是冲着一旁的徐锦之。

徐锦之听到这话，只觉得脸上有两团火在烧，他尴尬地笑笑：“那都是些捕风捉影的传闻，不能当真的。”

“这样啊，”谢厌迟抬了下眼，“那你准备什么时候让我坐这个位置。”

见气氛尴尬，导演连忙打圆场：“谢先生，您看周围还有位置……”

“这可不行。”

谢厌迟的语气就跟唠家常似的，但说出口的话却足以引起轩然大波：“什么？该不会我表现得这么不明显吧。难道你们看不出来，我在追这位大小姐吗？”

“？”

“？？？”

这是可以这么简单就说出来的事情吗？

整车人炸了。

屏幕前的观众也炸了。

唯一平静的只有秦郁绝。

她认认真真地端详着谢厌迟，然后郑重其事地对他说：“谢厌迟，其实按照我们的关系，如果你有什么新的产品需要宣传的话，我不会收你一分钱的。”

谢厌迟：“嗯？可我是在认真追求你。”

“你上次这么说的时候是在高二，然后你的下一句话是‘看在我喜欢你的分儿上可不可以不交今天的语文作业’。”秦郁绝揭穿他。

这位祖宗什么事都干得出来。

“喜欢”两个字说得轻轻松松，反而让秦郁绝觉得不是真的。

此刻谢厌迟已经成功挤走徐锦之坐到了她旁边的位置上，正撑着腮帮子冲她笑：“那次我说的也是真话，作业只是顺便。”

秦郁绝无奈道：“谢厌迟，你……”

“你怎么不问问我，为什么来参加这个综艺？”谢厌迟打断她。

那双狐狸眼里盛满笑意，干净而又纯粹，带着独属于他的爽朗。任何姑娘被这双眼睛如此认真地望着，心尖都会忍不住微微一颤。

他很认真。

认真到秦郁绝都不由得稍怔了下。

秦郁绝问道：“为什么？”

“因为——”谢厌迟说，“投资这个综艺的人是我兄弟，他说会给我很多钱。虽然我很有钱，但他给的真的很多，而且我最近打碎了我老爹最喜欢的古董，他把我的卡给停了，所以我上综艺赚钱来了。”

“哦，还有就是为了见你。”谢厌迟补充道，“这是主要原因。”

秦郁绝：“？”

你主要原因加起来都不到十个字，谁信你啊！

于是两人又开始小学生吵架，秦郁绝嫌弃道：“别坐我旁边，你还是下车吧少爷。”

谢厌迟：“我不。”

（三）

#谢厌迟倒追秦郁绝#

#谢厌迟被拒绝#

#谢厌迟被拒绝第十次#

这档综艺播了多久，谢厌迟的名字就在热搜上挂了多久。

谢厌迟第十二次凑到秦郁绝跟前，然后两人话不投机又开始吵嘴，吵到最后秦郁绝冷哼一声单方面发起冷战。

冷战第十分钟，谢厌迟忍不住了。

他端着杯冰激凌边吃边跟在秦郁绝后面烦她，烦到秦郁绝气呼呼地夺过他手中的冰激凌让他不许再故意吧唧嘴后，他终于笑了：“你总算愿意理我了？”

秦郁绝认真问道：“你和我说实话，我不会怪你的，你是不是为了白嫖热搜。”

“也不能说是白嫖，其实我还偷偷买了几个。”谢厌迟很坦诚，“昨天那个‘谢厌迟秦郁绝太般配’其实就是我买的。”

秦郁绝：“？”

谢厌迟：“好吧我承认，前天那个‘秦郁绝暗恋谢厌迟’也是我买的。”

秦郁绝问："那今天那条'秦郁绝心动十大细节'是不是……"

谢厌迟别过头："好吧，我承认。"

坐在沙发上喝奶茶的盛向晴一转头，就看见秦郁绝又开始追着谢厌迟吵嘴，谢厌迟弯着身毫无怨言地挨着骂，甚至还会帮她骂上自己几句。

盛向晴叹了口气，见怪不怪地收回视线，冷不丁说道："你看看人家。"

坐在她旁边的陈子健抖了下，迅速开始联系人买热搜。

而弹幕早就从一开始的震惊变为习以为常，各大 CP 向的视频剪辑早就席卷了各个网站，所有人都在猜测这两人到底什么时候能成。

直到综艺结束后，这对一跃火出圈的荧幕情侣依旧稳居网络顶流的位置，只是倒也经常有些不和谐的声音。随着谢厌迟在大众面前出现的次数减少，以及秦郁绝的风头越来越大，这样不和谐的声音也越来越多。

某位营销号发了条意有所指的通告，一下子就被顶上了热搜——

圈内某位知名女明星，前段时间靠和富家公子炒 CP 的那位，现在算是彻底解绑了。本来就是节目组借着两人之前的同学关系来炒热度，各取所需，一个要热度一个要知名度罢了，结果女明星在解绑后频繁出通告炒作，已经惹到男方那边的人了。

反正现在那位女星的团队处境很艰难，因为已经被男方用权势警告了。

这么详细的爆料，就差点名道姓了。结果大片网友还没来得及哭号这对荧幕情侣 BE 的结局，那条营销号就被打了脸。

还是谢厌迟亲自打的。

他开着自己的私人账号跑到下面疯狂评论。

XIEYANCHI：快删掉！

XIEYANCHI：是我在炒作！

XIEYANCHI：大小姐看到了！

XIEYANCHI：大小姐发火了！

XIEYANCHI：大小姐把我拉黑了！

XIEYANCHI：你完了！

XIEYANCHI：我这个可恶的资本家要针对你了！

虽然谢厌迟的账号一直没有认证，名字也是随手打的一连串拼音，但是这些富家少爷都在一个圈子，顺着关系网随随便便一扒，就能根据共同好友确认这人就是本尊。

结果一点开谢厌迟的账号，网友们又收获了新的惊喜。

XIEYANCHI 加入超话“撩妹”

XIEYANCHI 加入超话“恋爱”

XIEYANCHI 加入超话“失恋”

显然，谢厌迟并没有开小号的想法，这位大少爷向来随心所欲，半点儿富二代的包袱都没有，网络账号更像一个朋友圈。

而且很明显，谢厌迟追秦郁绝的过程很艰难。

因为他在自己私人账号发布的内容简直可以算是进度直播。

被打出来了。

她告我家长了，我爹说我追不到小姑娘很没用。

谁偷拍我被甩视频了？

潜入她的生日聚会了。

被发现了。

又被赶出来了。

成功收买她姐姐了。

两家人一起吃饭了。

被打出来了。

……

最新一条动态是："神不知鬼不觉地串通她姐姐，今晚去她家蹭饭，惊喜！"

十分钟后，秦郁绝在网友的轰炸下来到这条内容底下进行评论："谢邀，今晚不回家了。"

半个小时后谢厌迟爬上网："有没有人教我怎么开小号？"

（四）

贺姐偷偷告诉秦郁绝："我有个朋友和我说，谢厌迟一早就买好了热搜词条，但已经过了小半年都没找机会发出去，你猜是什么词条？"

秦郁绝缓缓道："该不会是'谢厌迟秦郁绝官宣'这个词条吧？"

贺姐大笑："你猜对了！"

秦郁绝沉默了一下，熟练地切换小号点进了谢厌迟被扒穿了的第七个小号。

该小号的最新一条内容为："买热搜怎么还给我打折？"

秦郁绝没忍住，扑哧一笑。

她仔细想了想——应该很快就有发出去的机会了吧。